国家出版基金项目
NATIONAL PUBLICATION FOUNDATION

跨越1949

战后中国大陆、台湾、香港
文学转型研究 上

黄万华 著

百花洲文艺出版社
BAIHUAZHOU LITERATURE AND ART PRESS

图书在版编目（CIP）数据

跨越1949：战后中国大陆、台湾、香港文学转型研究 / 黄万华著. — 南昌：
百花洲文艺出版社，2018.9
ISBN 978-7-5500-2903-3

Ⅰ.①跨…　Ⅱ.①黄…　Ⅲ.①中国文学 – 现代文学 – 文学研究
②中国文学 – 当代文学 – 文学研究　Ⅳ.① I206.6

中国版本图书馆CIP数据核字（2018）第140759号

跨越1949：战后中国大陆、台湾、香港文学转型研究

黄万华　著

出 版 人	章华荣
选题策划	童子乐
责任编辑	童子乐　张　越
书籍设计	方　方
制　　作	何　丹
出版发行	百花洲文艺出版社
社　　址	南昌市红谷滩世贸路898号博能中心一期A座20楼
邮　　编	330038
经　　销	全国新华书店
印　　刷	江西华奥印务有限责任公司
开　　本	720mm×1000mm　1/16　印张 42.75
版　　次	2019年3月第1版第1次印刷
字　　数	700千字
书　　号	ISBN 978-7-5500-2903-3
定　　价	128.00元（上、下册）

赣版权登字　05-2018-281
版权所有，盗版必究

邮购联系　0791-86895108
网　　址　http://www.bhzwy.com
图书若有印装错误，影响阅读，可向承印厂联系调换。

目 录

导论　跨越"1949"：中国现当代文学的历史一体性和丰富差异性／1

上　编

第一章　互为参照中的战后中国文学转型／21

第一节　互为参照：战后中国文学转型中的大陆、台湾和香港文学／21

第二节　战后中国左翼文学的三种形态及其文学史意义／38

第三节　"内化"中的"缝隙"：战后中国文学建制变化和文学转型／60

第四节　文图：战后文学史叙述的新途径／74

第二章　中国大陆：从多种流脉到一统格局／90

第一节　瑞恰慈和战后平津地区文论：战后中国文学重建的多种流脉／90

第二节　创作：跨越"1949"的政治、历史分水岭／110

第三节　文学的生存限度：文艺政策和文学创作／126

第三章　台湾：战后政治高压缝隙中发生的多种文学思潮／147

第一节　去殖民性进程中的战后初期台湾文学／147

第二节　大陆赴台作家和光复初期台湾文学重建的两种方向／164

第三节　"二二八"文学：战后台湾文学的重要转折／177

第四节　1949年后台湾政治高压缝隙中发生的多种文学思潮／190

第四章　香港：在传统中展开的文学转型／210

第一节　"预演"：1945—1949年的香港文学／210

第二节　左、右翼政治对峙中的香港文学思潮和香港文学主体性建设／226

第三节　战后香港文学：在传统中展开的文学转型／242

第四节　从《文潮》（上海）到《文艺新潮》（香港）：战后香港文学转型的文学史线索／256

第五章　媒介和战后中国文学转型／275

第一节　上海—北京：从媒介生态看战后中国大陆文学转型／275

第二节　非"二度漂流"：1950年代的台湾文学及其媒介／292

第三节　青年文学刊物：战后香港文学转型的重要基石／310

下　编

第六章　战后中国文学转型中的作家选择／331

第一节　"京派"的"终结"和战后中国文学的转型／331

第二节　文学立场的坚守和艺术实验的艰难／350

第三节　文学常识的力量：与内地"工农兵文艺"和台湾"战斗文艺"分手的香港文学／362

第七章　跨越"1949"的诗歌创作／373

第一节　被忽视的新诗成熟年代：1945—1949年的中国大陆新诗／374

第二节　1950年代后大陆诗歌的文学史经验／390

第三节　战后台湾政治压抑下的诗歌突围："中国传统"和"善性西化"／402

第四节　从"左翼"到"现代"：战后香港诗歌交汇中的延续和综合／429

第八章　跨越"1949"的小说创作／446

第一节　写什么和怎样写：战后中国大陆小说的生存和发展／446

第二节　战后台湾小说：边缘突围中的多种叙事／467

第三节　战后香港小说：超越政治化和商品化的本地化进程／505

第九章　跨越"1949"的散文和戏剧创作／531

第一节　时代性和个人性：1949年后的大陆散文／531

第二节　"集体旅行"中投向域外的目光／541

第三节　台湾散文：五四多种流脉的战后拓展／564

第四节　"在"与"属"的相容和转化：战后香港散文的主体性建构／582

第五节　"第四种剧本"：1950年代大陆戏剧文学的突破／600

第六节　现代与传统的沟通：战后台湾、香港的"新戏剧"／611

第十章　转移和转型："离散"中的作家创作／627

第一节　跨越"1949"：刘以鬯和香港文学／627

第二节　上海—台北：中国新诗现代化路径的探索者纪弦／638

第三节　"三级跳"：战后至1950年代初期张爱玲的创作变化／656

后　记／673

导论　跨越"1949"：中国现当代文学的历史一体性和丰富差异性

　　"1949"，划开了中华民国和中华人民共和国两个时代，也成了以往中国现代文学和当代文学的分界线。但当我们深入考察1949年前后文学转型包含的丰富内容时，我们会意识到，中国现当代文学恰恰是以其历史一体性和丰富差异性跨越了"1949"，呈现出中国现当代文学原本就贯通的历史血脉。跨越"1949"，绝非忽视"1949"的历史转折性意义，而是将其置于整个中国现当代文学传统中理解跨越"1949"的文学转型，把此期间中国大陆由解放区文学"扩展"为共和国文学的历史进程和国统区文学"萎缩"至台湾以及香港接纳现代文学各种传统结合在一起考察，这会推动我们对跨越"1949"的文学转型的内容及其实质进行深入思考。

一

　　马克思主义的精髓在于其历史总体性的方法论，即人类社会最终走向自由，人自身最终实现解放；而社会发展的现实与总体趋势有着辩证的联系和互动，总体化的历史进程也呈现开放性的格局。五四开启的现代意义上的"人的文学"表现出文学对于人的认识的深化和人性的全面解放的追求，反映了文学的历史总体趋势。中国现当代文学的种种现象都是这一文学总体历史进程中不同（特定）阶段的表现，都会在"人的文学"的历史进程中自我扬弃，直至走向"人的文学"的终极完善；而同时，文学的现实阶段和众多领域，在其复杂多样的存在中，克服理论与实践、创作与现实之间的割裂，努力突围出文学的异化、物化（固化），使文学最终走向真正合乎人性的境界。这成为中国现代文学和当代文学之间的根本性贯通，而跨越"1949"正是这种根本性贯通生成的重要历史现象。

以往将1949年前后的文学划分开来是因为1949年以后"人民的文学"在中国大陆占据了主导，乃至唯一的地位，于是1949年前后的文学被视为两种性质截然不同的文学。然而，在1940年代后期以延安文学为代表的"人民的文学"兴起之时，就有识见者在肯定"现阶段中国文学运动中人民文学的出现是有历史上、社会上的必然性的"，其"去路也极为显明，前途更极其辉煌"时，也明确指出，"人民的文学"是"'人的文学'中一个阶段"，"终必在'人的文学'的传统里溶化消解，得到归宿；终必在部分与全体的关系中嵌稳本身的地位，找出本身的意义"。①这里所言"部分与全体的关系"正是文学的现有阶段与总体化的历史进程的关系。五四开启的"人的文学"在个性解放、阶级解放、民族解放等互有联系的不同层面上追求人本位或生命本位的审美表现，而"人民的文学"也只有在这种传统中才能充分显示其意义和价值。"人民的文学"是"积极地通过'人民'来完成'人'，通过'社会'来完成'生命'"②，这是文学对于中国社会走向人民民主革命阶段的积极回应。也正因为如此，"人民的文学"才"知所依归——归于人的文学"，在丰富"人的文学"传统中实现积极的"自我扬弃"，在完成自身的文学使命中走向文学的终极关切。

处于"人的文学"的"历史总体化"进程中的"人民的文学"，才会坚持人民本位的立场而又不企图统一文学，看重"阶级本位"而又承认还有阶级性之外的文学表现空间，倡导文学的战斗性、工具性而又尊重文学的艺术本质，视自己的主张（政策）为文学视野和空间的扩大而非决定一切文学作品价值的唯一标准。这样的"人民的文学"才可能完成"人民的文学"的历史使命，也才可能孕育"人民的文学"自身的生命力。如果我们细致辨识、梳理跨越"1949"的线索，我们会感受到，尽管"人民的文学"有过种种历史曲折和自身失落，甚至导致过文学的毁灭，但包含在作家创作实践、作品生成中的深层因素仍是通过"人民的文学"的努力来实现"人的文学"的价值。为人民而写作，写人民的世界，作为人民的一员而写作，从赵树理、孙犁到周立波、柳青，从"百花时期"到"调整时期"，作家们正是抱着这样的追求展开他们的创作，几乎每一部有价值的作品都是这种实践的产物。但也应该充分认识到，"人民的文学"强调的人民本位、阶级本位、战斗性、工具性及相关政策等密切联系着中国革命，尤其是社会主义革命的实践，并且是由政治领袖依据其政治判断提出的，如果在疾风暴雨的阶级斗争的裹挟下无法保持其适度，而成为绝对性的存在，实际上就脱离了"人的文学"的历史总体化进程，而导致文学的失落，甚至毁灭。1942年毛泽东《在延安文艺座谈会上的讲话》（以下简称《讲话》）确立的延安文学理想，其原旨意义是要持久地建立一种服务于人民大众，首先是服务于工农兵的新文学。这中间本来包含对五四以来"人的文学"的拓展和丰富。但这一理想主要是作为政治理想产生于战争年代，服从于中国共产党夺取政权、巩固政权而需要建立文、武两支军队的现实，文学被视为重要战线而展开，这构成了从《讲话》到"文革""内在理路的一致"①。而当这种文学被驱入非常现实的政治斗争，尤其是中国共产党党内斗争，"人民性"在狭隘化中成为唯一的标准时，它往往转化为破坏性的激进实践。正是这种复杂的纠结构成了中国现当代文学跨越"1949"的内在冲突的重要内容。

　　历史的总体化趋势包含着差异，甚至是由种种对抗的力量形成的差异。或者可以说，历史的总体化进程是多元辩证决定的过程。种种差异、相对自律性、不连续性、不平衡性，甚至异质、断裂，恰恰使总体化成为一种不断被超

---

① 严家炎主编：《二十世纪中国文学史》下册，高等教育出版社2010年版，第21页。

越的开放性过程，使其不断深化、拓展。就如詹姆逊所说的："每一个社会构成或历史上现存的社会事实上都包含了几种生产方式的同时交叠和共存，包括现在在结构上已被贬到新的生产方式之内的从属位置的旧的生产方式的痕迹和残存，以及与现存制度不相一致但又未生成自己的自治空间预示倾向。"①这种"交叠和共存"的社会构成改变了以往线性演进的社会模式，也必然使各种社会思潮（包括文学思潮）以种种进退纠结、"先""后"交叠的形态存在。面对差异丰富的中国现当代文学，我们既要找到各个时期"主导性的种种形式"，又要敏锐关注"自由的潜在可能"，在两者的"协合"中呈现"新""旧"之间叠合、附生、共存等丰富状态。不同时期的文学存在的种种差异反而包含着"相互涵盖""相互补充"，其缘由就是它们在以差异为前提的总体化历史发展中，有着不可分割的历史联系性。历史的联系性、文学的整体性中恰恰包含丰富的差异性。就"人民的文学"而言，它恰恰以与此前的五四个性主义文学的差异而被包含在"人的文学"的"历史总体化"进程中，而其自身也包含作家在文学层面的展开和无产阶级政治家在政治意识形态层面的导引之间的差异；当然差异会有丰富或失落文学自身的不同作用，这是不可忽视的。同时，"人民的文学"也与其他非"人民的文学"同时存在于"人民的文学"阶段。在它成为此阶段文学的主导型形式时，其他"自由的潜在可能"也存在；而当后者被驱逐时，也损害了前者自身。正是所有这些差异才构成了跨越"1949"的历史联系性和文学整体性。从抗战时期文学多中心格局的形成，到战后文学"重建"多路向的呈现，直至"百花时期""调整时期"文学空间有限度的拓展，丰富的差异性始终内在地推动着文学跨越诸如"1949"那样的历史门槛。

在历史的联系性中，传统起着重要的作用。而值得充分关注的是，文学具有顽强的在展开自身传统中转型的力量，由此产生的超越二元对峙但又接纳二元的历史张力使文学得以避免冷战意识形态宰制。政治力量，尤其是一种"强

---

① 胡亚敏：《后现代社会中的新马克思主义批评》，《华中师范大学学报》（人文社会科学版）2000年第6期。

行"介入历史的政治力量，有时会"割断"历史的联系性，传统的断裂由此产生。而如果进入文学层面，传统却是不会断裂也无法被割断的，这是因为文学的情感想象性、生命体验性、思想包容性、语言审美性等都具有人类文化中最强韧的延续发展力，只要展开的是文学实践，这些延续发展力就会发挥主导作用。这使得文学转型往往在自身传统的展开中完成。当文学的现代转型得以在传统展开中进行时，它就获得了历史张力。这种历史张力是一种超越二元对峙但又接纳二元的"空间"，往往呈现出不同方向的尺度。"左"和"右"、现实功利性和艺术超越性、本土性和国际性等等之间的张力，恰恰构成文学的现实空间。尤其当我们把此时期中国大陆、台湾、香港①文学互为参照地考察时，我们会发现，这种历史张力更是明显地存在。

二

对于中国现当代文学而言，1949年前后文学格局的考察更需要纳入台湾、香港文学。因为正是这一时期，中国大陆、台湾、香港之间发生了极为频繁、密切的文学（作家）流动，"北上""南来""跨海"……这些作家的流动方式使五四以来"人的文学"的各种传统此时以包括"离散"在内的方式存在于大陆、台湾、香港，和当地的文学传统结合，以丰富的差异性深化了中国现当代文学的历史一体性。其情况是多种的。

一种情况是同一种文学形态在大陆、台湾、香港不同的存在状态，恰恰揭示出这种文学形态深层的生成和运行机制，再次表明差异性成为一体性的存在前提。1949年前后最重要的文学形态自然是左翼文学，然而，当时出现了三种左翼文学形态。大陆体制化、主导型的左翼文学已被我们感同身受；而在台湾，左翼文学一直以在野而受压制的状态顽强生存着；在香港，左翼文学则在体制外的言论较自由的环境中和自由主义文学等处于一种自由竞争的状态。这

---

① 根据有关规定，"台湾"与"大陆"为对应概念，"香港"与"内地"为对应概念，但本书中，作者经常将三个地理区域并列在一起作比较研究。为了行文的简洁，本书以"大陆、台湾、香港"来标示这种情况，而不作具体区分，特此说明。

三种左翼文学形态都提供了冷战意识形态背景下左翼思潮创作的丰富经验。台湾和香港的左翼文学都不以直接推翻当地的现有统治、改变现有体制为目的，这使得两地的左翼文学更有可能在文学层面上展开。台湾的左翼创作队伍由日据时期的台湾左翼作家和战后大陆赴台左翼文人会合而成。台湾虽一度有左翼政党，但台湾左翼作家并不直接依附于左翼政党，他们大多是从自己的体验、信念、追求出发，选择了左翼文学创作，基本上表现为继承鲁迅的文学精神，积极传播其思想，坚持人民的立场，倡导和平、民主、平等，关注劳苦大众，展开大众化的现实主义文学创作。虽然左翼文学有其共同追求，但台湾左翼作家非组织化的实践不仅使其创作更具有文学的个人化性质，也使其在国民党当局的政治高压下得以延续。而其在政治压制下的"边缘"地位也极大激发了左翼文学的战斗性。这种阶级的战斗性和文学的个人性的结合不失为左翼文学的"理想"状态。香港的左翼文学虽有着中国共产党的领导和组织，但中国共产党并不谋求改变香港体制，而是侧重利用香港的窗口作用，扩大新中国的政治影响，这使得香港左翼文学比1930年代上海的左翼文学更有活动空间。而香港所谓右翼文学也没有当局的直接操控，港英当局自然倾向于有利于稳定统治的保守文化，但也尊重英国自身的自由主义文化传统，只要不危及其统治，它并不干涉文化、言论自由。所以左、右翼文学在政治意识形态上尖锐对立，但在思想、文学等层面上却处于自由竞争状态，共同面对香港商业社会的文化消费环境。香港左翼文学甚至成功利用武侠小说、历史演义等形式传播爱国思想，就是其应对现代都市文化环境的一种努力。思想、文化自由竞争环境中的左翼文学可能不如政治高压下的左翼文学有战斗性，但它的活力更显示出左翼文学的价值和意义。左翼文学毕竟是"人的文学"在20世纪的重要表现，不应受到压制，也不应独尊专断。和其他文学形态一样，左翼文学只有处于思想、文化自由竞争环境中才能发挥其全部潜能，走向自身的完善。台湾在野受压的左翼文学、香港自由竞争状态中的左翼文学和大陆的左翼文学有着密切的联系，或展开着潜在的对话，只有把它们联系起来考察，才足以全面揭示左翼文学的丰富内涵和运行机制，总结左翼文学的文学经验，吸取其教训。

另一种情况是笔者和其他论者多次谈过的五四文学传统的"离散"，主要指一些在大陆难以存身的文学传统有效转移到台湾、香港，一些原先在大陆五四后文学中被"边缘"遮蔽的文学流脉也得以呈现，如散文中以夏丏尊、许地山、徐志摩、林语堂等分别开风气的记叙、寓言、抒情、说理散文等传统在中国大陆的文学史中都被"放逐"，而在此时期的台湾、香港文学中却有众多继承者，成果斐然，得以延续成某种有影响的散文形态，揭示出中国现代散文传统的不同侧面。笔者一直认为，五四新文学运动一开始就拓展出多种思想资源，随后又展开了多种传统的流脉。[①]抗战胜利后，在大陆左翼文学逐步主导全局且进入体制的过程中，各种文学力量对于战后中国文学的"重建"仍有丰富的不同想象（如"京派"战后在平津地区的重新聚合、兴起和"终结"），有着不同的文学变革的路向，正是五四新文学多源多流的延续。当解放区文学在大陆逐步扩展为共和国文学的同时，国统区文学在"萎缩"中退出大陆但并没有彻底消亡。尤其是香港，接纳了现代文学的各种传统。即便是就文学史著述而言，五四新文学传统的多源多流性仍在延续。

　　在大陆，1960年代初期，"中国当代文学"完成学科命名，表明从第一次文代会报告开始，区别于"中国现代文学"的"中国当代文学"已借助于文学史叙述得以建构，但这种建构的"缝隙"存在表明五四新文学传统并未完全消失。而在台湾、香港，明显延续五四新文学传统多源多流性的文学史叙述在不断拓展。例如，在台湾的"中国文艺协会"1951年开始的历次会员代表大会的报告中，"人的文学""自由的文学"的主张一直被提及，尤其在胡适等人的报告中更得到强调；夏志清的《中国现代小说史》不是孤立的，台湾五六十年代包括《文学杂志》《现代文学》《纯文学》《自由中国》《明道文艺》等在内的众多文学刊物（民营、私资、校园刊物居多），其文论展开了现代文学史的各种论述，和《中国现代小说史》构成各种呼应。香港的文学史叙述此时没有"当代文学"的概念，司马长风的《中国新文学史》和刘以鬯的《酒徒》，一是学术著述，一是文学创作，具体论述也有较大不同，但都有很深的

---

　　① 黄万华：《源头开掘上的分流——从梁启超、王国维到鲁迅》，黄万华：《中国和海外：20世纪汉语文学史论》，百花文艺出版社2004年版，第3—15页。

五四情结。尤其是1961年出版的《酒徒》，借小说主人公即一个在香港社会谋生的作家之口，深广地展开了五四新文学传统的各种图景。《酒徒》中，"酒徒"醉后把中国新文学的开山之作《狂人日记》和1950年代的诺贝尔文学奖作品、海明威的《老人与海》相提并论，意在揭示中国新文学传统是走向世界的最有效途径。"酒徒"的醉狂之语恰恰见出他对五四新文学传统的真知灼见："在短篇小说这一领域内，最有成就、最具有中国作风与中国气派的，首推沈从文……张爱玲的出现在中国文坛，犹如黑暗中出现的光……端木（蕻良）的《遥远的风砂》与《鹭鸶湖的忧郁》，都是第一流作品……他（师陀）的《期待》应该归入新文学短篇创作的十大之一。"①在中国内地"消失"的五四新文学传统在这里一一得以清晰呈现。《酒徒》最看重的是三四十年代的创作。而刘以鬯很早就跟司马长风说过，写新文学史"值得重视而未被重视的作家"是刘盛亚、丰村、路翎等40年代青年作家。②这中间正有着对于1950年代文学继承性的思考，即对三四十年代文学传统的展开和深化。而《酒徒》的"文学史叙述"并非纸上谈兵，1950年代的香港，无论是文学阅读、传播环境，还是创作走向、成果，对三四十年代内地文学传统的延续是明显的，强调艺术本位的自由主义文学、开掘都市文化资源的现代主义文学、应对消费文化环境的通俗文学，不仅存在发展，而且对左、右翼作家都有影响。例如，徐訏当时在香港倡导"作家看重自己的工作，对自己的人格尊重有觉醒而不愿为任何力量做奴隶"的"新个性主义"，同时又强调"新个性主义必须在文艺绝对自由中提倡"。③这其中包含了一种可贵的思路，就是要构成五四个性主义文学精神、三四十年代国统区文学传统跟香港环境的历史互动，从而逐步滋养成香港文学的丰富性、异质性。所以，将此时期的香港文学置于中国文学整体格局中，无疑沟通了被1949年划分开的"现代""当代"两个时期中国文学的内在联系，其一体相关性也会重新引起许多思考。

---

① 刘以鬯：《酒徒》，解放军文艺出版社2000年版，第19页。

② 刘以鬯：《随笔三则》，（香港）《香江文坛》创刊号（2002年1月）。

③ 徐訏：《新个性主义文艺与大众文艺》，《现代中国文学过眼录》，（台湾）时报文化出版企业股份有限公司1991年版，第275、274页。

1950年代的香港文坛，曾非常明确地提出过要与内地"工农兵文艺"和台湾"战斗文艺"分手的主张，那时香港文学已意识到大陆"工农兵文艺"和台湾"战斗文艺"的相通性："'到工农兵中去'是一个号召，'战斗的文艺'是另一个号召"，都是"党向作家号召"，"以为文艺是可以无条件地响应急迫的政治号召的"；①"大陆与台湾"都有"广大的有良好读书风气的读者群"和"有创作技巧与工作信心的作者"，但"执政者过分的政治警觉，有意的加以控制，窒息了所有学术的自由生命，文艺也无法超出生天"。②这里提出的问题在很长时间里是难以被我们认识到的，我们会批判台湾的"战斗文艺"，同时倡导大陆的"工农兵文艺"。而1950年代香港文坛的认识可以启发我们去深入思考1942年后内地"工农兵文艺"的变化。事实上，如果我们把"工农兵文艺"和"战斗文艺"各自的"经典之作"比较考察，问题就可能一目了然了。一个有某种学术难度的问题被置于大陆、台湾、香港互为参照的整体中予以考察，就可以迎刃而解。这也说明，包含丰富差异性的历史整体性正是中国现当代文学跨越"1949"的内在动力。

三

战后的冷战格局、历史胜败都极大影响了共、国两党的政策，使原先的解放区、国统区文学发生变化，社会主义、三民主义、资本主义体制下的文学突围呈现的文学自由空间的扩张和紧缩，主流与非主流文学力量位置的调整和转移提供了中国文学主体性建构的丰富经验。这些经验涉及文学与政治、传统与现代、本土与外来、雅与俗等中国现当代文学的重要话题。而它们产生于抗战胜利后到五六十年代的文学转型中，同样呈现出跨越"1949"的意义和价值，既可以回答当代文学研究对"发生"的追问，也包含了现代文学研究对"后续"的关注。

---

① 本社：《常识》，（香港）《海澜》第5期（1956年3月）。
② 本社：《我们希望这样来编海澜》，（香港）《海澜》第11期（1956年9月）。

就主流文学思潮而言，文学与政治的关系自然始终得到凸显，丰富着1920年代以来中国文学在这一问题上的实践。本来，五四后的文学与中国社会的关系一直密切，而意识形态作为人想象自我与他人、个人与社会间关系的认知模式也一直影响作家的创作。随着中国革命的扩展，作为特殊意识形态的阶级意识、政党意识越来越深地侵入文学领域，在1940年代后期"两个中国之命运"的决战中达到了激化的状态，意识形态的社会集团因素及其强制力越来越强大，个人想象性越来越被排斥，作家也难以置身于具体的社会体制变革之外（不管是置身于胜利者还是失败者阵营，此时期作家的"革命"情绪都显得高昂）。在战后东亚现代性曲折展开的背景下，文学与政治关系的全部问题几乎都被提出来了。而此时开始形成的中国大陆、台湾、香港三个体制迥然相异的社会空间又为这些问题的处理提供了前所未有的多种可能性，其经验、教训如能得到认真回顾，确是中国现当代文学贡献于20世纪世界文学的重要财富。

恰如前面所言，跨越"1949"的文学传统自身在"缝隙""离散"中延续。于是，中国现当代文学的重要课题，如传统与现代、本土与外来、雅与俗等关系，在此时期都未中断而是得到了充分的展开。例如，现代主义文学思潮在抗战时期的日占区文学（从大陆到台湾）中就有了对抗异族高压的文学意义，在国统区文学中也有在民族解放战争中体悟人类悲悯情怀的提升作用，此时期在台湾、香港获得了前所未有的发展。不仅仅因为倡导者、实践者或亲身经历过三四十年代的现代主义文学运动，或在香港、台湾环境中直接受到大陆三四十年代的现代主义文学作品影响，因而明显延续了中国大陆三四十年代现代主义文学的流脉，更因为它发生在五六十年代文学语境中，大大深化了传统与现代、本土与外来之间的对话。其中"中国经验"和"现代（善性）西化"的沟通对五四文学主体性的发展，中国传统与世界潮流的对接对五四文学传统的拓展和深化等，都极具文学史价值和意义，提升了五六十年代文学在20世纪中国文学史中的地位。

五四前后分流的雅、俗文学到了1940年代有了合流的趋势，这一趋势到了1950年代后虽显得复杂。但各种文学实践使雅俗关系的处理有了深入，政党推动文学大众化、通俗化的运动在开展，张爱玲式的沟通雅俗的个人行为也在延续（张爱玲本人也在1949年前后形成她创作的又一个突破性高潮，非常值得关注）。例如在香港，左翼文学阵营启用武侠小说吸引读者，宣传爱国情怀；在台湾，言情、武侠、历史演义、科幻等小说文类都开始了个人化创作。而经济发展、文化消费方式的变化，也使文学更为关注雅俗关系。1950年代的香港，作家要应对的主要问题并非冷战意识形态，而是香港商业文化环境中文学的生存；香港文学更注重对现代工商社会的价值尺度、社会节奏、消费方式调适、抗衡的实践，关注在速食文化环境中坚持从容的审美创作，在商业的集体消费方式中保留、拓展个性的多元形态。影响文学的雅俗关系的所有因素几乎都得到展开，这一课题的解决也获得极为开阔的空间。事实上，这一时期雅俗互相渗透的成果丰富，提供的经验也很有益，同样构成了文学转型的重要内容。

上述经验并没有隔断在"1949"两边，相反，却因为跨越"1949"而获得了极大丰富，也让人看到了沟通中国"现代文学"和"当代文学"的文学转型的内容和实质。

四

战后中国文学是"人民的文学"新时代的开启和五四"人的文学"传统的延续。两者共存于文学分割中的流动。也就是说，当代文学的开启和现代文学的延续得以共存，一个重要缘由在于战后，尤其是40、50年代之交汉语文学①的分割、流动。近代以来的中国文学一直处于分割、流动中，而战后中国文学的分割、流动最多向、最频繁，规模最大，影响也最大最久。从社会制度、政治格局而言，战后中国逐步被分割成共和国体制的中国大陆、民国体制的台湾和仍然受英国殖民统治的香港，互相之间的隔绝，尤其是大陆和台湾的隔绝是严峻的，然而，文学的流动却使得这一时期不同空间的文学产生密切的内在联系。如果说，二战结束前，中国大陆、台湾、香港的文学尚可分别论述，那

① 这里的"汉语文学"是指包括海峡两岸及香港、澳门乃至海外的中文创作，可参见黄万华：《中国和海外：20世纪汉语文学史论》，百花文艺出版社2004年版。

么，战后至五六十年代的三地文学，如果分割开来审视，整个中国文学难免模糊不清。如果从战后汉语文学的分割、流动去审视，那么，中国大陆、台湾、港澳文学，乃至海外华文文学（海外华文文学从整体而言，不属于中国文学，而是作为各国华人的族群文学，成为世界性汉语文学的组成部分。但战后，尤其是40、50年代之交，从事海外华文创作的还多为华侨而非已加入移居国的"华人"身份，双重国籍的问题也未解决；海外华文作家更流动于中国和海外各国之间，此时期的海外华文文学又刚经历二战期间援华抗日的热潮，与中国现代文学的关系极为密切。打破中国现代、当代文学和华文文学的历史界限，跨越中国大陆、台湾、港澳和海外，尤其是东亚、东南亚的区域界限，有利于考察战后这一转折年代文学的历史意义和当下影响，但本书论述的仍主要由中国大陆、台湾、香港文学所显示的战后中国文学转型）呈现出包含丰富差异性的历史整体性。正是这种流动成就了中国大陆、台湾、香港文学的基本版图，形成多元复杂情境决定的文学格局，也使得这一时期不同空间的文学产生密切的内在联系。

战后中国文学在流动中形成了各个地区的文学版图，从而使得被分割的地区文学之间仍有着密切的内在联系。战后文学流动性最大的是台湾。1945年台湾光复后以左翼人士为主的大陆"南渡"作家群和1949年国民党政权退守台湾后以自由主义立场为主的大批大陆作家进入台湾。前者以鲁迅为典范，以五四文学传统中的现实主义文学主张为旗帜，开辟了当时台湾"行政长官公署"以三民主义为旗帜推行的中国化文化重建政策之外的另一种影响深远的文化重建方向，并与台湾日据时期现实主义文学传统汇流；后者在国民党政治高压下，坚守文学本位的立场，倡导五四"人的文学""自由的文学""现代主义文学"等多种文学主张，与日据时期台湾现代主义文学传统等汇合。大陆迁台作家带入台湾的五四文学传统和台湾日据时期文学传统这两个传统交汇的内容丰富而多元，成为战后台湾文学的基本格局。此后，台湾汉族本土文学一直在现代和乡土、本土与外来的交融中显得丰盈，成为中华地域文化开掘深入、草根性丰满、传统丰富的一种文学；而大陆各省作家会合于台湾，各种传统、地域的文化奇妙交汇于台湾土地，成就了中华文化史上难得的扬长显美，其出生于台湾的后代创作更可以视为本土孕育。战后台湾文学的主要力量有这两种文学组成，其基石是深厚稳固的。①

同样的流动也发生在香港。1945年二战结束后和1949年中国内地政局根本性变动后，两次大规模南来人口流动中，进入香港的南来作家（我们称战后大陆赴台和赴港作家为南渡和南来作家，而非"南下"，恰恰不是以"中原"为视点，而是以台湾、香港为视点来审视作家的流动，这其中包含着意识到台湾、香港在与中国大陆的"分割"中各自相对独立发展的文学存在）之多是百年香港历史中未有的。而且，与1937年全面抗战爆发后南来作家的中原心态和过客状态不同，相当多的南来作家此后定居香港。南来传统与香港文学本地化进程得以交汇。战后香港的好处在于1949年后的"大陆与台湾都出现过新文学上的'断层'……而香港读者却从未受到限制，即使绝版的作品，也有出版商翻印出版"，这种接纳中的开放性使得发生在香港的流动成为在全面的新文学传统中展开的创新和转型。战后开启的香港文学新时期，其文学成就及其影响，使得"香港不但有文学，而且有站在时代尖端的文学"。②这种文学版图呈现香港文学所扮演的多重角色（接轨世界文化潮流、海外传播中华文化、建构城市文学传统等），并延续至今。

上述流动中形成的文学版图呈现出"多元决定"的文学存在，即一个地区的文学是一种多元复杂情境决定的文学：由于分割，各地区聚合起不同的政治、经济、文化，甚至技术等因素，影响着文学的存在；由于流动，各地区文学互相之间的关联密切，包含着历时性维度和共时性维度的多种因素。战后中国转型文学的考察，取决于对这种文学流动中"多元决定"存在的把握。

战后跨地区的文学流动开始于1945年末大陆文化人士南渡来到台湾和南来

① 台湾历史最久远、强韧的少数民族文学，从日据殖民统治到战后政治戒严时期，还一直显得沉寂。但日据时期已有少数民族知识分子的书写创作，例如1930年的"雾社事件"中就有少数民族知识分子的文章发表，战后也有排湾族陈英雄、阿美族曾月娥等的作品问世，1971年陈英雄的小说集《域外梦痕》是少数民族第一本汉语小说集。虽然台湾少数民族恐怕是中华民族中人数最少的族群之一，然而，它的文学表达，作为中华少数民族中最富有山林生命真谛、最敢于直面少数族群现实困境的文学，注定成为台湾文学不可缺失的一种形态而存在。

② 刘以鬯：《有人说香港没有文学》，（香港）《文汇报·文艺》第786期（1993年6月20日）。

香港，而两拨文学流动的方式有所不同。台湾光复后的大陆作家赴台虽是国民党当局推行台湾文化重建政策的具体内容之一，"受邀赴台"的作家却是选择了五四新文化传统作为台湾文化重建的旗帜和资源；在如何看待台湾故有文化的问题上，也表现出与"行政长官公署"完全不同的包容和尊重。这从本书后面专门述及这一段历史中可以得到充分印证，许寿裳、黎烈文、台静农和魏建功等大陆南渡文化人士实际上开辟了官方中国化文化重建政策之外另一种影响深远的文化重建方向，即"在地"化的台湾文化重建，将以五四传统为文化核心，以鲁迅精神为主要思想资源的文化重建与台湾的历史、现实紧密结合起来。这样一种文化建设，虽然其展开不乏曲折，但它使得大陆迁台作家所带来的五四文学传统与台湾本土日据时期文学传统得以汇合。大陆迁台作家的创作原本是大陆五四文学的旅台形态，却成为台湾"在地"文学传统的重要部分。

本书后面会专门论及的此时期流动至香港的左翼文学力量在香港的活动却是另一种情况，它可能是同一时期各地区文学中最活跃、最全面、最顺畅的，但完全服务于、服从于中国共产党建立政权的政治目标，与香港文学的本地化进程关联甚少。或者说，它基本上是以"外来"而非"在地"的形式出现在香港。1940年代后期，这种"在香港"而非"属香港"的左翼文学作为内地左翼文学的旅港形态，最终离港北上，在中国内地文学中显示其成效。

两种不同的文学流动包含了汉语文学的两种基本形态："旅外"和"在地"。两者形态不同而又可以互相转化。"旅外"是就原所在地文学传统而言，就是说，一种文学只有形成了自身的传统，才可能产生自身的"旅外"形态。大陆五四新文学恰恰是在形成了自身传统（这一传统应被视为中华文化传统的组成部分）后，才在1940年代后产生其"旅外"形态。"旅外"文学不能仅仅消费原有文学传统的资源，而要具有文学的再生产能力，这就需要"在地"化。文学的"在地"是与所在地关系而言，它需要落实于所在地本土之中，从而蕴蓄起文学的再生产能力，进而丰富、发展文学传统。"旅外"不能"在地"化，也许"永远注定做一个异地的异地人"[①]；"旅外"而能"在

---

① 张错：《槟榔花》，（台湾）大雁书店1990年版，第53页。

地"化，才会异地"灵根自植"，成就新的家园。对于战后中国文学而言，"旅外"和"在地"的考察格外重要。

文学的流动，是不同的文化迁徙群体将自身原先拥有的文化资源"旅外"迁移至现时文化空间，以"在地"的方式与原先的"在地"文化相遇、对话、交融，并逐步产生自身的"在地"性。这些文化的迁徙发生在战后，交织着东西方、国共意识形态对峙和东亚现代性曲折展开的复杂影响。然而，其结果却是使包括五四以来"人的文学"传统在内的中华文化多种传统以"旅外"与"在地"的多种方式存在于大陆、台湾、香港，乃至海外，和当地原有的文学传统互相激活、交汇，有力推动了各地汉语文学主体性的确立，也极大丰富了五四新文学传统。一位祖籍广东，战后在澳门、香港、台湾分别接受了小学、中学、大学教育的著名诗人回顾他所受到的中华文化影响时说："虽说台湾文化是中国文化的一支，但自一九四七年以来，这一支已旁生枝叶了，无论在广义文化，到狭义的文学、艺术，都像云门《薪传》内那些离乡背井的游子，虽然血缘上依然无悔的归祖列宗，但在成长过程里，却无疑在台湾本土找到养料更多更甚于在中国内地。"①确实，恰恰是"一九四七年以来"这样一个"转折的年代"，开启了中国现代文学的多种"旅外"和"在地"历程，巨大的社会动荡所造成的分割中的流动、流动后的分割，使得离乡背井的游子在"旅外"之地"找到养料更多更甚于在中国内地"，在地生根，从而成就中华民族新文学的更多种传统。

"旅外"和"在地"使得同一种文学在大陆、台湾、香港产生不同的"在地"状态，其文学能量得以充分释放，让人窥见战后文学流动的丰富内蕴。例如，纪弦、马朗、张爱玲的文学"起点"都在"孤岛"时期的上海，那时的文学活动就有交集，张爱玲撰文称赞纪弦（路易士）的诗歌，马朗则在其主编的《文潮》评述张爱玲小说。战后他们分别流徙到台湾、香港、海外（曾停留香港），而成为这三地文学最有影响的一种文学源流。纪弦在国民党政治高压下的台湾，延续其上海沦陷时期"诗领土社"的现代诗主张，而他得到

---

① 张错：《文化脉动》，（台湾）三民书局1995年版，第112页。

的最有力的支持来自跨越台湾日据和光复时期的现代诗社"银铃会"成员林亨泰等。中国大陆40年代的现代主义诗歌运动与台湾本土现代诗传统汇合，成为文学突围出国民党当局意识形态最有效的途径，甚至成就了中国新诗一次"小小的盛唐"，其取向主要是发挥现代诗"主知"的特性，以个人化的写作抗衡国民党当局的"国族"政治。而其所身处的整个50、60年代台湾现代主义文学运动则是要将中国文学传统与世界文学潮流接轨。马朗在沦陷时期的上海主编《文潮》，是出于抗衡"有闲阶级"糟蹋文学的左翼倾向；而在自由竞争的香港，他主编的《文艺新潮》则是要抗衡战后政治对文学的压抑。两者都是要逃离"社会的功利和肤浅"。当年倾向于左翼的文学青年此时"认定了'文艺新潮'的'新潮'就是现代主义"①，"绝对大大'超前'海峡两岸当时'政治挂帅'的封闭"②，促成香港城市文学传统的形成，由此树立了"香港文坛的一座永远耸立不倒的里程碑"③。三人中，张爱玲最迟离开中国大陆。1949年后张爱玲在上海赖以发表作品的《亦报》面临停刊是她离开大陆的重要动因，而《亦报》正是上海沦陷时期办报力量的战后延续。张爱玲由此开始她说的"风吹了种子，播送到远方，另生出一棵树"的"艰难"离散写作。④张爱玲战后第一部作品《异乡记》（1946）⑤和她在香港所写的最为人关注的长篇小说《秧歌》（1954）的一些意象，乃至某些词语完全一样，表明从大陆离散到海外，张爱玲携带的文学"种子"是"真个销魂"的日常生活的中国性，即她1946年11月在《传奇》（增订本）之跋《中国的日夜》中所说的，菜场买菜那样琐细而纷杂的日常场景中所呈现的普通、贫贱，乃至平庸的生活趣味，"仿佛我也都

---

① 杜家祈、马朗：《为甚么是现代主义？——杜家祈、马朗对谈》，（香港）《香港文学》第224期（2003年8月）。

② 郑树森、黄继持、卢玮銮编：《香港新文学年表（一九五〇——一九六九年）·三人谈》，（香港）天地图书有限公司2000年版，第25页。

③ 崑南：《我的回顾》（1965），转引自小思：《香港故事》，（香港）牛津大学出版社1996年版，第69页。

④ 张爱玲：《流言·写什么》，五洲书报社1944年版（上海书店1987年影印），第132页。

⑤ 宋以朗：《关于〈异乡记〉》，张爱玲：《异乡记》，北京十月文艺出版社2010年版，第2页。

有份；即使忧愁沉淀下去也是中国的泥沙。总之，到底是中国"①。1956年，张爱玲去了美国，此后的"张爱玲现象"成为海外华文写作最重要的现象之一：离散中对"连天都是女娲补过的"的中国的回望，关注更实在的日常中国。仅此三人而言，就让人看到1940年代的上海文学，如何成为1950年代台湾、香港、海外华文文学的重要源头，但又在台湾、香港、海外获得了适宜的"在地"环境，得以充分发展，甚至成为文学的主导力量。可以说，恰恰是文学的流动，才使得一种文学传统的力量得以全面发挥，其丰富内涵才得以彻底呈现。

流动中"旅外"文学的"在地"化有着重要的文学史意义。同一种文学"旅外"至不同社会空间"在地"形成的不同形态，不仅可以帮助我们更确切把握这种文学的存在本质，且让人认识到，差异性成为一体性的存在前提，这正是我们把握文学史需要有的历史意识，而中国现代文学与当代文学的历史血脉自然贯通。战后中国文学的流动提供了最丰富的"旅外"和"在地"形式，一地的"旅外"成为另一地的"在地"。"在地"程度的加深，呈现"旅外"源头的丰富；"旅外"空间的拓展，表明"在地"资源的丰沛。战后文学流动开启的"旅外"和"在地"，在日后半个多世纪中华民族文学中得以充分展开，显示了"旅外"源头和"在地"资源的丰厚。我们由此去审视中国大陆、台湾、港澳，乃至海外的汉语文学，就能把握到各地汉语文学之间密切的内在联系。这也开启了中国现代文学，乃至中华民族文学的流动性叙述，即在不同时空汉语文学的内在联系中把握文学的存在。这一文学史观同样让人把握到"1949"断代的中国现代文学与当代文学在丰富的差异性中呈现出的历史总体性。

1949年前后发生的文学转型需要从多个层面、多个角度展开研究，而本书涉及的"战后"这一时段大致指中国抗日战争胜利、二战结束之后，至1960年代这一中国社会重要的转型时期。这一时期的澳门文学尚未进入其"自立自足"阶段，所能提供的战后文学转型的经验少，故未列入本书具体研究的范围。

---

① 张爱玲：《传奇》（增订本），山河图书公司1946年版，第393页。

上 编

第一章　互为参照中的战后中国文学转型

战后中国文学的意义首先在于台湾的光复使台湾文学正式纳入中国现代文学的版图，香港在接纳中国现代文学多种传统中也更为密切了其与中国内地文学的内在联系，完整意义上的中国现代文学格局得以确立。所以，战后中国文学转型的考察要建立起中国大陆、台湾、香港文学的互为参照，求得尽可能全面深入的把握。本章探讨战后中国文学转型中的大陆、台湾和香港文学，既从全局，也从具体问题展开讨论，在战后中国大陆、台湾、香港互为参照的视野中考察战后中国文学转型的丰富内涵。

第一节　互为参照：战后中国文学转型中的大陆、台湾和香港文学

一、战后：一个新的文学时期的开启

中国现当代文学无论在通识教育性上，还是在学术研究性上，都越来越具有历史的传承性，它不能不顾及向后人讲述什么，为后世留下什么。当下我们对中国现当代文学的复杂存在还有种种看不清楚的地方，所以更要强调多重的、流动的文学史观照，其中互为参照的学术视野是重要的，即不要"迷思"于文学的某一端（例如对于文学史的分期，关注其起源、"进化"，依

据流派、世代的演变，强调文学本质性的思考等，都有其必要性，但不可陷入其"迷思"，否则就会在预设价值、意图伦理的迷失中遮蔽了文学史），而要有复杂纠结，乃至对峙的因素间的互为参照（例如严肃文学与通俗文学、现实主义和现代主义、国族的统一性和文学的本土化、"横的移植"的世界性和"纵的继承"的民族性，作家良知和文学品格等都需要互为参照，才能接纳下中国现当代文学自身）。由于五四前夕诞生的中国现代文学不同于一统性的中国古典文学的一个核心内容是它的分合性，这种分合性的重要内容是中国文学的现代转型发生于中国大陆、台湾、香港地区和海外华人社会／社群某些历史空间的进程中，因此本土与境外互为参照的文学史视野显得更加重要，即中国大陆、台湾、香港、海外的治文学史者各有其本土，本土之外的就构成了其境外。不管置身何处"本土"，都不可受制于"本土中心"或"本土边缘"心态（"边缘"心态也会产生强烈的建构"本土中心"的冲动）；关注本土，恰恰要在本土与境外的互为参照中完成，在跨越本土的观照中反观本土，这样才可能走出文学史"迷思"。

本书就是从这样一种学术视野展开战后中国文学转型的考察。本节则主要讨论战后（1945年至20世纪六七十年代）何以构成中国现当代文学的重要转型时期。

五四文学革命开始的中国文学现代性进程，尽管有种种曲折、分化，但一直到抗战全面爆发前，整体上仍有着一脉相承的进展。其中的重要原因，自然是这一时期中国社会的现代化进程，始终呈现向前发展的态势。这一情况由于抗日战争的全面爆发及其残酷性而产生了重大变化，中国文学由此进入了一个不得不面对许多新课题的新时期。

对1930年代中期到1960年代中期的文学，迄今为止的文学史（因为只着眼于中国大陆文学状况）都按照"40年代文学"和"十七年文学"两个时期的视域、思路构建。这种研究格局正呈现出它难以克服的几种缺陷。

一是遮蔽了全面抗战八年全面文学与解放战争时期（1945—1949）文学的重大差异。因为如果我们认真仔细地考察1945年至1949年的文学，就会发现它跟八年全面抗战时期文学有很大差异，它更多地联系着1950年代文学，甚至在许多方面构成着1950年代文学的先声。

日本投降后的文坛状况，就很能说明当时中国面对的问题已经很不同于抗战时期了。毛泽东在二战结束前四个月作出的"两个中国之命运"决战的预见构成了1945年至1949年的历史进程，也决定性地影响着这一时期的文学走向。自然，决定"两个中国之命运"的主战场是在二战结束后的解放区、国统区，决定胜负的也主要是军事、政治力量，但香港、台湾的存在仍是不可忽略的。因为当中国现代性的历史进程完全被纳入"两个中国之命运"决战的政治轨道时，新的曲折性已不可避免。此时香港、台湾既联系着整个中国命运，又存在不同于大陆的，为1949年后中国现代性的曲折展开提供了"另类"空间的可能，也为中国文学多种历史可能性的出现埋入了"伏笔"。而对这两个时期文学差异的遮蔽，影响了对中国现当代文学内在关系的深入探讨。

二是造成了20世纪五六十年代文学历史的严重残缺。在单一的文学史视野下构建的20世纪五六十年代文学史，都拘囿于"十七年文学"的基本框架，或呈现社会主义文学单一"经典"的视野，或构筑"民间"思潮、写作的"虚拟"空间。但从民族文化的有效积累乃至文学史的典律构建来看，这样的文学史构建仍会面临文学资源的匮缺；而如果从包括台湾、港澳，乃至海外华侨、华人社会在内的整个中华民族着眼，此时的文学资源依然是丰沛的。

三是割裂了中国文学的整体感、历史感。导论中已论述了"中国现当代文学恰恰是以其历史一体性和丰富差异性跨越了'1949'"，同时，"十七年文学"属于共和国文学形态，但战后中国文学应该包括台湾、香港地区。1949年前后的台湾文学、香港文学看似跟中国大陆文学隔绝，事实上却面临着共同课题，构成着潜性互动、内在互补的关系。如果将它们视作民族新文学的整体，不仅留存住了这一时期民族新文学的丰富资源，而且可以在一种互为参照的历史视野中深入把握到这一时期中国文学运行的内在机制。

正是在弄清楚原先被分割成"现代文学"和"当代文学"的"两种时期"文学间的内在联系，并立足于完整意义上的中国文学全局，对"分流"的中国大陆文学和台港文学完成某种历史整合的过程中，本书提出了互为参照的学术视野中战后中国文学转型的课题。

作为本书"前溯的"的"战时文学八年"（此处的"战时"指的是全面抗战时期），本书作者在已经出版的50余万字的《史述与史论：战时中国文学研究》[①]中做了较详细的论述。其中谈到，抗战时期文学在置身世界战争文化中，将五四新文学对世界进步文化的呼应机制转换成融入机制，拉近了中国文学跟世界进步文化的心理距离，中国现代文学由此获得了一种新的世界性视野；抗战时期文学的艺术探索不仅具有前瞻性，而且触及了中国文学现代性格局的深层次调整；抗战时期文学在其开放性格局上不仅打破了中国新文学自五四以来以北京、上海为中心的单向吸纳和输出的格局，在战争迁徙中，进行着外来文化和地域文化的多重叠合，形成了一种较平衡运行的文化多中心机制，而且还进入了一种跨国别的汉语文学创作传播机制的初步运行。中国文学的本土自足性第一次有可能代之以跨国别、跨地区的开放性。

然而这一切在二战结束后有了很大改变，中国现代文学的生存空间演变为解放区、国统区和香港地区。到1950年代初，整个中国大陆获得解放，国统区则萎缩为台湾地区。中国大陆、台湾地区、香港地区的文学各自开始了其有着内在相通性的战后历史进程，逐步形成了中国文学分合有致的多元格局，上述格局是在战后东西方冷战架构开始形成的背景下完成的。这一背景使亚洲知识分子面临着新的更为重要的抉择，即选择什么样的民族国家制度；而自由主义同共产主义的分化、对峙，成为影响抉择的最重大因素。对于中国知识分子而言，这种抉择由于国共两党的战争变得更为具体、迫切，直接影响了战后中国文学的走向和格局。

二、香港：中国现代文学传统延续和发展的包容性空间

1945年8月的香港，由于恢复了港英殖民当局的统治，在国共战争日趋白炽化的中国内地之外，为中国现代文学的生存发展，提供了一种较具包容性的空间。可是当我们去认真考察这一时期的香港文学，发现它提供的文学形态主要并非战时中国文学形态的延续，而是后来中国内地1950年代文学的前奏。中

---

① 黄万华：《史述与史论：战时中国文学研究》，山东大学出版社2005年版。

国共产党领导下的左翼文化力量在香港成功构筑了一个主导作者、编者、读者及其公共空间的影响、传播机制，以毛泽东《讲话》为核心的文艺政策在香港文坛得到了全面诠释、宣传、推广，香港文坛"在地"化进程在很大程度上被纳入"革命化""大众化"轨道；以较大声势开展的大批判和作家自我改造运动，也成为日后中国内地文艺模式的某种先声。这一切，构成了本时期香港文坛"文化政治"最重要的背景，也直接影响着1950年代后香港文坛左、右翼营垒分明对峙的格局。

可是由于香港文坛并未介入体制上的意识形态操作，左翼文学的影响并未让香港体制有根本性改变，所以战后香港文学反而出现了容纳以往被左翼文学排挤的其他新文学传统的情况。除了左翼传统在北京、上海等地进入体制而成为中国内地文学主流外，五四后另外三种主要的文学传统——现代主义都市文学传统、鸳蝴通俗文学传统、坚守艺术本位的传统"全都转移飘零到香港"[①]。值得关注的是，这几种文学传统跟香港本土文学力量结合在一起（此后的南来文人也少有来了又匆匆走的），改变了此前南来文人的"中原情结"总跟香港文学本地化进程发生冲突，乃至对峙的局面。甚至可以说，真正意义上的香港文学格局，正是形成于战后时期。

所以，1945年和1949年两次中国内地作家南来香港构成了对香港文坛的历史检验，这两次南来的走向相反。战后的1945年，南来作家以左翼为主，香港由此成为反蒋争民主的文化中心之一；1949年新中国成立后，南来作家以右翼为主（与此同时，左翼作家北上回内地居多），香港由此成为冷战对峙中西方世界中的一环。但香港文坛并未如政治格局那样明晰单一。一方面，香港文坛左、右翼力量对峙分明，这种情况一直延续至六七十年代。但更重要的另一方面，香港文学创作却一直拓展着其超越政治意识形态对峙的脉络。无论是现代主义都市文学，还是市民通俗文学，或是以艺术为本位的纯文学，它们要应对的主要还不是政治环境，而是由经济转型、文化消费、教育制度等因素构成的

①　许子东：《华文文学中的上海与香港（思考提纲）》，（香港）《香港文学》第217期（2003年1月）。

人文生态的变化（香港市民对政治一向较为淡漠）。香港文学正是在这种应对中形成了自身的运行机制。这种机制容纳政治倾向不同的文学力量，但更适合在经济急遽变动影响下文学资源的开掘，人文精神的蓄积，创作脉络的拓展，其中自然包括种种失落、曲折，但香港文学的品格也形成于其中。从这种意义上讲，战后香港文学真正开始了其文化个性和文学价值的寻求。这种寻求一直到1970年代初，并随着香港经济繁荣和社会转型淡化了香港文坛的政治对峙而得到了初步完成。此后，香港文学更注重对现代工商社会的价值尺度、生活节奏、消费方式抗衡、调适的实践，由此，更清晰地呈现其城市文学传统的个性。由此可见，战后的确开启了香港文学史中一个重要的时期。

正因为如此，我们才清晰地感受到，无论是刘以鬯的现代主义小说实验（例如他1963年出版的《酒徒》，不仅是中国第一部意识流长篇小说，而且以"酒徒"清醒和醉倒两种人生姿态的交叉、反复，揭示香港人的生存本质；以"酒徒"之言，传达其对香港社会的发现），还是梁羽生、金庸的新武侠小说创作（从1952年梁羽生开笔引发香港公众"武侠幻想"后，香港文学"武侠时代"正是指五六十年代），其提供的文学范式，都是属于战后五六十年代的。中西文化交汇滋养中的传统文人型作家跟香港英殖工商社会市民文化的互动形成于这一年代，也构成了对香港文化资源较深入的开掘，由此产生出新的香港文学范式。而香港文学对无法存身于内地的五四文学传统的接纳，则显示出其跟中国内地文学的潜性互补。

使战后香港文学构成一个新的时期，并且内在沟通香港文学跟内地文学、台湾文学联系的，是香港作家在战后冷战格局中的人生抉择。在香港，不同政治势力的对峙构成此时作家创作的社会大背景，但在整体上尚无体制性力量迫使作家政治化，这给香港作家提供了突围出政治陷阱而寻求创作的自我的历史可能性。这其中最值得考察的是南来香港的作家，他们中不少是出于对中国革命的恐惧而离开了内地，那么，在香港，他们的创作能不能避开政治"陷阱"？例如张爱玲是在出席了上海第一次文代会后出走香港的，她在《十八春》中力图适应中华人民共和国成立后新生活的创作没有成功。张爱玲的创作灵感在上海，寓居香港，对张爱玲是一次"困城"。在这种被悬置的状态中，张爱玲不想用"追忆"来延续她小说中的上海世界（这无力超越她1940年代的创作），于是，她创作了长篇小说《秧歌》等和众多的电影剧本。《秧歌》是"思想倾向不好"还是"公认是部经典之作"？[①]她写于1947年的电影剧本《太太万岁》"堪称为最上乘的中国喜剧片"[②]，那么，她香港时期所写近10个剧本，尤其是"南北"系列喜剧所写的文化冲突，对她内地时期剧作有什么超越？这些问题的探讨，都能帮助我们去认识张爱玲当时的创作困境及其突围。又例如徐訏，1950年移居香港，尽管香港生活环境跟徐訏熟悉的十里洋场相差无几，他创作较快进入了一个较稳定的丰产时期（1966年，台湾开始出版18卷的《徐訏全集》），但他坦言此时自己"在生活上成为流浪汉，在思想上成为无依者"[③]，也表明其惘然于由政治、思想、生活等各种因素交织而成的"悬置之网"。1958年出版的从充斥欲望的尘世此地寻求"神性"彼岸的小说《彼岸》，以"叙事"上被"撕裂"成前后迥然相异的两部分的结构，表现出一种此岸欲摆脱而不能、彼岸欲求而不可得的人生痛苦。同样创作于1950年代的另一长篇《江湖行》被视为"睥睨文坛"的"野心之作"（司马长风语）。有了这部作品，徐訏1950年代香港时期超越了1940年代《风萧萧》时期。这部小说呈现1920年代中期至1940年代后期斑杂社会人生的史诗笔调，跟同时期共和国"史诗"小说的明亮色彩相异。《江湖行》的主角最终在宗教皈依中安放灵魂，而徐訏在他1960年代的长篇《时与光》、中篇《鸟语》等作品中，也都在宗教层面上，乃至以禅语诠释人物命运。人们难免感慨百生：1940年代末中国政治格局的变动对作家归宿的寻求产生着多么深远的影响，而徐訏高度抽象化和更为写实两种叙事形态的并存则反映出他对香港文化环境的应对。仔细考察这些作家在身心无依境地中创作的"突围"（这种"突围"往往既呈现出政治对文学的牵制和文学对政治的超越并存的情况，又有着对香港工商社会人文

① 夏志清：《张爱玲的小说艺术·序》，水晶：《张爱玲的小说艺术》，（台湾）大地出版社1973年版。

② 陈辉扬：《闲话石挥电影》，陈辉扬：《梦影集——中国电影印象》，（台湾）允晨文化出版社1990年版，第53页。

③ 徐訏：《新个性主义文艺与大众文艺》，《现代中国文学过眼录》，（台湾）时报文化出版企业股份有限公司1991年版，第275页。

生态的调适和抗衡），事实上将中国内地文学和香港文学在互为参照中纳入了同一格局。

战后香港文学能开启一个新的时期还在于它跟1970年代后的香港文学"划清了界限"。王赓武在《香港史新编》中说："到1970年代，一种源自中国价值观的、独特的香港意识出现了。它与英国和中国内地的主流意识形态不同。"[①]"香港意识"的历史存在形态到底如何，自然是个需要认真探讨的问题，但它的独立形态确实出现在1970年代后。战后香港文学在文化认同上还较"沉迷"于英殖民统治的从属属性，政治对峙的模式则未能摆脱中国内地的影响，但它又已经开始明显萌生、发展起香港家园意识，而这正是香港意识最丰厚的土壤。到了1970年代以后，无论是对香港自身都市文化资源的把握和开掘，还是对香港本土历史意识的体悟和提升，都开始成为香港文学文化定位的最丰富最重要的层面。而香港回归前景的逐步浮现，既促使香港的文化认同开始摆脱"英联邦空间"，也潜在推进着香港文化既回溯于中华民族价值观，又相异于中国内地现实格局的寻求。这一切直接促进着香港文学独立品格的形成。从文学范式来看，战后和1970年代后的香港文学分属于两个时期，而战后时期正是香港文学（文化）开始寻求自身的新时期。

三、台湾：影响整个中国文学的三种走脉

我们再来看一下战后台湾文学开启的新的历史时期对于中国现当代文学的意义和价值。

1945年日本战败对于台湾文学而言，无论如何都是个重大转折，而这一重大转折很快呈现出其曲折。本来，台湾作家是将"祖国"作为一种整体归宿来看待，迅速完成从日文到中文的转变是他们共同的心迹。但国民政府接收人员在台湾的恶政很快引起台湾作家（知识分子）的分化。一些作家开始意识到"两种中国之命运"之存亡。例如，吕赫若是日据时期创作影响颇大的一位作家，战后很快完成了语言、文风等转换，投入揭示日据时期台湾人民精神创

28

跨越1949 战后中国大陆、台湾、香港文学转型研究

---

① 　王赓武主编：《香港史新编》，（香港）三联书店有限公司1997年版，第7页。

伤的创作，相继发表了《故乡的战事》（一、二）、《冬夜》等小说。但在"二二八"事件后，他痛苦地意识到"国民党中国"不会给台湾带来光明，毅然告别文坛，参加中国共产党地下组织的武装基地建设而殉身，殖民暴政都无法制止的文学生命却中断于"两种中国之命运"的决战中。1947年至1949年关于台湾文学问题的论争就是在这样一种背景下发生的。翻阅《1947—1949台湾文学问题论议集》，会强烈感觉到"二二八"事件发生当年拉开序幕的这场关于台湾新文学问题的论争表现出来的敏锐性。其中杨逵的《"台湾文学"问题》一文最能代表此时台湾作家的清醒，他毫不讳言追求"万世一系"的殖民教育使得"部分的台湾人是奴化了"，也不回避台湾跟祖国大陆之间也存在"一条未填完的沟"。但这种正视只能使他更坚信："台湾是中国的一省，没有对立。台湾文学是中国文学的一环，当然不能对立。"①这里，历史意识和现实态度都显得异常清醒，但同时也表明，1945年后的台湾文学的确开始了一种重大的历史转折。

可以跟杨逵的历史意识和现实信念做颇有意味印证的是此时期出版的吴浊流的长篇小说《亚细亚的孤儿》，最荒谬的存在以一种最真实的历史言说出现在吴浊流笔下。小说中，主人公胡太明多次因为自己的"台湾人"身份而被中国大陆政府、同胞疑为"日本间谍嫌疑犯"，甚至大祸临头。胡太明不忍承认心中认同的祖国已经"死灭"，却又不得不面对自己与祖国之间已"断裂"的事实。这种由被殖民者身份造成的台湾人的尴尬处境，弥漫出历史的沉重、悲凉、困惑，凝结为一种现代个人特有的民族国家认同困惑。当然，这种"孤儿"困惑并未导致台湾文学生命的迷失。在《亚细亚的孤儿》中，胡太明的朋友动情地说过："命中注定我们是畸形儿……我们必须用实际行动来证明自己不是'庶子'。"而胡太明最后也是在大陆同胞视自己为逆臣贱民的仇恨目光中悲愤欲狂，题下"汉魂终不灭，断然舍此身"的"反诗"，以示心灵的彻底醒悟。

①　见陈映真、曾健民编选的《1947—1949台湾文学问题论议集》中《"台湾文学"问题》一文，（台湾）人间出版社1999年版。

然而，我们丝毫不应该因为杨逵、吴浊流那样的台湾作家能走出"孤儿"生涯而有历史的轻松感。我们恐怕应该关注到，在台湾作家心中，是不是会有两个"祖国"的"阴影"：一个是"魂归原乡"的"祖国"，一个是在历史上不断将台湾"割舍"，乃至"遗弃"的"祖国"。台湾作家那种由历史造成的孤独感、放逐感在台湾光复后，由于返台国民政府的"戒严"，也由于台湾继续跟祖国大陆隔绝而挥之不去。所以，1945年后的台湾文学结束了"殖民（地）文学"的历史，但也开始了一种更复杂的纠结。在这种纠结中，台湾作家要继续承受母国的"疏离"，又面对如何应对国民党政权造成的"冷战"生存环境，台湾文学精神由此要经历种种严峻的考验。

1945年后在台湾建立的国民党政权在政治意识形态上一直享有主权合法性，这主要表现为1950年代美援介入下的经济改革和思想领域中的一元主导。对于台湾作家而言，他们面临的主要课题，一是如何将日据后期的日文写作空间转换成中文创作空间，其中既包括台湾本土作家对语言障碍的克服，也包括大陆迁台作家对台湾语言资源的开掘；二是如何突破国民党当局政治高压造成的创作"悬置"，构建文学自身的舞台，其中包括台湾本土作家中政治倾向、阶级意识淡化的现实主义文学的复苏，大陆迁台作家现代主义思潮的传承和蜕变，对五四新文学传统的接续，从女性文学、通俗文学等角度切入的对文学政治化的反拨等；三是文学如何呼应台湾在朝鲜战争爆发后的政治背景上启动的资本主义工业化过程中产生的问题，在这种回应中，文坛会形成互补互动的多元势力。大致到六七十年代，上述课题的实践可告一段落。

正是在上述课题的实践中，台湾文学呈现出了一些重要的走脉，对整个中国文学产生了影响。

一是这一时期的台湾文学思潮引发的文学传承和转换具有文学史整体的价值和意义。

一个地区的文学有没有可能影响全局，首先看它引发的文学思潮、运动能否成为文学全局性进展中不可或缺的一环，或承前启后，或自成一脉，长久地影响日后全局性的文学走向。1950年代初期台湾文坛狂嚣的"反共八股"浪头涌过之后，台湾文学在孤岛隔绝、历史离散的荒寂感和西方现代思潮汹涌而至的失落感中，将20世纪上半叶中国文学中潜流断续的现代主义文学推到了文学的中心地位。它从诗歌发难，在小说领域也潮流涌动，并波及戏剧、散文。它因"横的移植"而招致历史误解。实际上，它是中国新文学富有实绩的革命性传承和转换。

1950年代中期的台湾现代诗坛出于"突围"意图，不无过激之处。但在其本质的运行上，人们却有着颇多误解。时过将近半个世纪后，台湾1950年代"现代诗"运动的力倡者纪弦仍思路清晰地叙述了台湾现代派倡导"横的移植"和"反传统"的本衷：

> 中国新诗的源头，不是从唐诗、宋词、元曲一脉相传地发展下来的，而是自五四运动以来，由胡适等这班留洋学人，在欧美受了影响，把西方的诗观、创作技法，甚至语法等等搬到中国来。因为中国新诗是移植之花，亦即把西洋的花，种植在中国文化的土壤上，嗣后溶入中国的文化，成为中国文化的一种。

> 我们所谓的反传统就是反浪漫主义：这是世界性，不光是中国一方面的事。……那并不是反中国的旧诗，反中国古典文学的诗词歌赋……旧诗的成就好比一座既成的金字塔，推也推不倒，摇也摇不动；我从未反对过，但是我们今天从事现代诗的写作，想要在另外一个基地上，建立一座千层现代高楼巨厦，一砖一石，一层层往上盖，并不是要把金字塔摧毁之后，再盖千层大厦的。这是两件事。我们没有反对中国旧文学的旧诗的意思，我们是反整个世界性浪漫主义的作风。[1]

纪弦的上述回顾，历史的真实成分居多。如果将创世纪诗社、蓝星诗社这些从五六十年代延续至今的台湾现代诗社跟纪弦的历史诠释结合起来看，可以梳理出这样几点：一是1950年代台湾现代诗运动是在艺术乃至思想层面上对五四后新文学最有效的传承。它使台湾文学得以突围出当时由官方政治的强大牵引而

---

[1] 张堃：《从"横的移植"谈起（专访纪弦）》，（台湾）《创世纪》第122期。

造成的"悬空"状态（1965年现代主义文艺的重要刊物《文星》被封，余光中曾为《文星》写下这样的诗句："向成人说童话／是白天使们／的职业，我是头颅悬赏／的刺客，来自黑帷以外……"，足见现代主义独立的思想姿态已跟当局的文化政策构成尖锐对立），也避免了新文学艺术脉络在1950年代的全面断裂。二是台湾现代诗运动确立的艺术取向和情感视野相对密切了中国文学跟世界文化潮流的关系。尤其是这种密切是在台湾文学注重本岛文化资源开掘的环境中发生的，开启了"横的移植"的国际化和"纵的继承"的民族化间的新的互动局面。三是台湾现代诗运动内部有着分歧乃至不同的流脉，各群体的现代诗创作也时有修正、实验。它们之间的对峙、争论以及各自的变化，呈现的是在中国文学现代性上的成熟形态。

过去一般的看法将五六十年代台湾的现代主义视为美式的现代主义，强调其是美援经济格局中的产物，但如果我们对台湾现代主义文学运动（包括其主要成员的人生经历、创作实践等）细加考察，我们会发现，其不仅是中国大陆三四十年代现代主义文学流脉与日据时期台湾现代主义诗潮汇合后的延续，而且即便在过激的口号下，也潜行着对传统新的回归和发扬。从整体走向上讲，五六十年代台湾文坛在现代性旗号下的嬗变，不失为五四新文学运动之后最有传承性也最有革新性的文学运动，在对西方现代文艺的认识和对中国传统文化的重估上都对五四有所超越。其成员在这过程中表现出来的全球视野、创新能力、求变意识及硕果累累的创作实践，在中国新文学史上是罕见的，自然构成了此时期中国文学史极重要的一章。还应指出的是，台湾现代诗、现代小说的一些倡导者后来到了海外，不仅延伸出了"留学生文学""北美华文文学"等重要形态，而且都成了传统的现代性转换的身体力行者。他们后来倡导的"第二次五四运动"就是"重新发掘中国几千年文化传统的精髓，然后接续上现代世界新文化"①（白先勇语），由此形成的"海外中国"在世界范围内产生了很大影响。

上述台湾文学思潮、运动，显然具有文学史整体建构的意义和价值。白先

---

① 参阅《台港文学选刊》1995年第5期所载的《白先勇旋风》。

勇所言，"如果说'五四运动'的白话新文学是20世纪初中国文学第一波现代化的结果，那么20世纪中叶台湾的'现代主义'文学可以说是第二次中国文学的现代化"①，也多少是值得我们关注的。

二是这一时期的台湾文学提供了一批富有求变意识或创新锐意的上乘作品，并初步进行了多元典律构建的尝试。

以小说为例，1999年由中国大陆、台湾、香港以及海外的北美、东南亚等地学者、作家评选出的"20世纪中文小说100强"中，五六十年代的台湾小说多达13部，它们是姜贵的《旋风》（1955）、王蓝的《蓝与黑》（1958）、林海音的《城南旧事》（1960）、钟理和的《原乡人》（作者去世于1960年，所收作品皆创作、发表于此前）、吴浊流的《亚细亚的孤儿》（1962年初次出版中文本）、朱西宁的《铁浆》（1963）、王文兴的《家变》（1963年连载完）、琼瑶的《窗外》（1963）、司马中原的《狂风沙》（1967）、於梨华的《又见棕榈，又见棕榈》（1965）、王祯和的《嫁妆一牛车》（1967）、白先勇的《台北人》（结集出版于1971年，但所收作品皆发表于1960年代及其前）、陈映真的《将军族》（所收主要作品皆发表于1960年代）。香港《亚洲周刊》组织的这次评选在全世界华人地区颇具代表性。而事实上，值得关注的五六十年代台湾小说并不限于此。聂华苓《失去的金铃子》（1960）、钟肇政"台湾人三部曲"的第一部《沉沦》（出版、发表于1960年代）等，都是有文学史意义的。如果将此时期香港小说的重要收获，包括侣伦《穷巷》、张爱玲《秧歌》、刘以鬯《酒徒》、徐訏《江湖行》、徐速《樱子姑娘》、金庸和梁羽生的新武侠小说等作品合在一起，我们得承认，五六十年代绝非中国小说的歉收期。正是这些作品，跟中国大陆作家之作，如王蒙《组织部新来的年轻人》、杨沫《青春之歌》、茹志鹃《百合花》、孙犁《铁木前传》、曲波《林海雪原》等一起，构成20世纪五六十年代中国文学史的重要基石。

上述台湾小说的意义在于初步拓展出了一个多元典律的空间，直接孕育着

---

① 白先勇：《二十世纪中叶台湾的"现代主义"文学运动》，（香港）《香港文学》第208期（2002年4月）。

台湾文学精神。如果讲，这些小说都在疏离、叛逆官方意识形态中实现文学的突围，那么，这种突围也是多层面的，有侧重政治叛逆的，如《将军族》《台北人》；有侧重人性关怀的，如《铁浆》《狂风沙》；有侧重伦理颠覆的，如《家变》《窗外》等。以往视五六十年代的台湾文学为现代主义时期，可是《亚细亚的孤儿》《城南旧事》《原乡人》《狂风沙》《嫁妆一牛车》《将军族》等台湾乡土文学经典不仅数量上占有某种优势，而且已经拓展出乡土文学的多维文化视角。从殖民时期的民族意识到国民党时期的抗争品格，从遥遥乡愁乡思的寄托到脚下本土文化资源的开掘，从经济转型中精神家园的寻找到外来冲击下弱势族群心声的表达，从乡土写实的深化到语言世界的构筑，台湾乡土文学提供了比任何一种中国地域文学都丰富的形态。尽管在以后的生存、发展中，台湾乡土文学由于承受了太多的文学启蒙使命而在历史纠结中产生身份危机，但其乡土精神的丰富层面仍提供了中国现代文学史典律构建中有价值的资源。而即使是消费文化层面上的言情小说，从1950年代的孟瑶、郭良蕙，到1970年代的琼瑶，也都有无法漠视的文学史意义。总之，小说创作上，先锋和通俗、传统和现代、乡土和世界等等都可在经典性上获栖身之地。

其他文体创作典律构建"多元成规"的倾向也是明显的。诗歌方面，且不讲不同社团、流派间的竞争，同一社团内往往也在汇合中有分流。例如，1954年至1964年处于鼎盛状态的蓝星诗社，诗社同人余光中、覃子豪、钟鼎文、叶珊（杨牧）、罗门、蓉子、周梦蝶、向明、白萩、夏菁、黄用等，各以自己的方式追求现代诗，都足以在中国新诗史上有自己的足迹。如果再考虑到洛夫、郑愁予、痖弦、商禽、李魁贤等诗歌大家、名家都成就于五六十年代，或古典，或现代；或传统，或西化，价值倾向、风格个性各异，那么，余光中所言，此时期是"一次小小的盛唐"确不为过了。

至于散文，承接五四流风余绪的，就多脉并流，思果、庄因等小品承继周作人平淡醇厚之风，琦君、林海音等记述散文以夏丏尊的清新朴实为前驱，张秀亚、胡品清、张晓风等抒情散文以徐志摩的潇洒飘逸为源头，柏杨、李敖等杂文以鲁迅的泼辣深邃为祖师，吴鲁芹、夏菁、邱言曦等说理散文则视林语堂的幽默、睿智为风气之先，王鼎钧等更以许地山为开山人多作博学沉潜的寓言……这些散文类型1950年代后在中国大陆都沉寂多时，绝大部分在大陆文学史观念中并非主流，但此时却成为台湾散文的主导力量，表明对五四新文学可以有不同侧面的继承，并流变出不同的主流文学状态。传承中有创新，而余光中、杨牧、陈之藩等接受台湾文学环境中的现代艺术观念，散文观念上更有大的突破。例如，1959—1964年，余光中发表了20万字的文学论评，其中提出的现代散文理论包含着文学史观念的变革和对现代散文本质的深入思考，今天仍闪耀着真知灼见。

跟大陆五六十年代文学的单一化有所不同，台湾文学此时期却呈现出容纳"异数""另类"的情景，开始形成"容百水而成淤"的"沼泽型文化"形态。而那种超越台湾孤岛的隔绝，努力定位于中国现当代的历史脉络中，回归于中华文化的传统长河中的台湾文学精神，就开始形成于这一时期。

三是这一时期的台湾文学对其他地区文学，尤其是东南亚华文文学产生了辐射影响，影响到五六十年代华文文学的整体格局。从1950年代起，大批南洋华人学子负笈台湾，学成南归后，将台湾文学的种种影响融入南洋文学传统，对20世纪后半叶海外华文文学的基本构成都产生了影响。这从一个侧面说明了本时期台湾文学的思潮、创作实践具有民族新文学整体格局中的转换意义。总之，地处"边缘"的台湾文学以其中兴的局面在战后中国文学转型中成为某种影响民族文学全局的中心。

四、战后中国文学转型格局中的中国大陆文学

在对战后香港、台湾文学有了历史回顾后，再将它们跟同时期中国大陆文学整合在一起，大致可以呈现出这一时期中国文学的历史整体性。

这一时期的中国大陆文学就是目前学术界所指"中国当代文学"的发生和形成。它起于抗战后期的延安文学，并开始了原旨意义上的延安文学理想和激进实践的延安文学理想之间的复杂纠结。由《讲话》确立的延安文学理想在抗战后期和解放战争的政治环境中，围绕着"两个中国之命运"的根本课题，得到了系统的理论阐释和规模不断扩大的实践。原旨意义上的延安文学理想是要持久地建设一种服务于人民大众，首先是服务于工农兵的党的文学，而当这种

文学理想被驱遣入非常现实的政治斗争时，它往往转化成一种激进的政治性实践。这种复杂纠结构成了"中国当代文学"开始后的基本进程。

1949年中国共产党领导的人民革命战争的胜利，开始了中国当代文学史中"十七年文学"的时期。"十七年文学"得以存在的政治前提，其本身呈现的意识形态本质，都是难以抹杀的历史存在。但"十七年文学"的雏形孕成于抗战后期开始的敌后抗日根据地（解放区）文学和战后四年的香港文学中，"十七年文学"面临的困境也存在于1949年后台湾、香港文学的某些层面；"十七年文学"脉络的理清需要引入同时期台湾、香港文学的参照，更需要置于战后民族新文学的整体格局（包括此时大陆、台湾、香港文学的潜性互动）中。

正是立足于上述思考，将抗战胜利后的中国大陆文学纳入战后中国文学的格局去考察，不仅可以从历史分合的态势上去把握这一时期整个中国文学的转型，而且也能从民族新文化长远积累、建设的角度给予"当代文学"确切的历史定位。如果从战后现代性的曲折展开这样一种背景上去审视"中国当代文学"的发生和形成，那么它跟台湾文学、香港文学一起被置于同一历史层面，战后中国文学的一些共同性就呈现了出来，如作家在社会政治"规范"中的调适和突围、新的文学典律的探求等。当然，这些共同性又是寓于"中国当代文学"的特殊形态中的。

任何文学的生存空间都大致有两个层面：一是跟地域联系在一起，由政治体制、语言文化环境、自然风俗人情等因素形成的社会空间；二是由文学自身建制提供的生产、消费空间，即有作者和编者（生产者）、读者（消费者）及其公共空间（文学报刊、出版机构、图书市场、流通资金、典律体系等）组成的文学运行机制。在前一个层面上，中国大陆文学面对的是跟悠久的历史传统和崭新的社会主义制度文化联系在一起的人生悲欢离合。在后一个层面上，作者队伍构成上自由撰稿人和政府机关成员间身份的变动，编者队伍上自由办刊人和官方政策把关者之间的交替，读者需求上的社会主义文明熏陶和个性文化消费多样性之间的协调，其他如党的宣传文化部门对传统艺术、主旋律艺术的扶持，文学典律构建上官方性和民间性的互补等，这些都构成了中国大陆文学不同于其他汉语文学的生存空间。不管是"为工农兵服务"还是"为人民服务"，不管是"为政治服务"还是"为社会主义服务"，也不管是"政治标准第一，艺术标准第二"还是"思想性、艺术性、观赏性的统一"……中国大陆文学一直是在共产党的文艺政策这一大环境中来拓展自身的生存空间，它要寻求的是能否在历史的磨合中形成文学创作同文艺政策的良性互动，能否在政策文化的群体要求中保留艺术个性的丰富形态。这就是从延安时代到共和国时代中国大陆文学的基本格局。

1970年代"文革"灾难的蔓延和结束，从深层次上影响、制约，甚至规定了中国大陆文学的今后走向。一方面，它以惨痛的历史灾难表明了激进功利的"延安文学理想"的破产，并促进了文学的觉醒；另一方面，它也以中国共产党对自身错误的纠正规定了今后大陆文学仍要在"社会主义典律"构建内运行，仍要以丰富、拓展原旨意义的延安文学理想作为文学的主旋律。所以，大致将1970年代作为中国大陆文学在社会主义"规范"内开始自觉自立的"模糊"时期是可以的，而战后大陆文学自然也以一个新时期的开启而纳入战后中国文学的整体格局中。

从上述内容中，我们可以把握到，中国大陆文学、台湾文学、香港文学，它们各自文学个性的自觉自立，都是从战后开始的。从整体上讲，战后就是一个探求"文学的自觉自立"，开始形成中国大陆、台湾、香港文学传统的时期。这一时期所蕴含的丰富课题及其实践，初步形成了中国文学分合有致的多元格局；所提供的文学范式，则包含着民族新文学面临政治困境、经济转型冲击、社会动荡压力时作出各种应对的历史经验。如果这样去审视战后中国文学史，其丰富性当无愧于五四新文学传统；而其历史传承性，更提供着20世纪中国文学的重要基石。

第二节　战后中国左翼文学的三种形态及其文学史意义

一、同江分流：左翼文学的核心价值和战后三地左翼文学的生存形态

"作为人类社会的文化意识和民族意识的积淀，文学为特定社会的特定人群在上层建筑领域的存在充当见证，提供合法性。换句话说，一个人群的文化定位是以文学形式确认的，在文学作品中得不到表现的人群在文化层面是不存在的。"[①]当以往被"视而不见"的工农大众在1949年前后的人民革命中获得真正的存在时，文学必然以自己的形式见证、确认这种存在，这使得1930年代兴起的中国左翼文学获得了合法性。值得关注的是，抗战胜利后的年代是"每个人都要'左倾'的时代"，"中国经过了这几年的战难，文人们却几乎没有一个不'左倾'了……在目前，'左倾'是什么？是主张'和平、民主、团结'，反对'内战、专政、分裂'；是主张经济民主，反对官僚资本；是主张巩固国际友谊，反对挑拨战争"。[②]在这样一种背景下，并非只在中国大陆，而且在台湾、香港都出现了强盛的左翼文学潮流，但三地却提供了三种不同的左翼文学形态。在中国大陆，人所共知，左翼文学表现为解放区文学的迅速扩展，逐步进入体制，最终成为中华人民共和国文学的主流形态，但也发生了左翼文学自身的变异。在香港，中国共产党领导下的左翼文化势力迅速崛起，几乎主导了此时期的香港文坛，但左翼文学并未进入"体制"，而是逐步成为在"体制"外"自由竞争"状态中与其他文学并存的文学形态。而在台湾，日据时期遭受压制的左翼文学在台湾光复后也得到复苏，并与大陆赴台左翼文化力量会合，为战后台湾文学的重建注入了社会主义思想和革命批判精神；虽在"二二八"事件后台湾的政治高压下，尤其是国民党政权退守台湾后，左翼文学难以避免"终结"的命运，但实际上还是以一种被压抑的在野文学力量顽强

跨越1949
战后中国大陆、台湾、香港文学转型研究

---

① ［美］林建忠：《文学的界定》，祁寿华、林建忠主编：《西方人文社科前沿述评：文学》，中国人民大学出版社2007年版，第2页。

② 耀：《文人与左倾》，（上海）《新文学》第三号（1946年2月）。

生存，始终保持了左翼文学的本质。左翼文学三种形态的存在，使得战后成为中国左翼文学发展最充分的时期。

左翼文学并非主要从文学自身蕴蓄力量、注重自身变革的文学，而是在特定社会思潮下产生、发展的文学，它与世界范围内的阶级斗争、社会主义革命等实践息息相关，其运行机制及其内在蕴含必然与其所处环境构成极为密切的双向关系，也只有在各种社会环境内其文学形态的互为参照中才能更好把握。战后中国文学转型发生于中国大陆、台湾、香港巨大的社会变动中，因此，考察战后中国左翼文学的三种形态，即逐步体制化的大陆左翼文学、处于政治高压下的台湾左翼文学和体制外自由竞争状态中的香港左翼文学，可以成为我们考察战后中国文学转型首先关注的内容。以往研究已充分关注了中国大陆的左翼文学形态，因此本书对于大陆左翼文学的相关史实不再赘述，而以考察战后台湾、香港左翼文学形态为主，并与大陆左翼文学互为参照，揭示其以往被忽视的一些问题，由此探讨中国左翼文学和战后中国文学转型的相关问题。

左翼文学的定义自然可以有宽窄之分，但不管我们如何确定它的范围，它的核心文学价值是最值得关注的。中国左翼文学在上世纪二三十年代上海"左联"时期就有其鲜明的存在特性：它有广泛的社会联系，又自觉地以中国无产阶级的代言人自居，以强烈的现实批判性对封建的传统农业文明、资本主义文明和西方殖民主义文明展开批判。其思想的革命性和文体形式的先锋性使它成为1930年代文坛有主导影响的话语力量；而它与当时官方主流意识的对抗关系决定了它并非话语霸权，相反，其在野性成为其批判性力量的重要基石。它的社会主义理想激情、为劳苦大众说话的平民意识与后来的延安文学、共和国文学有密切联系，但又有所区分。它追求的文学大众化侧重于文学层面而非政治层面（是文学大众化而非革命化），它的主题有革命启蒙又非纯然政治化。它的现实批判性和对独立品格的追求使其内部的创作成分是复杂的，并非大一统的创作模式。这些在中国大陆左翼文学发生期形成的文学特征正负载了中国左翼文学的核心价值，由此构成了左翼文学的传统；而当创作一旦进入左翼文学层面，虽因时代、环境变化而有新因素的介入，也会因地而异，但仍会是其传统的（曲折）展开（否则是否还是左翼文学，就可疑了）。

战后台湾、香港的左翼文学可以构成与大陆左翼文学的互为参照，其重要原因是战后三地左翼文学力量之间有着密切联系，但又有着各自本地性的差异。这种联系和差异决定了三地左翼文学的不同形态。

中国大陆左翼文学的发生和发展和"左联"及中国共产党的组织活动关联极为密切。当中国共产党夺取政权后，左翼文学必然更加组织化，最终体制化。如前所提及，从1942年的延安到1949年后的中国大陆，作者和编者（生产者）、读者（消费者）及其公共空间（发表刊物、出版机构、图书市场、流通资金、典律体系等）组成的文学建制发生了根本性的变化。作家作为"公家人"的身份转变，使他们被纳入政府主导的文学生产体制中；编者身份也不再是自由办刊人，而逐步向党的政策把关者转换。社会主义意识形态熏陶开始强有力影响读者需求和个性文化消费多样性之间的矛盾冲突，而在社会主义革命大规模展开的环境中，民众的审美性迅速被一统的革命性替代。大概到1953年，新的环境已经稳固地建立，全国范围内，一种有如社会主义工农业生产的文艺生产体制已经建立起来，一种与社会主义计划经济相一致的文学制度已得到作家认同。文学体制和国家体制的一致性构成大陆左翼文学的生存环境，左翼文学的主导性开始带有国家体制的主宰性，而其原有的民间性、个人性面临沉重压力而逐步消淡，作为"人民的文学"的左翼文学逐步转变为"党的文学"。

台湾战后左翼文化力量主要来自两方面。一是日据时期的左翼作家，包括日据时期持"隐忍抵抗"立场的作家，如杨逵、吴浊流、吴新荣、巫永福、吕赫若、叶石涛等。二是大陆赴台作家，其中有的作家如许寿裳、李何林、李霁野、雷石榆等，在现实政治态度上与此时期大陆左翼作家有所不同，但他们引鲁迅为导师、同道，延续了1930年代上海左翼文学的立场。此时台湾左翼作家不少还进入了国民党体制，如成立于1946年6月的台湾文化协进会是由台北市长游弥坚任理事长，但其实际负责的总干事许乃昌以及负责宣传、教育、服务的理事苏新、王白渊却是日据时期相当活跃的左翼运动家；而许寿裳被此时的台湾省行政长官陈仪委以台湾编译馆馆长的重任，主导台湾光复后文化重建工作。至于民营报刊更有相当数量为左翼文人所掌握。

战后台湾左翼文学力量算得上雄厚，却和此时大陆左翼文学阵营越来越高度组织化不同，甚至和日据时期台湾左翼文学力量有一定组织也不同。成立于1934年的台湾文艺联盟是台湾第一个统一的文学组织，其"文学大众化"的组织纲领使得人们视之为左翼文学组织；成员虽为"跨界"，但左翼倾向明显。杨逵作为其重要成员，代表了台湾文艺联盟内部的左翼路线。他"将'大众'解读为具有反资本主义意味的无产阶级，主张建构台湾社会主义路线"①。后来他自己创办的《台湾新文学》更具有"浓厚社会主义倾向"②。当时留学日本的王白渊等"受日本左翼文学运动思潮影响"③，也成立"台湾艺术研究会"。台湾文艺联盟成立后，他们转为其东京支部，与中国左翼作家联盟东京支部交流密切，"构筑台湾文坛、旅日中国左翼文学者，以及东京左翼诗坛之间多边互动"④。中国左翼作家联盟东京支部的雷石榆、魏晋等就在台湾文艺联盟的机关刊物《台湾文艺》发表文章，台湾战后著名的左翼作家吕赫若也撰文回应感谢。而雷石榆战后来到台湾，成为当时最有影响的大陆迁台左翼作家。然而，无论是杨逵等台湾左翼作家，或是雷石榆等大陆左翼作家，战后都没有成立左翼文学组织。虽有吕赫若等个别作家在"二二八"后参加了台湾共产党的政治斗争，但大部分作家的左翼立场是一种个人的选择，并无统一的左翼文化政策在指导，更无统一的左翼政党在组织，这使得台湾左翼文学更多的在文学、文化层面展开，其状态也更多决定于作家个人的左翼立场。

　　而从日据时期起，台湾作家的左翼立场就有其特性。杨逵可被视为战后台湾左翼作家的领袖性人物，他是"在思想和生活的结合中确立及接受了科学的社会主义"，有相当系统的社会主义思想，却非"苏俄布尔雪维克的暴力革

---

①　赵勋达：《台湾新文学运动的高峰期——〈台湾文艺〉简介》，（台湾）《文讯》第304期（2011年2月），第70页。

②　赵勋达：《浓厚社会主义倾向——〈台湾新文学〉简介》，（台湾）《文讯》第304期（2011年2月），第74页。

③　张文薰：《志在文艺创造——〈福尔摩沙〉简介》，（台湾）《文讯》第304期（2011年2月），第62页。

④　赵勋达：《台湾新文学运动的高峰期——〈台湾文艺〉简介》，（台湾）《文讯》第304期（2011年2月），第70页。

命"，"终其一生信守不渝"。①他是左翼运动中的"实践派"，和妻子一起致力于台湾农民运动，数度被日本殖民当局逮捕入狱。无论处于怎样困难的境遇，他从未放弃自己的社会主义立场；但他又"极端厌恶诉诸于暴力，或者不择手段去追求目的"②，强调做"人道的社会主义者"③。杨逵的这种左翼立场和他老师赖和的立场一致。出生于甲午战争那一年的赖和在日据时期就被人视为"台湾魂"④，而他作为"台湾普罗文学的元老"⑤，却是以其人道主义显示其左翼立场的。从赖和到杨逵，反映出台湾左翼文学传统的文化抗争特征，包含着左翼追求的"人民的文学"的人文关怀。这样既不会卷入激进的政党运动，也不会和其他非左翼文学主张构成非此即彼的对立。无论在殖民主义的日据时期，还是在三民主义的光复后时期，尽管左翼的社会主义理想都不能在台湾实现，但左翼文学依旧可以在台湾生存发展。

此时香港左翼文学和内地的密切联系使其无法回避中国共产党对左翼文化的严密领导，战后香港的左翼文学力量主要是由中国共产党有组织输入的。1947年5月成立的中共中央南京局香港分局香港工作委员会在香港以半公开机构身份领导香港公开的活动，其成员几乎是清一色文化人士，并设立专门的文化工作委员会、报刊委员会开展左翼文化运动，建立了包括《正报》（1945年11月—1948年7月）、《华商报》［1946年1月（复刊）—1949年10月］、《中国文摘》（双周刊，1946年12月至今）、《光明报》（1946年8月复刊）、《群众》（周刊，1947年1月—1949年10月）、《大众文艺丛刊》（1948年

① 叶石涛：《日据时期的杨逵——他的日本经验与影响》，（台湾）《联合文学》第8期（1985年6月）。

② 叶石涛：《日据时期的杨逵——他的日本经验与影响》，（台湾）《联合文学》第8期（1985年6月）。

③ 《小传》，黄惠祯编选：《台湾现当代作家研究资料汇编 杨逵》，（台南）台湾文学馆2011年版，第40页。

④ 朱点人：《赖和先生的人及其作品》，原载1936年《东亚新报》，具体时间不详，转引自陈建忠编选：《台湾现当代作家研究资料汇编 赖和》，（台南）台湾文学馆2011年版，第73页。

⑤ 王锦江（王诗琅）：《赖懒云论：台湾文坛人物论（四）》，明潭译，（台湾）《台湾时报》第201号（1936年8月），李南衡主编：《赖和先生全集》（《日据下台湾新文学·明集1》），（台湾）明潭出版社1979年版，第400页。

3月—1949年3月）、《文汇报》（1948年9月至今）、《新青年文学丛刊》（1948）等报刊，国际新闻社香港分社、新民主出版社（1946）、新中国出版社（1946）、生活·读书·新知三联书店（1948）、南国书店等出版机构，中原剧艺社（1946—1949）、人间画会（1946—1949）、香港新音乐社（1947—1950）、南国影业有限公司等文艺团体，中国新闻学院、达德学院、南方学院等学校在内的左翼文化生产、传播组织。这一组织分布广泛而组织严密，充分体现了中国共产党领导文化战线的丰富经验。其运行也非常顺畅，在与国民党文化势力的竞争中完全占有优势地位。但香港的殖民统治环境使中国共产党虽可以公开展开其文化活动，但无法借助体制性力量形成其足够的话语权，所以其影响、领导下的左翼文化是在全国反独裁、争民主的背景下，处于文化自由竞争状态中取得优势的文化。1949年后，大批南来左翼作家北上，中国共产党在香港的领导机构及其组织形式有所变化，原先服务于"打倒蒋介石，建立新中国"的左翼文化任务已经完成，香港主要被作为一个"窗口"保持新中国与世界的联系。中国共产党开展香港左翼文化的方针策略有较大调整，"中央的指令"是要"尽量淡化'左'的色彩，以较'灰色'文艺的面貌来争取香港读者"①，其对于左翼文化的政党性、组织性控制大为放松。左翼作家未必是"在组织"的人士，即便是中共作家也可能无须太多听从组织的具体指令。例如被柯灵和聂绀弩分别称赞为"杂文中上品"和"港中最高文"②的高旅，抗战时期加入中国共产党，1950年来港后一直供职于左翼报纸，针砭现实，卖文为生，皆我行我素，"文革"开始后为抗议"文革"愤而辞职。而同时，大批政治上不认同新中国政权的自由主义作家进入香港；西方的意识形态影响明显增强；国民党因为还在联合国"代表"中国，其在香港的活动也得以加强。但国民党的文化活动服务于其"反共复国"的政治现实利益，"与当时香港文艺界谈不上有任何互动"，③更无法进入体制中的

---

① 郑树森、黄继持、卢玮銮编：《香港新文学年表（一九五〇——一九六九年）·三人谈》，（香港）天地图书有限公司2000年版，第23页。

② 梁燕丽：《为真理作证》，（香港）《城市文艺》2012年8月。

③ 梁燕丽：《为真理作证》，（香港）《城市文艺》2012年8月。

意识形态操作。所以，此时香港文坛的左、右翼分化、对峙并不如以往那样密切联系着国共两党之间的对峙。例如，1931年因"为国民党民族主义文艺运动奔走"而遭"左联"开除的叶灵凤，1951年在香港《星岛日报》创刊时却被视为"红色"作家，[①]一方面足见当时左翼影响之大，另一方面也说明，左翼更多的是作家个人的选择。这显然使得左翼文学得以在一个更为自由竞争性的环境中生存。

香港左、右翼文学的自由竞争状态使得双方政治立场尖锐对立，在文化、文学层面上却都有较大的回旋余地。例如"左右两派文人，却同有浓厚的中国情怀，左翼着眼于当前，右翼着眼于传统，但同样'根'在中华"[②]，甚至，右翼坚持的民族意识，与左翼提倡的爱国情怀可以交汇合流。而这种左、右竞争状态使左翼文学必须生存、发展于文学层面，与现实和读者的联系必须密切，也促进了其艺术质量的提升。

二、左翼文学自身传统的展开和失落

战后台湾文化的去日本化、再中国化主要表现为国民党政府主导的三民主义："我们的国家是三民主义的国家，今后的世界应该是三民主义的世界，所以我们所需要的新文化，也应该是三民主义的文化。三民主义文化是什么？这是新生的台湾，迫切所要的文化，也是新中国所需要的文化。"[③]在这样一种文化环境中，当时的台湾"行政长官公署"也"认识到为了台湾文化重建，台湾需要展开类似'五四运动'的文化运动"[④]。当"民主和科学"的五四精神在台湾得到肯定，包括传播鲁迅思想在内的左翼文化在台湾也就有了某种生存空间。

跨越1949
战后中国大陆、台湾、香港文学转型研究

———————————

① 刘以鬯：《记叶灵凤》，陶然主编：《香港当代作家作品合集选·散文卷》（下册），香港明报月刊出版社、新加坡青年书局2011年版，第10页。

② 郑树森、黄继持、卢玮銮编：《香港新文学年表（一九五〇——一九六九年）·三人谈》，（香港）天地图书有限公司2000年版，第17页。

③ 游弥坚：《文协的使命》，（台湾）《台湾文化》第1卷第1期（1946年9月）。

④ 黄英哲：《"去日本化""再中国化"——战后台湾文化重建（1945—1947）》，（台湾）麦田出版社2007年版，第158页。

所以，战后台湾左翼文学思想的传播首先集中表现为鲁迅思想的传播。在日据时期，台湾"不能公开追悼鲁迅"，1946年10月，台湾纪念鲁迅逝世十周年，"可说是光复后第一次"大规模纪念鲁迅的活动，由此开始"造成了继1920年代台湾第一次鲁迅传播高潮期之后的第二次鲁迅传播高潮期"。①这一高潮的形成，自然与大陆赴台作家有关。除前面提及的许寿裳等外，1945年后赴台的台静农、黎烈文、黄荣灿、袁圣时等，或是鲁迅好友，或在大陆就致力于鲁迅思想的传播。此时，"他们寄望透过鲁迅思想的传播，在台湾掀起一个新的五四运动，以建立一个以五四新文化、新文学为中心的新的文化体制与新的文学体制"②。其中，作为鲁迅生前好友的许寿裳起着引领的作用。

据专门研究许寿裳的旅日学者黄英哲整理的资料，在台湾不到两年的时间里，许寿裳关于鲁迅的著述远胜于他此前十余年所著，许寿裳关于鲁迅的著述共有三种，而这三种，"《鲁迅的思想与生活》的一半内容、《我所认识的鲁迅》的三分之一内容、《亡友鲁迅印象记》的三分之二内容是在台湾写成的"③。许寿裳在台湾写鲁迅的目的很明确，那就是以传播鲁迅思想在台湾开展"一个新的五四运动，把以往台湾所受的日本毒素全部肃清，同时提倡民主，发扬科学"④。许寿裳的努力得到台湾省籍作家的积极支持和参与，日据时期很有影响的左翼作家杨云萍于1947年编辑出版了许寿裳的《鲁迅的思想与生活》一书。杨逵等则在1947年1月后的一年内翻译出版了五种中日文对照的鲁迅作品集，包括《阿Q正传》《狂人日记》《药》等重要作品。大陆赴台作家和台湾本土作家的会合努力，使鲁迅思想的传播真正成为战后台湾文学建设的有机部分和重要内容，而鲁迅思想成为台湾左翼文学的重要资源。

鲁迅思想此时期在台湾的传播凸显了鲁迅作为"被压迫者与被压迫阶级

---

① 黄英哲：《"去日本化""再中国化"——战后台湾文化重建（1945—1947）》，（台湾）麦田出版社2007年版，第141页。

② 黄英哲：《"去日本化""再中国化"——战后台湾文化重建（1945—1947）》，（台湾）麦田出版社2007年版，第147页。

③ 黄英哲：《"去日本化""再中国化"——战后台湾文化重建（1945—1947）》，（台湾）麦田出版社2007年版，第157页。

④ 许寿裳：《台湾需要一个新的五四运动》，（台湾）《新生报》1947年5月4日。

的朋友"的"战斗生活"①，正如许寿裳在纪念鲁迅逝世十周年的文章中概括的："鲁迅作品的精神，一句话说，便是战斗精神，这是为大众而战"②，而其方法就是战斗的现实主义③。同时，鲁迅思想的传播也密切联系着台湾文学重建的实践。如黄荣灿强调："新的民主国家应赐予艺术家以他为一个真正的艺术家，让他依照着民主的意旨自由的创造，贡献于人民社会"④，而鲁迅正是这样的"伟大民主的战士，通过艺术，与毒龙、瘴烟、黑暗反复的苦斗了一生的精力"⑤。台湾本土作家更强调鲁迅精神对于台湾现实的重要价值，"鲁迅尽其一生的血泪，所奋斗争取的政治、经济、文化的'民生'的实现，却还在远处的彼岸。台湾的光复，我们相信地下的鲁迅先生，一定是在欣慰。只是他假使知道昨今的本省的现状，不知要作何感想？我们恐怕他的'欣慰'，将变为哀痛，将变为悲愤了"⑥，所以他们抨击"比不上阿Q"的贪官污吏"在此大动乱之下再发其大财"，呼唤"平民凡夫在饥寒交迫之下"⑦起来反抗；而作家则要像鲁迅那样，"不是光站在战线后方，只是用嘴发号施令的指导者"，而要"与民众为伍……真正与民众共同战斗"。⑧

　　鲁迅精神在战后台湾的广泛传播直接促成了战后台湾现实主义文学的强盛，甚至培育了文学新人的成长。例如当时表现出色的青年作家杨梦周"是在台湾阅读《鲁迅全集》而走上文学道路的"⑨。1947年前后在台湾众多刊物上发表了百余篇文学作品，无一不反映出其深受鲁迅战斗的、现实的、大众的左

---

① 杨逐译：《阿Q正传》，（台湾）东华书局1947年版，第2页。

② 许寿裳：《鲁迅的精神》，（台湾）《台湾文化》第1卷第2期（1946年11月）。

③ 许寿裳：《鲁迅的人格和思想》，（台湾）《台湾文化》第2卷第1期（1947年1月）。

④ 黄荣灿：《给艺术家以真正的自由——响应废止危害人民基本自由》，（台湾）《人民导报·南虹》第29期（1946年1月31日）。

⑤ 黄荣灿：《悼鲁迅先生——他是中国的第一位新思想家》，（台湾）《台湾文化》第1卷第2期（1946年11月）。

⑥ 杨云萍：《纪念鲁迅》，（台湾）《台湾文化》第1卷第2期（1946年11月）。

⑦ 杨逐：《阿Q画圆圈》，（台湾）《文化交流》第1辑（1947年1月）。

⑧ 蓝明谷：《鲁迅的〈故乡〉》，转引自黄英哲：《"去日本化""再中国化"——战后台湾文化重建（1945—1947）》，（台湾）麦田出版社2007年版，第171页。

⑨ 朱双一：《台湾文学创作思潮简史》，九州出版社2010年版，第157页。

翼文学观的影响。而此时台湾左翼文学与大陆左翼文学的呼应主要表现为鲁迅精神的继承，并不服从于某个现实的政治变革目标。鲁迅精神及其左翼现实主义本身又具有开放性，这种传统的延续使得台湾左翼文学有开阔的发展空间，尤其是延续日据时期台湾左翼文学传统的空间。

日据时期台湾左翼文学有其非常值得关注的内容和特征。以其开拓者赖和为例，他的左翼文化活动与他1921年就加入的台湾最重要的文化团体——台湾文化协会密切关联。台湾文化协会是在第一次世界大战结束后民族独立运动和社会主义革命两股世界性思潮影响下成立的。1926年后，由于民族运动和阶级斗争的路线之争，台湾文化协会开始分化，形成以"新文协"和"民党"（"民众党"）为代表的左、右两派，"右派是主张以农工阶级为基础的民族运动，左派是主张阶级斗争——共产主义"①。政治上的左、右两派分化明显，甚至显得严重。在赖和所居住的彰化地区，文协左派又表现得最为激进。然而，赖和却"横跨于新文协与台湾民众党"②（他既是"新文协"临时中央委员，也是"民党"临时委员），这不仅是因为他在政治的极左与极右之间一直有他自己的原则和弹性，更因为他作为作家，从自身人道主义出发，关注现实时，具有不受政治派别及其意识形态钳制的包容力。他对现实的关怀，不会不认同民族独立运动，也不会不支持工农的阶级斗争。他参与了左、右两派的政治活动，但又主要是以自己在台湾新文学运动中自然形成的文坛领袖地位（1936年，台湾著名作家王诗琅专文论及赖和，就称赖和"是培育了台湾新文学的父亲或母亲"③；1942年，第一个撰写台湾新文学史的本土作家黄得时在其著述中确认赖和"台湾的鲁迅"④的地位），通过各种文化活动支持台湾的民族运动和阶级斗争，并尽量使左、右两

---

① 《中台改革运动两潮流——国民党分左右派，文协也分左右派》，（台湾）《台湾民报》157号（1927年5月15日），第2页。

② 林瑞明：《赖和与台湾文化协会》，陈建忠编选：《台湾现当代作家研究资料汇编　赖和》，（台南）台湾文学馆2011年版，第180页。

③ 王锦江（王诗琅）：《赖懒云论：台湾文坛人物论（四）》，明谭译，（台湾）《台湾时报》第201号（1936年8月），李南衡主编：《赖和先生全集》（《日据下台湾新文学·明集1》），（台湾）明潭出版社1979年版，第400页。

④ 黄得时：《辄近台湾文学运动史》，（台湾）《台湾文艺》第2卷第4期（1942年10月），收入叶石涛编译：《台湾文学集　2》，（高雄）春晖出版社1999年版，第101页。

派的冲突不至于伤害台湾民众的现实利益和长久解放。这种作家立场使得他可以将民族意识和阶级意识予以统一。赖和曾有《饮酒》一诗："愚民处苦久遂忘，纷纷触眼皆堪伤。／仰视俯畜皆不足，沦为马牛膺奇辱。／我生不幸为俘囚，岂关种族他人优。／弱肉久矣恣强食，至使两间失平等。"①此诗既抗争弱肉强食的殖民统治，也抨击"沦为马牛"的阶级压迫，追求民族平等和追求阶级解放是赖和一生并行不悖的两个方向。赖和常说，台湾的资产阶级和知识分子是日帝（日本帝国主义）的奴隶，而一般民众特别是农民更是"奴隶的奴隶"，他的全部创作都体现了这样两个方向。

赖和的存在方式是非常有意义的。他和民间有极为密切的联系（他行医从文，被民众称为"彰化妈祖"），其民族自觉、阶级意识都由其深厚的人道关怀而生，人的关怀包容其阶级关怀和民族关怀；他从事左翼运动，甚至加入左翼政治组织，但又不被左翼的理论教条或激进实践所左右，而一直有其作家的独立思考和立场（赖和去世后，曾在国民党当局退守台湾后被迎入"忠烈祠"，1958年又因为"共匪"嫌疑被逐出，足见其立场的宽泛度，而这正是其作家立场的反映）。台湾光复后，赖和作为与鲁迅并举的传统得到推崇。②台湾战后左翼文学的重要人物杨逵等都著文阐释赖和传统对于台湾文学的意义和价值，③吴新荣更认为"赖和在台湾，正如鲁迅在中国，高尔基在苏联"，"赖和路线可说是台湾文学的革命传统"。④可以说，战后台湾左翼文学，尤其是其创作，更多的是赖和代表的日据时期台湾左翼文学传统的延续，这种传统使得台湾左翼文学具有强烈的民间性，在左翼追求的社会主义根本不可能实现的国民党统治下的台湾，左翼文学依旧可能表达出它的文学关怀。

战后台湾本土作家的左翼创作有以杨逵为代表的"抗议"和以钟理和为

跨越1949

战后中国大陆、台湾、香港文学转型研究

---

① 赖和：《饮酒》，李南衡主编：《赖和先生全集》，（台湾）明潭出版社1979年版，第381页。

② 杨守愚：《赖和〈狱中日记〉序》，（台湾）《政经报》第1卷第2期（1945年11月10日）。

③ 杨逵：《纪念林幼春、赖和先生台湾新文学二开拓者：幼春不死！赖和犹在！》，（台湾）《文化交流》第1辑（1947年1月）。

④ 吴新荣：《赖和在台湾是革命传统》，（台湾）《台湾文学丛刊》第二辑（1948年9月15日）。

代表的"隐忍"两种状态。①杨逵小说《送报夫》当年经胡风介绍向中国大陆传达了台湾左翼文学抗争的第一声，其坚贞不屈的左翼抵抗精神在战后再次爆发。他发表的《倾听人民的声音》②《为此一年哭》③等文直接抗争国民党当局违反台湾民众意志的政策措施。即便他因"二二八"事件后的政治高压而被捕，出狱后仍持续参加了台湾《新生报》副刊《桥》关于台湾新文学重建的讨论，发表的文章最多，坚持的人民立场最鲜明。而就在此时，他创办了《台湾文学丛刊》，在政治高压下仍坚持以"认识台湾现实，反映台湾现实，表现台湾人民的生活感情思想动向"④的左翼现实主义文学原则为办刊宗旨，聚合起"不同省籍与世代的左翼作家群"⑤。其中既有1920年代就投身台湾新文学运动的前行代蔡秋桐、杨守愚、吴新荣、王诗琅等，也有台湾光复之交崛起的新世代叶石涛、张彦勋、朱实、林曙光等，更有战后跨海来台的大陆作家欧坦生、萧荻、黄荣灿、扬风等，这些作家"均是当时一同站在左翼阵线上的文艺工作者"⑥，而《台湾文学丛刊》正代表了战后台湾左翼文学的抗争传统。

战后台湾左翼文学的抗争传统首先表现为极为鲜明的人民立场。左翼的人民立场不应该是虚妄的，而必须实实在在地指向其所服务的对象，对于台湾左翼文学而言，就是台湾劳动民众，就是杨逵所言文学必须"经常与踏实的人民的现实生活密切地结合"⑦。左翼的人民立场也不能是空洞的，而必须切切实

---

① 林载爵：《台湾文学的两种精神——杨逵与钟理和之比较》，（台湾）《中外文学》第2卷第7期（1973年12月）。

② 杨逵：《倾听人民的声音》，（台湾）《台湾评论》第1卷第2期（1946年8月）。

③ 杨逵：《为此一年哭》，（台湾）《新知识》创刊号（1946年8月）。

④ 此为《台湾文学丛刊》"稿约"。原载《台湾文学丛刊》第一辑（1948年6月27日），第26页，转引自黄惠祯：《杨逵与战后初期台湾新文学的重建——以〈台湾文学丛刊〉为中心的历史考察》，（台湾）《台湾风物》第55卷第4期（2005年12月）。

⑤ 黄惠祯：《杨逵与战后初期台湾新文学的重建——以〈台湾文学丛刊〉为中心的历史考察》，（台湾）《台湾风物》第55卷第4期（2005年12月）。

⑥ 黄惠祯：《杨逵与战后初期台湾新文学的重建——以〈台湾文学丛刊〉为中心的历史考察》，（台湾）《台湾风物》第55卷第4期（2005年12月）。

⑦ 杨逵：《文学重建的前提》，（台湾）《和平日报·新文学》第2期（1946年5月17日），彭小妍主编：《杨逵全集·第十卷》，（台南）文化资产保存研究中心筹备处2001年版，第215页。

实了解农工阶级，为他们说话；而"庶民性"被认为是杨逵身上"最重要的资质"①，也是台湾左翼抗争作家的重要资质，他们始终与台湾农民、渔民、劳工等站在一起。战后，国民党当局以台湾在日本殖民时期被奴化为借口，排斥台湾民众参与民主进程。杨逵旗帜鲜明地指出，台湾"大多数的人民""未曾奴化"。②《台湾文学丛刊》刊出的《复仇》（小说，叶石涛）、《模范村》（小说，杨逵）、《台湾民主歌》（廖汉臣介绍）等作品或热情书写台湾人民争取自由解放的历史，或大胆描写台湾知识分子走向解放工农大众道路的心灵历程。而更多的作品是直面台湾劳苦大众的苦难现实，直呼民众心声。《却粪扫》（歌谣，杨逵）、《不如猪》（歌谣，杨逵）、《小东西》（小说，扬风）、《同样是一个太阳》（诗歌，杨守愚）、《沉醉》（小说，欧坦生）、《鹿港的渔夫》（诗歌，鸿庚）等作品都既没有因为光复的喜悦而"歌功颂德"，也没有屈从政治的高压而"缺席现实"，而始终深入人民间了解民众，传达底层广大民众的苦难与悲哀，大胆揭示民众苦难的根源。杨逵当时撰文强调作家不能深居书房，而要在民众中扎根，切实了解台湾现实和民众的情感需求。③而《台湾文学丛刊》再次证明：只有真正生活于劳苦民众之中，才可能坚持左翼的人民立场。

对鲁迅传统和日据时期左翼文学传统的双重继承使得战后台湾左翼文学得以真正坚持"人民的文学"立场，而这种"人民的文学"又不脱离整个中国新文学的传统。韧性而宽容是人们所认为的杨逵身上最"伟大的资质"④。他从不放弃自己的社会主义立场，但他又是冷静而理性的。他有鲜明的阶级意识（他在研读马克思《资本论》后，给大儿子取名"资崩"），但又充分意识到，在台湾语境中，"民族意识高于社会意识"，"民族意识高于阶级

① 叶石涛：《杨逵琐忆》，（台湾）《自立晚报》1985年3月29日。

② 杨逵：《"台湾文学"问答》，（台湾）《新生报·桥》第131期（1948年6月25日）。

③ 杨逵：《现实叫我们再一次嚷》，（台湾）《中华日报·海风》第314期（1948年6月27日），彭小妍主编：《杨逵全集·第十卷》，（台南）文化资产保存研究中心筹备处2001年版，第252页。

④ 叶石涛：《杨逵琐忆》，（台湾）《自立晚报》1985年3月29日。

意识"。①他有系统的社会主义思想，并有"以科学的社会主义来统合民族意识，反帝、反封建意识以及人道主义胸怀的方法"②。这种"人道的社会主义者"的情怀和实践使他足以展开左翼的文学关怀，也揭示了左翼文学作为"人的文学"进程中特定历史阶段产物的本质：左翼文学丰富了"人的文学"，但也最终归于"人的文学"。这一观念使得《台湾文学丛刊》坚持左翼文学立场，但又能聚合起文学理念不尽相同的作家。例如"银铃会"是战后台湾唯一有浓厚现代主义色彩的新诗团体，却跻身于《台湾文学丛刊》阵营。其重要成员朱实、张彦勋等都是《台湾文学丛刊》的主要撰稿人（"左翼"和"现代"的交汇其实是中国左翼文学一种持久的存在）。杨逵更是热情提携文学倾向不同的青年作者，使左翼文学既不断得以发展，又不至于断裂于"人的文学"传统。

此时期最有影响的台湾本土作家钟理和是在战后从北京返回台湾的，其创作正是在鲁迅代表的左翼乡土文学传统影响下展开的。他少年开始接触文学时，"北新版的鲁迅、巴金、郁达夫"等的作品集"在台湾也可以买到"，这些作品使他"废寝忘食"。③1938年至1945年他在中国大陆期间，大量阅读了鲁迅作品，《钟理和日记》中有不少文字引述了鲁迅的话。其生前唯一亲见出版的小说集《夹竹桃》（1945），既有鲁迅式的犀利讽刺，"也带有鲁迅影响的社会主义色彩"④。而他此时完成的小说，从短篇小说系列"故乡四部"（1950—1952）都可看作他与鲁迅精神的多种对话，但又更多延续了赖和开启的以人道情怀表现"普罗文学"的台湾左翼文学传统，这一传统也最足以和大陆的鲁迅传统呼应。

左翼文学思潮的强盛必然与官方对台湾战后文化重建的主导发生冲突。虽

　① 叶石涛：《杨逵的文学生涯》，（台湾）《台湾时报》1985年3月28日。

　② 叶石涛：《杨逵的文学生涯》，（台湾）《台湾时报》1985年3月28日。

　③ 钟理和：《钟理和自我介绍——我学习写作的经过》，应凤凰编选：《台湾现当代作家研究资料汇编　钟理和》，（台南）台湾文学馆2011年版，第83页。

　④ 应凤凰：《钟理和研究综述》，应凤凰编选：《台湾现当代作家研究资料汇编　钟理和》，（台南）台湾文学馆2011年版，第73页。

然战后初期台湾当局也承认台湾需要一场如五四运动那样"以科学与民主为主要内容的新文化运动"①，从而使台湾左翼文学一度获得发展空间，但当局更在乎"台湾文化运动工作"的"领导中心"；在战后台湾"纷歧错杂的思想"中，当局强调"必须使三民主义能够成为领导台湾文化运动的最高原则"②。所以，当局对左翼文学思潮一直有所防范。到"二二八"事件、"四六"事件后，在国民党高度戒备的专制环境中，台湾左翼文化力量更直接遭到重创，王白渊、吴新荣等被捕，朱点人、蓝明谷、黄荣灿等死于当局枪杀中（其中，基隆中学国文教师蓝明谷是台湾本省知识分子中介绍鲁迅最用力的一位。他充分肯定鲁迅的社会批判精神和文学艺术成就，将鲁迅作品引入战后台湾的中学国文教学。他在1951年的"基隆中学事件"中被枪决），吕赫若在逃亡中丧生，苏新逃亡大陆，许寿裳隔年被暗杀，其他大陆赴台作家李何林、李霁野、雷石榆等更纷纷返回大陆，留台的台静农、黎烈文等转入学术研究和译著。台湾左翼文学在政治高压下处境艰难，但由于前述台湾左翼文学的特征，它始终作为一种在野的思潮、力量强韧地存在，反而保持了其从人民立场出发的强烈现实批判性。例如台湾战后成长起来的左翼作家许达然，他1950年代后期迷恋上马克思的著作，服膺马克思所说的知识分子应该和民众站在一起。之后半个世纪，他左派初衷不改，始终将左派定义为"以人民利益为利益"。他曾引用马克思《资本论·序》所引但丁的话"Go on your way;let the people talk"，认为此话意思是"继续走路，让人民说话"，"另一双关意涵就是，在作品中让人民说话（而不只是自己说话而已）。马克思自己身体力行此一论点……"。③他一生坚持的左翼文学立场就是为人民说话，让人民说话。作为台湾颇有影响的散文家，他在战后散文中最早写少数民族和动物题材／弱势族群，一直寻找着为民众表达痛苦的方式。例如"囚禁"的意象经常出现在他的笔下，《一生》写芝加哥动物园中被幽囚的猩猩无言的呜咽，《秋叶》写一叶被夹在厚重

① 社论《论本省文化建设》，（台湾）《新生报》1946年6月19日。

② 李翼中（中国国民党台湾省执行委员会主任委员）：《对当前台湾的文化运动的意见》，（台湾）《新生报》1946年7月28日。

③ 许达然：《土》，（台湾）远景出版社1979年版，第3页。

书籍中的红叶的寥寂，《失去的森林》更以那只天长日久被锁以致铁链长进了颈肉里的猴子阿山象征自由的失去……所有这些蕴藉丰厚的"囚禁"意象都孕成于许达然"知识分子应该和民众站在一起"的心灵。战后台湾左翼文学保持了左翼的本色，即始终真正和人民大众在一起，表达出深厚的人道关怀，这也是它始终能存在、发展的根本缘由。

战后台湾左翼文学形态显示了左翼文学传统的生命力。相对照之下，大陆左翼文学的传统则有所中断。当第一次文代会对解放区文学和国统区文学作出历史评价时，1930年代形成于国统区的左翼文学传统其实已面临被放逐的命运，尽管毛泽东仍对鲁迅高度肯定，但鲁迅代表的左翼现实主义已"不合时宜"。此时期的周扬曾对人这样说过："有两个东西你要崇拜，迷信，一个是苏联，一个是毛主席。"[①]毛泽东的权威、苏联的楷模，在从解放区到共和国的历史环境中，都是具有政治体制和日常生活的强大主宰力的。当作家的"信"变成"崇拜、迷信"，其主宰性更得以强化，于是左翼文学传统为"党的文化"传统所替代。前述左翼文学的一些核心价值，或被迫放弃，如在野的批判性、文体的先锋性等；或被窄化，如"人民的文学"立场、文学的大众化等。

左翼文学背离自身传统，实际上是左翼文学价值的失落。例如，此时强调的文学为无产阶级政治服务，但如果说"文学价值是建立在政治基础上的"，那么其实现就在于文学"对政治和文化的批评"，"更确切地说，文学是政治和文化的预警系统，作家能够预见社会将面临的危险"。[②]尤其是在文学与政治关系密切的年代，文学的价值更在于这种"社会危机的预警"，而这种"预警"来自文学的反省功能。文学之所以关注人的内心世界，包括潜意识世界，就是通过这种关注会反省自我"心口不一""善恶并存"等复杂存在，揭示由此引发的社会矛盾及其变革的多重性，从而为人类社会设立"预警系统"。从

---

① 李辉：《与周艾若谈周扬》，李辉编著：《摇荡的秋千》，海天出版社1998年版，第211页。

② ［美］瑞塔·卡斯特罗：《政治与文学》，祁寿华、林建忠主编：《西方人文社科前沿述评：文学》，中国人民大学出版社2007年版，第83、85页。

胡风到刘宾雁、王蒙，其主张、创作，都是从左翼文学角度力图实现无产阶级文学的"预警"作用。1950年代文学如能让无产阶级（包括领袖）有所反省，社会主义革命时代左翼文学的价值仍可得到实现，其传统也会得到拓展。

三、左翼"本土性"：文学的现实关怀

本书在"'预演'：1945—1949年的香港文学"一节（第四章第一节）中认为，此时的香港文学形态"主要的并非战时中国文学形态的延续，而是后来50年代文学的前奏"，这里的"50年代文学"是指中华人民共和国成立后的内地文学。战后香港左翼文学不仅在文学思潮、运动上"预演"了1950年代的共和国文学（如对毛泽东《讲话》精神的权威地位的确立，对中国共产党的文艺政策的阐释，对"大众化／革命化"文学方向的倡导，革命大批判性和自我改造性的文学批评模式的形成等），而且在文学创作实践中也展开了种种以阶级斗争意识为中心的革命现实主义叙事和以颂扬领袖为主导的革命浪漫主义抒情，提供了后来共和国文学的一些基本模式。

然而，这种"预演"终究只是南来左翼作家借香港文坛而为中国内地展开共和国文学进程的作为，它依旧是"中原心态"[①]的延续，在香港缺乏其生根的土壤，中国内地的"社会主义现实主义""革命浪漫主义"等在香港也显然无法落实。而面临与香港其他文学自由竞争的局面，香港左翼文学坚持的"批判现实主义"已跟中国内地的文学思潮疏离，在认识和理解西方现代文学思潮上也较宽松，反而更能体现左翼文学的方向，即与香港群众，尤其是草根阶层的结合。正是这种逐步逸出中国内地左翼文学轨道的创作，使香港文学，尤其是香港小说，在对香港现实社会的文学关怀中，取得了同时期中国内地左翼文学没有的成果，甚至可以说代表了此时中国左翼文学创作的某种高度。而这种高度的达到就来自香港左翼文学面对自由竞争的环境，必须赢得香港读者，从而做出的努力。而这种努力产生了左翼"本土性"。

---

① 黄万华：《战时香港文学："中原心态"和本地化进程的纠结》，《现代文学研究丛刊》2003年第1期。

战后香港左翼文学的重要收获首先是黄谷柳的长篇小说《虾球传》。小说1947年秋连载于夏衍主编的《华商报》副刊，作者在1949年加入中国共产党，其左翼身份无可置疑，但小说体式、传播方式都是香港文化环境的产物。黄谷柳明确谈过，《虾球传》是他"向香港的那些章回小说家学习"①的结果，他在小说连载过程中也经常问及读者反应，细心修改。这种写作状况使他当时一人卖文，三女二子的全家温饱无虞。小说依据黄谷柳青年时期流落香港，"做过苦工、当过兵，和穷人、烂仔、捞家经常打交道"②的丰厚生活积累写成，讲述出身贫苦的少年虾球历经劫难，最终走上革命道路的故事。这些自然符合左翼文学的叙事模式。而左翼文学的现实人生关怀，使得黄谷柳不是按照中国内地阶级斗争的模式来完成虾球的成长过程，而是将其赋予浓厚的香港草根阶层的意味。这种写法广受好评，例如萧乾读《虾球传》入迷到"在书桌上，在过海的船面上，在枕畔，过去十天，我的手没有离开过这已印成三个单行本的《虾球传》，而当我的手不捧着《虾球传》时，我的心还是徘徊在这个流浪儿的身边。……红磡、旺角、铜锣湾，那些地名好像都因为'虾球'的踪迹而变得有意义。我……敬仰着这个在生活教育中成熟着的人格"③。虽然也有人从毛泽东文艺思想出发，批评《虾球传》第一、二部只是表现了一种"生存斗争的思想"，"缺少控诉黑暗的感情的流露"；④主人公虾球身上的阶级性未得到充分揭示，"他的斗争与道路缺乏现实的基础与必然发展的规律"，"阶级的人消解于抽象的人中"，⑤但这些批评意见反倒提醒我们关注此时香港左翼文学的本土生存状况。战后香港是一个饿狗抢食的世界，虾球懵懂于社会人性人情的复杂，他的流浪生涯更多的是"生存斗争"，其所为也往往是生计所迫，但他在成长中明了社会是非、阶级好恶，更有香港草根阶层的特征。虾球

① 夏衍：《代序》，黄谷柳：《虾球传》，花城出版社1985年版，第2页。

② 夏衍：《代序》，黄谷柳：《虾球传》，花城出版社1985年版，第2页。

③ 萧乾：《〈虾球传〉的启示》，（香港）《大公报》1949年2月21日。

④ 周钢鸣：《评〈虾球传〉第一二部》，《大众文艺丛刊》第四辑（1948年9月），第56、58页。

⑤ 于逢：《论〈虾球传〉的创作道路》，《小说》第2卷第6期（1949年6月），第88、92页。

最终有了阶级觉醒，但这种阶级觉醒并未淹没其人性人情，他的知恩明善仍保存于其淳朴的心地里。例如他遭到船家女亚娣的"捉弄"后还是想"大家都是苦命的穷人，不管在人间或地狱，都不该为女人结下冤仇"，既有"穷人"的阶级意识，也有单纯朴实的心地。小说如此塑造虾球，反而避免了将工农大众简单化为阶级意识，使左翼的文学关怀在香港社会环境中切实落实为对劳苦大众的现实关怀。

更值得关注的是，小说在表现香港底层民众生活时的香港本土性。小说借船家女亚娣之口说"香港才是她们的故乡"，这种视香港为"故乡"的家园意识和情感是香港本土性最重要的基石，而它正是在香港沦陷又失而复得的历史进程中产生于香港人心目中。这种超越殖民统治意识形态的家园归宿感是香港人民族认同感的重要内容。黄谷柳写香港的风土人情，有着家乡人的亲切，又着重让人体味香港民众艰难生存中的健康人性。非常有意味的是，《虾球传》中所有香港人，即便是"鳄鱼头"那样的黑社会人物，对香港都有浓浓的乡情。这会被某些人批评为"阶级意识弱"，却是香港本土的左翼文学关注所在。左翼文学是民族独立解放运动中的革命思潮产物，香港的左翼文学如果不是依附、服务于中国内地的现实政治诉求，一定会关注香港底层民众的生存状态，也关注所有香港人共同的视香港为故乡的情感。这种情感恰恰是香港民众民族认同的重要基础。

《虾球传》能放开胆写香港人的家园情感，并没有冲淡左翼文学的政治意识，相反使得《虾球传》成为香港本土的左翼文学。《虾球传》还有不少成功之处，例如《虾球传》是一部成功的娱乐性章回体小说，又借鉴了电影艺术的表现手段。这种看重大众接受的创作传统后来在五六十年代香港左翼文学中得到了很好的传承（1950年代香港武侠小说恰恰是左翼文学报刊首先推出的）。又例如，内地左翼人士战后在香港倡导粤语电影、方言小说，基本上是纳入"大众化"服务于"革命化"的轨道，但《虾球传》的方言特色却未囿于此种局限，其方言口语化和人物性格化相得益彰。香港左翼文学要赢得香港民众，必须重视文学的大众接受性。《虾球传》在问世当年就成为"华南最受读者欢迎的小说"①，1985年在中国内地重版，也以销量30万册表明它受欢迎的程度，被改编成话剧、电视剧上演后更家喻户晓。2006年作为"小说老店"再次在中国内地和香港分别重版，依旧广受欢迎。六十余年的接受史说明其包含的艺术生命力，也足以说明香港左翼文学的存在活力。这种活力来自其在文学和社会自由竞争状态中的现实生存。

战后香港左翼文学最成功的作品是侣伦的长篇小说《穷巷》。出生于香港的侣伦被视为"香港新文学作家中真正具有'文学史'身份的第一人"②，战后思想倾向于左翼，被视为"较'写实'、较'左'的作家"③，实际上一直"我行我素"。《穷巷》1948年开始连载于香港左翼报纸《华商报》（1952年1月出版单行本），讲述"在现实生活压榨下的都市小人物"，显示出"必然会更勇敢跨向""高尔基的道路"的创作趋势，④得到了左翼阵营的肯定。但《穷巷》"写'人间疾苦'而不作政治扬声筒"⑤，小说成功之处还是在于其表现的香港商埠乡土意识，不仅被香港本土人士赞扬为从来"没有过"的"全面深刻写香港社会现实"，⑥从战后香港的市况到平民衣食住行的"穷"况，都得到了极有历史价值的反映，而且其人物命运也在"贫穷"主题的开掘中典型地反映了香港战后社会最初转型中香港人的精神状态。侣伦及其小说，本书后面还会专门论析。正是《虾球传》《穷巷》那样充分体会香港劳苦大众存在的创作，才为左翼文学在香港自由竞争的环境中赢得读者，也赢得生存。

香港自由竞争的环境使作家往往是广义上的左派、右派，只是从对人的关怀出发而倾向于左或右，不会受政党的牵制而身不由己。这样一种政治取向

---

①　茅盾：《茅盾论中国现代作家作品》，北京大学出版社1980年版，第304页。

②　杨义：《中国现代小说史》（第三卷），人民文学出版社1991年版，第265页。

③　黄维樑：《香港文学的发展》，（香港）《现代中文文学评论》第2期（1994年12月）。

④　华嘉：《侣伦的小说——冬夜书简》，（香港）《文汇报·文艺周刊》第15期（1948年12月26日）。

⑤　刘以鬯：《五十年代初期的香港文学》，转引自陈炳良：《香港文学探赏》，（香港）三联书店有限公司1991年版，第10页。

⑥　柳苏：《侣伦——香港文坛拓荒人》，《读书》1988年第10期。

就有可能告别一切主义而追求心灵的更大自由和对人的更深切的关怀，产生了《虾球传》《穷巷》这样成功的左翼小说，同时也会和现代艺术取向发生对话。孕育、生长于香港这样一种环境中的左翼诗歌在这方面极为值得关注。抗战初期国统区的左翼诗歌"由于对诗的现实主义和大众化的理解不免片面性和简单化，其创作显得有些狭隘而创新不足"，改变这一面貌的是"七月"诗派和一个可以称为"反抒情"诗派的左翼诗人群。后一诗人群"特别自觉地追求一种'反抒情'的知性诗风，成为战时左翼诗潮中独特的一支"，"其代表性的诗人就是鸥外鸥、胡明树和柳木下"。[①]鸥外鸥和柳木下是香港最有影响的两大诗人，1942年曾流落内地，结果成就了战时中国内地的一个左翼诗派，一个重要原因是他们在香港都市写作中形成的前卫实验诗风和社会现实性的结合。战后，鸥外鸥和柳木下回到香港报刊继续发表诗作，也使得香港本地左翼诗人的诗作不同于内地南来左翼诗人的创作。其从人民立场出发的人文关怀，与内地左翼诗歌的阶级性有所不同。其艺术视野也开阔得多，从"左翼"到"现代"的交汇中的延续和综合甚至成为这一时期香港诗歌的重要走向。所有这些，都使得香港左翼文学成为地地道道的香港本土文学，从而与其他文学一起，汇合成香港文学的丰富存在。

香港左翼文学所处的自由竞争状态在中国内地自然无法存在，其本土性的追求在内地左翼文学中也表现出复杂的纠结。从1930年代的"左联"文学到1940年代的延安文学，一直有着其强烈的现实关怀性，由此生成其本土性。随着共和国国家体制的稳固建立，由文学政策、文学机构、文学传播、文学批评、文学阅读等构成的文学环境成为一种强大的无产阶级政治化、体制化的力量，以其"非文学"的存在，与作家的创作欲望、实践以及民众文化消费的需求构成包含对峙、缝隙的张力。左翼文学就生存于这种张力之中，其现实关怀性也受制于这种张力。左翼作家内心看重、渴求的仍是作为文学的创作，即便是只为工农兵的创作，例如赵树理仍将写作视为自己的"整个前

---

① 严家炎主编：《二十世纪中国文学史》中册，高等教育出版社2010年版，第417页。

途"；①柯仲平盼望"少参加会，少参加行政工作，多写点诗"，视"什么也写不成了"为最大的恐惧②。但他们又无法不受制于指令性生产的政治环境，就如茅盾1957年1月写信给周恩来，一方面，意识到创作需要"专心写作"展开的"艺术实践"，"没艺术实践"使自己"精神实在既惭愧且又痛苦"；一方面又自觉地接受"领导上审查"是否"可用"再"专心写作"这一体制。③民众在大规模革命改造浪潮裹挟下仍有着个人文化消费的需求，但政策指令性的文学生产，将工农大众的生活简单化、狭窄化为斗争生活，文学阅读、文学需求的多样性、个人性开始被漠视。当工农大众只被当作需要不断组织、动员的斗争力量时，他们实际上被剥夺了文学的权利，文学为工农大众的服务也由此悬空。左翼文学的现实关怀在这种现实被"制造"的环境中面临困境，但也有所突围。例如1950年代初、中期成长起来的一批颇有创作潜力的青年作家，如陆文夫、刘绍棠、韩映山等，他们最初的作品也都无例外地笼罩在斗争哲学之中。陆文夫《荣誉》、韩映山《水乡散记》、刘绍棠《运河的桨声》等小说集都充满思想斗争的紧张对峙和阶级斗争的刀光剑影。只有当他们有意无意地突破被无产阶级政治化的"现实"，真正理解、进入到人民大众的现实生活中，他们才实现了文学的现实关怀。

比较大陆、台湾和香港三地不同的左翼文学形态，左翼文学的本质性存在会清晰呈现，那就是从人民立场出发的人道关怀、坚持思想高度的现实批判和追求社会主义理想而不依附于政党现实性诉求的作家个人性写作。这种存在使得左翼文学丰富了"人的文学"并会最终归于"人的文学"。如果不是这样，左翼文学也有可能异化。回顾战后中国左翼文学三种形态的变化及其命运，我们会更深入了解跨越"1949"的中国现代文学转型的内容。

---

① 徐庆全：《名家书札与文坛风云》，中国文史出版社2009年版，第13、14页。

② 张光年：《回忆周扬》，王蒙、袁鹰主编：《忆周扬》，内蒙古人民出版社1989年版，第20页。

③ 茅盾：《我走过的道路》，人民文学出版社1997年版，第724页。

第三节　"内化"中的"缝隙"：战后中国文学建制变化和文学转型

一、缝隙：文学建制变化的内化性

1953年9月的中国文学艺术工作者代表大会上，冯至的大会发言中有这样一段话："这次会议是一个文艺生产会议，是一个讨论用什么方法、为什么目的去生产的会议。因此我们希望古典文学研究者也要适应人民的要求加紧生产，他们的生产任务是把古典文学从过去长期的曲解和误解里解救出来，洗去它们身上的泥垢，使它们以新的面貌出现在人民的面前。"①短短一段话，四次出现"生产"一词，强调文艺生产的目的、任务、方法。将文学视为通过"会议"有计划安排的"生产"，意味着文艺不再是个人的想象性情感的展开，而是"适应人民的要求"的集体性劳动。1940年代，冯至还坚信，"公众把一切的'个人'溶在一起，成为一个整体，但是这个整体是最靠不住的，最不负责任的"，因为它没有可以"把握得到的具体"，"无论什么人投到这公众的海里，便具体的化为抽象的，真的化为虚的了"。②他目睹过德国法西斯在"集体是一切，个人是无"的旗号下上台的事实，对于以"公众"的名义压抑个体生命保持着高度警惕；他所坚持的文学创作，也一直以对"个人完整性"的探索，对抗着"公众"的神话。然而，此时的冯至所理解的写作，承担的已经是"写出来的每一个字都要对整个的新社会负责"③的"生产任务"，必须"适应人民的要求加紧生产"。这种表达不只是在语词上有如当时工农业生产运动的动员，而且也确实表明一种有如社会主义工农业生产的"文艺生产"体制已经建立起来，一种与社会主义计划经济相一致的文学制度已得到作

① 冯至：《我们怎样看待和处理古典文学遗产》，《冯至全集》第六卷，河北教育出版社1999年版，第200页。

② 冯至：《一个对于时代的批评》，《冯至全集》第八卷，河北教育出版社1999年版，第246页。

③ 冯至：《写于文代会开会前》，《冯至全集》第五卷，河北教育出版社1999年版，第342页。

家认同，而其背后是关系到文学转型的文学建制的根本性变化。

这里所言的文学建制如前所述，是指文学的生产、消费空间，即有作者和编者（生产者）、读者（消费者）以及公共空间（发表刊物、出版机构、图书市场、流通资金、典律体系等）组成的文学运行机制。这种文学建制的形成，无法脱却文学自身规律、文化传统、作家情感表达需要、不同时代意识形态等因素影响，也是一种在社会生活结构中建立起来的规范体系。这种体系的演变，往往是文学转型的极限，意味着一种新文学重塑的开始，是我们考察文学转型的重要内容。而且毋庸讳言，在现代社会中，文学建制运行的原动力、自由度直接决定了一个国家、民族、时代文学的基本面目，这在五四后中国现代文学发展的历史中被验证得格外明显。而正是这种文学建制的变化，凸显了1949年前后中国文学转型的实质性内容。而本节的论析兼及中国大陆和台湾的文学，是因为此时期的中国大陆和台湾地区的文学具有跨越"1949"的历史一体性，抗战结束后解放区、国统区文学二分的状况在1949年后的中国大陆和台湾得以延续。对照起来探讨，更能把握此时期中国文学转型的相关内容。

众所周知，中国现代文学正是借助于大众传媒，第一次拥有了职业撰稿人和自由办刊人两支力量，并通过校园文化、商业文化等渠道，赢得并不断扩大了不同的读者对象，由此得以构筑成一种新的文学生产、消费空间。它明显区别于自发生产的民间文化，进入了有知识分子操纵、书写的以启蒙为主导取向的大众文学生产，也由此开启了中国文学的现代性进程。这种文学机制，为作家坚持自己的自由思考和独立人格提供了空间；同时，作家的职业化又使读者和从文者两个方面都有多层面的分流，在启蒙救世、娱乐消费等不同层面上产生着读者消费的需求，从而为卖文为生的不同动机都提供了接纳、生存的空间。它为知识分子走进民间、亲近民众提供了各种入口，也为作家坚持不妥协于社会压力的人格解除了后顾之忧。所以，这种机制有其主导性，也有其民间性、个人性。而中国现代文学建制的形成、发展让人感受到，与一些社会制度的"刚性"不同，文学建制的活力恰恰在于其有多向性形成的张力；而其多向性的张力往往是因为其作为生产者的作者、编者和作为消费者的读者并非处于一般性的生产、消费环境中，更不是计划性、指令性生产体系和过程能完全制约的。即便当某种一致性掌控了文学建制时，文学建制内部也会存在种种缝隙，使文学能得以生存。

　　同样众所周知，从1942年的延安到1949年后的中国大陆，文学建制发生了根本性的变化。作家作为"公家人"的身份转变，使他们被纳入党和政府主导的文学生产体制中；编者队伍也较快发生了由自由办刊人向党的政策把关者的交替。读者需求则开始接受社会主义意识形态熏陶，不同阶层个性文化消费多样性逐步边缘化，尤其在社会主义革命大规模展开的环境中，民众的审美性迅速被一统的革命性替代。大概到1953年，新的环境已经稳固地建立，其社会主义革命、建设的社会性逐渐难以容纳文学审美的多样性。例如当时老舍工作、生活的环境就接连发生这样的事：在一般群众眼中，"花裙子红毛衣"已习惯被视为"资产阶级生活方式和小资产阶级情调"，作品中的"星星、月亮、树呀花呀草呀"更被视为"资产阶级情调"而被人自觉摒弃，山水画中也要自觉加入"红旗飘飘，拖拉机奔驰的画面"，创作的美学观念已经完全被革命化，其审美的多样性其实也荡然无存了。[1]但作家终究无法完全割舍个人的文学性，大量的事例说明，在"公家人"的身份制约下，作家看重、渴求的仍是作为文学的创作；而民众在大规模革命改造浪潮裹挟下也仍有着个人文化消费的需求，这就使得文学建制内部出现了种种"缝隙"。而这种"缝隙"的存在说明文学建制具有"内化性"，即文学建制并不只是由政治、经济等有形资本可以"掌控"的作家身份、读者需求等因素决定，还有更多精神渗透性的因素以其"内化性"的力量影响着文学建制。例如，据台湾作家回忆，1951年前后的台湾，国民党治安机关患了严重的文字敏感症，"好像仓颉造字的时候就通共附匪了"。那时候作家写作，往往文章写完后要"冷藏"，把自己设想成官方的检查人员，"把文字中的象征、暗喻、影射、双关、歧义一一杀死"，[2]以免文字惹祸。这种具有极强的内化力量的自我检查在中国大陆则被大规模的政治运动裹挟而深入影响到每个作家，它反映出的作家自我的变化成为文学建制中最具有"内化性"的因素，其具体情况则是复杂的。

---

　　① 葛翠琳：《魂系何处——老舍的悲剧》，吴福辉、朱珩青编选：《百年文坛忆录》，北京师范大学出版社1999年版，第90页。

　　② 王鼎钧：《反共文学观潮记》，（台湾）《文讯》第259期（2007年5月）。

这种复杂性正是我们需要关注的。

二、社会变革政治性与作家个人文学性的矛盾存在

不妨回到冯至变化的考察上来。作为冯至"加紧生产"的实践，就是《杜甫传》的"生产"。冯至是在全面抗战爆发，随校南迁途中读杜甫诗，"体味弥深，很觉亲切"，逐渐萌发"决意给杜甫作传"的想法，并为此"准备工作用去了四五年时间"。[①]但冯至一直到1946年7月回到北大后才开始写作《杜甫传》，1947年开始在《文学杂志》《小说》连载，1951年又以《爱国诗人杜甫传》之名在《新观察》连载，被毛泽东称赞为"为人民做了一件好事"[②]。这一受到领袖肯定的《杜甫传》版本不仅在题目上凸显了杜甫的"人民诗人"身份，而且在内容上，也比1947年最初发表的《杜甫传》，突出了杜甫从"侍奉皇帝"到"走向人民"的变化（"走向人民"甚至在标题中得到了凸显），强调了杜甫"宁愿把自己看成零，看成无"，也要做"人民的喉舌"的执着，并从革命现实主义文学传统的角度充分肯定了杜甫的成就。这些信念和抗战时期的冯至相比，已判若两人。这种信念使他甚至否定了杜甫《秋兴八首》那样实际上包含了中国文学传统的最高境界的诗作，批评杜甫"雕琢字句、推敲音律"蒙盖住了"宝贵的内容"。

之后冯至心目中的写作越来越成为"为人民"的"迫切的任务"[③]。既是任务，就没有个人性可言，而要按照任务的时间性去完成（当时苏联文艺界开展的社会主义劳动竞赛也影响了中国）。这里的"时间性"包含两层含义，一是文艺生产要如工农生产一样提供生产"效率"；二是产品要符合社会主义革命、建设的"阶段性"，及时配合现实阶段革命、建设任务的需要。冯至在1962年一年就发表了关于杜甫的三篇文章，在整个国家遭受了严重的三年自然灾害后，冯至再次叙及杜甫，"不想多说"别的，"只想谈一谈杜甫诗里常常

① 冯至：《我与中国古典文学——答〈文史知识〉编辑部问》，《冯至全集》第五卷，河北教育出版社1999年版，第234页。

② 《冯至年谱》，《冯至全集》第十二卷，河北教育出版社1999年版，第661页。

③ 冯至：《十年诗抄·前言》，人民文学出版社1959年版。

使人感到的一种乐观的精神"。①冯至不厌其烦地强调杜甫诗歌的价值就在于"他那百折不回的乐观精神在字里行间感染着读者",而"这种乐观精神是杜甫从他经历的国家的灾难、人民的疾苦和个人的悲剧里锻炼出来的";冯至更强调杜甫的伟大在于"爱国爱民的政治热情是始终不渝的","为了国家的利益",杜甫甚至劝受尽苦难的百姓"暂时忍受个人的痛苦",这种矛盾使杜甫写成了"撼动千古人心"的诗篇;冯至还强调"葵藿倾太阳,物性固难夺"是杜甫"终身的誓词,杜甫无论在什么时候、什么处境,都不能改变这个关心朝政的'倾太阳'的'物性'"。②所有这些,在1962年的中国语境中,其政治指向是非常明确的。杜甫诗的研究,完全成为"社会主义精神产品"的"再生产"。

冯至作为一个曾经以个体自我对抗集体神话的诗人,其变化是极具代表性的。整个抗战期间,冯至写作以"生命的沉思"来完成"自我的蜕变",但这种"蜕变"是矛盾而复杂的。《十四行诗集》中,连续有5首诗,冯至与他心目中的先贤展开了对话。他以"永久/暗自保持住自己的光彩"的"长庚""启明"来写蔡元培(第10首),以"艰苦中""路旁的小草"来写鲁迅(第11首),以令"冠盖"黯然失色的"贫穷"来写杜甫(第12首),以"脱去旧皮才能生长"的"死与变"来写歌德(第13首),以如"桥"和"船"一样摆渡"不幸者"来写凡·高(第14首)……所有这些诗中,都浸透对于"自我"的承担的思考。然而,就如冯至歌咏蔡元培有如"长庚""启明",在"黎明和黄昏"闪耀出"自己的光彩",而"到夜半"则如"一般的星星"融入了星空,"自我"的承担最终指向了社会的人生。冯至的"自我""承担"始终期待着一种更高的提升:对于"一个更高的力的意志"③的追寻或服从。当他相信人民的新中国体现了这种"更高的力的意志"时,他自觉蜕变,抛弃旧我迎来新我。就是说,冯至"蜕变"的自觉性也许缘自其思考的一贯性。如果细致考

---

① 冯至:《人间要好诗》,《人民日报》1962年2月23日。

② 冯至:《纪念伟大的诗人杜甫》,《人民日报》1962年4月18日。

③ 冯至:《歌德的晚年——读〈爱欲三部曲〉后记》,《冯至全集》第八卷,河北教育出版社1999年版,第72页。

跨越1949
战后中国大陆、台湾、香港文学转型研究

辨冯至的精神历程，就会感受到其一生的探索"都像是在'否定'里生活"①。这种原本有着强烈的个体生命性的"否定"，在人民的新中国的强大吸引下，使冯至完成了从"小我"到"大我"的转变。

1949年新中国的成立，之所以对冯至有着强大吸引力，是因为中国共产党以充分实现自由民主的承诺动员、组织各党派和全国人民反对国民党专制。1945年毛泽东在回答路透社记者甘贝尔的提问时非常明确地说："'自由民主的中国'将是这样一个国家，它的各级政府直至中央政府都由普遍、平等、无记名的选举所产生，并向选举它的人民负责。它将实现孙中山先生的三民主义，林肯的民有、民治、民享的原则和罗斯福的四大自由（即言论和表达的自由、信仰上帝的自由、免于匮乏的自由，免于恐惧的自由）。"②毛泽东在其他公开场合也明确表示，中国人民建立的民主自由的中国，一定要实现"罗斯福的四大自由"。正是这一吸取了人类历史进步和中国革命成果的目标极大鼓舞了中国作家，使冯至那样的作家也越来越多地聚集在中国共产党周围。冯至在1947—1949年的思想轨迹清楚呈现了这一点。也就是说，对自由民主的新中国的信仰，是中国作家自觉自愿改变自己的原动力。这种坚信促使文学发生根本性变化。例如，现实主义的兴盛其实是19世纪后人类有了进化论、唯物论等学说后自信的表现，相信人类能掌握、改造世界，自然坚信作家能精确、缜密、真实地描绘出客观世界。无产阶级革命学说增强了这种自信，所以在无产阶级革命中建立起来的新中国自然推崇现实主义；当相信新中国将建立人类有史以来最理想的社会制度的信念弥漫整个社会时，革命现实主义也就一统创作天下。冯至谈杜甫，离开了冯至自身创作的体悟，极度推崇杜甫现实主义的诗风，也正是这一大环境影响的结果。但冯至的变化，最根本的缘由还是在于自身。其实不妨说，1949年后作家身份的变化，不仅仅是外部环境赋予的结果，也密切联系着作家自己的寻求。

不过，冯至的诗人本性还是使他的杜甫论述出现了很多"缝隙"，他谈

---

① 冯至：《自传（1991）》，《冯至全集》第二卷，河北教育出版社1999年版，第291页。
② 何方：《一定要解决好民主化问题》，《炎黄春秋》2011年第7期。

到了杜甫高度的艺术努力。例如，杜甫"以时事入诗"是"发挥了极大的独创性，道前人所未道，这是杜甫对于诗歌的丰功伟绩"①，尽管这种"高度的艺术能力"仍是为了表达"丰富的政治内容"，杜甫"诗的灵魂还是他那永不衰谢的政治热情"。②有意味的是，即便在1950年代的革命语境中，《杜甫传》让人感到最精彩的仍是一些与政治并无多大关联的段落。例如写到"杜甫风云多变、忧患重重的诗史里"，也有"暴风雨中暂时的晴霁，重峦叠嶂中的一缕清溪"，那些体悟"物情"的诗篇表明杜甫"也有对于微小生物的赤子般的爱好，他不只能'巨刃磨天'，刻画山河的奇险和时代的巨变，也能描绘燕嘴蜂须和春夜的细雨"；"既有掣鲸鱼于碧海、璀璨瑰丽"的诗篇，"也有好像不费功力、信手拈来的清词丽句"，"世界上第一流的大诗人多能做到这个地步……他们往往不是文体论里的一种风格、文学史上的一个主义所能范围得住的"。③杜甫诗作的诗心及其诗艺多样性对于文体风格、流派主义的超越，使他跻身于"世界上第一流的大诗人"。这样的评价无意中颠覆了《杜甫传》的政治叙事。而冯至在论述此类问题时显示出来的"游刃有余"，也足见其诗人的本心真意。这种由社会体制变革中的政治倾向性和作家无法割舍的个人文学性之间的矛盾正是形成文学体制内部"缝隙"的重要原因。

三、读者需求和作家写作的互动

恰如冯至的事例表明的那样，作家的个人文学性是政治一统性制约下的文学建制内部得以产生"缝隙"的最重要的因素。这一看似简单的道理却是我们考察1950年代文学最不应忽视的。

1951年3月，"中国文艺协会"在台北举办"小说创作研究组"培养小说新人，入学考试题目是"列举小说名著10篇并略述其艺术价值"。上课讲座阵容"极一时之选"，梁实秋、罗家伦、陶希圣、李曼瑰、王玉川等五四至1940

---

① 冯至：《论杜诗和它的遭遇》，《文学评论》1962年第4期。

② 冯至：《纪念伟大的诗人杜甫》，《人民日报》1962年4月18日。

③ 冯至：《论杜诗和它的遭遇》，《文学评论》1962年第4期。

年代的文坛重要人物讲课都"有教无类"。讲座的特色，这里举两个例子即可管窥。胡秋原的讲题是《共产党人心理分析》，因为1950年代，"共产党员是台湾小说的热门人物"。然而，他在讲课时使用"中性"的分析。分析人物时，"他指出行为的特征，抽去价值判断。如此，不论哪一国的国旗都是'图腾'，不论哪一党的党纲都是'教条'"。[1]后来"成名"的"反共"小说都采取近乎中性的写法。张道藩四次来小说组讲课和座谈。一次，他呼应小说家王平陵所说学习写作不可模仿大师经典，"取法乎上，仅得其中"，而要"得乎上"，就要"取法乎下"。什么是"取法乎下"？张道藩说，这个"下"就是人生和自然。当时作为学员在座的王鼎钧悟到："所谓自然，并非仅仅风景写生，所谓人生，并非仅仅悲欢离合，人生和自然之上、之后，有创作的大意匠、总法则。'天地有大美而不言'，作家艺术家从天地万物的形式美中体会艺术的奥秘，这才是古人标示的诗外、物外、像外。作家跟那些经典大师比肩创造，他不是望门投止、而是升堂入室，他不再因人成事、而是自立门户，他不戴前人的面具、而有自己的貌相，这才是'上'。"[2]胡秋原、张道藩的右翼政治立场不言而喻，然而，他们面对"小说创作研究"，讲的却是如此契合文学本性的内容，让人感受到，一旦真正进入文学层面，文学自身就具有颠覆、消解政治意识形态的强大力量，足以在政治意识形态掌控下的文学建制内部形成种种"缝隙"。

1940年代后期跟随国民党撤退至台湾的作家，其现实政治倾向复杂，但大多不约而同秉持文学本分的立场。当时经营台北商务印书馆的王云五有这样的信念："我是出版家。出版事业千秋，政府职位一时。"[3]时任台湾教育厅长、积极支持《中国语文月刊》的刘真经常自勉勉人的两句话是："文章千古

---

① 王鼎钧：《文学江湖——在台湾30年的人性锻炼》，（台湾）尔雅出版社有限公司2009年版，第89页。

② 王鼎钧：《文学江湖——在台湾30年的人性锻炼》，（台湾）尔雅出版社有限公司2009年版，第93页。

③ 王鼎钧：《文学江湖——在台湾30年的人性锻炼》，（台湾）尔雅出版社有限公司2009年版，第287页。

事，做官一阵风！"①而实际负责"小说创作研究组"的赵友培更强调，"小说千古事，反共只一时"，要求学员一切从"小说创作的层面"去"领受""发挥"。②这种对文章、文学看重的话语比比出现，反映出1950年代的台湾政治高压下仍有着强韧的抗衡力量，使文学有起码的自存空间。

对文学的喜爱、需求，是根植于人的天性的。想象的情感的文学世界，产生于人的根性，随着人对自身探寻的深入、复杂而丰富。天性之不可违，根性之无法压抑，是文学存在的根本缘由。作家进入文学创作层面，主宰他的只能是对于生命的想象的情感性的探寻。而读者进入文学阅读，他们需要的也是想象的情感的世界。1951年台湾国民党军队开展"克难运动"以振奋士气，评选出"克难英雄"到台北受勋，"总政治部"通知"中国文艺协会"，"前线"官兵爱读文学作品，心目中有很多偶像，希望知名作家能参加"欢宴"。"那时候谁是前线官兵的文学偶像呢？""我们都知道，张秀亚、徐钟珮、潘琦君、钟梅音，还有罗兰，都是女性作家。"③这就是读者场域，"战斗文艺""反攻文学"并无多少市场。即便在戎马生涯的军人心目中，他们喜爱的文学作品，也依然是琦君既保留童真之贞又充溢淡泊之智的日常话语。张秀亚在感性和知性交融（即张秀亚所言只写自己"内心深受感动的印象"和"自己深刻知道的事情"④）中包含多种意味的乡愁之作，徐钟珮在异域和故土之间表达的言外之情……"前线官兵"崇拜"女性话语"的"文学偶像"，它起码反映出读者（包括工农兵读者）的文学需求产生于人的根性，绝非政治所能拘囿。而这会和作家的文学个人性构成互动，构筑起文学的生产者和文学的消费者共同的空间。1950年代政治高压下的台湾文坛就是不断拓展这样的空间，来赢得文学的生存。

---

① 王鼎钧：《文学江湖——在台湾30年的人性锻炼》，（台湾）尔雅出版社有限公司2009年版，第293页。

② 王鼎钧：《文学江湖——在台湾30年的人性锻炼》，（台湾）尔雅出版社有限公司2009年版，第31页。

③ 王鼎钧：《文学江湖——在台湾30年的人性锻炼》，（台湾）尔雅出版社有限公司2009年版，第330页。

④ 徐迺翔主编：《台湾新文学辞典》，四川人民出版社1989年版，第133页。

1952—1962年的台湾，有"收听广播长大的一代"，之后才有"看报长大的一代""看电视长大的一代"，直至"上网长大的一代"，一代一代塑出个别的人格特征。由此可见，1950年代，收音机广播是影响最广的媒介形式。然而，当时台湾影响最大的"中国广播公司"却被国民党中央党部的老党工批评为"最没有党性的党营事业"，其中的缘由就在于"当党性使群众流失的时候，中广向群众的一端倾斜"，让"节目由战时转入平时"[①]，开办了《早晨的公园》《午餐俱乐部》《猜谜晚会》等"生活化、私人化"节目，播出包括《红楼梦》在内的文学名著，"广播节目由治国平天下缩小为修身齐家"[②]，收听率却大幅度攀升。很显然，作为文化消费者的民众此时在文化体制的形成中起了重要作用。在1950年代台湾政治高压的社会环境中，听众的喜好颠覆了国民党政治意识形态的党性。

这种情况在台湾当时整个文学生态中都是存在的。当时政府的政治高压可以见之于一段暗中流传的文人自嘲的话："你心里想的，最好别说出来。你口里说的，最好别写出来。如果你写出来，最好别发表。如果发表了，你要立刻否认。"[③]在这种环境中，作家都要摸索自己能有多大空间，"他们聚集的地方就是民营报纸"，"由于台湾对出版实施登记制，民众可自由从事出版活动，所以，无论图书、报纸、杂志、有声出版或通讯社，数量上总是民营为多。即便在'报禁'时期，也是民营报纸、通讯社多于党公营"。[④]于是，在允许民营报刊存在，政府又穷于内外事务应对的情况下，多半报纸刊物为民营所有。而民营报纸的发展很大程度靠副刊，尤其是"针砭""批判"的"专栏"。那时，副刊是最能表现报纸特色的版面，改变一份报纸往往就要改变其副刊。而副刊的办刊方针就是"争取多数人。县长只订一份报，县民也许能订

①　王鼎钧：《文学江湖——在台湾30年的人性锻炼》，（台湾）尔雅出版社有限公司2009年版，第194、200页。

②　王鼎钧：《文学江湖——在台湾30年的人性锻炼》，（台湾）尔雅出版社有限公司2009年版，第196页。

③　辛广伟：《台湾出版史·绪论》，河北教育出版社2000年版，第5页。

④　辛广伟：《台湾出版史·绪论》，河北教育出版社2000年版，第5页。

十万份报，你得站在十万人的立场上看问题，你得对那十万人的处境感同身受"，所以那时候报社都"挨家访问，你为什么订我们的报？哪一部分内容最吸引你？或者为什么订另外一家报纸？他有哪一部分内容最吸引你？一项一项做成记录回去统计"。①对读者的喜好、需求如此看重，甚至影响到不少官营刊物。《自由青年》是国民党中央党部第五组创办于1950年的刊物，却"由封面到封底毫无党的'气味'"②。例如，每年3月29日的"青年节"，蒋介石照例要发表对青年的文告，台湾各报刊都以显著位置刊出，"党办"的《自由青年》却不仅从未刊出一字，而且没有片言只语提及相关内容。这种对"道一风同"的社会习气的突破，只因为主编吕天行的"文人习气"。他认定"青年刊物"只顾及"青年喜爱"的，无须顾及"上司""领袖"意志，结果《自由青年》成了当时台湾青年最喜爱的刊物之一。

  《自由青年》当时在青年的文学教育上做了很多有益的事，因为刊物受青年读者欢迎，所以其文学教育也非常有效。而文学教育的展开正是文学建制不容忽视的内容。台湾文学能在六七十年代迎来中兴，正是其1950年代开展文学教育有效的结果。在政治意识形态阴影笼罩的1950年代，却有一批文人、作家，关注的是文学的长远存在，致力于民众文学阅读、欣赏能力的提高。其中《中国语文月刊》是最值得关注的。它是台湾出版时间最长的刊物之一，自1952年创办至今，历经六十余年风雨。创办者赵友培教授原是"中国文艺协会"的实际负责人，主张"文协"和当局的关系应是"相异相生"，但难以实现这一主张。因为在"文协"难以作为，赵友培便在1952年，依托他任教的台湾省立师范学院（今台湾师范大学），成立"中国语文学会"，创办《中国语文月刊》，实践其文学教育的"主场在中小学校，中小学校可视为文艺事业的外郭"③的理念。《中国语文月刊》创刊以后，从未脱期出版，内容完全针对

---

  ① 王鼎钧：《文学江湖——在台湾30年的人性锻炼》，（台湾）尔雅出版社有限公司2009年版，第243页。

  ② 王鼎钧：《文学江湖——在台湾30年的人性锻炼》，（台湾）尔雅出版社有限公司2009年版，第287页。

  ③ 《发刊词》，（台湾）《中国语文月刊》第1期（1952年7月）。

中小学语文教师文学教学和中学生文学阅读、文学创作的需要，成立"中国语文通讯研究部"，解答语文教师疑难，出版供文学青年阅读的活页文选，发表各种旨在培养学生文学欣赏能力的文章，提供中学生发表作品的园地，推广儿童文学。之后几十年风风雨雨中，面临种种经济、政治、文化压力，尤其是经费渐渐捉襟见肘，《中国语文月刊》始终未中止对教师服务的项目，未克扣作者的稿酬，未减少月刊的页数、期数。每期出版后与以往一样会寄给台湾的中小学。赵友培等还花费整整一年多时间，跑遍全岛所有中学和部分小学，逐校普及文学知识。光复后的台湾，学生原先的国文水平很差，正是在《中国语文月刊》这样的刊物的影响下，民众的中文阅读、写作水平大为改观。例如，王鼎钧两本在台湾青年中极有影响的谈读书、讲写作的书《文路》《讲理》，最初就是一连载于《中国语文月刊》，一发表于《自由青年》，很多学生受益匪浅。尽管官方对五四新文学传统抱有戒心，但中国现代文学传统在台湾却得到相当丰富的发展，正是明显得力于民间坚持的文学教育。

四、 指令性文学生产中文学的失落

同一时期中国大陆文学建制的状况已较为我们熟知。"文学为工农兵服务"大大扩展了文学读者的范围，但问题在于工农兵读者文学需求的多样性、个人性显然被忽视了。例如，1949年10月就开始在北京、天津、上海等地都积极开展出版业务的大众书店以出版新创作的小说为主，其出版标记采用了红色调的五星、铁锤、稻穗图案，表明服务于无产阶级政治和工农大众的新中国出版事业在全中国的展开。在短短一年中，出版重地上海等一改晚清以来的小说出版格局。据笔者统计，1950年、1951年上海等地出版的新创作的22种小说集中，根据作者参与群众斗争的体验写成的反映农村阶级斗争的"正确方向与曲折和错综复杂性"的有《拆炮楼子》（冷岩）、《土地底儿女们》（安危）、《双龙河》（马加）、《李二嫂改嫁》（王安友）、《大裤裆的故事》（草沙）、《苇塘纪事》（杨沫）、《强扭的瓜不甜》（谷峪等）、《水风砂》（韩希梁）、《红旗兄弟》（王质玉）、《黑牡丹》（白夜）、《前进一步》（晋驼）、《龙头山下》（郁茹）、《夏征》（白危）等13种，占59%；反映工厂、工人新旧生活变化的有《三号闸门》（羽扬）、《竞赛》（艾明之）、《翻身当主人》（羽扬）、《工人张飞虎》（康濯）等6种，占27%多；剩余的3种，《地主的儿女》（李冰封等）反映知识分子在"新旧交替的年代"痛苦的改造历程，《再生曲》（李薰风）讲述大鼓书女艺人翻身斗争的故事，《换心记》（望昊）则讲述了部队干群团结干革命的事迹。这些小说集的作者多为文学新人，除少数日后享有盛名外，绝大多数如今人们已比较陌生了。这些作品大多列入当时出版的"文学丛书"（文化工作社）、"人民艺术丛刊"（人民艺术出版社）、"文艺创作丛书"（华东人民出版社）、"文艺建设丛书"（三联书店）、"新中国文艺丛书"（平明出版社）、"劳动文艺丛书"（劳动出版社）等，表明描写工农翻身当家做主人的新生活的题材已成为创作的中心。而承认自己写的"原算不得什么小说"，但面对土改那样"丰富磅礴的生活"和"生龙活虎的人物"，"抱着忠诚与决心要'做无产阶级和人民大众的牛'"，即便只能写下"一点记录式的文字"，也要尽这一"很有限"的"效力"，[①]这样一种创作心态开始成为绝大多数写作者的心愿。

更重要的是，这些小说的产生往往是一种指令性生产。例如，当时出版数量多且影响较大的是"文艺创作丛书"，由冯雪峰任主任委员，巴金、黄源、夏征农、于伶、胡风、夏衍、陈白尘、靳以、赖少其等16人为编委的"文艺创作丛书编辑委员会"阵容强大，且接纳了创作主张、倾向有所不同的成员。但即便这样，"文艺创作丛书"所收20余种创作集，几乎全是配合土改、合作化等运动"有计划"产生的，其模式也很快固定化了：在党的领导、教育下，与阶级敌人进行尖锐斗争，改造了落后思想，最终取得胜利。不少作品更是直接指令"生产"的。例如《"淘箩命"翻身》一书的成因是作者黄穗1950年为了反驳土改中有关"江南地主开明"的"反动论调"，写了一篇《冯家浜悲惨的故事》的通讯，引起中共浙江省委的重视，将通讯所写高照乡作为全省第一个土改实验乡；浙江省委农村工作委员会则建议作者将通讯改写成故事（小

---

① 安危：《写在〈土地底儿女们〉的前面》，安危：《土地底儿女们》，文化工作社1950年版。

说），以教育群众。

这样一种指令性的文学生产，将工农大众的生活简单化、狭窄化为斗争生活，实际上使文学为工农大众的服务也狭窄化了。而且，文学的生产与现实生活构成了在"斗争"哲学上互为强化的关系，文学叙事必须展开与阶级敌人或落后、反动思想的斗争，无形中强化了人们视社会、日常生活处处充满阶级斗争的认识，加剧了社会生活的阶级斗争化，而日益革命化的心理氛围又促使文学叙事逐步狭隘化。1950年代初、中期走上文坛的陆文夫、刘绍棠、韩映山等，都是文学素质好、创作潜力大的新人，各自有较丰厚的生活积累，但创作都不可避免笼罩于剑拔弩张的阶级斗争中。陆文夫的小说集《荣誉》（1956）描述对党忠诚坦白的思想斗争被置于和反动分子的矛盾冲突中。韩映山《水乡散记》（1955）中人物生活的每一步也都离不开对资本主义思想的批判、斗争。刘绍棠1953年出版他的小说集《青枝绿叶》，描写他的故乡北运河平原"可爱的人物和模范的故事"[1]，虽多写土改、生产互助的翻身故事，但乡村人物仍有较丰富多样的生活情调，有如青枝绿叶样茂盛。1955年3月出版的小说集《山楂村的故事》，故乡北运河平原已被置于"十字路口""不疲倦的斗争"中了，不过作者此时还憧憬为"我的家乡"唱出"夜莺歌"。[2]但时隔仅6个月，他又一本小说集《运河的桨声》讲述的"山楂村的故事"，就充满了阶级斗争短兵相接的刀光剑影了，从反动富农疯狂的破坏活动，到共产党员的蜕化变质，乡村年轻一代的成长完全被置于和平时期你死我活的阶级斗争中。青年作家创作起步的这种情况反映出对于阶级斗争的崇拜甚至成了一种类宗教的社会氛围。在这种氛围中，社会的文学生活成为社会阶级斗争的一部分。

文学建制"内化性"形成的"缝隙"状况是复杂的，有的情况容易辨析。例如，1950年代台湾的政治专制具有极大的"内化性"，其高压态势主要来自国民党失败于大陆之后对于中国共产党的极端恐惧，舆论的监控也主要由此

---

[1]　刘绍棠：《青枝绿叶·前记》，新文艺出版社1953年版。

[2]　刘绍棠：《山楂村的故事·后记》，新文艺出版社1955年版，第122页。

展开。编辑校对时将"共匪"改成"中共"都可能因此惹麻烦，教授演讲时使用了几次"中共"、几次"共匪"，听众中都有人记录。事情甚至荒唐到，根据警备总部的规定，女性假如被一些道德品质败坏的共产党干部侵犯，都算是"与匪接触"，都要登记自首，否则，视同双方在"继续联络"！这种人人自危的现实局面使内心的恐惧成为国民党专制统治得以延续的重要基础。然而，国民党又要以"自由中国"来聚集人心，标榜其"言论自由"，这就使它的反共文艺政策出现种种"缝隙"；尤其当其反攻无望时，它更需要安抚人心，承诺"更多的民主，更多的自由"，体制内部的"缝隙"就更多地存在。但更多的情况容易被忽视。如果我们承认文学建制不是后人的主观描述，而是当时文学生存状态的历史呈现，那么我们就要更加关注决定着文学建制运行的，作为文学生产者的作者、编者和作为文学消费者的读者的具体情况，关注由此发生的种种"缝隙"所包含的力量。本节所述及的1950年代的情况，会促使我们去思考，跨越"1949"的文学转型的重要内容其实是中国现代文学在巨大的社会变革面前如何保存自治空间，延续文学传统。

第四节　文图：战后文学史叙述的新途径

一、文图：文学史叙述的新途径

战后中国文学转型内容的丰富、复杂使得我们需要，也有可能对其展开多途径的考察。本节就力图从文学与图像的关系角度对战后中国文学转型展开一种新的考察。

文学与图像的关系已越来越引起人们的关注，而文图关系一旦进入文学史层面，它就可能成为文学史叙述的一种新途径，甚至新方法。任何一种文学史叙述的新途径，应该满足两种情况：一是它不会造成对文学历史的遮蔽，反而可能"祛蔽"；二是它对所面对的那段文学历史中的重要作家、重要作品、重要文学现象能有新的发现、新的阐释。文图尤其可以成为现当代文学历史叙述的新途径，因为对于现当代文学而言，文学与图像关系更多受制于包括外来影响、媒介变革、读者接受（文学消费）等因素在内的文学潮流，甚至关联着文学的转型，从而呈现出迥异于古代文学图像关系的状态。

　　台湾、香港文学的历史以现当代文学状态为主，与中国大陆现代文学联系密切，但又形成了自身传统，其文化环境、媒介传播形态等有其独立性、延续性。台湾、香港现当代文学图像既有中华文化传统（包括五四新文化传统）的多层面影响，又长期受到殖民统治宗主国文化和世界性文化思潮等外来影响，也较长时间生成于移民和城市文化的演变中，其表现出来的文学图像关系与中国大陆文学不同，更紧密地联系着其自身的文学思潮、媒介传播形态等，并与海外各种艺术思潮（包括海外华文文学思潮）发生密切呼应。本书的目的是在中国大陆、台湾、香港文学互为参照中，研究战后中国文学的转型。从文图关系入手考察台湾、香港文学，并与中国大陆文学置于同一历史时期的格局中展开研究，由此展开台湾、香港文学史的一种新叙述，有助于战后中国文学转型的考察和研究。

　　台湾、香港现当代文学自身的历史和传统，置于整个中国现当代文学历史背景上审视，大致可以分成三个时期：1945年第二次世界大战结束前的早期，1940年代后期至1970年代的战后时期，1980年代后的三十余年。而战后时期是台湾、香港文学与中国大陆文学关系最为内在密切的时期，也是其历史发展最重要的时期。战后台湾、香港文学与图像关系的演变，有两个方面的内容最值得关注。一是现当代文学与图像关系的变化密切联系着文学思潮的发生、发展，文学的变革往往与绘画、影视、戏剧，甚至音乐等艺术处于同一种文艺思潮中，它们不是各自隔绝，而是互相激荡，发展出同一变革潮流中的不同面向。现实主义、浪漫主义、现代主义、后现代等艺术思潮就是推进语图关系更为密切、丰富的共同源头，文图关系也成为我们能更开阔考察文学变革的重要内容，重要的文学转型往往是在文图关系的变革中得以完成、深化的。二是现当代文学与图像关系的变化密切联系着现代社会媒介的多元化。对文学图像直接产生影响的媒介有三大类，一为现代印刷术，二为影视，三为多媒体。这三类媒介先后兴起，成为文学图像变化最重要的源头，一些重要的文学突破正是在借助现代媒介的语图关系中实现的。战后台湾、香港文学与图像关系极为显著地表现于这两个方面，与中国大陆文学形成鲜明对照，从而传达出战后中国文学转型的重要内容。

二、战后香港、台湾现代文学思潮和图像

二战结束之后，台湾、香港文学都进入了一个重要的文学转型时期。台湾文学在去殖民性进程中，又面临国民党政治高压。日据时期台湾文学传统与大陆迁台作家所延续的五四文学传统汇合，突破政治意识形态高压，完成了台湾文学的重建和发展。香港文学在战后东西方冷战意识形态高度对峙的殖民统治环境中，接纳了从内地离散至香港的中国现代文学多种传统，并与世界性文学潮流展开同步性对话，开始了香港城市文学传统主体性的建构。这一时期，台湾、香港文学转型最重要的内容，表现于多种文学思潮的涌动，其中，现代主义文学思潮的兴起最具有文学突围的意义和价值。而这种突围正是在文图互文、互涉、互动中实现的。

香港现代主义思潮是香港城市文学传统形成的重要内容，它明显地延续了"上海—香港"的脉络，是战后中国现代文学传统离散至香港的最重要部分。战后，尤其是1949年后，大批内地文人进入香港。其中，上海南来文人自身的创作经历使他们更自觉传播现代主义文学，而这种自觉往往又是从现代都市的文图媒介中产生的。例如叶灵凤就因为自己的写作"最喜欢"也"最敬佩"法国作家纪德的叙述形式，大力推崇纪德多人称、多文体的叙事方式，将其与电影蒙太奇手法相媲美，认为适合香港的都市表达。[①]而被视为1950年代香港最先大力倡导现代主义思潮，"在译介现代主义文学方面"，"绝对大大'超前'海峡两岸当时'政治挂帅'的封闭"[②]的《文艺新潮》就是由上海南来香港的马朗等创办，由此树立了"香港文坛的一座永远耸立不倒的里程碑。它出现后，五四运动的'幽灵'不得不匿在一角，因为它带领大家首次认识1950

---

① 叶灵凤：《法国文学的印象》，（香港）《文艺新潮》第1卷第4期（1956年6月）。

② 郑树森、黄继持、卢玮銮编：《香港文学年表（一九五〇—一九六九年）·三人谈》，（香港）天地图书有限公司2000年版，第25页。

年至1955年的世界文坛的面目，这是一个空白，由《文艺新潮》的拓垦者填补了"①，而"1949"所中断的中国现代（主义）文学传统由此得以延续。

《文艺新潮》对现代主义的倡导就是在诗画互文中展开的。作为一份纯文学杂志，它纵横多面地借力于世界和传统，传播新知，延续文脉，各篇文字都给人"追求真善美喜欢随意歌唱"的感觉。日后人们"在街头购到《文艺新潮》的旧刊"，都"惊讶之前香港有这么高水平的文艺杂志"②，甚至被香港文学研究者们认为之后"四五十年过去了，还是没有一本文艺杂志可以比得上它的水准"③。《文艺新潮》的"高水平"无疑来自其现代主义文学作品。无论是马朗自己的创作（小说《雪落在中国的原野上》《太阳下的街》等，诗歌《焚琴的浪子》和《国殇祭》等），还是其他同人的创作，小说如崑南的《夜之夜》、李维陵的《魔道》等，诗歌如王无邪《一九五七年春：香港》、崑南的《卖梦的人》等，都以丰富的现代性写内地和香港，其持久的耀眼在整个1950年代中国文学中是绝无仅有的。而有意味的是，这些《文艺新潮》的编著、作者，无一例外都将目光投向了现代视觉艺术。

《文艺新潮》的主编马朗是抗战后期"被称为当时'上海唯一大型纯文艺小说月刊'的《文潮》"④的主编，而他在中国内地的最后一项文学活动，是1949年在上海参与创办了影评刊物《水银灯》（半月刊，共出9期）。此前，他还编辑了电影杂志《西影》，其早期经历就有文图的结缘。马朗和同人开放的办刊眼光使得《水银灯》成为"上海所有杂志中最畅销的""真正赚钱的"⑤。既理解大众口味，又有地道的艺术眼光，是马朗钟情于电影的基本立场。而马朗创办《文艺新潮》，其"新潮"方向明确，意识自觉，即"在推动

---

① 崑南：《我的回顾》（1965），转引自小思：《香港故事》，（香港）牛津大学出版社1996年版，第69页。

② 也斯：《现代汉诗中的马博良》，也斯：《城与文学》，浙江大学出版社2013年版，第187页。

③ 何杏枫、张詠梅：《访问崑南先生》，（香港）《文学世纪》2004年1月。

④ 徐迺翔、黄万华：《中国抗战时期沦陷区文学史》，福建教育出版社1995年版，第468页。

⑤ 马朗、郑政恒：《上海·香港·天涯——马朗、郑政恒对谈》，（香港）《香港文学》第322期（2011年10月）。

一个新的文艺思潮之时，需要借镜者甚多"①，其中重要的"借镜者"就是现代画。《文艺新潮》每期封面画都是世界现代绘画的成熟之作，尤其是突破传统、打破常规的现代画，同时有"封面画家介绍"，例如毕加索和马蒂斯被称为"二十世纪最伟大的两大画家"②。《文艺新潮》还有不少配图，其选择与封面画一样，往往着眼于构图、色调等表现"无拘束范围的完全自由，那绝不是强权所诋毁的堕落，而是现代艺术最升华的造诣"③。显然，《文艺新潮》借力于绘画，是要以现代主义的开放性、自由度打破当时冷战意识形态背景下"政治挂帅"的封闭性。正是因为这种从香港，乃至整个中国现实出发的关注，《文艺新潮》非常自觉地意识到，"现代主义者并不是走到牛角尖里"，而是通过现代艺术"这种形式，或者说，是由于这一种启迪和方法"，"和现实生活连接起来"。④前面提及的《魔道》被视为1950年代香港现代主义小说的重要作品，出自当时"香港最优秀的画家"⑤李维陵之手。他不仅用自己的画作，也用自己的文学创作和理论思辨来显示《文艺新潮》的实绩。《魔道》讲述主人公"对现代主义极敏锐深刻的挖掘，无论是绘画、诗、音乐和小说，他都能从一个很高的角度扼要地作出他可惊的论断"⑥。然而，在二战人类的自相残杀中，他也成为一个性格分裂的畸形人。小说的存在主义色彩浓郁，人物的意识世界揭示深刻，表现出与其画作的互相呼应，而这一切都有着战后人类反思的时代性。

　　《文艺新潮》所涌动的现代主义思潮能成为五六十年代香港文学的主潮，是因为它一直在香港土地上收获，成为本时期提升香港文学"主体性"最重要的途径，也逐步融入香港文学的传统。与中国内地现代主义思潮"匆忙路过"

---

　　①　《编辑后记》，（香港）《文艺新潮》第1卷第2期（1956年4月）。

　　②　马朗：《封面画家介绍：马蒂斯》，（香港）《文艺新潮》第1卷第4期（1956年6月）。

　　③　马朗：《封面画家介绍：保尔·克列》，（香港）《文艺新潮》第1卷第5期（1956年9月）。

　　④　《编辑后记》，（香港）《文艺新潮》第1卷第7期（1956年11月）。

　　⑤　《编辑后记》，（香港）《文艺新潮》第1卷第5期（1956年9月）。

　　⑥　陈云昊：《〈文艺新潮〉和现代主义的文图互动》，打印稿。

的情况不同，香港文坛从1950年代中期到1970年代，二十余年一直注重对现代主义文学思潮和作品的介绍、输入，并大致呈现了西方现代主义文学发展的阶段性。《文艺新潮》着重翻译英美现代诗歌和法国存在主义小说，《新思潮》（1959）除介绍存在主义小说外，还介绍了法国新小说，《好望角》（1963）侧重英美当代文学批评的介绍，《海光文艺》（1966）进入到荒诞剧、意大利现代诗等领域，《四季》（1972）、《大拇指》（1975）则翻译介绍了南美魔幻现实主义文学。此外，刘以鬯1960年代主编《香港时报》副刊《浅水湾》时，大量介绍了英美当代作家和批评家。这一过程"正好显示了现代主义的几个发展阶段和派别，即意识流小说、存在主义文学、新小说、荒诞派及魔幻现实主义"①。这样一种对现代主义文学全面而有序的引介，使得香港文坛与西方现代主义的对话内在而较深入，作家创作也从自己个性出发，广泛借鉴现代主义文学，展开不同的尝试，使香港文学面貌丰富多样。这样一种进程，不仅使得中国现代文学与世界文学对话的传统不至于断裂，也使得香港文学同步于世界文学潮流而开始其本地化进程，而注重文学形式突破的现代主义文学恰恰成为香港建构自身的城市文学传统的重要基石。在这一进程中，香港本土作家，尤其是战后出生的新一代作家，在诗画互文的艺术实践中得以成长，成为香港文学自身传统形成的重要标志。

1960年，刘以鬯邀请当时被称为香港现代诗坛"三剑客"的崑南、叶维廉、王无邪在他主编的《香港时报·浅水湾》等大量刊出三人合作的诗画，如《垂钓垂钓》《撒网之城市》《裸女图》等。画是用类似木刻的线条作的抽象表现主义绘画，诗则是地道的都市现代诗，甚至叶维廉翻译艾略特的《荒原》，也由王无邪配画。而他们三人的创作各有侧重地实践了诗画互涉互动。

崑南（1935—　）小说的先锋性是香港现代小说中最突出的，他的《地的门》1961年初版，四十年后又再版，②其形式的实验性长久引起人们关注。其中现代主义小说注重空间性，尤其是心理空间表达的特性得到充分体现；小说也

---

① 梁秉钧策划：《书写香港@文学故事》，香港教育图书公司2008年版，第189页。

② 崑南：《地的门》，（香港）青文书屋2001年版。

采用自由拼贴的方法，主题乐段不断重现，这些都是为了表达反叛殖民统治下的香港工商社会追求实利的文化价值观，小说的现代视觉性极为明显。叶维廉（1937—　）被认为能贯通"西方现代主义与中国诗艺传统"[1]，而画论是叶维廉美学思想的重要部分，他写过近20篇绘画艺术的文章。《返虚入浑，积健为雄——与赵无极谈他的抽象画》《物眼呈千意，意眼入万真——与陈其宽谈他的画中的摄景》等文的真知灼见，都产生于其现代诗学、道家美学、中国画等生成的对话中。这种思考也带来其诗歌面貌的变革。例如诗集《醒之边缘》（1971）全书"着重诗句文字的安排以及图像的搭配，并尝试将诗歌、音乐、绘画、舞蹈结合，以不同的艺术媒介传达同一主题"；诗集《野花的故事》（1975）则"多为空间层次广袤的叠景诗"；后来又有《无极之旅》等题画诗，都是诗画交融的佳作，往往呈现传统美学与现代诗对话的美好意境。叶维廉的语图理论及其实践可以说是20世纪中国文图理论中最自成一家而影响广泛的，突破了以往文图相异或相同的讨论，从古今中外艺术对话的高度探讨诗画关系。王无邪后来更是由诗歌转向绘画，因为他觉得绘画更便于"反叛""突破"，而又能守住"文化中国"的底线。[2]"三剑客"五六十年代之交的诗画合作，已很难判断是先有诗，还是先有画。诗画互动，大大推进了香港的现代主义艺术，其诗学理论也极大影响了日后的中国文学。

　　几乎是同时，台湾也涌动起现代主义思潮。就现代主义美学影响而言，在台湾是先从美术界滥觞，然后波及文学。在五六十年代国民党政治高压的台湾，现代主义思潮使台湾文艺得以突围出官方政治意识形态，其独立的思想姿态跟当局的文化政策构成尖锐对立，其艺术取向和情感视野则密切了战后中国文学跟世界文艺潮流的关系，开启了"横的移植"的国际化和"纵的继承"的民族化间的新的互动局面。这一潮流所推动的新的语图关系在小说、戏剧、诗歌诸多方面都得以建立。1960年3月创刊的《现代文学》催生了台湾现代派小

---

① 乐黛云：《为了活泼泼的整体生命——〈叶维廉文集〉序》，《广东社会科学》2003年第4期。

② 王无邪、梁秉钧：《在画家中，我觉得自己是个文人》，（香港）《香港文学》第311期（2010年11月）。

说，这是日后对中国当代小说影响最大的台湾小说流派，而其主要成员的创作对文图关系的丰富都有贡献。白先勇和王文兴的小说都入选"20世纪中文小说100强"，且排位居前。前者的小说一开始就带上了强烈的画外之像，他以此脱出传统写实主义的范围。有论者认为，图像写作是白先勇走出传统写实主义的关键突破口，其小说由此导向了更为深邃的意指空间。[①]后者以长篇小说在图像、书法、音韵多方面刷新了文图关系，表现出现代主义的形式追求可以转化的内容变革所抵达的深广度。戏剧原本在图像从静态转变为动态中扮演了重要角色，台湾戏剧界追随世界戏剧潮流，"从强调表演本质与投射的'演员剧场'发展到强调文学意念与意义的'剧作家剧场'，……转而成为强调视听印象与意象的'导演剧场'"[②]，戏剧舞台图像呈现出演员、剧作家、导演三者想象力的交汇。而姚一苇六七十年代的诸多剧作，无论是偏向传统写实的剧（如他最著名的《红鼻子》），还是现代的荒诞剧（如《一口箱子》）、象征剧（如《访客》），或是历史剧的现代改编，如《申生》《孙飞虎抢亲》等，都成功地将剧作者的想象融入演员的舞台呈现中，尤其是其现代剧，呼应了现代小说的叙事革命。

诗坛除了后述的图像诗外，诗人更是延续日据时期诗画同盟的传统，只是更多地转移到现代诗画上。台湾现代派诗歌的宣言整合了现代诗学画论，而现代诗社、创世纪诗社与五月画会、东方画会直接结盟之密切，互动之有效，促使了现代主义的"在地"化，东方艺术精神与西方现代主义得以展开广泛对话，传统与现代得以交汇。诗人中，余光中1960年代大量汲取西方绘画艺术，尤其是毕加索、布拉克倡导的立体主义艺术形式，被视为"余光中诗歌走向现代的开端"[③]。其画论之多、之精彩，呼应着叶维廉的诗画理论，将中西艺术资源在诗画层面交融，建构成中国现代语图理论。

上述这些奔涌于小说、诗歌、戏剧领域的现代主义文学创作都发生在上世

---

① 陈云昊：《白先勇的图像写作》，打印稿。

② 王友辉：《姚一苇研究综论》，王友辉编选：《台湾现当代作家研究资料汇编　姚一苇》，（台南）台湾文学馆2012年版，第76页。

③ 徐学：《火中龙吟：余光中评传》，花城出版社2002年版，第110页。

纪50至70年代政治意识形态化时期，其意义自然更为重大。而它们无一例外借助于文图互涉、互动得以拓展、深化。而同时，文图影响在文学的现实主义流变上也日益明显，且更多反映出跨媒介中文学图像的变化。

三、战后香港、台湾跨媒介中的文学图像

现当代文学中，文图影响深化现实主义的作用以电影的介入最为明显，而1940年代后期至1950年代前期正是中国电影成熟的黄金时期，这一成熟是在从上海转移到香港的过程中完成的。五四时期的短篇小说、1930年代的长篇小说和抗战时期的戏剧是中国现代文学先后成熟的叙事形式，作为第四种叙事形式的电影与文学的关系自然极为密切。1945—1949年的上海电影制作即使在世界电影范围内也是引人瞩目的，1949年后逐步转移到了香港。而1950年代前期的香港小说已能相当娴熟地借鉴电影画面的各种手法，并与电影构成了一种互证互显、互渗互补的格局，深化了现实主义的表现，拓展了其被广大受众接受的程度。

电影媒介在战后香港现实主义文学的深化中所起作用是多方面的。它首先是推进了香港小说对香港本土历史的开掘。香港早期最重要的小说家往往都双栖于小说、电影创作，电影叙事的大众性促成作家更多关注香港社会。而在战后，以香港为家园的"香港意识"萌生、成长，关注香港里街小巷普通民众生活的香港"乡土"小说得以产生、发展。被视为"香港新文学作家中真正具有'文学史'身份的第一人"[1]的侣伦早早开始了电影文学剧本创作，他的小说成名作《黑丽拉》在1941年被他改编拍摄成故事片。侣伦在战后出版了他最重要的长篇小说《穷巷》（1948年连载于香港《华商报》副刊《热风》未完，1952年出版单行本），成功地表现了香港商埠乡土意识，人物命运也较典型地反映了香港战后社会最初转型中香港底层民众积极的生存状态，成为最早"全面深刻写香港社会现实的作品"[2]。小说在战后香港艰难的世态人情中写出了人物的善良、强韧，风雨同舟，相濡以沫。这种小人物的历史才是地道的香港

---

① 杨义：《中国现代小说史》（第三卷），人民文学出版社1991年版，第231页。

② 柳苏：《侣伦——香港文坛拓荒人》，《读书》1988年第10期。

历史，充溢着香港民间的情义和生命活力。而真切呈现这种历史的正是小说中丰富的香港图景，从小说开首"随着米字旗代替了太阳旗重在歌赋山顶升起，百万人口从四方八面像潮水一样涌到这里来，像无数的蚂蚁黏附着蜂窝"的全景，到小说叙事中不断出现的"白鸽笼"贫民住宅、洋货广告等富有香港色彩的日常场景，都以写实文字真切呈现的语象，引发读者对战后经济表面的繁华和大批难民涌入的困窘交织而成的香港历史变迁的真切感受。之后，"写香港社会的作品多了起来"①，尤其是关注香港底层民众生存状态的作品更成为香港文学本土化进程的重要成果。

1950年代开始在香港小说界"名震遐迩"②的舒巷城就被梁羽生称为"最具香港的乡土特色"③。"香港的乡土"显然是指香港民众历史的根之所系，更多地存在于香港的里街小巷、渔村码头。舒巷城1950年的成名作短篇小说《鲤鱼门的雾》描写香港贫民窟鲤鱼门渔民遗腹子梁大贵的渔村眷恋。鲤鱼门海峡的雾当年吞噬了梁大贵父亲的生命，梁大贵十五年中在雾中离去、归来又离去的叙事包含了主人公对鲤鱼门这个生他养他又让他伤心流泪的故乡之地的复杂感情，弥漫出香港人特有的怀旧意绪，也呈现出主人公对离乡漂泊而失去的故乡身份的寻找。小说以"雾"这一飘散不定、最终又会成水而回归大海的语象隐喻人生的聚散，叙事将港城小巷特有的氛围气息一一凸显。后来，《鲤鱼门的雾》（图文本）出版，全书与文字相配的水彩画，描绘海港、渔船、茶楼、商铺等香港乡土场景，呈现人物的面貌、感情与交流，重现《鲤鱼门的雾》所包含的"温暖、沧桑、朦胧"④的人生，成为"文图转化"的一个范例，也再次证实《鲤鱼门的雾》书写香港"乡土"的成功。

当时香港形成的小说—连环画—电影的创作格局，自然也是电影媒介参

① 罗孚：《香港文坛拓荒人》，黄仲鸣编著：《侣伦作品评论集》，（香港）文学评论出版社2010年版，第8页。

② 袁良骏：《香港小说史》第一卷，海天出版社1999年版，第216页。

③ 梁羽生：《舒巷城的文字》，（新加坡）《南洋商报》1982年9月27日。

④ 沈舒：《回忆舒巷城——访〈鲤鱼门的雾〉绘画者彭健怡先生》，（香港）《城市文艺》第9卷第2期（2014年4月）。

与现实主义深化的一种表现。1950年代是香港报纸副刊兴盛期。当时大众阅读面广泛的《星岛晚报》副刊《星晚》从1950年开始连载欧阳天撰写的多部小说《孤雏泪》（1950）、《落花流水》（1951）、《阿牛新传》（1951）、《苦吻》（1954）等，每天刊出时配以李翰凌绘制的三至四幅插图发表。这种形式已近似连环画，但又有连环画没有的优势，那就是作家和画家的合作同步进行，沟通密切，且因报纸连载的形式及时反馈读者的观感，形成作家、画家和读者的多向互动，大大增加了作品的受欢迎程度。随后，那些广受欢迎的小说随即被改编成电影，形成小说—连环画—电影的创作格局。这样一种多媒介参与的创作始终与读者、观众直接对话，作品对现实的反映得以深化，受众的面得以扩大；而文字的图像转换历经连环画、电影二次创作，互相之间关系也更为密切。如欧阳天的连载小说《人海孤鸿》（1956）讲述沦为小偷的"孤儿"阿三的故事，阿三被黑帮胁迫行窃，路遇孤儿院院长何思琪受到帮助，几经周折，才明白何思琪正是自己的亲生父亲，得以团聚。小说连载时就和李翰凌的插图一起广为读者欢迎，随后被华联电影制片公司改拍成同名电影（其中李小龙出演阿三），更有极佳的票房效益。而连环插图和电影的画面叙事角度有所不同，前者侧重围绕何思琪对失散儿子的思念之苦进行展开，后者则侧重围绕阿三和其他孤儿的流落之难进行展开。这从连环画和电影从不同的画面安排所显示的情节结构等就明显感受得到，而两者的差异反映出对现实关注的深化。小说原本隐含的多种叙事角度被不同的图像呈现，而不同图像媒介对同一部文学作品的改编性呈现又会加深作家对现实主义叙事的把握。这种情况在1950年代的台湾文学中也几乎成为一种常态。例如杨念慈抗战题材的长篇小说《废园旧事》出版后，先改编为广播剧，与原著差异很小；但之后改编成电影，甚至成为台湾最早的电视剧（电视小说），与原著的差异增大，原著中的民间因素（水泊梁山传统、中原家族文化等）被放大，其抗战叙事的意义得以凸显。原先单一文学媒介中的小说意蕴在不同图像媒介的"修正"中获得丰富的解读，甚至使得原著中原先被遮蔽、忽视的重要内容得以呈现，显然极有文学史发挥其经典化功能的意义。

对于香港而言，文学和电影关系的密切发生于现代城市大众文化的环境中，促使坚守文学立场的作家"以大众方式书写'高端文化'"①，这种转变无疑让强调与现实社会密切联系的现实主义进入开放状态。而都市视觉媒介的发展，成为作家创作突破的一种重要助力。刘以鬯是在"卖文为生"的生涯中逐步被公认为"对香港文学贡献至深"②的"本地最重要的现代主义大师"③，而他是自觉借文图突破传统现实主义的写法，进入他称之为"开放的现实主义"的表达。刘以鬯从1950年代初期就开始报纸副刊编辑生涯。他做副刊编辑的特点之一是自己设计每期副刊版式，久而久之，敏感于印刷版式与作品文本之间的图文关系，其小说也往往直接借助于印刷文字"排列"变化中的"语象"传达深广意蕴。《打错了》被视为微型小说的经典之作。小说只有两段基本相同的文字，只是后一段添加了主人公接了一个"打错了"的电话，晚出门几秒钟，结果免于车祸。这种借助文字排列完成的复式叙事方式，揭示了人物命运的偶然性。"故事新编"《蜘蛛精》描写唐僧面临蜘蛛精挑逗时在宗教信念压抑下的情欲冲动，以此肯定了本真的人性和自然的人性形式。全篇采用两种字体，第一人称叙述唐僧的心理、感觉、意识时，用黑体字不加标点地排列，充分显现了唐僧内心的慌乱、无奈。全篇又不分段，两种字体紧迫地交替出现，强化了唐僧同蜘蛛精的紧张纠结。《黑色里的白色　白色里的黑色》更用特殊的印刷排版，从封面到正文都以"黑底白字"和"白块黑字"的色块相间，在强烈对比的视觉效果中使小说的表现有多方面进展，除了以黑、白颜色的交叉结构（颇可引起社会黑、白两道结构的联想）表现都市生活美丑兼容的双重性和人性善恶并存的复杂性（小说通篇以"白底黑字"展开意味着光明、纯真、善美世界的叙事，而"黑底白字"的叙事则呈现出黑暗、虚假、恶丑）之外，还有着艺术构思上的多种效果。黑白两块呈现叙事视角、结构线索的双重性：既有主人公麦祥的心理叙事角度，又有作者全知观点的叙事展开；

---

①　［法］弗雷德里克·马特尔（社会学家）：《主流：谁将打赢全球文化战争》，转引自李乃清：《马特尔　拨开全球文化战争的迷雾》，《南方人物周刊》2012年第24期。

②　梁秉钧：《〈刘以鬯与香港现代主义〉书序》，梁秉钧等编：《刘以鬯与香港现代主义》，香港公开大学出版社2010年版，第Ⅸ页。

③　谭国根：《序一：刘以鬯与香港公开大学》，梁秉钧等编：《刘以鬯与香港现代主义》，香港公开大学出版社2010年版，第Ⅶ页。

既有按一天时序依次展开的结构线索，又有借助都市种种资讯生发出的"旁枝"，纵横交错，由此呈现"城与人"的关系。小说以麦祥一天的经历、见闻来写香港城，需要呈现现代都市的"黑白"相间杂陈的复杂存在，又不能让过于庞杂纷繁的都市"资讯"使叙事变得混淆不清，黑白相隔对叙事内容起了一种梳理、凸显的作用。小说末尾两节是无文字的黑白色块，且以黑色终结，与前面23节文字呼应，既有余音绕梁之感，又有善恶、美丑的思考无尽之意义。《岛与半岛》则以楷书字形成纪实的背景叙述，以秀体字表示虚构的小说正文，两者交互作用，推进小说的叙事。这些小说都是利用印刷字体排列的创新强化叙事的视觉效果，而多变的字体结构往往追求自由适意的诗境，蕴含一气呵成的艺术感觉。

这种由汉字（印刷字体）引发的语图实验此时也发生在台湾，而以图像诗的创作最引人注目，形成了独立而有特色的诗学体系。从早期的詹冰、林亨泰、白萩、洛夫、非马、罗门，到后来的杜国清、罗青、萧萧、杜十三、苏绍连、陈黎、夏宇、罗智成等，几代著名诗人都参与图像诗创作，形成了独立而有特色的诗学体系，其核心就是借助汉字印刷术，在语言和图像的互相渗透中丰富诗美和诗情。而有意味的是，这一图像诗创作潮流的首倡者是被称为"跨越语言的一代诗人"[①]，而这中间同样有着文学史的重要线索。

1950年代台湾现代诗运动最重要的倡导者是我们称之为"现代诗二老"的覃子豪（1912—1963）和纪弦（1913—2013），他俩是1949年后台湾第一个诗刊《新诗周刊》前、后任主编，又分别是蓝星诗社和现代诗社的创始人。两人对诗画关系都结缘颇久。覃子豪1935年留学日本，专攻法国文学，对法国象征主义用功颇深，也熟悉印象派绘画。他第四本诗集《永安劫后》（1943），由画家萨一佛为福建永安古城遭受日本飞机轰炸惨状作画43幅，他为画配诗45首，诗的语象、节奏与画的场景、色调都成为一种历史的见证。而纪弦1933年

① "跨越语言的一代"由林亨泰于1967年最先提出，见吕兴昌：《桓夫生平及其日据时期新诗研究》，（台湾）《文学台湾》第1期（1991年12月）。这里的"跨越语言的一代诗人"指在日本殖民时代已开始创作，战后既完成了从日文写作到中文写作的转换，也跨越了从日本殖民时代到光复后国民党政府迁台时代的自我认同的一批台湾省籍诗人。

毕业于苏州美专，后来也有美术家的身份。两人将大陆的现代诗传统带到台湾，得到呼应的是另一现代诗传统，那就是台湾省籍诗人继承、发展台湾日据时期现代诗的传统。

纪弦的现代诗主张当时引起台湾诗坛的激烈争论，而最坚定支持他主张，甚至成为台湾现代诗理论担纲者的林亨泰（1924— ）是台湾本省籍人，1939年就读台北高中后，从《诗与诗论》杂志接触到"西欧新派文学作品理论"，包括"纯粹诗"、"知性诗"、超现实主义等，"此后注意力更转向欧美文学的探讨"①。1941年开始写作新诗，1947年加入"对于世界文学开放和接纳"的诗歌社团"银铃会"，形成其较系统的现代诗理论，其中"更强调语言诗语言试验的种种边缘地带，以及诗语言以跨越疆域的动作，挑战语言的形式与形式背后的认知模式与意识形态"②。在台湾图像诗创作上，林亨泰和另一位台湾省籍诗人詹冰（1921—2004）首开先河，成为台湾图像诗创作的先驱。还有一些台湾省籍诗人如桓夫、锦连等也成为第一批加入图像诗创作的诗人，他们在日据时期都用日文写作，光复后改用中文写诗。作为中日两种语言鸿沟的跨越者，一方面，他们面临着双重的悲剧：与语言搏斗，与社会搏斗；另一方面，独特的人生经历让诗人们更加看重汉字语言本身的价值。同时，西方现代主义也为其诗歌创作注入了活力，前卫的语言实验一定程度上成为诗人们的"跨语"策略。复杂的人生经历和艺术经验，让这些诗人在创作中积极进行语言形式方面的实验，而这一实验的具体表现就是图像诗。

林亨泰曾称"笠诗社"同人为"能自由出入于两种语言之间的诗人"，一方面他们受日本超现实主义代表诗人春山行夫绘画性诗风影响，"除了强调诗的知性批判，亦实践诗的绘画性"；③另一方面，极为特殊的语言跨越体验使得林亨泰等敏感于汉字所积淀的民族文化意象，他们又有效借助了现代印刷体

---

① 林亨泰：《诗的三十年》，吕兴昌编选：《台湾现当代作家研究资料汇编 林亨泰》，（台南）台湾文学馆2011年版，第98页。

② 刘纪蕙：《银铃会与林亨泰的日本超现实渊源与知性美学》，吕兴昌编选：《台湾现当代作家研究资料汇编 林亨泰》，（台南）台湾文学馆2011年版，第226页。

③ 刘纪蕙：《银铃会与林亨泰的日本超现实渊源与知性美学》，吕兴昌编选：《台湾现当代作家研究资料汇编 林亨泰》，（台南）台湾文学馆2011年版，第235页。

的视觉形象，使得图像诗成为五六十年代台湾现代诗运动所倡导的知性美学的成功体现。林亨泰的《风景NO.1》和《风景NO.2》（1959）、詹冰的《水牛图》（1962）、白萩的《流浪者》（1959）等图像诗作为已有好评定论的现代诗，成为五六十年代台湾两个新诗传统——大陆赴台诗人延续、丰富大陆五四后现代诗的传统和台湾省籍诗人继承、发展台湾日据时期现代诗的传统汇合的重要成果，也是印刷媒介时代语图对话的成功范例。其影响和成就一直延续到台湾新世代创作，夏宇、林燿德等的图像诗无疑都是台湾1980年代后新诗史的重要足迹。

图像诗也融入了现代电影的诸多因素，但文学与影视结缘最重要的形式自然还是文学作品的影视改编。首先是1950年代后的香港，那里聚集了大批电影文学创作人才（张爱玲就是在香港完成了近10部电影剧本的创作），成为华语电影的一个中心。而香港电影改编文学作品种类丰富多样，遍及古典文学（多以四大名著、《聊斋》、"三言二拍"和《杨贵妃》《白蛇传》《王昭君》等民间故事为底本）、五四新文学（有鲁迅、巴金、曹禺等的作品）、"鸳蝴派"文学（如徐枕亚、张恨水等的作品）、五六十年代流行文学（例如琼瑶小说）、外国文学（如俄国奥斯特洛夫斯基、托尔斯泰，英国狄更斯，美国德莱塞等的作品），成为此时期最引人注目的语图现象。

同一个电影公司，甚至同一个导演往往同时改编中国古典文学、五四新文学、传统"鸳蝴派"文学、香港流行文学和外国文学等，不同文学文本互相渗透，造成香港电影改编文学的混杂。这种混杂成为香港文化身份的一个特征，也是香港文学图像关系的一种特质。例如同一时期中国大陆、台湾由古典文学改编的电影，往往"多依托于单一的戏曲片类型"，程式化呈现的往往是从戏曲图像向电影图像的转换。香港1950年代电影改编古典文学的热潮却表现出从文学原著转换为电影艺术的多元形态。以《红楼梦》的电影改编为例，1950年代香港改编《红楼梦》的电影多达9部，多从小说《红楼梦》中直接取材，却风格各异，各有创意。所表现的既有1950年代香港文学所关注的现实题旨，如出于对香港低下阶层的关怀，而多改编《红楼梦》中的丫鬟题材；也有电影改编的通俗情节剧题旨，更多倾向于情感的冲突表现，透露出战后香港迷茫焦虑的社会情绪；当然也有舞台粤剧向银幕《红楼梦》的图像转换。这种同一名著的不同改编，呈现不同的电影图像，生成不同的意义，提供了相当丰富的文图转化的经验。

影视的出现促成了文学图像从静观向动态的转换，单一的语象演变为包含声光色和身体等在内的复合动态图像（现代戏剧已开始提供从现实主义到现代主义艺术背景下丰富的复合动态图像，但其观赏的复制性仍然需要在影视参与下才能实现），其对文学产生的影响是巨大的。文学借鉴施为（动态）图像而拓展自己的表现空间，更借助影视改编丰富文学表达。1960年代台港言情、武侠小说勃兴，1970年代台湾乡土文学崛起，都很快进入电影改编。而各自的色调、笔法、构图、意象、空间、形象思维的运用等，都有所不同。其"语象"与"图像"交融得越加深入，越呈现出这种文学形态的成熟。这种成熟在战后台湾、香港现实主义文学的深化上表现是最为明显的。

四、结语

文图这一角度之所以可以对文学史展开较完整的论述，是因为它顾及了文学史脉络的内（文学思潮等）外（社会媒介等）重要因素。中国大陆现当代文学图像较多地受制于近代以来民族、国家、阶级、政党等观念的变化，政治纷争、政党冲突、战争等也往往较多表现于文学图像。中华人民共和国成立后的文学图像，如果存在着不断衍生的艺术母题，那么其所组成的是一个红色革命的符号体系，其中重要者有表现无产阶级英雄形象的革命历史母题，表现工农形象的阶级斗争母题，表现知识分子形象的思想改造母题，表现青年形象的教育、成长母题等，承载的多是社会主义革命、建设的意识形态。相比较之下，台湾、香港的文学图像更多地具有文学民间的倾向。文学自身发展而生发的潮流，超越政治、党派而运作的社会媒介，成为影响台湾、香港文学图像的重要因素；而文图包含的创作者的观照视野和情怀，更多呈现出台湾、香港文学与个人、社会、世界多元的对话。这样的文图，表明台湾、香港文学可以接纳从中国大陆流散的多种文学传统，也会以自身的多种资源建构传统。而这正是战后中国文学转型的重要内容。

第二章　中国大陆：从多种流脉到一统格局

1949年中华人民共和国的成立，是中国大陆最翻天覆地的历史剧变。考察跨越"1949"的文学转型，自然首先需要考察1949年前后中国大陆文学思潮、创作格局等的变化。这方面，国内学术界已有了相当丰硕的研究成果。本章首先以1947年前后平津地区关于中国文学重建的文论这一个案进行讨论，揭示战后中国文学的发展确实存在着多种路径；然后以作家的创作为一种主线，探讨作家的创作信念、精神、实践如何跨越"1949"的政治、历史分水岭，由此构成的1949年前后中国大陆文学格局的变化；再以中国共产党的文艺政策与作家创作的关系讨论战后中国大陆作家创作的生存空间。由此，战后中国大陆文学转型的走向、格局得以揭示。

第一节　瑞恰慈和战后平津地区文论：
战后中国文学重建的多种流脉

抗战胜利后的中国文坛，"京派"、"海派"、延安文学等多种文学路径并存，而左翼作家崇尚的革命文学也逐渐主导文坛，对其他文学路径的发展形成压力，文学空间日趋窄化，但也存在着拓展文学发展路径的努力。此时期，平津地区的文论最能反映战后中国文学重建的多种流脉。

一、 中西双重师承：平津地区文论的学理建设性

战后，西南联大恢复原北大、清华、南开三校建制，返回原驻地。以杨振声、沈从文等为核心的原"京派"成员开始聚集在平津地区，他们重建中国文学的理想、主张，反对不尊重艺术独立性而视艺术为宣传工具和政治奴婢的狭隘性，成为"对抗"左翼文学一体化的重要力量，平津地区也成为战后中国最重要的文学重建地区。

平津地区的文学"重建"运动是由原"京派"作家带领一批当时活跃于平津地区的年轻作家展开的。后者大多正是原西南联大的学生，他们的文学活动为1940年代平津地区的新文学建设注入了新鲜的血液。沈从文曾不无得意地说："在刊物上露面的作者，最年青的还只有十六七岁！即对读者保留一崭新印象的两位作家，一个穆旦，年纪也还只二十五六岁，一个郑敏女士，还不到二十五。作新诗论特有见地的袁可嘉，年纪且更轻。写穆旦及郑敏诗评文章极好的李瑛，还在大二读书，写书评文笔精美见解透辟的少若，现在大三读书。更有部分作者，年纪都在二十以内，作品和读者对面，并且是第一回。"[1]杨振声、沈从文等显然是出于对重建中国文学的长远考虑，自觉地利用副刊与杂志着力培养了这些新作家。少若多年后回忆起老一辈作家对他们不遗余力的提携：署名杨振声主编的《大公报·星期文艺》和《经世日报·文艺周刊》分别由袁可嘉、金隄负责，天津《益世报》和北平《平明日报·文学副刊》分别由穆旦、萧离编辑，当时尚就读北大中文系的少若负责《华北日报·文学副刊》，他们全是非常年轻的作家，而"这些副刊都是由沈从文师在做后盾"[2]。四十多年后，袁可嘉仍对当年提携他的文学界长辈念念不忘："首先要感谢当年鼓励我写作、并亲手为我发表习作的前辈著名作家沈从文、朱光潜、杨振声和冯至等先生以及《九叶集》的诗友们。"[3]这些聚集在平津地区的老一辈和新一代作家，从不同的理论视角出发维护文学的独立性。而值得注

---

① 沈从文：《新废邮存底 三二四》，《沈从文文集》第十二卷，花城出版社、（香港）三联书店有限公司1984年版，第366页。

② 吴小如（少若）：《书廊信步》，辽宁教育出版社1995年版，第24页。

③ 袁可嘉：《论新诗现代化·自序》，生活·读书·新知三联书店1988年版，第2页。

意的是，他们，尤其是年轻作家、学者"对抗"左翼文学一体化、重建战后中国新文学的努力之所以显得有力，一个非常重要的原因是，瑞恰慈这位20世纪西方文学理论中"开宗立派"的"伟大的人文主义者"①、"新批评派""教父"②的思想，成为他们最为重要的理论源泉。

　　I.A.瑞恰慈是20世纪最重要的文学理论家之一，也是五四后对中国文论影响最大的西方文论家之一。他六次旅居中国，其影响跨越中国现当代文学时期。而他的学说成为平津地区战后文学重建的理论源泉有其历史渊源，尤其与20世纪二三十年代瑞恰慈来华任教于清华和其著作得到集中的译介密不可分。当时单是他的著作《科学与诗》就出现两个中文译本，一是北平华严书店于1929年6月出版的伊人所译版本，另一个是1937年4月由上海商务印书馆出版的曹葆华译本。叶公超为曹葆华译本所作的序言，将瑞恰慈与柯勒律治进行了对比，认为瑞恰慈的批评著作"无所不反映着现代智识的演进"，心理学、语言学、逻辑学的运用，使现代文艺批评建立在更加科学的基础上，这是现代文艺批评的发展方向。③叶公超鼓励曹葆华继续翻译与介绍瑞恰慈的理论，因为他认为当时中国最为缺乏的就是瑞恰慈的"分析文学作品的理论"。同时出版的另一论文集《现代诗论》，也由曹葆华翻译编辑，内收瑞恰慈的三篇论文：《诗的经验》《诗中的四种意义》《实用批评》（这几篇译文最初发表于1930年代的诗歌副刊《诗与批评》）。在此书序言中，曹葆华对瑞恰慈作了相当高的评价："现在一般都承认他是一个能够影响将来——或者说，最近的将来——的批评家。……他的企图是在批评史上划一个时代——在他以前的批评恐怕只能算一个时期。"④1930年代的文学界，叶公超、曹葆华等人已经敏锐地意识到瑞恰慈文论中的"科学性""分析性"对于当时文坛的价值与意义。

---

　　①　杨自伍：《译者前言》，［英］艾·阿·瑞恰慈：《文学批评原理》，杨自伍译，百花洲文艺出版社1992年版，第1页。

　　②　［美］沃尔特·杰克逊·贝特：《哈佛的多元文学传统》，叶扬译，《上海文化》2010年第6期。

　　③　叶公超：《科学与诗·序》，商务印书馆1937年版，第2页。

　　④　曹葆华译：《现代诗论》，商务印书馆1937年版，第2页。

1929年，瑞恰慈应清华大学校长之聘来华任教，这使得中国学人有机会亲炙西方现代文学理论，与西方文论家做面对面的交流。当时同在清华任教的朱自清日后多次在文章中提及瑞恰慈和他的意义学，他的文学本体思想、作品"细读"理论等对于以朱自清为代表的现代解诗学的理论与实践的发展产生了直接的促进作用。朱自清的《中国文评流别述略》用瑞恰慈的语义学理论梳理中国文论。[①]《诗多义举例》则是在中国古诗论析中实践瑞恰慈语义学理论的范例。[②]1934年出版的李安宅的《美学》更完全以瑞恰慈的理论来考察美学问题，认为艺术家将"各种冲动全部调和起来，每种冲动都可以自由表现，则是人格全体，没有丝毫缺损"[③]；"所谓有价值的经验……就是各种冲动在未发之前具有毫不冲突的'中'，既发之后，则有发而中节的'和'。'中'是平衡，'和'是协作，既中且和，在作家本身为有价值的经验，美的经验"[④]。这些对美和价值的论述几乎都是瑞恰慈的原话，只是对于所谓"中""和"的理解加入了传统"中庸"思想的阐释。

随着瑞恰慈来华任教和其著作的译介，他的文学思想在中国的科学化文论建设、诗学批评实践和新诗美学追求等方面产生影响，对现代文学观念认识上的盲点和偏误起到了补充或匡正的作用。然而，这一时期中国文学界较少将他的理论思想与当下文学现实相联系，缺乏整体性的思考和深入的开掘，无法对当时的文学实践产生切实影响。这一情形在1940年代后期得到改变，平津地区的青年作者率先将瑞恰慈坚持文学本位的思想贯彻于文学立场的坚守中。

抗战时期西南联大年轻学人获得瑞恰慈思想的启发与教益的途径大致有两种：有的学人师从受瑞恰慈思想深刻影响的朱自清、朱光潜、沈从文等人，有的学人亲耳聆听过瑞恰慈的学生燕卜荪在西南联大的授课。[⑤]这就延续了瑞

---

① ［英］瑞恰慈：《科学与诗》，商务印书馆1937年版，第88页。

② ［英］瑞恰慈：《科学与诗》，商务印书馆1937年版，第97页。

③ 李安宅：《美学》，世界书局1934年版，第41页。

④ 李安宅：《美学》，世界书局1934年版，第38页。

⑤ 袁可嘉在战后就怀念抗战时期在"太平洋此岸的艾略特、燕卜荪"在"作品的欣赏与分析"上给自己的深刻影响，称赞在"处理作品的严密"上，"在北大执教有年的燕卜荪教授尤其超人一等"。

恰慈1930年代在中国的影响，又和"京派"的文学传统结合在一起，从而使平津地区青年学人、作家的文学批评成为中国现代文论史中的重要一环。例如，少若当时的文学批评就主要是通过梳理师长辈的文学资源展开的。他就读中文系时受业于朱自清、沈从文，也是沈从文看重的青年批评家之一。1945年末，少若在天津《民国日报》发表第一篇书评《读张爱玲的〈流言〉》，此后在沈从文主编的《大公报》、《益世报》文艺副刊发表评介朱自清、俞平伯、常风、废名、钱锺书、萧乾等作品的文章，评介的对象皆为左翼文学之外（大多为"京派"成员）。其评析既无考据家、时文圣手"支离破碎""笼统言之"等旧病，也防范"隔靴搔痒""矫揉造作"等"近来洋状元新病"，强调"拼却十年磨一剑的工夫"，"读得通而透"，"体会得真探索得深"，是为"欣赏之道"。①少若的文学批评，实际上已是1940年代中国语境中的文学"细读"，明显延续了朱自清1930年代的文论，只是将其更多关注转移到现代作家、作品的批评上。少若读俞平伯《读词偶得》和废名《谈新诗》，曾作诗云："言情平伯细，讲义废名深。"而他的文学评介所追求的也正是对作品言情之细、讲义之深的探寻。少若称俞平伯的《读词偶得》为"考据的欣赏"，认为这才是"真正刻画入微的欣赏"。②所有这些，都深得瑞恰慈思想和理论的真传，而在1940年代后期中国文学重建的多种路向的探索中，文学"细读"的倡导具有了特殊意义，它既为中国现代文学批评的文本解读提供富有建设性的案例，又主动参与战后中国文学重建中强调文学本体的思路。

1940年代后期，随着抗日战争的结束，国家民族观念较之抗战时期有所削弱，个人意识逐渐觉醒，特殊的时代赋予人们思想的复杂与丰富。但与此同时，毛泽东《讲话》精神被高度确立，左翼作家崇尚的革命文学逐渐主导文坛。日益窄化的文学局面与社会现实的复杂丰富形成矛盾。年轻的批评家少若已经意识到这种文学困境，他在实践文学"细读"的同时，努力呼唤五四文学传统中倚重"人的文学"的精神的回归，以此来纠正左翼文坛日益狭隘化

---

① 少若：《读俞平伯先生〈读词偶得〉》，（天津）《大公报》1948年10月31日。
② 少若：《读俞平伯先生〈读词偶得〉》，（天津）《大公报》1948年10月31日。

的文学思路。《读朱自清先生〈诗言志辨〉》一文写于朱自清逝世的次日，少若"带着悲愤抑塞的心情"，写了此文来纪念他"由衷敬爱的师长"。文章对朱自清的深切怀念是通过细致梳理朱自清"自出机杼却与古人不谋而合"的文学史观来表现的，显然与当时左翼文化界对朱自清的纪念内容截然不同，表明作者将朱自清的文学观看作他一生最重要的人生价值，也将文学事业的延续看作对朱自清精神的最好继承。文章认为《诗言志辨》是朱自清最重要的文章，由此考辨了"言志""载道""缘情"等文学观念，强调"如果是'为己'的（《荀子·劝学》：'古之学者为己，今之学者为人'），发诸己的，自动的，无关心的，虽其所陈之志是以天下国家为事的，他的作品还应该是'言志'的。相反，如果是'为人'的，有对象的，有关心的，受外在环境影响的，虽然只是说及自己的身边琐事，甚或有着'高风远韵'和'吟咏情性'的表现，也还是'载道'的作品"。①少若的分析道出了周作人等认为晚明小品及散文中的尺牍、日记等远在政论奏议以及"唐宋八大家"作品之上的缘由，再次强调了"发诸己"的"言志"传统对于五四后新文学的重要性，而这种强调显然针对左翼文学压力下"言志"传统可能失落的现实危险。少若个人性的纪念行为由此具有了文学"抵抗"的意义。

针对左翼文学"文以载道"的观念和思路，少若还在几篇文章中着重探讨了"技"与"道"的关系问题，其中明显有着瑞恰慈"调和论"重要思想的影响。《废名的文章》是少若文学批评生涯中"第一次写呈沈从文求他斧正的文章，他亲手动改过"，少若也"通过这篇文章，便投谒到废名师门下"。②文章写于1946年冬，少若敏锐地意识到了废名作品中"技"与"道"的问题。好的文章，道必须存在，但要存在得"恰到好处"，首先需要反对将文学变为宣传的工具："将道载得太多，颇类宣传标语，或是根本不曾把道载得恰到好处之谓。载得太多，自嫌板重、汩没性灵，载得不好，便显出种种罅漏，看

---

① 吴小如（少若）：《读朱自清先生〈诗言志辨〉》，《北京大学学报》（哲学社会科学版）1984年第6期。

② 吴小如（少若）：《书廊信步》，辽宁教育出版社1995年版，第5页。

出许之谓多造作，而真正至性文章，其道则依然存在！"①他细致分析从《桃园》到《莫须有先生传》，废名如何以"技"使所载之道"更明澈更鲜洁"，"'载道而不泥于道'"。②写于1948年的《读萧乾先生〈梦之谷〉》③中，少若更明确提出作品中"可以称之为'灵魂'"的是"艺术技巧"，作品的魅力在于"抒写这种平凡故事的艺术技巧，与其感情流露时所给予人的适当的分量"，直指左翼文学说教的流弊。文章强调，抒情诗的伟大全然在于独具匠心的技巧与结构："内容并不惊人的抒情诗。然而，可惊人处乃是作者在运用艺术技巧时的身手，乃是作者安排结构时的匠心。有了这些，抒情诗才能伟大。"这里，少若通过对师长辈的废名、萧乾等的文学道路的研究，回答了当时构成左翼文学和"京派"之间重要分歧的"技"与"道"问题，而这种在"技"与"道"间寻求平衡的思路无疑有瑞恰慈文艺思想的影响，也丰富了文学重建的多种路径。

平津地区青年学人、作家从师长辈那里继承的首先是对文学研究抱以"人生的虔诚、工作的尊敬"和心灵的"解放、自由"，愿以其中包含的"至高的人性的美德""约制自己"，"了解别人"。④这种对朱自清、沈从文等和瑞恰慈、燕卜荪等的中西双重师承，使平津地区青年学人、作家的文学活动扎实、稳健，也使他们对战后文学一体化趋势的抵抗具有学理性、建设性。

二、从战后中国文学现实出发的文学本体建设

不仅是少若，当时郑敏、李瑛等通过文学评论阐述文学理想时，也不约而同地将瑞恰慈的文学思想作为战后重建新文学的主要理论资源，贯穿于他们对文学本质、创作特征、批评标准的各方面认识之中。然而，表现最为突出并真正准确诠释瑞恰慈的文学思想，并以之观照中国诗坛，力图全面建构起一种文

① 吴小如（少若）：《书廊信步》，辽宁教育出版社1995年版，第7页。

② 吴小如（少若）：《书廊信步》，辽宁教育出版社1995年版，第9页。

③ 吴小如（少若）：《读萧乾先生〈梦之谷〉》，（北平）《经世日报·文艺周刊》第84期（1948年2月15日）。

④ 袁可嘉：《批评的艺术》，（天津）《大公报·星期文艺》1948年8月8日。

学理论体系的是袁可嘉。从1946年冬到1948年末的两年中，袁可嘉发表了近30篇文论，几乎篇篇都借鉴了瑞恰慈的理论。在探讨中国新诗现代化的过程中，他直接借用瑞恰慈的文学理论作为思想资源提出了与左翼文学完全不同的思路。更难能可贵的是，在与左翼革命文学的论战中，他结合当时中国文坛的现状，将瑞恰慈在论著里没有详述的概念或文学观念，予以深化、完善，给予中国新诗，乃至于中国新文学的重建以独特贡献。

袁可嘉对瑞恰慈文学思想引用的频率与评价之高（1946—1948年期间的八篇文章中十二次直接明确提到瑞恰慈），在中国现代文论史中是极为少见的。他称赞瑞恰慈和亚里士多德、拉辛一样，是"建立了完整的理论体系"的"文学批评家"，[1]在"20世纪批评理论方面"，"着人先鞭，厥功甚伟"。[2]而他正是在对瑞恰慈思想的自觉运用中度过了他"为时短暂，不过两年，却有点生气"的"第一个创作旺盛期"。[3]他明确承认这一时期从事的文学批评完全"以瑞恰慈的著作为核心"[4]，立足于"今日文学主潮逐渐脱离文学的本身价值"[5]之现实而展开的。

对瑞恰慈理论的理解和把握，使二十五六岁的袁可嘉面对左翼文学的压力时显得胸有成竹，甚至主动出击。也许是瑞恰慈理论本身就融会了中国文论的资源[6]的缘故，加上袁可嘉自己深厚的英文功底，袁可嘉运用瑞恰慈理论与左翼文学展开论战时，在学理性中显示出自觉的批判性。他不回避1940年代后期文坛的重大问题，体现出他在燕卜荪教授的"当代诗歌"课程中学到的"如何体会当代敏感"，主动提出在战后文学重建中具有重大现实意义的文学理论和

---

[1]　袁可嘉：《批评的艺术》，（天津）《大公报·星期文艺》1948年8月8日。

[2]　袁可嘉：《综合与混合——真假艺术的分野》，（天津）《大公报·星期文艺》1947年10月13日。

[3]　袁可嘉：《半个世纪的脚印》，人民文学出版社1994年版，第574页。

[4]　袁可嘉：《半个世纪的脚印》，人民文学出版社1994年版，第49页。

[5]　袁可嘉：《批判相对论——批评的批评》，（天津）《益世报·文学周刊》1947年9月6日。

[6]　例如瑞恰慈早年与人合著的《美学原理》就"已经着意使用中国哲学来解决西方思想的传统命题"，而他"成为30年代新批评派'包容诗论''张力论''不纯诗论'诸说的蓝本"的"真正的美感是综感"（synaesthesis）之说，也是他融会朱熹对《中庸》的诠解的结果。

文学批评问题。

左翼文学"文以载道"文学观的内在思路主要是借助文学艺术宣传政治思想，以达到其政治变革的目的。随着中国共产党战事的胜利进展，"政治性"成为当时文学承受的最大压力。袁可嘉针对这一现实的重大文学问题展开的分析，比少若等人要深刻得多。他抓住当时诗歌政治感伤性流行的情况，撰写多篇文论展开论析。他并不反对用诗作表现政治观念，而是通过区分"政治感伤性"与"政治性"，从读者对诗歌欣赏接受的角度重新探讨文学与政治、文学与宣传等问题。在《论现代诗中的政治感伤性》①中，他指出诗中的政治性属于社会性的一面，无可非议；而当时文坛的政治感伤性则属于"观念性"，换句话说，政治观念本身伟大庄严，但以极重的感伤去承受和表达这种政治观念，诗作就缺乏个性。当时许多宣扬民主与解放的诗歌呈现出诗情粗犷、技巧粗劣的单一化面貌，如结构松散、用词粗糙、意象贫乏，正是"政治感伤性"的表现；其最严重的后果是导致"艺术价值的颠倒"，以诗中政治观念的进步与否决定诗作的价值，过分强调诗中政治观念及其产生的社会意义与宣传价值，导致自弃式的感伤。这是新诗的病态之一。《诗与主题》②一文针对"诗是宣传"、主题表现政治意识的观念，强调抽象的观念必须经过强烈的感情才能得到诗的表现，否则观念只能被予以"说明"，而非"表现"。读者在欣赏此类仅仅说明了抽象观念的诗作之后，不仅无法有所思考，甚至会因"极度反感而厌弃了本质极好的观念"，达不到创作者预计的社会效果。

在随后的《漫谈感伤》《诗与意义》中，袁可嘉进一步分析了"政治感伤性"产生的原因。他借助于瑞恰慈的心理学批评理论，从阅读经验中为"感伤"概括出一个公式："从为Y而X，发展到为X而X的心理活动形式——不问是情绪的，理智的，精神的，或感觉的——并且附带产生大量的自我陶醉的，都有强烈的感伤倾向。"③就是说，为X而X的心理活动形式破坏了艺术的全体性、有机性、综合性，导致诗歌远离艺术的本质，丧失美感。所以，写诗的

跨越1949
战后中国大陆、台湾、香港文学转型研究

---

①　袁可嘉：《论现代诗中的政治感伤性》，（天津）《益世报·文学周刊》1946年10月27日。

②　袁可嘉：《诗与主题》，（天津）《大公报·文学副刊》1947年1月14、17、21日。

③　袁可嘉：《漫谈感伤》，（天津）《大公报·星期文艺》1947年9月21日。

目的不是说明观念，而是"通过诗的结构的艺术来考验你的观念，是否能独立享受诗的观念"，"对于一种事物的意义的追求必须根据它对于本质的理解"；在艺术上，我们可以理解为"各种艺术作品由于媒介性质的限制，实际上只容许一种特殊的接近方法，只产生一种特殊的意义"。[1]袁可嘉这些富有学理性的论述都针对左翼文学观及其实践展开，抵制在"文学的政治性"上的简单、粗劣，对文学创作的现实产生强烈的警醒作用。

在1940年代后期一系列文章中，袁可嘉从诗是否可以直接导致行动来讨论诗与政治的关系，从诗与主题的关系来讨论诗是否是宣传工具，从创作中的"通电意识"来讨论诗的口号化、概念化的根源，从对于激情的迷信来讨论诗歌中"蛮横咆哮"的倾向，从诗与信仰的关系讨论诗人的政治观点与感情体验之间的关系，从诗与意义的关系来分析为什么不可以把诗当作一个观点的说明或对一个命题的宣传……可以看出，他的种种论述都是从文学本身、文学内在特点来讨论文学与政治的关系，从诗歌在读者中的效果和诗的产生过程来分析诗的政治性。他认为诗歌只有在遵从文学性、遵循文学内部规律的前提下才能完成工具性和战斗性。在文论最基本、最中心的目标上，袁可嘉与瑞恰慈是一致的，他们都是坚持文学本身的价值和独立传统，希望文学以它的内在价值而非工具价值而获取意义。

但与瑞恰慈不同的是，袁可嘉更多地着眼于现实的文学形势来展开文学批评，建构文学理论。他将批评分为作为科学的"文学的批评"和作为艺术的"批评的文学"，[2]而他的努力实际上是要把这两者结合起来。他认为瑞恰慈的文论偏重原理的研究与系统的建立，属于作为科学的"文学的批评"；而"批评的文学"是指"读者对于作品的反作用"，强调读者的心灵对于作家、作品精神世界的探索。这样，袁可嘉就建立起了文学批评的自身价值。同时，他将"马克思的唯物辩证论，亚氏诗学中悲剧的定义，拉辛对时空艺术的区分，立恰慈的调和论"相提并论称为"具有极强的创造性"[3]的理论，从而以

① 袁可嘉：《诗与意义》，（北京）《文学杂志》第2卷第6期（1947年11月）。
② 袁可嘉：《批评的艺术》，（天津）《大公报·星期文艺》1948年8月8日、15日。
③ 袁可嘉：《批评的艺术》，（天津）《大公报·星期文艺》1948年8月15日。

文学的创造性建立起文学批评的尺度。正是在"文学的批评"与"批评的文学"的结合中，袁可嘉展开了文学自身价值和独立传统的探讨，既坚持瑞恰慈学说等理论的文学立场，又以自己的心灵感受去分析现实的文学现象。他对冯至、卞之琳、穆旦、杜运燮和里尔克、艾略特、奥登等的诗作往往有精辟入微的分析，又能从中提出并解决富有现实性的重要问题。这种探讨既成为平津地区最有力的文学重建，又开了文学批评中的时代风气。

战后"两个中国之命运"的决战形势，政治领袖对文学的高度重视，都使得当时文坛弥漫着狂热的政治激情："文学是时代的声音"泛滥成"时代的声音即可成为自足的文学"①。翻开那个年代的文学刊物，"战歌"和"颂歌"越来越成为主流。但文学作为一种艺术的永恒品质确实存在，在承认时空的影响（左翼的历史的社会的）的同时，不可忘记超时空因素的意义。文学创造者可以"通过相对的时空影响争取绝对的超时空的品质"，文学批评者可以"通过绝对品质的认识指出作品的相对的价值与意义"。②他从自己阅读到的很多当时的文学作品，尤其是诗歌，敏感地觉察到左翼的文学观是一种"批评相对论"："在某一个特定的时空孤立起来，以那一时空人的精神状态作为批评那个时空内文学的唯一标准，而拒绝其他超时代，超地区的永恒品质发生鉴别作用的批评相对论"③；他们认为文学只是时代精神的反映，不承认文学有统一衡量的标准。而袁可嘉从自己对优秀的文学作品的领悟出发，强调"文学除了时代精神、民族意识以外还显然含有超时空的共同性质"，文学的相对论恰恰是以绝对条件的满足为前提的，文学成为文学的绝对条件就是文学性，即"一个为全体文学所共有的文学性作为文学的绝对标准"。④他并不否认特定时空对文学的影响，但反对将时空对文学的影响作为唯一的因素予以夸大，因为"一个时代的文学在成为那一时代的声音之前，它必先肯定得满足了必须为任

---

① 袁可嘉：《批评的艺术》，（天津）《大公报·星期文艺》1948年8月15日。

② 袁可嘉：《批评的艺术》，（天津）《大公报·星期文艺》1948年8月15日。

③ 袁可嘉：《批评相对论——批评的批评》，（天津）《益世报·文学周刊》1947年9月6日。

④ 袁可嘉：《批评相对论——批评的批评》，（天津）《益世报·文学周刊》1947年9月6日。

何时代，任何地区的文学所满足的成为文学的必要条件"①。在这一意义上，批评相对论实际上是一种"绝对论"，这样的后果只会是"失去了绵延而成独立传统的文学本身"。②

由此可见，袁可嘉建构的文学本体论密切联系了现实，在艺术敏感和理论修养的结合中，敏锐地抓住了当时文坛具有长远意义的问题，以心灵感受和理论思辨结合的论析拓展出文学本体的空间。

三、新诗的现代化："最大量意识状态"理论的中国化

袁可嘉运用瑞恰慈理论对左翼文学展开的批评发生在1946年10月杨振声在创刊的《大公报·星期文艺》上发出"打开"文学的"一条生路"号召之后的讨论浪潮中，显示出与当时左翼文学"大批判"不同的思路。尽管当时左翼开始占主导地位的批评界"弥漫""火药气息"③，但袁可嘉的论争文章始终心平气和，着力于文学的建设。他对马克思文学理论也是力图恢复其本来面目，强调马克思的社会学文学观"对于简化文学与社会的关系的危险"有着高度警惕，并"积极为美感价值做辩护"；同时，袁可嘉还强调社会学文学观"不是独立自足的"，而是与心理学的文学观、美学的文学观"相辅相成，有机综合"，"利用全部文化、学术的成果来接近文学，了解文学"。④这样，就将马克思社会学文学观引入了一个开阔的建设性领域。

袁可嘉的建设性更集中反映在他对中国"新诗现代化"的思考。当时他发表的"新诗现代化"系列论文，不仅从创作实践中提炼出"现实、玄学、象征"的现代诗原则（这一原则成为日后文学史考察1940年代新诗的重要依据），而且对整个中国文学的战后新路径进行了富有建设性的探寻。而他所依据的依旧主要是瑞恰慈的理论："我所提出的诗的本体论、有机综合论、诗的艺术转化论、诗的戏剧化都明显受到了瑞恰慈、艾略特和英美新批评的启发，

---

① 袁可嘉：《批评相对论——批评的批评》，（天津）《益世报·文学周刊》1947年9月6日。

② 袁可嘉：《批评相对论——批评的批评》，（天津）《益世报·文学周刊》1947年9月6日。

③ 袁可嘉：《批评漫步——并论诗与生活》，（天津）《大公报·星期文艺》1947年6月8日。

④ 袁可嘉：《我的文学观》，（北平）《华北日报·文学副刊》1948年10月24日。

而且是结合着中国新诗创作存在的实际问题。"①

袁可嘉认为"新诗现代化"首先要走出"眼前也极流行的"的"诗的迷信"，即"对于激情的热衷"，因为这远离了诗的本质。而要走出"迷信热情"，一是对于情的理解，要有质与量的分别：对于质的强烈可称之为"至情"，量的强烈则是"感伤"，对于情的过分沉醉是感伤而非至情；二要区分人的情绪与艺术情绪："人的情绪是诗篇的经验材料，艺术情绪则是作品完成后所呈现的情绪模式"，前者要"历经心智的批评，选择，综合，安排而发展为表面光滑实质深厚的有机组织"，而一旦转化为艺术情绪，就如瑞恰慈所言，有了"调和各种不同的互相冲突的冲动的能力"，即便创作或阅读完一篇哀婉诗篇也能获得解放性的愉悦。②袁可嘉的这些论述实际上在把握"新诗现代化"的根本方向，只有走出从"浪漫派"到"人民派"的"诗的迷信"，摆脱情感的"泛滥、瘫痪、伤感、乏味"，新诗才可能展开自身"现代化"的进程。

袁可嘉"新诗现代化"理论的背景是瑞恰慈"最大量意识状态"的思想："认为艺术作品的意义与作用全在它对人生经验的推广加深，及最大可能量意识活动的获致"，"艺术与宗教、道德、科学、政治都重新建立平行的密切关系，而否定任何主奴的隶属关系及相对而不相成的旧有观念，这是综合批评的要旨"。③创作则如瑞恰慈在《想象力》④一文中说，人生价值的高低，完全由它协调不同质的冲动的能力决定。能调和最大量、最优秀的冲动的心神状态，是人生至境，也就是他所谓创作要实现的"最大量的意识状态"。袁可嘉认为，"最大量意识状态"作为一种文学标准，倡导好的文学应该涵容最丰富的人生经验与最错综的心理冲动。这从理论上突破了当时以单一标准限定文学内涵的主流思想，给了中国"新诗现代化"强大的思想资源。

---

① 袁可嘉：《欧美现代派文学概论》，上海文艺出版社1993年版，第95页。

② 袁可嘉：《对于诗的迷信》，（北京）《文学杂志》第2卷第11期（1947年12月）。

③ 袁可嘉：《新诗现代化》，（天津）《大公报·星期文艺》1947年3月30日。

④ ［英］艾·阿·瑞恰慈：《文学批评原理》，杨自伍译，百花洲文艺出版社1992年版，第218页。

实现"最大量意识状态"的创作途径是"综合",诗歌的失败往往来自有机性的丧失。袁可嘉在分析诗作的感伤范畴时,认为感伤的对立面是愤世嫉俗,前者源于情绪的过度,后者来自理智的泛滥。为了不让情绪或理智代替诗作本身,正确的方法是"从全体中求意义",把诗看作综合的有机整体。而"综合所求的是最大量的意识活动,……如立恰慈所示,是随时接受其它反应的修正与补充而终结为最有弹性的意识状态"①。由此,袁可嘉提出具有综合能力的"包容诗"才是新诗的发展方向。

"四论新诗现代化"的文论中,袁可嘉在重申"最大量意识状态"理论的基础上明确指出:"立恰慈把古今中外的诗分为'包容的诗'与'排斥的诗'",由此理论出发,一方面,"为艺术而艺术"是不可取的,"但它的弊病却不在对于美的渴慕与追求——如一般人所想象的——而在对人生经验的横施隔离,独宗一家";另一方面,以政治标准主宰文学的倾向则更因其对人生经验的种种限制而同样属于'排斥的诗'",并且因其使文学服从外力而谬之更甚。而"包容的诗""它们都包含冲突,矛盾,而像悲剧一样终止于更高的调和。它们都从矛盾求统一的辩证性格",这种"包容的诗"正是"新诗现代化"的榜样。②"包容诗"最大的特点就是具有"综合"的能力。那么现代诗如何才能获得这种综合情绪和思想的能力呢? 袁可嘉以瑞恰慈的心理学文学观为基础,在其"新诗现代化"的系列文章中详细进行了阐述,认为通过"戏剧化"的方式能使诗歌具有综合的能力。

现代诗的"戏剧化"理论现在已为人们熟悉,但当时袁可嘉提出的这一"新诗现代化"路径却具有开拓性。他从区分新诗的"现代化"和"西洋化"出发,针对1940年代诗作表达信仰和情感中存在的弊端,强调对于诗最重要的是把意志或情感化作诗经验的过程,为实现这个转化,就得设法使意志或者情感得到戏剧的表现。因此,在袁可嘉看来,"戏剧化"不只是现代诗的表现方法,更是"闪避说教或感伤的恶劣倾向"的根本途径:"你必须融合思想的

---

① 袁可嘉:《综合与混合》,(天津)《大公报·星期文艺》1947年4月13日。

② 袁可嘉:《谈戏剧主义——四论新诗现代化》,(天津)《大公报·星期文艺》1948年6月8日。

成分，从事物深处、本质中转化自我的经验。"①而当袁可嘉视"戏剧化"为
"超过"内容和形式"二者"又"包括二者"的艺术"转化"时，他还沟通了
西方现代文论与中国传统哲学（老子哲学）的内在联系。袁可嘉的"戏剧化"
理论显然具有极大的建设性。

　　"新诗现代化"理论中，袁可嘉力图多角度展开"最大量意识状态"的
理论：呼吁回归"人的文学"，引进"包容诗"的概念，强调马克思主义理论
所注重的"辩证性格"，甚至还从当时流行的政治词语"民主"中阐释出同
样的文学理想："我想民主文化的特质可以笼统地被描写为'从不同中求和
谐'"，"使作者有拥抱全面人生经验的良机……最适宜于表现最大量的心神
活动"。②这一切努力都为了同一个创作宗旨，即在文学的题材和内容遭到越
来越多限制的境况下，坚持文学是"根源于心灵活动的自发的追求"③，强调
丰富多彩的人生经验是艺术的源泉。否则，"到最后人被简化为一部大的政治
机器中的小齿轮，只许这样地配合转动，文学也被简化为一个观念的几万次的
翻版说明，改头换面的公式运用"④。文学的失落和人的毁灭的问题得到如此
强烈的凸现，显示出文学面临的严重危机，袁可嘉"新诗现代化"的建设性探
寻也就显得格外紧迫和可贵。

四、包容性和开放性：战后中国文学重建的多种流脉

　　以袁可嘉为代表的平津地区年轻学人作家展开的文学"抵抗"是战后重建
中国文学的多种路向中最值得关注的一种路向，他们与左翼文学阵营展开的论
争也是中国现代文学论战中最富有建设性文学价值的一次。跟1930年代左翼文
学与其他文学派别论战很少在文学层面展开不同，袁可嘉等对左翼阵营批判的

①　袁可嘉：《新诗戏剧化》，《诗创造》1948年6月。

②　《诗与民主——五论新诗现代化》，（天津）《大公报·星期文艺》1948年10月30日。

③　袁可嘉：《"人的文学"与"人民的文学"》，（天津）《大公报·星期文艺》1947年
7月6日。

④　袁可嘉：《"人的文学"与"人民的文学"》，（天津）《大公报·星期文艺》1947年
7月6日。

回应却始终是建设性的，展开的都是文学层面的重要话题。这样的回应恰恰是瑞恰慈理论影响所在，显示出瑞恰慈思想一贯强调的包容性、开放性。

平津地区对于左翼文学的"抵抗"的根本性价值就是由"人民的文学"回归"人的文学"，在文学自身传统的绵延中重建战后中国文学。袁可嘉等以"最大量意识状态"学说作为出发点，强调文学应以更广阔的胸怀面对丰富的社会人生，以"人的文学"坚持人本位、生命本位的统一和文学本位、艺术本位的统一。[①]袁可嘉等与瑞恰慈思想的主要对接点是文学的兼容性、调和性、开放性，因此他并不将"人民的文学"与"人的文学"对立起来，而是从两者的"相激相荡，相容相成"中"发现真正相分相合的界限，进一步寻求调协的可能"；没有"什么时候、什么地方比目前的中国文学更需要技巧，比要想达到斗争任务的政治文学更需要技巧！"[②]。这就将"人民的文学"引向了"人的文学"。袁可嘉从优秀作品的品质出发，深刻分析了"人的文学"与"人民的文学"的相异相通，指出"人民的文学"应当属于"人的文学"，"知所归依—归于人的文学"，而不应是前者统一后者、消灭后者。在"人民的文学"兴起并以"统一文学的野心"走向"独尊自己"之时，平津作家们却坚信"人民的文学正如浪漫文学、古典文学、象征文学、现代文学终必在'人的文学'的传统里溶化消解，得到归宿"[③]，显示出了其"文学建设"的价值和意义。如果战后"人民的文学"能由此在不放弃人民本位立场的同时在阶级本位和政治本位上保持适度，虽然没有了"人民的文学"的一统天下，但"人民的文学"也能完成其作为"人的文学""向前发展的一个重要阶段"的历史使命。而袁可嘉他们宣告的"在服役于人民的原则下我们必须坚持人的立场、生命的立场；在不歧视政治的作用下我们必须坚持文学的立场，艺术的

---

① 袁可嘉：《"人的文学"与"人民的文学"》，（天津）《大公报·星期文艺》1947年7月6日。

② 袁可嘉：《"人的文学"与"人民的文学"》，（天津）《大公报·星期文艺》1947年7月6日。

③ 袁可嘉：《"人的文学"与"人民的文学"》，（天津）《大公报·星期文艺》1947年7月6日。

立场"①，也就有了振聋发聩的历史影响力。如果没有外在强力的巨大干预，"人的文学"的深化（包括"人民的文学"的"加入"）会带来战后中国文学的巨大进步。

袁可嘉他们倡导的"人的文学"显然与五四"人的文学"有所不同，前者更多接受了瑞恰慈文学之价值"就是在心灵藉之能得到完全的平衡的程度"②思想的影响，所以即便他们与左翼文学发生严重分歧，他们也不简单地否定左翼文学，相反却丰富发展了左翼文学提出的一些文学话题。例如关注现实是左翼文学一贯强调的，1947年坚持左翼现实主义诗歌创作的文学杂志《泥土》刊登初犊的文章《文艺骗子沈从文和他的集团》，指责包括袁可嘉、穆旦、郑敏在内的平津青年作家在现实面前"低头、无力、慵惰"③，批评矛头直指"现实"问题。作为对这种批判的回应，袁可嘉在《诗与民主》《我的文学观》《"人的文学"与"人民的文学"》中，多次强调新诗现代化对"现实"的要求，在《新诗现代化》中，袁可嘉甚至将"诗歌应包含，应解释，应反映"的"人生现实性"作为新诗现代化的七项原则之一。他指出左翼文人文学观的"现实"的狭隘性。在袁可嘉那里，"现实"的含义深广，不仅包括现实政治、现实生活等外在现实，还包括心理现实，人的意识、潜意识都是现实的一部分。毋庸置疑，这一注重心理现实的思路来源于瑞恰慈。在瑞恰慈的学说里，"现实"只能通过心理体验的折射反映到文学中，而文学"为人生"的功利目的是为在现代文明冲击下迷失精神家园的人类寻找心灵寄托。因此，瑞恰慈的"现实"是心理学的，不是社会学，更不是政治学的；是抽象的、普泛的，不是具体的、狭义的。袁可嘉借鉴了瑞恰慈的思想，强调现实应当包含"广大深沉的生活领域"，社会更替、政治风云、人民疾苦是现实，个体生命体验同样

① 袁可嘉：《"人的文学"与"人民的文学"》，（天津）《大公报·星期文艺》1947年7月6日。

② 徐葆耕编：《瑞恰慈：科学与诗》，清华大学出版社2003年版，第22页。

③ 《泥土》第4辑（1947年7月25日）。

是现实。①而心理现实的复杂程度最终决定了人生价值的高低。此外，作为文学题材的现实与文学作品的现实之间也存在着差异。"人生的现实"与"诗的现实"、"生活经验"与"诗的经验"之间的差异，正是作家融会不同领域的生活资源，展开其文学想象力的广阔空间。因此必须将"人生的现实"转化为"诗的现实"。对于"不同经验的综合"的强调，也纠正着毛泽东《讲话》精神强调的文学源泉唯一性的偏颇。同时由于现实本身是复杂多样的，并且不同的创作主体对现实的体验观察和表现也是多样的，因此只能将重视对现实的描写"注释为写作者的主观态度"，而不能作为"客观地衡量作品的标准"。袁可嘉他们以反映现实为手段而非目的的"内在的现实主义"，反对作品机械复制现实的"外在现实主义"，深化了对于"现实"的认识。这种广义的现实观在对1940年代中国文坛上狭隘、机械的现实观纠偏中大大丰富了现实主义文学观，在日后的中国文学中不断得到回应。

袁可嘉等对瑞恰慈理论的运用处处体现出"综合"的文化思路，而这恰恰与1940年代中国文学原有的历史趋向是同步的。五四新文学发展到1940年代，自然产生了多层面的"文化综合"和"社会综合"，既有资源层面上政治文化与民间文化的综合，也有创作方法上现实主义与现代主义的综合，等等。而瑞恰慈的理论恰恰暗合了中国文学发展的这一趋势，这也正是瑞恰慈的理论能在中国文学转型中产生重大影响的原因。如果不是后来这一文学进程的中断，中国现代文学将会在历史的"综合"中迎来其成熟。

袁可嘉等对瑞恰慈理论的借鉴、化用，是西方现代文论与中国文学现代化进程的一次成功对话。早在1930年代，瑞恰慈在清华讲授他的意义学时就强调："中国底历史里面，对于语言底结构与种类不同的字眼所有的种类不同的作用，都没有发展成固定的理论；这，到了最末后，也许是值得庆幸的事。"②这表明，中国文化本身有着巨大的与西方现代文论对话的开放性空

---

① 袁可嘉：《"人的文学"与"人民的文学"》，（天津）《大公报·星期文艺》1947年7月6日。

② ［英］瑞恰慈：《诗中的四种意义》，曹葆华译，原收入商务印书馆1937年出版的《现代诗论》，见徐葆耕编：《瑞恰慈：科学与诗》，清华大学出版社2003年版，第69页。

间，而西方现代文论"与中国思想的进展交相接合也好，成为中国思想底一部分也好"，也都有着"为中国所必需"的积极作用。[1]袁可嘉在借用瑞恰慈理论展开其"新诗现代化"思考时，并不满足于对瑞恰慈理论的简单搬用，而是处处融入他的见解与体会，紧密结合中国文学的实践，完善、丰富了瑞恰慈的理论。瑞恰慈的某些理论并不系统，对一些概念的描述散见于多篇文章，但在袁可嘉富有现实参与感的运用中获得了发展。如关于想象逻辑的概念，批评家柯尔律治论述中的知性（intellect）与机智（wit）相近，是一种想象力的界说，特别是指一种使对立的或不和谐的品质取得平衡，或使之和谐的本领。20世纪初，瑞恰慈复活了柯尔律治对"想象"的特殊界定，认为诗的经验由思想和感情两股冲动组成，诗人优越的组织能力使这两股冲动结合成一种稳定的平衡状态；这种能力就是知性，它既区别于感情，又区别于思想、智力、说教。袁可嘉反对和纠正"感伤"和"说教"的文风时，就以知性既对抗文学中情感泛滥的倾向，又矫正文学中说教的毛病，充分发挥知性在两条战线上作战的特殊作用。例如他分析穆旦诗歌在意识结构上的矛盾纠葛，"绝望里期待希望，希望中见出绝望"，这两个相反相成的主题思想在诗歌的每一节里都"交互环锁，层层渗透"，对于时代的控诉通过情绪结构委婉却又强烈地表达出来，充分体现了知性的艺术表达力。而在这种分析中，袁可嘉更充分地肯定了知性的现代文学价值。

在1948年11月7日北京大学那场"今日文学的方向"座谈会上，当包括沈从文、冯至、朱光潜、废名等在内的"京派"成员在强大的政治变革的压力前产生困惑，甚至分歧时，年轻作家却表现出比他们的师长更执着的坚持。例如，朱光潜、冯至等认为，在当今时代，要抛弃现代诗的"晦涩"等弊病时，袁可嘉却认为现代诗的"晦涩性"是由于"现代文化的高度综合的特性"造成的。现代诗包含的文化容量与知识领域相当宽广，它是一个囊括了各门学科与知识范畴的"活的有机体"，现代文化的复杂造成现代诗的晦涩，同时人们惯

---

① ［英］瑞恰慈：《〈意义学〉：吕嘉慈教授弁言译文》，见徐葆耕编：《瑞恰慈：科学与诗》，清华大学出版社2003年版，第70页。

常的阅读与审美习惯妨碍了他们欣赏现代诗；此外，现代诗是对浪漫诗的消解与反动，"浪漫诗是倾诉的，现代诗是间接的，迂回的，因此习惯于直线倾诉的人就不免觉得现代诗太晦涩难懂了"，因此袁可嘉认为，"中国的文化不向前走则已，如果还有发展的话，从简单到复杂怕是必然的途径"。[①]这种坚持自然来自对于瑞恰慈文学思想的深切理解和持久追求，再次显示了瑞恰慈文学思想在中国文学转型中可能发挥的重要作用，其缘由是值得深思的。

从五四时代的文学革命，到20世纪40年代的革命文学，中国现代文学批评始终偏重于文学的外在价值，较少关注文学的内部价值和独立传统。在这一背景下，西方文学界关注文学本身价值的文学观念与思想在中国的传播大多止于译述、引用或评介，很难以理论与实践相结合的形态充分展开深入的探讨，更鲜见创造性的发挥与洞见。袁可嘉和平津地区作家借鉴瑞恰慈的理论并不单纯是为了对抗左翼文学一体化的文坛现状而寻求理论武器，更为重要的意义在于他们和瑞恰慈一样坚持文学本身的价值与独立传统，顺应文学现实和文学内部发展的要求，使得他们的文学思想有着更坚实的根基和更宽广的包容性，能够引领中国文学朝着多种路径的方向发展，显示出更加持久的生命力。就此而言，瑞恰慈产生的影响也远远超出了平津地区文学重建的意义。但平津地区的文学重建与左翼文学的主导趋势之间冲突的缘由密切联系着此时期全国的战争形势，"现代战争没有意义得令人可笑，残酷凶狠得令人痛恨，而内涵于战争的芸芸众生的牺牲痛苦又无不引致悲悯"[②]。袁可嘉他们基于文学立场的"反战"态度，必然与毛泽东《讲话》确立的战争文化原则发生冲突。所以1948年后，随着共产党战事在全国的全面胜利，革命文学的一统局面形成，平津地区的文学重建也无奈终结。尽管如此，它的意义和价值还是会在日后中国文学自身价值和传统中长远显示出来。

---

① 《今日文学的方向——"方向社"第一次座谈会记录》，（天津）《大公报·星期文艺》第107期（1948年11月14日）。

② 袁可嘉：《从分析到综合——现代英诗的发展》，（天津）《益世报·文学周刊》1947年1月18日。

第二节 创作: 跨越 "1949" 的政治、历史分水岭

创作是文学的本源, 这一常识并不时时为我们所关注。某一时期, 创作在环境的制约和作家的努力下, 能在多大限度上、朝着什么方向展开, 几乎决定了这一时期的文学格局, 也构成文学转型的最重要内容。自从当年文学研究会凸现了 "创作" 的观念, 强调了 "创作的价值, 非常重大!", "缺乏创作的精神", 就 "失却文学的价值" [①] 以后, 创作成为五四后文学的本体而存在, 而中国现代文学就在创作自由的深化、创作空间的拓展中强韧地前进。每个作家都有自己的创作梦想, 社会能给作家多少实现的可能, 就是社会的文学 "底气"。这种 "底气" 的变化往往反映了社会转型和文学转型的关系。

创作从本质上是作家创造性的心灵世界与现实环境抗衡的历程, 作家的心灵向往创作, 但环境的力量却极大地钳制着它。力量, 无论是 "人类所操纵的力量", 还是 "人类被制服的力量", 都 "是要把任何人变成顺服它的物, 当力量施行到底时, 它把人变成纯粹意义的物", "在力量面前人的肉身一再退缩", "人的灵魂由于与力量的关系而不停发生变化, 灵魂自以为拥有力量, 却被力量所牵制和蒙蔽, 在自身经受的力量的迫使下屈从"。[②] 跨越 "1949" 的创作的意义就在于创作所受到的环境力量是异常复杂而强大的。作家们为民主、和平的新中国所吸引, 但社会主义改造、革命也催生了一场场阶级斗争、思想改造运动。在这过程中, 文学政策、文学机构、文学传播、文学批评、文学阅读等被整合成一种强大的无产阶级政治化、体制化的力量, 与作家个人的创作欲望、实践构成包含对峙、缝隙的张力, 从根本上决定了此时的文学格局。因此, 创作应该成为我们考察1949年前后中国大陆文学转型的一个重要切入点。

---

① 胡愈之: 《新文学与创作》, 《小说月报》第12卷第2号 (1921年2月)。

② [法] 西蒙娜·薇依: 《〈伊利亚特〉, 或力量之诗》, 吴雅凌译, 《上海文化》2011年第3期。

一、创作渴求与文学环境的冲突：对于"1949"的根本性跨越

> 如果大家戴着盔甲说话
>
> 我怎亮出我的心
>
> 如果我的心也戴着盔甲
>
> 火热的人怎能与我接近？
>
> 我愿死一万次
>
> 再不愿终身
>
> 这样抱有戒心。

这是曹禺1996年写的一首题为《如果》的诗。1949年前后的中国大陆文坛，其历史转型的丰富，恐怕就表现在日后为文学史关注的"赵树理现象""曹禺现象""何其芳现象""丁玲现象"等诸多发人深省的现象中。而这些看似不同的现象却都跨越了"1949"，贯通着从战后，甚至从30年代、抗日战争到新中国建立后的文学历史，有着作家们对"无所戒心"的创作的渴求和"心也戴着盔甲"的写作实践之间的巨大矛盾冲突。如果我们联想到曹禺曾将黄永玉直言相告"我不喜欢你解放后的戏，一个也不喜欢。你心不在戏里，你失去了伟大的通灵宝玉，你为势位所误，从一个海洋萎缩为一条小溪流"[①]的信亲自读给美国剧作家阿瑟·米勒听，我们会更深切感受到曹禺们要走出这种巨大矛盾冲突的决心和由此产生的种种艰难。这种艰难可以从曹禺家人在他身后发现的大量写于五六十年代的剧本大纲和对白残篇看出，它们大多在稿纸上只开了一个头，就夭折了。他女儿回忆说，那段时间，曹禺枕边总放着一本《托尔斯泰评传》，读着就"惭愧、难受"，发誓"要写出一个大东西才死"，可随后又自嘲："就我，还想成托尔斯泰？"[②]以作家的感觉"写出一个大东西"的努力和这种努力的无形消解之间的复杂冲突形成这一时期作家深

---

① 梁秉堃：《在曹禺身边》，中国戏剧出版社1999年版，第30—31页。

② 黄毅修：《我的父亲曹禺——访万方》，《南都周刊》2012年第26期。

层次的内心世界，但他们这种内心世界往往为文学史所视而不见，就如曹禺说的，"让人明白是很难很难的啊"，难得就如"王佐断臂"才让陆文龙明白了他。①今天，尽量回到历史的细节中去理解这种艰难，切切实实体悟作家们的创作心态、处境和实践，我们才可能把握1949年前后中国文学的转型到底意味着什么。

"1949"宣告开始的"当代"延续至今已六十余年，且仍在延续之中。但从文学史叙述而言，"当代"迟早是要消解的，常识早就告诉我们，在文学的历史长河中，不可能存在一个由某个具体年代确定开始的"当代"。那么，什么是最有效消解"当代"的力量？创作！仔细辨析历史，我们会感受到，创作顽强生存且力求强盛之时之处，"当代"的意味就淡化，文学的血脉勾连相通；而当政治力量对文学强行干预，创作本体的意义难以存身时，"当代"的意味就加深、扩展。文学史的"当代"是从1949年前后中国大陆的政治变化出发而构建的"分水岭"，而从文学的立场、作家的立场而言，创作无法被"1949"腰斩；相反，创作跨越了"1949"这一中国大陆历史、政治的"分水岭"。所以，考察这一问题，对于整个中国现当代文学观念和格局的深化是有意义的。

1949年1月17日，赵树理给时任中共华北局宣传部部长的周扬写了一封信，专门谈及自己对"我的整个前途"的想法。他说："我的前途有二：一个是就现有的条件作可能作的事，不必求全责备，甘心当个专写农民的写作者；另一个是和一个青年一样，力求发展为一个全面写作者。前者说起来虽不免带点暮气却比较现实，后者按现在的供给条件也不是绝不可能，只是成本要大一些……"他希望自己的想法"如与党使用我的计划不冲突"，就"给我调动这样一个岗位"，"加强今后的流动性"，②也就是扩大自己深入社会生活的范围。赵树理的想法虽有着自身的困惑，但他对于革命胜利后继续当个写作者却是明确而坚定的，仍然用自己的笔为人民大众服务。此时，"赵树理方

① 田本相：《悼曹禺》，吴福辉、朱珩青编选：《百年文坛忆录》，北京师范大学出版社1999年版，第130页。

② 徐庆全：《名家书札与文坛风云》，中国文史出版社2009年版，第13、14页。

向"已被确立，组织也需要赵树理承担一定的行政领导工作，但赵树理仍将写作视为自己的"整个前途"。这种仍想留在创作的队伍中的想法，当时在来自解放区的左翼作家中相当普遍且强烈。《黄河大合唱》的词作者光未然在新中国成立之初表达过"多么渴望得到一个适于终身致力的岗位啊"的强烈愿望。当时周扬拟调光未然到他时任党组书记的文化部工作，光未然开始坚辞不就，其中的重要原因就是担心离开了创作。光未然后来回忆说："诗人柯仲平邀我在石家庄一家小馆喝酒，就劝我进城后千万不要和周扬共事。不然就写不出东西来了。要我少参加会，少参加行政工作，多写点诗。他说：'周扬在哪里工作，就要派人到处把关，把你派去把守，你就得跟他走，就什么也写不成了。'"① "什么也写不成了"是作家最大的恐惧。而在新中国百废待举之时，本来一直投身于创建新中国的作家们在谋划自己今后的人生时，依恋的仍是作家的本业，甚至有的"决定不和任何人来往，不参加任何会，静静地写作"，为此而要"时时准备战斗，决不稍留情面"。② 这看起来似乎不合时宜，甚至会被视为"个人主义""自私"等，然而，这种视创作为自己人生的第一需要的想法即便在解放区作家中也普遍存在（丁玲当时面对中央领导的批评，就认为，"只要我有作品，有好作品，我就一切都不怕"③），恰恰是中国大陆文学能跨越"1949"的根本原因。

对于原国统区非左翼作家而言，他们中大多数留在了大陆，其缘由复杂相异，但无法割舍创作也许是最重要的。1949年萧乾从香港北上返回北京是当时非左翼作家中最值得关注的。与老舍、曹禺不同，没有人动员、欢迎萧乾返回北京，相反，他感受到的是返回北京的压力。1947年5月4日，他为《大公报》写了《五四文艺节感言》的社论，其中写道："外国作家如萧伯纳，年届90仍在创作，而中国作家年届50，即称公称老，大张寿宴。"萧乾对"祝寿"的反感本来是出于当时报纸经常整版为名人出"祝寿专号"的不满，却因为"不

---

① 张光年：《回忆周扬》，王蒙、袁鹰主编：《忆周扬》，内蒙古人民出版社1989年版，第20页。

② 萧军：《人与人间——萧军回忆录》，中国文联出版社2006年版，第390页。

③ 丁玲：《丁玲全集》第11卷，河北人民出版社2001年版，第342页。

谙国情"，得罪了他本不知晓"已于鲁迅逝世后，成为文艺界最高领导"①的人。郭沫若那篇愤怒的《斥反动文艺》宣判萧乾为鼓吹"黑色的反动文艺"的"政学系""御用"文人与这不无关系，萧乾也预感到这一宣判"必然成为置我于死地的利剑"②。与此同时，萧乾又有好去处，他的母校英国剑桥大学成立中文系，系主任何伦（Gustar Haloun）教授三次亲自来到香港萧乾住处，苦口婆心劝说萧乾接受终身教职的聘请，并告知以战后东欧知识分子在共产党统治下的遭遇："知识分子同共产党的蜜月长不了。"所有这些，都制止着萧乾北上。然而，萧乾仍在1949年8月北上返京，吸引着他的只有一块磁石："北京城就是我的家。""我的心好像早已深深埋在北平的城角下了。"所以，萧乾坦陈自己是在"本能，而不是认识或觉悟"的驱使下，"谢绝了剑桥大学的邀请，做出终老北平的决定"。③这种"本能"中包含的"家"的眷恋，其实是作家对于创作生命的看重。萧乾的全部小说都孕育于北平古城的护城河和垂柳中，那部如诗似画的《梦之谷》也写成于他常在梦中深吻北平的泥城墙的思念中。他无法想象永远离开了北平，他的文学生命还会有多少气息（尽管萧乾刚回到北京时，出于某种政治警觉而选择了风险较小的翻译工作，但他无法不将"文学创作"视为自己真正的"本行"④，多次申请创作，并重回文学刊物工作，导致其在"反右"中落难）。当年，在蒋介石的"抢救"运动中，陈寅恪一直"撤退"到了广州。但到了这南中国的边上，陈寅恪不走了。他知道再往南走，他赖以为生的"根"也许就没有了。所以，让作家们留在或返回中国大陆的缘由，自然有对中国新生的希望，也包括很多作家政治上对新中国的认同，但内心深处的还是对自身写作生命继续展开的希望。这才是他们跨越"1949"的根本性缘由。

除了强烈的创作欲望之外，作家们也都意识到自己的创作面临的是一个新的环境。1949年，就连张爱玲也开始阅读丁玲、赵树理等解放区作家的作品，

① 萧乾：《萧乾文集（六）》，浙江文艺出版社2005年版，第214页。

② 萧乾：《萧乾文集（六）》，浙江文艺出版社2005年版，第221页。

③ 萧乾：《萧乾文集（六）》，浙江文艺出版社2005年版，第222页。

④ 萧乾：《萧乾文集（七）》，浙江文艺出版社2005年版，第151页。

观看了《白毛女》《新儿女英雄传》《小二黑结婚》等解放区电影，对赵树理《小二黑结婚》人物的个性鲜明、叙事的清新明快、语言的原朴自然尤为赏识。但这种对新生活的关注反而使得一些作家似乎很快陷入了"创作的枯竭"。吴祖光的创作高峰是在1940年代开始形成的，照理，1950年代正是他创作"年富力强"之时，而且他对新中国充满了希望和热情（1954年，他劝一生醉心收集珍贵文物的父亲把自己一世倾全部财力收集起来的240余件精选珍品无偿捐献给国家时说："今天的政府是中国历史上最好的政府"，"捐给国家，将远比自己保存安全可靠得多"，[①]其对新中国的信任深情豁然可见）。然而，他在发表于1953年2月25日《人民日报》上的文章中坦承，1949年后的三年，"我几乎停止了创作，只改编并导演了一个电影《红旗歌》，编写了一个评剧本《牛郎织女》"，"在旧中国的黑暗年代，在创作生活里我没有感到过题材的枯窘，相反常常是在写作某一个作品时便酝酿或完成了下一个作品的主题了……解放后，我的创作好像突然堵塞了"。[②]这种情况并非个别。1949年前创作颇丰的作家中，此时有一大批，甚至几乎全部都创作锐减，今天我们只要翻阅他们的"全集""文集"就一目了然。思想追求、生活储备、艺术积累这三者之间的矛盾冲突在延安时期就凸现出来了，也积累了一些经验，其中很重要的一点是个人性空间的保留。但这些经验似乎无法应对1949年意味着的巨大变革。所以，巴金在以巨大的热情创作了《大欢乐的日子》、《团圆》（后改编成电影《英雄儿女》）等充满赞美的作品后，在上海第二次文代会上当众直言不讳地表示："作为作家，我没有尽到自己的责任……我仍然讲得多，写得少，而且写得很差……像我这样不求有功但求无过的人并不太少……"[③]，焦虑不安集中于"写得少""写得差""没有尽到作家的责任"，坦诚、大胆的言语中有着作家说真话的勇气。这种自觉的自我反省完全不同于当时作家频繁的政治检讨、思想改造，其真诚抵达的深度也完全可以抵达创作的深度。

---

① 吴祖光：《往事随想》，四川人民出版社2000年版，第134页。

② 吴江：《知识分子何以有"戒心"》，《炎黄春秋》2010年第6期。

③ 吴琪：《巴金：讲真话的身体力行者》，《三联生活周刊》2012年第29期。

二、"思""信"之争：作家创作的命运和跨越"1949"的文学格局

那么，跨越"1949"的创作困难到底来自什么，沈从文对此一语道破。1948年，面临"一切重作安排"的社会变革，沈从文作出了这样一个清晰的判断："二十年三十年统统由一个'思'字出发，以后却必需用'信'字起步。"[①]"思"是独立思考，"信"是集体信仰。五四开启的"独立思考"的年代，在历经了三十年风雨之后，由于无产阶级革命在中国大陆的胜利，要让位于单纯而坚定地信仰共产主义的"毛泽东时代"了。但对于作家而言，"我在，我思"，作家身份（本体）的存在是其"思"得以展开的根本性缘由，但单一信仰下的体制统一了"公家人"的身份，"信"必然取代"思"。"思""信"之争才决定了作家创作的命运和跨越"1949"的文学格局。

1942年毛泽东"《在延安文艺座谈会上的讲话》规定了新中国文艺的方向"，这一方向在1949年后在整个中国大陆被视为完全正确的方向，而且"除此之外再没有第二个方向了，如果有，那就是错误的方向"。[②]这就是"信"的核心内容，是无可置疑的。而在这一"信"的实践中，一是伴随着毛泽东的神化，"人民"也成为造神的对象，从而被抽象化。"内容上工农兵的喜怒哀乐"和"形式上工农兵的喜闻乐见"并未真正得到尊重和实现，反而在革命化、阶级化中被狭隘化；同时，政治压抑、思想批判等又以"人民"的名义实施，"人民"实际上被悬置。二是辩证法等方法论被简单化，甚至庸俗化。"爱祖国"这一文学的主题被视为与"爱我们的国家制度、党和政府的政策"的现实功利诉求是一致的，而且两者是紧密结合的，[③]而"按照诗的规律来写和按照人民的利益来写相一致。诗人的'自我'跟人民的'大我'相结合。'诗学'和'政治学'的统一。诗人和战士的统一。如此等等"的辩证

---

① 沈从文：《致吉六》，《沈从文全集》第18卷，北岳文艺出版社2002年版，第519页。

② 周扬：《新的人民的文艺》，《中华全国文艺工作者代表大会纪念文集》，新华书店1950年版，第13页。

③ 袁水拍：《诗选（1953.9—1956.12）·序言》，人民文学出版社1956年版，第2页。

统一，^①往往成为力图摆脱创作困境的说辞，其结果仍在于强化对于"人民""政治学""战士"等的信仰。这大致构成了新中国文学"信仰"的基本内容。

而在1949年前后的国家环境中，单一的信仰依赖体制性力量不断得到强化，很多历史的细节向我们展示了这一点。例如，一向独来独往的张爱玲战后却两次加入作家组织：第一次是1947年，张爱玲加入了由抗战时期中华全国文艺界抗敌协会改名而来的中华全国作家协会下属的上海作家协会，还担任了协会中的专业委员会委员；第二次是大家熟知的她出席了上海第一次文代会。这自然是一种姿态，表明她在中国社会的转折时期，看重的是"作家"这一身份，尽力要抓住的是创作本身。本书"文学'三级跳'：战后至1950年代初期张爱玲的创作变化"一节也较详尽分析了张爱玲这一时期的创作历程。问题在于，此时的张爱玲还需要作家协会这样的集体组织才能表明她的作家身份。茅盾在1949年后一直担任文化部门要职，可当他意识到自己的作家身份时，渴求写作仍会成为他生命的第一需要。就如前述他曾写信给周恩来，希望得到组织批准，专心写作。有了这种艺术实践的强烈愿望，但专心展开艺术实践的空间的缺乏，最终压抑了作家的创作欲望。

"信"的压力还来自读者观众。共和国的成立将以往散沙似的人心聚成"钢铁般长城"。在统一的宣传舆论的影响下，1953年左右，社会的日常生活和文学阅读已开始被革命化，人们习惯于以二元对立分明的阶级斗争观点来看待文学作品的人物、情节。1954年《雷雨》作为"一部鲜明地刻画以鲁大海为代表的中国工人阶级和以周朴园为代表的民族资产阶级矛盾的剧作"在新中国首演，曹禺在剧本中亲自加了鲁妈痛斥周朴园为"杀人不眨眼的强盗"的台词，人物结局也完全按照各自的阶级本性做了大改动。然而，这样凸显了无产阶级意识的修改仍遭到非议，演员听到观众议论"怎么看不出谁是罪人"就"觉得如坐针毡，生怕自己的表现太过温情，忽略了人物的阶级本质"。^②当

---

① 贺敬之：《战士的心永远跳动》（《郭小川诗选》英文版序），《郭小川诗选：续集》，河北人民出版社1980年版，第3页。

② 洪鸽：《三代〈雷雨〉与人艺六十年》，《南都周刊》2012年第26期。

作家真诚地接受《讲话》思想，为人民大众而写作时，这种明显阶级斗争化的读者观众反馈必然极大影响作家创作的选择、调整。

读者观众的变化其实反映出革命化社会环境中日常私人空间的缩小，乃至消失，而文学恰恰是最需要日常私人空间的。上世纪五六十年代的台湾也是政治高压，然而，家庭那样的私人空间却依旧为文学提供着生存空间。例如，"当年林先生家就是台湾的半个文坛"，此话是台湾著名作家、出版家隐地说的。"林先生"指林海音，她1950年代在台北开始编《联合报副刊》。于是，即便她家数度搬迁，她家客厅始终"高朋满座"，"见不到富商巨贾、高官显要，谈笑有鸿儒"，"不论识与不识、老作家与年轻作家、本省作家与外省作家、男作家与女作家，全都像一家人"。①文学史已经见证了林海音家这样的私人空间对于台湾文学上世纪五六十年代的中兴所起的重要作用。而在此时的大陆，当破旧立新的革命要触及每一个人的灵魂时，任何私人空间都难以容身了。当曹禺夫人回忆到1949年后曹禺"胆子小，常常害怕，不知怕些什么"②时，人们能体会到性情"真"的曹禺在家里也难讲"真话"了。私人空间和创作空间的萎缩几乎是一回事。

"蒙昧系指如果未有他人引导，自身就无法运用其理解力。如果此一蒙昧不是缘于理解力的缺乏，而是缘于缺乏别人引导即无能运使其理解力的勇气，那么此一蒙昧就是自身造成的。"③此时作家的"信"就不只是外部环境、力量强化影响的结果，它更多根植于作家自身的心灵世界。在"十七年"和"文革"期间，不少人文社会科学领域，其实都不乏有人以"藏之于名山"的信念在写作，成就了日后的著述，但文学领域没有。此原因何在？就在于作家们自身的"信"。经过五四、30年代社会变革、抗日战争等，中国作家已很难相信文学于社会革命无用了，很多曾信仰、坚守文学本位的作家也真心体认文学创

---

① 宋雅姿：《夏家客厅里有半个文坛——林海音的城南忆往》，（台湾）《文讯》第302期（2010年12月）。

② 曹禺：《没有说完的话·后记》，山东友谊出版社1998年版，第474页。

③ ［德］康德：《康德政论文集》（*Kant's Political Writings*），转引自贺桂梅：《转折的时代——40～50年代作家研究》，山东教育出版社2003年版，第371页。

作要服务于某个更大的目标，尽管对于这个目标是什么，他们有过很多困惑、彷徨；而当中共革命在全国取得胜利，共和国在"民主、平等"的承诺中成立后，他们开始相信这个更大的目标就是文学为人民服务。他们对这一目标"真心实意"的信仰[①]与体制化、思想改造等外部要求是契合的。但随着共和国实践的曲折展开，对"神"的"信"取代对"人"的"思"。同时，作为"信"的文本，如领袖讲话、中央政策等随政治风云多变，使作家无所适从。例如，"1957年3月毛主席作《在中国共产党全国宣传会议上的讲话》"[②]，这成为1957年"大鸣大放"帮助中共整风和反右斗争的开始。当时很多作家"应邀去听了听，他老人家从容挥洒，妙语连珠，听得大家十分振奋，但是后来发表的讲话定稿却作了大量的改动"[③]，而正是这中间的变动造成了诸多作家在1957年的"失足"，使大陆作家最终"噤如寒蝉"。在这种处境中，"信"逐步"内化"为作家对于写作犯错误的恐惧，就如巴金所言："因为害怕写出毒草，拿起笔就全身发抖，写不成一个字。"[④]

这种作家的"信"产生了当时文学的一种根本性悖反，文学被要求为无产阶级政治服务，但任何"文学价值是建立在政治基础上的"的实现都需要通过文学"对政治和文化的批评"，"作家能够预见社会将面临的危险[⑤]才能完成。也就是说，文学为无产阶级政治服务，需要以文学的反省功能，实现对"社会危机的预警"，但当时"信"的一体化使这种文学的"预警"功能难以实现，政治年代的文学价值面临"悬置"，作家还能否有"思"的空间？

三、作家之思：文学转型的重要基石

新中国成立之前，胡风在给舒芜的信中讲："他们倒群趋政治，而我们

---

① 姚可崑：《我和冯至》，广西教育出版社1994年版，第141页。

② 吴祖光：《往事随想》，四川人民出版社2000年版，第137页。

③ 吴祖光：《往事随想》，四川人民出版社2000年版，第137页。

④ 巴金：《毒草病》，《巴金随想录》，上海文艺出版社2008年版，第23页。

⑤ ［美］瑞塔·卡斯特罗：《政治与文学》，祁寿华、林建忠主编：《西方人文社科前沿述评：文学》，中国人民大学出版社2007年版，第83、85页。

倒是沾沾于文化、思想领域的。"①当时作家对于新中国都充满憧憬，对革命胜利都持有欢迎的态度，而分歧恰恰在于"群趋政治"的"信"和"沾沾于文化"的"思"之间的冲突。

新中国展示的民主富强的前景在1950年代初期吸引了作家，新中国成立初期民主的新气象也确实生气勃勃。例如，1950年4月19日《人民日报》公布了中共中央《关于在报纸刊物上展开批评与自我批评的决定》，强调群众监督对党和政府的缺点错误进行公开的批评揭露，决定"凡在报纸刊物上发布的批评，都由报纸刊物的记者和编辑负独立责任"，就是说，批判性报道无须"送审"。《决定》公布当月，《人民日报》就收到读者批评性稿件1674篇，比前一个月增加一倍。而从1950年到1953年三年中，《人民日报》发表批评性文章4243篇，平均每天4篇，各地报纸每天也都可见到批评性文章。②这样一种言论较为宽松的民主环境，使得作家之"思"尚有生存空间。但从1952年的"三反"运动在领袖的意志领导下，从经济领域波及思想领域③开始，作家之"思"已不可能在政治、社会批评的空间展开，而其在文学领域的展开则显得艰难。

共和国成立后作家创作力由盛转衰，甚至枯竭，似乎是个普遍现象。其实不然，只是在压抑中还有没有文学之"思"的空间。老舍的《茶馆》是1950年代最成功的作品，也是老舍的传世之作。但《茶馆》最初的创作动机和老舍此前写的剧本《春华秋实》等一样，完全是配合时事政策。《茶馆》原名《人同此心》，是老舍配合当年国家宪法公布而作，写得平平，本来也会像以往的剧本一样，排了演了，绝对传不下来。是当时北京人艺总导演、从国外学戏剧回来的焦菊隐凭自己的艺术感觉觉察到其中一幕茶馆的戏精彩至极，建议老舍将

① 胡风：《胡风全集》第9卷，湖北人民出版社1999年版，第200页。

② 戴国强：《批评性报道的"送审"制度曾被取消》，《炎黄春秋》2010年第8期。

③ "三反"原先不牵涉思想、文化领域，但"三反"开始时毛泽东给上海的电报指示，上海的"老虎""可能有上千只"，"如捉不到就是打败仗"，于是上海市委和华东局在捉不到贪污的"大老虎"的情况下，决定捉"思想老虎"，包括著名思想家顾准在内的一批优秀知识分子被作为"思想老虎"而打倒。见何方：《对资中筠文章的几点补充》，《炎黄春秋》2010年第3期。

这段戏放大到一出大戏。此建议让老舍喜出望外，因为他对茶馆中的人物熟悉得"每个人我都能给他们看相批八字"[①]，《茶馆》由此诞生。显然，焦菊隐的话激活了老舍被压抑的茶馆经验，调动起他的创造力，他趁势而起，成就了《茶馆》。

《茶馆》诞生的偶然性背后有其发人深省的必然性，此时期的作家有被压抑的个人性的生活和艺术经验，也有让这种经验苏醒、发酵的某个机遇，关键在于保存这种经验并能趁势而起。当时在老舍任职的单位，"为了革命的需要"和"表现对党的无限忠诚"而"把自己的老婆打成了反革命"的老作家被树为"学习的榜样"，而老舍恰恰在这种政治化环境中显示出他对于文学创作立场的坚守。一方面，他努力去拥抱新社会，去了解各种新人物，甚至为此亲自去朝鲜战场；另一方面，他也以耿直的个性守护文学底线，保护自己的艺术感觉，正如1950年代老舍的秘书葛翠琳回忆："他在艺术追求方面，有自己独立的见解，并很坚持自己的主张，不肯盲从，也绝不作无原则的吹捧。"[②]他敢于面对人们对于"资产阶级情调"的摒弃，大胆宣称"我就是资产阶级，我喜欢太阳，也喜欢月亮星星，还亲自种树养花"[③]，就因为他无法相信文学审美"歌颂太阳"就要割舍"月亮星星"。在保护自己的艺术经验的过程中，老舍承受的最大压力其实是"奉命"而作，尤其是这种"奉命"来自周恩来那样对新中国作家有巨大魅力的挚友般的领导。老舍回国后的几乎全部剧作都得到了周恩来的直接指点，从《龙须沟》到《茶馆》。1956年老舍"奉命"创作话剧《西望长安》时就感到"极难写"，既要"讽刺"，又"不能全盘否定，以至使人有反对或怀疑我们的社会制度的感染"。[④]而周恩来作为政治领袖，对老舍的创作必然是更多寄予政治上的期望。对于这种期望，老舍尽量把它理

---

① 洪鹄：《一个甲子，几多往事》，《南都周刊》2012年第26期。

② 葛翠琳：《魂系何处——老舍的悲剧》，吴福辉、朱珩青编选：《百年文坛忆录》，北京师范大学出版社1999年版，第90页。

③ 葛翠琳：《魂系何处——老舍的悲剧》，吴福辉、朱珩青编选：《百年文坛忆录》，北京师范大学出版社1999年版，第90—91页。

④ 老舍1957年2月7日致赵清阁的信，张桂兴注：《老舍致赵清阁书简四封》，《中国现代文学研究丛刊》2005年第6期。

解成"给创作上开辟了一条道路"①，融化在自己的文学表达中。周恩来支持《龙须沟》，是因为它对于"巩固新政权大有好处"；而老舍强调"假若《龙须沟》剧本也有可取之处，那必是因为它创造出了几个人物——每个人有每个人的性格、模样、思想、生活，和他（或她）与龙须沟的关系"②。到了创作《茶馆》时，老舍更意识到，1949年后他写的11个剧本都"不够满意"，是因为"自己的风格并没有在这些作品中充分发挥"；而《茶馆》的成功，就因为"恢复了我的'个人风格'"，而且选择了"比写现在更得心应手"的老北京市民社会。③周恩来对《茶馆》是支持的，但他强调剧作"应该告诉青年：历史的动力是什么，什么人才能代表历史前进的方向"，因此，"还得再加强""学生运动的场面"。④1963年《茶馆》复演时，遵照周恩来指示，加入学生游行示威的情节，并让常四爷在第三幕结尾时为示威的进步学生端茶倒水，以表明戏中有一条"红线"，但老舍对此并不认同。写作中，老舍也没有理会有人建议的"用康顺子的遭遇和康大力的参加革命为主，去发展剧情"⑤这样一种依靠贯穿始终的红线来结构的方式，而是发挥自己的创作优势去寻求突破。时间跨度半个世纪、人物多达七八十人的剧作依靠充分发挥语言（人物对白）的描绘功能，使每幕戏都成为具有丰富的民族文化内涵和鲜明的民俗文化色彩的艺术体，形成"珍珠"式结构，成为真正的"中国"的"画卷戏"（李健吾语）。⑥老舍出神入化的京味语言再次得到淋漓尽致的发挥，《茶馆》也大大拓展了中国话剧的表现空间。

"遵命"之中仍听从自己艺术内心的声音，道理很简单，实践很艰难，唯此才呈现出老舍的可贵，时至今日也仍有巨大的启迪：内心价值的缺乏，才会使一个人需要依附群体、依附领袖才能生存，而人天然的弱点又是难以抵御现

---

① 老舍1957年2月7日致赵清阁的信，张桂兴注：《老舍致赵清阁书简四封》，《中国现代文学研究丛刊》2005年第6期。

② 老舍：《〈龙须沟〉的人物》，《文艺报》第3卷第9期（1951年2月25日）。

③ 老舍：《作家谈创作》，《中国建设》1957年第11期。

④ 胡絜青：《周总理对老舍的关怀和教诲》，《人民戏剧》1978年第2期。

⑤ 老舍：《答复有关〈茶馆〉的几个问题》，《剧本》1958年第5期。

⑥ 焦菊隐等：《座谈老舍的〈茶馆〉》，《文艺报》1958年第1期。

实功利的诱惑，难以于巨大群体狂热的信仰中保持清醒。作家对于文学创作立场的坚守正是作家内心价值的核心，它使作家足以保持个人的独立思考，抵御现实功利的压力和诱惑。

"思"还来自文学创作必然产生的对人性的理解和关怀。《讲话》后的文学环境强调的是文学的阶级性，各种批判运动也围绕这一原则展开。然而，作家一旦进入创作，他就不知不觉地相信，"在做'左翼人'或'右翼人'之外，有些'做人'的原则，从长远说，还值得保存"[①]。正是这种"值得保存"的非"左"非"右"的"做人"原则，维系了作家"思"的空间。

解放区作家中，孙犁的创作是最成功跨越了"1949"的。1970年代末期，他在1940年代后期和1950年代初期写作的小说，尤其是《铁木前传》等，重新引起人们极大关注，成为当时文学复苏时的营养，从而沟通了新时期文学与"十七年文学"的内在联系。这种联系正是当年的青年作家在新生活面前对于文学的人文思考和个人化追求。孙犁在解放区作家中，其实有着很多非"左"也非"右"的"另类"因素。他出生在农村，认同传统道德，但进过北平城做过小职员，养成较开放的审美情调；他受五四启蒙思潮影响深，而在抗战环境中则将革命与人道主义理解成统一的内容，自述1938年参加晋察冀八路军也是"随波逐流"。1948年前后，他参加土改，一心一意改造自我，歌颂土改，但亲眼所见一些农民用非人道的暴力执行上级政策，又经历一生勤勉的父亲在土改中被分"浮财"的家庭变故。这些都与他内心深处的为人处世准则不符，他最终退隐到左翼阶级斗争的边缘。之后，他在更多经历"文化残破，道德残破""故园残破，亲情残破"[②]之后，深感阶级斗争现实与自己的人文理想相差之远，逐渐疏离社会变革中心。从"进城初期，已近于身心交瘁"[③]到1956年他大病，几近死亡，其实都源自他的人性认同和社会现实之间的内在冲突。而这种未卷入社会阶级斗争旋涡中心的生存状态使得孙犁不至于承受太大的政治压力，也就可能以他自己的方式坚持创作追求。这种方式不和社会政治运动

① 萧乾：《拟J. 玛萨里克遗书》，《观察》1946年4月16日。
② 孙犁：《残瓷人》，孙犁：《曲终集》，百花文艺出版社1995年版，第37页。
③ 孙犁：《我的金石美术图画书·附记》，北京出版社1996年版，第234页。

发生正面直接冲突，甚至顺应时代的某种要求，但又始终不放弃其以人道主义关怀为核心的文学立场。

与此同时，孙犁坚持从人的相通性上去看待文学性。孙犁1940年代"荷花淀"时期的创作形成了他的文学观，他在1941年写作印行的10余万字的《区村和连队的文学写作课本》（后又名《文艺学习——给〈冀中一日〉的作者们》）反映了他在战争年代坚持文学性的追求。1949年进城后，孙犁进入了一个崭新的环境，他也赞颂体现"战士的心灵改造"的"枪杆诗"，[①]关注"以工人生活为题材的文学创作"[②]，但他在这些时代性的课题中，始终坚持"认识、生活和语言，是文艺创作的三个要素，也可以说是一个整体，它血肉般地结合并相互发挥"[③]；强调文学的"系统的学习"，不能只限于"阅读解放区小说""阅读苏联的小说"，甚至肯定"中国的旧小说""在刻画人物和暴露上，是比较成功的"，[④]应该继承"中国旧小说的传统"，因为"其长处还在于丰富地反映了当时当地人民的生活，反映了很多当时的社会制度，而这种生活具有很大社会思想感情的共通性"。[⑤]而对于具体的创作，无论是自己实践的，还是评论别人的，他关注的始终是不能"概念多于实际"，总是追求写得"深厚和丰满"。[⑥]这些从"共通性"上去理解文学的主张，支撑了孙犁的创作。

上述立足点使孙犁得以在不失个人化的坚持中跨越"1949"。当他一旦

跨越 1949
战后中国大陆、台湾、香港文学转型研究

---

① 孙犁：《谈工厂文艺》（1949），《孙犁文集》（第四卷），百花文艺出版社1982年版，第212页。

② 孙犁：《略谈下厂》（1950），《孙犁文集》（第四卷），百花文艺出版社1982年版，第228页。

③ 孙犁：《怎样认识生活》（1949），《孙犁文集》（第四卷），百花文艺出版社1982年版，第214页。

④ 孙犁：《怎样阅读小说》（1949），《孙犁文集》（第四卷），百花文艺出版社1982年版，第220、221页。

⑤ 孙犁：《"五四"运动和中国文学遗产》（1950），《孙犁文集》（第四卷），百花文艺出版社1982年版，第234页。

⑥ 孙犁：《领会和收获》（1952），《孙犁文集》（第四卷），百花文艺出版社1982年版，第251页。

进入文学创作，尽管周围环境还会制约他，但他1947年在纪实小说中就借人物命运发出对时代风云中阶级性和人性复杂纠结的深切感慨；1948年的小说《秋千》讲述女主人公大娟在家庭成分被错划为富农后的心灵痛苦，大娟原先青春四溢的明亮双眼"好像有两盏灯刹的熄灭了，好像在天空流走了两颗星星"的描写，包含了作者对大时代中被伤害的个体生命的怜悯和关怀；1949年的中篇小说《春歌》塑造了被妇救会排斥的"有争议"女子双眉的鲜明个性，其不合主流伦理的形象同样包含了群众性运动中对于个性的尊重。新中国成立初期，孙犁完成了长篇小说《风云初记》，这部描述抗战军民悲壮历史的作品以众多投身民族解放战争的知识分子形象"使小说的叙述充满诗情与哲思"，甚至以人物的"艺术激情状态"传达出"以最自由的形式"表达家国情感的渴望。[1]之后的《铁木前传》更是在农业合作化的时代题材中，塑造了"小满儿"这一有"个人主义"倾向的农村女孩形象。可以说，孙犁一直到封笔小说创作，没有中断他从"荷花淀"时期开始的文学追求。这种情况得以发生，自然反映出孙犁特殊的生存状态，但主要是因为孙犁在疏离主流意识形态中，依旧不乏人性关怀地看待现实。这一点在暴风骤雨般思想改造、阶级斗争的年代是极难保存的，但孙犁做到了。

1950年代的北京人艺就开始形成"戏比天大"的"人艺精神"，"创作千古事，政治只一时"[2]的信念也潜行于当时作家创作中。本书后面在论及五六十年代中国大陆诗歌、小说、散文、戏剧等创作时都会寻找到这种信念和精神，本节述及的老舍、孙犁只是其中的代表。正是这种创作信念和精神，构成此时文学转型的重要基石。所以，考察1949年前后中国文学的转型，以作家的创作为某种主线，探讨其创作信念、精神、实践对于"1949"的跨越，会推进我们对从"中国现代文学"到"中国当代文学"转变的认识。

---

① 杨联芬：《孙犁：革命文学中的"多余人"》，《中国现代文学研究丛刊》1998年第4期。

② 王鼎钧在《文学江湖》中忆及1950年代台湾官方倡导"反共"文学时，作家却坚信"文章千古事，反共只一时"。见王鼎钧：《文学江湖：王鼎钧回忆录四部曲之四》，（台湾）尔雅出版社有限公司2009年版，第73页。

第三节　文学的生存限度：文艺政策和文学创作

如前所述，创作是文学跨越"1949"最重要的内在动力，文学建制的变化又内在制约着作家的创作。那么，在此背景下，文学生存、发展的限度到底有多大？

决定共和国文学生存限度的因素中，中国共产党的文艺政策起着最重要的作用。1956年至1957年上半年的"百花时期"和1961年至1962年初的"调整时期"是战后中国共产党文艺政策调整深化的时期，也是政治对文学的掌控最宽松的时期，甚至构成了共和国建立后两个重要的文学转点，考察这两个时期中国共产党文艺政策与文学创作之间的关系，可以较清晰地展示共和国文学的生存空间。

一、时代影响和历史悖反中提出的"双百方针"

众所周知，"艺术问题上百花齐放，学术问题上百家争鸣"的方针是在1956年4月的中共中央政治局会议和5月的最高国务会议上，由毛泽东提出的。1956年5月26日，中宣部长陆定一在中共中央展开的知名科学家、文学家、艺术家会议上做了题为《百花齐放，百家争鸣》的报告，其对"双百方针"的阐释自然具有权威性："双百方针"是"提倡在文学艺术工作和科学研究工作中有独立思考的自由，有辩论的自由，有创作和批评的自由，有发表自己的意见、坚持自己的意见和保留自己的意见的自由"，这些自由"是人民内部的自由"。[①]这一方针符合文艺创作和科学研究自身的内在要求，具有解放思想、鼓励创新的积极作用。然而，既然是文艺创作和科学研究，本来并无人民内外之分；而对"自由只是人民内部的自由"的强调，使"双百方针"有了浓重的时代性质，本身就包含了政治与文艺、科学之间的悖反。

事实上，"双百方针"的提出，确实是复杂的时代矛盾中以毛泽东为代表的中国共产党高层领导探索中国道路的一种结果。毛泽东《讲话》具有鲜

---

① 陆定一：《百花齐放，百家争鸣》，《人民日报》1956年6月13日。

明的无产阶级政治性："只有真正革命的文艺家才能正确解决歌颂和暴露的问题"，"歌颂无产阶级光明者其作品未必不伟大，刻画无产阶级所谓'黑暗'者其作品必定渺小"，"苏联在社会主义建设时期的文学就是以写光明为主"……[①]这些字里行间，都反映出毛泽东《讲话》的基本思路，即以苏联社会主义文学为借鉴，建立服务于无产阶级政治的新文艺。《讲话》的重要理论依据是列宁《党的组织与党的文学》（此文题目本是《党的组织与党的出版物》，但在1941年的延安语境中，"出版物"一词被"误译"为"文学"）中"党的文学艺术事业"应该成为整个"革命机器"中的论述，但列宁在同一篇文章也讲到了"文学事业中最少能忍受机械平均、水准化、少数服从多数"，文学事业"无条件地必须保证个人创造性、个人爱好的广大原野，思想与幻想、形式与内容的原野"等内容，[②]而《讲话》都回避了。这又表明毛泽东对苏联的道路有从自身实际出发的选择。"双百方针"提出的前一个月，毛泽东发表著名的《论十大关系》，针对苏联及波兰、匈牙利等国发生的事件，提出将苏联的"缺点和错误""引以为戒"，"少走""他们走过的弯路"。[③]这表明毛泽东更迫切地要"以苏为戒"，探索中国的社会主义道路，而避免东欧式的政治动荡在中国出现。其中最重要的问题就是如何处理好人民内部的矛盾，具体到知识界，就是"反对教条主义的思想束缚，以自由讨论和独立思考来繁荣科学和文化事业，用批评和自我批评的办法来处理'人民内部矛盾'，以避免这种矛盾因处理不当而发展到对抗的地步"[④]。同年初，中共中央召开旨在改善知识分子条件和状况的会议，在周恩来代表党中央肯定中国知识分子经过改造绝大部分"已经是工人阶级的一部分"之后，毛泽东发言说："有的同志说些不聪明的话，说什么'不要他们也行'，'老子是革命的'，这话不对。现在叫技术革命，文化革命，革愚蠢无知的命，没有他们是不行的，单靠

---

① 毛泽东：《在延安文艺座谈会上的讲话》，陆贵山、周忠厚编著：《马克思主义文艺论著选讲》，中国人民大学出版社2007年版，第421—422页。

② 洪子诚：《中国当代文学史》，北京大学出版社1999年版，第11页。

③ 毛泽东：《毛泽东文集》第七卷，人民出版社1999年版，第23页。

④ 洪子诚：《1956：百花时代》，山东教育出版社1998年版，第8页。

我们老粗是不行的。"①这里，一方面，面对经济建设、文化建设的局面，需要接纳知识分子，甚至依靠他们；另一方面，"他们"和"我们"之分，不仅依然清楚地划清了革命者与知识者的界限，而且也表明，包括"双百方针"在内的知识分子政策始终是自上而下推出的，最终的解释权归于政治高层，"双百方针"的贯彻实施也将由政治高层操控，其前景取决于政治高层对国际、国内形势的判断。

当时毛泽东对国际、国内形势的判断始终保持高度警觉。1956年后东欧社会主义阵营出现政治动荡，此事对毛泽东的根本性影响就是要防范类似事件在中国发生。"双百方针"的提出是为了处理好与知识分子的关系，调动他们的积极性，以文化建设和技术革命来巩固共和国的制度。但这一文艺创作和科学研究领域方针的提出和实施范围仍是用无产阶级政治的标准加以界定的，文艺的自由性、娱乐性及审美性和政治的严肃性、规约性及功利目的性之间存在着难以缝合的裂痕和悖论。如"双百方针"在提出之时，中国共产党高层就规定："只有反革命议论不让发表，这是人民民主专政。"②而毛泽东更是明确地规定："我们提倡百家争鸣，在各个部门可以有许多派、许多家，可是就世界观来说，在现代，基本上只有两家，就是无产阶级一家，资产阶级一家。"③"百家"被归之于对立的"两家"，这就意味着一旦被判定为"反革命""人民的敌人""资产阶级"，不但失去了创作、争鸣的自由和权利，其言行也就会被认定为"毒草"，是来自敌对阵营的对社会主义的"猖狂进攻"，但是判定敌我的标准并没有明确具体的法律条文规定（言论的是非更难以也不应该用法律条文规定），而是领导层的主观判断。当领导层判断形势较为和平时，所采取政策较为宽松，领袖人物也愿意采取"礼贤下士"的态度，其"人民"的范围可以较大扩展到"调动一切可以调动的积极因素"；而当领

---

① 洪子诚：《1956：百花时代》，山东教育出版社1998年版，第2页。

② 夏杏珍：《"百花齐放，百家争鸣"方针的形成过程的历史回顾》，《文艺报》1996年5月3日。

③ 毛泽东：《在中国共产党全国宣传工作会议上的讲话》，《毛泽东文集》第七卷，人民出版社1999年版，第273页。

导层判断形势紧张，感受政治压力较大（这确实也会联系到国际形势的变化）时，政治的巩固成为第一要务，其"人民"的范围会急剧缩小，甚至以"顺我者／逆我者"为标准。当时，毛泽东根据国内社会主义"三大改造"已基本完成，加之经过了批判资产阶级唯心主义、思想改造、"三反"、"五反"、"肃反"等一系列思想和政治运动，对社会形势做出了"大规模的阶级斗争已基本结束"的论断，要求把工作重点转移到经济建设上来。正是基于这种对当时社会情势和阶级斗争状况的估计，对面临的经济文化建设的历史性任务的理解，加上对知识分子思想状况的评价和政治身份的定位，以毛泽东为首的中共高层才推出了旨在繁荣科学艺术的"双百方针"。然而，东欧动荡的事件又使毛泽东提高了阶级斗争的警惕性，他随后做出了相反的判断："只要中国和世界还有阶级斗争，就永远不可以放松警惕。"①在此前后，"双百方针"的语词表达并未变化，但实际内容已有了根本性变化，大部分原本属于"百花齐放，百家争鸣"的内容或被批判为"反党反社会主义的毒草"，或被视为"资产阶级世界观"的产物。这些都说明，"双百方针"所提供的文学生存空间所具有的张力是有限的，其"边界"划定在"社会主义道路和党的领导"这"最重要"的两条上，而中国的社会主义道路正在探索之中，能具体衡量的就是"党的领导"。这成为"百花文学"生存的最大限度，那就是任何文学创作都必须有利于巩固中国共产党的领导。但文学可以凭借其"本能的渗透性和拓展力造成了文学一体化的缝隙和另类空间"②。而在中共文艺政策较为宽松时期，这些"缝隙和另类空间"甚至有某种"合法性"，就如"百花时期"和"调整期间"的文学得以短暂地向自身回归，文学多样化的要求被重新提出，作家的启蒙批判精神再次萌生，"文学是人学"的理念再次彰显。一批"干预生活"的作品和运用曲笔、婉而多讽的历史作品，对当时业已存在的带有"公式化""概念化""单一化"等缺点的"遵命文学"有一定的冲击，显示了悬置中突围的努力。但这种艺术的努力始终不可能逸出"党的领导"掌控的空

---

① 毛泽东：《论十大关系》，《毛泽东文集》第七卷，人民出版社1999年版，第37页。

② 黄万华：《中国现当代文学》第①卷，山东文艺出版社2006年版，第401页。

间，党的文艺政策倡导的文艺发展繁荣和文学自身的生存发展往往也会构成冲突或悖反。

一个可以考察到的情况就是，"双百方针"催生的"百花文学"在文学艺术层面上本来是受到了苏联文艺政策的调整以及文学上的"解冻"的影响和推动。"斯大林—日丹诺夫时代"结束后，带有强烈官僚主义、教条主义色彩的文学上的"冰封"时期随之消融，《解冻》命名的"解冻"文学思潮由此兴起，从1953年起，一批受到迫害的作家被"平反"和恢复名誉，1954年召开的苏联第二次作家代表大会对"文艺领导的行政命令、官僚主义，文学创作的模式化、'虚假'"作风的质疑，对"文学的'真实性'及题材选择和处理上"的要求，显示了苏联文坛意图"复活"其近、现代文学另一种曾"被掩埋、被忘却的传统"[1]的努力。这直接影响了当时有着相似困境的中国文学界，引起了他们的共鸣，唤起了他们对五四新文学传统的记忆。然而，毛泽东提出"双百方针"的背景和动机中却有着苏联变化带来的阴影，绝对要防止类似苏联和东欧的事件在中国重演。毛泽东在长期的党内斗争中更养成了对党内挑战的高度警惕。从共和国成立后第一次大规模的批判运动——对电影《武训传》的批判，其目的是针对党内"号称学得了马克思主义"的人，而非《武训传》导演孙瑜那样的文艺人士；是出于对"资产阶级的反动思想侵入了战斗的共产党"[2]的高度警觉的开始，每次针对文学开展的社会批判运动无一不带有浓重的党内斗争色彩。"百花文学"既是在毛泽东"双百方针"的鼓励下产生的，又是其自身对于苏联文坛摆脱其困境的努力的回应，而后者显然引起毛泽东的警觉。1957年整风运动到反右运动的变化，正表现出了毛泽东高度的阶级斗争警觉，"百花文学"也必然夭折。

二、从《文艺十条》到《文艺八条》：进退纠结中的调整

"调整时期"是在因1950年代末至1960年代初"三年自然灾害"造成的困

---

① 洪子诚：《1956：百花时代》，山东教育出版社1998年版，第10—12页。

② 社论《应当重视电影〈武训传〉的讨论》，《人民日报》1951年5月20日。

难局面下，中共中央提出"调整、巩固、充实、提高"八字方针进行全面的"调整"而得名。1962年1月"七千人大会"的召开，初步总结了"大跃进"的经验教训，开展了批评与自我批评。会议前后又为一部分"右派分子"摘帽恢复了名誉，还为反右倾运动中遭错误批判的知识分子平反。随着政治意识形态对文化领域的控制有所放松，文艺界也出现了一系列"调整"举动。

1961年第3期《文艺报》上由张光年执笔的专论《题材问题》，最先传达出"调整"的声息，文章明确提出："我们提倡描写重大题材，同时提倡题材多样化"；"题材问题上的清规戒律，有彻底破除的必要"，"作家艺术家在选择题材上，完全有充分的自由，可以不受任何限制"，应该"广开文路"。这些言论的大胆和针对性，引起文艺界强烈共鸣。1962年5月《人民日报》社论《为最广大的人民群众服务》所提出的，在新的历史条件下文艺服务的对象应是"人民民主统一战线内的以工农兵为主体的全体人民"，也传达出文艺政策"调整"的重大信息。随后开了三个文艺座谈会，1961年6月，中宣部和文化部在北京新侨饭店分别召开全国文艺工作座谈会和全国故事片创作会议（新侨会议）总结近年来文艺工作的经验教训，纠正文艺工作中"左"的错误；1962年3月在广州召开了话剧、歌剧、儿童剧座谈会（广州会议），充分肯定了知识分子的贡献，还批判了"五子登科"式（套框子、抓辫子、挖根子、戴帽子、打棍子）的文学评论方式等；1962年8月，中国作协在大连召开了农村题材短篇小说创作座谈会（大连会议），在讨论农村题材"如何反映人民内部矛盾"的问题中，提出了"深化现实主义"以及塑造好包括"中间人物"在内的多种人物形象等观念，以"纠正农村题材创作上的浮夸思想和人物形象单一化"①。三个文艺座谈会所提出的共识，是当时中央领导层和文艺界所能达到的思想深度，其中一些观念甚至已经逸出了毛泽东《讲话》等党的正统文艺思想的规定。

但整个文艺政策的调整还是受制于政治大环境。此次调整，作为中央文艺政策成果的，是新侨会议审议的《关于当前文艺工作的意见》草案，即《文艺

---

① 朱寨主编：《中国当代文学思潮史》，人民文学出版社1987年版，第382页。

十条》，后来印发各地广泛征求意见后又根据周恩来在新侨会议上作的《在文艺工作座谈会和故事片创作会议上的讲话》精神，修改定稿为《文艺八条》。而从《文艺十条》到《文艺八条》的变动，可以让人觉察到"调整"所受政治环境的制约。这里不妨将《文艺十条》和《文艺八条》加以对照：

《文艺十条》

一、正确地认识政治与文艺的关系

二、鼓励题材与风格的更加多样化

三、进一步提高创作的质量，普及文学艺术

四、更好地继承民族文艺遗产和吸收外国文化

五、加强艺术实践，保证创作时间

六、加强文艺评论

七、重视培养人才

八、注意对创作的精神鼓励和物质奖励

九、加强团结，调动一切积极因素

十、改进领导方法和领导作风

《文艺八条》

一、进一步贯彻百花齐放、百家争鸣的方针

二、努力提高创作质量，即提高作品的思想性和艺术性

三、批判地继承民族文化遗产和吸收外国文化

四、正确地展开文艺批评

五、保证创作时间，注意劳逸结合

六、培养优秀人才，奖励优秀创作

七、加强团结，继续改造

八、改进领导方法和领导作风①

---

① 根据《关于当前文学艺术工作的意见》（修正草案）的一份手抄本，转引自陈顺馨：《1962：夹缝中的生存》，山东教育出版社2002年版，第16—17页。

对照以上《文艺十条》和《文艺八条》，我们发现《文艺十条》的第一、二条和第七、八条分别被合并为《文艺八条》的第一条和第六条，其他的条文在修辞上也做了改动。

其中，我们最应当关注的是《文艺十条》中的"正确地认识政治与文艺的关系"和"鼓励题材与风格的更加多样化"被合并为"进一步贯彻百花齐放、百家争鸣的方针"的改动。政治与文艺的关系和题材风格的多样化是该时期调整的中心议题，触及"十七年文学"中最根本的问题。《文艺十条》提出对"文艺与政治的关系"要有正确的认识，明显具有反思将"文艺为政治服务"简单化的针对性；而题材、风格的多样化是对于创作中普遍存在的"公式化""概念化"以及文艺形式的"单一化"的问题而言的，其实践的针对性更强。《文艺八条》将之笼统改为"进一步贯彻百花齐放、百家争鸣的方针"，不仅针对性不强，目的性不明确，调整所需要的反思也完全取消了，"对'左'的错误的批评及正确处理政治与文艺关系的内容被冲淡了"①。

另外，《文艺十条》中第六条"加强文艺评论"在《文艺八条》中被修改成"正确地展开文艺批评"，"正确"一词被界定在"文艺批评应该鼓励香花，反对毒草"，"凡是违背毛泽东同志在《关于正确处理人民内部矛盾的问题》中提出的六项政治标准的作品和论文，就是毒草，必须给以严厉的批评和反驳"，原先的文化建设性被阶级斗争性取代。《文艺十条》中第九条"加强团结，调动一切积极因素"在《文艺八条》中被修改为"加强团结，继续改造"，增加了加强思想改造和深入群众体验生活的内容，大大加强了作家的被动性。其他如"加强艺术实践"这样的尊重文学艺术自身的内容被取消，强调"对创作的精神鼓励和物质奖励"被虚化为"奖励优秀创作"，"继承民族文艺遗产和吸收外国文化"的内容强调了"继承和吸收"的"批判性"，等等，都反映出变动中的退缩。这些改动，"删掉或压缩了原文中的许多有现实针

① 薄一波：《若干重大决策与事件的回顾》（下卷），中央党校出版社1993年版，第1005页。

对性的正确内容，而增加的多是历来所强调的政治性很强的内容"，"明显地反映出当时的顾虑和政策调整的局限"。[①]整个改动，还显示出作家、文艺家主体性的减弱，从《文艺十条》到《文艺八条》的修改，明显反映了调整程度和调整意向的降低，显示出调整的局限性。事实上，以毛泽东为代表的革命文艺思想决策者没有也不可能使调整的幅度太大和过于偏离其文艺路线。文艺方面的"调整"措施受到了"左"的文艺思潮的抵制，并没有发挥广泛的效用。不必说《文艺十条》的实效，即使是修改后的《文艺八条》也成为一纸空文。随着激进的文艺思潮的发展，如"大写十三年"的口号、"利用小说进行反党"的冤案、毛泽东的"两个批示"等，都是对"调整时期"的文艺工作和取得的些许成效的彻底否定。但是，"调整"过程中的会议精神及对有关问题的讨论，对当时的作家还是起到了微妙的作用和无形的影响，作家又开始吐露、抒发一些内心的真情实感，题材、风格上的多样化又成为一些作家的追求和尝试，文学批评上也较多带有学术争鸣性质而较少具有政治批判的色彩，这也使得在主流之外形成了又一股边缘创作潮流。

"双百方针"和"调整"政策都反映出中共领导层力图繁荣文艺创作和文化建设的努力。在共和国文学的语境中，党的领导实际上成为文艺新的最重要的主体，其在文艺政策上的任何松动都会提供有利于文学创作的环境。

三、既定模式中的探索和创新

在党的文艺方针、政策作出有利于文学创作的调整时，文学到底获得了多大生存空间，自然还取决于作家的反应。"双百方针"公布之时，作家们刚刚经历了批判"胡风反革命集团"的"肃清反革命"的运动，"寒蝉效应"尚在。作家们面对政治气候的"转暖"，一时手足失措，难以适从，所以费孝通将之称为"知识分子的早春天气"，"草色遥看近却无"。[②]同时，1949年以后日趋狭窄的创作路径忽然放宽，作家在思想和艺术上也缺乏充分准备，一时

① 薄一波：《若干重大决策与事件的回顾》（下卷），中央党校出版社1993年版，第1006页。

② 费孝通：《知识分子的早春天气》，《人民日报》1957年3月24日。

还难以充分将"双百方针"所给予的"创作自由"转化为自身的艺术实践。但作家们所受五四新文学传统的影响并未消失，《讲话》所确立的"工农兵文学""人民文学"也可以从五四所确立的"人的文学"的总体发展来理解，即将"工农兵文学""人民文学"理解成五四开启的"人的文学"总体历史进程中新的阶段的文学；它丰富了"人的文学"，但仍处于"人的文学"的总体历史进程中，也是五四新文学精神的一种深层延续。所以，如同毛泽东宣布中华人民共和国成立之时，作家们从政治上衷心认同一样，对倡导"独立思考"和"创作、批判的自由"的"双百方针"，作家们也衷心认同并很快作出了回应。

首先是文艺理论批评一度空前活跃。针对文艺理论批评中存在的教条主义以及创作上的公式化、概念化倾向，文艺界展开了关于我国古典文学中的现实主义、社会主义现实主义、典型、形象思维、美学等问题的理论争鸣，并且对于"如何理解文艺为工农兵服务和为政治服务，政治性和真实性、思想性与艺术性的关系，歌颂与暴露，世界观与创作方法，文艺的特征和规律，以及文艺的领导方式等"①重大问题进行了大胆的质疑和探讨，出现了一批极富思想性、颇有创见的理论批评文章。秦兆阳的《现实主义——广阔的道路》、钱谷融的《论"文学是人学"》、巴人的《论人情》、钟惦棐的《电影的锣鼓》等，代表了"双百"时期文艺理论能达到的深度，也揭示了五四新文学精神在曲折中得到的延续和发展。

创作上，在作家们"尚不足以将这种调整，融注进规模较大的作品中"时，短篇小说成为文学突破的主要领域。从表面上看，突破性的短篇小说，呈现出两种不同的趋向："一种是要求创作加强其现实政治的'干预性'，更多负起揭发时弊、关切社会缺陷的责任。这些质疑和批评现状的作品，旨在重新召唤在'当代'已趋衰微的作家的批判意识。另一种趋向，则在要求文学向'艺术'的回归，清理加在它身上过多的社会政治的负累。后一种趋向，在内容上多向着被忽视的个人生活、情感的开掘。两种趋向看起来正相反对，其实

---

① 朱寨主编：《中国当代文学思潮史》，人民文学出版社1987年版，第251页。

在作家的精神意向上互为关联。社会生活的弊端和个人生活的缺陷，其实是事情的两面。而个人价值的重新发现，也正是'革新者'探索、思考外部世界的基点。"①而这些，恰恰是五四新文学传统的延续。

现实政治"干预性"的小说是当时影响最大的一类小说，其"干预性"表现为对社会时弊的揭露、对社会正义的追求。这些小说一改往昔单一"歌颂"的叙事语气，往往凭借年轻人的朝气和热忱，勇敢锐利地抨击政治经济文化体制内的各种弊端，暴露生活的阴暗面，大胆"干预生活"。小说一方面无情暴露与鞭挞了官僚主义者、教条主义者等的丑恶嘴脸；另一方面，小说并没有脱离主流的叙事成规，歌颂那些充满理想与热情，敢于同生活、工作中的官僚主义、宗派主义、教条主义等不良现象做斗争的新社会的建设者，在既定的叙事模式的基础上有所探索和创新。这中间的变化足以说明"双百方针"可以拓展出的文学叙事空间。

按照布雷蒙《叙述可能之逻辑》对叙事作品类型概括的模式，小说的情节往往表现为"可能性的出现——实现可能性的过程——由此产生的结果"三个必然阶段组成的"序列"，"无论作品多长多复杂，都是由通过不同方式交织在一起的序列构成的"②。《讲话》规定的叙事将这一序列单一化了，无论是"可能性的出现"，还是最后的"结果"，都被限定在"歌颂"的范围内，形成"正义伸张的可能性的出现——正义伸张的可能性经历伸张的过程——正义得到伸张"的单一模式。"干预生活"的小说则正视现实中代表正义的一方与代表不正之风的一方的斗争及其结果的复杂性，从而使得情节模式多样化了。

一是正义伸张的可能性经历伸张的过程，看到了正义伸张的希望，如《组织部新来的青年人》（王蒙）和《田野落霞》（刘绍棠），浓重的官僚主义的存在使正义伸张的可能性得以出现，代表正义的一方具有伸张正义的力量，正邪双方的较量，使事件朝着正义伸张的方向发展，叙事的逻辑终点必然是正

跨越1949

战后中国大陆 台湾、香港文学转型研究

---

① 洪子诚：《中国当代文学史》（修订版），北京大学出版社2007年版，第127页。

② 申丹：《叙述学与小说文体学研究》（第三版），北京大学出版社2004年版，第39页。

义得到伸张。二是正义伸张的可能性经历伸张的过程，却对正义伸张有忧虑，如《本报内部消息》①及其续篇（刘宾雁）和《办公厅主任》（李易）。《本报内部消息》的尖锐性在于叙事的起点设置为教条、官僚等使报纸成为政策的传声筒和注脚，枯燥单调失去活力，也失去了大量读者，正义伸张的内容具有很强的现实批判性。正义伸张的重要内容围绕正直热情、责任心强，敢于与教条、官僚做斗争的青年女记者黄佳英入党一事展开，叙事的终结却是黄佳英入党讨论会的无果而终。叙事人在叙事的终点处还留下诸多悬而未决的事情，教条专横、脱离实际的总编没有变动，党委成员仍旧抱着权衡利弊、明哲保身的处世哲学而高枕无忧，这让我们对正义的最终伸张感到忧虑。《办公厅主任》中的赵主任表面给人的感觉"工作积极负责，办事细心周密，作风稳重谦虚，待人接物和蔼可亲"，并且善于做自我批评。这种感觉极好地掩盖了他的官僚主义作风，使正义伸张阻力重重——虽然群众的醒悟使正义可能伸张。小说结尾最后一句话——"他（赵主任）每天的工作和生活，他的存在，就是要让一切人和一切事情缓慢、松弛，而且糊涂"使我们对正义的伸张感到忧虑。②三是正义伸张的可能性没有经历伸张的过程，但能看到正义伸张的希望。如《改选》（李国文）讲述了制材厂新一届工会改选的故事。工会主席为谋求连任，费尽心机，但是他脱离群众、好大喜功，对领导唯命是从，不顾及群众利益。这成为情节链中的消极因素，也使得正义伸张的可能性出现，但是使正义伸张可能性增大的过程一直没有出现，相反，事件越来越趋向恶化。不计较个人得失、全心全意为工人谋利益的老工会干部老郝，遭受压制排挤，由工会主席、副主席一直降为干事，最后甚至在改选中连被提名的权利也被剥夺。故事的高潮也是叙事的终点，即在选举会上，群众一致要求改选，结果老郝以高票当选为新一届的工会主席，而老郝却在群情振奋的欢呼声中辞世了。但是，从小说

---

①　《本报内部消息》属于特写，但这种特写"不受真人真事限制，主要是把一些带倾向性的问题，通过文学手段加以处理，使这些特写实际上超出新闻写作的范畴，成为一种以'特写'名义出现的小说"（董之林：《旧梦新知："十七年"小说论稿》，广西师范大学出版社2004年版，第97—98页）。所以，本文将其视为小说予以论述。

②　李易：《办公厅主任》，《人民文学》1956年7月号。

的最后一段，我们可以看到正义伸张的希望。结尾是这样的："按照工会法的规定，改选是在超过人数三分之二的会员中举行的。这次选举是有效的。新的工会委员会就要工作了。"①如果说老郝的死意味着"英雄"的"缺席"，留下了所谓"阴冷的结局"，但叙事人乐观的语调则预示着新的工会将成为工人真正的代言者。四是正义伸张的可能性没有经历伸张的过程，也看不到正义伸张的希望。如《爬在旗杆上的人》（耿简）中，工作组长朱光好大喜功、自私保守而又蛮横专断的形式主义、官僚主义的不良作风，是故事中的"阴暗面"，这也成为伸张正义的可能性。农业合作社社长耿开山的务实创新，不计个人荣辱，一心为农民着想，与朱光形成鲜明对比。但是耿社长并没有使得事件向良性方向发展，朱光利用手中职权，颐指气使，使得事件日趋恶化。叙述人在故事的开头有这么一句话："这故事发生在一年前。也有人说，这故事还在发生……"②预示着正义伸张的艰难和忧虑。

在1949年后"歌颂"逐步成为文学叙事的主旋律、主流审美范式日趋单一的背景下，"百花时代"干预现实的短篇小说，一定程度上偏离了以"歌颂"为主调的叙事成规，呈现出相对的丰富性。这种丰富性在情节设置上表现为情节的复杂多样，即事件的逻辑发展并不全是朝向"正义可以伸张"的良性方向发展，结局也并非是"花好月圆"式的"正义得到了伸张"。由上述分析的四种情节模式可以看出，情节有着多维的发展方向：既可以向着正义能够伸张的良性方向发展，也可以向正义不能伸张的恶性方向发展；结局可以是正义得到了伸张，也可以是正义得不到伸张。多样的情节设置一定程度上表现出文学向自身复归的努力，昭示了文学在该时期生存空间的拓展，表明在中国共产党文艺政策规定的范围内和由此形成的文学既定模式中，文学仍然可以产生多种叙事。

四、"调整时期"的历史小说：个人化叙事立场的曲折表达

1960年代初即"调整时期"的历史小说叙事再次显示了在文艺政策调整

跨越1949
战后中国大陆、台湾、香港文学转型研究

---

① 李国文：《改选》，《重放的鲜花》，解放军文艺出版社2000年版，第374页。

② 耿简：《爬在旗杆上的人》，《重放的鲜花》，解放军文艺出版社2000年版，第39页。

时文学可以拓展的限度。该时期历史小说创作繁荣局面的出现，究其原因首先是受到文艺界1959年"对历史人物评价"和1960年至1961年有关"历史和历史剧"的两次论争的影响。这两次论争，促成了历史剧和历史小说创作的出现和达到高潮。在1959年"对历史人物评价"的讨论中，曹操是最受关注、被讨论最多的历史人物。徐懋庸在交代其历史小说《鸡肋》的写作缘起时说："一九五九年春，郭沫若首倡为曹操翻案，论者踵起，百家争鸣，数月之间，报刊发布论文，已达百余篇。"①可见其讨论之活跃，仅吴晗就相继发表了《谈曹操》《为曹操翻案》《从曹操问题的讨论谈历史人物评价问题——在北京教师进修学院对中学历史教师的讲话》等文章。②文学界在这种论争下催生了历史剧和历史小说的创作，1959年仅就历史小说而言，有徐懋庸的《鸡肋》和《考验》、师陀的《党锢》《出奔》《青州黄巾的悲剧》《西门豹的遭遇》等，其中徐懋庸的《鸡肋》和师陀的前三篇小说均是"为曹操翻案而作"。③这里值得一提的是，诸多文学史著述中，都想当然地把陈翔鹤的《陶渊明写〈挽歌〉》和《广陵散》作为得风气之先的作品，引发了历史小说的创作高潮；而在列举的一系列小说中，包括了徐懋庸的《鸡肋》和师陀的《西门豹的遭遇》，这种说法是不妥的。其一，徐懋庸的《鸡肋》（1959年6月）和师陀的《西门豹的遭遇》（1959年7月），④甚至黄秋耘的《顾母绝食》（1960年

---

① 徐懋庸：《鸡肋》，见《徐懋庸选集》，四川人民出版社1984年版，第148页。

② 吴晗的三篇文章发表的报刊分别是：《谈曹操》，原载《光明日报》1959年3月9日，收入《吴晗文集》第四卷，北京出版社1988年版，第226页；《为曹操翻案》，《人民日报》1959年3月23日；《从曹操问题的讨论谈历史人物评价问题——在北京教师进修学院对中学历史教师的讲话》，原载《历史教学》1959年第7期，收入《吴晗文集》第一卷，北京出版社1988年版，第493—494页。

③ 师陀曾就历史小说的创作说："大约是一九五八年，一位任上海某报副刊编辑的朋友知道我有一钉点历史知识，一定要我写为曹操翻案的文章。对于曹操，我一向钦佩，但并无研究。既然非写不可，那就写吧。写了几篇很不象样的东西，连自己也感到厌恶，心里着实苦的很。"（见师陀：《山川·历史·人物》，上海文艺出版社1979年版，第5页。）另外，在同一本书里第21页又提到："这里收入的计有四篇历史小说和一个历史独幕喜剧。小说的前三篇是为《文汇报》写的所谓'替曹操翻案'的文章，……"

④ 师陀曾在其著作里说明了写该历史小说的缘起："在正式写话剧《西门豹》之前，我曾根据集拢起来的材料，写成短篇小说《西门豹的遭遇》，刊登在一九五九年十月份的《上海文学》上，……"（见师陀：《山川·历史·人物》，上海文艺出版社1979年版，第8页。）

11月）都要早于陈翔鹤的《陶渊明写〈挽歌〉》（1961年11月）和《广陵散》（1962年10月）。其二，历史小说的创作始于1959年，是迎合郭沫若等人的提倡而出现的；只是到了"调整时期"，由陈翔鹤的《陶渊明写〈挽歌〉》和《广陵散》引发了创作高潮。但应当注意的是1959年的历史小说创作是"在'古为今用'原则下为当时政治路线服务的作品，它们或是别出心裁地歌颂历史上伟大人物的文治武功，或是借古喻今为具体的现实政策服务"①。而"调整时期"的历史小说则是疏离于主流叙事的个人话语，"它们虽然常常遭遇被压抑、歪曲乃至被批判、埋没的命运，但正是这些个人话语体现了一部分知识分子对自身处境的真诚的感慨与反思以及对底层人民处境的真正关怀与同情"②。1957年的反右运动，摧折了"百花文学"，"文艺界对'现实主义深化论'、'干预生活'的文学思潮的批判，又形成了新的禁区，使得作家不得不回避直面人生、指陈时弊的创作，只能转向历史，以曲喻隐指的方式表达他们对现实的多层次的体验与感受"③。而高层领导的影响和"文学界对'历史题材'创作的提倡"④也引发了这类创作。"一些领导人对历史的兴趣和经常从历史寻找解决现实问题的灵感，……，例如，毛泽东对'海瑞精神'的推崇与《海瑞罢官》的受欢迎等。"⑤又如"1960—1961年间，由于现实经济、政治生活出现严重问题，使被要求应该以歌颂为主的作家深感表现现实生活的困难。此时，周扬等提出，现实问题难以把握可以放一放，可先写一些历史题材作品"⑥。这些或间接或直接促成了历史小说创作的出现。此外，鲁迅的历史小说《故事新编》作为现代历史小说中被奉为圭臬的作品，在艺术意蕴、叙事方式及精神向度等各方面的创新已作为一种集体无意识深深根植于后来作家的精神深处，影响着他们的创作。如徐懋庸在创作其历史小说《鸡肋》时说：

---

① 陈思和主编：《中国当代文学史教程》，复旦大学出版社2008年版，第109页。
② 陈思和主编：《中国当代文学史教程》，复旦大学出版社2008年版，第109—110页。
③ 陈思和主编：《中国当代文学史教程》，复旦大学出版社2008年版，第109页。
④ 洪子诚：《中国当代文学史》（修订版），北京大学出版社2007年版，第129页。
⑤ 陈顺馨：《1962：夹缝中的生存》，山东教育出版社2002年版，第30页。
⑥ 洪子诚：《中国当代文学史》（修订版），北京大学出版社2007年版，第129页。

"……，业余稍暇，乃取杀杨修一案，拟鲁迅《故事新编》之法，敷衍成为小说，凡三日而完篇。"①其影响可见一斑。总之，历史小说的文类特点契合了作家的现时需要。既能回避现实，又能抒意释怀，"借古人之酒杯，浇自己之块垒"，走进表面看来是"僵死的故纸"里去神交"古人"，是全身避祸的最佳方式；而历史小说穿越古今时空的叙述，采用"古今杂糅"的笔法，使作家可以"深入到历史及历史人物的精神实质中去，进行了充分诗意化、哲理化的艺术再创造：它打破了古今界限森然有序的传统经典范式，创造了古与今杂糅杂陈、幻象与现实相映成趣的新艺术路数，历史在这里已经变成了一种镜象，许许多多的生活现实都可以在这个镜象中被折射出来。或者说，过往之事是现实乃至未来的规约、借鉴和暗喻"②。这恰与当时的作家的处境和需要相暗合，使得这一文类得到作家们的青睐，从而使得历史小说出现了暂时的繁荣局面。

　　该时期的历史小说多达四五十篇，当时产生很大影响的和当时没有产生较大影响但较具有文学性的小说主要有《陶渊明写〈挽歌〉》（陈翔鹤）、《广陵散》（陈翔鹤）、《白发生黑丝》（冯至）、《杜子美还家》（黄秋耘）、《草堂春秋》（姚雪垠）、《鸡肋》（徐懋庸）、《顾母绝食》（黄秋耘）、《西门豹的遭遇》（师陀）、《鲁亮侪摘印》（黄秋耘）、《李世民与魏征》（蒋星煜）、《海瑞之死》（李束丝）等。这些作品在叙事主题上主要表现"生死与相知""忧世伤生"和"渴慕清官贤臣"等内容；情节上主要是选择主人公一段不同寻常的人生际遇作为故事的叙事模式，这种以展示人物为目的的"情节"被结构主义叙述学家查特曼称之为"展示性情节"，即"作者仅用人物生活中一些偶然发生的琐事来引发人物的内心活动以及展示人物的性格"③。同时我们注意到大多数小说选取的情节背景即主人公的人生际遇都发生在政治黑暗、吏治腐败、兵荒马乱、民不聊生的年代，这不得不使我们想到"调整时期"的灾害造成的萧条衰败的社会环境。所以不管作者的主观意图如何，对照现实，"这种创作现象，从一种宽泛的意义上，可以称之为象征性

---

①　徐懋庸：《鸡肋》，见《徐懋庸选集》，四川人民出版社1984年版，第148页。

②　姜振昌：《〈故事新编〉与中国新历史小说》，《中国社会科学》2001年第3期。

③　申丹：《叙述学与小说文体学研究》（第三版），北京大学出版社2004年版，第53页。

的，或'影射性'的叙述"①。显然，这种情节模式的选择，本身就偏离了主流叙事基调而显示出极具个性化的个人化叙事。下面根据不同的叙事主题，从叙事情节上对上述文本进行分析，探讨此时文学叙事允许的限度。

以"生死与相知"为主题的小说主要有《陶渊明写〈挽歌〉》（陈翔鹤）、《鸡肋》（徐懋庸）和《广陵散》（陈翔鹤）等。确切地说，《陶渊明写〈挽歌〉》和《鸡肋》表现的是对生死问题的思考，而《广陵散》则反映了"人之相知，贵相知心"的主题。

《陶渊明写〈挽歌〉》讲述了晚年的陶渊明到庐山东林寺拜访慧远法师之后，引起了他对死生问题的思考，遂开始写《挽歌》和《自祭文》的故事。小说按照鲁迅《故事新编·序言》所言，"只取一点因由，随意点染，铺成一篇"②，在情节上选取了陶渊明晚年写《挽歌》和《自祭文》的人生际遇为叙事框架，采用了"意识流＋拼贴画"的形式，将"东林寺观法会""与儿孙团聚共餐"以及"写《挽歌》和《自祭文》"等"拼贴画"用诗人对死生问题的思考的"意识流"串起来，鲜明有效地"表现了主人公对'艰难坎坷的一生'的感慨和对死生的旷达与超脱"③。同时情节背景的选择也便于传达出"陶渊明貌似达观的生死观背后隐含着沉痛的精神经验，那就是对整个道德沦丧、乾坤淆乱的时代的疏离与拒斥的关系"④。小说借助主人公之口做了形象的表达："活在这种尔虞我诈、你砍我杀的社会里，眼前的事情实在是无聊之极；一旦死去，归之自然，真是没有什么值得留恋的！"⑤既然身处浊世，无所谓生之欢乐，当然更谈不上死之悲哀了，恰如主人公所言："死去何所道，托体同山阿。"在这里，处于现世的作者"以今人的目光，洞察古人的心灵"⑥，走进历史与主人公"神交"，"折射出作家的忧患意识和现实情怀，而曲笔中

① 洪子诚：《中国当代文学史》（修订版），北京大学出版社2007年版，第129页。
② 鲁迅：《故事新编·序言》，《鲁迅全集》第2卷，人民文学出版社2005年版，第354页。
③ 洪子诚：《中国当代文学史》（修订版），北京大学出版社2007年版，第130页。
④ 陈思和主编：《中国当代文学史教程》，复旦大学出版社2008年版，第118页。
⑤ 陈翔鹤：《陶渊明写〈挽歌〉》，《人民文学》1961年第11期。
⑥ 黄秋耘：《空谷足音——〈陶渊明写《挽歌》〉读后感》，《文艺报》1961年第12期。

平实的表露，也使小说的寓意更多地带有作家个人性的东西"①。同样以"生死问题"为主题的小说还有徐懋庸的《鸡肋》，小说讲述了曹操"功成名遂"之后对生死问题的思考。情节上"乃取杀杨修一案"作为故事的叙事框架，同样以"意识流＋拼贴画"的方式，用主人公的"意识流"将"斩杨修""与曹丕对话"和"铜雀台大宴群臣"三个场景贯穿起来，表现了曹操在"老、病、成功的满足和欠缺，死期的仿佛迫近"时的悲哀与无聊。主人公悲哀于自己生命进入晚期，"功成名遂"之后，却"使自己从英雄变为庸人，从命运的主人变为命运的奴隶"，②"做了权势的奴隶，为权势而权势，只为了权势而努力了"③。另外，作者还借助主人公之口，嘲讽了那些只会歌功颂德曲意逢迎和阴怀二心的人。联想到1959年为配合当时的政策而提倡的为曹操翻案，一时间对曹操好评如潮，鉴于此，作者发出了逆于主流的不同的声音："世之人以曹操为奸邪者，固有所囿，而翻案诸公，每多溢美，仿佛曹操为始终一贯之杰士者，斯亦稍忽深思矣。"④

陈翔鹤的另一篇历史小说《广陵散》讲述了魏晋之交"竹林七贤"之一的嵇康为司马氏宠臣钟会所构陷，与吕安一同被杀的故事，情节上选取了嵇康在被杀前的几番不同际遇。小说除了表达嵇康的"不堪流俗""独善其身"而不能的"性不伤物，频致怨憎"⑤外，还表露出作者对嵇康与向秀、山巨源以及吕安之间的"人之相知，贵相知心"的精神的向往。五六十年代知识分子的处境与《广陵散》选取的嵇康所处的"季世"有很大的相似性，作者陈翔鹤与嵇康可谓是"惺惺相惜"，"心有灵犀一点通"。嵇康作为作者代言人讲述着一

---

① 黄万华：《中国现当代文学》第①卷，山东文艺出版社2006年版，第404页。

② 徐懋庸：《徐懋庸选集》，四川人民出版社1984年版，第151页。

③ 徐懋庸：《徐懋庸选集》，四川人民出版社1984年版，第152页。

④ 徐懋庸：《徐懋庸选集》，四川人民出版社1984年版，第148页。

⑤ 陈翔鹤曾说过："嵇康说得好：'欲寡其过，谤议沸腾，性不伤物，频致怨憎。'……你本来并不想卷入政治漩涡，不想介入人与人之间的那些无原则纠纷里面，也不想干预什么国家大事，只想一辈子与人无患，与世无争，找一门学问或者文艺下一点功夫，但这是不可能的，结果还是'谤议沸腾'、'频致怨憎'。"（黄秋耘：《风雨年华》，人民文学出版社1988年版，第171页。）

种知识分子的个人话语，这自然被主流叙事所不容；作者也在"文革"中重复了《广陵散》的悲剧。

以"忧世伤生"为主题的小说主要有《白发生黑丝》（冯至）、《杜子美还家》（黄秋耘）、《草堂春秋》（姚雪垠）、《顾母绝食》（黄秋耘）等。其中《白发生黑丝》《杜子美还家》《草堂春秋》三篇小说均以杜甫为主人公，倘把这三个文本放在一起相互参校阅读，有益于开启我们的思路：作为传统文人精神化身的杜甫，不约而同引起了处于五六十年代的知识分子的关注和共鸣，昭示了作家们对以杜甫为代表的"达则兼济天下，穷则独善其身"的传统文人理想的呼唤，也传达出在现实中屡遭碰壁、身心俱受压抑的知识分子的吁求和心音。《白发生黑丝》讲述了晚年杜甫与渔民相濡以沫，与曾经做过盗贼的苏涣相交的故事，从侧面展现了黎民百姓的疾苦，杜甫的嗟叹与无奈。《杜子美还家》讲述了时任左拾遗的杜甫向肃宗谏言受挫、被遣回家的故事。《草堂春秋》讲述了在四川成都草堂暂居的杜甫经历的"春温""秋肃"的故事。三篇小说分别选取了杜甫不同的人生阶段作为情节：《白发生黑丝》选取了晚年杜甫流落潭州（长沙）的经历为叙事情节；《杜子美还家》以至德二载（757）杜甫向肃宗谏言受挫还家一事作为情节；《草堂春秋》则以杜甫暂居成都草堂时的经历为故事情节。作家们在情节选取上有一个共同点，即都是战乱频仍、民不聊生的时期，而没有选取主人公也曾经历过的"开元盛世"。这样一方面极好地表现了主人公"忧世伤生"的士子情怀；另一方面联想到作家们创作这些小说时的政治、社会环境，即所谓的"调整时期"，其可能引发的象征性昭然可见。这些文本被当时激进的红色批评家指责为"借古讽今，指桑骂槐，含沙射影，旁敲侧击"[1]也绝非空穴来风。当然，这也从另一方面反证了这些小说的文学价值所在，表现了作家们与主人公一样身处逆境却心系天下的"悲天悯人的艺术情怀"，"流露出与时代氛围不尽和谐的悲悯之音"。[2]

同样以"忧世伤生"为主题的小说还有《顾母绝食》，故事的情节选取了

---

① 高炬：《向反党反社会主义的黑线开火》，《解放军报》1966年5月8日。

② 董之林：《旧梦新知："十七年"小说论稿》，广西师范大学出版社2004年版，第213页。

清兵南下的一段历史。由于清兵南下，顾炎武的母亲也被裹挟在难民潮里，眼见饥民如蚁、哀鸿遍野，桑梓涂炭，几成废墟，为免除顾炎武抗清的后顾之忧和激励儿子，毅然绝食而亡。小说赞扬了顾母识大体、顾大局，以天下为己任和忧世伤生、心念百姓的高尚精神。

以"渴慕清官贤臣"为主题的历史小说主要有《西门豹的遭遇》（师陀）、《鲁亮侪摘印》（黄秋耘）、《李世民与魏征》（蒋星煜）、《海瑞之死》（李束丝）等。这些小说从题目上即可看出故事关涉到的人物大都是历史上称颂一时的"清官贤臣"，在情节方面也都选取了主人公在恶劣的社会、政治环境中不畏强权、勇于抗争的事迹为故事的叙事框架。这里选取《西门豹的遭遇》（师陀）和《鲁亮侪摘印》（黄秋耘）为例加以解读。

《西门豹的遭遇》以西门豹治理邺城的前后为叙事情节。西门豹做邺令之前，"邺的官员和绅士们无法无天的搜刮百姓"，[①]并且"商定了对付他的办法"，由此可见邺城吏治之腐败、百姓生活之悲苦。西门豹到邺之后，整顿吏治，惩处了借"河伯娶老婆"的迷信残害百姓的一干人等，兴修水利，造福于民。但最后"据韩非子说，他是不幸被人杀死的，因为遇着悖乱暗惑之主"。[②]如果说《西门豹的遭遇》是讲述"赞扬西门豹式的清官贤臣"的故事的话，那么《鲁亮侪摘印》则是讲述"留住清官贤臣"的故事。故事的情节设计，作者在附记中已有交代："主要取材于袁枚的《书鲁亮侪》一文。"[③]小说讲述雍正年间，河南总督田文镜听信谗言，派鲁亮侪到中牟县去摘李县官的官印。鲁亮侪一路明察暗访，知道李县官是为民办好事的清官，由此得罪了当地的官宦巨室。为保住李县令的官职，鲁亮侪巧妙周旋，终使田文镜作出了让步。上述这两个文本的情节均是在政治黑暗、民怨沸腾的背景上展开的，表明知识分子出身的作者沿着传统思维模式走向历史，用艺术的方式塑造出"清官

① 师陀：《西门豹的遭遇》，见师陀：《山川·历史·人物》，上海文艺出版社1979年版，第157页。

② 师陀：《西门豹的遭遇》，见师陀：《山川·历史·人物》，上海文艺出版社1979年版，第182页。

③ 黄秋耘：《鲁亮侪摘印》，《山花》1962年第8期。

贤臣”的形象，幻想或渴慕当代出现这样的“清官贤臣”。所谓传统思维模式，早有论者指出，中国的清官戏、武侠小说之所以长盛不衰，概由中国法治淡漠，重“人治”而轻“法治”，所以每当吏治昏聩或邪恶当道之时，人们就希望有包公、海瑞之类的“清官贤臣”或令狐冲、郭靖式的“侠客义士”挺身而出，为民申冤或主持正义。假使我们对这一模式进行逆向思考，我们会发现，以“清官贤臣”为主题的小说之所以在某一时期会盛行、备受欢迎，能否说明该时期的政治、社会环境存在着诸多问题呢？能否说明该时期的人们的某种期待与期许？将这一思维模式放在五六十年代之交来考察，显然是成立的。这种用个人化的知识分子话语对现实处境的焦虑做象征性的表述，起到了以史为鉴的醒世、警世和喻世的作用。

统而言之，“调整时期”的历史小说作为又一次“边缘创作”，在叙事主题上凸显了对传统文人精神的召唤和续接。不论是对生死问题的哲学玄想，还是留恋于诗魂琴音的士子之交；不论是对忧世伤生的无奈嗟叹，还是憧憬于清官贤臣的浩气丹心，都涵盖于传统文人精神之内，彰显了传统知识分子的士子情怀。在情节上，这些历史文本不约而同选取了与“调整时期”相似的政治、社会环境，表现出对现实的殷忧和焦虑。这种在主题和情节上的个人化叙事立场，借助历史故事和历史人物曲折地表露了当时的知识分子的心态，传达出知识分子久已压抑的心声。这些与主流叙事保持距离的作品，“使逐渐封闭而狭隘的文坛，又呈现出思想的活力和艺术的波澜”[1]，某种程度上代表了该时期文学生存的限度。

“共和国文学”的命名本身表明了这一时期中国大陆文学的社会主义国家性质，中国共产党的文艺政策也就成为决定文学生存环境最重大的因素。“双百方针”和“调整政策”代表了这一时期中国共产党领导层对文艺认识的深化，提供了文学拓展自身的空间，而作家的文学追求也得到一定程度的释放。但无论是“百花时期”的“干预生活”，还是调整时期的历史叙事，都遭到了批判、否定，也显示了战后中国大陆文学生存的限度。

跨越1949
战后中国大陆、台湾、香港文学转型研究

---

① 董之林：《旧梦新知：“十七年”小说论稿》，广西师范大学出版社2004年版，第223页。

第三章　台湾：战后政治高压缝隙中发生的多种文学思潮

1945年8月日本无条件投降后，台湾五十一年的日本殖民历史宣告结束。半个月后，国民政府颁布《台湾省行政长官公署组织大纲》，台湾开始了在国民党当局的政治框架下的去殖民化进程，台湾现代文学被正式纳入了中国现代文学的现实版图，台湾文学的战后转型成为中国现代文学转型的重要内容。

此时期中国大陆文学格局的巨大变动直接与台湾文学产生了复杂纠结。国统区文学退守台湾，不仅是地理空间的萎缩，也是政治空间的缩减。原先国统区文学发生在国共两党政治力量共存的文化环境中；而战后台湾则处于国民党当局的严厉统治下，其在接纳国统区文学中发生的文学思潮和形成的文学格局，揭示了战后中国文学转型的重要内容。

第一节　去殖民性进程中的战后初期台湾文学

一、去日本化、再中国化中开启的台湾文学转型

抗战时期国统区、敌后根据地（解放区）、日占区（沦陷区）"三分天下"的文学格局在战后成为国统区、解放区文学的两分格局，原先的日占区（除香港外）分别被国统区、解放区"收编"。而不管是在国统区还是解放区

的眼中，对日本占领者的仇恨和胜利者的身份，都使得日占区文学成为"文化沙漠"或"汉奸文学"的代名词，原先日占区的作家基本上被排斥于战后文学的重建之外。这种情况在台湾也发生了。接收台湾的行政官员和一些文化人士往往"因为对台湾50年来的历史遭遇并不了解，所以根本谈不上有任何的同情与歉疚之心；又因他们多对日本侵华的暴行恨之入骨，所以在被派到台湾之后……将台湾视为和日本关系密切的地方，甚至误把台湾视同日本人或化外之民，而非长期遭受苦难的同胞"①。这种心态自然产生了与台湾文学的严重隔阂，也使战后台湾重建中的去殖民化产生了历史的分化。大陆迁台的政治力量自觉不自觉地强行介入，使台湾文学不免承受沉重的压力，甚至产生了失落的危险，去殖民化被简化为接受大陆政府统治。然而，跟大陆沦陷区文学在战后很快可以由国统区或解放区文学替代的情况不同，台湾文学有其自身的历史传统，战后台湾的边缘位置也使大陆作家迁台者数量相当有限，战后台湾文学的重建仍需要由台湾作家和大陆赴台作家一起在台湾文学传统的展开并与祖国大陆文学密切联系中完成。

1949年3月《中央日报》及其副刊发行台湾版之前，光复后的台湾文坛基本上由台湾本土创办或改版的报刊主导，其关注的重点自然也是台湾文学本身的重建。此时大陆赴台作家不多，但也带去了大陆文学，尤其是左翼文学的影响。此后，大陆人士大批撤退至台湾，台湾不少报刊也陆续由大陆人士接替，台湾文学成为大陆迁台文学和台湾本土文学的合流。1950年3月，政府当局公布"戒严期间新闻杂志图书管理办法"，政权强力全面介入言论管制。文学转型绝非台湾文坛本身的力量能操控的了，台湾文学的转型自然产生了新的变化。因此，1945—1950年初的台湾文学成为我们考察中国文学格局中台湾文学自身转型首先关注的时期。

战后台湾作家几乎在第一时间里就恢复了文学活动，而其指向已有了适应光复形势的明显变化。日据后期自办首阳农场以明民族志向的杨逵1945年9月1日在台中创办了《一阳周报》，创刊号引人注目地刊发了杨逵的答问式文章

---

① 张双英：《二十世纪台湾新诗史》，（台湾）五南图书出版公司2006年版，第115页。

《反对独立运动》，其中说道：

> 张：听说你在从事台湾独立运动……
>
> 杨：这是谣言。这个运动自15日以来已经丧失其客观根据，我们的运动是根据孙中山先生三民主义之新台湾建设运动，而且是作为相隔五十年回归为中华民国国民之运动，真正之日华亲善与东亚共荣唯有建立在此基础上，才有实现的可能。
>
> 张：这样我就安心了。当我听到这个谣言时，我是半信半疑的，若属事实，我很担心台湾会不会陷入大混乱中。
>
> 杨：我和你同感。[1]

从清代被割让到民国战后光复，这中间台湾的变化是巨大的。然而台湾知识分子面对8月15日的历史性变化，他们迅速作出了调整，而"回归"心理促使台湾知识分子广泛开展了沟通、交流中国大陆文化的活动。

战后初期曾担任"欢迎国民政府筹备会"总干事的叶荣钟曾说："我们出生于割台以后，足未踏祖国的土地，眼未见祖国的山川，大陆上既无血族，亦无姻亲。除文字历史和传统文化以外，找不出一点连系，祖国只是观念的产物而没有经验的实感。但是我们有一股热烈强韧的向心力，这股力量大约就是所谓'民族精神'。"[2]这种民族精神在光复后的台湾集中表现为中国化和去日本化。"光复了的台湾必须中国化，这个题目是明明白白没有讨论的余地"[3]，成为当时台湾630余万民众的共识。光复后的半年多时间里，台湾创办了包括《新生报》《民声报》《中华日报》《和平日报》《人民导报》《台湾文化》《民报》《新新月刊》等在内的近80种报刊，几乎无一例外都热烈地

---

① 黄英哲：《"战后"？一个初步的反思》，（台湾）《文讯》第295期（2010年5月）。

② 叶荣钟：《小屋大车集·台湾省光复前后的回忆》，（台中）中央书局1977年版，第212页。

③ 社论《中国化的真精神》，（台湾）《民报》1946年9月11日。

倡导台湾的中国化。被视为日据时期"成就也很可贵"①的作家黄得时1946年在《台湾文化》撰文说："对于还没有中国化的文化，我们要努力使之符合中国文化。"②这几乎是所有台湾作家的共同的心愿。而事实上，大量的文化沟通、文化回归工作在台湾知识分子及民众手中有效展开了。台湾文化协进会及其《台湾文化》月刊对大陆、台湾两地作家、作品的沟通、介绍，杨逵、龙瑛宗等日据时期创作倾向不同的台湾作家对大陆文学共同的关注，都足以体现台湾作家为消除长期分离而形成的隔阂，让台湾真正回归祖国的努力。这种努力和大陆迁台作家在台湾传播中国文化的努力会合，一度成为战后台湾文学的主流。然而，这种需要长期坚持才得以奏效的努力却不断遭遇重挫，使得战后台湾文学重建的环境变得复杂莫测，台湾作家的心理也痛苦难言。

诗人张彦勋光复后写下的《站在砂丘上》③一诗最淋漓尽致地表达了台湾作家对"祖国中华"挚爱、伤感、愤恨交加的复杂情感，足见战后台湾局势的复杂和台湾作家受到重挫的心灵伤痕。全诗以"站在冬日草木枯萎的砂丘上，／我想念您中华。／哦，祖国中华啊，／您那慈祥的母爱令我永远难忘"的孺慕之情首尾呼应，传达出对"祖国中华"经千折百曲而不变的赤子之爱："我爱您。／爱您那悠久的历史；／爱您那卓越的文化；／爱您那美好的自然景象。／当寒风吹刮而草木枯萎时，／您仍然穿这美丽的绿衣矗立不摇。"然而，诗人歌吟"祖国中华"的旋律却是多重的，有着"我是你的儿子。／中华！"的恭敬赞美，也有着"战乱之地""有家归不得"的仰天悲叹，更有着"祖国中华啊，／因为我爱您才恨您"的难言愤懑。"恨您的自私，／恨您那卑鄙的行为。／在一片无边无际的旷土，／充满着欺压与陷阱，／那是您丑恶的面目……"这中间其实有着对曾被祖国"遗弃"，回归后又遭"政府大员"鄙视甚至欺压的命运的怨怼。诗人张彦勋生于台中，其父在日据时期因具有社会主义思想倾向而多次被捕入狱；台湾光复后，张彦勋的

---

① 《台湾的文学界》，（台湾）《新声》创刊号（1945年12月）。

② 转引自张双英：《二十世纪台湾新诗史》，（台湾）五南图书出版公司2006年版，第112页。

③ 《银铃会〈潮流〉作品简介》，（台湾）《笠》诗刊第113期（1983年2月）。

弟弟张彦哲又被当局疑为共产党员，牵连张彦勋多次遭官方侦讯、拘捕。这种经历加深了诗人历史和现实中始终不被信任的命运感。但恰恰是这回旋、交织的情感，才足见台湾作家对祖国中华坚贞不渝的深爱。遗憾的是，人们一时还难以充分体悟这种情感，国民党当局对台湾民众更是戒备多于理解、信任，极大压抑了台湾民众当家做主的积极性，也使战后台湾文学去殖民化的进程阻力重重，甚至产生了危机。

二、 政治干预下的再"失语"

"复杂的政治干预造成的"台湾作家的"失语"[1]是战后台湾文学危机最重要的内容，甚至使台湾文学的去殖民化失却原动力。1915年后，日本殖民当局在台湾采用"文治""化俗"政策，逐步从小学开始推行日文教育。1937年4月，台湾总督府下令废止汉文书房，所有报刊废除汉文栏，禁止汉字。台湾作家除封笔蛰伏者外，不得不用日文创作、发表。但台湾作家创作的大量日文作品仍潜行着民族反抗意识，甚至有着语言层面上的坚守和抗争。[2]台湾光复后，废止日文报刊，恢复中文写作，是民族情理中的事，也是台湾作家预料得到的去殖民化必然的变化。杨云萍在光复初就发出了这样的呼吁："日本统治台湾的最大成绩，就是造成许多儿童和青年忘记了他们的'母语'……台湾光复；河山依旧，而事物有全非者。全非的事物之中要算这件'语言问题'最为严重。……此问题，不仅所谓'语言'的问题而已，实关于'民族精神'的问题。我们要夺还我们的语言！"[3]从日文到中文的语言转换，是台湾作家自觉去殖民化的最重要的内容。但"夺还我们的语言"非一朝一夕之功，台湾作家恐惧的是语言骤变而使他们"失语"。"台湾光复了，他们一定兴致勃勃地打算好好地写一下日据时代无法写的题材。但是，欢乐跟感动只是一瞬间

---

① 陈义芝主编：《台湾现代小说史综论》，（台湾）联经出版事业股份有限公司1998年版，第35页。

② 黄万华：《语言原乡：战时精神故乡的基石》，《广东社会科学》2005年第4期。

③ 原载1945年10月23日《民报》，转引自张双英：《二十世纪台湾新诗史》，（台湾）五南图书有限公司2006年版，第112页。

而已，辛苦学来的日文无法随心所欲的使用了。他们都成了国语讲习所一年级的学生。从'多听多说不怕笑'的口号开始到学会文学修辞也要相当时日吧！大多数在学了国语，即使是台湾人也能像祖国的老舍、郭沫若、茅盾等人一样用流畅的白话文写文学时，从前的小说家们已被遗忘，而被新一代所取代了吧？"①这段发表于台湾光复一年之际的告白从骨子里透出历史的辛酸、悲凉。日殖五十余年，台湾作家在孤立无援中苦苦维系中华民族的血脉，艰难形成了自己的文学传统。但任何语言都是"辛苦学来的"，台湾作家在终于获得了创作日据时代无法写的题材的自由时，却面临着失去语言的自由。如果能充分理解台湾作家陷入的困境，当政者是完全可以给台湾作家一个语言的过渡期的，这样更有利于台湾作家最终"同祖国大陆的老舍、郭沫若、茅盾等著名作家一样，用流畅的白话文来写文学。然而，当时国民党政府接收要员的统治者心态对台湾历史和现实缺乏理解，更无设身处地为台湾作家着想的心态。就在上文发表后两个月，也在台湾省"国语普及委员会"成立仅半年后，1946年10月24日，台湾省行政长官公署下文废止了所有报刊的日文版。本来，对于台湾作家而言，他们虽出生于台湾被割让以后，未能亲见祖国土地，但通过"文字历史和传统文化"，他们仍有热烈强韧的对祖国的向心力，他们仍可以通过自身的传统重新回到中文世界。但当语言"骤变"，他们猛然置身于传统被割断的境遇中，而在现实创作中"缺席"，那种源自民族精神的向心力被削弱，这种"失语"的痛苦也许甚于日据时期的"失语"。不应该把这只看作"跨越语言的一代"的困境（自然语言作为作家最基本的生存状态有其万不可低估的重要性），如何认识台湾本地传统包含于中国文化传统中的丰富差异性，让台湾作家在自身传统得以展开中回到中文世界，丰富中华传统，是不应该被忽略的。

更值得关注的是，台湾作家长期生存于日本殖民者统治之下，光复后历

---

① 王英愁：《彷徨的台湾文学》（日文），（台湾）《中华日报》日文版《文化栏》，1946年8月22日。译文引自黄英哲：《试论战后台湾文学研究之成立与现阶段日据时期台湾文学研究问题点》，《台湾文学发展现象：五十年来台湾文学研讨会论文集（二）》，（台湾）"行政院"文化建设委员会1996年版，第214页。

史的重负、现实的境遇使他们内心深处产生了"原罪意识"，也使其去殖民化过程变得复杂。日据后期极有代表性的作家龙瑛宗"战后曾经短暂引领文坛"[①]，其小说被视为"背负着'原罪意识'的阴影""最为显著"[②]的创作。战后初年，龙瑛宗在短短一年多中完成了5篇小说，其中情感的复杂数十年后仍让人不无感慨。1945年11月，龙瑛宗在《新风》创刊号和《新新》创刊号分别发表日文小说《青天白日旗》和《从汕头来的男子》。前者描写农民阿炳进镇卖龙眼，意外遇上"台湾光复"，"向来没有精神的街头巷尾，眨眼间朝气勃勃地振作起来了"，字里行间溢满了"咱们是中国人"的自豪。后者讲述从大陆返回台湾的青年周福山一心"想摆脱日本的羁绊，回归祖国"，贫病交加中暴卒了。"我"曾和周福山交谈说："我们生于不幸星辰之下者，而且背着帮凶的任务而已。可是，我们冀望祖国胜利……"而当"台湾归还了祖国怀抱，光复的声音充满了全省角落里"时，"周福山的魂魄久久不散，一直缠绕着我的记忆里"。两相对照，"感谢祖国"的热切表达和"做过日本人"的惊恐不安互为强化，反映出台湾本土知识分子在巨大的政局变动中的复杂心态。1983年6月的《路工》发表龙瑛宗自译的中文版《从汕头来的男子》时在"作者按"中强调这篇小说反映了"光复当年的时代性"，正是指台湾作家战后唯恐受累于日据时期身份，渴望回归祖国后仍能发出自己声音的心境。

1946年1月，龙瑛宗主编新创刊的中日文文学刊物《中华》，刊物封面套红的大字"中华"和喜字灯笼，再次表白了龙瑛宗欲求身心皆归于祖国的强烈愿望。创刊号开始连载的龙瑛宗小说《杨贵妃之恋》（未载完）是一篇更为值得关注的作品，小说开头引了曹雪芹的诗"满纸荒唐言／一把辛酸泪／总云作者痴／谁解其中意"；文末的"作者附记"又言："尚能在这荒唐中看出真实，那就是作者望外之幸。"这反复的提醒，自然在于希望人们关注小说的真意。由于《中华》只刊行两期，《杨贵妃之恋》也只刊出了三章，"杨贵妃"的相关文献皆未涉及，但题目似乎在提醒，作者讲述的是一个纯然中国传统的

---

① 陈万益主编：《龙瑛宗全集》，台湾文学馆筹备处2006年版，封三。

② 陈建忠：《被诅咒的文学——战后初期（1945—1949）台湾小说的历史考察》，陈义芝主编：《台湾现代小说史综论》，（台湾）联经出版事业股份有限公司1998年版，第38页。

故事。小说讲述了开元二十七载，"我"从故乡广东饶平北上赶考，途中病危，被素贞和她母亲所救，"我"对素贞产生了爱恋之情，却"夜睹异象"，得知素贞一家为狐狸精所化……有着日本文化背景的龙瑛宗在光复后数月就开始雄心勃勃地创作十足中国大陆传统场景的小说，其真意仍有强烈的自我辩白。小说中，素贞痛苦于自己为什么"不生为人"，而"我"从素贞的善良、真诚中找到了"世人"的"真实"，"在这世上，虽然是人，却有比不上畜生的。虽然是畜生，却有胜过人的"。这所言所指，正是从日据到光复的台湾人的命运，他们生不如"畜生"，"心"却始终是"人的"；他们希望回到祖国后不再被歧视，"生而为人"。

然而，历史的偏见、国民党政府的专制使不少台湾作家陷入失望。刚刚从北京"逃回"台湾的钟理和在《祖国归来》（写于1946年或1947年）中悲愤地问道："台湾人不被优遇，各处受到歧视、欺负，与迫害。唯奇怪的是，此歧视、欺负与迫害，却都受自国家。国家对人民拿起报复手段，既是天下古今咄咄怪事，而我们则实实在在的不知道国家要对我们报什么仇。难道台湾人五十一年奴才之苦，还不够吗？难道台湾人都个个犯着弥天大罪，应该'诛及九族'的吗？"[①]这里的"国家"自然只是指尚不理解台湾同胞"亡国之痛"的当局者。雪牧的《一个台胞底话！》更充满了历史现实强加给台湾民众的不平："不要用异样的眼光看我们，／带着无尽的鄙夷和敌视。／我们都是娘养的孩子，／我们的脉管留着一样的血！／／不要说我们女人都做了娼妓，／不要骂我们男人是笨伯，／在一万八千多个屈辱的日子里[②]，／一颗颗血淋淋的心天天向着祖国。／／不要在我们身上转那可怕念头，／不要用花言巧语瞒哄我们，／我们听得够了，受得够了，／我们都变得如此贫穷而瘦弱。／／千言万语只是一句话—那个阴毒的吸血者既然走了／你们呀，祖国的兄弟／你应该帮助我们重整家园。"[③]满腔愤愤不平中仍将敌我区分得清清楚楚，但新的希望又

①　钟理和：《祖国归来》，《原乡人》，（高雄）钟理和文教基金会1994年版，第188页。

②　日本统治台湾五十一年。

③　雪牧：《一个台胞的话！》，（香港）《华商报·热风》1947年3月6日。

重挫于新的"鄙夷""敌视"和"瞒哄"中。这种悲愤包含着战后台湾社会的种种不平，当初是清政府弃之台湾，使台湾民众沦为"日本人"；然而台湾人重新成为中国人时，来自政府、社会的种种压力却又迫使台湾人对日据时期的历史做出自我批判。这种外力逼迫往往以去殖民化的面目出现，却严重排斥了台湾本土作家，从而造成了台湾本土作家的失声。正如龙瑛宗的诗痛苦的哭诉："我以日文歌唱，但我们是中国人。为老百姓的苦难，心里恸哭。"[①]

三、现实主义文学的突围

台湾省籍作家的战后"失语"发生在两次重挫之后：一是1946年10月报刊日文版被全面废除，台湾省籍作家由于语言障碍而失去了发表作品的机会；一是"二二八"事件，政治的白色恐怖和社会对立的矛盾使台湾省籍作家一时集体失语。但此前的短暂年月里，台湾省籍作家却显得活跃，战后第一批反映台湾现实的作品正出自他们之手。

光复一周年时，杨逵在台湾《新知识》创刊号发表的《为此一年哭》的文章，代表了台湾知识分子普遍的失望心理："很多的青年在叫失业苦，很多的老百姓在吃'猪母乳'炒菜脯，死不死生无路，贪官污吏拉不尽，奸商倚势欺良民，是非都颠倒，恶毒在横行，这成一个什么世界呢？说几句话老实话，写几个正经字却要受种种的威胁，打碎了旧枷锁，又有了新铁链。"回顾这一年，"不觉得哭起来，哭民国不民主，哭言论、集会结社的自由未得到保障。哭宝贵的一年白费了"。[②]台湾作家尤为不满的，是言论的钳制、思想的专制。正是在这种境遇中，台湾文学从战后初期回归祖国的热切和摆脱战争阴影的急切逐步转向了对台湾现实的关注。前述龙瑛宗就写下了小说《可悲的鬼》[③]，讲述失业者朱梦夫与一女鬼的神秘相遇，揭露了战后台湾"有很多说法是说景气变好了。然而，现实却是骨瘦如柴"的现实，传达出台湾民众战争

第三章 台湾：战后政治高压缝隙中发生的多种文学思潮

---

① 龙瑛宗：《心情告白》，（台湾）《中华日报》文艺栏（1946年10月17日）。

② 杨逵：《为此一年哭》，（台湾）《新知识》创刊号（1946年8月15日），转引自焦桐：《台湾战后初期的戏剧》，（台湾）台原出版社1990年版，第39页。

③ 龙瑛宗：《可悲的鬼》，（台湾）《中华日报》文艺栏（1946年10月13日）。

中"还怀着光复的希望"，战后却"一切希望都消失了"的痛苦心情。小说中的台湾人朱梦夫和他的母亲都显得善良、热情，显示出作者与台湾土地的亲近、密切。这种密切的联系使台湾本土作家承担了战后揭露、批判现实的创作使命。

1946年6月在台北中山公园上演的二幕话剧《壁》[①]一时轰动台湾，作者简国贤用日文和中文完成了《壁》的两个版本，而导演宋非我又将《壁》编译成闽南语，这令人想象得到当年《壁》在台湾被人接受的广泛性。剧作故事发生在1946年春季的台北，舞台中间一层壁，分开成了两种环境——左边是陈金利的房子：靠墙囤积着米和面粉，堆积如山。房里还布置得很精致奢华，古玩摆得玲珑耀目。右边是许乞食的房子：只有一张没有蚊帐的旧睡床，和一张灵桌，情景暗淡。"灯光在两个区域明暗转换"，再现出光复后台湾劳工阶层"绝望的深渊不断地扩大；而握着权力、地位与黄金的人们益加兴荣"的不公现实。[②]大商贾陈金利靠囤粮盘剥，"钱，像洪水一样地溢进来"；而劳工许乞食走投无路，用一包毒药结束了一家三代人的性命。剧中僧侣圆觉寺的谢国谛这一人物的设置发人深省。许乞食的母亲虔诚信佛，静心念经。谢园谛满口戒说，似乎精通佛法；然而他却助纣为虐，与陈金利沆瀣一气，将许乞食一家逼入绝路。由此，剧作堵死了许乞食一家的所有生路，剧终许乞食绝望的悲喊"壁呀！壁，为什么这层壁不能打破"，震撼人心地控诉了战后台湾民生凋零、贫富悬殊的不平现实。剧作上演后，有人责备全家自杀的结局"过于灰暗色彩"，也有人不满剧作"没有提出解决的方法"，作者为此表明说：剧中人物"不是死于作者的笔下，而是受到社会制度的倾轧"，"只有现实的矛盾能解决，《壁》的问题始能解决吧"。[③]这正表明台湾作家直视台湾社会矛盾激烈的现实，关注民众生存问题的创作态度。各种关系民众生计的社会问题在战

① 简国贤：《壁》，曾健民等编：《文学二二八》，（台湾）社会科学出版社2005年版，第231—273页。

② 简国贤：《被遗弃的人们——关于〈壁〉的解决》（日文），（台湾）《新生报》1946年6月13日，林至浩译，（台湾）《联合文学》第102期（1993年4月）。

③ 简国贤：《被遗弃的人们——关于〈壁〉的解决》（日文），（台湾）《新生报》1946年6月13日，林至浩译，（台湾）《联合文学》第102期（1993年4月）。

后台湾文学中得到了充分揭示。散文《卖烟记》描述了城市街头"老猫老鼠比赛"似的私烟查缉，尖锐地指出不根治官场舞弊、不解决"洪水般失业"的问题，不仅无法杜绝街头私烟，而且会酿成"对当局不应该有的摩擦"[①]。这简直是一语中的地预言了"二二八"事件的发生。《五斤米》[②]以连续三天早起排长龙购米不得空手而归的经历揭示了台湾"黑市米似年关前后金子，断了线的纸鸢似的"飞涨的"米荒"，民不聊生才造成了台湾社会光复后巨大的动荡。作家杨逵撰文更大胆无畏地痛斥政府当局视台湾"这块净土为官匪、军匪的跳梁之地"的种种罪行："无权不争，无利不夺，无路不走，无孔不穿，无官不贪，无吏不污，无军不恶，无恶不作，实在有集古今东西的万恶在他们身上之观了"，"其污秽也。猪狗也不如也。其可恶也，鬼魔也不及了"。[③]杨逵为此再入牢狱，却明白无疑地表明了，在台湾命运的紧要关头，台湾作家以自己的笔维护了民族良知，使台湾本土民众的声音没有沉默。这种以胆识和勇气维护了现实主义文学原则的行为，使日据时期台湾文学的传统得以延续，并深刻影响了日后台湾文学的价值走向。

四、左翼文学思潮的兴起和受挫

战后台湾文学的现实主义倾向密切联系着左翼文学思潮，前述战后台湾左翼文学思潮的一个重要来源是中国大陆1930年代的"左联"文学。1946年，时任台湾省行政长官的陈仪为了推动台湾战后的"国语运动"，延请许寿裳来台湾担任国立编译馆馆长，许寿裳将包括其好友鲁迅先生在内的中国1930年代左翼作家的许多作品介绍进了台湾。[④]1945年10月由日据时期《台湾日日新报》改版的《新生报》创刊，这份光复后台湾发行的第一家公营报纸由黎烈文

---

① 踏影：《卖烟记》，（台湾）《新新》第2卷第1期（1947年1月5日）。

② 旅魂：《五斤米——在配给米的行列中》，（台湾）《中华日报·海风》第146期（1947年2月28日）。

③ 杨逵：《二·二七惨案真因——台湾省民之哀诉》，（台湾）《自由日报》1947年3月8日。

④ 黄英哲：《许寿裳与台湾（1946—1948）——兼论二二八前夕台湾省行政长官公署的文化政策》，《二二八学术研讨会论文集（1991）》，（台湾）自立晚报社1992年版。

任中文总编辑，对包括鲁迅作品在内的中国三四十年代文学的介绍也颇不遗余力。随后在台南创刊的《中华日报》以台湾省籍作家为主，其对于中国现代文学的介绍也倾向于左翼。如该报日文版文艺栏主编龙瑛宗一改自己唯美倾向的文学追求，积极介绍鲁迅作品（1946年5月20日《中华日报》所刊龙瑛宗撰文《阿Q正传》），对老舍小说的评论也明显沿用上海"左联"时期的社会评价（1946年3月15日《中华日报》所刊龙瑛宗评论《个人主义的结束——老舍的〈骆驼祥子〉》）。凡此种种使大陆三四十年代的不少作品在台湾得以刊行，包括雷石榆、王思翔、歌雷、欧坦生等在内的大陆"下层""民间"的作者、文化人也都积极传播左翼文学思想。甚至可以说，1946年至1948年是包括鲁迅思想在内的中国大陆30年代左翼文学思想在台湾传播最广泛的时期。

战后台湾左翼文学思潮受到了大陆左翼文学的影响，然而，在台湾的大陆省籍作家对于台湾左翼文学思潮还是有某种疏离的。其缘由在于他们对于日据时期的台湾文学传统和光复后台湾社会的现实境遇还需要经过一段时间才能深入了解，他们倡导的文学的"革命性""人民性""战斗性"等也需要和台湾现实进一步结合。1947年8月1日创刊的《新生报》副刊《桥》由大陆省籍作家歌雷（史习枚）任主编，创刊号由歌雷撰写《刊前序语》，将《桥》性质定位于"人民的""生活的""战斗的""革命的"四大方针，并积极倡导充满"真实、热情"的"新现实主义"。[①]时任台湾大学副教授的雷石榆也在《桥》撰文提倡"新写实主义"。这些文学主张明显包含有"社会主义的写实主义"因素，即"主张阶级文学的（即文学阶级性）……新写实主义的'情感'，也只是广大劳动人民求民主、反专制、求解放、反独裁的积极的行动和怒潮。新写实主义的'个性'是广大劳动人民的'群众性'"[②]。一些具体的文学主张则更明显地具有中国大陆解放区文学，乃至毛泽东《讲话》精神的烙印，如关于"文艺的统一战线"，是"向着求民主求解放求进步这个总目标，共同执行对外思想斗争的任务（思想斗争是作为经济矛盾的集中的表现的政治

---

① 歌雷：《刊前序语》，（台湾）《新生报·桥》（1947年8月1日）。

② 杨风：《五四文艺写作——不必向"五四"看齐》，（台湾）《新生报·桥》第123期（1948年6月7日）。

斗争的反映及其一个必要的部分）"，而其内部也得贯彻"原则性的斗争"，坚持"有矛盾才有进步，有冲突才有发展"。[①]这些移植大陆左翼文学思想的主张，缺乏根植于台湾社会现实的创作实践（雷石榆是当时大陆作家中最具有"台湾体验"的作家，他早年留学日本，参与东京左翼活动，与台湾留日作家有交往。他在谈及战后台湾文学时说："'台湾新文学的路'还是由台湾的进步作家去开拓，我们外省人既隔着语言，也不若他们熟悉生于斯长于斯的乡土的历史的内容与现实的生活的状态。"[②]这种态度既包含对台湾本土文学的尊重，也说明当时大陆省籍作家还无力开掘台湾历史和现实的生活资源），所以难以对战后台湾文学产生大的实际影响。因此，在战后台湾文学重建中真正发挥实际作用的是台湾本土的左翼文学思潮；而这一思潮是从日据时期的台湾文学延续下来，并与大陆左翼文学思潮发生呼应的。

　　战后台湾左翼文学的代表当数杨逵，而最自觉、最坚决去殖民化的也当数杨逵。日据后期，杨逵自办首阳农场，蛰居抗争。台湾光复后第二个月，杨逵复出，在台中创办《一阳周报》，之后又担任《和平日报》新文学栏编辑，并编辑出版《文化交流》杂志，主编《力行报》副刊《新文艺》，创办《台湾文艺》丛刊等，积极投身于台湾文学的重建。1947年1月，他应台北东华书局之情，编选中日文对照的"中国文艺丛书"，共出6辑，收录鲁迅、茅盾、郑振铎、郁达夫等人的作品。在1948年被捕入狱前，他发表了《台湾新文学停顿之检讨》（1946年5月24日《和平日报》）、《文学再建之前提》（1946年5月28日《和平日报》）、《请听人民之声》（1946年8月1日《台湾评论》1卷2期）、《如何建立台湾新文学》（1948年3月29日《新生报·桥》第96期）等文，富有建设性地阐述了其重建台湾新文学的主张。他的短篇小说集《鹅妈妈出嫁》（1946年3月）和《送报夫》（1946年7月）是台湾光复一年内仅出的两种台湾文学创作集，后者的中文部分正是胡风所译。《送报夫》也被此时的台

---

　　①　骆驼英：《论"台湾文学"诸论争》，（台湾）《新生报·桥》第156期（1948年8月22日）。

　　②　雷石榆：《形式主义的文学观——评杨凡的〈五四文艺写作〉》，（台湾）《新生报·桥》第127期（1948年6月16日）。

湾文坛视为台湾"血与泪的历史"的真实记录。[①]这些作品大部分创作于日据时期，但其广泛的影响却是在战后初期。这样，杨逵从文学批评和创作的两翼展示了台湾左翼文学的思路。

杨逵战后最重要的文学思想见于《新生报·桥》始于1947年11月的论争，而这场论争"被视为是台湾作家与'进步的'内地作家在以五四新文学运动作为内涵和左翼言语的共同基础下，组成了统一战线"[②]。早在论争之前，杨逵就强调了台湾文学的重建，关键在于台湾民众"以自身的力量保障言论、集会、出版的自由"，台湾作家要"成为道道地地的主人"，"用人民自身的语言"，从事"人民的文学"的创作。[③]很显然，杨逵的左翼文学立场产生于对台湾本土现实的深切关怀。在《桥》的论争中，杨逵从"台湾是中国的一省，没有对立。台湾文学是中国文学的一环，当然不能对立"，但台湾文学与中国大陆文学之间也存在"一条未得填完的沟"[④]的现实立场出发，更加强调台湾文学不是"奴才文学"，而是"人民文学"，因此要"深刻的了解台湾的历史，台湾人的生活、习惯、感情，而与台湾民众站在一起"[⑤]。这种以台湾人民为主体的台湾文学建设方向，构成了战后台湾左翼文学的主要内容。它使得台湾文学的"人民性""革命性"等有了具体的指涉、实质的内容，并表明了"台湾作家与内地作家之间，对台湾文学建设的路向并没有存在很大的差异性"。

杨逵《送报夫》《鹅妈妈的出嫁》等创作集给人印象最深刻的，是他对台湾殖民性的揭示和批判。《鹅妈妈的出嫁》开篇那"长的密如魔鬼蓬松头发"

跨越1949
战后中国大陆、台湾、香港文学转型研究

---

① 龙瑛宗：《血与泪的历史——杨逵氏的〈送报夫〉》，（台湾）《中华日报》1946年8月27日。

② 彭瑞金、黄英哲：《〈桥〉副刊论争与战后初期台湾文学重建》，《台湾新文学发展重大事件论文集》，（台南）台湾文学馆2004年版，第50页。

③ 杨逵：《台湾新文学停顿的检讨》，彭小妍主编：《杨逵全集》第十卷，（台南）文化资产保存研究中心筹备处2001年版，第222—225页。

④ 彭瑞金、黄英哲：《〈桥〉副刊论争与战后初期台湾文学重建》，《台湾新文学发展重大事件论文集》，（台南）台湾文学馆2004年版，第70页。

⑤ 杨逵：《"台湾文学"问答》，（台湾）《新生报·桥》第131期（1948年6月25日）。

的野草"牛毛鬃"，肆无忌惮地"抢夺阳光与雨水"，全家如同"面临决斗"似的烈日下除草的场景有着强烈的暗示性，后面展开的两个故事也意在揭示经济现代化后面的强权殖民性。《泥娃娃》则在日常家居生活中写出了被殖民者的最大哀痛，在反对"奴役别的民族"的心声中表达出对于殖民同化的高警觉。这样，杨逵就从殖民和被殖民的两端展开了对于殖民性的批判。这种从台湾作家被殖民经历中产生的反殖民经验，如果能在战后得到尊重、延续，自然是战后台湾文学去殖民性的最佳途径。

如果对照吴浊流的日文长篇小说《胡志明》（中文版名《亚细亚的孤儿》，虽然创作于日据后期，但那完全是一种"地下写作"，更无出版发表的机会。1946年9月至12月，《胡志明》一书以《胡志明》《悲痛之卷》《大陆篇》《桎梏之卷》四篇之名，由台北国华书局、民报总社印行单行本，《中华日报》等也在当年发表评论，给予高度评价）这部开启了台湾文学"孤儿"情结的长篇小说所反映的处于台湾社会历史性转型时期的台湾知识分子的真实心态，会更痛惜台湾文学去殖民性的扭曲乃至中断。小说主人公的朋友曾发出这样的哀告："我们无论到什么地方，别人都不会信任我们……命中注定我们是畸形儿，我们自身并没有什么罪恶，却要受这种待遇是很不公平。可是还有什么办法？"①这种历史哀告在战后未能消失，反而越发凄厉，是发人深省的。

战后台湾左翼文学思潮与台湾本土现实的强烈呼应使其具有绵延不尽的活力，也孕育了战后青年一代的本土作家。1948年第146期的《新生报·桥》曾刊出陈显庭《我对叶石涛小说的影响》一文，表达了对战后台湾本土青年作家的赞许和期待。文章认为叶石涛的战后小说"全是属于十七世纪台湾人对于荷兰人的反抗的故事，而作者想要借此表现台湾人的特有的性格及象征台湾的过去的社会将以对现社会给予一种暗示"，同时，他"希望叶石涛先生能够把题材取得自目前或不久以前的台湾现实社会。更对于台湾的旧道德和属于旧的社会投掷觉醒的，促进步的炬火"②。叶石涛（1925—2009）从一个"喜欢唯美

① 吴浊流：《亚细亚的孤儿》，（台湾）远景出版社1993年版，第111页。

② 陈显庭：《我对叶石涛小说的影响》，（台湾）《新生报·桥》第146期（1948年7月30日）。

的东西胜于'文以载道'"的"艺术至上主义者"[①]转变为一个"带有浓厚的社会主义倾向"[②]的作家，发生于战后。1946年8月至1951年9月被捕入狱前，叶石涛共发表小说16篇，是台湾本土作家在此期间发表小说最多的一位。他也正是在此期间从台湾本土的民众立场接受了"马克思主义的洗礼"[③]。他的《河畔的悲剧》（1948）、《复仇》（1948）、《澎湖岛的死刑》（1948）、《天上圣母的祭奠》（1949）等小说从17世纪荷兰在台湾的殖民统治写到20世纪日本在台湾的暴政，每篇小说都有对统治者施虐行径的揭露和对台湾民众抗暴义举的歌颂，历史的叙事自然包含着当下现实的暗示，战后台湾社会民众生存状况的恶化使叶石涛接受了朴素的社会主义思想。当他转而描写台湾现实时，他就会从较彻底的台湾底层劳苦民众的立场出发，审视现实，寻求未来。《汪昏平、猫和一个女人》中出身贫农的"我"怀着"与人民大众联系的热情"，相信"与农民共同解放"的日子一定"到来"。[④]《三月的妈祖》在主人公的逃亡生涯中仍表达着"大地属于真正的所有者"的希望。[⑤]《伶仃女》讲述"伶仃女"亡夫后的悲惨遭遇。面对大多数"在饿死线上挣扎着的人们""都不知道将这愤怒转向哪一方向"的困惑，女子却从丈夫"站在经济平等上的自由政治型态为唯一的世界"的理想中明了生活的方向。[⑥]这些表述显然都带有浓厚的社会主义倾向。台湾作家正是从台湾长期被殖民的历史和战后台湾阶级压迫的不平现实出发而产生出左翼文学思潮。这种扎根本土现实而又在野的文学力量，具有强有力的文学批判性和建设性，本来应该是在战后台湾文学中起更长久而重要的作用的。

---

① 叶石涛：《府城之星，旧城之月——〈陈夫人〉及其它》，叶石涛：《文学回忆录》，（台湾）远景出版社1983年版，第4页。

② 叶石涛：《一个台湾老朽作家的五〇年代》，（台湾）前卫出版社1999年版，第49页。

③ 叶石涛：《一个台湾老朽作家的五〇年代》，（台湾）前卫出版社1999年版，第49页。

④ 叶石涛：《汪昏平、猫和一个女人》，潜生译，（台湾）《新生报·桥》第154期（1948年8月18日）。

⑤ 叶石涛：《三月的妈祖》，陈显庭译，（台湾）《新生报·桥》第212期（1949年2月11日）。

⑥ 叶石涛：《伶仃女》，秦妇译，（台湾）《新生报·桥》第217期（1949年2月24日）。

五、结语

台湾文学传统在战后得到延续的不仅是现实主义，也有包括现代主义文学追求在内的其他文学流脉。1942年在台中成立的"银铃会"（其成员超过30人）既根植于台湾本土现实，又在艺术的开放性中有着浪漫、唯美的诗风，强调以语言技巧表现诗情诗感。台湾光复后，"银铃会"成员仍有增加，原办诗刊《缘草》则于1948年5月改为《潮流》（季刊，1949年4月出版第5册后停刊），诗刊不仅介绍了诸多中外文学名家，包括俄国的高尔基、普希金、托尔斯泰，法国的波特莱尔、梵乐希，日本的石川啄木、岛崎藤村以及大陆的鲁迅、林语堂等，而且引进了包括象征主义、超现实主义、新现实主义等在内世界各国的文学思潮，[①]继续显示出开放于世界诗潮的艺术视野。该会的重要会员张彦勋、巫永福、林亨泰、詹冰在日后50年代至80年代的台湾诗坛各有建树，延续了台湾本土诗歌的多种流脉，是极其珍贵的。前述龙瑛宗的作品是日据后期融合了"法俄写实主义、自然主义、现代主义及日本新感觉派、超现实主义等世界文学潮流"而发展出的唯美倾向的创作，成为日据时期台湾文学传统的重要内容。战后的龙瑛宗仍用其纤细阴郁的文笔描绘着台湾众生的精神状态。小说《燃烧的女人》（1946年4月23日《中华日报》文艺栏）讲述1945年5月台北遭受大轰炸中，一个男子与情妇仍沉浸于爱欲生活中。小说着力描写的是女人在轰炸的火海中"跳了凄绝的死之舞"，"白色的丰艳的肉体，爱之悄悄话，女人的情热"霎时化为灰烬焦炭。随后完成的小说《故园秋色》（未刊稿，后收入《龙瑛宗全集·小说集（二）》）描写新娘汪彩云徘徊于新郎沈茂亭和旧时情人冯式河之间的复杂心理，小说极力渲染的也是壮健丰腴的青春躯体在病魔摧残下急遽变成骸骨的悲哀。这些小说在战后台湾文学中显得另类，却是龙瑛宗日据时期创作风格的延续和丰富。自然主义、写实主义、新感觉派、超现实主义等艺术因素被糅合在一起，在战争、灾难等背景上，表现出心灵的沉沦、身体的衰朽。龙瑛宗延续的台湾文学传统显然缺乏"反共抗俄"话语系统的机制，自然流离于战后官方意识形态之外，在其"边缘"状态中积蓄

---

① 朱实：《台湾诗史——银铃会论文集》，台湾磺溪文化学会1995年版，第19页。

着力量。

战后台湾文学的重建是在台湾社会矛盾复杂交错的情境中，在国民党政权统治下开始的去殖民性进程。其主线本来是培育台湾文学的自立品格，使之成为中国文学中的重要一环。但在前述复杂的现实境遇中，这一主线出现了种种曲折。应该看到战后两岸文化的汇流和两岸的作家、文化人争取相互融合的努力，但战后初期台湾文学的去殖民性的主体应该是台湾本土作家，他们获得了回到祖国的新生，也遭到了政治的压抑。待到国民党全面退守台湾，之后台湾又在韩战爆发的局势中被置于东西方冷战对峙的格局中，美国对日本重建的主导和对台湾国民党政权的支持，台湾和日本的关系复杂化，这一切使台湾文学的去殖民性更增添了复杂性，战后台湾文学重建的主线也一度被遮蔽，但仍在日后的台湾文学中得到呼应、丰富。

第二节　大陆赴台作家和光复初期台湾文学重建的两种方向

光复后的台湾不仅面临政治、经济上的转型需求，更有着文化、心理转型和回归的迫切需要，而台湾文学也急需恢复因"皇民化"政策而断裂的中文写作。由此，台湾文学正式被纳入了中国现代文学的现实版图，而大陆赴台作家的观念、态度和实践成为影响台湾文学转型方向的重要因素。

光复初期的台湾处于由"日本化"到中国化的巨变之中。此时，一大批20世纪上半叶在大陆从事文学创作或文化活动并在文坛享有盛名的作家，或受台湾行政长官公署的邀请，或自发渡海来台，因其际遇和文学经历的独特性形成了中国现代文学史上一个独特的群体——"大陆南渡赴台作家"。依据其赴台的时间、背景及原因可将大陆赴（返）台作家分为三类。一是久沐五四风雨，在大陆文坛享有盛名或有所名声的作家。如许寿裳、李何林、李霁野、雷石榆、台静农、黎烈文、歌雷等。他们原籍大陆，与台湾并没有太大关系，大都是台湾光复初期应台湾行政长官公署之邀请，身负重建台湾文学、文化之使命赴台。二是战前生活在祖国大陆的台湾省籍作家，如张我军、王诗琅、林海音、钟理和等。三是1940年代末随国民党政权迁台的大陆作家。这里所论及的是第一类作家。与台湾省籍作家不同，他们在赴台之前与台湾并无联系，甚至对台湾并不了解。同时，又和1949年随国民党政府迁台的作家不同，光复初期的赴台作家大多经历五四，在大陆文坛已有名声。对他们而言，受邀赴台并不意味着在国内一触即发的内战威胁中在国共之间做出政治信仰的选择，也不意味着对国民党三民主义的尊崇和追随。虽然他们大多受到了台湾行政长官公署的官方邀请，参与台湾文学、文化去殖民化重建，但就作家个人而言，选择在台湾光复初期渡海赴台，是他们个人际遇的选择，更是作为五四理想的守护者，试图在光复初期台湾相对宽松的文化环境中实现自己的五四启蒙理想与新文学主张。

从1945年台湾光复至1950年初台湾当局公布《台湾戒严期间新闻杂志管理办法》的五年，是台湾文学在台湾本省作家和大陆赴台作家的努力下，在台湾文学传统的展开和祖国大陆现代文学的密切联系中转型的重要时期。从台湾省编译馆的文化重建努力到以报纸副刊为平台的文学论争，从台湾文化协进会的中国新文学传统传承到不遗余力推动台湾光复初期"鲁迅风潮"的不断高涨，大陆赴台作家多方面展开了有效的文化重建活动。在光复初期台湾文学的重建进程中，大陆赴台作家在台湾汉语地位衰微、中文写作断裂的表象下，看到了发端于1920年代的台湾新文学传统中强烈的反殖民斗志和民族解放意识，在日本殖民的烙印中看到了台湾文化的近代性和世界性。在光复初期台湾动荡不安的社会现实下，大陆赴台作家在尊重台湾作为殖民统治地区文化历史的特殊性和珍惜台湾新文学传统的基础上，将自己的文学重建努力根植于台湾已有新文学传统中，以鲁迅为典范，以五四新文学传统中反映社会现实、强调文学批判现实功能的现实主义文学主张为旗帜，弘扬五四新文化精神中反抗专制压迫的斗争精神和批判意识，继承日据时期台湾文学反抗殖民统治的传统，努力在光复初期的台湾掀起一个新的五四运动，重塑台湾文学新秩序。这一努力实现了五四新文学传统在台湾的传承、发展和两岸文学的汇流，为战后台湾文学的发展奠定了基调和方向，在光复初期台湾文学的重建进程中起到了举足轻重的作用。而其以五四为旗帜的文化重建也开辟了不同于台湾行政长官公署以三民主义为旗帜推行的中国化文化重建政策的另一种影响深远的文化重建方向。这两种方向，一直影响了日后的台湾文学。

一、光复初期台湾文化重建的中国化潮流

鉴于日本"皇民化"政策对台湾社会文化、台湾民众民族认同所产生的严重影响，为使台湾能顺利回归祖国，做好光复后台湾文化的去殖民化重建，蒋介石于1943年《开罗宣言》发布之后即下达研究任务并拟定复台政治准备工作和组织人事办法，于1944年在中央设计局之下设置台湾调查委员会，草拟《台湾接管计划纲要》。1945年3月23日，《台湾接管计划纲要》正式颁布，通则中列出"接管后之文化设施，应增强民族意识，廓清奴化思想，普及教育机会，提高文化水准"[①]这一以文化教育为手段，清除在台日本文化，强化中华民族意识的文化重建原则，成为光复初期台湾文化重建的重点与核心。1945年8月台湾光复，国民政府实施与"皇民化"政策相逆的中国化政策，去除台湾在五十一年殖民统治中被打下的深重的殖民烙印成为台湾行政长官公署的第一要务。光复初期，国民政府接受了陈仪的建议，为"应付台湾这个被日本侵占实行殖民统治半个世纪的行政省的特殊环境，实行'行政长官制'"[②]。光复伊始，接收台湾的工作分别从政治、经济、文化三个方面进行。针对台湾社会在半个世纪的殖民统治中所形成的对祖国文化、历史的隔膜疏离，和台湾因日语普及所导致的以汉语为载体的中华文化地位的衰微，加之台湾民众光复后强烈的心理转型和回归需求，行政长官公署将台湾"文化心理建设"置于所有接收工作之首，将在台湾复归中华文化视为光复初期治台政策的重中之重。1945年12月31日，陈仪在《民国三十五年度工作要领——三十四年除夕广播》中说：

---

① 陈鸣钟、陈兴唐主编：《台湾光复和光复后五年省情》（上），南京出版社1989年版，第49页。

② 李新、孙思白等主编：《中华民国史·人物传》（第一卷），中华书局2011年版，第434页。

跨越1949

战后中国大陆、台湾、香港文学转型研究

明年（1946年）的工作，可分政治建设、经济建设与心理建设三大端……

心理建设在发扬民族精神。而语言、文字与历史，是民族精神的要素。台湾既然复归中华民国，台湾同胞必须通中华民国的语言文字，懂中华民国的历史。明年度的心理建设工作，我以为要注重于文史教育的实行与普及。我希望于一年内，全省教员学生，大概能说国语，通国文，懂国史。学校既然是中国的学校，暂时应一律以国语、国文、三民主义、历史四者为主要科目，增加时间，加紧教学。俟国语语文相当通达后，再完全依照部定的课程。现有教员将分批调受训练。对于公务员与一般民众，应普遍设立语文讲习班之类，使其有学习的机会。①

1946年蒋介石巡视台湾时说道："今后的工作一方面应该加强人民的民族意识和国家观念，一方面应该提高人民的文化和生活水平，今后台省政府的施政方针，首应重民意，培养民气。"② 1946年台湾首次召开省参议会，在《台湾省施政总报告》"建设新台湾所应努力的方向"一节中强调心理建设"要发扬民族精神，实行民族主义，其中顶要紧的工作是宣传与教育"③。《台湾省行政长官公署1946年工作报告》中指出："特别重视语文教学，共同课程中的国语、国文两科时数占百分之五十。"④ "今后关于心理建设之主要工作：因三民主义、国语、国文与中国历史为民族精神、民族意识之要素，故各学校因一律设此四科，并多加钟点。"⑤ 由此可见，以行政长官陈仪为代表的台湾行

---

① 《民国三十五年度工作要领——三十四年除夕广播》，收入台湾省行政长官公署宣传委员会编：《陈长官治台言论集》第1辑，转引自黄英哲：《"去日本化""再中国化"——战后台湾文化重建（1945—1947）》，（台湾）麦田出版社2007年版，第35页。

② 陈鸣钟、陈兴唐主编：《台湾光复和光复后五年省情》（上），南京出版社1989年版，第304页。

③ 陈鸣钟、陈兴唐主编：《台湾光复和光复后五年省情》（上），南京出版社1989年版，第228页。

④ 陈鸣钟、陈兴唐主编：《台湾光复和光复后五年省情》（上），南京出版社1989年版，第237页。

⑤ 汤子炳编著：《台湾史纲》，台湾印刷纸业公司1946年版，第117页。

政长官公署乃至整个国民政府都将"竭力弘扬和传播中华文化，力除日本殖民统治的奴化一事，大力推广国语"①，力挽日本"皇民化"政策所造成的中华文化传统断绝作为光复初期台湾文化重建的首要任务，而台湾行政长官公署也为此制定了相应的战后台湾文化重建方案。

光复初期，行政长官公署的台湾文化去殖民化重建工作将宣传和教育相结合。一方面设立"台湾省行政长官公署宣传委员会"致力于文化宣传工作，力求"把中央及各省的动态静态，随时随地地介绍给台湾同胞，使在日本压榨五十年之下的台胞，逐渐的认识祖国，了解祖国。把过去受日人欺骗宣传所引起对祖国的一切不正确的观念，逐渐廓清"②。同时设立"台湾省国语推行委员会"，以推行规范的"国语"教育，结束光复之初台湾"国语"教材混乱、标准不一的"国语"学习局面，并为编译书报、满足社会教育和学校教育设立"台湾省编译馆"。而以上三个机构也成为完成"文化心理重建"的重要机构。显然，在行政长官公署的文化重建政策和设想中，并没有太多依靠台湾本省文化力量，甚至没有充分考虑如何在台湾已有的殖民文化氛围中实现文化重建和心理回归，如何应对台湾社会在长期殖民统治中所形成的文化特点，而是将文化重建的重任全部交给了大陆赴台文人和作家，期待这些在大陆享有盛名、沐五四风雨的赴台作家能够承担文化重建重任，实现三民主义之新台湾的建设。

二、中国化洪流中的另一种声音——大陆赴台作家眼中的台湾文化

台湾光复以后，行政长官公署作为台湾最高行政机关常以"解放者"自居，表现出"接收者"的强烈优越感。其对台文化重建的基本政策在《台湾接管计划纲要》中就明确指出，光复后的台湾需"增强民族意识，廓清奴化思想"。光复后，在行政长官公署的各类政令和陈仪的讲话中，"奴化""遗

---

① 李新、孙思白等主编：《中华民国史·人物传》（第一卷），中华书局2011年版，第436页。

② 夏声涛：《宣传委员会之使命》，收入台湾省行政长官公署秘书处编辑室编：《广播词辑要：34年》，转引自黄英哲：《"去日本化""再中国化"——战后台湾文化重建（1945—1947）》，（台湾）麦田出版社2007年版，第67页。

毒"字眼比比皆是。台北市长游弥坚曾在《新生报》上撰文：

> 台湾被日本统治了五十一年，……在帝国主义的高压下，一天一天地培植了法西斯的细菌，因此台湾人在这五十一年的中间，被法西斯的毒素麻醉的相当厉害，帝国主义的蔓延在台湾的社会也相当的深。

> 现在台湾虽然光复……但是毒素不是一旦可以扫除干净的，毒根不是一天可以掘得清楚。为了赶快实现三民主义的理想，我们应该如何来清除这些毒素？掘掉这些毒根？如何来改变我们这被奴化的观念，如何来协助政府建设新台湾？这是我们应当考虑，应当努力的地方。①

可见，当时国府主事者眼中，台湾在日据时期所遗留下来的一切文化、思想、风俗习惯等均可被视为"毒素"，均应为肃清的对象。台湾文化中因殖民统治所沾染的"日本"色彩，被简单地等同于"奴化""遗毒"。因此，主政者在对待台湾现有文化遗产时，就草率定论台湾民众在半个世纪的殖民统治中已经被"奴化"，处处标榜自己解放台湾之功绩，要求台湾民众对国民党、对孙中山、对蒋介石常怀感恩之心，试图以单方面文化输入的中国化完成对台文化重建。

与之相反，虽然大陆作家的赴台是台湾官方推行台湾文化重建政策的具体内容之一，这些"受邀赴台"的作家也在赴台后广泛参与到行政长官公署所主导的各类文化重建机构和文化重建活动中，但进入台湾文化重建进程后，他们却表现出另一种取向。他们先是选择了五四新文化传统作为自己文化重建的旗帜和资源；在如何看待台湾固有文化的问题上，也没有借助政治、文化资源优势在台湾一味推行文化和文学上的中国化，而是表现出与行政长官公署完全不同的包容和尊重，在深刻认识台湾文化中的殖民烙印的同时，也认识到台湾文

---

① 游弥坚：《台湾文化协进会创立的宗旨》，（台湾）《新生报》1945年11月20日，转引自黄英哲：《"去日本化""再中国化"——战后台湾文化重建（1945—1947）》，（台湾）麦田出版社2007年版，第120页。

化所含有的"近代化"与"世界化"的要素。

以大陆赴台作家的领军人物许寿裳为例,1946年,许寿裳初到台湾,在写给时任南京考选委员会委员长陈百年的电函中说:"此间风景优美,秩序亦佳。唯经日人统治五十年,教育虽普及农工,而国语几濒于消失。农业发达,工业亦有基础,非国内他省所能企及。"①

同年8月,许寿裳在台湾省编译馆成立后三天所举行的记者会上说:

> 台湾的教育,向称普及,一般同胞大抵至少受过六年或八年的教育,这种情况在各省是很少见的。可是台胞过去所受的教育是日本本位的,尤其对于国语国文和史地少有学习的机会,所以我们对于台胞,有给以补充教育的义务和责任……
>
> 台湾的学术文化,已经有了很好的基础,可以有为各省模范的资格,而且本省的政治环境优良,农工业比较发达,民主也较为安定……过去本省在日本统治下的军阀侵略主义,当然应该根绝,可是纯粹学术性的研究,却也不能抹杀其价值,我们应该接受下来,加以发扬光大。如果把过去数十年间日本专门学者从事台湾研究的成果,加以翻译和整理,编成一套台湾研究丛书,我相信至少有一百大本。②

接着,在对台湾省地方行政干部训练团学员的讲话中许寿裳又一次更公开表示:

> 台湾在文化上至少有两种特点,这是各省所没有,同时也可为各省作模范的:
>
> 一、有真正实行三民主义的基础……台湾农业发达,教育普及,工业

---

① 黄英哲、许雪姬、杨彦杰主编:《台湾省编译馆档案》,福建教育出版社2010年版,第15页。

② 黄英哲、许雪姬、杨彦杰主编:《台湾省编译馆档案》,福建教育出版社2010年版,第32页。

也有基础，民生主义容易实现。实在是实行三民主义的良好基础……

二、是丰富的学术研究……台湾有研究学术的风气，可以说是日人的示范作用，也可说是日人的功绩，日本虽然是侵略国家，但他们的学术我们需要保留，需要全国学者继续研究，把它发扬光大，作为我们建国之用。日人对台湾的研究很多，他们的著作也很丰富。已经出版的不说，原稿已写好未出版的还不少，因为不久有一部分日本学者将遣送回国，希望能拿出来，我们把它翻译校订付印贡献给社会，还有材料已找好，但尚未写出来的，也希望能写出来。他们对台湾的研究如：地形、植物、气象、矿产以及人文各科等等都有分门别类的研究，很有成绩，如植物一门，就有三十多种书籍，关于动物的研究著作也能很多，如过去发生"鼠疫"即有跳蚤、老鼠等研究专书出版。这不但是我国各省所没有，就是世界各国也很少有。这种宝贵的材料，我们不能不注意而忽略。而且要好好保持，继续发展。这是我国学术的光彩，对世界文化的贡献，也是台湾文化的第二点特色。[①]

从刚刚赴台到开始主持台湾省编译馆，许寿裳在其私人信函和公开场合屡次称赞台湾工农业发达、教育普及的社会发展成果，直言其"可以有为各省模范的资格"，对于日本殖民者所遗留下来的台湾研究学术成果和台湾在日据时期所培养的研究学术的良好风气更是称赞不已，其中有着对台湾认识的真知灼见、对台湾历史的尊重和对文化、学术成果的珍惜，反映出一个知识分子的良知和胸怀。这种对台湾文化遗产的珍惜则外化在其在台湾省编译馆中设立"台湾研究组"、支持台湾研究的重建工作中。由此，我们可以看到，大陆赴台作家以"文化重建"的使命赴台，赴台之后也确实坚持以五四新文化精神和五四文学传统推行战后的台湾文化重建。但是在对待台湾现有文化资源上，他们既看到了台湾在"皇民化"政策中造成的语言文化危机和台湾文化中确实存在的殖民化问题，主张在台湾掀起一个新的五四运动，以实现台湾文学、文化新秩序的

---

① 黄英哲、许雪姬、杨彦杰主编：《台湾省编译馆档案》，福建教育出版社2010年版，第41—42页。

确立；又在推行文化重建的过程中，避免以"奴化""遗毒""毒素"等歧视词语将台湾文化简单化。在台湾文化通行日语和日本风俗的表层现象下，他们看到了台湾在日本统治下五十余年来在教育、农业、工业、社会秩序等方面应该也可以保留的成果，这些成果并非日本殖民者的恩赐，而是台湾民众和日本在台知识界努力的结果。对殖民时代遗留下来的恶果力主根除，但对同样为日据时代遗留下来的学术成果则视若珍宝，不仅要妥善保存，更要发扬光大。可以说大陆赴台作家在光复初期台湾文化的中国化洪流中，在台湾文化殖民性的另一面看到了台湾文化的近代性和世界性。这种近代性和世界性，有着台湾民众抵抗殖民统治、避免奴化命运的因素。

可以反观一下台湾本省文化人对上述两种文化重建路线的反映。光复后的第一个元旦，台湾世家人士就撰文明确指出，台湾始终未负了祖国。日本殖民统治五十一年，台湾民众却做到了：一、民族血统圣洁的保持，不与日人通婚，特别是女子从未嫁给日人，连妓女都耻于卖身于日人；二、祖国文化的保存，被逼迫讲日语，但大多数台湾人仍满口诗书；三、家族制度的坚守，反抗殖民当局的"改姓"措施，光复当日，600万台胞举行"家祭"。[1]当年4月，台湾本地民营报纸《民报》在社论《台湾未尝"奴化"》中也提出："本省人对于日本人之奴化教育始终没有接受过，奴颜婢膝、甘心事仇的奴隶根性，除一小部分的御用绅士外，谁也没有……本省人虽然备受经济的榨取，而断然不是过着奴隶的生活。至光复以后，才时常看到奴化的文字。"[2]

而当时最有影响的台湾本土作家之一的吴浊流则提出："日本人在台湾推行的精神教育——即作为奴化教育并没有成功，宁可说常常处在破产的状态。……今天本省青年的科学思想不但不比外省籍差，大体说来还有一日之长。"[3]显然，行政长官公署的台湾文化重建政策在台湾文化界遭遇了极大的

① 林履信：《不负了祖国的台湾》，（上海）《台湾月刊》第1卷第1期（1946年1月）。

② （台湾）《民报》1946年4月7日，转引自黄英哲：《"去日本化""再中国化"——战后台湾文化重建（1945—1947）》，（台湾）麦田出版社2007年版，第209页。

③ 黄英哲：《"去日本化""再中国化"——战后台湾文化重建（1945—1947）》，（台湾）麦田出版社2007年版，第211页。

反弹，其“奴化”“遗毒”理论也引起了台湾民众的极大不满。对于日据时期所遗留的文化传统，台湾文化界认为，不能将不写“国文”、不说“国语”视为“奴化”的标志，而是应当看到表层文化现象下，台湾文化所具有的民族性、先进性。因此，应当尊重和珍惜台湾文化中近代化、世界化的成分，而不应当将其一概视为“遗毒”。台湾文化的重建也应当以台湾已有近代化、世界化文化成果为基础，而不应当实行单一的中国化文化灌输。台湾本省文化人士的这一文化重建主张和大陆赴台作家的文化重建主张由此汇合。

三、两个文化核心指引下的两种重建方向

光复初期，台湾社会文化中的殖民烙印使得文化重建成为行政长官公署重建台湾的工作重点。行政长官公署在台施政之初就将“文化心理建设”放在一切接收台湾工作之首位，并明确指出，文化重建是以三民主义为文化核心，重建目标即为建设三民主义的新台湾。为此，陈仪在《台湾省行政长官公署施政方针》中要求：“各校普设三民主义、国语国文和中华历史、地理等学科，多加钟点。”[①]台湾行政长官公署1946年的工作报告中提到：

> 总理遗教为我国最高指导原则，总裁言论为我全体国民努力目标，应使台胞普遍明瞭。
>
> 现已翻印《三民主义》十万另五千册（中文五千册，日文十万册），《建国方略》三千册，《总裁言论选辑》第一集及第二集各三千册，分赠给各机关、学校、团体及训练团受训学员阅读研究。[②]

陈仪在“人民团体工作检讨会”上则说：

---

① 台湾省行政长官公署编：《中华民国三十六年度台湾行政长官公署工作计划》（1947），转引自黄英哲：《“去日本化”“再中国化”——战后台湾文化重建（1945—1947）》，（台湾）麦田出版社2007年版，第37页。

② 陈鸣钟、陈兴唐主编：《台湾光复和光复后五年省情》（上），南京出版社1989年版，第232页。

我们要承认群众的力量，我们要集中大多数人的力量共同来推进政治的工作。但是群众力量和多数人的力量要向那一个方向推进呢？我们所当遵循的唯一的正确的方向，即是三民主义。无论政治经济教育文化，都必须向三民主义这一个方向积极推进。因此我希望各位要把三民主义这本书多多研究。……

民主时代，言论自由、批评是应该有的。但是批评政治、经济、教育、文化必须有正确的标准……我们现在要用的尺度，是三民主义。用三民主义的尺度，去批评政治，批评才能正确。[①]

台湾行政长官这一以三民主义为核心的台湾文化重建政策，鲜明地体现在其具体的文化重建措施中。以台湾文化重建的四大机构之一、受行政长官公署直接领导的台湾行政长官公署宣传委员会为例，它是行政长官公署在台宣传三民主义、进行传媒统治的核心机构，在其负责组织的"台湾省地方行政干部训练团"中广设三民主义、国父（孙文）遗教、总裁（蒋介石）言行等科目，将以上内容的学习与国文、国史的学习并重。自其成立到1946年底，编印了用于向台湾民众灌输中华民族意识的"宣传小册"共计8种31万5000册。[②]其内容大多是宣传"国府政令""国父遗训""总裁训话"以及三民主义。在名为《国民革命与台湾光复》的小册中有以下内容：

台湾光复的因素，固然有多种，但若追本溯源，还是由于国父倡导国民革命所赐……台湾的割让给日本，是马关和约所规定，而马关和约的成立，则是甲午年中日战争的结果。中日战争及马关和约决定了台湾沦陷的命运，也刺激了国父革命的精神……

① 陈鸣钟、陈兴唐主编：《台湾光复和光复后五年省情》（上），南京出版社1989年版，第311—312页。

② 参见黄英哲：《"去日本化""再中国化"——战后台湾文化重建（1945—1947）》，（台湾）麦田出版社2007年版，第75页。

国父的致力革命，既然主要是受了中日战争及马关和约的影响，其目的又是在求中国的自由平等。那么，光复台湾这件事，当然是他终身的一个大愿望。他在生前，曾以"恢复高台、巩固中华"八个字，定位抵抗日本帝国主义的政策，并以垂示于全体同志，使其得有救亡图存的方针……现在高丽解放了，台湾光复了，国父的这一个遗志完全实现了。大家应该知道国民革命的伟大导师是国父，光复台湾的伟大导师也就是国父。①

在光复初期的台湾文化重建进程中，台湾行政长官公署一直将三民主义作为重建台湾文化秩序的最高指导思想和文化、思想资源。这一文化重建方向，固然涵盖着行政长官公署作为国民党政权在文化建设上的主张和理想，但面对光复初期台湾社会的历史巨变，三民主义的弘扬和宣传，更是行政长官公署确立政治地位、团结台湾民众、实现其中国化目标的重要思想资源和文化途径。其目标不仅要实现台湾民众对中华文化的认同，更要实现台胞对行政长官公署乃至国民党政权的认同。然而，活跃在台湾文化重建舞台上的另一股重要的文化力量——大陆赴台作家却非三民主义信徒。

光复初期，为适应台湾文化心理建设之需，肩负重建台湾文化的历史使命，一大批大陆作家应台湾行政长官公署邀请渡海赴台，但他们并非国民政府及国民党执政理念的追随者。从赴台作家的人生经历来看，黎烈文曾为《申报·自由谈》的助理编辑，后来取代周瘦鹃成为主编后对《自由谈》的锐意革新，受到了左翼人士的热烈欢迎，却因触怒国民政府而去职。台静农曾为莽原—未名社的主要成员，和鲁迅关系密切。李何林曾在1927年加入中国共产党，1948年离开台湾后进入了华北解放区。雷石榆更是在1934年与日本左翼杂志《诗精神》密切合作。梳理赴台作家的文学活动历程，我们发现，大多赴台作家曾亲历五四新文化运动，与鲁迅关系密切，他们往往对于国民党在大陆的统治有着清醒的认识，甚至相当多应邀赴台的大陆作家都具有左翼背景，在参

---

① 台湾省行政长官公署宣传委员会编：《国民革命与台湾光复》（1946年11月），转引自黄英哲：《"去日本化""再中国化"——战后台湾文化重建（1945—1947）》，（台湾）麦田出版社2007年版，第76页。

与光复初期的台湾文化重建时自然不以三民主义为最高文化理想和精神旨归。对他们而言，渡海赴台一方面是人生际遇的选择，如许寿裳想要摆脱南京的政治空气，更想要借台湾的安宁完成自己撰写有关鲁迅的著作的夙愿；黎烈文于《自由谈》被迫去职，李万居邀请其赴台就任《新生报》副刊主编，这对于热爱媒体自由的黎烈文自然是首选；而台静农因在白沙国立女子师范学院的风潮中站在学生一边，拒绝了学校的新聘书，转而接受了台湾大学的教授聘书。另一方面，对大陆作家而言，光复初期的台湾不同于内战一触即发的大陆，是一片相对安宁、清明的土地。而战后面临文化重建的台湾文化界、文学界，以及光复初期台湾较为宽松的文学环境更是其传承五四精神、弘扬五四新文化传统、实现自我文学主张和启蒙理想的广阔平台。因此其赴台的核心目的就是在台湾移植大陆新文学成果，传承五四文化，实现其在大陆未竟的文化理想。

受邀赴台执掌台湾"国语推行委员会"的魏建功曾毫不讳言地表示："台湾的国语运动是要把'言文一致'的实效表现出来，而使得'新文化运动'的理想也得到最后胜利。"[①]我们不难发现，魏建功在台湾推行"国语"是应长官公署之邀为战后还未摆脱日语影响的台湾推行用于承载民族文化的语言文字，更是其在台湾实现发轫于五四、主张"言文一致"的新文学运动理想的不懈努力。对堪称大陆赴台作家领军人物的许寿裳而言，渡海赴台本身就是为了在台湾完成自己的鲁迅研究，同时以鲁迅精神为资源在台湾掀起一个"新的五四运动"。他在1946年发表于《和平日报》的《鲁迅和青年》一文中说："鲁迅在《〈出了象牙之塔〉后记》一文中说道：'历史是过去的陈迹，国民性可改造于将来，在改革者的眼里，以往和目前的东西全等于无物的。'以上这些话，至今还是很适切很需要的。"[②]作为鲁迅的挚友，许寿裳一生执着于国民性的改造，他和以木刻艺术在台湾传播鲁迅精神的黄荣灿一样认为在光复初期的台湾文化重建就是要以鲁迅作品为媒介、以鲁迅精神为指引、以五四新文化传统为核

跨越1949
战后中国大陆、台湾、香港文学转型研究

---

① 魏建功：《〈国语运动在台湾的意义〉申解》，转引自黄英哲：《"去日本化""再中国化"——战后台湾文化重建（1945—1947）》，（台湾）麦田出版社2007年版，第52页。

② 许寿裳：《鲁迅和青年》，转引自黄英哲：《"去日本化""再中国化"——战后台湾文化重建（1945—1947）》，（台湾）麦田出版社2007年版，第160页。

心在台湾掀起一个新的五四运动。台湾文化新秩序的构建不是三民主义的普遍信仰，而是五四传统的接续和传承，是五四启蒙理想的实现。至此，大陆赴台作家以五四传统为文化核心，以鲁迅精神为主要思想资源，开启了光复初期不同于三民主义文化核心的另一个台湾文化重建方向。而这一文化重建方向因其与台湾社会历史发展进程的契合，相较于三民主义的文化重建对战后台湾的社会文化、文学发展产生的影响也更为深远和广泛。

"二二八"事件以后，随着台湾行政长官公署政治命运的终结，由其所主持的声势浩大的台湾文化重建逐渐落潮。在光复初期的中国化洪流中，台湾行政长官公署、大陆赴台知识分子和台湾省籍文化精英站在各自的文化立场上，提出了或迥异或相似的文化重建主张。在以上三股文化重建力量中，大陆赴台作家作为大陆赴台知识分子群体中的一支，在自身文学和启蒙理想的感召下渡海赴台投身台湾文学重建。虽然，在"二二八"事件，尤其是许寿裳遇害后，一批大陆赴台作家返回了大陆，另一批赴台作家如台静农、黎烈文等进入高校执教不再直接从事文学活动，大陆赴台作家的文学重建逐渐落潮。然而，在光复初期的台湾文坛，由大陆赴台作家开创的、以五四为旗帜、以鲁迅为典范的台湾文学重建奠定了战后台湾文学发展的基调和方向，其根植于台湾现有文学成果和文学传统中的重建努力在光复初期台湾文学的重建中起到了举足轻重的作用，不仅实现了光复初期台湾与祖国在文学意义上的汇流，也影响了日后台湾文学的走向。战后台湾文学一直在官方意识形态管控的环境中，顽强实现着五四新文学传统和台湾日据时期新文学传统的汇合。

第三节　"二二八"文学：战后台湾文学的重要转折

1947年举世震撼的"二二八"事件深刻影响了光复后台湾社会的转型，在这一事件前后反映、表现这一事件的文学可称之为"二二八"文学。在以后的历史岁月里，陆续有文学作品涉及"二二八"事件，而1980年代的台湾更形成了"二二八"事件题材的创作热潮。"二二八"事件成为影响战后台湾文学历史进程的重大事件。回到"二二八"的历史语境，重新考察"二二八"文学，成为我们切实把握战后台湾文学的历史转型的重要内容，它甚至可以促使我们深入认识20世纪四五十年代之交整个中国文学转型的重要内容。

一、文学的表现和传达："二二八"事件埋在土里的"根"

报告文学总是直接迅疾地记录时代现实的真实面影，但"二二八"事件前后的环境使台湾报告文学的本土生存空间变得狭小，一些直接描述"二二八"事件的报告文学只得辗转在台湾以外的报刊上发表。董明德是上海《文汇报》驻台湾记者，他的《台湾之春——孤岛一月记》①启用"孤岛"一词，逐日记载了1947年2月28日前后台湾巨大的社会动荡，成为揭示"二二八"事件历史真相的极其珍贵的第一手资料。这篇报告文学详细记录了"二二八"事件的全过程：2月27日，"晚七时许，专卖局与警察大队警员，于延平路一带查缉小贩私烟（上海入口之香烟），四十岁之女烟贩林江迈之烟及钱钞被没收，林苦苦哀求不放，查缉员即以烟筒击林之头部，当时出血晕倒。群情激愤，警员于图逃之际开枪击毙市民陈文溪，当时群众愈益暴怒，乃捣毁其卡车"。28日，台人鸣锣停市，口号是"我们台湾人还能活吗？卖烟都要送命！"，上千人游行，晚政府宣布戒严。之后几日，"打人消息不时传来"。陈仪长官几次广播讲话，承诺"解严""释放被捕市民""禁军宪警开枪"等。3月3日，"二二八事件处理委员会"成立，但"实在，我们比处于十万敌人所谓的死城中还可怕，不仅四面八方，而在左右前后都可能是，没有一点安全的空间，'孤岛'、'危城'也不足以比拟目下的危险"。7日，陈仪再次广播讲话，提出县市级行政机构7月1日民选。而"二二八事件处理委员会"则向政府提出32项要求，包括"制定省自治法""禁止带有政治性之逮捕拘禁""非武装之集会结社绝对自由言论出版罢工绝对自由"等"治本"主张。至此，"这次台人以愤怒的打专卖局，盲动的打外省人，以至朦胧的要求政治改革等阶

---

①　董明德：《台湾之春——孤岛一月记》，《文汇报》1947年4月1—3日。

段发展下来，算是把他们之中一般的尤其是知识界的欲望、要求，都集中的写在一张纸上了"，而"以我们这些外省人想来，现在事情是到了真正严重的关头了"，"瞧这卅二条，中央一定会极端震怒的"。9日，报纸还大字印着军方戒严司令昨天对处委会的谈话："本人决以生命担保，中央绝不会对台湾用兵"。但下午广播"共党"潜入台北，军警宪围捕的消息，这意味着"政府翻脸了"和"大概中央的兵到了"。10日，陈仪广播讲话，宣布"再度戒严"，"国军驻台了"，"二二八事件处理委员会"和其他"所有非法定团体"被取消，电台充满了"法纪""背叛国家""不法""共党""严办"等"刚硬严厉的字眼"，"枪声不绝"。12日，"许多消息传来了，这次基隆军队登陆时民众曾作抵抗，结果死伤很重，军队在到台北的公路上被伏击，所以后来索性不分青红皂白一路扫射到台北"，仅"台北公教人员死三十三，伤八百六十六"。之后，"户口总清查"，"民间报几无一家"，"清乡，公布联保连坐法"……"恐怖笼罩了全台"。28日，"白部长昨在台北向全国广播，将造成此次事变的原因分为两点。远因是受日人偏狭恶性教育上歪曲宣传之结果。近因则是'共党'及'野心家'乘机暴动"。这就是"二二八"后的一个月，"这里的日记虽只是到今日为止，但我的日记是永远不会停止的，那么，关于台湾，今后还会有些什么好记呢？可以想得到的是"，"大陆下沉，台湾不能自外于中国"。

　　台湾光复后，台湾民众对回归祖国欣喜如狂，渴盼此后扬眉吐气做中国人，但政府和大陆接收大员等的作为，让台湾民众陷入新的绝望之中，于是"私烟贩"一事成为民众积怨爆发的导火索，而民众抗争最终遭到政府当局的血腥镇压。这似乎就是"二二八"事件的缘由和过程。当时大陆的左翼、进步报纸也都把"二二八"事件视为台湾民众反抗国民党政权专制统治的历史事件。然而，正如《台湾之春——孤岛一月记》在谈及事件原因时所言："原因，原因，像野草的根埋在土里"，而此时文学的表现和传达，却可以使扑朔迷离的历史显露出某种真意。例如，"孤岛"一词所揭示的台湾社会境遇、民众心理，未必不是"二二八"事件埋在土里的"根"。

　　"二二八"事件中发生过台湾人和外省人的激烈冲突。《台湾之春——孤岛一月记》一文中也有明显的"台湾人"和"外省人"的叙事线索，然而，所叙"台湾人"和"外省人"却出乎意料地互相保护和扶持。例如"三月二日"的日记有这样的记叙："就在一个多钟点以前，有十几个壮汉闯进我们的巷子，尽问：'这里住的"阿山"（外省人）好不好？'左邻右舍（台胞）异口同声说：'好，好，很好！'那些人才离去。现在想来真可怕。那时我们还在梦中，邻人们用不着说'不好'，只要说一声'不知道'，我们就不得了了！这些穷苦的邻人，三个月来进进出出未交一语，可说并无感情，而他们竟说我们'好'，在暗中保护了我们，真令人惭愧、感激。"这样的历史细节在其丰盈的血肉感中化解了"二二八"事件中的族群冲突，显示了台胞的善良心地。其实，任何激烈的族群冲突，一旦回到日常生活的层面上来都可以得到化解。但"三月二日"的日记中也有这样的记述："隔巷的林家就被烧了。那林太太在一个月之内换过三个下女，平日小气刻薄。""我"的同事陆（大陆人）也觉得，"平日大多数外省人在举止言谈间又处处露出对台胞的轻蔑，只这一点就够资格挨打"。台湾民众孤悬海岛，被殖民了漫长岁月。他们对台湾岛有"根之所系"的挚爱，但历史作弄，他们总在自己的故乡遭受"外来者"的压迫，所以他们对"外来者"的歧视、偏见异常敏感，这种感觉在台湾光复、同胞相聚后反而更强烈了。杨逵当年撰文就有这样的悲怨："忆起光复当时，我们以万分的热情，欢迎陈长官莅台，以万分的诚意亲近祖国同胞。但他们视台湾为殖民地，看台胞为可欺"，台胞"想出一点力为国效劳，却被认为有独立思想了"，甚至"就被认定是要离叛祖国"。[①] "二二八"事件发生后，台湾民众最担心害怕的也是重兵派入孤岛，自己"做台湾岛的主人"的愿望再次彻底破灭。如何体悟、尊重台湾民众当家做主的心愿，实在是解开"二二八"事件真相的关键。

时在上海的范泉（左翼）曾在"二二八"事件刚发生时写下报告文学《记台湾的愤怒》，记叙了他交往的台湾知识分子描述的台湾民间对大陆迁台统治

[①] 一读者（杨逵）：《二·二七惨案真因——台湾省民之哀诉》，（台湾）《自由日报》1947年3月8日。

者的怨声载道："他们是来统治殖民地的，他们准备空身而来，满载而去。"一个"在日本人统治台湾的时期，不止一次把他的财产资助台湾的革命党。胜利以前，他对于祖国抱有无限的希望"的台湾士绅曾"坦率地说出了台湾民间对于统治者的失望和仇恨的程度。他说有一次，他搭乘从基隆到台北去的公用车，一个穿了华丽衣服的上海小姐——也许是一个官太太，踏上车来，于是那个卖票的台湾女人在瞥了她一眼以后，用日语说：'野蛮人来了！'又有一次，他走过台北的某政府机关的时候，只见墙上用日文书写'豚的住所。'原来现在的台湾人把中国人当作Bouta（猪）了。他说Bouta的代名词，在台湾人的口头到处可以听到。这个字的意义倒不是在说笑话，而是说出了台湾人无可遏止的憎恨！"[1]。台湾人好客善良，但长期"被遗弃"的命运感、历史上过于频繁的"外来者"时时使他们陷入在自己的家园无法当家做主的愤怒之中。当然，在无法当家做主的后面是物价的飞涨、饥荒的蔓延、民主的恶化。我们在范泉的报告文学中还读到了这样的内容，一个"出身于台湾农民之家的台湾文化人"向"我"这样描写了"在日本帝国主义统治下的台湾农民的生活"："那时候，台湾虽然被囚于日本枷锁，然而台湾农民的生活是平静的。……虽然在动荡不安的战时，台湾平民的节约和存储的习惯始终没有被打破，他们把所有的钱都存储到银行里去。他们按期获得了足够的息金去支配他们的生活。乡村的农民们在遇到空暇的时候，常常三五成群，结伴到城市里去，雇了一辆小汽车风驰电掣似的游荡。这表示台湾农民在工作的边缘上还有足够余裕的经济来享受。然而胜利以后台湾回到了祖国的怀抱……加速度的货币贬值和物价腾贵使那些忠厚质朴的'平'民变成了毫无保障的'贫'民了……素来没有乞丐的台湾平添了不少的乞丐。"不应该把这番话看作是非不分、美化日本统治吧，这些讲述才是"真正的台湾平民的心声"，它"是为那些访问台湾而仅仅访问了台湾的统治阶级的新闻记者和文艺工作者所想象不到的"，然而却是

---

[1]　范泉：《记台湾的愤怒》，曾健民等编：《文学二二八》，（台湾）社会科学出版社2005年版，第291页。

"一种值得你哭泣的真切的事实"。①

正是这些报告文学留存下的历史细节，让我们事隔六十余年还能触摸到"二二八"事件的历史脉搏，并让我们再次回到当年中国有识之士的思考："对于这样一块富有历史意味和民族意识的土地，我们应当用怎样的热忱去处理呢？是不是我们要用统治殖民地的手法去统治台湾？"②而这正是"二二八"事件的历史症结所在。

二、文学的自省：走出狭隘的省籍和族群矛盾

用统治殖民地的手法对待台湾民众，自然是统治者的心态和作为。但文学的力量不仅在于批判，更在于自省。台湾光复后，漠视台湾民众当家做主的心愿，甚至欺骗、伤害他们，也许并不只是与统治者有关了。欧坦生（丁树南）是1947年2月从大陆到台湾教书的，"躬逢举世震撼的'二二八事件'，危难中幸得一对善心的本省老年夫妇拯救收留"③，之后一直留居台湾。他在"二二八"中遭逢劫难，却能反省自身，为台湾民众发出不平之声。被杨逵称作台湾文学的"好样本"④的小说《沉醉》⑤，是欧坦生在"二二八"事件过去才四个月之时所创作，在一个"痴心女子负心郎"的故事中包含了对"二二八"事件的反思。小说称"二二八"是"值得我们的政府记忆，也值得全中国人民纪念的壮烈的一个日子"。杨先生就是在这一天从大陆来到台湾。混乱中他被殴打得遍体鳞伤，得到台湾本地一位"下女"阿锦的精心照料得以康复，两个人也落入了爱情的"陷阱"。小说描写了"天生的柔慈心肠"的阿锦对"以大强国国民的姿态出现在她们眼底的来自内地的独身公务员"的倾心之情，这种情感中本来就有着殖民统治的烙印。阿锦"像大多数的台湾女性一

---

① 范泉：《记台湾的愤怒》，曾健民等编：《文学二二八》，（台湾）社会科学出版社2005年版，第288页。

② 范泉：《记台湾的愤怒》，曾健民等编：《文学二二八》，（台湾）社会科学出版社2005年版，第292页。

③ 丁树南：《欧坦生不是蓝明谷》，（台湾）《联合报副刊》2000年6月13日。

④ 杨逵：《台湾文学问答》，（台湾）《新生报·桥》第13期（1948年6月25日）。

⑤ 欧坦生：《沉醉》，《文艺春秋》第5卷第5期（1947年11月15日）。

样，当日本时代……一向受着贤妻良母的教育，养成了百般温驯的性格，和自我牺牲的精神"。而杨先生巧妙地利用了阿锦的这一性格，享用了阿锦的柔情爱意，而又轻而易举地欺骗、抛弃了她。小说还讲述了阿锦帮佣的大陆夫妇对阿锦的凌辱，讲述了在杨先生对阿锦的欺骗中，朱先生等大陆人很自然地充当了同谋。这些都让我们很容易发现一般大陆人的优越感，这种优越感借助于"权力""威望"就成为对台湾民众的轻蔑、压迫。更值得关注的是，阿锦把大陆想象得十分美好："在那里没有贫穷，也没有饥饿；而且什么都要比台湾强，甚至于比日本强——不然的话，这一次日本怎么会被打败来呢？"而杨先生、朱先生不仅利用这种想象残忍地欺骗了阿锦，而且利用阿锦不识中文，明目张胆地玩弄阿锦的感情：阿锦"更紧地握住那封信，自以为是握住了别人的心！"，殊不知这封用中文写成的信却是杨先生和朱先生同谋遗弃阿锦的"弃书"。这里的"反讽"无疑包含了台湾民众"弃儿""孤儿"的无告痛苦。欧坦生随后发表的小说《鹅仔》[1]，更在鲜明的强弱对比中寄托了深切的同情和沉痛的反思。小说以台湾男孩阿通的眼光，展开了"二二八"前后"那边人"（外省人）和台湾人两个世界的眼中隔阂、对立。阿通钟爱的鹅仔被"那边人"的处长太太无理霸占，并由此引来了一连串厄运。"冤"成为台湾平民百姓的日常遭遇，阿通的阿姐被"课长太太""冤她手脚不干净，会偷东西，把她辞退了"；阿通的阿爸被处长太太一口"这班讨厌的台湾人"的"中国话""冤"得赔礼赔款；阿通为了自家的鹅仔更被"冤"得遭恶殴后关入了狭小污秽的鸡屋……小说不时穿插"处长太太和两位女客正热烈地讨论着家庭教育以及'本地人'的'劣根性'等等问题"一类的场景，使这场"鹅仔风波"成为阶级压迫和族群歧视的双重悲剧。小说结尾"我们是同人家强不得的……"的悲叹，包含了台湾民众沉重的历史无奈和巨大的民族悲哀。

省籍冲突自然并非"二二八"事件爆发的根本性原因，移民过程中外来者和台湾少数民族发生矛盾冲突也在所难免，"二二八"事件的根子还在于国民党当局无视台湾民众当家做主的愿望，贪污、苛政更造成了民生凋零，但普遍

---

[1]　欧坦生：《鹅仔》，《文艺春秋》第7卷第4期（1948年10月15日）。

存在于大陆迁台者中的优越心理、漠视心态是否激化了矛盾，是值得反思的。欧坦生的可贵就在于他初到台湾，能对台湾民众感同身受。他笔下的台湾民众，善良而强悍，热情而自尊。阿通等形象可爱而可亲，他们甚至可以作为镜子，照见我们自身的缺陷。欧坦生小说中台湾话（闽南话）的穿插也相当自然传神，甚至使得这些小说在很长时期里被误认为是台湾高雄作家蓝谷明所写，万万料想不及它们出于一位迁台不久的大陆青年作家之手。这一情况也许恰恰说明了，省籍冲突确实并非"二二八"事件的历史症结所在，但其中包含的自大、歧视、等级等造成的族群隔阂是值得深深反思的。

事实上，"二二八"事件中的遇难者也有大陆的。散文《难忘的日子》[①]讲述了"抱着一腔热诚渡过大海来工作"的"少年英俊"黄仲光遇害的情景，那是"战战惶惶，连香烟的烟雾都不给飞出门外"的恐怖日子，但"剧迷"黄仲光却仍在背诵《日出》中的台词"太阳出来了，但光明不是我们的，我们要睡了"。然而，就在"阳光照满了狭窄的宿舍，温暖而轻柔"时，黄仲光被一把长长的日本刀刺进了胸膛。他结束于血泊中的生命，不仅是对政府当局滥杀无辜的暴行的控诉，也呼唤人们"从狭隘的省籍悲情和族群怨恨中解放出来"[②]，这是"二二八"文学留给台湾人民最沉痛也最有力的警醒。

三、"二二八"文学：战后台湾政治文学的滥觞

"二二八"文学实际上是台湾政治文学的滥觞，它在日后1980年代的台湾文学中引发强烈的回应。而"二二八"文学表现出的强烈的左翼倾向，表明战后台湾文学的重建一度受到台湾本土左翼文学的主导。"二二八"文学的作者大部分具有鲜明的左翼立场，即强调"二二八"事件发生的根由在于台湾阶级矛盾的激化，坚持从台湾民众求解放做主人的立场出发来建设台湾社会，以避免台湾社会的更大动荡。从日据时期到战后杨逵的左翼立场都不言而喻，所以"二二八"事件发生后，他就直言指斥台湾"大官大贪，小官小污"的

---

① 梦周：《难忘的日子》，（台湾）《中华日报·海风》第153期（1947年4月11日）。

② 曾健民等编：《文学二二八》，（台湾）社会科学出版社2005年版，第350页。

现实，义正词严地表明"这次民众的义举，并非要反对国民政府，也不是要离叛祖国，更不想做哪一国的殖民地。正是要捉奸拿贼而已。国贼一日不清，国政一日不明，汉奸一日不除，国情一日不安"，"如果没有拔本塞源地改革，想没有光明的一天了。为此要防止腐败政府的再出现，彻底要求立即实行宪政，实行省县市长的民选，拥护基本人权"。[①]吕赫若战后的政治立场也倾向左翼，据说当时加入了中共在台湾领导的游击队。他写的《冬夜》[②]作为最早涉及"二二八"的小说，就是从台湾社会矛盾激化的角度来切入"二二八"题材。小说讲述台北贫民窟杨家长女受辱于"浙江人"郭钦民的遭遇，但小说从彩凤的女性视角展开叙事时，目光所及都是战后台湾的社会不平："在光复的欢天喜地之中，一切物价破天荒地飞涨起来了"，"统制组合解散而她倒失业了"……而小说结尾讲述到彩凤的相好狗春与军警的武力冲突，特意点明狗春是带枪"开展着游击战"的，未必不是暗示出左翼革命力量与"二二八"事件的联系。

与《冬夜》同期刊出的丘平田的小说《农村自卫队》讲述"我"从台北回到平田老家，叔叔大段大段的诉说从多个方面大胆揭露了光复后政府当局的胡作非为，其左翼倾向也十分明显。其中述及当局征兵"去打中共"是"同胞杀同胞"的"对内勇敢，对外卑怯"，更反映了大陆左翼的立场。但小说描述"村里人大家已经觉醒了……大家以为'文'的时代已经过了，现在是'武'的时代，强的赢，弱的输"而成立"农村自卫队"时，却是从台湾村落家族文化的角度展开的，全村家长会议议决成立的自卫队责在保卫自己的村落，其抗争也密切联系着台湾乡村的家族文化。这让我们看到了战后台湾的左翼文学是植根于台湾本土的。

伯子的小说《台湾岛上血和泪》[③]是当年直接描写"二二八"事件的少数作品之一。小说以有着台湾方言色彩的叙事语言，从失业工人陈福生的视角

---

① 一读者（杨逵）：《二·二七惨案真因——台湾省民之哀诉》，（台湾）《自由日报》1947年3月8日。

② 吕赫若：《冬夜》，（台湾）《台湾文化》第2卷第2期（1947年2月）。

③ 伯子：《台湾岛上血和泪》，《文艺生活》第14期（1947年5月）。

展开了"二二八"事件的全过程："阳历的二月就只余二天了"。台北专卖局查缉人员"在延平路"打死了摆烟摊的老妇人,引起公愤。人们"一见了外省人,都怒目而视"。街头贴满了日文传单:"六百万台胞团结起来!"

"叫猪官赔人命!"愤怒的民众捣毁了专卖局官员、职员的宅第,军队扫射请愿者,全市罢工、罢市,"全体台湾人,投进这激怒的漩涡中"。在激烈的冲突中,"全台湾都起事了,从阿山(笔者按:本义为唐山人,含有轻蔑、仇恨)手里把一切接收过来,人民胜利了"。然而,就在陈仪"宣布实现地方自治,七月前完成市县长民选",而台湾各政治组织为权力分配争论不休时,政府重兵登陆基隆,在"杀尽亡国奴"的恐怖中,全岛沦于血泊之中⋯⋯小说描写的"二二八"事件纠缠进了更复杂的社会因素。例如"台湾人"与"外省人"的矛盾在激烈的冲突中失去了理性(小说有不少这样的细节:"整齐的蓝色西装已撕成破布,惨白的脸,嘴巴在分诉他也是台湾人,一个恶狠狠的壮汉在日语盘诘他,他听不懂⋯⋯群众棍脚齐下,把那人击成血肉模糊的一团。"),无辜民众成为事件中最直接、最严重的牺牲者;而各种政治力量("人民联盟""义勇团"等)又各自有利益冲突,这使整个事件被置于更错综复杂的社会矛盾中。这篇小说在简洁明快的叙述中留存了"二二八"事件的诸多历史真实,也从左翼立场的角度留下了诸多日后发人深省的思考。

战后台湾左翼文学对"二二八"事件前后冲突激化的社会矛盾有广泛而大胆的揭露。散文《卖烟记》[①]描述街头私烟不绝的"僵局",深刻地指出"洪水般失业的人群"的存在是私烟难以根绝的根本原因,它将会引起"对当局不应该有的摩擦和误解"。这篇1947年2月初发表的文章几乎就是"二二八"风暴来临的前兆。话剧《三不主义的行政长官访问记》[②]在尖锐的反讽中揭露国民政府虽然镇压了"二二八"事件,但"遗留贪污、埋伏祸根",台湾会有更大的灾难。这些作品从阶级意识、社会政治、经济矛盾的角度剖析"二二八"事件,并表现出鲜明、强烈的反抗专制、争取民主的意志。

---

① 踏影:《卖烟记》,(台湾)《新新》第2卷第1期(1947年1月5日)。

② 螺阳居士:《三不主义的行政长官访问记》,(台湾)《前锋》第17期(1947年9月)。

“二二八”文学的左翼倾向在大陆文学中得到了充分印证，首先是大陆左翼力量掌控的香港报刊利用香港相对自由、和平的环境发出了台湾岛被扼杀的“二二八”呼声。《华商报》是香港有影响的左翼报纸，其《热风》副刊等刊发的“二二八”文学作品有着对台湾人民的深切理解，也有对台湾光明的热切呼唤，而这一切又置于“解放全中国”的革命形势中。雪牧的诗《一个台胞的话！》①悲愤诉说在日殖“一万八千多个屈辱的日子”后，台湾民众继续受着“无尽的鄙夷和敌视”的遭遇，热切呼吁“祖国的兄弟／你应该帮助我们重整家园”。方菲的长诗《台湾，美丽的岛啊！》②以深情的笔调描述“太平洋上美女”台湾岛的迷人，歌吟台湾人数百年抗争的强韧，尤其赞颂“七七”后“枋寮、雾社、嘉义”暴动起义是为了“支援祖国的解放战争”，更将“‘二二八’民变革命”视为“解放前的大风暴”，是“不屈的台湾人民／永远和祖国解放行列／并进看齐！”。诗作生动描述了来自大陆的革命者和台湾民众亲密相处，甚至有了“应该讨一个台湾老婆／在这里成家立业”的心愿；而在“二二八”失败后，“在农舍，在厂里，／我们和乡亲们，／暂时的告别，／麦仔酒，肥鹅肉，田鸡，槟榔，和一切尽有的美味，／每一个地方，／都要连夜的畅谈到／眼睛牵满红丝／‘乡亲，／我们相隔只有四十哩，／顺风帆船只要十四小时，／祖父们说；大破晓时，／可听到对岸祖家的鸡啼！’”。诗作认同台湾民众的“民主自治”，又超越了台湾本土和外省省籍的对立图式，而这里的描写融合了亲切的民族意识和鲜明的阶级意识。诗作预言“第二次‘二二八’就要再起”，热情地呼喊：“而我们——阿山的乡亲们，／马上支援岛上的解放，／对于蒋匪们，／必定要穷寇穷追，／我们风帆齐挂，／马达如雷，／从马公、基隆、淡水、鹿港、安平、梧栖、布袋、高雄、台东、苏澳、花莲市，／战斗登陆”，这里如此明晰的战斗召唤，显然密切联系着中国大陆中共战事节节胜利的局势。上海“左联”重要成员司马文森抗战期间在广州创办的《文艺生活》，抗战胜利后因遭国民党通缉移往香港，

第三章　台湾：战后政治高压缝隙中发生的多种文学思潮

---

① （香港）《华商报·热风》1947年3月6日。

② （香港）《华商报·茶亭》1949年3月4日、5日。

也刊发了直接赞颂"二二八"革命的文学作品。

中国大陆的左翼报刊、作家也给予"二二八"以有力声援。诗人臧克家就发表了《表现——有感于台湾二二八事变》一诗[①]，为台湾民众喊出了痛苦无告的悲情："五十年的黑夜／一旦明了天"，"祖国，你成了一伸手／就可以触到的母体"，然而，"五百天的日子／还没有过完／祖国，祖国呀／你强迫我们把对你的爱／换上武器和红血／来表现！"。1940年代后期的臧克家对国民党的专制腐败深恶痛绝，对人民革命充满希望，他从整个中国命运的角度理解、支持台湾民众当家做主求解放的斗争。

"二二八"事件遭镇压后，雷石榆写下《沉默的发声》[②]。在"人们的心理还是颤栗于血腥"的"大变乱之后"，作者用"思考代替眼泪，沉默代替说教"，表明"暴风雨的宝岛"不仅需要"没有虫害的存在"，"更重要的是有充分的肥料和阳光以及轻松的风吹"，而"作为人类心灵的阳光的文化"将会让"沉默消失"。雷石榆1934年在日本就参加了左翼诗歌运动，1936年回国后继续从事左翼文学运动，1946年到台湾后仍"坚持文艺的战斗"。《沉默的发声》反映了"二二八"后台湾左翼文艺思潮的一种重要走向：以建设性的思路继续展开战后台湾文学的重建。雷石榆自己在"二二八"后积极参与许寿裳先生筹划、台湾文化协会主办的"中国现代文学讲座"，向台湾青年宣扬五四精神，介绍鲁迅及其著作；而在1947年至1948年《新生报·桥》关于"如何建设台湾新文学"的论争中，他"第一个把马克思主义的新写实主义引进台湾，鼓励台湾作家奋勇前进"[③]。"二二八"事件促使台湾知识分子去思考台湾回归祖国后台湾的命运，一种建设性的思路在形成中。1947年11月在《新生报·桥》开始的"台湾新文学建设"的重大意义就在于此，台湾作家和"进步"的大陆作家在"五四运动内涵和左翼言语的共同基础下，组成了统

---

① 《文汇报》1947年3月8日。

② （台湾）《国声报·南光》第22期（1947年4月22日）。

③ 蓝博洲：《关于雷石榆与〈沉默的发声〉》，曾健民等编：《文学二二八》，（台湾）社会科学出版社2005年版，第355页。

一战线"，"相互间就战后台湾文学的重建问题作了对话"。①而台湾作家重建台湾文学的努力在"二二八"后也更加强韧。例如一生坚持"人民的、左翼的"立场的杨逵在"二二八"事件中被捕囚禁四个月，但1948年反而是他从事文艺活动"最活跃的一年"②，是《桥》副刊论争中发表意见最系统、最深刻的台湾作家。他主编《力行报》副刊《新文艺》，创办《台湾文学》丛刊，真正开启了战后台湾文学的重建；他热心培养"银铃会"的青年作家，使台湾日据时期的文学传统得以延续；他"使用台湾的民间语言和俚谣的形式"创作诗歌，探索台湾现实主义创作的路径。他的个人努力虽然在他1949年再次被捕并系狱十年后中断，但其影响一直存在于日后台湾文学的发展脉络中。即便在"白色恐怖"的1950年代，台湾作家的建设性努力也在顽强展开。

由于"二二八"后台湾环境的严酷，"二二八"文学的数量有限，"二二八"也被视为创作禁区。一直到1987年台湾解严前后，"二二八"题材才重新进入作家创作视野。而相对于1980年代后台湾激烈的社会情绪，"二二八"题材小说表现出积极的建设性。无论是当年亲身经历过"二二八"事件的老作家的创作，例如吴浊流的长篇小说《无花果》和《台湾连翘》、叶石涛的社会心理小说《红鞋子》等，还是战后新生代的作品，如林双不的《黄素小编年》、杨照的《烟花》、林文义的《风雪的底层》、林深靖的《西庄三结义》等小说，都有清醒、自觉的历史反思意识。他们或关注历史曲折中无辜生命的消亡，或在"二二八"历史的左翼倾向中揭示台湾民众逆境中对自由、平等的寻求，或在"成长记忆"中跨越族群隔阂，或在尊重差异中共同认同台湾的土地。这些都让人感受到"二二八"文学传统的延续，并相信文学可以超越不同的政治意识形态，沟通心灵，纯化感情。

总之，"二二八"文学在台湾回归祖国的时代背景上凸现了台湾的历史境遇和台湾民众渴望当家做主的社会心理，以其强烈的现实批判性揭示了战后台湾错综复杂的社会矛盾，同时以其丰富的历史细节消解了战后台湾特殊社会境

---

① 彭瑞金、黄英哲：《〈桥〉副刊论争及战后台湾文学重建》，（台湾）《联合报副刊》编：《台湾新文学发展重大事件论文集》，（台南）台湾文学馆2004年版，第68页。

② 曾健民等编：《文学二二八》，（台湾）社会科学出版社2005年版，第200页。

遇中的族群矛盾，在社会心理和台湾历史的层面上呈现了"二二八"事件的症结所在，其中包含的历史反思对于台湾社会尤有建设性意义。"二二八"文学具有强烈的左翼文学倾向，延续了日据时期台湾文学的现实主义传统，并由此呼应了中国大陆文学。"二二八"文学表现出来的本土建设性是台湾作家主体性在中国文学格局中的初次展开，奠定了日后台湾文学的一块基石。正是在这些意义上，"二二八"文学足以成为战后台湾文学的一种重要转折。

第四节　1949年后台湾政治高压缝隙中发生的多种文学思潮

战后至1960年代的台湾文学是一种富有反省意味的历史存在。一方面，文学处于高度意识形态性的官方掌控之下，这一时期也一向被视为"反共文艺""战斗文艺"甚嚣尘上的时期；另一方面，文学创作却取得了足以留传后世的成就：小说方面，1999年由中国大陆、台湾、香港、北美、东南亚等地学者、作家联合评选出的"20世纪中文小说100强"中，五六十年代的台湾小说多达12部，它们是姜贵的《旋风》、王蓝的《蓝与黑》、林海音的《城南旧事》、钟理和的《原乡人》、吴浊流的《亚细亚的孤儿》、朱西宁的《铁浆》、王文兴的《家变》、琼瑶的《窗外》、司马中原的《狂风沙》、王祯和的《嫁妆一牛车》、白先勇的《台北人》、陈映真的《将军族》。这些作品提供了乡土叙事、女性叙事、现代主义叙事的丰富形态，并初步拓展出了台湾小说多元典律的空间，直接孕育着台湾文学的批判精神。诗歌方面，蓝星、现代、创世纪三大诗社在1950年代初期就开启了台湾诗坛"一次小小的盛唐"，覃子豪、余光中、罗门、林亨泰、杨牧、洛夫、商禽、张默、周梦蝶、痖弦、李魁贤、向明、白萩等诗歌大家、名家都成就于五六十年代，或古典，或现代；或乡土，或西化，价值倾向、风格个性各异。散文方面，不仅五四散文的多种传统得到了延续，鲁迅杂文的泼辣深邃、周作人小品的平淡醇厚、夏丏尊记叙散文的清新朴实、徐志摩抒情散文的潇洒飘逸、林语堂散文的幽默睿智、许地山散文的博学沉潜，在柏杨、思果、张秀亚、张晓风、琦君、林海音、胡品清、吴鲁芹、王鼎钧、夏菁等人的创作中也各自获得了新的生命；而余光中、杨牧、陈之藩等倡导的散文革命更有大的突破，加上杨逵、钟理和、许达然、林文月、陈冠学等的"草根""农家"本土散文，台湾散文格局多脉并流，蔚为大观。

战后至1960年代台湾文学成就的取得，密切联系着台湾战后政治高压缝隙中发生的多种文学思潮。

战后台湾文坛出现了以左翼为主导的多种思潮，反映出台湾文学的爱国精神和民族团结取向，前已述及这些内容。1949年国民党当局退守台湾后，从文艺政策、文学体制和文学运动多方面加强对文艺的控制，但由于历史因素的影响和现实环境缝隙的存在，官方意识形态主导的台湾文坛还是发生了多种文学思潮，成为此时期台湾文学转型最重要的内容，也使战后台湾文学在严酷的政治环境中获得发展，取得了足以留传后世的成就。

一、官方意识形态与体制缝隙中的三民主义文艺思潮

国民党政权在大陆的惨败，使蒋介石在痛定思痛中反省共产党的"笔权"打垮了国民党的"军权和政权"的历史教训，他曾公开做过这样的检讨："至今回忆检讨，痛定思痛，我们在文化与文艺战线上的失败，乃不能不说是'一捆一条痕'的切身的经验教训。"[①]时任台湾所谓的"国防部"总政治部主任的蒋经国也强调"文艺是一个很大的力量，因为文艺是产生信心的源"[②]。国民党资深外交官蒋廷黻更是直言："20年来，国民党握到的是军权和政权，共产党握到的是笔权，而结果是笔权打垮了军权和政权。"[③]这种反省促使国民党当局在压制战后左翼文学思潮的同时"积极有为"地去开展文艺工作。第一是设立"中华文艺奖"。1949年底，蒋介石在阳明山召开关于改造国民党的党务会议，会上决定成立以张道藩为首的"中华文艺奖金委员会"。其奖励办法主要

① 国民党中央文工会编：《第二次文艺会谈实录》，国民党中央文工会1972年版，第13页。

② 吴东权：《国军文艺运动三十年》，刘心皇编选：《当代中国新文学大系·史料与索引》，（台湾）天视出版事业有限公司1986年版，第444页。

③ 丁淼：《中共文艺总批判》，（香港）亚洲出版社1958年版，第51页。

有两种：一是每年评选两次获奖作品；二是平常投稿，一经录取给予稿酬，然后介绍到各报刊发表，以此鼓励作家创作"反共抗俄"文学。第二是成立文艺协会。"中国文艺协会"、"中国青年写作协会"、"中国妇女写作协会"（原名台湾省妇女写作协会）分别于1950年、1953年和1954年在台北成立。这些文艺组织，名义上"都是作家们自发地创建立"①，事实上受国民党宣传事务主管部门、教育事务主管部门及所谓的"国防部"总政治部等官方机构支持赞助。第三是开展文艺活动，如举办文艺研习班、开设文艺专题广播、发动文艺运动等。1954年的"除三害文化清洁运动"，就是文化界对蒋介石1953年《民生主义育乐两篇补述》的响应。蒋介石的文章"特别强调：文学作家若为了阅读市场而迎合群众的品味，不仅会妨碍文学的真挚与优美，还诉诸共产党利用这个空隙进行文艺运动的历史经验，将阶级斗争的思想与认同感情不正常化，并灌输到国民心中，视之为阻止中国民族主义接受的绊脚石"②。这种认为迎合文学市场需求会导致民众心灵堕落和政治错误的认识，得到文化界赞同国民党意识形态的人士的认同。1954年8月9日，台湾各报发表了《自由中国各界为推行文化清洁运动除三害宣言》，所谓"三害"即指"赤色（共产主义学说）之毒、黄色（色情）之害和黑色（暴露黑幕）之罪"，以此查禁了10家"有害"的新闻杂志社，压抑了思想开放的自由度；并通过维护道德秩序的批判运动，巩固了国民党政权的统治。这场"除三害"运动与后来响应官方号召的"战斗文艺运动"也有密切关联。

国民党当局这些对文艺的"控制"产生了影响，甚至使得一些"纯文艺刊物，如程大城的《半月文艺》、潘垒的《宝岛文艺》、金文的《野风》等，亦走向了战斗性的文艺之路"③。但当局又自我标榜"尊重文学"，蒋介石1953年发表《民生主义育乐两篇补述》一书论到文艺，也要求作家朝着"优美""纯真"努力。所以，无论官方的文艺意识形态，还是其领导或引导的文学活

---

① 李牧：《新文学运动历程中的关键时代》，（台湾）《文讯》第9期（1984年3月）。

② 陈康芬：《断裂与生成——台湾五〇年代的反共／战斗文艺》，（台南）台湾文学馆2012年版，第27页。

③ 李牧：《新文学运动历程中的关键时代》，（台湾）《文讯》第9期（1984年3月）。

动，都存在复杂的缝隙，交织着官方、民间等各种复杂因素。例如，"战斗文艺"是当时台湾文坛的主流，其始于1949年10月18日大陆左翼作家巴人（王任叔）在台湾《新生报》副刊发表《袖手旁观论》，警告台湾作家不可加入国民党反共活动，否则中国共产党一来到，性命难保。此文引起反弹，原东北作家群成员孙陵主编《民族报》副刊，11月16日创刊号发表《文艺工作者底当前任务》，倡议"战斗的文艺运动"；同月《新生报》副刊主编冯放牧提出"战斗性第一，趣味性第二"的征稿原则。这都是报刊编者为自己刊物发出的一种号召，国民党政府当时并未正式制定"战斗文艺"的政策。[①]1951年，蒋经国发表《敬告文艺界人士书》，倡导"文艺到军中去"；1952年6月"军中文化示范营"提出"兵写兵，兵唱兵，兵演兵，兵画兵"的口号，培养军中作家。军中文艺运动强调培养军人的革命精神，"一是要为民族生命而牺牲个人生命；二是要为人民自由而贡献个人自由；三是要为群众生活而节制个人生活"[②]。这得到认同国民党意识形态的文人响应，进一步提出以"战斗"为核心观念的文艺观点，推动"战斗文艺"事实上较大规模的开展。之后，蒋介石从他一贯继承的"先立其本，以人格与精神树信于国民"的传统儒家理念出发，要求军中文艺"革命必先革心"，在1955年提出"战斗文艺"口号，其内容就是"战斗的时代，带给文艺以战斗的任务"[③]。"战斗文艺"实际上是官方和文艺界共同参与的结果。这种复杂情况在"中国文艺协会"得到集中体现。

"中国文艺协会"（"文协"）的成立是国民党当局第一次有计划展开文艺政策的实施，它直接缘自国民党中央常会1950年的一项决定："有鉴于社会仍需要进一步振奋，心理建设尤须加强"，"决定辅导成立文艺性机构"。[④]当时具体负责这一事项的张道藩对文艺与政治关系的认知，即主张文艺和政治之间能彼此协调，使得他没有将文艺，尤其是作家个体纳入国家体制中，而采

---

① 司徒卫：《五十年代自由中国的新文学》，（台湾）《文讯》第9期（1984年3月）。

② 吴曼君：《自由中国实践克难运动》，（台湾）改造出版社1953年版，第1页。

③ 李牧：《新文学运动历程中的关键时代》，（台湾）《文讯》第9期（1984年3月）。

④ 陈纪滢：《文艺运动25年》，鲁蛟、张默、辛郁主编：《文协60年实录（1950—2010）》，（台湾）普音文化事业股份有限公司2010年版，第27页。

取官方主导、民间配合的文艺运作机制，通过与文艺界人士的合作来掌控文艺。这样既能借助文艺来巩固政府政权，又避免官方直接控制导致的文艺与政治间冲突。所以，由他出面，联络当时台湾四大报纸（《中央日报》《新生报》《中华日报》《经济时报》）副刊主编商议成立"中国文艺协会"。该会成立过程中，国民党"中宣部"也派人参与。成立大会更是有国民党所谓的"中宣部长"张其昀、"教育部长"程天放等政府要员参加。这些都表明，"文协"的成立处于国民党文艺政策等政治意识形态的强大影响之下。但"文协"运作的复杂缝隙也非常显著。一是台湾整个文化环境的大背景充满矛盾。台湾以"自由中国"自居，并以此抗衡大陆，倡导"反共抗俄"文学与"自由创作"纠结在一起，使官方对文学的管控有着文学存在的空间。例如，被称为"文协"的"灵魂人物"的陈纪滢一方面批评"政府与党"对作家"只知一时利用，不知永远相偕"①，这种批评包含对国民党政府能扶持文艺的希望，必然会密切"文协"与政府的关系；另一方面，陈纪滢又非常自觉于"无自由，无创作"，而"自由"就在于"除法律外，无人干涉你的写作。也没人逼着你非写什么。更没有人侵害你写作的环境"，他将此视为此时期"文协"活动能取得成就的第一要务。②"文协"成立宣言也以建立"不是主奴，不是仇敌，而是以平等地位相处的朋友"这种"文艺和政治最正确的关系"③为责任。这些都说明，"文协"从成立开始，就存在"在配合国民党政权政策的情况下，文艺自身立场的坚守"的矛盾。二是"文协"的活动实际上延续了抗战时期重庆"中华全国文艺界抗敌协会"（文抗）理念和模式。"文协"在张道藩、陈纪滢的倡议、赞同下，取5月4日为成立之日，是视五四运动为"青年爱国运动及新文化运动"，实践五四科学、民主精神"最有力

跨越1949

战后中国大陆、台湾、香港文学转型研究

---

① 陈纪滢：《为"五四"请愿——并向罗家伦先生请教》，（台湾）《中央日报》1950年5月4日。

② 陈纪滢：《文艺运动25年》，《文协60年实录（1950—2010）》，（台湾）普音文化事业股份有限公司2010年版，第38页。

③ 陈纪滢：《文艺运动25年》，《文协60年实录（1950—2010）》，（台湾）普音文化事业股份有限公司2010年版，第29页。

的人还是中国国民党同志与全国青年"①，"文协"的成立宣言也将五四新文学解释成"无数热血青年，直接地受了国父孙中山先生所创造的三民主义的伟大启示"，将"民主、科学""熔铸于新文艺"的结果。这种动机有着与共产党争夺五四阐释权的政治因素，但也使得"文协"以"继往开来，日新又新"②为己任，所继承的是抗战时期"文抗""团结"文艺界，"勇敢""抗敌"，"热情创作"③的传统，只是"当年是国共合作对抗日本帝国主义"，而如今却是对抗"中共政府"。④"文协"的具体活动与当年文抗也相似。例如，"文协"的经费来源类似"文抗"，开始"没得到任何方面的分文补助"⑤，甚至没有办公场所，日后才在官方和民间援助下得以解决。"文协"成立时会员150多人，至1960年，发展至1290人，其中台湾省籍作家50余人；除台湾、澎湖等地外，也在海外华侨社会发展成员。

"现今所认知的反共文学典型作品，大约都是'文协'成员所写作，通过'文奖会'、《文艺创作》等形式赋予其'反共经典'范式的定位。"⑥"文协"最重要的活动是创作的展开。"文协"创立初期，分别在《新生日报》《中华日报》《公论报》创办副刊《每周文艺》《文艺》《文艺论评》。主编皆文化人，不同程度有着"文化本位"的理念。《每周文艺》主编王绍清为英国爱丁堡大学文学硕士，有丰富的戏剧创作经验，任台湾电影制片厂厂长和台湾艺术馆馆长等职。《文艺》主编徐蔚忱系老报人，编辑方针也趋于开放，坚持报纸副刊更需要的是"包括清新技巧，新型式和新意识的

---

①　陈纪滢：《文艺运动25年》，《文协60年实录（1950—2010）》，（台湾）普音文化事业股份有限公司2010年版，第27页。

②　《中国文艺协会第一次会员大会宣言》，（台湾）《中央日报》1950年5月5日。

③　陈纪滢：《为"五四"请愿——并向罗家伦先生请教》，（台湾）《中央日报》1950年5月4日。

④　李瑞腾：《回望"中国文艺协会"的成立及其发展》，《文协60年实录（1950—2010）》，（台湾）普音文化事业股份有限公司2010年版，第12页。

⑤　陈纪滢：《我们为什么出这个周刊》，（台湾）《新生日报·文艺周刊》创刊号（1950年6月2日）。

⑥　简弘毅：《反共笔部队，集合！中国文艺协会及其作家群》，《文协60年实录（1950—2010）》，（台湾）普音文化事业股份有限公司2010年版，第116页。

新作品"①，使《文艺》呈现出文学的"丰富风景"。《文艺论评》主编黄公伟毕业于燕京大学中文系，后任教于台湾多所大学，以哲学学术成就闻名；而此时以其对文学理论的独特见解著称，其办刊思想则"凡关理论，皆可兼容并包"②。主编们疏离政治意识形态，而相对开放、自由的文化视野和编辑方针给这些副刊提供了并不逼仄的文学空间。《每周文艺》的文学观念虽有"感伤不必，空想无用，我们需要提高战斗意识，充实写作内容"③的时代因素，却更有"最理想的文艺政策"当是"无为而治"④，让作者们各自有自己的园地能够自由耕耘的主张。而王绍清的编辑方针开放多元，不仅文学体式多样，作品内容也既有在离散场景、人生苦难中表达战斗精神和战争思维的，又有"清淡有味的生活小品""浪漫多情的感怀"等。"文协"的第一个刊物"抑或是自由生长、无为而治的文艺园地"，"值得发掘关注"。⑤《文艺》的"整体文艺观"在其创刊时已明确阐发，强调文学对"真、善、美"的追求，而文学不朽的价值在于其"艺术性""永久性"和"普遍性"。⑥其刊发的作品，如杨念慈的小说，公孙嬿、钟梅音的散文，"不以战斗风格取胜"，而借由"清新可喜"的"韵味"、"独特的语调、感性的思维"表达情感，"今日读来仍感惊艳动人"。⑦《文

① 徐蔚忱：《编者的话 被忽视的翻译工作》，（台湾）《中华日报·文艺》第71期（1951年10月22日）。

② 黄公伟：《我们的话——代发刊词》，（台湾）《公论报·文艺论评周刊》创刊号（1952年2月7日）。

③ 陈纪滢：《我们为什么出这个周刊》，（台湾）《公论报·文艺论评周刊》创刊号（1952年2月7日）。

④ 胡摇：《文艺的品格与政策》，《新生日报·文艺周刊》第19期（1950年9月26日）。

⑤ 马翔航：《五十年代初期中国文艺协会创办的三个副刊——析论〈每周文艺〉〈文艺〉〈文艺论评周刊〉》，《文协60年实录（1950—2010）》，（台湾）普音文化事业股份有限公司2010年版，第124页。

⑥ 许君武：《我们的理想——代发刊词》，（台湾）《中华日报·文艺》创刊号（1950年6月14日）。

⑦ 马翔航：《五十年代初期中国文艺协会创办的三个副刊——析论〈每周文艺〉〈文艺〉〈文艺论评周刊〉》，《文协60年实录（1950—2010）》，（台湾）普音文化事业股份有限公司2010年版，第126页。

艺论评》的文艺批评标准"多奠基于作者之写作本心（或道德良心）的考掘，立足于'人性'的观察之上"，其强调的"'真'既代表理性的价值判断，也代表作者观察人生的真挚，'善'是凌驾一切的道德标准，'美'则是艺术技法与审美概念衍生出的感受"。这样的批评标准显然来自文学传统。而《文艺论评》所刊之文"就在形式雅俗、内容真伪与道德善恶、人性远近的辩证中开展"①。该刊的"全部来稿""都是玑珠盈目"，但"若从'反共抗俄'现实政治角度说，则不无失之脱离现实，为理论而理论，流于'学院派'的窠臼"②。这样一种自省反而让人看到了在政治高压的环境中，文学批评对于文学自身的坚守。这些副刊的对外窗口也始终敞开，《文艺》上就有沉樱、夏承楹、施翠峰等著名译者译介的茨威格、纪德、毛姆、波里纳尔等名家之作，《文艺论评》更是介绍西方各种文学思潮、流派。1950年起，"中华文艺奖金委员会"举办"五四评奖"，奖额丰厚，短、中、长篇小说奖金分别为3000元、8000元、12000元（当时公务员薪水约为百元，3000元可购黄金10两）。"文协"积极推荐作品，刺激了文学创作的展开。

总之，台湾当局建立的文艺体制是在国民党文艺政策主导的原则下，作家仍有一定程度的个体创作自由，这种有限自由保留了文学发展的空间。即便是认同当局文学主张的文艺界人士也注意避免"反共八股"的出现。他们一是强调提高文艺创作的艺术价值与表现技巧。张道藩就呼吁作家们除了"运用慧心，不迷不惑"，"努力创作新形式与新艺术"外，更要"努力学习已有的文艺杰作的艺术，向中国传统文艺多学习；向欧美各民主国家当代的文艺杰作多学习；向一切民间的文艺作品多学习"。③二是关注文学的趣味性。1950年代初的一些文学副刊有"'唯战斗论'的偏颇"，于是一些作家就强调，"文学

---

① 马翊航：《五十年代初期中国文艺协会创办的三个副刊——析论〈每周文艺〉〈文艺〉〈文艺论评周刊〉》，《文协60年实录（1950—2010）》，（台湾）普音文化事业股份有限公司2010年版，第130页。

② 黄公伟：《我们怎样从事理论和批评工作——致读者与作者》，（台湾）《公论报·文艺评论周刊》第20期（1952年6月20日）。

③ 张道藩：《论当前自由中国文艺发展的方向》，（台湾）《文艺创作月刊》1953年第1期。

固然须要指出战斗的方向，同时也须要提供心灵休息的地方"①。1950年《新生报》副刊改组，本来是要加强该刊的"战斗性"，但该刊改组后仍向读者表明："我们要战斗，也需要休息，我们要严肃，也需要轻松；我们要反共，也不必把所有虽非反共但无害于反共的东西，一概斩尽杀绝……"这一声明引发了读者热烈的讨论，许多读者来信发表了"文学应合乎大众口味""趣味是战斗文学表现上的主要条件""有'战斗性、教育性'的特点，还要兼包趣味性""让作者的思想感情成为广大群众的思想感情"②等意见。这种情境，固然有官方希望以文学性加强"反共抗俄"意识对民众的影响，但也表明文学还是有其生存空间。在官方意识形态的压力下，一些有意义的文学思潮、运动也还是发生了，而正是这些文学思潮长久影响了日后台湾文学的走向。

国民党政权体制内的文学主张主要是张道藩倡导的"三民主义文艺"。1954年初，张道藩发表了《三民主义文艺论》的长文，提出了"浪漫的写实主义"的主张，即"民族主义的反侵略反极权的各种战斗的现实，故须写实的方法来作周详生动的刻划"，而"民族大众反侵略反极权战斗的热情"须用"革命的浪漫主义"来表现；"一般的浪漫主义，从个人主义出发，常流于消极和颓废"，"革命的浪漫主义，基于民族主义的革命理想，从民族主义出发，是积极的战斗的，对现实的建设多于破坏，在破坏的分崩离析中，已见出新世界宏丽伟大的远景"。③张道藩对"写实主义"和"革命浪漫主义"的解释由于其鲜明的政治意识形态立场而不乏伪饰性、虚幻性，其规定的"反侵略反极权"的政治内容主导了"革命理想"的价值尺度，也使其"浪漫主义"成为一种政治幻梦。这样的"三民主义文艺"必然作为"战斗文艺"而走向文学的虚假。

1960年代中期，国民党当局又提出了推动"中华文艺复兴运动"的"三民主义新文艺"主张。这一主张主要是针对西方现代文艺思潮造成的"近乎世

---

① 凤兮：《战斗过来的日子》，（台湾）《文讯》第9期（1984年3月）。

② 凤兮：《战斗过来的日子》，（台湾）《文讯》第9期（1984年3月）。

③ 张道藩：《三民主义文艺论》，《张道藩先生文集》，（台湾）九歌出版社有限公司1999年版，第656—657页。

纪末的迷雾"，所以它倡导传统儒家思想，要求遵循孙中山融会中西文化之所长的教诲，去表现"仁爱""人性""纯真、优美、至善"等。这一主张在1965年4月的《国军第一届文艺大会宣言》和1967年11月国民党九届五中全会通过的《当前文艺政策》中得到了确认，蒋介石1966年在"行宪纪念大会"上也致辞说："中华文艺复兴运动，就是要凭借我们传统的人本精神和伦理观念……"①所以"三民主义新文艺"虽有着"反共复国、重建中华"的政治意识形态性，但跟"浪漫的写实主义""战斗文艺"相比，其可能提供的文学写作空间还是有了拓展。

"三民主义文艺"主张的这种变化，反映出官方文艺政策制定者、执行者内部的反省。例如王蓝的政治立场是反共的，但他在1958年元月发表的《岁首说真话》却对"战斗文艺"作出了直率严厉的批评："我们不难在若干作家的创作题材中，发现一个倾向：歌功颂德多，揭发黑暗少；……何以战斗文艺遭人非议呢？其原因：一是部分作家的作品本身只在字面上充满'战斗热'，在实质上缺乏'文艺美'，因而只'战斗'不'文艺'；二是官方用'报销主义'推行战斗文艺令人失望——国家元首说了一句应该提倡战斗文艺，一些官员便为战斗文艺忙得团团转，连各县市都提出'战斗文艺委员会'的招牌，委员们天天开会讨论，拟纲领，定方案，汗流浃背，空前紧张。"②连官方文艺政策执行内部也会有这样的批评，表明台湾文坛（作家、报刊等）在尚未全部体制化的情境中尚留有其他文学思潮的生存空间。

"三民主义文艺思潮"旗帜下的文艺期刊主要有《文艺创作》（月刊，1951—1956）、《新文艺》（半月刊，1950年创刊时命名为《军中文摘》，1954年1月改名《军中文艺》，1956年5月更名《革命文艺》，1962年3月定名为《新文艺》，出版至1983年6月）、《幼狮文艺》（1954）、《文坛》（1952）、《半月文艺》（1950）等。这些刊物，或由官方出资，或虽民营，但"钟情"于当局主流思潮。五六十年代台湾文坛的主要写作者，没有在这些

---

① 崔光宙：《先总统蒋公与中国文化现代化》，（台湾）中央文物出版社1984年版，第121页。

② 王蓝：《岁首说真话》，（台湾）《联合报副刊》1958年1月5日6版。

刊物发表作品的人很少。这固然反映出当局政治机器全面控制文学的影响，但也使得各种文学力量有可能渗透于这些三民主义文艺刊物。《幼狮文艺》创刊时由蒋经国创立的"中国青年反共救国团"资助经费，但其发刊词《我们的态度》强调的是以"吃力不讨好""敢于向困难挑战"的"狮子精神"办好"一本文艺刊物"；到了1960年代中期开始的"《幼狮文艺》的黄金时代"，更是呈现了"本土化、多元化的编辑基调"和拓展海外视野的"国际观"，①这使得《幼狮文艺》开启的战后台湾青年文艺的时代有可能不断拓展出文学生存的空间。事实上，《幼狮文艺》能成为发行半个多世纪的长寿刊物，正是它适应了青年作者对文学探索性、创新性，乃至叛逆性的追求，而这显然大大超出了官方文艺政策、三民主义文艺的范围。另一本"积极配合政府文艺政策，与主流文坛关系良好"②的刊物《文坛》系私人创办，却承担军中文艺函授班的教学，提倡"战斗文艺，却能兼顾艺术性与可读性"③，所以不仅接纳了谢冰莹、陈纪滢、王平陵、纪弦、林海音、朱西宁等大陆各路作家，而且扶掖了钟肇政、叶石涛等台湾省籍本土作家。这些情况都反映出"三民主义文艺思潮"落实到具体刊物、创作上往往会渗透进多层面的文学因素。

二、"人的文学""自由的文学"思潮的发生和影响

由于胡适、梁实秋、林语堂等在台文学活动的影响，"人的文学""自由的文学"被看作中国新文学传统的核心在台湾战后文学思潮中得到了延续。胡适1958年5月4日在台湾"中国文艺协会"第八届会员大会上发表的演讲，就这样说：

> 除了白话是活的文字活的文学之外，我们希望两个标准：第一是人的文学。人，不是一种非人的文学，要够得上人味儿的文学。要有点儿人

---

① 杨树清：《走过风华》，（台湾）《文讯》第213期（2003年7月）。

② 应凤凰：《五十年代文艺杂志概况》，（台湾）《文讯》第213期（2003年7月）。

③ 应凤凰：《五十年代文艺杂志概况》，（台湾）《文讯》第213期（2003年7月）。

气，要有点儿人格，要有人味儿的。人的文学，文学里面每个人是人，人的文学。第二，我们希望要有自由的文学。文学这东西不能由政府来辅导，更不能由政府来指导。……人人是自由，本他的良心，本他的知识，充分用他的材料——创作的自由来创作。这个是我们希望的两个目标：人的文学、自由的文学。①

胡适是从他的自由主义立场出发，强调注重人性和人格尊严的"人的文学"和反对政府干预文学，作家无拘无束从事创作的"自由的文学"。他坚持"人的文学"和"自由的文学"主张的主要阵地是他任发刊人、创办于1949年11月的《自由中国》。这份贯串于整个1950年代（该刊于1960年9月被取缔）的刊物在梁实秋、殷海光等参与下，开启了在战后台湾"宣传自由与民主的真实价值"②的时代。该刊偏向于政论性，其角色很难摆脱当局的"诤友"，但其文艺栏目跟当局"工具论"的文艺观是对峙的。从1953年末拥护"为艺术而艺术"的主张，③到1954年强调文艺政策不应"导致文艺成为政治的伦理的派生物"④，再到1956年激烈批评"官方对文艺的严格控制"⑤，《自由中国》捍卫"人的文学""自由的文学"的意志是一步步越发坚定的。它张扬"五四是我们的灯塔"的旗帜；坚持"自由的政治制度必须存在于自由的文化中"，而"文化的自由的特征主要在容纳异己，尊敬别人"的立场；⑥质疑官方的"文艺政策"；批评官办文艺的种种弊端在于"以政治的原则取代文学的原则，其

① 胡适：《中国文艺复兴，人的文学，自由的文学》，（台湾）《文坛季刊》1958年第2期。

② 胡适：《〈自由中国〉的宗旨》，（台湾）《自由中国》创刊号（1949年11月）。

③ 参见周子强《为胡适之先生有关文艺的谈话进一言》一文，（台湾）《自由中国》第8卷第1期（1953年1月1日）。

④ 参见李金《我们需要一个文艺政策吗》一文，（台湾）《自由中国》第11卷第8期（1954年10月16日）。

⑤ 参见刘复之《艺术创造与自由》一文，（台湾）《自由中国》第14卷第9期（1956年5月1日）。

⑥ 叶时修：《论民主文化的培养》，（台湾）《自由中国》第19卷第7期（1958年10月）。

结果必然是政治干扰文学可能摧残文学，但无法提高作家的创造力"[①]；强调文学在"不受任何主义、阶级、政治集团约束"的前提下，"以发扬人性之指归"。主编《自由中国》之文艺栏的聂华苓，开始还难以摆脱国共对立、"反共抗俄"意识形态影响，但在自由主义风气影响下，她开始形成极其素朴的观念："纯文学不该和政治搞在一起。"[②]之后，"凡是有政治意识，反共八股的，我都是退！退！退！"[③]。在她的努力下，文艺栏自觉抵制反共八股作品，刊出的近400篇（部）作品、文章展现了1950年代台湾文坛最有力者胡适、梁实秋、夏济安、徐訏（时居香港）、张秀亚、吴鲁芹、孟瑶、郭良蕙、朱西宁、司马中原、潘人木、琦君、余光中、於梨华、聂华苓等的创作成就，其多元的文学存在从中原乡土叙事、女性叙事、海外叙事、历史传记、文化小品、现代诗歌和民谣等多个层面表现出文学的自由追求。

1950年代中期问世的《文星》（1957—1965）和《文学杂志》（1956—1960）几乎可以视作《自由中国》的左右翼。《文星》对"播种者胡适"[④]充满敬意，《文学杂志》也力荐胡适为诺贝尔文学奖候选人，[⑤]两刊与《自由中国》的理念一脉相承。《文星》被视为《自由中国》在台湾接续自由主义的最重要刊物。其代发刊词（何凡执笔）题目为《不按牌理出牌》，初衷是不依循办杂志的"生意经"常规，以知识分子的立场，独立地办一份综合性刊物。之后，在五六十年代台湾的文化环境中，《文星》前后期的文风有很大差异，但一直坚持独立办刊，"走别人不走的路子"[⑥]。《文星》的自由主义立场是多方面的。一开始它就强调思想的自由、言论的自由，第三期刊出成舍

---

① 李经：《文艺政策的两重涵义》，（台湾）《自由中国》第20卷第10期（1959年5月）。

② 刘心皇编选：《当代中国新文学大系·史料与索引》，（台湾）天视出版事业有限公司1986年版，第24页。

③ 姚嘉为：《放眼世界文学心——专访聂华苓》，（台湾）《文讯》第283期（2009年5月）。

④ 李敖：《播种者胡适》，（台湾）《文星》第51期（1962年1月）。

⑤ 夏济安：《致读者》，（台湾）《文学杂志》第1卷第5期（1957年1月）。

⑥ 《编辑室报告》，（台湾）《文星》第49期（1960年1月）。

我的《"狗年"谈"新闻自由"》，锋芒直指台湾当局。官方报纸批评后，《文星》仍刊出陶百川《紧箍咒与新闻自由》等文，坚持思想、言论、新闻自由的主张；郭良蕙的小说《心锁》和女性人体摄影集《林丝缎影集》被禁，《文星》也刊出陆啸钊的撰文，直言查禁的不合法，强调言论出版自由不可侵犯。而《文学杂志》的纯文学性使它受到更多关注。总共48期的《文学杂志》刊出中文小说、散文、文学评论达250余篇，除前述《自由中国》撰稿人外，丛甦、王文兴、白先勇、叶维廉、罗门、周梦蝶、林文月等文学新人的创作格外引人注目。《文学杂志》在"文学价值大于战斗功能"[1]上表现尤为出色，该刊在中西文学资源上并进开掘的编辑理念对日后台湾文学影响更大。正是在《自由中国》《文学杂志》《文星》等推动下，自由主义文学思潮成为战后台湾文坛的一种切实存在。

胡适的"人的文学""自由的文学"主张在当时台湾的影响是广泛的。日据时期台湾文学中的自由主义文艺思潮就时有兴起，甚至跟左翼文学有所融合。"揭橥'以自由主义为精神，以图谋台湾文艺健全发达为目的'的文艺运动路脉"的"台湾文艺协会"就有明显的左翼倾向。后来的《先发部队》等倡导的"自由主义精神"，由于发生在日本殖民统治下，因而也带上社会主义倾向。[2]而胡适和《自由中国》秉持五四自由主义知识分子立场，再次张扬"自由的文学"精神，明确反对国民党文艺政策对文学的干预，肯定创作者个体自由的价值。其对"人"作为个体的价值的强调，对当时台湾社会普遍理解的个体与群体是国民与国家间的从属关系而非公民与社会的对等关系的认识，是一种反拨。尽管1955年有"战斗文艺"口号的提出，1956年后又有张道藩等对"三民主义文艺"的诠释，但因为当局标榜台湾此时的文学是"自由中国"时期的文学，所以"战斗文艺""三民主义文艺"等主张也不便否定"人的文学"和"自由的文学"是"中国新文学的传统精神"，而只是强调"扩大其涵盖面"。[3]例如国民党高级文化官员任卓宣曾撰文《论人的文学与自由的

---

① 尹雪曼总编纂：《中华民国文艺史》，（台湾）中正书局1975年版，第88页。

② 薛茂松：《台湾地区文学杂志的发展》，（台湾）《文讯》第27期（1986年12月）。

③ 司徒卫：《五十年代自由中国的新文学》，（台湾）《文讯》第9期（1984年3月）。

文学》批评胡适，却只能为政府辩护，而无法否定"人的文学"和"自由的文学"。更有人以"文学上必不可少的创作自由与批评自由"去否定"反共文学"，"我们战斗本是为了反共，反共就是要争自由，现在反共尚待继续努力，而先把自己的自由战斗得没有了，这岂不大悖初衷？"。[①]这些都使得"人的文学"和"自由的文学"有其生存空间而在台湾文学中发生影响。

三、多维度的现代主义文学思潮的发生

1950年代中期，一股对战后台湾文学影响更大的创作思潮发生了，那就是波及诗歌、小说、散文、戏剧各个文学领域的现代主义文学思潮。台湾文学在孤岛隔绝、历史离散的荒寂感和西方现代思潮汹涌而至的失落感中发生的现代主义思潮，将20世纪上半叶中国文学中潜流断续的现代主义文学推到了文学的中心地位。它从诗歌发难，在小说领域潮流涌动，波及散文、戏剧和其他艺术门类，实现了富有实绩的革命性传承和转换。

1956年1月20日，以纪弦为首的现代派在台北成立，加盟者有方思、羊令野、郑愁予、罗门、蓉子等83位诗人，后扩展至112人。该派宣布了"领导新诗再革命，推行新诗的现代化"的"六大信条"，其中第一条"我们是有所扬弃并发扬光大包含了自波特莱尔以降一切新兴诗派之精神要素的现代派之一群"；第二条"我们认为新诗乃横的移植，而非纵的继承"，引起了蓝星诗社覃子豪等的猛烈批评。覃子豪强调新诗"应以自己为主"，发出"中国现时代的声音，真实的声音"，并提出了包括"重视实质及表现的完美""风格是自我创造的完成"的新诗发展"六原则"。[②]纪弦随后则写《对于所谓六原则之批评》《从现代主义到新现代主义》等文辩解。多年之后，他这样解释台湾现代派倡导"横的移植"和"反传统"的本衷：

———————————

① 周弃子：《脚踏实地说老实话——谈〈文学杂志〉创刊号》，（台湾）《文学杂志》第1卷第2期（1956年10月）。

② 覃子豪：《新诗向何处去》，（台湾）《蓝星诗选·狮子星座》（台中蓝星诗社1957年）。

中国新诗的源头，不是从唐诗、宋词、元曲一脉相传地发展下来的，而是自五四运动以来，由胡适这班留洋学人，在欧美受了影响，把西方的诗观、创作技法，甚至语法等等搬到中国来，因此中国新诗是移植之花，亦即把西洋的花，种植在中国文化的土壤上，嗣后溶入中国的文化，成为中国文化的一种。

我们所谓的反传统就是反浪漫主义：这是世界性，不光是中国一方面的事。……那并不是反中国的旧诗，反中国古典文学的诗词歌赋……旧诗的成就好比一座既成的金字塔，推也推不倒，摇也摇不动；我从未反对过。但是我们今天从事现代诗的写作，想要在另外一个基地上，建立一座千层现代高楼巨厦，一砖一石，一层层往上盖，并不是要把金字塔摧毁之后，再盖千层大厦的。这是两件事。我们没有反对中国旧文学的旧诗的意思，我们是反整个世界性浪漫主义的作风。[1]

论争中双方实际上都做了某些调整，酝酿出了这样一个结论："现代中国的诗，无法自外于世界诗潮而闭关自守，全盘西化也根本行不通，唯一回应之通，是在历史精神上做纵的继承，在技巧上（有时也可以在精神上）做横的移植。"[2]这使得台湾现代诗在避免激进中渐渐深化。覃、纪之争"显示五四文学的审美观在1950年代的台湾渐呈没落，正在崛起的美学是现代主义式的思维"[3]。而关于现代诗的论争，在1959年、1972年也发生了多次，有的就发生在现代诗派内部，这种并非定于一尊的争论反而促进了台湾现代诗潮的成熟。

小说领域的现代主义思潮主要发生于台湾大学。1956年9月，"千古文章未尽才"的台大外文系教授夏济安（1916—1965）主编的《文学杂志》问世，所刊内容中西方文艺理论的介绍占了相当大比重。1960年3月，夏济安去美国之后，台大外文系的一批学生白先勇、陈若曦、欧阳子、王文兴、叶维廉、刘

① 张堃：《从"横的移植"谈起（专访纪弦）》，（台湾）《创世纪》第122期。

② 痖弦：《当代中国新文学大系·诗》，（台湾）天视出版事业有限公司1981年版，第4页。

③ 陈芳明：《现代主义文学的扩张与深化》，（台湾）《联合文学》第207期（2002年1月）。

绍铭、李欧梵等将《文学杂志》改刊为《现代文学》，其《发刊词》宣布，要"有系统地翻译介绍西方近代艺术学派和潮流、批评和思想"，"依据'他山之石'"，进行"试验、摸索和创造新的艺术形式和风格"，以表现"作为现代人的艺术情感"，并主张对传统做一些"破坏的建设工作"。创刊一周年时，该刊又发表《现代文学一年》，再次声明"尽力接受欧美的现代主义，同时重新估量中国古代艺术"是《现代文学》同人的共同追求；同时明确指出"现代主义，与其说是形式，不如说是内容。假如有一位作家，能恪守佛楼拜尔的写实规律，来描述今天的社会，我们也承认它是现代主义者"，但也接纳"形式上的现代主义"。[①]这些都表现《现代文学》是开放的现代主义立场。该刊共发行51期，着力介绍的西方现代作家多为小说家，先后刊出卡夫卡、劳伦斯、福克纳、乔伊斯、加缪等作家的专号，所发200余篇台湾作家创作也多为小说。台湾现代派小说就是主要以此刊物为阵地形成的。

随后《文星》掀起的现代主义思潮更波及多个文化领域，《文星》有其自身内容的多元，从创刊时强调的"生活的、文学的、艺术的"，到30期开始强调的"思想的、生活的、艺术的"，都体现出其兼容并包的倾向。之后，它更是通过倡导现代主义文艺思潮来挑战官方意识形态。1961年末至1965年底，李敖在《文星》发表15篇长文，也引发了一场关于现代主义文化的大论争，遍及文学艺术的各个领域，论争锋芒直指专制文化、僵死心态、愚昧习气，以致人们为此欢呼："知识青年正等待《文星》以全力支持第二个五四。"[②]这场大论争的纠葛复杂，但澄清了五四新文化运动的一些盲点，进一步奠定了台湾现代文化的基础。

上世纪五六十年代台湾的现代主义文艺思潮是多维度的，从整体走向上讲，五六十年代台湾文坛在现代性旗号下的嬗变，不失为"四新文学的运动之后最有传承性也最有革新性的文学运动。白先勇所言，"如果说'五四运动'的白话新文学是20世纪初中国文学第一波现代化的结果，那么20世纪中叶

台湾的'现代主义'文学可以说是第二次中国文学的现代化"①，是值得关注的。

"人的文学""自由的文学""现代主义文学"是战后至五六十年代台湾文学中具有文学史整体建构的意义和价值的文学思潮和运动。

四、两个文学传统的汇合

活跃于五六十年代台湾文坛的主要是大陆迁台作家，但台湾省籍作家也始终参与战后台湾文学的重建。他们的努力首先开启了两个新诗传统的汇合，即赴台诗人延续、丰富大陆五四后现代诗的传统和台湾省籍诗人继承、发展台湾日据时期现代诗的传统。

前述纪弦的现代诗主张引起台湾诗坛的激烈争论，最坚定支持他的主张，甚至成为台湾现代诗理论重要奠基者的林亨泰（1924— ）是台湾本省籍人。1939年就读台北高中后，林亨泰从《诗与诗论》杂志接触到"西欧新派文学作品理论"，包括"纯粹诗"、"知性诗"、超现实主义等，"此后注意力更转向欧美文学的探讨"②。他1941年开始写作新诗。1947年加入"对于世界文学开放和接纳"的"银铃会"，而"银铃会"是台湾唯一跨越日据和光复后两个历史时期的台湾现代诗社。1956年，林亨泰加盟纪弦的现代派，后也参与创世纪诗社活动。但他"在当时现代派群中，是鹤立鸡群，独树一帜的觉醒者"③，一直主张现代诗是"中国的现代诗"，所以乡土性也被林亨泰接纳为现代诗的重要因素，乃至基石。这一现代诗取向实际上是将大陆五四后现代诗的传统和台湾省籍诗人继承、发展台湾日据时期现代诗的传统汇合在一起。

另一位名列于此时现代诗运动的台湾省籍诗人白萩（1937— ），其诗

①　白先勇：《二十世纪中叶台湾的"现代主义"文学运动》，（香港）《香港文学》第208期（2002年4月）。

②　林亨泰：《诗的三十年》，吕兴昌编选：《台湾现当代作家研究资料汇编22　林亨泰》，（台南）台湾文学馆2011年版，第98页。

③　赵天仪：《知性思考的冥想者——论林亨泰的诗》，（台湾）《台湾诗季刊》第5号（1984年6月）。

歌创作开始于参与蓝星、现代诗、创世纪三大诗社活动。1955年年仅18岁就以《罗盘》一诗获得"中国文艺协会"第一届新诗奖，1959年出版成名作诗集《蛾之死》，成为"纵横1950、1960年代现代诗运动的首要角色之一"[①]。林亨泰、白萩、陈千武（1922年生，1940年和1943年曾出版日文诗集《彷徨的草笛》《花的诗集》和《若樱》等，1958年开始在《蓝星诗页》发表中文诗歌，后出9卷本《陈千武诗全集》，获吴浊流文学奖、"国家"文艺奖等）与詹冰（1921—2004，1946年参加"银铃会"）等被称为"跨越语言的一代"，即从日据时期的日文教育、写作背景到战后的中文创作。这种"语言的跨越"正是五四后现代诗传统和台湾日据时期现代诗传统汇合的展开。

当然，此时大部分台湾省籍作家由于语言障碍等原因，创作一时处于某种边缘状态。"他们有一腔对祖国的热爱，一心一意希望能早日克服语言上的困难，甚至还以为摔脱了日文的羁绊，嘴上国语能琅琅上口，笔下能任意挥洒祖国语文，才算真正回到了祖国的怀抱。"但重新掌握中文写作是一种艰难的过程，"起初，运思依然得靠日语日文，写下了日文，再凭自己有限的中文语汇来翻译"，"然后，中文语汇渐丰，造句也渐熟，可是思考仍须依赖日文，便想一句，译一句，在脑中完成翻译的手续，写下时已经是中文了。这是第二步"，"最后才是拂去了脑子里的日文。直接以中文来构思，至此写作始进入了顺境"。[②]这种情况使得台湾省籍作家在一段时间里较疏离于台湾文坛的"主流"意识。例如，"光复后第一代台湾作家，由于缺乏反共经验，无从写出反共意识的作品"，他们的作品"较少出路"，反而使得他们的努力更成就了台湾文学的长远建设。[③]台湾省籍作家在疏离"反共""战斗"等思潮中默默耕耘于乡土文学。1952年，廖清秀以台湾抗日题材的《恩仇血泪记》获"中华文艺奖金委员会""国父诞辰纪念长篇小说奖"第三奖。1956年，抱着

---

① 林燿德：《前卫精神与草根意识》，林淇瀁：《白萩研究资料汇编综述》，《台湾现当代作家研究资料汇编 白萩》，（台南）台湾文学馆2013年版，第66页。

② 钟肇政：《艰困孤寂的足迹——简述四十年代本省乡土文学》，（台湾）《文讯》第9期（1984年3月）。

③ 钟肇政：《艰困孤寂的足迹——简述四十年代本省乡土文学》，（台湾）《文讯》第9期（1984年3月）。

"文学是假不出来的，我们但求忠于自己"的信念坚持创作的钟理和的乡土长篇小说《笠山农场》获同一奖项第二奖（首奖从缺），台湾省籍作家创作开始引人关注。1957年，钟肇政开始编印专门提供台湾省籍作家"互通声气，互为砥砺"的《文友通讯》，参加者有陈火泉、钟理和、李荣春、施翠峰、钟肇政、廖清秀、许炳成（文心）、许山木、杨紫江，加上日据时期作家杨逵、吴浊流、张深切、叶石涛、张彦勋等的"复出"，光复后第一代台湾省籍作家由此形成。1964年，"以关怀台湾现实为写作路线，集结弱势声音"[1]的《笠》诗刊和倡导"写实的、乡土的、介入的文学，以台湾文体为优先关怀的文学取向"[2]的《台湾文艺》问世，明确接续上了日据时期台湾乡土文学的传统。1965年，钟肇政为纪念台湾光复二十周年，独立编纂了"省籍作家作品选集"和"台湾省青年文学丛书"各10册，入选作家达170多人，作品多为乡土题材创作。台湾省籍作家的乡土文学创作成为台湾文学的一种重要形态。

总之，台湾光复后，尤其是1949年后国民党退守台湾后，台湾文坛在政治高压下的缝隙中仍能发生多种文学思潮，是此时期台湾文学转型最重要的内容，反映出在不同文学传统、多种文学力量的纠结、汇合中，台湾文学突破国民党政治高压，延续、发展五四新文学传统和日据时期文学传统，逐步建构起多元典律、多种传统的文学建制。

---

[1]　萧萧：《台湾特刊概述》，（台湾）《文讯》第213期（2003年7月）。

[2]　陈建忠：《从乡土到本土》，（台湾）《文讯》第213期（2003年7月）。

第四章　香港：在传统中展开的文学转型

战后香港文学与中国内地文学的联系前所未有地密切，1945年日本投降，香港恢复英殖民统治后，中国共产党领导的左翼文学在香港迅速崛起；而1949年后，在中国内地难以存身的其他各种文学力量流散到香港，香港成为本时期接纳中国现代文学传统最全面的地区。同时，因为抗战一度弱化的香港文学本地化进程也得以自觉而有力地展开，成为香港文学传统的最重要基石。战后香港文学的转型，成为在传统中展开的文学转型。

第一节　"预演"：1945—1949年的香港文学

二战结束后，中国共产党领导、影响下的左翼文化势力在香港迅速重新崛起，而国民党在港文化营垒几乎布不成阵。这种政治文化格局使得1945—1949年的香港文学成为1950年代新中国文学的某种"预演"，从而"沟通"了中国现代文学与当代文学。而意识形态对峙下香港"家园意识"的萌生，成为日后香港文学本土化的先声，构成另一种"预演"。

一、香港：1950年代新中国文学的某种"预演"

1945至1949年的中国文学更多的是开启着战后文学的新格局，呈现出跟战时中国文学不同的历史风貌。此时期的香港文学就是这样一种存在。

战前大批作家来到香港，是力图将香港建设成战时中国文学的一个中心，但战后初期的香港文学提供的主要形态并非战时中国文学的延续，而是后来中国内地1950年代文学的某种先声。中国共产党领导的左翼文学在香港明显占有主导，并"预演"了共和国文学的基本模式。

1946年新年伊始，《华商报》刊出一组《绿色诗草》①，其中有这样的诗句："你采白色的百合花／我采红色的灯盏花／放在胸前／让我们的心／溶解于白色的纯洁／和红色的热情／然后让我们并排的坐在／密密的松针下／在青青的草地上／再一同溶解于春的绿色……"以"白色的纯洁"和"红色的热情"迎来"春的绿色"，几乎构成了本时期香港文学的基本色调。这种色调，反映了战后香港文学左翼主导的新格局。

在占领战后香港的文化、宣传阵地上，中国共产党显然比国民党成功得多。1945年11月13日创刊的《正报》，同年12月15日创刊的《新生日报》（设有文艺副刊《新语》《生趣》），1946年1月3日复刊的《华商报》（设有文艺副刊《热风》《茶亭》《文艺专页》《读书生活》等），同年3月1日创刊的《人民报》，以及设有《文艺周刊》等副刊的《文汇报》，这些有影响的香港报刊都属南来的左翼文人创办。左翼文化力量对《星岛日报》《华侨日报》等本地报刊的渗透也极为成功。例如1947年12月1日创刊的《星岛日报》副刊《文艺》就由范泉主编。加上《中国诗坛》（1948）、《野草文丛》（1947）、《自由丛刊》《大众文艺丛刊》（1948）、《新青年文学丛刊》（1948）、《海燕文艺丛刊》（1948）等丛刊，生活书店、新知书店、初步书店等新办书店，新民主出版社、人间书屋等出版社，达德学院、南方学院、新闻学院等新办学校，已经从作者、编者、读者及其公共空间上构筑成了一个左翼文化影响、传播机制。这一机制在全国反独裁、争民主的背景下运行得异常顺畅，几乎主导了本时期的香港文坛。②而这一左翼文化机制是服务、服从于中国共产党建立政权的政治目标的。当时夏衍主持的《华商报》，茅盾等主编

---

① 山莓：《绿色诗草》，（香港）《华商报》1946年1月6日。

② 《香港文化形形色色》，（天津）《益世报》1948年7月8日。

的《小说》《野草》，司马文森、陈残云主编的《文艺生活》《大众文艺丛刊》，陈实、华嘉等创办的《人间书屋》，达德书院编辑的《海燕》等，都是在中国内地都颇有影响的左翼刊物。其指导思想是彻底扭转抗战时期中国内地左翼文化"在统一战线的原则下，多少松懈了领导思想前进的责任，表现了软弱与无能，接受了西欧资产阶级那种'容忍即民主'的思想"的局面，切实建立"以无产阶级和马列主义艺术观作为领导的，主要为工农兵服务的，以彻底反帝反封建为内容的文艺"的"主导力量"。[①]所以，甚至可以说，此时的香港成为延安之外又一个左翼文艺运动的中心。

日本投降后，国民党文化势力也全面进入香港，但其成效大为相形见绌。其中的缘由"可能是由于国民党宣传人员无能，也可能与港英政府微妙的策略和倾向有关"[②]，港英当局对香港治权始终异常敏感。抗战胜利前夕，蒋介石曾训令外交部，利用日人侵华，各租界因被占据而名存实亡的局面，把收回租界问题在抗战胜利后一举解决，其中也涉及并非租界的香港。此举引起丘吉尔的不满。抗战胜利之际，蒋介石要求将香港列为中国战区，由重庆代表受降，但遭到英国拒绝。[③]在这种情境中，港英当局对国民党势力进入香港极为关注，想方设法钳制其发展。1946年6月，由国民党海外部主办的《国民日报》被港英当局勒令停刊一段时间，就是在这一背景中发生的。

1970年代前的香港文坛，一直是左、右翼政治势力争夺之地。有历史意味的是，当左、右翼政治势力对峙不下时，香港文学会在其"僵持"外的空间获得自身发展；而当政治势力一元主导时，香港文学就会处于政治化的境地。抗战胜利后，中国共产党领导、影响下的左翼文化势力在香港迅速重新崛起，而国民党的文化营垒几乎布不成阵。这种政治格局使此时的香港文学政治化、倾向化明显，并开始了1950年代新中国文学的某种"预演"。

① 邵荃麟执笔：《对于当前文艺运动的意见——检讨，批判，和今后的方向》，《大众文艺丛刊》第一辑（1948年3月）。

② 郑树森、黄继持、卢玮銮编：《国共内战时期香港本地与南来文人作品选》，（香港）天地图书有限公司1999年版，第9页。

③ 郑树森、黄继持、卢玮銮编：《国共内战时期香港本地与南来文人作品选》，（香港）天地图书有限公司1999年版，第7页。

这种"预演"使香港文坛既表现为一种历史的激进状态，又带有较仓促的历史过渡形态。1948年新年伊始，《野草丛刊》第七集在香港出版，题名为《天下大变》，其中夏衍所写《坐电车跑野马》，就是那种"天下大变"的"预演"。他从香港"坐电车或者巴士"急转弯的现象生发开去，反复谈及"假如以时代为车而以人为搭客"，能"像一个搭客四肢平伏地紧贴在车上，那么不管这车子如何的骤停急转，这样的搭客总可以保持安定"。乘客四肢伏地，在现实中不可思议，却是"天下大变"之时避免被抛弃的必取之姿。值得关注的是，夏衍对"天下大变"之势的分析，完全置于二战结束后世界情势激变的背景上，其立场实际上是战后东亚现代性曲折展开的一种开始。当中国内地还处于向国民党政权做殊死搏斗之时，香港文坛已提前进入了"美帝国主义"已不再是"一个'民主'国家"，而"疯狂地进行着建立世界霸权和制造着三次大战"，"日益强大的苏联坚持着全世界各国人民应有其自由选择其政制的立场，勇敢地担负了反对美帝国主义建立世界霸权的任务"[①]这样一种东西方冷战对峙的情境。这种历史抉择将中国命运跟"世界范围"的"已经划分得清清楚楚"的"两条战线"联系在一起，必然使五四后新文学呼应世界潮流的内在格局发生变化，不仅改变五四新文学立足于感时忧国传统呼应世界民主潮流的走向，也改变战时中国文学由于置身国际反法西斯战争而获得的世界性视野，而进入一种更凸现其政治意识形态性的进程。

二、左翼文学在香港的全面展开

"预演"的内容首先是左翼文艺政策在香港文坛得到了全面的诠释、宣传、推广。当时文协港粤分会提出的《关于文艺上的普及问题（讨论提纲）》和林洛在《大众文艺新论》（香港力耕出版社1948年7月版）中所写《人民文艺的指导理论》一文，集中体现了香港文坛以革命化、大众化为其两翼，重建香港文学的努力。这些主张将毛泽东的文艺思想清晰地置于马、恩、列、斯的

---

① 陈残云：《关于粤语电影的几个问题》，中华全国文艺协会香港分会：《文艺三十年》1949年版。

学说脉络中来充分肯定毛泽东《在延安文艺座谈会上的讲话》的现实价值。《人民文艺的指导理论》一文就将马克思的文化观概括成进行消灭阶级差别、脑力劳动和体力劳动差别的"文化革命";将列宁的文艺思想概括成在"民主主义和社会主义的意识形态"指导下,去创造"劳动阶级底文化";将斯大林的文艺政策概括成"在胜利了的社会主义的条件下,应该创造出一种单一的、一致的、社会主义劳动群众的文化"。正是在这样的论述基础上,文章将"毛泽东号召我们文艺工作者表现新的群众的时代"视为"社会主义文学"的"抽根发芽"。[①]

一种理论体系的构筑,除了倡导者的学说的提出外,还要有众多诠释者(追随者)的阐述,将其具体化、权威化、经典化。中国内地激烈的战争环境,拖延、阻碍了宣讲毛泽东《讲话》精神从容、充分地展开。此时香港文坛左翼文艺力量利用香港和平环境的空间有组织展开的对毛泽东《讲话》精神的学习、宣传,多少弥补了这种历史延误,为共和国文学形态的形成做了直接的准备。

此时的香港文坛活动被全面置于左翼文艺政策的影响之下。例如,因日寇占领香港一度中断了的香港文学本地化进程,在日本战败投降后重新得以启动,方言文学、粤语电影、粤剧改革等,都受到文坛广泛关注;但这种关注,也都被明确纳入了"革命化""大众化"轨道。方言文学的倡导被视为"关涉到发动华南工农群众反抗国民政府",因此,倡导者"实际面向的读者是香港的小市民","意想的读者则是广东工农";"实际读者与意想读者分割,所以社会作用远逊于华北方言文学的成效"。[②]粤语电影的复兴中,"人的改造问题"被置于最重要位置,"如果仅就片子上的毛病来修改,来补充,而不从工作者本身的品质、思想、生活作为改造的前提,那是不彻底的",成为

---

① 郑树森、黄继持、卢玮銮编:《国共内战时期香港文学资料选》,(香港)天地图书有限公司1999年版,第197—200页。

② 郑树森、黄继持、卢玮銮编:《国共内战时期香港文学资料选》,(香港)天地图书有限公司1999年版,第14页。

"使粤片回复艺术生命"的共识。①"本地化"，始终是香港文学自身定位的焦点。而这一进程几乎被等同于"大众化""革命化"时，香港文坛扮演的实验、推行革命文艺政策的角色就显而易见了。

本时期香港文坛成为1950年代中国内地文艺模式先声的另一明显特征是其呈现的大批判性和自我改造性。郭沫若那篇气势凌厉的《斥反动文艺》就是在香港发表的，其中的政治宣判性集中反映了革命大批判具有的强大摧毁力，而这一大批判模式在1950年代后的中国内地文艺中反复得到了运用。郭沫若在文章中运用的革命与反革命"短兵相接"之时"衡定是非善恶"的二元模式明显来自他对毛泽东《讲话》阐发的战争文化政策的体悟。他不仅将沈从文痛斥为"一直是有意识地作为反动派而活动着"的"桃红色"文人，将朱光潜归之于"必恭必敬"于国民党党老爷们的"蓝衣社"之流，将萧乾定性为"标准买办型"的"白色喽啰"，而且将"无心的天真者流，自以为虽不革命，也不反革命，无党无派，不左不右，而正位乎其中"者都斥之为"反动之尤"，显然是出于革命与反革命"决一死战"的急迫。而其成效，也的确由此宣判了沈从文等作家文学生命的终结。所以，郭沫若式的"偏激"绝非个人性的，而是一场"阶级生死搏斗"的预演，参加者自然甚众，并且一一预演了日后内地文坛的批判模式。

钱锺书的《围城》恐怕是战后小说中最引起轰动的一本，它的畅销引起了左翼文学阵营的关注。发表于《小说》第一期（1948年7月，署名"无咎"）的《读〈围城〉》，是当时批评《围城》文章中篇幅最长的一篇，全文六部分，立足点在于"导引"《围城》作者，所以条分缕析的循循善诱和居高临下的严词批评交叉互补。论文作者多少尊重作品的"本意"。例如，他对方鸿渐周围的几个女性（鲍小姐、苏文纨、唐晓芙、孙柔嘉）所体现的"西洋化的新型东方精神"和"东方化了的变形西方精神"的诠释，跟小说情节中方鸿渐命运的展开，就显得丝丝入扣。但全部文本解读，完全服从于作者这样的认识：

① 陈残云：《关于粤语电影的几个问题》，中华全国文艺协会香港分会：《文艺三十年》1949年版。

作品要"给予以敢于愤怒与憎恶，并进一步给予以敢于战斗"。所以，他认为《围城》"作者有他求善努力的倾向"，也"可以作一些人的反省"，但"并无真理奋斗的精神，执着于人生特定方面战斗的意识"，即"社会阶级斗争意识"。值得注意的是，作者将《围城》置于五四后"鲁迅为真理而发出的热情的讽刺""张天翼的健康的笑声"等构成的新文学史中来剖析，强调了"接受"人民群众精神的"灌溉"，"正是艺术生命的伟力"，从而否定了《围城》的"冷嘲"。这种思路反映了左翼文学按照其意识形态的要求"重写"文学史的努力，以批评来引导《围城》及其作者，正是为这种文学史构建扫清障碍。

如果讲，香港文坛左翼势力对《围城》及其作者的批判还立足于"帮""拉"，那么，对沈从文的批判则是"一棍子打死"了。沈从文抗战后期的《摘星录》《看云录》，实际上包含着沈从文对自身艺术生命的自我超越和自觉丰满。例如《看虹录》仅就"形式"而言，就是沈从文从诗化小说（以"诗"的因素加浓小说的抒情性）向诗性小说（"诗"的形式直接构成小说内核）过渡的成功尝试，但这种艺术尝试被无情宣判为"存心不良，意在蛊惑读者，软化人们的斗争情绪"的"文字上的裸体画""文字上的春宫"。[1]沈从文战后的一篇散文《芷江的熊公馆》写三十年前自己对熊希龄旧居的印象，文笔清逸，在风土、人物、景观的和谐交织中表达出对"人格的素朴和单纯，悲悯与博大，远见和深思"的仰慕和对"似断实续的历史"的把握，却也被严厉地断言为"土地改革运动的狂潮卷遍了半个中国，地主阶级的丧钟已经敲响了。地主阶级的弄臣沈从文，为了慰娱他没落的主人，也为了以缅怀过去来欺慰自己，才写出这样的作品来；然而这正是今天中国典型地主阶级的文艺，也是最反动的文艺"[2]。这种以政治宣判完全替代文学讨论的做法，此时在香港文坛已被演绎得很充分了。当这种做法直接结合于政治权力时，就构成了一种文网。

---

① 郭沫若：《斥反动文艺》，《大众文艺丛刊》第一辑（1948年3月）。

② 乃超：《略评沈从文的〈熊公馆〉》，《大众文艺丛刊》第一辑（1948年3月）。

还可值得关注的是，"破"字当头、"立"在其中的思路实际上已被不遗余力地贯彻在当时的批判模式中，"立"的内容自然是体现毛泽东《讲话》精神的以解放区文学为代表的理论和创作。例如，孟超的《朱光潜的"粗略"》一文在严厉批判朱光潜"散放迷惑"，"有意把创作超出于现实斗争之外"的同时，明确否定了"中国小说自五四运动以后""受着西洋小说影响比较多"，"只能停留在高级知识分子群中"的历史。而这种势如破竹的否定，正是服从于毛泽东《讲话》后解放区文学地位的确立："近一二年来，才使中国化得到实践，正出现了不少合乎中国人民口胃的作品……"①这样的判断，跟后来第一次全国文代会作出的评价，已经相当一致了。

　　此时期香港文坛的自我批判性也成为重建、复苏战后文坛的重要内容，甚至可以说，香港是毛泽东《讲话》的相关精神在解放区以外得到最有力贯彻的地区。在对萧乾那样的作家都严斥为"御用，御用，第三个还是御用""鸦片，鸦片，第三个还是鸦片"②的气氛中，外部批判会自然演化为自我批判。陈残云《〈风砂的城〉的自我检讨》就是一个例证。在1940年代末的香港文坛，陈残云的创作活跃，《风砂的城》就是他当时创作的一部颇受青年读者欢迎的小说，而读者的欢迎却引起陈残云的恐惧。他在接到一位朋友来信，说"他们的学生差不多都读过这本书"后，急忙表白："要是还有人读它，我愿意我们都从批判的态度着眼。"为此，他主动写了《〈风砂的城〉的自我检讨》一文。他首先肯定"文艺是服从于政治，服役于政治的"，从而检讨"在这一意义上，《风砂的城》却是滑跌了方向"，因为小说没有写出"活生生的代表了新中国的典型女性"，因而偏离了"主流"；随后，他又沉痛反省了自己"写作动机和态度"的"投机"，只想"吸引读者"，而对"人物的处理，故事的处理""浮嚣不实，散漫不羁"；他还检讨了自己"有着'唯美派'的不健康的倾向"，以"故事写得美丽动人，铺排一些彩色的场面和细节，在辞藻上用语上着重纤巧细雕，着力于分析女性心理的微妙和矛盾，侧重于个人的

---

① 孟超：《朱光潜的"粗略"》，《小说》第1卷第5期（1948年11月）。

② 郭沫若：《斥反动文艺》，《大众文艺丛刊》第一辑（1948年3月）。

感情底起伏"，"来掩遮内容的贫乏和空虚"①……这里可以说包括了作家自我教育思想运动的全部内容，从坚定为政治服役的方向到调查研究、丰富生活经验的创作方法。

左翼文学创作实践中也展开了种种以阶级斗争意识为中心的革命现实主义叙事和以颂扬领袖为主导的革命浪漫主义抒情，提供了后来共和国文学的一些基本模式。例如，后来被视为"大自由主义者"②的聂绀弩此时恢复了中国共产党党籍，加入左翼文学创作阵营。他怀着对未来的主人翁憧憬，在香港写下了600行的组诗《一九四九年在中国》（1949年2月），其中的《我们》分别以《四万万七千万》和《三百万和三百五十万》为题，前者是当时全国人民的数量，后者则是中共党员和中国人民解放军的数量，政治指向异常明确的"我们"替代了以往诗作的抒情主人公"我"，而其颂扬的情感力度可以说再现了五四《女神》时代的狂飙状态："朝日失色了，／波涛无声了，／山谷和鸣了，／百兽震恐了，／草木摇落了，／天地颤动了，／这就是我们！／我们就是四万万七千万！／瞎子眼亮了，／聋子会听了，／哑巴说话了，／瘫子走路了，／傻子聪明了，／枯骨长肉了，／死人复活了，／……我们就是四万万七千万！"③这里，颂歌和战歌的结合、"我们"的狂热等等都已具备了1950年代共和国诗歌的基本因素。而相对于稍晚些《时间开始了！》那首充溢排山倒海激情的长篇颂诗深深烙上了胡风个人的印记，《一九四九年在中国》则显得更是一种时代情绪的宣泄。

香港文坛由左翼文学力量主导的政治化、时局化倾向在文学层面上还是遭到了一些抵制，我们从当时文章中不时可以感觉到这种抵制。秦牧的《读绀弩默涵的文章》④就公开为聂绀弩《往星中》一文辩护，认为聂文只是"一种感情的独白"；而林默涵《天上与人间》一文将聂文视为或"无异于劝老虎

---

① 陈残云：《〈风砂的城〉的自我检讨》，司马文森编：《文艺生活选集》第四辑《创作经验》，（香港）智源书局1949年版。

② 周健强：《聂绀弩传》，四川人民出版社1987年版，第2页。

③ 聂绀弩：《一九四九年在中国》，《大众文艺丛刊》第六辑（1949年3月），第123页。

④ 秦牧：《读绀弩默涵的文章》，《野草文丛》第5集（1947年10月）。

不吃荤，改吃素"，或"等于劝人们向暴力低头，向斗争却步"，是因为对知识分子"太怀着警惕的心情，有的地方滑开了笔"。秦文还以此生发开去，直言"近年来，由于一个政治力量蓬勃的成长，文学应该为人民，为革命，应该工农化，大众化的论调，风靡一时"，而这"绝对正确"的论调，"不期然地"在许多人手中成了"量长量短"的"一把尺"，"曹禺的《家》"，由此"被人痛切批评"；"巴金的小说"，也由此"有人痛恨"，"甚至有的青年在报纸上大呼'吊死巴金'"。①秦文交织着焦虑和胆识的坦言，强调的是应该给"只是说给自己"的"抒情诗"，"不是最进步最斗争"的文学作品留存足够的空间。又如，云彬的《止酒篇》②写得亲切、风趣，然而开笔却自我调侃说"用这样时髦的文句，其目的在使这篇成为'人民的杂文'即'通俗的杂文'"，行文中也时有旁枝逸出，传达出对于个性被侵犯的不满。这篇个性率直的杂文恰恰成为对"人民的杂文"的某种讥讽。总之，在战后初期的英殖民统治环境中，香港文坛却进行着新中国文学的某种"预演"。这种"预演"尚未进入体制，却已裹挟着巨大的改变力，预示出日后中国文学的命运轨迹。而其中产生的抵制也预示出香港文学另有空间。

三、另一种"预演"：意识形态对峙下香港"家园意识"的萌生

由于香港社会的工商性质，香港人对政治的兴趣一向甚为淡薄，因此，香港文坛革命性、政治性、战斗性空间的开拓，主要是提供给中国内地的，它对香港本土的影响反而有限。这就将"本土性"的课题再次凸现出来。一方面，左翼文学要将战斗性寓于地方性中（司马文森当时有篇文章，题目就叫《谈加强时间性、战斗性和地方性》③，颇能反映出这种努力）；另一方面，当香港本土作家被此时占主导地位的左翼文坛再次放逐至边缘时，他们也更需要在地方性的层面上获得生存空间。这就使得因为香港沦陷而一度中断的"中原情

---

① 秦牧：《读绀弩默涵的文章》，《野草文丛》第5集（1947年10月）。

② 云彬：《论怕老婆》，《野草文丛》第10集（1948年10月）。

③ 司马文森：《谈加强时间性、战斗性和地方性》，（香港）《大公报》1949年7月6日。

结"和本地化进程间的纠结再次成为香港文坛发展的一个焦点，只是由于此时"中原情结"的革命性更加鲜明，给本地化进程带来的压力也更大。例如，香港著名学者卢玮銮在谈到她参与编选的《国共内战时期（1945至1949年）香港本地与南来文人作品选》时，曾经"语出惊人"，认为"所选取的方言文学作品，似乎没有香港本地的色彩"①。1947年香港文坛长达数月的关于"方言文学"的讨论，被茅盾认为，是此时期中国文坛"几次文艺论争中""成绩最好""特别应当赞美"②的一次，其实践就是要写香港本地百姓"能懂""表现地方情调"③的作品，怎么其作品反而"没有香港本地的色彩"了呢？这不仅是因为此次方言文学的倡导是在"'大众化'的命题下"，以"解放区文学作品的陆续出版"，为"刺激"配合着"人民胜利进军"的"时局的开展"④而发生的，而且也是因为倡导者、实践者们都是"以此时此地的广大工农群众为对象"⑤而展开方言文学的。这就忽视了香港文学的阅读者是以市民阶层为主，"香港本地的色彩"无法脱离市民社会的情趣、风尚、意蕴。从当时创作的一些粤语作品来着，如楼栖的长诗《鸳鸯子》表现南方农村的革命，手法上又着力想仿效《王贵与李香香》的山歌比兴；薛汕的长篇小说《和尚舍》作为"潮州方言文艺"，也是"作为'我们的队伍来了'，以及在向不屈的志士们致敬的言词"⑥而创作的；至于欧文的改良粤曲短剧《夫妻识字》等更是直接延续着中国内地解放区文学的模式，很少顾及以香港市民为阅读对象。所以，香港方言文学却无香港本地色彩确已构成了一种历史存在。

因此，以往的文学史将此时期香港文坛创作一并纳入"华南作家群"就有所不妥了。因为即便就地域特色而言，在前述情境中，香港本土作家、南来作家都会有不同指向。略为比较一下陈残云和侣伦的创作，就一目了然。陈残

① 郑树森、黄继持、卢玮銮编：《国共内战时期香港文学资料选》，（香港）天地图书有限公司1999年版，第16页。

② 茅盾：《杂谈方言文学》，《群众》第53期（1948年1月）。

③ 冯乃超等：《方言问题论争总结》，《正报周刊》69、70期合刊（1948年1月）。

④ 茅盾：《杂谈方言文学》，《群众》第53期（1948年1月）。

⑤ 冯乃超等：《方言问题论争总结》，《正报周刊》69、70期合刊（1948年1月）。

⑥ 薛汕：《和尚舍·序》，（香港）潮州图书公司1949年版，第2页。

云一些岭南风味浓郁的作品取岭南乡土小说的路数。《小团圆》（1946）描写"像一条命带煞星的好汉"黑骨球"如同进赌场似的"在军队卖命八年，着实思念"那个圆额扁鼻，乳房胀得发跳的小冤家"；在意外相遇了失散八年的"小冤家"后，他终于决定弃枪离伍，回到久离了的"患难夫妻"生活中来。《受难牛》（1949）中的血气仔受难牛在乡下"一年纳三次粮，骨都给剥断了"，无奈听从妻子"避风势"的劝告，到香港骑楼下讨苦力活，靠"胆正、命平、力大"，在油麻地扁担群中站住了脚。这两篇小说几乎包含了此时期岭南乡土小说的全部要素：在明晰的政治背景上（如《小团圆》所写黑骨球随军北上，"据长官们说的是去打共产党"，但得知"共产党也是打日本鬼的中国人，他就有些不自在"）展开主人公离乡漂泊的命运；在关注乡村小人物命运中弥漫开浓郁的南国风味，在对南中国乡俗风情清婉细切的描写中不时渗透出某种政论倾向；着力开掘方言土语的生活蕴量，人物对话甚至全部用方言，以增强小说对华南读者的阅读冲击力。

但侣伦的小说则不同了，它真切地反映了香港小说本土性的演变。侣伦战前小说的"港味"多表现在对华洋杂处的香港都市风味的呈现，其中的文化认同多少着有着受英国殖民统治的历史印记；但他的题材取向、"半通俗"的写法，都体现出香港小说的生成。战后侣伦的小说呈现出多种取向的探索。中篇《亚莉安娜》延续战前创作异族形象的塑造，用"文人"情调将一个反法西斯女英雄的故事讲得伤感缠绵，却又不乏刚烈之气，还弥漫出某种唯美氛围，恐怕很适合香港读者的口味。未完成的长篇《特殊家屋》用"洋场小说"的叙事口吻写战争时期香港人不忘"享受"的人生，"写世相不避庸俗，说人情不隐劣德"，很接近香港小说的"正宗"了。此时期他最成功的作品自然是长篇小说《穷巷》。尽管《穷巷》的创作多少被纳入了此时左翼文学民族化、大众化的轨道（《穷巷》1948年连载于香港左翼报纸《华商报》），但小说孕成于香港商埠乡土意识中。高怀等人物的命运，也较典型地反映了香港战后社会最初转型中香港人的生存状态；而小说对知识分子等形象的塑造，更是游离于当时左翼文学之外。

侣伦作为第一位具有香港文学史意义的作家，此时创作的多种取向反映出香港战后文坛在左翼文学主导的格局中仍存在着多种流脉。侣伦在战前香港文学中已遭到来自左翼阵营的巨大压力，他曾撰文表达自己土生土长于香港却于香港本土被"放逐"的郁闷。香港沦陷后，他一度去内地，思想有所变化。战后返港，他那种为自己创作"行文上就常常被过分浓重的感情所支配"的"罪过"[①]感，反映出他向左翼文学阵营靠拢的心态。他的《穷巷》"讲说香港社会底层小人物的故事，'现实主义'手法与《华商报》副刊步伐一致"[②]，所以得到了左翼阵营的接纳。当时在香港左翼文坛很活跃也很有影响的华嘉就称赞他从"做梦的青年男女中"走出来了。[③]但认同左翼文学绝非侣伦此时创作姿态的全部，他的一些创作仍"难逃小资产阶级的路线"。他以多个方向上的探寻，来弄明白香港文学内在走向和现实要求间的复杂纠结。而这种努力，正是香港战后四年文学过渡性特点的呈现。

如果再联系此时香港文学中一些未纳入左翼文学轨道的创作，我们会感到，侣伦的创作是有着一定的"后援"格局的。

例如，比侣伦的《穷巷》、黄谷柳的《虾球传》在香港连载都要早一些的是经纪拉的《经纪日记》。经纪拉就是1970年代署名"三苏"、在《纯文学杂志》上写《目睹香港二十年怪现状》的高雄。黄继持认为高雄的小说"切入本地与市井商场"，"下笔与市民意识认同"，"虽说是'商品化'运作的产品，却比日后传媒雄霸天下局面留出较多的想象与思维空间"；"就其为最具'香港味'的小说而言，所刻画的香港社会转型期的世态，所隐含的文人'卖文'时从俗媚俗与知识良心的矛盾'张力'，往往可作艺术玩味"，而其"提供的社会历史资料，以至日常变化，往往比'正统'的小说乃至学术著作更为具体丰富"，这些都代表了香港小说的"一路"，对后世"影响尤为深远"。[④]

---

① 侣伦：《黑丽拉·序》，中国图书公司1941年版，第3页。

② 黄继持、卢玮銮、郑树森编：《香港小说选（1948—1969）·导言》，香港中文大学1998年版，第5页。

③ 华嘉：《冬夜书简》，（香港）《文汇报·文艺周刊》第15期（1948年12月）。

④ 黄继持、卢玮銮、郑树森编：《香港小说选（1948—1969）·导言》，香港中文大学1998年版，第6页。

黄继持的论述几乎讲尽了高雄小说的香港价值和意义。而此时他的《经纪日记》内容、叙事、语言，都颇具香港本色了，甚至可以说，真正意义上的香港文学是孕成于《经纪日记》代表的那一脉创作中的。例如日记体的起用和改造，不仅反映出香港的读者需求，而且包孕着香港认同意识。在左翼文学主导香港文坛，作品被严重政治化、时局化时，日记体保留了某种世俗的、个人化的空间。而当时的日记体又多写香港骑楼、写字楼、赛马场生活，有着地道的香港情调。如吉士的《香港人日记》（1947）以一个"复员"回到香港，出入于公寓、商行的小市民眼光，将香港战后世态人情一一摄入"个人档案"，叙事的亲切、勾勒的清晰、剪裁的精明，既脱胎于通俗笔法，又有着对五四时期文人日记体的超越，颇有几分地道的香港叙事气氛。尤为值得关注的是，其中不乏对香港的认同和喜爱。如小说第一节写"我"战乱流徙归来，虽无栖身之处，却"心里暗羡香港有福，经过了三年零八个月的战争，这个英国皇家殖民地不曾变了模样，却是桃花依旧笑春风！"。待过海关时，虽遭检查，"箧里东西给翻到凌乱不堪"，"我倒觉得心满意足"，因为"仔细检查是他们的职责，怎好埋怨，而且检查行李人显然已较战前进步了，他们不曾向我罗嗦，要钱'饮茶'，呼喊也比战前的斯文得多"。①

这种"心满意足"不能简单被判断为"殖民统治心态"，因为它产生于日占三年零八个月的黑暗时期结束以后，香港虽受英国殖民统治，但它也是香港人的家。这种"家"的感觉，外地作家、中原心态，都是难以体会得到的。而它正是香港文学本土性最丰厚的土壤，它的最初孕育自然非常值得关注。这种"家"的感觉就产生在战后的特殊年月里。侣伦当时在一篇文章中述及香港沦陷前自己意识到"要改换旗帜"时的沉重心情，那不是从一种殖民统治沦入另一种殖民统治时的失落，而是"失了日常生活常态"时的"无比的困倦"。②鸥外鸥的《山水人情》是一篇至情至性之文，内地流徙之途中充溢着对"香港岁月"的深情怀念。那种"共栖于南国岛上"的回忆，完全是将香港作为"自

① 郑树森、黄继持、卢玮銮编：《国共内战时期香港本地与南来文人作品选》，（香港）天地图书有限公司1999年版，第71—75页。

② 侣伦：《火与泪》，（香港）《华侨日报》1946年8月25日。

己的家园"来呈现了。战乱、失城、回乡等经历使香港人开始自觉意识到香港乃自己根之所系的故乡。如果这样去看，日记体的大量启用就更在情理中了，因为它更能传达作家对香港民情生态的亲近感、平易感。

如果将此时南来作家们笔下的香港形象做一番比较，也许更能把握得到，意识形态对峙下香港家园意识的萌生，是战后香港文学为日后香港文学独立品格的走向形成提供的最重要因素。

南来作家不管是左翼阵营的还是多少持自由主义立场的，大多仍以审视殖民统治的目光看待香港。《"香港头"的改造》[①]一文开篇就将"香港头"定义为"殖民地社会的生活和教育所培育出来的思想意识"。文章对"香港头"种种病症的剖析入笔深刻，挥洒淋漓，而这一切都来自作者"居高临下"审视香港城和人的写作姿态："一位英国诗人说：'如果在一生当中，我曾经捧过一匹堕地的雏鸟回巢，我就不枉此生了。'何况改造一个'香港头'（拯救一个堕落的灵魂），其功德之大，自非捧一匹雏鸟回巢可比。"一种自居"治病救人"者的心态豁然可见，而"散布在（香港）社会的各个角落，政界、商界、学界，以至三教九流"的香港人都被置于"病患者"之地。颇有意味的是《"香港头"的改造》的行文，从"对症下药"的条分缕析，到"严宽结合"的循循善诱，都有着毛泽东整风讲话文风的影响。显然，作者自始至终是将香港城和人视为改造对象的，而"改造方案"相当明确，这跟二三十年代南来作家落笔于香港黑暗还是有很大不同的。

黄药眠的《没有眼泪的城市》[②]大概可以代表非左翼立场南来文人对香港的态度。他竭力去观察到香港"每个窗户"后隐藏的"这城市的五脏六腑"，对资本主义的批判仍是作者"香港立场"的主要倾向，而这种批判有着作者的独立判断。例如，他看到香港的"一切都靠着市场"，所以"书店里寂寞得有如古庙"；但他也承认香港"是一个富足的，美丽的城市"，香港"没有眼泪"，反映了香港的冷酷，但也说明香港"尊敬"的是"力量""自信""强

跨越1949
战后中国大陆、台湾、香港文学转型研究

---

① 秋云：《浮沉·"香港头"的改造》，（香港）人间书屋1948年版。

② 郑树森、黄继持、卢玮銮编：《国共内战时期香港本地与南来文人作品选》，（香港）天地图书有限公司1999年版，第71—75页。

者"。这样一种香港图景的呈现，多少走近了香港，这正是以后一些南来作家能长居香港而成为香港作家的重要原因。但整体上讲，对香港的亲近感在南来作家笔下还是较难见到的。

香港文学中有着英殖叙事、中国叙事和香港叙事的复杂纠结，没有视香港为家园的香港意识的萌生，香港叙事则无处存身。而我们通常所言对香港的中国叙事，是纯然将香港视为被西方帝国主义进行殖民统治来完成其文学想象的。当战后东西方冷战对峙格局开始形成，主导即将诞生的新中国的政治力量又"义无反顾"地置身于社会主义阵营中时，中国叙事意识对香港文学的渗透是最有力、最广泛的。香港意识产生于此时，其压力可想而知。而它没有消亡，正预示出香港文学开始有了自己独立的生命机制，这也可视为香港文学的另一种"预演"。

两种"预演"，都反映了此时期香港文学的过渡性。而这种过渡性，正表明战后香港文学开始了一个新时期。这一新时期，无论是就香港文学自身而言，还是对整个中国现当代文学而言，都恰恰沟通了1945年开启的战后至五六十年代文学。

第二节　左、右翼政治对峙中的香港文学思潮和香港文学主体性建设

一、左、右翼政治对峙中的战后香港文学格局

战后香港再次出现内地移民高潮，1945年8月，香港人口60万；1947年底增至180万；1950年代中期，人口更增至220万。大量内地移民的迁入，使香港社会构成发生变化，也使得内地左、右翼政治倾向广泛影响香港社会。

香港沦陷对香港最重要的影响是打破英国殖民者高高在上的形象。战前香港有很多歧视华人的法例和精神现象；战后香港英国殖民当局改变其殖民统治方法，开始强调香港的城市精神，提高市民的参与度，希望有一个活跃的公民社会，协助它的统治。香港社会福利制度和教育改革都得以推进，港督杨慕琦甚至计划推动香港政治民主化，虽由于种种原因功败垂成，但促进了香港政治环境的开放、包容；加上恢复了港英殖民当局统治的传统，从而在1940年代后期国共政治纷争日趋白炽化的中国内地之外，以及1949年后高度政治体制化的海峡两岸之外，为中国现代文学的生存发展提供了一种较具包容性的空间。

如前所述，抗战胜利后，中国共产党领导、影响的左翼文化力量和国民党文化势力都全面进入了香港。但在占领战后香港的文化、宣传阵地上，共产党要比国民党成功得多。在很短的时间里，中国共产党领导下的左翼文化力量成功构筑了一个主导作者、编者、读者及其公共空间的影响、传播机制，这一机制在全国反独裁、争民主的背景下运行得异常顺畅。而国民党的文化营垒处于明显劣势，就连亲国民党的报刊也承认了这一点："在香港出版的刊物里面，几乎没有一本是拥护政府的，所有杂志都是反对政府批评政府的，不同的只是态度与方法而已。如果说政府在香港的新闻界还有若干的防御力量的话，那么在杂志界则简直就无一兵一卒，任它的敌人纵横驰骋了。你走进任何一家书店，要找一本拥护政府的刊物，实在难乎其难……"①这构成了此期香港文坛

① 《香港文化形形色色》，（天津）《益世报》1948年7月8日。

226

"文化政治"最主要的背景，也直接影响了1950年代后香港文坛左翼、右翼营垒分明的对峙格局。但必须注意到的是，由于香港文坛并未介入体制上的意识形态操作，此时左翼文学的强大亦未影响香港体制的根本性改变。所以，1950年代后的香港文学反而接纳了被内地左翼文学排挤的其他新文学传统，包括现代主义都市文学传统、通俗文学传统、自由主义文学传统等，而左翼文学传统在香港也仍有影响。这几种文学传统跟香港本土文学力量结合在一起，改变了此前南来文人的"中原情结"总跟香港文学本土化进程发生冲突乃至对峙的局面，真正意义上的香港文学格局开始形成。

1949年前后，200多位旅居香港的内地左翼文化人士北返，而一些右翼文人则陆续南来，香港再次出现"移民潮"。跟以前南来作家不同的是，此时相当多的南来作家，如徐訏、力匡、南宫博、秋贞理（司马长风）、刘以鬯等，自此以后定居香港，其过客心态逐渐削弱，其创作也逐渐融入香港文学主体性的建设之中。同时，南来文人有不少是新闻业者和学者。前者促进了香港文学中报栏文章体的发展。后者不仅形成了香港学者作家的创作传统，而且其"使命感和生活需要后来促成十多间专上学院在香港的惨淡经营"[1]，包括后来合并成香港中文大学的新亚、联合、崇基三所书院，以及现在称作大学的岭南学院，改变了1950年代香港大学一枝独秀的教育格局，构建了跟香港文学互动的中文大学校园文化。他们所表现出来的中国文化本位的文化激情和民族意识强烈的"故国之思"，提升了香港这一殖民性、商业性城市的文化品位。这种文化生态是有助于香港文学的生存发展的。

大批作家的南来，使得香港作家在战后冷战格局中的人生抉择，成为内在沟通香港文学跟内地文学、台湾文学的一种联系。不同政治势力的对峙构成此时作家创作的社会大背景，但在整体上尚无体制性力量迫使作家政治化，这给香港作家提供了寻求创作的"自我"的历史可能性。南来作家在身心无依境地中创作的"突围"，既呈现出政治对文学的牵制和文学对政治的超越并存的情

---

① 郑树森、黄继持、卢玮銮编：《香港新文学年表（一九五〇——一九六九年）·三人谈》，（香港）天地图书有限公司2000年版，第10、14页。

况，又有着对香港工商社会人文生态的调适和抗衡。而这种情况，事实上将香港文学和中国内地文学在互为参照中纳入了同一格局。

本时期开启于战后，而非1949年，也是充分考虑到二战后"冷战结构"的意识形态对峙的巨大影响。美苏两大阵营的冷战对峙当是影响战后世界走向的最大因素，而国共两党分别归于这两大阵营。这一时期香港左、右翼对峙的状态，实际上是美苏两大阵营冷战时期在东欧展开争夺的翻版。美苏双方"都将这场斗争视为意识形态、政治制度，甚至人类社会未来的竞赛和抉择"①，因此其对峙是激烈的。战后香港聚集了一批"反共反蒋"的"第三势力"知识分子，1949年创刊的《自由阵线》及自由出版社是他们的第一个阵地。其政治出版物在"自由"旗号下"反共反蒋"，其文艺出版物则"带有时代气息而不在政治层面进行强力呼喊"②。1951年，美国中央情报局在香港成立亚洲基金会，资助的主要就是这一类文化力量。受亚洲基金会资助和影响的有友联出版社（1951）、人人出版社（1951）、亚洲出版社（1952）、今日世界出版社（1952，隶属美国新闻处）等，它们出版的《中国学生周报》《大学生活》《人人文学》《亚洲画报》《今日世界》《海洋文艺》等刊物都被视为美元文化的产物。《香港时报》《工商日报》等副刊影响大的报纸也都属于右翼阵营。而1950年代初期来港，身负左翼政治和宣传任务的人士和为中国内地宣传爱国意识的南来文人，则以《大公报》《文汇报》《新晚报》等左派报纸副刊为阵地进行写作，同时也创办了《良友画报》（1954）、《文艺世纪》（1957）、《青年乐园》、《当代文艺》等刊物，建立了以三联书店为首，包括南国出版社、三育图书公司、南苑书店、新地出版社、上海书局等在内的出版网络。1956年，毛泽东到广州检查香港工作，批评"对香港利用不够"③。此后，原设于广州的中共港澳工委迁入香港，其宣传阵营分电影、新闻和出版

---

① 郑树森、黄继持、卢玮銮编：《香港新文学年表（一九五〇——一九六九年）·三人谈》，（香港）天地图书有限公司2000年版，第8页。

② 慕容羽军：《五十年代的香港文学概述》，（香港）《文艺研究》第8期（2007年12月）。

③ 黄文放：《中国对香港恢复行使主权的决策历程与执行》，香港浸会大学林思齐东西学术交流研究所1997年版，第34页。

三条战线展开，中国共产党对香港文化的影响也更为直接。左、右翼两大阵营的"政治界限十分分明，左右阵营的作者固然各有各的路向，有不可逾越的鸿沟"①，成为五六十年代香港文坛的基本格局。同时，由于英国殖民当局属于西方阵营，青睐，甚至倡导美式文化，而对苏式文化体系及其影响下的中国共产党文化力量不会禁制，但会提防。这使得美式文化在香港的影响比苏式文化要占有优势。

二、左、右翼阵营的文化张力和香港文学主体性建设

与五六十年代海峡两岸分别受美式文化和苏式文化根本性影响不同，香港是美苏文化接触的场域，两种文化不乏交锋，也能共存，这使得香港作家具有了两种不同文化的参照系。而香港左、右翼文人之分较多是作家自己所取立场而致，较少政党性、组织性力量的操控。当时，"台湾作家的反共小说"也大量"在香港发行"，然而"这些小说与当时香港文艺界谈不上有任何互动"。②这一情况说明，香港文坛左、右翼的对峙已不同于20世纪20年代后期中国左翼文学兴起后密切联系着国共对峙的历史状况，它有着香港战后环境中的特定内容。正因为香港脱离了大陆反蒋、台湾反共的现实政治的制约，其左、右翼之分已较少受中国政党政治分歧的影响，而更多着眼于民族道路的选择。例如，香港报刊每年庆祝双十节时，很少谈及台湾的话题，"主题重点多在重温中国革命历史，孙中山的革命理论，如何建设未来中国，怎样学习革命先烈牺牲一己性命，抛头颅，洒热血，使中国富强起来"。1969年右翼《中国学生周报》双十特刊刊发胡菊人《两日无光》言："现在我们国家的象征，都有两个'日'，一个是红的，一个是白的，都没有阳光的温暖。"古苍梧《中国将会变》则言："社会主义国家的统治也会变得更开放，更民主……"③这

---

① 慕容羽军：《林适存在香港的文学活动》，（香港）《文学评论》第2期（2009年4月）。

② 郑树森、黄继持、卢玮銮编：《香港新文学年表（一九五〇——一九六九年）·三人谈》，（香港）天地图书有限公司2000年版，第4页。

③ 小思：《香港故事》，（香港）牛津大学出版社1996年版，第59页。

样一种表达出自非左翼文人，无论是批评还是期望，应该说都已经摆脱国共现实政治的利益制约，思考着民族的前途。更有青年知识分子在香港这一言论自由环境中，独立创办《盘古》《70年代》等刊物，以反省、批判的精神探讨问题，更是不受美苏、国共阵营的制约了。

所以香港左、右翼文化阵营的对峙，并非双方势不两立，而是充满了文化张力。一是即便双方政治立场尖锐对立，但"左右两派文人，却同有浓厚的中国情怀，左翼着眼于当前，右翼着眼于传统，但同样'根'在中华"[①]；到了1960年代，右翼坚持的民族意识，与左翼提倡的爱国情操甚至交汇合流，"超越了美苏的意识形态"[②]。一些本土出身的作家更超越左、右翼对峙政治的层面，追求国家、民族、本土的文化建设。这使得战后二十多年中，香港取代了中国内地扮演了"中华文化在海外传承的角色"，广泛影响了东南亚华文文学，"一直到七十年代中期，才逐渐由台湾文学接过棒子"。[③]例如，当时被视为香港文化重镇的友联出版社是毕业于北大的徐东滨和他昔日的北大同学及友人合办的。徐东滨被金庸称为自己"最怀念而佩服"的"好朋友"，"与我亲哥哥""一样"。[④]他1953年1月创办《祖国周刊》，其宗旨虽"在于致力民主中国运动，在中国实现政治民主、经济公平、文化自由的新社会"，但"事实上"其"工作地区是在海外，而非国内"，"工作性质是文化工作，而非政治工作"。[⑤]创办翌年，就邀请香港著名学者、作家编撰《友联活页文选》，强调"要创作现代的好文学，就必须吸取过去好文学中的营养。我们可以不作文言文，不写旧诗。但我们应该了解它们，能欣赏它们。我们应该吸

---

① 郑树森、黄继持、卢玮銮编：《香港新文学年表（一九五〇——一九六九年）·三人谈》，（香港）天地图书有限公司2000年版，第18页。

② 古苍梧：《美雨苏风四十年——也是一个体验层次的回顾》，（香港）《八方文艺丛刊》第7辑（1987年11月）。

③ 潘碧华：《香港文学对马华文学的影响（1949—1975）》，《海南师范学院学报》（人文社会科学版）2000年第1期。

④ ［日］池田大作、金庸：《探求一个灿烂的世纪（池田大作、金庸对谈录）》，孙立川译，（香港）明河出版社1998年版，第212页。

⑤ 徐东滨：《谈海外中华自由文化运动》，（香港）《中华月报》第692期（1973年5月）。

取外国文学的优点……可是绝不应抛弃本国的优良文学"①。《文选》1966年改为《祖国月刊》后，成为纯文化杂志；1973年改名为《中华月报》，更全心全意地致力于中华文化的传播。"友联"针对学者和大学生的学术性杂志《大学生活》、以青年文学爱好者为对象的文学创作性的《中国学生周报》，以及少儿读物《儿童乐园》，都无一不以中华传统文化的传承为重点。例如影响广泛的《中国学生周报》一向被很多人视为"美元文化"的产物，但实际上它一开始就自觉定位于"发扬中华文化，阐释民族大义，承续三四十年代的文艺传统，与读者共同体认文化民族的血缘关系"②；而它"为海内外全体中国学生服务"③的宗旨，使它也不会被东西方对峙的意识形态牵着走，坚持传承、弘扬的"是一种殖民地教育所欠缺的爱国精神。不是狭隘的爱国，不是时髦的爱国，而是深植于中国文化、中华民族的血脉关怀"，甚至其政治立场也决定于此。很多南来文人还纷纷参与中小学教科书的撰写，并且"每年都检查我们的教科书，看看里面有没有殖民地的奴化教育"，"认为没有英国那些奴化教育……而且有教一些中国文化，这样才比较放心"。④这种中国文化情结，使得战后香港成为中华文化播传之地，使得香港文化不脱离母体而得到发展，更使得政治尖锐对立的左、右翼文化有了共存空间。

二是左、右翼对峙一旦真正进入文化、文学的层面，实际上都会有较大的回旋空间。"对于在冷战气候之下出现的'美元文化'，有些人认为全是纯反共动作，或政治宣传，其实未免有点'想当然'。"⑤事实上，"美元"资助下的文化打开了香港跟世界文化接触的窗口，一些文艺活动甚至"大有助于

---

① 徐东滨：《编印〈友联活页文选〉的话》，（香港）《祖国周刊》第7卷第4期（1954年7月）。

② 《负起时代责任》，（香港）《中国学生周报》第1期（1952年7月），第25页。

③ 卢玮銮：《从〈中学生〉谈到〈中国学生周报〉》，（香港）《香港文学》第8期（1985年8月）。

④ 熊志琴：《黄震遐与沙千梦——黄百合忆谈父母》，（香港）《文学世纪》2004年7月。

⑤ 郑树森、黄继持、卢玮銮编：《香港新文学年表（一九五〇——一九六九年）·三人谈》，（香港）天地图书有限公司2000年版，第17页。

当时香港青年接触中国内地二三十年代以来的文艺作品，乃至俄苏文学"①。
当时香港的自由主义（右翼）知识分子的政治理念，"是基于他们对理想的
坚持，基于对祖国的爱，并不是一些人所说的：他们是拿了'绿背'而'反
共'"②。右翼文学思潮在文化传统上坚持自由主义立场，其思想倾向具有某
种包容性，有利于香港文化窗口的打开。例如，前述的《中国学生周刊》就一
直坚持自由开放、兼容并包的办刊方针："我们不受任何党派的干扰，不为任
何政客所利用，在这里，我们可以畅所欲言，以独立自主的姿态，讨论我们一
切问题，从娱乐到艺术，从学识到文化，从思想到生活，都是我们研究和写作
的对象。"③该刊政论文章的右翼立场是明显的，但其政见基本上属于自由主
义的立场，所以创刊号就强调了个人对政治的承担："虽然我本身是根本赞成
西方的民主政治，但我也不应当尽掩饰民主政治的弱点；虽然我根本反对斯大
林式的共党政权，但我也不能全部抹煞马克思主义的出发点。世界中没有一
种万全的制度，制度是人为的，人既不是万能的，他立的制度当然难免有缺
憾。我无意劝导青年学生向左或向右，……但是青年一旦决定了方向以后，便
当勇往直前，只求理想的实现。"④该刊的《诗之页》《穗华版》《新苗版》
分别刊发诗坛新进者、成名作家、青少年学生作者的作品，很少政治色彩。
当它被有些人判为"一份'反共'周报"时，它却"在1970年就刊出了胡志明
狱中诗，1971年号召香港青年进工厂体验生活，又出版了纪念'七七'示威特
刊，这是何种面貌？"。刊物刊发不同"政见"的对话，也刊发读者尖锐批评
编辑的来信，"这是何种胸襟？"。正是这种情怀、胸襟，使得《中国学生周
报》在当时香港青年学生，尤其是文学青年中产生的影响，今天看来，"如

跨越1949
战后中国大陆、台湾、香港文学转型研究

---

① 郑树森、黄继持、卢玮銮编：《香港新文学年表（一九五〇——一九六九年）·三人谈》，（香港）天地图书有限公司2000年版，第18页。

② 林起：《五六十年代香港文坛的一面旗帜——徐东滨》，（香港）《文学评论》第2期（2009年4月）。

③ 《负起时代责任》，（香港）《中国学生周报》第1期（1952年7月），第27页。

④ 余天柱：《当代青年的特殊遭遇》，（香港）《中国学生周报》第1期（1952年7月），第3页。

神话般"巨大。①"多元，仍守着一条脉络……立足香港，面向世界，追源中国。"②右翼的几大出版社中，人人出版社是原自由出版社的黄思骋等为了"改变反共形象而另立门户"的；友联出版社"虽存在于'政治'潮流中，而它的出版物具有文学意味的也很强"；亚洲出版社更是"致力于文学作品的出版"，想方设法"取得著名作家的作品"上百种出版，"被誉为五十年代文坛的一大盛事"。③而"较长期在香港居住的左翼文化人，如罗孚等，多年来秉承中央的指令（笔者按：主要指周恩来1958年概括的"长期打算，充分利用"八字方针④），他们也认同要尽量淡化'左'的色彩，以较'灰色'文艺的面貌来争取香港读者"⑤。这种对香港当地政治情况以及华人心态的体察有利于左翼文化力量在香港的发展，所以，"左派办的刊物"却往往以"中间偏右"的面目出现。⑥例如，罗孚等创办《海光文艺》（1966）就明确地要突破"红白对立，壁垒分明"的限制，"红红白白，左左右右，大家在一个调子不高，色彩不浓的刊物上发表文章，兼容并包，百花齐放"⑦，"他们对香港本地青年的影响，主要不是在政治意识方面，反而在于唤起他们的民族意识，对中国文化的关注"⑧。例如《大公报》主管副刊的副总编辑陈凡（1915—1997）的第一本诗集《往日集》以新诗形式表达对工农大众的关怀；但此后却一直写旧体诗，其《壮岁集》得钱锺书、饶宗颐、黄裳作序，评价极高，而他的旧体诗

---

①　小思：《香港故事》，（香港）牛津大学出版社1996年版，第70、71页。

②　小思：《香港故事》，（香港）牛津大学出版社1996年版，第69页。

③　慕容羽军：《五十年代的香港文学概述》，（香港）《文艺研究》第8期（2007年12月）。

④　黄文放：《中国对香港恢复行使主权的决策历程与执行》，香港浸会大学林思齐东西学术交流研究所1997年版，第34页。

⑤　郑树森、黄继持、卢玮銮编：《香港新文学年表（一九五○——一九六九年）·三人谈》，（香港）天地图书有限公司2000年版，第23页。

⑥　罗孚：《〈海光文艺〉二三事》，（香港）《文学世纪》2005年10月。

⑦　丝韦：《〈海光文艺〉和〈文艺世纪〉——兼谈夏果、张千帆和唐泽霖》，《丝韦卷》，（香港）三联书店有限公司1992年版，第274页。

⑧　郑树森、黄继持、卢玮銮编：《香港新文学年表（一九五○——一九六九年）·三人谈》，（香港）天地图书有限公司2000年版，第23页。

也多写祖国人文山水。他以"百剑堂主"之名创作武侠小说，与梁羽生、金庸合作"三剑楼随笔"也重在文化。他在《文汇报》开设《艺林》副刊，刊发诸多文史名家谈中国文学、书法、绘画的文章，水平很高，辑成《艺林丛谈》十册出版，一时售罄。这些活动一直到"文革"万马齐喑时仍在展开，可见香港左翼阵营对中国文化的关注。在文学观念上，右翼阵营在1950年代后期就已经注意到对西方现代派的介绍，摆脱政治意识形态影响的较纯粹的现代主义文艺崛兴，显然淡化了右翼文坛的政治色彩。而左翼的社会主义现代主义在香港显然无法落实，所以左翼文坛坚持的批判现实主义已跟中国内地的文学思潮疏离，同时左翼在认识和理解西方现代文学思潮上也较宽松。可以说，香港左、右翼阵营在文艺观点上较少正面交锋，更未在文艺观念上形成根本性的对抗。

三是左、右翼文学阵营的文学创作各有其侧重点，但都推进了香港文学主体性的建设。左翼文学阵营的写作更多地继承了1940年代后期采取的与香港群众相结合的方针，开始多取写实手法，反映香港草根阶层的生活；后来为了更迎合市民大众的阅读需求，推出了在内地全面禁绝的武侠小说。左派报纸《新晚报》更是捧出了梁羽生、金庸新武侠小说；《海光文艺》在充分肯定武侠小说价值同时，也不排斥言情等流行小说，推出了亦舒等崭露头角的本地青年作家作品。右翼文人较强调知识分子对国家民族文化的承担感，强调中国文化本位的思考和感受。而一些右翼倾向的报刊则在纯文学、现代文学倡导上开新风气。例如《星岛晚报》副刊《星晚》在五六十年代连载过相当数量日后被视为香港文学重要之作的作品，包括刘以鬯《酒徒》（1962—1963）、《对倒》（1972—1973），张爱玲《怨女》（1968），熊式一《天桥》（1960），徐訏《舞蹈家的拐杖》（1960）等。香港文学主体性的建设，既包括摆脱国共两党政治意识形态和英殖民统治文化的影响，也包含对香港工商消费社会环境的调适，左、右翼文学阵营对香港文学主体性的建设都有着正面的影响。

上述左、右翼的对峙是对战后香港显的的文学思潮的一种考察，事实上，隐性的文学思潮更值得考察，那就是顽强渗透于作家创作实践中的观念。卢玮銮在编选1948—1969年的香港散文时说过一番颇有意味的话："本书所选，似乎看不出有何种意识形态角力，更不见左右阵营的显明分野。识者或以为编者故意隐去某种'真实'，实质在五六十年代报刊中，除少数政治立场鲜明者，及在某时段因某些作者为政治信念而挥笔外，一般专栏散篇均对政治十分淡化。有的论者以为当时情势，两阵对垒，大有张弓拔弩之势，实乃想当然而已。偶有政治宣传作品，一则事过境迁，现已了无意义，二则虽有等作者本具才情，唯受制于某种策略，文笔直露，技巧内容均无可观，也不宜选取。"[1]此番话语不仅揭示了战后香港文学创作中意识形态立场鲜明者只是"少数""偶有"，而且推衍开来，不妨说，在一个存在多种思潮的社会里，常有左、右翼文人，难有左、右翼文学作品。因为一个作家会在现实中持有某种激进的左、右翼政治立场，但如果这种立场进入其创作状态起主宰作用，其所写也只能是政治宣传品了。而一个作家不管其现实政治立场是何种左、右翼，一旦进入文学创作，起主导作用的是文学追求而非政治追求，这样才能为后世留下文学作品。所以，当时的香港作家，尤其是青年写作者，都"既看美国、苏联的翻译文学，也看中国三十年代的文艺作品，亦会阅读台湾的新派作品"[2]。而只要我们仔细阅读、梳理战后至1960年代的香港文学作品，我们就得承认，以往把这一时期的香港文学只看作左、右翼对峙的历史存在的种种认识，可能真是想当然的一厢情愿了。例如，赵滋蕃的长篇小说《半下流社会》（1953）讲述香港木屋区一群"半下流者"的受困生活，未必不可看作另一类的《穷巷》。它借小说人物王亮、司马明等之口批判"与特权并存"的社会制度加剧了"人性中的自私、理性中的虚伪、兽性中的猖獗"这类"人类病"，其反对"专制的权力"的主张表明着作者右翼的政治立场。然而，"半下流社会""靠自己血汗来赚生活"的人生，同舟共济的民间情义，都以一个更大的落难群体的生活呈现出"穷巷"的本义。力匡的现实政治立场也不乏右翼倾向。但他的小说更不乏对底层人生的关怀，如小说《瓷杯》（1953）借小孩的眼光、心理写出了"财富和贫困把这两对夫妇划分于两个截然不同的阶级去了……童

---

① 卢玮銮：《导言：香港散文身影——五、六十年代》，黄继持、卢玮銮、郑树森编：《香港散文选（1948—1969）》，香港中文大学1998年版，第Ⅵ页。

② 郑树森、黄继持、卢玮銮编：《香港新文学年表（一九五〇—一九六九年）·三人谈》，（香港）天地图书有限公司2000年版，第19、121页。

年的游伴、旧日的友人，此刻都不复存在了，只剩下了富人和穷人"的现实。50年代香港"难民"社会的形成有着中国政局变动的巨大影响，但当力匡、赵滋蕃那样的右翼文人一旦进入文学创作，关注时代大变动中人的命运，作品呈现出的就会是香港社会的人生真实，它留摄住的是50年代初香港社会生活艰难的历史面影。所以，细致地感受作家的作品进而梳理此时香港文学思潮的内容，而不要以左、右翼政治去做简单的评判是重要的。

三、香港文学主体性建设的两个重要课题

在香港文学主体性建设上，此时还有两个重要课题在创作中被实践。一是文学如何应对由经济转型、文化消费、教育制度等因素构成的人文生态的变化。抗战胜利后至1950年代左、右翼政治阵营对文学的"投入"，使香港文学在当时香港经济非常落后的情况下却"相对地颇为强旺"，但香港文学要应对的主要还不是政治，而是如何在经济变动、文化消费的冲击下进行文学资源的开掘。香港通俗小说一向刊布于报章副刊，而"新文艺"的严肃文学则大抵见于文艺杂志。[①] 1945年12月，《新生晚报》推出副刊《新趣》，开启了战后香港通俗文学的局面。到1950年代，该刊成为囊括通俗文学所有门类，创作、翻译、评论并重的文学刊物。高雄、司马长风等的社会写实小说，西门等的侦探小说，路易士、休哉等的言情小说，南山燕、游龙等的武侠小说，董千里、南宫博等的历史小说，十三妹、岑楼等的专栏文章，今圣叹、司马文森等的文化散论等，都拥有着广大读者。战后创办的《华商报》副刊等在适合香港市民阅读口味的通俗化上也推进甚大。到1960年代，《武侠世界》《小小说》《青年乐园》等创刊，加上环球图书杂志出版社等专事"三毫子小说"等通俗作品的出版，形成了以社会写实和武侠小说为主的香港通俗文学格局（梁羽生、金庸在1950年代中期加盟武侠小说，其文人雅趣和对现代小说的借鉴，已使武侠小说突破了通俗文学的意义）。与此同时，香港的文化消费环境使得"'从事严

---

① 黄继持：《香港小说的踪迹——五、六十年代》，黄继持、卢玮銮、郑树森编：《香港小说选（1948—1969）》，香港中文大学1998年版，第Ⅱ页。

肃的文学工作'与'卖文'，难以分清，作者也往往一笔两写"，"为生计而跨层"使"以'严肃'或'新文学'自任者""被迫迁就"通俗写法。①1940年代后期分别连载于《新生晚报》《华商报》的两部长篇小说，高雄的《经纪日记》和侣伦的《穷巷》，代表了两种殊途同归的创作走向："侣伦从新文学创作起步而走向'大众化'，高雄则切入本土与市井商场；前者还多少保留'文人'情调，后者更脱却书生气，下笔与市民意识认同。"②两人艺术用心不同，却都"趋俗"。正是在这种战后开启的通俗化创作格局中，人文精神的蓄积、创作脉络的拓展、中西文化交汇滋养中的传统文人型作家（徐訏、梁羽生、金庸等）跟香港英殖工商社会市民文化的互动构成了对香港文化资源较深入的开掘，在报栏文章、市民小说中逐步产生出新的香港文学范式。这种范式更注重对现代工商社会的价值尺度、生活节奏、消费方式调适的文学实践。这一范式的基本内容是在速食文化环境中坚持从容的审美创作，在商业的集体消费方式中保留、拓展个性的多元形态。

影响香港文学发展的，"第一是报章副刊，第二是文艺杂志，第三才是成书的作品"③，这反映出香港文学的生存方式始终跟处于现代社会中心的媒体有密切关系。同时，这一时期的香港作家也日益跟纸质媒体以外的电影戏剧等媒体发生了联系，出现了一种跨媒介的生存趋势。这种将传播置于重要乃至中心地位的生存方式正是文学对消费性、商业性香港社会的适应，也使得香港文学思潮不只是受时局变动及相应的政治思潮的影响，更受根本性、长久性主导香港社会的都市性经济转型的影响。

香港意识的自觉，是本时期香港文学主体性建设的另一个重要课题。二战中香港沦陷，使香港本土作家第一次大规模离港流散，在战乱迁徙中产生强烈的思乡之情；而战后香港城的失而复得，使香港人有了对香港的归属感，香港

---

① 黄继持：《香港小说的踪迹——五、六十年代》，黄继持、卢玮銮、郑树森编：《香港小说选（1948—1969）》，香港中文大学1998年版，第Ⅳ、Ⅴ页。

② 黄继持：《香港小说的踪迹——五、六十年代》，黄继持、卢玮銮、郑树森编：《香港小说选（1948—1969）》，香港中文大学1998年版，第Ⅶ页。

③ 郑树森、黄继持、卢玮銮编：《香港新文学年表（一九五○——九六九年）·三人谈》，（香港）天地图书有限公司2000年版，第9页。

本土作家也开始有了超越殖民统治意识形态的某种"香港意识",即视香港为自己家园的意识。这在战后香港文学中可以明显地感受到。一些南来作家在长居香港后也逐渐产生了对香港的亲近感,发展成认同香港的归属意识。家园意识成为香港意识得以形成的基础。这种香港意识源自中华民族价值观,又不同于英国和中国内地主流意识形态,它在战后初期就得以发生,而到了1970年代成为一种独立的意识形态。

1960年代初,"香港文化"已成为"流行在知识分子口中的名词","其广义在代表香港各阶层的社会性的趋向和影响,从而指出香港人的一般思想"。①尽管"香港文化"一词还无法摆脱"现实""落后的中国民间风俗"等负面意义,但也开始有了如何培养"海外中国文化最主要中心地"②风范的思考。"香港文化"一词的流行,反映出香港意识的生长。这种香港意识承认香港文化无法避免商业化的压力,认为"我们所遇到的是商业世纪,而生活的小环境又是殖民地之商场,实无可避免";更关注殖民统治下的商业性造成"生活常识之窄狭与思想之贫乏"的人文危机,认为"今日香港学校出身各式打工仔……开口皇家,闭口皇家,其志向眼光,……过去所未见",所以强调自觉应对殖民统治地区之商业化的挑战,展开香港文化的建设。③

香港意识是香港文化环境中中华文化意识的孕育。尽管战后初期香港文学在文化认同上还较"沉迷"于英殖民统治的从属性(当时文学青年中,不少是读英文书院的,即所谓的"番书仔",较多接触西方文学,香港现代主义文学思潮兴起与此关联,也使其面临殖民性陷阱危险),政治对峙的模式又未能摆脱中国内地的影响,英殖叙事、中国叙事对香港文学还有较大影响,但中华文化传统的发扬光大和五四新文化传统的延续丰富两者得到结合,香港意识由此萌生。1953年在香港出版的《五四文刊》刊名中的五四原本取意于出版者为香港官立文商专科学校文学系1954级,而创刊又"时逢五四",其所指

① 家明:《香港文化的危机》,(香港)《香港时报·浅水湾》1960年4月26日。
② 崑南:《当前文学艺术工作者的道路》,(香港)《香港时报·浅水湾》1960年6月11日。
③ 十三妹:《论商业世纪之语文与文化》,(香港)《香港时报·浅水湾》1960年2月27、28日。

五四"亦饶深义"：五四"是新文化运动，也更是中国文学革命运动。……达成了文学革命的伟大任务。然溯中国文学史上的革命运动，五四不是第一次。公元九世纪韩愈、柳宗元、元稹、白居易等在诗国和文坛都曾掀起了一大革命运动……更在其前，战国末叶，中国的南方忽然涌出了新文学的一股洪流……使这大陆本由传统的'诗''书'文体称权威者，一下子转变为'辞赋'的世界。那次捐起革命的大旗的，自然要首推我们空前的一位大诗人屈原"①。所以，《五四文刊》同人恰恰是"感輓近国学凌夷，沉冥不返，无复彰时"，要以"坚宏之力量，延续文化"，在"并蓄兼收"中，② "热情敏感的新诗，和新作家必然地会蓬兴崛起"③。《五四文刊》的志向并非个别，1950年代香港文学刊物，尤其是青年文学（文化）刊物，如《中国学生周报》《海澜》等，都视中华文化传统的传承为己任，开设诸多专栏传播中华文化传统；对五四文学多源多流的传统更是细心梳理，多种方式地予以呈现。此外，《华国》（1957—1971）等刊物更是以宣扬"美富久远，为世界最"的中华文化为"沟通中西"之要务。④当中华文化意识成为滋养香港文学，尤其是香港青年作者园地的丰富养分，香港意识的养成也就获得了最丰厚的资源。

1960年代末，原先源自中国国共两党争执而形成的文化人的"左""右"界线开始缓解、模糊。到1970年代，"一些文艺工作者，希望能重新从中华民族整体的立场、中国文学整体的观点，去思考在香港的文化人所能做的工作；希望能从较高的层面、较有历史感的透视中，在大陆与台湾及本港的文艺思想之参照以至交流的可能性增加的情况下，探索在香港的文化人，如何既不失其为香港人身份，也不忘其为中国人一份子，且须不自外于当代西方文化思潮，能否开拓出一条具有香港个性的文艺道路"⑤。"香港人身份""中国人一份

① 谢扶雅：《五四和新作家》，（香港）《五四文刊》第1期（1953年5月）。

② 谢扶雅：《五四和新作家》，（香港）《五四文刊》第1期（1953年5月）。

③ 黄振权：《发刊词》，（香港）《五四文刊》第1期（1953年5月）。

④ 凌道杨：《发刊词》，（香港）《华国》第1期（1957年7月）。

⑤ 黄继持：《文艺、政治、历史与香港》，（香港）《八方文艺丛刊》第7辑（1987年11月），第77页。

子""不自外于当代西方文化思潮"，这三者自觉地结合，表明香港意识开始走向成熟。

四、香港都市文学传统的形成

香港意识包括了对香港本土历史意识的体悟和提升，对香港自身都市文化资源的把握和开掘等。当这种香港意识到了1970年代成为一种独立的意识形态，就直接促成了香港城市文学传统的形成。

本来，19世纪末以来，香港与上海始终有着亲密的姐妹城关系，但香港似乎一直"隶属"于上海。战后上海日益被纳入中国工人阶级最集中之地的光环中，香港则一直在英殖民统治的商业空间中展开其都市化进程，这使得香港走出对上海"正统"性的依附。战后香港逐渐形成了一个既不认同内地，也有别于台湾的"公共空间"。这一公共空间得以形成，除了港英殖民统治下的自由主义文化环境的因素之外，更重要的在于香港人的自我认同，这种自我认同成为香港意识的核心，它主要表现为文化认同而非国家认同。而"香港本身的文化传统无所谓精英和通俗之分"，例如，香港文化往往在"西化的、商业性的""表层包装之内仍然潜藏着中国文化的因素，这些因素的表现方式往往也不是严肃的，而是反讽、揶揄，甚至插科打诨"①。而这样一种文化认同的方式正是香港城市文化生产、消费的活动规律的体现。所以，城市文学传统的形成是此时期香港文学主体性最重要的内容。

香港现代主义思潮是香港城市文学传统形成的重要内容，它明显地延续了"上海—香港"的脉络，是战后中国现代文学传统离散至香港的最重要部分。但同时，香港作为一个现代工商都市，为现代主义思潮提供适宜土壤，使得现代主义在香港文学中扮演了一个特殊的角色。它不仅淡化了香港文坛的政治性，也以其艺术表现的探索性、实验性抗衡着文化的消费性、商业性、游戏性。而1950年代中期在香港崛起的现代派文学思潮，主要扮演了政治突围的角色。

1956年3月，被视为"香港现代主义文学冠冕"的《文艺新潮》问世，马

---

① 李欧梵：《香港文化的"边缘性"初探》，（香港）《今天》1995年第1期。

朗执笔的发刊词《人类灵魂的工程师，到我们的旗下来！》做了这样的描述：
"曾经是惶惑的一群，在翻天覆地的大动乱中，摸索过，呐喊过……我们希望、我们期待过的前驱，今天都倒下来了，迷失了、停止了探询、追寻。大家没有方向，在冲撞，在陷落，在呼救，然后趋向颓废和死亡。"这种描述显然是政治苦恼的表达，甚至其后面不乏一种激进的政治情绪的诉求："在一切希望灭绝以后"，"在废墟间应运复苏"的"新的希望"是"我们只想到一片小小的净土"，用"灵性"去"重新观察一切的世界"，"再到一个我们敢笑哭、敢歌唱、敢说话的乌托邦"。在华人的政治作用力很难发生影响的殖民统治下的香港，陷于东西方冷战意识形态环境中的香港作家，转而以现代主义的文学寻求来表达（转移）他们的政治诉求。在这种关系中包含着这样的历史内容：当时制约着香港左、右翼对峙的东西方冷战意识形态并不代表香港作家，尤其是青年作家的寻求；相反，他们反感于政治势力影响下的蒙蔽，认为"通过现代主义才可以破旧立新"[1]，于是，他们力图以"现代主义"来重新观察外部世界。

《文艺新潮》在1959年停刊后，当年，崑南、王无邪、叶维廉等又发表《现代文学美术协会宣言》，探讨的也是如何在时代的艰难、民族的流离、文化的肢解中超越资本主义和共产主义，这种超越便是从事"现代文学美术"。[2]这里，现代主义艺术再次成为香港文学青年们"自觉""自救"的途径。这种努力一直延续到1963年3月创办的《好望角》文艺杂志。崑南等人创办这份杂志，也是因为"五四的巨厦已饱受'战火'摧残"[3]，而只有"现代'知识'充分使我们的'植物'滋长、开发，然后结果"[4]。从《文艺新潮》到《好望角》，香港现代主义文艺思潮从文体创作到理论批评都催生了累累硕

----

① 张默：《风雨前夕访马朗——从〈文艺新潮〉谈起》，（台湾）《文讯》第20期（1985年10月），第81页。

② 崑南：《春秋之颜面》，（香港）《好望角》第11期（1963年10月）。

③ 崑南：《梦与证物——代创刊词》，（香港）《好望角》第10期（1963年3月）。

④ 陈国球：《香港五六十年代现代主义运动与李英豪的文学批评》，（台湾）《中外文学》第34卷第10期（2006年3月），第15页。

果，而这中间一以贯之的是现代主义思潮被看作纾解政治束缚的有效途径。战后香港作家一直自困于其政治的无力感和文化的边缘性，实验性的现代主义文艺思潮多少呈现出了他们的反抗性，并使得香港文学获得了不自外于世界文学潮流的发展，为适应日后香港成为世界性、国际性大都市的发展做了准备。

正是在这样一种都市文学的氛围中，香港本地青年作家得以成长。1950年代，香港一般文学青年就"打破了左右文艺观念的界限，既阅读右派出版的刊物，同时也看《钢铁是怎样炼成的》等苏联文学作品"①。1960年代初期，香港出现文学结社的潮流，当时活跃的200多个文学社团大都以青年为主。而此时引介进香港的，既强调个体的生命感受又对"荒谬"的社会人生处境予以"绝望英雄"式抗争的存在主义最受文学青年青睐。②这样一种背景下成长起来的文坛年轻一代，不仅摆脱了现实政治倾向的桎梏，并且在表达"在地"关怀、自我探求中开掘香港都市文化资源，成为香港文坛自我意识、本地色彩形成的重要标志。至此，香港城市文学传统的形成获得了坚实的基础。

第三节 战后香港文学：在传统中展开的文学转型

"综合中、港、台文学去看20世纪中文文学可以重新思考1949年作为现当代的分界线是否合理，可以看见不同文学类型和思潮的种种连系、发展并非单一而多元的。"③本节着重以战后至1950年代香港南来作家和本地作家的创作如何"彼此互相调和整合，转化多种不同文艺传统"④而形成此时期香港文学的格局，来探讨战后香港文学与中国现代文学的一体相关性，从而思考跨越

① 郑树森、黄继持、卢玮銮编：《香港新文学年表（一九五〇——一九六九年）·三人谈》，（香港）天地图书有限公司2000年版，第19页。

② 郑树森、黄继持、卢玮銮编：《香港新文学年表（一九五〇——一九六九年）·三人谈》，（香港）天地图书有限公司2000年版，第30页。

③ 梁秉钧：《"改编"的文化身份：以五十年代香港文学为例》，（香港）《文学世纪》2005年2月。

④ 梁秉钧：《"改编"的文化身份：以五十年代香港文学为例》，（香港）《文学世纪》2005年2月。

1949年的中国文学的历史转型的内容和意义。

以往着眼于中国内地而以1949年作为中国现代、当代文学的分界线，是因为战后中国内地的政治局势使中国文学的多种传统不断萎缩，乃至消失，恰如五四文学革命造成传统的某种"断裂"而开辟了一个新的文学时期一样。然而，如同辨析五四新文学就会发现其发生、发展的多源多流一样，1949年后的整个中国文学仍然是在传统中展开的，"文学转型"实际上是在传统的保存和转化中完成的。而此时期的香港文学最能让人触摸到这种历史脉搏。

一、 在接纳、延续中国文学传统中展开的香港文学转型

战后的香港"常听到有人戏称，大清律例、民国宪法和英国法令，同时存在于新界、九龙和港岛"，"想要提倡中华固有文化，维护传统，或者师夷崇洋，全盘主张西化，都悉随尊便，可以各行其是"。[①]这使得香港在中西、新旧关系的驾驭上都处于某种优势。从解放战争开始之后，"能继承民国初年西学风气，促进中西文化交流，化解对立而转为接纳的，首推香港"[②]；同时，香港文学在"语言出于中古粤语、文化属于岭南文化"的背景下实现了新旧并存中的"转型"。

秦牧（生于香港，1946年至1949年生活于香港）的小说《情书》（1949）[③]代表了战后内地民众对香港的想象。小说乡间生活气息浓郁，进城卖菜的荣嫂请县城城隍庙侧的"写字先生"给她到香港讨生活的丈夫亚荣写家信，在"神往于丈夫现在的行踪"中展开了"香港是怎样一个地方"的想象："这似乎是个发光的有香味的城市，亚荣就住在街尾一间栈房歇脚"，忖想着丈夫"是穿得整整齐齐在人家铺子里当伙计呢，还是在做小买卖？他做的汤圆是吃好的，但香港人也爱吃汤圆么？"……荣嫂的绵绵情意将香港想象成了

---

① 吴宏一：《从香港文学的跨地域性说起》，（香港）《文艺研究》第3期（2006年9月）。

② 吴宏一：《从香港文学的跨地域性说起》，（香港）《文艺研究》第3期（2006年9月）。

③ 原载1949年4月《文艺生活》海外版第13期，收入刘以鬯编：《香港短篇小说百年精华》（上），（香港）三联书店有限公司2006年版。

"不知道多舒服"的避难地，担心丈夫在香港日久淡忘了家人。然而，小说仍让亚荣回到了内地家乡，因为"乡下大家都在说，龙脉走了！天变地变，就希望真是变得成……我们烧猪还神"。亚荣的出走香港传达出战后香港与中国内地的关系，香港是内地人的一种避难地，但只要"天变地变""变得成"，南来者还是会返回内地。战后至1950年代的香港是内地文化人频繁出入之地，他们在香港的去留取决于他们的追求能否生存于战后的内地。于是当内地的政治局势变动使得包括儒家文化、五四新文化等在内的中华文化传统难以容身时，香港这个西方殖民统治地区反而得以接纳、弘扬某些文化传统。1950年代的香港文学正是首先在接纳、延续中国现代文学的传统中开始自己的历史进程的。

五六十年代的香港，延续了战后香港相对宽松的文化阅读环境。"图书馆、旧书店以及报刊上皆可读到其他华人社区不能读到的五四以来各种作品。此外当时翻印三四十年代书籍也很蓬勃。沈从文、端木蕻良、萧红、钱锺书诸人的小说都有翻印，冷门书如卞之琳的《鱼目集》、孙毓棠的《宝马》、辛笛的《手掌集》、李广田的《诗的艺术》、钱锺书的《中国诗与中国画》都曾翻印出来。"[①]这里的"书单"展示的正是五四以来，尤其是三四十年代中国现代文学中一种另类而又具有较大包容性的传统。最能让后世感到1950年代香港文人与三四十年代中国内地的文学因缘的是刘以鬯的长篇名著《酒徒》（1962），这部小说近距离留摄住了香港文人在1950年代的卖文环境中的生存状况。以往论及《酒徒》往往关注"酒徒"（"我"）与西方现代文学千丝万缕的联系，但事实上"酒徒"的真知灼见更见于他对五四新文学传统的推崇："在短篇小说这一领域内，最有成就、最具有中国作风与中国气派的，首推沈从文……张爱玲的出现在中国文坛，犹如黑暗中出现的光……端木（蕻良）的《遥远的风沙》与《鹭鸶湖的忧郁》，都是第一流作品……他（师陀）的《期待》应该归入新文学短篇创作的十大之一。"[②]类似的评价时而出现在"酒徒"的醉语梦境中，呈现出他与沈从文、张爱玲、师陀等的深层次呼应。

① 梁秉钧：《"改编"的文化身份：以五十年代香港文学为例》，（香港）《文学世纪》2005年2月。

② 刘以鬯：《酒徒》，解放军文艺出版社2000年版，第19页。

他尤为看重的创作都产生于三四十年代，显示出正是他这样卖文为生的作家在五六十年代的香港接通了与三四十年代中国现代文学传统的联系。

1950年代的香港文学中，如《酒徒》那样接续、发展三四十年代中国现代文学传统的作品触目可见。梁秉钧曾谈及李维陵的小说《魔道》（1956）[①]"上承施蛰存《魔道》"，又"从香港五十年代的背景改写了王尔德的《道林格雷的画像》"。[②]施蛰存的《魔道》（1931）描写"我"对一个黑衣老妇人的种种幻觉，充盈着世俗的沉沦和灵魂被攫取的恐惧。王尔德的小说，则以"陶连·格莱画像"这一在美丑转换中令人心悸的意象，传达出对于"恒久"的思考。李维陵的小说取施蛰存小说之同名，也出现了画家和他的"陶连·格莱画像"，清楚表明了其对于1930年代中国现代小说传统的延续，但更多的是转化。小说描述画家"我"和从内地流落到香港的"他"之间的心理冲突。"我"对"他""那双带有魔性的眼睛"有过强烈的痴迷，但也时而感觉到那"魔性"的堕落。这其实强烈暗示出了"我"对于自己追求的现代主义艺术的反省和内审。"我"欣赏现代诗的杰作那种"纯粹的美和纯粹的感觉"，但也警惕于自我私欲对于现代艺术的宰制。也正是这种"内省"最终使"他"从罪恶中挣脱而出。小说以艺术家的眼光来写人性的迷失，叙事者充满了对魔性对象的困惑不安，但小说却赋予"魔性"以写实的历史背景。"他"大学毕业后曾"加入军队，在印缅边境森林连绵的雨季里苦战"，"解放后他曾当过执行清算的公安干部，后来又流亡出来沦落在这大陆边缘的城市街头讨饭"。"他"曾这样说过："我好像一直被教育被习惯了去杀人。在战时我杀的叫做敌人，在战后我杀的叫做反动者。本质上那些被杀的都是活人，但我从来不觉得良心受到责备，而且相反地我一直被鼓励着杀得更坚决更勇敢。"这一质疑战争文化思维的反省实在具有惊心动魄的历史深刻性，它出现于1950年代中期

[①] 原载《文艺新潮》第5期（1956年9月），收入刘以鬯主编《香港短篇小说选（五十年代）》（香港天地图书有限公司1997年版）和黄继持、卢玮銮、郑树森编《香港小说选（1948—1969）》（香港中文大学1998年版）。

[②] 梁秉钧：《改编的文化身份：以五十年代香港文学为例》，（香港）《文学世纪》2005年2月。

的香港文学，延续了1940年代文学对于"战争与人"的思考，却一直到1990年代的中国内地文学研究中才得到回应。李维陵的《魔道》充盈着浓郁的西方现代派艺术气息，但人物、环境又渗透出鲜明的香港情调，这使人强烈感受到小说的深刻性正孕成于香港这块土地。今天我们寻读《魔道》一类作品，正是要在香港这一战后中国文学的生存空间中揭示出中国现代文学的历史一体性。

在对三四十年代文学传统的接续中，香港最自然、丰富地延续的是三四十年代上海的现代主义文学，就如《酒徒》《魔道》表明的那样。三四十年代的上海和五六十年代的香港甚至可以构成"现代主义双城记"。李欧梵以"上海摩登"描述上海的现代主义，可见富有、摩登的城市物质环境是现代主义生存发展的客观条件，战后的香港成了最宜于现代主义生存的城市。早在抗战时期，戴望舒在香港编辑的一系列杂志、副刊就招揽了施蛰存、穆时英、叶灵凤等上海现代派作家；战后至1950年代的又一次南来潮中，徐訏、张爱玲等"海派"名家又旅居香港，香港接续上海的现代主义更是情理中的事。而刘以鬯等的出现及其对六七十年代香港本土青年作家现代主义创作的影响，则更表明香港以其城市文化的营养滋养了现代主义。从三四十年代的上海到五六十年代的香港，相当完整、丰富地呈现了中国现代主义文学的历史流变、美学特色。其中的种种经验是非常值得仔细探究的，它起码可以说明，现代主义的产生和发展并非西方文学提供的单一路向，中国的现代主义孕成于中国的历史进程中。

当时香港文坛的创作走向，处处切实印证其在中国现代文学传统中展开的自身进程。前述《文艺新潮》是1950年代香港最自觉尽力倡导现代文学的刊物（其与四十年代上海文学的关系后有专论）。1956年5月的第三期曾刊出"三十年来中国最佳短篇小说选"，其中有沈从文《萧萧》、端木蕻良《遥远的风砂》、师陀《期待》等作品，几乎是《酒徒》的"前版"，而入选的郑定文《大姊》是上海沦陷时期的创作。该专栏提及的爵青则是东北沦陷时期的"鬼才"作家，其创作与1930年代穆时英、施蛰存等的小说构成了呼应，至今也未必为人所知；同时提及的万迪鹤、荒煤、路翎、丰村等人都是三四十年代的文学新秀。《文艺新潮》从"中国最佳"作品的角度关注三四十年代文学有着特别重要的意义。当三四十年代文学延续五四而发展形成的多种传统在中国内地第一次文代会报告中消失时，香港文坛对三四十年代文学作出了全面的接纳（此时期香港作家中亦步亦趋于中国内地主流文艺者也有之），这种接纳避免了三四十年代文学在单一意识形态性中被遮蔽的命运。而将此时期的香港文学置于整个中国文学的格局中，这又无疑沟通了被1949年作为"现当代"的分界线而划分开的两个时期中国文学的内在联系。1949年后中国现代文学的传统并非断裂，而只是某种"离散"。

在战后香港文学中得到延续的自然不只是中国现代文学传统，还有中华文化传统等。例如，1950年代创办的香港友联文化事业有限公司被视为1970年代前香港文化的重镇，"它罗致了当时香港文化界的精英，也培育造就了一批年青作家和学者"①，其核心成员燕云（女）、陈濯生、徐东滨、王健武、司马长风等大半毕业于北大、清华、南开等高校，后又多曾旅美。他们钟情于中华文化传统，于1955年开始选编《友联活页文选》，辑录了包括《楚辞》、《左传》、《史记》、唐诗、宋词在内的200余篇古诗文精华。当时，牟宗三、唐君毅等新儒家学者在香港讲学，以传承弘扬中华文化传统为己任，友联率先出版了他们的多种著作。友联于1953年开始发行的《中国学生周报》和《儿童乐园》是当时香港影响最大的两份家庭读物，宣传中国传统文化教育是这两份刊物的重头戏。事实上，正是香港在战后二十多年中取代了中国内地扮演了中华文化在海外传承的角色。

二、超越于二元对峙但又接纳二元的历史张力"空间"

战后中国作家的命运有了重大变化，而考察作家在不同时期不同文学场域的"应变"，才足以从作家创作的角度把握文学在历史转型时期的"应变"。战后至五六十年代中国作家的"应变"大致有两种情况：一种是在日益强大的政治意识形态压力下，通过"自我改造"而完成的"脱胎换骨"；一种是在相对自由、宽松的迁徙环境中调整自我的"应变"，这种"应变"更丰富

---

①　金千里：《50—70年代香港的文化重镇——忆"友联研究所"》，（香港）《文学研究》第7期（2007年9月）。

地包含文学"应变"的内容。1950年代的香港作家提供了这种"应变"的丰富经验。曹聚仁的短篇小说《李柏新梦》（1952年2月）颇能反映内地南来作家在香港的文学选择。"新梦"自然是就"旧梦"而言，"旧梦"是指美国小说家欧文（W.Irving）所著小说《李柏大梦》（*Rip.Van Winkle*），香港有方馨、张爱玲等翻译的中译本，曹聚仁在《李柏新梦》的"附注"中也专门述及了这一讲述"李柏入山打猎，一醉三十年，颇与我国王子求仙，烂柯山故事相类似"的西方小说。但《李柏新梦》并不仅仅把《李柏大梦》的美国独立战争的背景变成了中国国共两党历史恩怨的背景，而且写出了"只能在香港表述出来的一个政治幻想"。小说以民间"讲古"的方式展开叙事：水牛背山坳里塘塍下的李柏怕老婆出了名，市集小茶馆里的讲坛更没有他说话的分儿，只有在和爱犬阿花入山斫柴中才有他的"自由自在"。不料喝了山中矮胖子的一碗酒后，李柏昏昏入睡三十年。醒来回村，"五色狼"已变了"五星旗"，李家嫂子已过世，"李柏倒真是自由自在的自由人了"。他从"以渊博著名"的陈白痴口中听到了从孙中山到共产党的历史，尤其是"中、英、美、苏，好似结拜兄弟，你帮我，我帮你"打赢了"日本人德国人"的"往事"，却怎么也并不明白"三日风四日雨"与"走马灯似的"变戏法儿的世事，更弄不明白他儿子李小柏嘴中"正反合"的新名词，最后只得再回山里去"再睡三十年"。李柏"新梦"中，"梦即是真，真即是梦"，他以"山中一觉"来求得自己的"自由自在"，但又"忘不了凡间"……《李柏新梦》的叙事，既非内地的意识形态立场，也非"美元文化"的立场，而是曹聚仁在香港想做一个"不在此山中的旁观者"①的体现。尽管曹聚仁的立场"左右不讨好"，但香港还是允许他"不必改变生活方式"地"活下去"。②所以他1950年代的写作还是延续了他三四十年代的写作习性。他的《鲁迅评传》（1956）对鲁迅"不当他是'神'的看待"③，在写出"其在文学史上的伟大"中揭示了鲁迅"有血有肉"的诸

跨越1949
战后中国大陆、台湾、香港文学转型研究

① 曹聚仁：《我与我的世界》，人民文学出版社1983年版，第585页。

② 曹聚仁：《我与我的世界》，人民文学出版社1983年版，第585页。

③ 周作人对《鲁迅评传》的评价，转引自曹聚仁：《鲁迅年谱》，（香港）三育图书文具公司1970年版，第348页。

多"矛盾"，①"这显然得益于曹聚仁既与鲁迅相识又能'站在热闹的斗争的边缘上'看事物这双重优势"②。他写小说《酒店》（1953）描写香港石硖尾木屋区的上海难民生涯，其严峻的现实主义批判立场超越了战后香港左、右翼的意识形态性，在"既是中国的地方，又不是中国的地方"的香港写出了无根的飘泊、人性的沉浮。他的《文坛五十年》（正、续集，1955）开启了中国现代文学史的个人化写作，其"边缘者"的立场对中国内地1950年代文学史叙事的高度政治化起了重要的"去蔽作用"。

曹聚仁的大部分写作完成于香港，1950年代的香港成就了曹聚仁，使他得以延续其自由知识分子的思想立场。如果仔细考察徐訏、叶灵凤、李辉英、姚克、张爱玲等南来作家此时期的创作，就会发现曹聚仁的情况并非个别。"中国作家在四九年前后来港，本身就代表五四一支的外展，他们来港既带来了四十年代的文风，但继续在港发展则不能避免自身也发生了变化。这些历史上的关联，令四九年前后作为现当代的划分产生了问题"③，同时也提供了文学在展开自身传统中发生变化的经验。相对于外力斩断传统而逼迫文学发生的"转型"，这种变化更多地属于文学自身。

当文学的现代转型得以在传统中展开，它也就获得了历史张力。1950年代初期在香港问世的一些文学文化刊物开始由于创办者的难民身份，其"创刊信念带有'美元文化'的色彩，内容和形式存在反共意识"，然而，由于读者大多"是在香港土生土长的"，往往从"一种中立的态度"出发，视刊物"为一种学识、资讯或娱乐，而不再是左或右的问题"。④而在香港办刊物，顾及读者需求是重要的，于是，刊物各个栏目的政治背景变得模糊了，刊物也就渐渐演变成一种较纯然的文化文学性刊物。这种情况的发生正是香港本土强大的阅

---

① 曹聚仁：《鲁迅年谱》，人民文学出版社1983年版，第172页。

② 刘登翰主编：《香港文学史》，人民文学出版社1999年版，第377页。

③ 梁秉钧：《"改编"的文化身份：以五十年代香港文学为例》，（香港）《文学世纪》2005年2月。

④ 吴兆刚等：《"刊物研究"讨论》，（香港）《现代中文文学学报》2008年8卷2期—9卷1期合订本。

读传统抗衡冷战意识形态的结果。《中国学生周报》《人人文学》等就是在这种情况下发生的变化。这种变化主要发生于政治倾向右翼的刊物中，是因为从内地"逃难"到香港的知识分子往往是从自身经历、体验中采取了自由主义的右翼政治立场，并无严密、持久的政党组织；他们接受"美元文化"的背景，也有着不满香港的商业文化，而希望致力于开拓"沙漠绿洲"的强烈愿望。相比较之下，受到中国共产党香港工委（1950年代初期设于广州，1956年后移往香港）直接领导的香港左翼刊物的意识形态性则较为稳固。但由于中国共产党组织在港也属于"在野"政治力量，所以其文化策略较多地继承了1930年代中国内地右翼文学的传统，基本上是实行了中共中央在1950年代后期明确提出的"长期打算，充分利用"的方针，[①]香港左翼刊物也由此获得内地没有的自由度，甚至可以办成"中间而灰色的文艺杂志"[②]。所以，1950年代香港的左、右翼刊物各自在传统中展开其生存、发展，其历史张力的空间得以不断拓展。这种情况也使得非"左"非"右"的报刊有了更大的生存空间。《周作人与鲍耀明通信集》曾透露，周作人在1960年代初起就得知香港《新生晚报》"是一份右派人士指它左，而左派人士指它右的民营报纸"[③]，也正是这样非"左"非"右"的报刊，才容纳得了香港一些"上不沾天下落地，既不服左也不服右，纯然靠票面的招牌"[④]的作家。事实上，香港卖文为生的作家往往更"看不起今日在香港专吃反共饭的"，在他们看来这"较诸台湾的或者大陆的宣传人员也更不敢恭维"。[⑤]这就是说，在1950年代的中国大陆和台湾，已经较少甚至丧失了政党意识形态之外的历史张力空间；而这在香港是明明白白存在的，香港作家自然应该不充当政治宣传人员的角色。

历史张力是一种超越于二元对峙但又接纳二元的"空间"，用它来说明

跨越 1949
战后中国大陆、台湾、香港文学转型研究

---

① 黄文放：《中国对香港恢复行使主权的决策历程与执行》，香港浸会大学林思齐东西学术交流研究所1997年版，第34页。

② 张詠梅：《寻求新路向：〈海光文艺〉研究》，（香港）《现代中文文学学报》2008年8卷2期—9卷1期合订本。

③ 鲍耀明编：《周作人与鲍耀明通信集》，河南大学出版社2004年版，第302页。

④ 十三妹：《吃黄连冷暖自家知》，（香港）《新生晚报》1963年3月16日《新趣》版。

⑤ 十三妹：《难其为乎今之十三妹》，（香港）《新生晚报》1959年11月26日《新趣》版。

战后香港文学的生存、发展是很适当的。人们之所以在界定"香港文学"上有多种歧义，也正表明香港文学是产生发展于历史张力"空间"的。战后的香港文学报刊在形成香港文学的具体形态过程中，往往同时呈现出完全不同方向的尺度、不同尺度间的张力，恰恰构成了一份文学报刊的现实空间。例如，十三妹是1950年代后期香港最有影响的专栏作家，而专栏文章一向是最具香港本土特色的文类，十三妹的专栏文章当时则被视为"手挥五弦，目送飞鸿，能说人之不能说，敢言人之所不敢言，启蒙青年读者无数"[①]。然而，十三妹专栏写得"最新鲜热辣的"[②]"适应读者的胃口"的，是"西洋新知"。十三妹也自言若"不弄通一种外国文作工具，你的视野无论如何打不开"，[③]十三妹专栏就是以介绍"西洋新知"来反映"天天在变动着的"[④]世界。十三妹的成功在1950年代的香港具有普遍的意义，本土性和国际性构成的张力恰恰给十三妹提供了纵横驰骋的写作空间，"愈是国际的，就愈是本土的"也未必不能成立。

三、兼有地域性和跨地域性的香港本土文学传统的形成

1960年代成名的香港乡土小说家海辛（原名郑雄，1930年生）这样谈到他的文学启蒙："当然受到当代几个著名作家像巴金、茅盾、冰心、朱自清辈的影响，他们的行文行畅，主题严谨，读后我的写作水准，随之提高。但我觉得那些作品，和我本身距离颇远。其次，我又读到大仲马的《侠隐记》《三剑客》，小仲马的《茶花女》和屠格涅夫的《罗亭》等，它也深深的吸引我，推我的文学足步向前走，可是他们离我的现实生活距离得更加遥远了。"只有读到望云的《黑侠》、杰克的《痴儿女》、平可的《锦绣年华》这些港味小说，"便立刻觉得自己又生活在那地方和那些人物打交道，总意识到自己和作品距

---

① 《编辑引言》，（香港）《中国学生周报》第953期（1970年10月23日）。

② 十三妹：《一扯扯到"抛浪头"》，（香港）《新生晚报》1967年3月9日《新趣》版。

③ 十三妹：《复台大读者及其他》，（香港）《香港时报》1960年11月25日《浅水湾》。

④ 十三妹：《与三位女读者聊天儿》，（香港）《新生晚报》1962年7月28日《新趣》版。

离很近很近，如果是果子树，我可以伸手摘来尝啖"。①香港作家受到的影响中，恰恰是香港本土文学传统的影响最大，自然表明了香港文学的地域性。但香港文学的地域性中又有着跨地域性，香港本土文学传统本来就是在接纳、转化多种外来文学传统中形成的。例如杰克（原名黄钟杰，1898—？）被视为香港第一批章回体通俗小说家中创作数量最丰、影响最大的一位。1950年代写了长篇言情小说《红绣帕》《荒唐世界》，"反应良好，读者颇多"。然而，这位通俗小说家对外国文学却情有独钟，他在1950年代主持发行了颇有影响的"基荣名著选择"，其中主编的《托尔斯泰短篇小说集》被当时的香港报纸推荐为"真可以当作任何人精神上的粮食而无愧。所有学校当局都应该把这本书介绍给学生，或甚至进一步指定为学生的课外读物"②。1960年代，他还将毛姆最好的长篇小说《人生的枷锁》（*Of Human Bondage*）译成中文刊出。一位一直在报刊撰写商业味浓的流行小说的作家同时又是西方现代文化的自觉传播者，这不仅表明1950年代的香港，远比中国内地和台湾地区更早地打开了世界文学的窗口，也反映出香港本土即便是通俗性消费性写作，也有着跨地域性因素。这种接纳，被用来加速香港城市文学的进程，更被用来转化为香港本土写作的诸多因素，成为日后香港文学的流行性提升为某种世界性的重要途径。

在冷战的战后年代，香港文学表现出地域性和跨地域性兼有的特色，有效地消解了冷战意识形态对于文学的宰制、干预。中古粤语、岭南文化、市井经济，是香港最鲜明的地域性；而其文化的海洋性、城市的国际性又使香港对于外来文化善于接纳、转化，香港文学的题旨、文体等还往往比中国内地、台湾地区文学更早地表现出跨地域性。香港文学、电影许多精品都改编自中国古典戏曲、名著以及西方文学，1950年代的香港文学已经充分显示了这种跨地域性。传统武侠小说在1950年代中期的香港文坛转变为新武侠小说，就包含有对于西方小说的"改编"。梁羽生曾自叙如何"改编"了英国女作家伏尼契（E.L.Voynich）对年轻人有强烈吸引力的小说《牛虻》（1897）中的主

跨越 1949
战后中国大陆·台湾·香港文学转型研究

---

① 海辛：《土生土长的通俗文学与我》，（香港）《文学研究》第2期（2006年6月）。

② 刘以鬯：《记杰克》，（香港）《文学研究》创刊号（2006年3月）。

角，完成了自己的武侠小说《七剑下天山》（1956）中凌未风这一形象的塑造；[1]而金庸《倚天屠龙记》中的金毛狮王，则来自对于美国作家梅维尔（H. Melville）的小说《白鲸记》（1851）的改写。[2]一种极其中华本土性的小说却可以"改编"于西方小说，这种跨地域性也只能发生在香港。

1950年代对于香港文学并非一个荒芜、歉收的年代，香港本土写作的各流脉在传统的展开中各有其丰富、拓展。诗歌的都市性一直是香港文学极为重要的一种传统。鸥外鸥和柳木下一向被视为1930年代香港的"两大诗人"，其诗作都在现代诗风中呈现出香港新诗独异的都市性。而战后香港现代诗，在内地和台湾诗坛都疏远了城市经验、话题时，有力地延展了其三四十年代都市诗性的传统。前述1956年年初问世的《文艺新潮》聚合了马朗等南来作家和崑南等本土诗人，刊出了一批战后香港最优秀的现代诗。马朗《焚琴的浪子》（1956）等诗的城市意象带有1950年代知识分子在社会动荡中的巨大焦灼不安："今日的浪子出发了／去火灾里建造他们的城。"崑南《布尔乔亚之歌》（1956）、《卖梦的人》（1956）等诗在把香港城内心化、感觉化中寻抗衡城市异化的力量。王无邪的《一九五七年春：香港》（1957）则表现出东西方文化夹缝中香港城的破碎感、无根性。所有这些都市表现空间的拓展，都明显丰富、发展了鸥外鸥、柳木下笔下的香港都市性。"1956""1957"这些在中国内地诗坛显现政治"断裂"的数字，在香港诗歌创作中成为艺术延续的象征。战后香港诗人是苦寂的，但日后他们不管是出走欧美，还是认同本土，其诗艺都在亲近和疏远都市的巨大张力中拓展着现代视野。正是这种对本土传统的看重，使香港文学在政治意识形态阴影浓重的战后年代有了长足的进展。

黄继持在论及"'在'香港的小说""朝向'香港'小说之生成"的历史时说："'香港'小说（'港式小说'）大抵自'半通俗'乃至'全通俗'小说开拓出来。或可以侣伦和高雄为代表。侣伦从新文学创作起步而走向'大众化'，高雄则切入本地与市井商场，前者还多少保留'文人'情调，后者更

---

① 梁羽生：《凌未风、易兰珠、牛虻》，梁羽生：《笔花六照》，（香港）天地图书有限公司1999年版，第50—52页。

② 吴霭仪：《金庸小说的男子》，（香港）明窗出版社1998年版，第82—88页。

脱却书生气，下笔与市民意识认同。艺术上两人各有不同的用心。他们的代表作《穷巷》、《经纪日记》在四十年代后期分别连载于《华商报》《新生晚报》，五十年代初成书出版。"①香港在中国城市文学生成中一直占有重要地位，而其处理雅俗文化关系的文学传统的形成恰恰开始于40年代后期至50年代，而侣伦、高雄正代表了其中两种最重要的创作走向。本书后面还会述及侣伦，这里先论及高雄更代表了战后香港文学的本土传统。

高雄1944年26岁时自穗入港，迅即融入香港社会，成为香港"本地"作家。他的写作生涯主要开始于抗战胜利后，在《新生晚报》《晚晚新》专栏以"小生姓高"的笔名每天刊出一篇文言艳情小说。他的《拗碎灵芝》《读书之乐》《圣诞礼物》等小说广受欢迎，以往被视为"黄色小说"，但实际上，"写情，刻画殊深；写欲，每以隐笔描绘，寥寥几句"，"虽写男女间情事，杂以绮语，艳笔迭见，但全无歪念也"，文笔"谑而不虐，虐而不淫，谑而乐"。这种"真乐而不淫"的笔，大大增强了对读者的吸引力。叙事结构上又"深得小小说的精要之道"。②高雄代表的这类言情小说在1945年后期大举登陆香港报纸副刊，正说明战后香港文学开始形成本土传统。高雄随后转入市井商场长篇小说《经纪日记》创作（1947年起连载于《新生晚报》等报纸，1953年大公书局出版第一集）。小说借由经纪人"我"的眼光，写尽了战后至1950年代，香港麇集四方人士，金钱至上，甚至"在死人身上揾钱"的社会风气。其内容、叙事、语言，都颇具香港本色了，写得极通俗，却全然没有左翼文学大众化的印痕。"经纪拉"作为香港都市小人物被刻画得性格鲜明，斤斤计较生意之利，对朋友却不乏江湖义气，好色而又有自知之明，其商场掮客揾钱赚生活的语气被模拟得惟妙惟肖，串起的人物极呈香港世相。而日记体运用也迥异于"新文艺"体，时脉分明，叙事简洁，常有情场之述，却无缠绵伤感之处，更不拖泥带水，处处呈现精明之分寸；叙事中虽有方言的引入，但其商

①　黄继持：《香港小说的踪迹——五、六十年代》，黄继持、卢玮銮、郑树森编：《香港小说选（1948—1969）》，香港中文大学1998年版，第Ⅴ页。

②　黄仲鸣：《既艳且谑而不淫——林沈与高雄笔下的男女色相》，（香港）《文学研究》第3期（2006年9月）。

场气息浓，有时反而使叙事脉络在清晰中更有香港意味。而集"三及第文字"（混杂文言、白话、粤语的文体）之大成的叙事语言，将香港社会转型期的世相心态呈现得多姿而真切。如这样的文字："一肚闷气，到酒家楼独酌，烂醉回家，和阿三扑个满怀，酒气顿消，惜老妻已返，一句话都不说，昏迷睡觉。"文言表达的简洁、白话节奏的流畅、粤语气息的真切，都被糅合在一起，在烂醉、消醒、昏睡的过程中将"我"在商场沉浮和家庭纠葛中的无奈无力状表现得形象生动。又如这样的对话描写："余念念不忘陈姑娘之老细，并怀疑老妻与彼已发生关系，因描写老妻之形状，问周二娘知其人否，周二娘曰：'此二三流之交际花耳。'余问其与陈姑娘老细之关系，周二娘曰：'彼对此老细固极垂涎，惜已年老花残，人家未必注意也。'余无法，即告周二娘此为余妻，周二娘闻之，大感不安，继而笑曰：'汝何必多疑若是，尊夫人亦会揽镜自照也。'余不觉失笑……"周二娘乃一暗娼，"老细"则为内地逃港的大财主。周二娘三答中语气的变化，将一个与"我"有染的风尘女子左右周旋中的心理揭示得细微真切。此时的叙事由往昔的"我"变成"余"，周二娘的答话也以文言为主，显示出此时的"我""思前想后，内而家事，外而生意前途，都异常悲观，自问聪明才辩，乃不世出之经纪良才，何以上苍绝人，竟至此极"的心理。这种语言的"分裂"，隐含了作者卖文为生中心理矛盾的张力，颇可转化为艺术滋味。高雄说他写《经纪日记》一类作品，"写的时候，亦不是只求通俗而已"，更不希望"读者们只顾享受小说中的通俗趣味"。[①]"三及第"的香港文体在高雄的小说中提供了较多的艺术张力和想象世界。这种文体后来演变成1970年代的"新三及第"（白话文、粤语、外文），其中包含的语言资源和文化意义反映出香港文学在"寻根"和"越界"中的生存发展。《经纪日记》连载了十年多，被改编成《经纪拉》（1950）、《经纪拉与飞天南》（1950）等多部电影。

　　高雄当时连载的小说不止《经纪日记》一种，还有《司马夫奇案》

---

① 刘绍铭：《五个访问》，香港文艺书店1972年版，转引自袁良骏：《香港小说史》第一卷，海天出版社1999年版，第110页。

（1946）等侦探小说，《济公新传》（1951）等"故事新编"，《石狗公自记》（1954）等纪传体小说；而且并未因"1949"而中断，反而显得越发旺盛，写作高峰时期曾同时在14家报纸发表作品。高雄的港味也不只是"三及第"一体，他以白话的文艺笔调和浅近的文言写言情小说，用粤语的怪论笔调写讽刺杂文，也利用民间传统的叙事框架针砭香港……其多种笔调几乎囊括了四五十年代香港副刊的文学类型，在"承接晚清以至民国的社会通俗小说"中表现出鲜明的香港"在地性"，在留摄香港社会的世态人情的同时，以"文人'卖文'时从俗媚俗与知识良心的矛盾'张力'"①传达出香港作家的艺术努力。高雄小说的仿效者、呼应者不绝于后，显示出战后香港通俗市井文学的多种功能，从娱乐消费到批判社会。这一线索真正拓展开了香港文学的战后格局，甚至可以说，真正意义上的香港文学也孕成于这一流脉的创作中，甚至影响到日后香港电影，成为真正的香港艺术标签。

总之，战后香港文学在接纳、延续中国现代文学的传统，尤其是对接三四十年代中国内地文学中展开了自身的历史转型，不仅获得了丰富的历史张力空间，避免了战后冷战意识形态的宰制，而且在兼有地域性和跨地域性中形成了香港文学的本土传统。其提供的文学在展开自身传统中发生变化的实践和经验揭示了1949年前后中国文学的历史一体性，表明文学转型正是在传统的保存和转化中完成的；1949年后中国现代文学的传统并非断裂，而只是某种"离散"。

第四节　从《文潮》（上海）到《文艺新潮》（香港）：战后香港文学转型的文学史线索

1944年创刊于上海的纯文学杂志《文潮》是上海沦陷时期很值得关注的一份刊物，但存在着一种讹误的说法。中国内地有两种权威的现代文学期刊目录汇编，中国社会科学院文学研究所总纂的《中国现代文学期刊目录汇编》

---

① 黄继持、卢玮銮、郑树森编：《香港小说选（1948—1969）·导言》，香港中文大学1998年版，第8页。

（2010）未收录《文潮》；而同年由京、沪、宁三地学者合力编写、出版的《中国现代文学期刊目录新编》（吴俊、李今、王彬彬等主编）介绍《文潮》"1944年1月1日创刊于上海……1949年1月1日停刊，编辑者为马博良，文潮出版社发行，社长郑兆年。《文潮》前后共出6卷33期"，并具体列出了全部目录。[①]这介绍混淆了两种《文潮》。笔者1995年出版了《中国抗战时期沦陷区文学史》，在《上海沦陷时期（1942—1945）报刊的消长和文学力量的聚合》一节中则做了这样的叙述："可以归入《万象》型杂志的还有一些由爱国文学青年创办的刊物。被称为当时'上海唯一大型纯文艺小说月刊'的《文潮》（创刊于1944年1月，终刊于1945年3月，共出7期，文潮社出版发行），其主编郑兆年、马博良就是当时的文学青年……该刊共刊出短篇小说50余篇、中篇小说4部和连载长篇小说1部（丁谛《文苑志》），抒情诗20余首和叙事长诗1首，散文10余篇。作者大部份是时居上海、江浙、华北等沦陷区的青年作家……作品往往带有创新的锐意，现实感颇强。在出版《文潮》的同时，马博良、魏上吼还编辑发行有《文潮十日刊》，见到的已出3期……形式和风格都较为活泼风趣。"[②]抗战胜利后，又一个《文潮月刊》于1946年5月创刊于上海，出版、发行者为"文潮出版社"，离《文潮》停刊已有14个月了。《中国现代文学期刊目录新编》漏掉了《文潮月刊》第一卷（1946年5月—10月）目录，错将《文潮月刊》的第二卷与《文潮》相接。但只要辨认一下，从目录上就可以判断这是两个刊物。《文潮》曾在封面上注明"新文艺小说月刊"，所刊作品也以小说为主，每期的《每月小说评介》尤为引人注目。而《文潮月刊》则如一般综合性文学杂志，小说、诗歌、散文、剧本、文论的发表较为均匀，其编者和作者队伍与《文潮》也全然没有关系，完全是另一个《文潮》了。[③]

---

① 吴俊、李今、王彬彬等主编：《中国现代文学期刊目录新编》（中），上海人民出版社2010年版，第1980—1988页。

② 徐迺翔、黄万华：《中国抗战时期沦陷区文学史》，福建教育出版社1995年版，第468—469页。

③ 《文潮月刊》的编委有冯沅君、赵景深、谢冰莹、李长之、赵清阁、罗洪，编辑者则为张契渠。

抗战后期上海《文潮》的后身并非《文潮月刊》，而是1956年问世于香港的纯文学刊物《文艺新潮》。两个刊物取名相近（《文潮》第6期曾提及当时就有刊名《文艺新潮》的杂志，[①]可见此刊名被《文潮》关注由来已久），创办者也是同一人。两个刊物的主编都是马朗（马博良），[②]而《文艺新潮》的出版商环球书报社系罗斌所有。罗斌则是马朗主编《文潮》时就结识的书报发行人，一向支持马朗。这些情况都使得1950年代的香港《文艺新潮》完全可能成为1940年代的上海《文潮》的延续，马朗自己也将《文潮》视为他"后来回到香港创立《文艺新潮》的前身"，两个刊物"所讲所做的其实一样，工作目标也一样"[③]。这种自觉的延续使人从中可以窥见"上海—香港"正是战后香港文学转型的重要文学史线索。

一、《文潮》：抗战后期开放的左翼现实主义文学

沦陷时期的上海，一共有50个左右文学刊物新创刊，加上原有刊物，足以聚合起各种文学力量。当时的文学刊物，大致分成四种类型：以《万象》为代表的（还有《文艺春秋》《文潮》等），聚合了相当数量的左翼作家，其创作是此时上海沦陷时期现实感最沉实、艺术格调最有深度的文学；以《紫罗兰》为代表的（还有《春秋》《大众》《小说月报》等），以通俗文学的方式延续民族文学的血脉，但已逸出"鸳蝴派"，渗入了更多的现实主义因素；以《古今》为代表的（还有《风雨谈》《天地》《人间》等），其文体意识最分明（以散文创作为主），而思想倾向最为纷纭复杂，创作侧重追求闲适恬淡趣味；以《杂志》为代表的（还有《一般》《天下》《全面》等），更能反映沦

---

① 马博良：《每月小说评介》，《文潮》第1卷第6期（1944年10月）。

② 《文潮》创刊号注明"编辑与发行者：文潮社；社长：郑兆年；总编辑：马博良"，同时又注明"马博良、郑兆年主编"，但从第2期开始，主编只注明马博良一人，郑兆年为"发行人"。马博良即马朗，马朗多次谈及《文潮》为他所编。存疑的是，现可查明的马朗生年为1933年。尽管马朗被称为"神童"，但十来岁的马朗，何以能几乎独力支撑刊物，文章又写得老到？

③ 马朗、郑政恒：《上海·香港·天涯——马朗、郑政恒对谈》，（香港）《香港文学》第322期（2011年10月）。

陷时期上海文学"隐忍"曲折的特点，有的甚至是日伪背景，却为中共地下组织掌握，而以灰色面目出现，尚有种种苦心。《文潮》归于《万象》型，不仅在于创办者是左翼青年学生（马朗当时就明确肯定过"阶级和阶级斗争，产生了一种有力的文学"[①]，甚至认为"每个艺术家不外是透过自己的阶级意识来反映现实"[②]，而他自己日后也回忆说"当时我觉得自己应像俄国的马雅可夫斯基一样，要走到时代的最前线"[③]），还在于其特色是在现实深度和艺术深度之间取得协调，显示出上海沦陷时期以左翼为代表的进步文学注重锤炼现实主义文学艺术质量的努力，如《文潮》所言的"新现实主义派"[④]。

马朗此时政治倾向左翼，但他办《文潮》的根本目的是出于不忍坐视有闲阶级的"消遣品的文化"糟蹋"中国文化"[⑤]。《文潮》唯一连载（未完）的长篇小说《文苑志》很能让人感受到《文潮》的这种追求。其作者丁谛当时被称为"今日上海最流行的名作家"，其实是后来成了著名学者的吴调公。吴调公在上海沦陷后为生活所迫一度经商，从商之余进行小说创作，出版有长篇小说《长江的夜潮》（1942）、《前程》（1945），短篇小说集《1944》等。《文苑志》令人想起香港刘以鬯的著名长篇《酒徒》（1960），1940年代的上海与1950年代香港的文化环境如此相似。《文苑志》讲述青年作家巨浪和同人在充满"市侩和行帮，文化政客和掮客，流行的画报和影剧刊物"的上海坚持创办"纯文艺的，意识和风格都相当崇高的刊物"，但又"为了生活"，"只有从市侩和行帮的手下讨取一点剩饭残羹"。《文苑志》描写的各色文人中，孙涤清格外值得关注，他既批判上海滩色情娱乐的泛滥，也看到"目前流行的上海的文风也有它的优点"，其"海派"的"地方性""形式性"突破了"巴

---

① 马博良：《每月小说评介》，《文潮》第1卷第2期（1944年3月）。

② 马博良：《每月小说评介》，《文潮》第1卷第4期（1944年6月）。

③ 杜家祈、马朗：《为甚么是现代主义？——杜家祈、马朗对谈》，（香港）《香港文学》第224期（2003年8月）。

④ 马博良：《每月小说评介》，《文潮》第1卷第4期（1944年6月）。

⑤ 马朗、郑政恒：《上海·香港·天涯——马朗、郑政恒对谈》，（香港）《香港文学》第322期（2011年10月）。

尔扎克、果戈理"的传统，但他似乎也难敌上海滩的污泥浊水。①这种两难境地中的挣扎、坚守，正是马朗从《文潮》开始的文学实践。

《文潮》中最能表达马朗此时追求的是每期的《每月小说评介》，这也是《文潮》中唯一署名"马博良"的文章。这一专栏的开设以"给读者介绍值得看的小说，给作者贡献一点忠实的意见"为宗旨，在当时确实是种"大胆的尝试"。②马朗在第一期的《每月小说评介》中就评介了此时誉满上海文坛的张爱玲的两篇小说——《倾城之恋》和《琉璃瓦》。出乎意料的是，他肯定《倾城之恋》"题材的新颖，技巧的圆熟""描写的细腻""笔调的老练""对话的流利"等方面都有"过人的地方"，并且颇有眼光地推断"作者有写长篇创作的魄力"；但也批评说，"很容易找出一些别的小说名作留下来的影子"，而张爱玲"喜欢用旧章回小说里的口气，加上现在的风派，长此下去，无异替自己套上锁链"。③这可能是最早的对张爱玲小说的批评了。少年的马朗"血气方刚"，他不仅率先批评张爱玲的小说，对左翼刊物也直言不讳。例如他批评"茅盾的妻舅孔另境主编的《文艺春秋》，厚厚的一巨册，我们翻开来，发现的只是空虚"④。《文艺春秋》是《万象》停刊后，以"丛刊"形式（可以避开向日伪机关登记、审批）出版的，其文字的进步含义显豁。马朗批评的是《文艺春秋》第一辑《二年》。《文艺春秋》共出版5辑（还有《星花》《春雷》《朝雾》《黎明》），其中不乏现实主义的好作品。而马朗的批评也表明他追求的是左翼文学的更为开放、充实的实践。

通过《每月小说评介》，马朗此时的文学主张、观念得到全面展示，其眼界开阔，文学史意识强，所介绍的张爱玲、师陀、靳以、毕基初等人的作品日后都为文学史关注，而他发现的新作者郑定文、郭朋等也确实显示出足以期待的创作潜力。马朗当时的文学价值尺度将对现实的关注、深入作为首要

跨越1949

战后中国大陆、台湾、香港文学转型研究

---

① 丁谛：《文苑志》，《文潮》第3卷第7期（1946年7月）。

② 《编后》，《文潮》第1卷第1期（1944年1月）。

③ 马朗、郑政恒：《上海·香港·天涯——马朗、郑政恒对谈》，（香港）《香港文学》第322期（2011年10月）。

④ 马博良：《每月小说评介》，《文潮》第1卷第6期（1944年10月）。

的标准，坚信"所有伟大的艺术家之能够称得伟大，为的是他们都反映了现实中一部分的真实"[①]。具体的评价则颇受胡风现实主义文学思想的影响，如他肯定《无辜》（荒砂），就在于小说很符合胡风所强调的，"艺术活动的最高目标是把捉人底真实……这需要作家本人用真实的爱憎去看生活底层才可以达到"[②]，看重的是作家主观精神对于现实的突入。对于现实的看重，甚至使得马朗担心师陀的一些作品在诗意的成熟之时会失去他"一贯的愤慨、讥刺、反抗的沉着的情绪"[③]。而对于《敲梆梆的人》（沈寂）那样"不曾正面地去暴露现实，也不曾渗入时代性，但却留下了时代的影子"[④]的作品，他尤为欣赏。这其中显露出马朗对文学性力量的信任和追求，那是一种"内在的"却"够强烈"[⑤]的力量，足以表现复杂的现实和表达复杂的内心。对《第二十五支队》（毕基初）、《大草泽的犷悍》（沈寂）等作品的高度肯定，就在于这些小说既充分关注现实，又"竭力跳出公式化的圈子"，寻找"新颖的题材"。他称赞《盐巴客》（郭朋）"在题材上、技巧上、风格上都有超特的成功"，不仅在于以"一幅由汗血和泪织成的画"散发出"一般新鸳鸯蝴蝶派"没有的"清新气息"，还在于"结尾收笔的警语，战争场面的描绘，布局，组织，气氛的效果等等都足以证明作者有远大的前途"[⑥]；但对于那些继续着"新鸳鸯蝴蝶派"等老套而艺术尚有可取之处的作品，他也不一笔抹杀。《古昔的恋歌》（晓歌）题材是"洋场才子一派的作品"，但马朗认为"应该换一副眼光去欣赏它"，即欣赏其"气氛的优美"的眼光；《春歌》（鲁宾）被认为是"软性文学"，马朗却强调它也有"不能抹杀"的"内里存在的艺术之美"，更不必勉强作者"去写乡土文学时代文学"。[⑦]一种在上海文化环境

---

① 马博良：《每月小说评介》，《文潮》第1卷第3期（1944年5月）。

② 马博良：《每月小说评介》，《文潮》第1卷第2期（1944年3月）。

③ 马博良：《每月小说评介》，《文潮》第1卷第5期（1944年8月）。

④ 马博良：《每月小说评介》，《文潮》第1卷第2期（1944年3月）。

⑤ 马博良：《每月小说评介》，《文潮》第1卷第4期（1944年6月）。

⑥ 马博良：《每月小说评介》，《文潮》第1卷第1期（1944年1月）。

⑦ 马博良：《每月小说评介》，《文潮》第1卷第3期（1944年5月）。

中养成的包容性眼光主导着《每月小说评介》的价值尺度。

所以，《文潮》虽跻身左翼文学，其文学视野却开阔开放，"网罗了现实派唯美派人生派等作家"①。其所刊作品既有《云南的下层》（吴伯箫）那样描写民众悲惨现实的"散文的极品"，又有《放生池》（钟子芒）那样以别具风味的形象寓有"追求自由"深刻含义的童话；既有《在北方》（夏穆天）那样以雄伟气魄、澎湃激情呼唤"你从屈辱中活起来了／中国的北方"的长篇史诗，也有《轻骑兵》（毕基初）那样在"先知"和"牧羊女"等戏剧化场景中祈求"安然的梦"的现代短诗；既有《灰渣》（曹原）那样在浓郁地域特色中透出辛酸讽刺的中篇力作，也有《山在虚无飘渺间》（叶邨）那样在唯美字里行间包含现实悲剧的短篇之作……可以说，每期《文潮》都有其扎实之处，而这首先表现在它有足够空间容纳文学的丰富。

马朗在中国内地的最后一项文学活动，是1949年在上海和麦黛玲、朱西成等合办了《水银灯》（半月刊，共出9期）。这是一本专门介绍外国电影的期刊，从新片介绍、影评到电影小说、明星逸事，对美、英、苏等国的电影都跟踪快，涉及广。此前，马朗还编辑了外国电影杂志《西影》。1945—1949年的上海，是中国电影发展、成熟之地，电影文学也成为继五四短篇小说、1930年代长篇小说、抗战时期戏剧之后又一种重要的叙事文体，之后则转移至香港。马朗在此时介入电影传播，也有着沟通跨越1949的上海和香港的实践意义。每期《水银灯》，都有马朗所撰之稿，4期特稿，1期专访，其他期则有一期数稿。马朗此时评判电影的眼光倾向于左翼。尤其从第4期开始，他对好莱坞电影多批评之语，甚至揭露好莱坞"镀金"之下的"末日"；②而同时《水银灯》对苏联电影则有所好评。③但《水银灯》又是"上海所有杂志中最畅销

---

① ［日］岛田政雄：《读〈文潮〉创刊号》，（上海）《大陆新报》1944年12月31日，转载于《文潮》第1卷第2期封三。

② 马博良：《好莱坞的末日到了！（特稿）》，《水银灯》第6期（1949年3月）。

③ 蒂心：《苏联喜欢什么电影（特稿）》，《水银灯》第6期（1949年3月）。

的""真正赚钱的"，^①其原因就在于马朗和同人的艺术眼光是开放的。从他所撰《一年来上海所映最佳片和最佳明星》等文看，他非常理解大众口味，但又有地道的艺术眼光。其实，这正是从1930年代起，在上海生存的左翼文学的重要特征。

马朗的文学运动开始于上海沦陷时期的左翼文学，是一个有意义的起点。抗战时期的中国左翼文学，努力统一阶级意识和民族意识，其思想倾向是中国左翼文学史中最为开放的。而抗战后期整个中国文学较为看重时代潮流中艺术质量的提升，处于沦陷区政治高压环境中的左翼文学更加追求现实主义艺术的锤炼。王元化1992年11月6日在上海"孤岛"文学艺术研讨会上谈到，1940年代开始，上海左翼文学明显有向艺术提高的趋势，中国共产党影响、组织下的作家、文学青年读名著，经常开座谈会切磋艺术；他当时甚至因为写文章不注意艺术锤炼而受到党组织批评，一年多未被同意发表作品，而也正是这种要求使他受益匪浅。^②马朗此时也有"很多左翼的朋友"，其中很多人属于"胡风的那个集团"。^③这使得他在抗战背景下追求以作家的主观精神、艺术实践去实现其现实关怀，以个人化的文学活动去表达左翼的家国意识。

二、《文艺新潮》：1950年代"摘采禁果"的现代主义文学

马朗1950年代初以华侨的身份离开内地，来到香港，1956年2月创办了《文艺新潮》。从《文潮》到《文艺新潮》，刊物名称暗示出创办者对"新潮"的寻求越来越明确。两个刊物相隔十二年，创刊词却依旧相近，充满动乱年代呼唤文化建设的热忱。《文潮》创刊词直面"暴风雨还正在进行"的世界，揭露那些战争年代"给苦闷的心理做消遣品的文化"，"已将从划时代的五四运动以后产生的一点文化成绩，给抹杀了，玷污了"；慷慨激昂地表

---

① 马朗、郑政恒：《上海·香港·天涯——马朗、郑政恒对谈》，（香港）《香港文学》第322期（2011年10月）。

② 笔者参加1992年11月6日上海"孤岛"文学艺术研讨会所作笔记。

③ 杜家祈、马朗：《为甚么是现代主义？——杜家祈、马朗对谈》，（香港）《香港文学》第224期（2003年8月）。

示，"我们不甘坐视，我们都站了起来，希望能挽回这中国文化逐渐低落的厄运"，"不提倡什么主义。也不反对什么派别"，只以"献身于文艺工作的热情"，"夙夜不懈永不休息地为这任务努力"。而经历了"在翻天覆地的大动乱中，摸索过，斗争过，呐喊过，也被领导过，被屠宰过……被欺骗"后，《文艺新潮》的热情仍在，献身依旧。面对"我们期待过的前驱，今天都倒下来了，迷失了，停止了探询、追寻"的现实，马朗等人再次将希望寄托于自身的努力："今日，在一切希望灭绝以后，新的希望会在废墟间应运复苏"，"我们恢复梦想"，"采一切美好的禁果！扯下一切遮眼屏障！剥落一切粉饰的色彩！"，开拓"一片小小的净土"。

那么《文艺新潮》所要开拓的文学净土是什么呢？马朗说得很清楚："'文艺新潮'的'新潮'就是现代主义。"他多次清晰地表达过自己的寻求："从四十年代末期开始，中国大陆彻底抹杀、压抑和消灭异己的文学艺术和思想，翻天覆地的大改变后，我觉得理想都破碎了……到了香港，和一些周围的朋友感到迷失、空洞、惶惑……我感觉到比从前更想要重新观察外面的世界，要随自己的意思去唱歌，讲一些故事，做做梦，也要自由地推开窗去听遥远的歌、遥远的故事。当我们拉开幕，打开窗，看到外面的世界的时候，现代主义就是我们看见的美丽的风景、梦想和希望。于是，我重新选择了现代主义。"① 从"左翼"到"现代主义"，看似分道扬镳，其实仍然交集在马朗的文学追求上。

《文艺新潮》创刊号刊出的篇幅最长的文章是《法兰西文学者的思想斗争》，讲述作为"欧洲的良知"的1950年代的法国思想界激烈的辩论、纷繁的歧见，凸现文学者在二战废墟上痛苦、迷惘的探寻。其中尤为突出地描写了"一个知名的文化战士"、作家安德烈·马尔劳（Andre Malraux）"有思想而实际行动"的一生。他早期曾在越南、中国参加左翼革命运动，甚至参加了1927年上海的工人武装起义。之后的西班牙内战、法国的反法西斯战争等，他

---

① 杜家祈、马朗：《为甚么是现代主义？——杜家祈、马朗对谈》，（香港）《香港文学》第224期（2003年8月）。

都直接投身于最前线，"和共产主义者相处得很好"。"但是马尔劳所关怀的是人的伟大，不是被压迫的民众"，"所关怀的不是集体行动，而是那些陷于革命重压中的悲惨的人"。即便对于劳苦大众，他也在发问："是不是为了给他们经济上的自由，而必须在政治上采取一种奴役他们的制度？"这发问如此尖锐。而马尔劳"对艺术的关怀远在政治之先"，他的追求"把他带到人类灵魂受战争磨练的地方，也把他带到人类灵魂被艺术表达的领域"，他坚信"科学只不过试凿了一个宇宙的塑像，而不是人的塑像"，后者只有在"超乎血腥政治的美学境界"中才能完成。而面对迷惘的时代，他却坚定指出："我们的文化是第一个追求真正的人而又不了解它本身的文化"，"我们的时代是第一个将文化当作一个问题的时代"，"真正的艺术和文化能使人持久，有时且使人不朽，同时能使人不同于建筑在荒谬上的宇宙的宠儿。……一切艺术都是人类对命运的反抗"。①

马尔劳的追求令人想到马朗的经历。马朗父亲"和共产党的关系很深"②。如前所述，马朗也起步于左翼文学。抗战胜利后，左翼文学越来越组织化，服从于中国共产党夺取全国政权的政治诉求也越加强烈。当时，马朗积极参与了上海《新民晚报》《世界晨报》《自由论坛晚报》等的副刊工作。这些报纸本来都是中国共产党的朋友，但随着政局的变化，主持这些报纸或其副刊的吴祖光、姚苏凤、吴大风等相继被整肃。马朗目睹这一切，感受"完全像焚书一样"③，他设法逃离上海，来到香港。"社会的功利和肤浅"一直是马朗真正要逃离的对象。当年，他选择左翼文学，没有依附于任何组织、集团的政治诉求，而是要对抗"有闲阶级"对于文学的糟蹋；而当左翼文学被组织化，左翼的政治理想服从于政党具体的政治利益时，其他文学被压抑，左翼文学本身也功利化、肤浅化。此时，文学自由的追求使得马朗告别左翼文学，在

---

①　翼文：《法兰西文学者的思想斗争》，（香港）《文艺新潮》第1卷第1期（1956年2月）。

②　杜家祈、马朗：《为甚么是现代主义？——杜家祈、马朗对谈》，（香港）《香港文学》第224期（2003年8月）。

③　杜家祈、马朗：《为甚么是现代主义？——杜家祈、马朗对谈》，（香港）《香港文学》第224期（2003年8月）。

寻求"人类灵魂被艺术表达的领域"中转向现代主义这一在中国内地被视为"禁果"文学领域。

到了《文艺新潮》，马朗对于文学与政治、社会关系的把握更为深化，在这种深化中选择现代主义也就更加恰当。处于香港这一既有言论等自由，又有强大的左、右翼政治意识形态压力的文化环境中，《文艺新潮》坚持"没有自由，即没有艺术。艺术的生存，只有它替自己所建立限制才能加以束缚。其他一切限制必然致艺术于死"①的立场。面对"社会一词今日不过是一张遮蔽政治的幕……艺术家已经被政治所塑造"的现实，《文艺新潮》以1955年去世的诺贝尔文学奖得主托马斯·曼（Thomas Mann，旧译汤马斯·曼）对艺术与政治关系的深入把握而追求文学超乎政治的真理的一生，来表明"人类问题之不可分割"，包括共产主义在内的政治理想应该"不受歪曲损害地实现"而不至于转化为"恶"；艺术"只是一种慰抚。……最严肃的游戏，象征着人类对'完美'的不断追求"。②这一认识既产生于战后复杂而强大的政治环境中，又积累着作家丰富的创作经验，无疑具有深刻的启迪意义。它区分了人类久远的政治理想（哪怕是乌托邦观念）和被实践扭曲，甚至演变为"恶"的政治主张（如法西斯主义、斯大林主义），洞察到了作家创作中"最严肃的游戏"状态和作品日后"举世闻名"的关系。而艺术"替自己所建立限制"，就是要求不断推进文学对社会、对人自身表达的复杂性。《文艺新潮》此时选择现代主义，正是因为现代主义能提升文学对社会、对人自身表达的复杂性。

从《文潮》到《文艺新潮》，马朗的政治倾向发生了很大变化，而其对文学理想的自觉追求使两份刊物都自然生出了抵御政治组织强力侵入的力量。即便是被迫或应对，沦陷时期的上海刊物，往往难免染上某种政治色彩。《文潮》却没有屈从日伪势力，从编者语到作家言，没有一丁点迎合日伪的内容；而它的包括阶级意识在内的左翼倾向也完全通过作品本身得以表现，没有一点

跨越1949

战后中国大陆、台湾、香港文学转型研究

---

① 《本年度诺贝尔文学奖获选人嘉谬答客问》，罗缪译，（香港）《文艺新潮》第2卷第2期（1958年1月）。

② ［德］汤马斯·曼：《艺术家与社会》，罗缪译，并"附注"，（香港）《文艺新潮》第1卷第3期（1956年5月）。

文学之外的政治字眼。《文艺新潮》要采摘的是"文学禁果"，此"禁果"是政治强力所禁，又处于五六十年代政治意识形态高度对峙之时，然而，《文艺新潮》依旧是一份纯文学杂志。两幕五场喜剧《争风记》是《文艺新潮》刊出的篇幅最长的作品，作者是马朗称赞"写得很好"的万方。这部剧本是《文艺新潮》极为少见的涉及国共战争的题材。剧本讲述当时金门炮战期间，台北女学生写信慰问"前线战士"，高中生徐梅贞以她姐姐徐梅琳的名义和飞行员朱仲伟等通信，给了他们"希望、信心，和勇往直前的意志"，使他们从"孤独的，想家的孩子""变成一个战士"；但也使她姐姐成为"争风"的对象，被拉入一个个戏谑的旋涡。这一题材有其政治风险性，然而剧中徐家父女争论中的一番话轻而易举消解了这种政治风险。徐梅贞在为自己辩护时，模仿父亲徐少卿说："……不过要是说到世界大事和政治问题，我认为你们不过是一群小孩子，也许你们心是好的，可是还是一群孩子！"整部剧本就是用"孩子"的"嬉戏"消解"世界大事和政治问题"的"正统性"，回归到文学所探究的人性、人的命运、人的生存状态。作者、编者不会没有现实的政治倾向。当"匈牙利事件"中那样的武力镇压发生时，《文艺新潮》也曾为"年青的艺术家和作家带着未开花的梦断气了"而抗议，争取创作自由和争取"真正的人"的自由是一致的。[1]但他们始终不依附于任何政治集团及其诉求，而是以个人化的文学实践展开其人文关怀。

《文艺新潮》的"新潮"方向明确，意识自觉，"在推动一个新的文艺思潮之时，需要借镜者甚多"；而面对"至少有十年读者已被蒙蔽"的现实，[2]《文艺新潮》纵横多面地借力于世界和传统，传播新知，延续文脉。第3期《文艺新潮》就充分显示了这种宏大的计划付之于扎实的实践；两个特辑《一九五〇年至一九五五年的世界文坛》和《三十年来中国最佳短篇小说展》展示出编者"采摘禁果"的勇气和胆识，也显示出"上海—香港"的新文学传统的延续。在《三十年来中国最佳短篇小说展》中选登的小说都是此时在内地

---

① 新潮社：《敬礼，布达佩斯！敬礼，匈牙利人！》，（香港）《文艺新潮》第1卷第7期（1956年11月）。

② 《编辑后记》，（香港）《文艺新潮》第1卷第2期（1956年4月）。

文学史中消失的禁忌作品，而日后内地文学史重新给予这些作品很高评价则印证了《文艺新潮》的史家眼光，这种眼光在《文潮》中就已养成。《三十年来中国最佳短篇小说展》中师陀的《期待》和郑定文的《大姊》就是马朗当年在《文潮》第1期和第5期《每月小说评介》中特别推荐的。他称读到《期待》"是幸福"，读到《大姊》则感到"温暖"，而这种"幸福"和"温暖"是在"民族文学，乡土文学，自然主义，新感觉主义"等等以及"什么主义对我们都无妨"，但都要"从现实生活中提炼出"①这样一种开放而扎实的文学眼光中产生的。《三十年来中国最佳短篇小说展》甚至可以看作1950年代香港环境中"中国现代文学史"叙述的开始。当沈从文、端木蕻良、张天翼这些优秀小说家完全从内地的文学史叙述中消失时，他们却在香港被高度肯定，并产生广泛影响（日后也斯等香港本土作家就谈到这一份"最佳短篇小说"书单对于他们文学眼界的重大影响），开启了中国现代文学史的流动性叙述：从上海到香港。如果联系到香港《中国学生周报》稍晚些开设《三四十年代风》《五四·抗战中国文艺新检阅》等专栏，将穆木天、李金发、戴望舒、丰子恺、端木蕻良、穆时英、施蛰存、卞之琳、钱锺书、无名氏、张天翼、冯至、穆旦等作家和《人间世》《现代》《诗创造》《中国新诗》等杂志一一推出，并且将五六十年代台湾香港"痖弦、周梦蝶、叶维廉、郑愁予、余光中的诗"与"十多二十年前王辛笛、冯乃超、孙毓棠、艾青、冯至、王独清"等"很现代（也很古典）"②的传统相连接，那么，《文艺新潮》的《三十年来中国最佳短篇小说展》开启的文学史叙述在五六十年代的香港确实是一种自觉而持久的文学史建构行为："不要忘记从五四到抗战到现代这一份血缘"，将"给'正统作家'们盖过了"的、"被战乱的烽火烧毁了"的文学传统在香港保存、发展起来。③中国现代文学的传统正是在这种流散中得以保存、发展，而

---

① 马博良：《每月小说评介》，《文潮》第1卷第5期（1944年8月）。

② 《五四·抗战中国文艺新检阅　编者的话》，（香港）《中国学生周报》第627期（1964年7月24日）。

③ 《五四·抗战中国文艺新检阅　编者的话》，（香港）《中国学生周报》第627期（1964年7月24日）。

文学史叙述本身也需要在流动中才得以展示其内在的丰富性。

《一九五〇年至一九五五年的世界文坛》的眼界更为开阔。在1950年代冷战意识形态的背景中，《文艺新潮》由此展示了当年大陆、台湾都难以企及的越界性的文学视野，从美、英、法、德等西方大国，到中欧的荷兰、北欧的丹麦瑞典等小国，还有希腊、意大利、西班牙、葡萄牙等地中海古国；从土耳其、巴基斯坦等伊斯兰教国家，到印度、埃及等文明古国，还有日本等远东邻国，都一一收入作者的眼下。该特辑执笔者众多，各自的政治立场会有所不同（例如有的介绍文章中出现"中国解放前"的说法，作者自然认同中国共产党意识形态），该特辑也有驱除"近10年来我们""已被蒙蔽"的"视听"的自觉动机，[1]但各篇文字都给人"追求真善美喜欢随意歌唱"的感觉。作者们都直面战后世界文学的艰难处境，如"艺术性与商业性的尖锐冲突""自由的表达"和"文化传统的转向"的矛盾、共产主义意识形态的压力等；关注各国文学如何处理作家和大众、"过去"和"现在"、政治和精神世界等关系，尤其是"狭窄的国家主义和乡土趣味都逐渐消失"，在"现代文学的弹性和变异"中"成为世界性"的经验。所有这些介绍，都显示出只有香港才有的开放视野和敏锐意识。之后，每期《文艺新潮》都会有相当多的篇幅介绍世界文学潮流，对新一代存在主义、超现实主义、立体主义等文学艺术的引入，使得《文艺新潮》将1940年代中国内地的现代诗潮大大推向前进。

评介、翻译、创作，《文艺新潮》对现代主义文学的实践是全方位的，"集中介绍世界名家作品""保持批判性的作家专论和建设性的技巧研究"成为其主要内容，[2]而翻译被置于与创作相提并论的位置。马朗亲自翻译的作品众多，又自然融入了其文学创作。例如，他全文翻译、刊出加缪（当时又译作"嘉谬""卡缪"）的成名小说《异客》（《局外人》），强调小说主人公的荒谬存在"和今日我人所处的悲剧环境中的混沌，实无二致"[3]；而《文艺新

---

① 罗缪、齐桓等：《一九五〇年至一九五五年的世界文坛》，（香港）《文艺新潮》第1卷第3期（1956年5月）。

② 《编辑后记》，（香港）《文艺新潮》第2卷第3期（1959年5月）。

③ 马朗：《卡缪和〈异客〉简介》，（香港）《文艺新潮》第2卷第3期（1959年5月）。

潮》则要如加缪《西西弗斯的神话》中的西西弗斯那样，"寂寞艰苦地推石上山"①。《文艺新潮》的同人也和马朗一样，创作、翻译互相促进。如第1卷第4期的"法国文学专号"，翻译刊出的小说和诗歌都覆盖了从20世纪初到战后，法国文学的最高峰和最新的崛起；而译介者大多是此时香港活跃的作家，如叶灵凤、万方、齐桓、桑简流、东方仪等。此时，香港作家创作、翻译两栖（张爱玲的翻译生涯也开始于此时的香港）的状态使得《文艺新潮》对现代主义自觉追求的文学实效显著，让人惊讶此时"香港有这么高水平的文艺杂志"②。

三、从《文潮》到《文艺新潮》：中国现代文学流动性叙述的一种开启

《文艺新潮》延续"上海—香港"的现代主义脉络，不会是马朗个人的境遇和作为，其展开也必然会是多流脉的。《文艺新潮》创刊不久，就刊出万余字长文《一首诗的成长》，作者林以亮（宋淇）将一位抗战时期北平的著名诗人吴兴华介绍到了香港，"使他在香港比在内地更为人认识"③。而这其中就包含着重要的文学史线索。抗战后期平津地区出现了"化古""化洋"中锤炼诗歌艺术的潮流，④显示出日伪统治下诗坛将传统与现代融合的现实意义。当时刘荣恩创办《现代诗》刊物，《艺术与生活》"新诗特刊"推出的南星等的现代诗等，都显示了这种努力。而吴兴华则是其中最足以表明此时北方现代诗成就的一位。他16岁考入燕京大学西语系，1941年毕业留校。燕京大学内迁，他因生病滞留北平，任职于中法汉学研究所，苦读经史。这一背景使得他的诗作自然"融汇中国古典诗歌和西方现代诗歌的构成因素，无论是'化古'还是'化洋'，他都显得视野开阔，技巧成熟"。"他执着于从超越历史时空的中国古典题材中寻觅、提炼出人类共性的生命体验，包括对生命本能的激情、时

跨越1949

战后中国大陆、台湾、香港文学转型研究

---

① 《编辑后记》，（香港）《文艺新潮》第2卷第3期（1959年5月）。

② 也斯：《现代汉诗中的马博良》，载也斯：《城与文学》，浙江大学出版社2013年版，第187页。

③ 也斯：《城与文学》，浙江大学出版社2013年版，第174页。

④ 徐迺翔、黄万华：《中国抗战时期沦陷区文学史》，福建教育出版社1995年版，第411页。

间流逝的失落感、心理冲突的体悟等内容。这些内容在得到表现时又明显带上了诗人的沉重心境"。①而受里尔克等诗风的影响，他"重视诗作的暗示性，构思从直觉出发，思路趋向于富于象征意味的心理世界的开掘，在大量奇崛的隐喻和象征中表现出不失明朗单纯的诗意"②。吴兴华的诗歌创作在抗战胜利后一度闪耀出更为灿烂的光辉，之后就在中国内地革命诗歌一统天下的情境中消失了。然而，他却出乎意外地出现在香港诗坛，其实，这中间是有着自觉的延续的。

抗战后期和战后，平津地区和上海地区的文学一直是有呼应、联系的。1930年代的"京""海"对峙已消退，上海《文潮》刊出为数不少的华北作家作品，《文潮》创刊号刊出的第一首诗作就是华北诗人穆穆的长诗《生命之泉》，而《文潮》最后一期几乎成了华北作家特辑。马朗当时还主编"文潮丛书"，出版平津《华文大阪每日》文艺奖作品，第一种是出身贫寒的北京作家张金寿的长篇小说《路》。张金寿的作品有浓浓的"京西味"（其第一本小说集为《京西集》），甚至被视为"地域文化小说"，又往往取材于工厂生活，《路》就兼具这两种特色。而上海与北平的现代诗潮呼应就更为自觉、明显。华北诗坛有影响的诗人南星就与上海诗坛的路易士、杨华等合办《文艺世纪》杂志，共同倡导现代诗运动。路易士就是纪弦，是马朗《文潮》时期来往最多的一位上海诗坛人物。③其以《诗领土》（刊物和丛书）为阵地的诗歌活动形成了此时期一个相当自觉的现代诗派，其成员就包括了南北诗坛的诗人。④纪弦后来去了台湾，继续倡导现代诗运动，也在香港《文艺新潮》相当活跃地发表作品。战后的"九叶诗派"（称为战后"新生代"诗人群更为合适）能聚合起南北最有成就的青年诗人，开展"新诗现代化"运动，也是延续

---

① 徐迺翔、黄万华：《中国抗战时期沦陷区文学史》，福建教育出版社1995年版，第413页。

② 徐迺翔、黄万华：《中国抗战时期沦陷区文学史》，福建教育出版社1995年版，第415页。

③ 杜家祈、马朗：《为甚么是现代主义？——杜家祈、马朗对谈》，（香港）《香港文学》第224期（2003年8月）。

④ 参阅黄万华：《〈诗领土〉社和沦陷区战时现代派诗歌》，黄万华：《中国和海外：20世纪汉语文学史论》，百花文艺出版社2004年版，第218—243页。

了这种态势，即中国内地南北诗坛走出1930年代"京""海"对峙的局面，合力开展"新诗现代化"以"重建中国文学"的努力。这表明了现代诗运动在跨地域中的成熟。[①]宋淇也是在抗战后期的上海开始写诗和译诗的活动，1940年在上海编辑《西洋文学》时结识在北平的吴兴华，二人一见如故。宋淇对中文现代诗脱离传统的倾向一直持有批评，其寻求使他更将吴兴华引为同道知音。1950年，宋淇到香港，将吴兴华的诗作带到香港，并与吴兴华保持联系。当吴兴华在中国内地完全销声匿迹时，他的诗作却由宋淇安排在香港刊物发表（署名"梁文星"）。例如发表于《人人文学》第26期的《十四行》，诗人那"我早已预感到寒冷的手指抚摸／我的两颊，听见时光的镰刀霍霍欲试"的感受，"不要问我过去殷红的时光如何失掉"，"寒冷的光中"仍"像一颗卫星的照耀"的信念，[②]给我们留下了1950年代中国内地知识分子极其珍贵的真实状态。诗作十四行形式中，其意境、意象、哲理、诉说方式等，都有着传统和现代之间的丰富张力。而宋淇一直引吴兴华为例子，探讨传统诗源如何转化为现代诗作，使得吴兴华在香港"新一代诗人中（如叶维廉、蔡炎培等）成为一位传奇人物"[③]。当香港重要的本土诗人在吴兴华影响下成长时，1940年代中国新诗传统自然在香港得到了延续。叶维廉后来编选《防空洞抒情诗：1930—1950中国现代诗》只选入18位诗人，其中对中国内地读者而言陌生的名字大概就是吴兴华一人了。叶维廉在1950年代从《文艺新潮》出发，随后就以"步入诗的新思潮中，而又同时有必要把它配合中国的传统文化"[④]来自审反省；后来在半个世纪中写下近50种诗集、散文集，在现代和传统两种文化及美学的分歧中求交汇，一步步走向接纳双方、和谐相生的境地。叶维廉的诗歌成就可以代表1950年代从香港出发的现代诗成就，而他的努力与延续包括吴兴华在内的1930—1950年中国现代诗运动是密切联系在一起的。

---

① 1930年代处于"京海之争"旋涡中心的沈从文在战后恰恰成为平津地区青年诗人"新诗现代化"运动的坚定支持者。

② 梁文星：《十四行》，（香港）《人人文学》第26期（1954年1月）。

③ 也斯：《城与文学》，浙江大学出版社2013年版，第174页。

④ 叶维廉：《论现阶段中国现代诗》，（香港）《新思潮》第2期（1959年12月）。

如果再注意一下叶维廉后来编选《防空洞抒情诗：1930—1950中国现代诗》所收录的诗人，从冯至、卞之琳、艾青、戴望舒、何其芳、绿原等到"九叶派"诸成员，那么可以感受到，1950年代香港现代诗要延续的是中国新诗在文学和政治的复杂纠结中日益自觉的艺术觉醒，这正是从《文潮》到《文艺新潮》的延续。《文艺新潮》更为看重艺术的自觉，即"一个艺术家对他的任务，他的目的，他本人与社会的关系，尤其是他那一门艺术的性质，和他所用的工具，都不厌其详地加以审视和探讨"；而在政治风云四起的1950年代，他们更坚信，"在一个大时代到来时——流血、革命、千万群众的呐喊声往往会把艺术家个人清澈的歌声淹没，可是等到这一场暴风雨过去之后"，艺术家用生命创造的歌声"仍会排除一切噪杂之声由下往上升起"，在"狂乱时代"显得"低沉而微弱"的"火焰""却随时代的逝去而越来越强盛，令人不可逼视"。① 所以，《文艺新潮》会重点刊出《喷泉》（林以亮）那样的诗，在精心锤炼的形式中吟唱艺术创造的独立生命："春去秋来和阴晴变幻对我没有不同，／我清澈的歌声从来不受环境的左右。／丽日当空不能使我高兴，暴雨和狂风／也不能将我吞没：我有我自己的节奏。"在无休止的"人世间的得失荣辱"流转中，"无边的静倾听着我，我却向黑夜倾听"。② 一种无法撼动的独立生命如此强盛地流淌在《文艺新潮》的血脉中，甚至"甘心接受这与生俱来的限制"，也要"超越一切非我所求"，"歌唱和创造自己的节奏"。"这与生俱来的限制"就是对文学形式的不懈追求，甚至是对"好的坏小说"的强烈追求。③

如同当年的《文潮》追求一种开放的左翼文学，《文艺新潮》的现代主义则是在关注现代人、现代生活中显示出其走出了现代主义的"自我怀疑和自我困惑"。《文艺新潮》刊出过不少反省、检讨现代主义的文章，不仅意识

---

① 林以亮：《一首诗的成长》，（香港）《文艺新潮》第1卷第3期（1956年5月）。

② 林以亮：《喷泉》，（香港）《文艺新潮》第1卷第3期（1956年5月）。

③ "好的坏小说"是指作家突破规范而创造、被文史专家和宣传家批评的小说，参见［荷］曼诺·透·巴拉克：《页边杂记》，穆昂译，（香港）《文艺新潮》第2卷第1期（1957年9月）。

到现代主义"绝对""无情"的"现代化""已失去了它的力量"，^①更从现代人、现代生活的彷徨迷惑中认识到，现代文艺必须"超越于个人主义和集体主义的冲突纠缠"，以"忠实于生命和人类"的"虔挚信奉"，"兴奋地积极地正视这时代与这世界的变革，正视人类政治与社会生活的新的发展"，以此"开拓现代文艺的新天地"。^②这种追求和对追求的反省同时展开的立场、态度是《文艺新潮》，也是五六十年代香港现代文学运动最有价值的地方，使得其对于1940年代中国内地现代文学传统的继承和发展在日后的香港文学乃至中国文学的回归、复苏、兴盛中显示出强大的影响；也使得"上海—香港"这一文学史线索绝非单纯的现代主义或城市文学传统的流散，而是跨越"1949"的中国现代文学传统在"离散"中的丰富发展。

从《文潮》到《文艺新潮》这一个案，我们得以窥见战后香港文学转型的一条重要的文学史线索。处于上海沦陷时期左翼文学阵营中的《文潮》的文学取向是综合的："左翼"和"现代"的交汇，文学的本位立场和社会使命感的互补，对大众文学的自觉驾驭和文学消费社会的有效应对。作为其后身的《文艺新潮》转而选择现代主义，既是继续对"抹杀、压抑和消灭异己的文学艺术和思想"而导致的"社会的功利和肤浅"的反抗，也是战后初期中国内地"新诗现代化""重建中国文学"努力的延续。其对于文学与政治、社会关系的把握更为深化，在这种深化中其现代主义的取向也就更加开阔、恰当。从《文潮》到《文艺新潮》的延续，开启了中国现代文学史的一种流动性叙述：从上海到香港。中国现代文学的传统正是在这种流散中得以保存、发展，而文学史叙述本身也需要在流动中才得以展示其内在的丰富性。

---

① ［英］司梯芬·史班德：《现代主义派运动的消沉》，云夫译，（香港）《文艺新潮》第1卷第2期（1956年4月）。

② 李维陵：《现代人·现代生活·现代文艺》，（香港）《文艺新潮》第1卷第7期（1956年11月）。

第五章　媒介和战后中国文学转型

第一节　上海—北京：从媒介生态看战后中国大陆文学转型

1945年抗战胜利后，上海很快恢复了1930年代作为中国书刊出版中心的地位。以文学期刊为例，在上海创刊的约为北京的3倍，也是抗战时期出版中心之一的重庆的5倍，更遥遥领先于全国其他地区；影响较大的文学期刊，也多以上海作为出版、发行的基地。而这一中心地位，在1949年后被北京所取代，取代的则是一种新的出版机制。这其中发生的媒介生态的变化成为战后中国大陆文学转型的重要因素。

一、媒介生态：中国现当代文学转型的重要因素

媒介生态是指媒介所生存发展的生态环境，[①]它既包括媒介生存发展外在的社会政治、经济、文化、技术和受众等因素，也包括媒介本身的因素（例如媒介创办者、运行者的构成、观念，媒介传播的内容等）和媒介之间的环境因素（包括同一类媒介不同媒体间的竞争或合作关系，不同类的媒介，如纸质媒介与非纸质媒介之间的影响关系等）。前者往往构成宏观的媒介生态；后者则较多表现为微观的媒介生态，但也密切联系着宏观的媒介生态。两者之间关系

---

① 崔保国：《媒介是条鱼——理解媒介生态学》，《中国传媒报告》2003年第2期。

密切，形成多层面的媒介生态。正是这样一种媒介生态，积极参与了中国现当代文学的发生、发展，尤其影响了中国现当代文学的转型。

中国现代文学正是由于大众媒介的直接介入，而得以构筑成一种新的文学生产，其现代性的展开与现代媒介生态的发生发展密切相连。晚清民初，现代印刷技术变革中的成熟和租借文化影响下现代出版（包括行销）业的建立，引起文学生产、传播方式和文体的根本变革，推动文学的现代性观念的产生。大众传媒催生了职业撰稿人和自由办刊人（正是大众传媒，包括其稿酬制度、传播方式等，为职业撰稿人和自由办刊人的安身立命、安心立命提供了多层面的生存空间；而且在纪实与想象、时尚与个性、启蒙与娱乐、生产与消费、思想与文学等一系列重大问题上，改变着职业撰稿人、自由办刊人的观念，丰富了他们的操作过程），也培育了包括市民阶层、知识人士，乃至乡镇民众在内的广大读者，表明"大众传媒在建构'国民意识'、制造'时尚'与'潮流'的同时，也在创造着'现代文学'"，因为"'现代文学'之不同于'古典文学'，除了众所周知的思想意识、审美趣味、语言工具等，还与其生产过程以及发表形式密切相关"。[1]一种明显区别于自发生产的民间文化，而由知识分子操纵、书写的以启蒙为主导取向，但又受制于各阶层读者需求的大众文学生产建制得以形成，中国现代文学的现代性进程由此展开。到了1930年代，京沪等地民营报刊书籍出版主导的中兴局面使文学多元的观念、风格、方法、个性等得以展开，显示了中国现代文学的兴盛。这一局面即便在全民抗战的艰难年代也未消失。

中国现代文学的发生、发展表明媒介生态与文学建制的密切关系。其演变，往往是文学转型的极限，意味着一种新文学重塑的开始。这种演变，在战后无疑发生了，其集中表现是作为文学生产的核心环节，也是文学媒介生态的中心要素的文学出版制度发生了根本性变化。

1990年代对20世纪中国文学的深入研究中，人们将出版文化、大学文化和

---

① 陈平原：《文学史家的报刊研究》，陈平原、［日］山口守编：《大众传媒与现代文学》，新世界出版社2003年版，第562页。

政治文化视为与文学的现代性进程关系最密切的三个因素。这三大文化因素互相影响、决定了五四新文学最初享有的空间。现代出版、现代教育、现代政治空间的确立过程，也正是五四新文学建制的形成过程。大批现代作家进入教育、出版等领域，在那里或安身立命，以此为出发地，关注、参与变革社会的政治；或安心立命，在校园文化和出版文化的孕成中，影响着新文学的进程。可以说，五四前后，中国出版文化和大学文化的现代性、民间性，帮助作家较快地完成了自身的身份定位，使得五四新文学进程得以展开。其中最值得关注的是，提供了作为文学生产者的作者、编者和作为文学消费者的读者享有的公共空间的现代出版机制。

从晚清到民国，中国的出版文化基本上孕成、发展于市场经济环境中，政治、政府的干预始终未能从根本上压制市场经济对出版业的催生、推动、增强。[1]清末以来，上海一直是出版作为一种集文化和企业于一体的机制得到迅速发展的地方。仅20世纪上半叶，上海先后出现的出版机构就达600余家，绝大部分是民营企业。[2]商务印书馆、中华书局、生活书店、开明书店、现代书局等数以百计的民营出版企业，在清王朝留下的封建文化废墟之上，在五四革命性的疾风暴雨之后，构筑了足以跟西方资本主义国家相颉颃的文化企业体制，为新文化、新文学的传播提供了广阔的空间。而在1930年代，这些出版机构的管理模式、水平和企业效率都优于上海其他的民营企业，且与世界发达国家的企业运行状况衔接。这种文化企业在规模、水平上胜过其他类型企业的情况使得上海出版业在市场经济中胜出，也是1930年代文学在政治低气压年代仍呈强盛之势的重要原因。

这里不妨举个例子。鲁迅在柔石等遇害后写的那篇著名的《为了忘却的记念》，开始曾给了两个杂志，都不敢采用，后来转到了正主编《现代》的施蛰存手中。施蛰存拿给现代书局的老板张静庐定夺，张静庐决定发表。于是，《为了忘却的记念》不仅作为首篇刊发于1933年4月《现代》第2卷第6期，而

---

① 可参阅邓集田：《中国现代文学出版平台：晚清民国时期文学出版情况统计与分析（1902—1949）》，上海文艺出版社2012年版。

② 朱联保编撰：《近现代上海出版业印象记》，学林出版社1993年版，第18页。

且文后附有柔石留影及手迹，还有鲁迅为纪念柔石所选的德国柯勒惠支的木刻画《牺牲》。张静庐为什么敢于这样做？他当时的想法是，"（一）舍不得鲁迅这篇异乎寻常的杰作被扼杀，或被别的刊物取得发表的荣誉。（二）经仔细研究，这篇文章没有直接犯禁的语句，在租界里发表，顶不上什么大罪名"[①]。张静庐的"舍不得"反映出了他的现代出版企业意识，即看重鲁迅这样的文坛泰斗所撰要文会发生的刊物效应，懂得独家刊发名人名作在刊物商业竞争中的举足轻重之作用。这种现代出版企业意识交织着现代市场经济意识和现代政治意识，它孕成于由近代通商口岸开始的中国经济、政治、文化的变革中，包括租界文化的发生、存在。正是租界文化影响下的现代市场经济意识和环境，成为影响上海包括文学媒介在内的媒介生存发展最重要的社会因素。

二、战后上海：社会市场经济制约下的文学出版制度

战后上海出版业延续了1930年代市场经济的优势，也接纳了抗战时期上海出版业积累的经验。清末民初，印刷文化的逐步普及为文学艺术的大众消费性、商业性创造了条件。当各种纸质媒介以一种融合了艺术、娱乐、商业、现代技术的制作过程推出文学作品时，实际上也就为作家卖稿谋生提供了最基本的物质基础。在此基础上，作家的各种追求，从感时忧国的使命、艺术本位的坚守，到大众消费的提供等，都有可能放得开。但五四开启的中国新文学，主要是向着启蒙传统、艺术本位传统发展的；而通过市场参与下的消费性、商业性而被大众接受的，主要是由"鸳蝴派"开启的都市通俗小说等，"鸳蝴派"也由此成为新文学批判、放逐的对象。然而，发展得日益强大的大众传媒和现代企业型的出版发行机制使得消费性（娱乐性）导向的作品在图书市场中占有绝对优势。这种情况引发了从新文学出发的都市文艺（这种文艺的作者往往是接受外来影响、从新文学起步的作家，而非"鸳蝴派"那样的传统文人；而其创作自觉面向都市市场，作品会同时引起知识精英、城市中产者和小市民阶层

的共鸣）"对之前传统通俗文类（鸳鸯蝴蝶派）的一种取代"①。这种取代在抗战时期的上海表现得尤为充分，其代表性创作就是张爱玲、苏青等。徐讦等在上海的创作也表明了这一点。这种情况自然与上海"孤岛"、沦陷时期面临的政治高压下依然保存着现代都市的经济、文化形态有关。

这种多种类的，尤其是从新文学出发的都市通俗文学在战后上海期刊格局中依然占有重要位置。当时上海发行时间一年以上的文学、文化类期刊中，相当部分属于这一类型。例如1946年至1949年出版了三整年的《幸福（幸福世界）》②，发行人罗斌经营的环球书报社从1930年代开始实施的就是从新文学出发的都市文艺路线，在上海沦陷时期更演绎得淋漓尽致；而他1950年代在香港，既积极参与创办被视为战后香港里程碑式的纯文学（现代主义文学）刊物《文艺新潮》，也出版了被称为"武林世界常青树"的《武侠世界》（共出版3000余期）等通俗文学刊物。战后上海时期，是罗斌及其环球书报社实践从新文学出发的都市文艺路线最充分的时期之一（1950年代在香港出版的杂志中，《蓝皮书》《西点》《大侦探》等就是他将上海的杂志带到香港复刊的），包括现实主义、现代主义在内的严肃文学追求和消费性（娱乐性）导向的大众通俗文学结合在一起。《幸福》的主要编辑人员中，沈寂毕业于复旦大学西洋文学系。他在上海沦陷时期开始小说创作，被视为"沦陷区小说现实主义艺术深化"③的重要作家，战后出版了《两代图》（1947）、《红森林》（1947）、《盐场》（1948）等小说集，延续了"不曾渗入时代性，但却留下了时代的影子"④的文学追求。他的这种文学态度影响到《幸福》的作品取向。《幸福》整体上是一本大众消费性的文化刊物，而其大众消费文化的导向包容了新文学的因素。它出有多期"小说专号"，其作者往往就体现了这种导向。例如当

① ［美］张诵圣：《台湾文学生态——从戒严法则到市场规律》，刘俊、冯雪峰等译，江苏大学出版社2016年版，第66页。

② 该刊第3期至20期刊名为《幸福世界》，其余期数刊名为《幸福》。

③ 徐迺翔、黄万华：《中国抗战时期沦陷区文学史》，福建教育出版社1995年版，第497页。

④ 马博良：《每月小说评介》，《文潮》第1期（1944年1月）。

时"东吴派"（毕业于东吴大学）作家中的才女施济美以其清润而忧郁的笔触书写青春、情谊、爱恋，又以精微、婉曲的心理剖析透出某种现实气息，文风则令人想到张爱玲，吸引了广泛的市民读者，有的读者甚至自称"施迷"。同为东吴大学校友的汤雪华，其作品被周瘦鹃这样的"正向着新文艺的创作方法发展"①的原"鸳蝴派"作家称道，其言情之作突破闺房视野，对外部世界，尤其是社会的黑暗给予了强烈的关怀。除了这些女性作家聚集于《幸福》外，侦探小说家孙了红，以现实主义审美观念写传奇色彩小说的石琪等，都是上海沦陷时期颇有影响的作家。他们的创作领域、观念不同，而同时亮相于《幸福》，也印证了《幸福》大众消费文化与新文学的交汇。而茅盾、施蛰存、端木蕻良、王统照、姚雪垠等人的作品不时出现在《幸福》，更让人看到大众消费性刊物与新文学作家之间的互相"借力"。

受战后时局影响，此时期上海也延续了抗战时期经济凋零、纸张等出版物资供应紧张的局面，发行短命成为众多刊物的命运；但由于长期受都市文化的影响，上海市民阶层依然有着较强的文学消费欲望，所以，能持续出版的刊物都要充分顾及"大众消费性"，而此时期的现实也最大程度引发作家关注社会的现实使命感。这种情况使得上海刊物的市场经济因素发挥得更为充分，新文学作家通过与民间出版企业的合作自觉与市场经济因素联姻，呈现出中国现代文学继续发展的潜力。

1940年代上海文学刊物中出刊时间最长、影响也颇大的当数《文艺春秋》。它成功的一个重要原因是作家（编辑）与民营企业家的合作。上海沦陷后期，政治、经济等因素使得刊物生存异常艰难，《万象》的停刊就是最明显的例证。此时，毕业于复旦大学的范泉经复旦大学教务长金通尹介绍，进入永祥印书馆，主持编辑部工作。永祥印书馆由陈永泰独资创办于1899年，坐落于上海出版重地的福州路，属于家族式企业。1942年改为股份有限公司，仍以陈家所占股份最多。其开始以"印"为主，出版则以"通俗改写本小说"为主。

---

① 杨寿清：《上海沦陷后两年来的上海出版界》，《文艺春秋丛刊之一：两年》（1944年10月）。

半个世纪的经营使永祥印书馆积累了丰富经验，但在上海出版界尚少名气。范泉1933年就在《申报·自由谈》发表文章；进入永祥印书馆前，他已创作、出版了包括短篇小说集、散文集、论著等诸多作品，其现实主义文学倾向明显。他主持永祥印书馆编辑部工作后，就利用当时日伪统治下"丛刊"形式无须登记、审批的机会，于1944年10月创办《文艺春秋丛刊》，该刊发行人为当时永祥印书馆老板陈安镇，而这是永祥印书馆的第一份刊物。《文艺春秋丛刊》第一辑《两年》的《编后》是范泉所写《（一）关于永祥印书馆》《（二）关于〈两年〉》，表明了永祥印书馆和《文艺春秋丛刊》的"相依为命"。《文艺春秋丛刊》以适合市民阅读的小说和戏剧为主，但有着充溢着现实主义战斗激情的诗意，其创作阵营包括了鲁思、顾仲彝、周贻白、孔另境、吴天、方君逸、师陀、司徒宗、锡金等一大批时居上海的爱国作家，远在大陆的郭沫若、欧阳山、司马文森等的作品也时见于该刊。该刊还刊出了台湾日据后期最有影响的作家之一的龙瑛宗的小说《白色的山脉》，称道它"从三个断面里烘托出了一个孤独者的悲哀，而在每一个断面里，又刻画了各种不同的人物"[1]。这在中国大陆刊物中是极为少见的。《文艺春秋丛刊》成为上海沦陷后期最有影响的刊物之一，也给永祥印书馆带来了声誉。在抗战胜利后的1945年12月，《文艺春秋丛刊》改为月刊出版。连同1947年曾出版的《文艺春秋副刊》3期，该刊共出47期，聚合了思想倾向、艺术追求不同的作家，影响日益扩大，成为当时国统区最有影响的大型文艺刊物之一，永祥印书馆也进入出版业务最有声有色的时期，在历史、文教、自然科学等多种类书籍出版中进展迅速，而文学书籍的出版更领风骚。期刊除《文艺春秋》外，还发行了茅盾、叶以群主编的《文联》。范泉主编的"青年知识文库"侧重文学知识的传播，[2] "文学新刊"丛书则收录创作新成果。而在外国文学的传播方面，无论是多卷本《易卜生选集》，还是改写本《爱丽丝梦游奇境记》，都满足着不同需求的读者。永祥印书馆的业务得到迅速扩展。永祥印书馆在1940年代末期将包括彩印在内

---

① 《编后》，《文艺春秋丛刊之二·星花》（1944年12月）。

② 收入《青年写作讲话》（孔另境）、《文学源流》（范泉）、《罗曼罗兰评传》（芳信）、《中国戏剧小史》（周贻白）、《编剧与导演》等书。

的印刷设备运往台湾，但它留在上海的业务在1950年代初期仍有影响，这正是其战后出版业务得以扩展的余音。

永祥印书馆的发展，很大程度上得力于作家（编辑家）与民间出版企业在市场经济环境中自觉而有效的合作。但在战后，这一状况逐步发生了根本性的变革。

三、民间性和组织化交替中的文学期刊

前述分析《幸福》《文艺春秋》等来揭示以上海为代表的战后文学媒介生态，是因为文学期刊始终是文学出版物中最能反映文学媒介生态的因素。依据中国大陆几种较为权威的现代文学期刊目录汇编，主要是中国社会科学院文学研究所总纂的《中国现代文学期刊目录汇编》（2010），京、沪、宁三地学者合力编写、出版的《中国现代文学期刊目录新编》（吴俊、李今、王彬彬等主编，2010）和刘增人《中国现代文学期刊史论》（2005）中的《中国现代文学期刊叙录》等所提供的数据，1945年至1948年四年创刊的文学期刊超过850种，是中国文学期刊诞生之后近八十年中文学期刊创刊最多的一个四年，而迄今创办正式出版的文学期刊最多的年份则是1946年（超过300种）。这些文学刊物分布在上海、北京、广州、重庆、成都、南京、天津、香港、青岛等城市和晋冀鲁豫等根据地、东北解放区等。全国大概近百个城市创办有文学期刊，其地域之广，也是中国新文学史上少有的。这说明1940年代后期文学媒介处于相当活跃的时期。

这么多的文学期刊是怎么创办的？晚清民初文学期刊产生以来，创办者分民间和官方两类，前者占大多数，包括社团、出版机构（尤其是商业性出版机构）、学校、报社等；后者则有政府机关、政治机构、军队等。而依据邓集田《中国现代文学出版平台：晚清民国时期文学出版情况统计与分析（1902—1949）》一书的资料，政治机构和军队所办文学期刊在抗战时期才出现，战后的1946年至1949年创刊的文学期刊中，政治机构和军队创办的文学期刊分别只有6种和9种，仅占创刊的文学期刊的1.2%和1.8%；其余都为社团（45%）、出版机构（43%）、大学、报社等创办，且囊括了全部有影响的文学期刊，例如

北京的《文学杂志》，上海的《宇宙风》《论语》《文艺复兴》等。

民间性使文学刊物保持了自己的独立性，这种独立性自然与其出版资金等来源有密切关系。例如，著名的诗刊《中国新诗》是在杂志成员、时任上海金城银行信托部主任的辛笛贷款支持下创办的，其办刊内容最有自觉的诗歌追求，以至于形成了日后被视为1940年代最重要的诗歌派别"中国新诗派"。即便是作家与报社书局合作，主持刊物者也往往能坚守自己的立场。例如，1947年，《天津民国日报》请朱光潜主编《文艺》副刊。此刊有着与《文学杂志》相近的办刊方向和水准，影响相当不错。但后来报社出于时局擅自删改作品中揭露时弊的文字，朱光潜就毅然辞职。很显然，此时期的媒介生态还没有一种能统一掌控各种媒介的力量，文学刊物的多样性显示出其活跃的程度，而这联系着战后中国文学建设的多种路径。①

此时期文学期刊中，出现了一类新的文学期刊，那就是解放区文学期刊。当时800余种文学期刊中，解放区文学期刊约有60种，数量不算多，但显示出一种新的格局和运行机制。解放区60种文学期刊的出版者大部分为新华书店和东北书店（东北新华书店前身），小部分则为军队政治部门（如中国人民解放军渤海军区政治部、东北民主联军总政治部宣传部、华东野战军政治部、西南军区政治部宣传部分别创办了《前锋文艺》《部队文艺》《文艺丛刊》《文艺工作》。从军队的名称也可知战争形势的变化，让人感受到战争文化环境中文学期刊的诞生）和政府机构（如中国新民主主义青年团济南市委创办的周刊《青年文化》）。后者自然具有高度的政治纪律性和组织性，而前者不仅事实上与后者具有高度的一致性（新华书店和东北书店分别归中共中央宣传部和中共东北局宣传部领导），而且其"政企合一"的建制更具有高度的统一性。新华书店在延安建立之初，就是作为中共中央出版、发行机关刊物和马列书籍的机构运作，直属中共中央宣传部。1945年后，随着解放区的扩大，山东新华书店、华东新华书店、华北新华书店、华中新华书店、中原新华书店等相继成立，直属各解放区党委宣传部，而其集编辑、出版、发行为一体的运作体系强

---

① 可参阅作者关于战后中国大陆文学的多篇论文。

化了传播的政治纪律性和生产组织性。

1948年东北解放区《生活报》对《文化报》的批判颇能说明这种高度组织性的模式。当时，萧军是不习惯东北解放区"供给制"的"院长"（他被任命为东北大学鲁迅艺术文学院院长）生活，想做自己"应该和要干的事情"，才辞职创办了《文化报》和鲁迅文化出版社。[①]萧军的计划得到了时任中共东北局副书记的彭真和东北局宣传部长凯丰的支持，其开办费用也由东北局提供。更重要的是，此时的萧军，正要向东北局提出入党申请（此后也得到了中共中央的批准，只是因为"《文化报》事件"的爆发而又生变）。《文化报》和鲁迅文化出版社自然是属于中共和东北解放区体制，但萧军办报的方针、作风颇有他对于五四和鲁迅传统的理解和实践，具体的运行偏向个人或同人办报刊的方式，《文化报》所刊萧军之文也都有他鲜明的个性。当《文化报》在东北解放区产生广泛影响时，就被一些人视为萧军的《文化报》，甚至是他"沽名钓誉的方法"。于是，冲突发生了。

萧军当时在《文化报》撰文所倡导、坚持的是无产阶级革命的形势下，"五四启蒙主义的话语"[②]，正如他当时撰文所言："革命政治，最终目的在求得人类解放于不合理的社会制度"，"革命教育"自然也有此使命，"但它还负有永恒的把人类从愚昧和落后，偏见和自私，无能与无用，卑下与丑恶，兽性的凶残，奴性的堕落……引向更辽阔、更完美的远方……"，包括"人民的文学"在内的"革命教育"所承担的"赋予人以智慧和武器……免受凌辱和威胁"的根本性任务。[③]这就是萧军所理解的五四传统、鲁迅传统发展到"人民革命教育"阶段所必须坚持的。然而，这被一些人视为是在与无产阶级政党"争夺群众"。1948年夏天创办于哈尔滨的《生活报》是由东北局秘书长刘芝明直接领导，其创刊号头版所刊《今古王通》，就向"一些群众要被迷惑"的现实发难，其锋芒自然指向了《文化报》，随即引起性格暴烈、刚直的萧军的

---

① 参阅《萧军近作》（四川人民出版社1981年版）中《哈尔滨之歌三部曲》一文。

② 钱理群：《1948：天地玄黄》，中华书局2008年版，第115页。

③ 萧军：《政、教泛谈》，原载《文化报》第45期（1948年6月），转引自《文艺报》1958年第7期。

反击。

也许，《文化报》和《生活报》的冲突，开始还带有五四以来文艺阵营内宗派主义矛盾的因素（开始双方的文章明显带有讥讽对方"作品不能被流传下来"的意味，《生活报》主编宋之的属于1930年代上海"国防文学"派，而萧军则以"鲁迅学生"为傲）。但随后掌握了政治资源的《生活报》占据了现实政治高地，给萧军和《文化报》扣上了"污蔑苏联是赤色帝国主义""反党""丑化人民"等政治罪名，其严厉使得萧军有对方要让自己"身为齑粉"[①]之感。尽管萧军据理反驳，毫不示弱，但《生活报》在政治上、经济上、组织上所占有的绝对优势使《文化报》越来越陷入困境："《文化报》的订户开始纷纷退订了。各机关、学校禁止《文化报》入内了。凡属代售《文化报》的地方，报贩也拒绝代售了。由于经济关系，两处分社也停办了，银行不予贷款了，纸源枯绝了。"面临这种从出版资金到发行渠道都"弹尽粮绝的形势"，萧军"只好封社、停报，把出版社的一切资产等类全数交公"，自己"净身出社"。[②]为了"肃清"萧军及其《文化报》的影响，东北文艺协会和中共东北局随后对"萧军及其'文化报'所犯错误"作出了组织结论，再次确认"停止对萧军文学活动的物质方面的帮助"，[③]并在全东北地区开展了三个月的"萧军反动思想和其他类似的反动思想的批判"，成为"建国后无间断的全民性的大批判运动的先声"。[④]

《文化报》的经历颇能反映出晚清民初开始孕成于市场经济环境中的出版机制将被一种政治支配下高度集中的"计划"体系取代的趋势。贷款、纸源等经济因素，订户、代售等传播（行销）因素，都统筹于组织结论、"全民"批判所代表的政治话语权力。《文化报》作为解放区体制内知识分子力图用"自

---

① 萧军：《"古潭里的声音"之四——驳"生活报"的胡说》，原载《文化报》第59期（1948年9月），收入刘芝明等：《萧军思想批判》，作家出版社1958年版，第273页。

② 萧军：《萧军近作》，四川人民出版社1981年版，第250页。

③ 《东北文艺协会关于萧军及其"文化报"所犯错误的结论》《中共中央东北局关于萧军问题的决定》均收入《萧军思想批判》（1958）一书。

④ 钱理群：《1948：天地玄黄》，中华书局2008年版，第114页。

由办刊人"的个人性行为为体制服务的努力，其失败表明了正在建立中的新出版机制对于"精神上理论上的统一与集中"①的高度要求，作家的精神劳动需要纳入国家计划性的轨道。这从新华书店逐步主导文学书籍出版行业得到充分体现。

1946年至1949年新成立的文学书籍出版机构有300余家，文学书籍的年均出版数为679种，其中文学创作书籍年均481种，翻译文学书籍年均出版数为197种，②均为20世纪新文学作品问世以来年均文学书籍出版最多的时期。文学创作和翻译文学出版数量最高的年份也都在这一时期（1947年出版文学创作书籍560种，1948年出版翻译文学作品206种），各种文体创作出版物都列于数量高的时期或年份。在国内战事日趋激烈的时期，文学出版业却呈现晚清民国以来最蓬勃的局面。

新华书店和东北书店在此时期出版的文学书籍近300种，虽然还只占全国出版文学书籍的约百分之十，但此时期新华书店出版的文学书籍数量已列全国出版社第八位，③文学丛书数量更是列全国第五，④文学书籍出版量仅少于创立于北京的北新书局，上海的商务印书馆、中华书局、世界书局、生活书店、开明书店和文化生活出版社。而新华书店的历史远短于那些出版机构，这表明其作为新兴的出版力量的崛起。更重要的是，新华书店是集刊物书籍的编辑、印刷、发行于一体的机构，非常有力地支持了其出版报刊书籍的传播。例如东北书店由当时东北局宣传部长凯丰主持，编辑出版的千余种图书和近十种刊物，通过其在东北全境设立的201个分支店，及时全面地发行到东北解放区各地。

1950年底，新华书店改组成为专门从事图书发行的国有企业，总店对全国

① 刘芝明：《关于萧军及其"文化报"所犯错误的批评》，《萧军思想批判》，作家出版社1958年版，第27页。

② 邓集田：《中国现代文学出版平台：晚清民国时期文学出版情况统计与分析（1902—1949）》，上海文艺出版社2012年版，第146、162页。

③ 邓集田：《中国现代文学出版平台：晚清民国时期文学出版情况统计与分析（1902—1949）》，上海文艺出版社2012年版，第216页。

④ 邓集田：《中国现代文学出版平台：晚清民国时期文学出版情况统计与分析（1902—1949）》，上海文艺出版社2012年版，第175页。

各大区、各省新华书店实行人、财、物的统一管理，而原先的编辑出版部门改制为人民出版社。与此同时，东北书店改组为东北新华书店，编辑出版部门改制为东北人民出版社，而其总经理处则改组为东北人民政府出版局。这一情况再次反映出新华书店、东北书店政企合一的性质。1950年代初期，还保留了私营期刊的发行渠道，但该渠道也仿效新华书店的运行模式。例如，私营文艺期刊统一由北京的三联书店总店主管，对设于上海等地的三联书店分店实现垂直管理。待1953年工商业社会主义改造运动开始后，全国私营书报发行行业全部被取消，书籍报刊行销成为新华书店的独家天下。这是中国书籍报刊生态的重要变化。就文学出版物而言，以往文学期刊、文学书籍的出版与图书市场的多渠道联系被切断，取而代之的是国家计划经济体制内单一国企对文学作品发行资源的掌控。这一掌控表明，随着中国共产党革命政权在中国大陆的全面建立，有强大的政治（政权）力量作为后盾的政治意识形态逐步成为媒介生态中最雄厚的资本力量，其所要求的经济模式是与战争年代的供给制切切关联的社会主义计划经济。在全国性计划经济体制建立的同时，原先以市场经济为主的报刊书籍出版业被改造为计划经济，民营出版业成为国有经济部门。而这种出版机制的转变是在无产阶级革命意识形态直接主导下完成，原先以文学以其自身形式在舆论上影响，甚至主导大众媒体的情况被政治意识形态掌控文学出版资源，从而掌控文学局面的状况所取代。这一状况是战后媒介生态最重要最根本的变化。作为新的唯一的政治中心的北京，自然在这一背景下成为全国文学刊物的中心。这一中心并不以其出版的文学刊物数量之多为主，而是作为体现国家意志的最高层出版机构出现的。北京至高的政治权威性成为文学报刊生态中最重要的因素。

四、从社会市场经济到国家计划经济：文学媒介生态的根本性变化

战后至1949年创刊的700余种文学期刊，除创刊于中华人民共和国成立后的《人民文学》得以延续至今外，只有10种刊物延续到1950年至1952年，其中9种属于解放区和共和国刊物，其余的连同之前创刊而在战后仍然出版的文学期刊一起，都在1949年底前终刊了，其中近百种是在1949年终刊的。就是说，

中国现代文学时期的文学期刊几乎全部没有"跨过""1949",取而代之的是各地文联（作协）主管的文学期刊，它以1949年在北京创办的《文艺报》（初为中国文联，后为全国文协直属刊物）、《人民文学》（中国作协之前身全国文协的机关刊物）两份全国性刊物和《长江文艺》（原为中共中央中南局文联会刊，后为湖北省作协主管，1949年5月创办于武汉）、《河北文艺》（1949年10月创办于保定）、《吉林文艺》（1949年创办于长春）等地方性刊物为开启，随后遍布整个中国大陆。到1957年，全国文学期刊已达90种左右，各省、直辖市已无空白，省会城市、较大工业城市也多有文联、作协的机关刊物，延续至今的《诗刊》（北京）、《收获》(上海)、《延河》（陕西）、《山花》（贵州）等名刊均已问世，文学期刊形成国家级、地方各级的格局。作为国家级文学刊物的"《人民文学》之创办的最深刻的动机"是实现"引导、组织、管理全国文学创作（作家）的功能"，①其所属的中国作协与各级刊物所属的作协形成上下级的隶属关系，形成了中央—省—市的"机关刊物"的垂直层级格局，保证了全部文学刊物编辑环节的制度化、组织化。而它们的出版、发行则由新华书店负责（新华书店改组后，文学期刊仍由新华书店发行），从而进入了国家计划经济体系。事实上，国家计划经济体制实行纵向的中央、省、市行政层级系统，横向按照行业性质的条块分割，而此时的文化（文艺）部门体制与此是完全一致的。

战后从解放区到共和国，都是先建立了政治制度，然后在政治制度框架内实施计划经济。中国共产党领导的国家管理制度，将文人（作家）也纳入了管理制度，建立各级文联、作协，对进入体制的作家实行等同于国家工作人员的级别管理。作家依附于统一的单位，享有固定的工资，在与国家意识形态保持一致的前提下拥有优先发表作品的权利。卖文为生的职业撰稿人转变为党的文艺工作者，自由办刊人则为党的文艺政策把关人所取代。社会主义公有制的全面建立，使得国家成为经济领域垄断性力量，报刊书籍出版制度也按照国家意志、国家计划进行运作。原先市场经济条件下盛极一时的同人刊物、书店刊物

---

① 吴俊：《〈人民文学〉的创刊和复刊》，《南方文坛》2004年第6期。

很快濒临灭亡。例如，1950年初，胡风、路翎等创办《起点》，尝试新条件下同人刊物的出版、发行。但当时邮政系统已国有经济化，出版总署则规定期刊由指定的发行单位统一邮寄，《起点》就因负责私营文学期刊发行的三联书店上海分店遵照北京总店"不能发行"的指示拒绝发行而很快夭折。[1]高度集中的计划经济建立的是单一经济体制，文学期刊也相适应地转变为单一的机关刊物。

与此相伴发生的，是文学观念的转变。中华人民共和国成立的第二年，文艺界就发生了一场关于文学创作要不要"赶任务"的讨论。"赶任务"，就是文艺工作者要将党组织、政府现时"交给我们去赶"的任务放在第一位，这正是社会主义计划经济制度对文艺的要求。而茅盾所代表的权威看法是"我们不但应当不以'赶任务'为苦，而且要引以为荣"；甚至"为了革命的利益，粗制实未可厚非。这就是为了'赶任务'便不得不写你自己认为尚未成熟的东西"，这甚至应该成为"目前创作"的规范。[2]随后，从1951年镇压反革命的政治任务急切具体地提出文学如何配合的意见，[3]到1958年"全民大跃进"运动中文艺全面的介入，"赶任务、密切地配合当前的中心任务"成为共和国文艺的"优良传统"。[4]这种传统的形成，反映了体制性力量对于文学观念的改变和传播的巨大影响。

出版服从国家实施的计划性，是通过出版单位的党委负责制、出版选题的计划审批制和出版物的三审制得以实施的，指导原则是党的绝对领导。我们今天还能从当年的文学作品中看到这一制度的表现。例如刘宾雁的特写《本报内部消息》（1956）成为1958年文艺批判运动的重点对象，就因为作品所描写的记者黄佳音和总编辑陈立栋之间的分歧和矛盾被视为"反对党的领导和党的

---

① 参见胡风1950年1月12日致路翎的信，《胡风全集》第9卷《书信》，湖北人民出版社2000年版，第301页。

② 茅盾：《目前创作上的一些问题》，《茅盾全集》第23卷，人民文学出版社1996年版，第130—131页。

③ 刘恩启：《一个急待表现的主题——镇压反革命》，《人民日报》1951年4月1日。

④ 陈其通：《我们要"赶任务"》，《剧本》1958年第4期。

办报方针"①。当时的批判文章认为，陈立栋"重视请示报告，重视省委会的决定和省委书记的指示，他要求他领导下的干部们也像他一样地遵守纪律，服从组织"，这样的作风是"党的好干部"；②而黄佳音"她不满意陈立栋的领导，实际上是不满意省委的领导，时时刻刻想脱离省委的宣传意图，单搞一套，而特别反对报道我们工作中的成绩"，由此"来反对党"。③批判者们还充分关注到黄佳音的同伴曹孟飞"攻击我们的人事制度"的"右派言论"。曹孟飞主张自由择业，无须单位的介绍，也不必任何部门的分配。这种言论被视为要"改变现有的人事制度""改变党报和党的关系"，从而"取消党的领导"，"取消人民民主专政"。④总之，《本报内部消息》在如何办报上所欣赏的"不要过多的限制，解除束缚"的作风和方式成为对现有"一套制度，一套习惯"的严重挑战，其后果是"让资本主义复辟"。⑤

　　《本报内部消息》及其所受的批判全面展示了共和国努力建立的出版制度，尤其是新闻出版制度。与国家政府部门架构一致的人事制度和由此规定的"遵守纪律，服从组织"保证了国家意志及其计划的实施。贯彻党的宣传意图，"报道我们工作中的成绩"是出版的根本宗旨。"请示报告"，"重视"党组织的"指示"等出版环节使得出版作为经济活动却能充分体现政治意志。这一出版制度成为加强党的领导、巩固人民民主专政、防止"资本主义复辟"的社会制度的组成部分。任何逸出这一制度的出版行为都不可能被允许。与《本报内部消息》所传达的信息内在呼应的，同时期体制内外都有人尝试突破，也都被制止。1956年11月，中宣部召开全国文学期刊编辑会议，作协党组书记邵荃麟等发言，提出文学刊物多样化的问题。中宣部副部长周扬的会议总

---

① 何家槐：《从"本报内部消息"中的主要人物看刘宾雁的反党思想》，《人民文学》1958年第6期。

② 何家槐：《从"本报内部消息"中的主要人物看刘宾雁的反党思想》，《人民文学》1958年第6期。

③ 李希凡：《什么样的"消息"，什么样的"新路"？》，《人民日报》1958年3月31日。

④ 严文井：《评"本报内部消息"》，《人民文学》1958年第9期。

⑤ 严文井：《评"本报内部消息"》，《人民文学》1958年第9期。

结报告时认为"同人刊物也可以办"，这是"为了有利于提倡不同风格、不同流派的自由竞争"。在此背景下，同年底，郭小川曾与作协干部杨犁等商量创办同人性质的杂文刊物《乱弹》，和时任中宣部文艺处长的林默涵谈及此事时，被林默涵制止。[①]1957年6月，江苏青年作家陆文夫、高晓声、方之、叶至诚等，也出于突破"当时的文艺刊物都是千人一面"，"决定创办同人刊物《探求者》"。[②]起草了"启事"和"章程"后，被巴金好意劝阻。事实也证明，一统性的机关刊物格局才符合高度集中的社会主义政治体制和计划经济，机关刊物模式以外的刊物难以存身。在这种情况下，文学发展的探求，只能在作为机关刊物的文学报刊内部展开。1950年代《人民文学》秦兆阳、《收获》靳以等的编刊实践，代表了体制内文学刊物发展自身所能作出的努力。

如果从媒介生态的角度考察中国大陆的现当代文学，实际上就是三个时期：从中国现代文学的开启到1940年代后期，现代市场经济的环境、因素使文学刊物在政治动荡的不同年代得以生存、发展；1940年代后期起，在强大的国家意识形态背景下逐步建立、巩固的社会主义计划经济将文学刊物纳入了充分体现国家意志的一统性格局，这一局面一直延续到1980年代；之后，市场经济重新复苏、发展，并开始形成社会主义市场经济模式，文学（刊物）也由此进入一个交织着政策文化、消费文化等复杂因素的新时期。在这样一种文学流变的历史中，战后中国大陆的文学转型显然占有重要位置，也包含着丰富的历史经验。

---

① 郭晓蕙等编著：《检讨书：诗人郭小川在政治运动中的另类文字》，中国工人出版社2001年版，第38页。

② 陆文夫：《又送高晓声》，《收获》1999年第5期。

第二节 非"二度漂流"：1950年代的台湾文学及其媒介

一、1950年代，战后台湾文学的中兴前奏

战后二十年左右的台湾文学在中国文学史上具有重要的转换意义，然而它曾在意识形态层面上被看作文学断裂，也曾在台湾本土化倾向的冲击下被"二度漂流"。

战后至1960年代中期的台湾文学在海峡两岸的文学史论述中都曾被看作官方政治意识形态主宰下的文学，"反共文学""战斗文学""甚嚣尘上"，文学传播在"以官方文艺政策为指导，配合政治力结构的运营"中"遭到完全的限制与操纵"。[①] 但寻读这一时期的创作，却发现小说、诗歌、散文皆有佳作足以传世，也未出现此时期大陆文坛的单一化局面，反而在政治高压下有着多种文学思潮的并存。如果前对比于日据后期台湾文学的衰微，后映照于1980年代后台湾的某种困窘，也许可以说，这一时期的台湾文学构成了战后台湾文学的中兴局面。而其中的1950年代文学，前承光复后台湾文学的新起步，后启1960年代文学的兴盛，其意义不言而喻。

台湾光复初期，由于日据时期赖和、杨逵等代表的台湾新文学传统的延续，也由于大陆来台左翼文化人士的参与，台湾自主性地形成了一股足以跟官方势力抗衡的左翼文化力量。当时《新知识》《文化交流》《台湾文化》《前锋》《创作》《台湾文学》等左翼倾向刊物纷纷问世，呈现出左翼意识形态的强劲。民国政府迁台之初，内外处境困窘，加之"痛定思痛"的检讨反省，必然会直接动用国家政治力量，在压制左翼文学力量的同时"积极有为"地开展官方文艺运动，于是有了人们已熟知的"反共抗俄文学""战争文艺"的倡导。文学的政治化必然伤害，乃至毁灭文学。在1950年代台湾出版的1100余种文学书籍中，那些"反共八股"类的作品早已被历史淘洗掉。但1950年代文学仍有其骄人的实绩。朱西宁、钟理和、郭良蕙、林海音、孟瑶、聂华苓等的

---

① 林淇瀁：《书写与拼图——台湾文学传播现象研究》，（台湾）麦田出版社2001年版，第160页。

小说，张秀亚、徐钟佩、思果、琦君、吴鲁芹等的散文，余光中、覃子豪、罗门、白萩、痖弦等的诗作，都预示着战后台湾文学中兴时期即将来临，战后台湾文坛存在着种种非"战斗化"的倾向。而当我们探讨为什么1950年代的台湾文学在政治高压下仍有着多元生存的发展时，我们不能不关注到当时台湾文学期刊、报纸副刊的生存状态。

布尔迪厄（Bourdieu）在阐释其文学场域理论时强调文学艺术的生产包括三个内在关联的环节。首先，分析文学艺术生产场与权力场两个场域之间的关系；其次，勾画行动者或位置之间的客观关系结构，行动者或机构在这个场域中为占有的位置，控制场域特有的合法逻辑，相互竞争而形成了关系；再次，还需要分析行动者的习性，即千差万别的性情系统，行动者通过将社会、经济条件内在化而获得性情系统，习性又影响行动者的社会轨迹，形成不同的力量关系。①在文学生产场域这样一个动态环境中，媒介渗透于这三个环节中；或者说，这三个环节内在影响着媒介作用的发挥。而在1950年代，文学期刊、副刊最真切、丰富地呈现出台湾文学生产场与权力场之间的关系、文学生产者与消费者之间的结构关系及其性情系统。杨照在谈及五六十年代的台湾女性文学时认为，在当时"反共文学""现代文学"的大标题下，其实有一个既不反共也不怎么现代的伏流，那就是以散文为大宗的女性作家作品。相对于"反共""现代"双双走离现实，反而是女作家作品还保留了一点现实的记录……②"主流"下有"伏流"，其创作又呈"大宗"之态，这种情况恰恰只有杂志报纸等媒体的发达才能提供。它有可能改变权力场和文学生产场之间的单一支配关系，在文学生产者和读者的多渠道对话中构成文学生产的竞争关系，并使得作者、编者、读者的性情最大程度地影响文学的生产。而正是这一情况才使历史转型时期的台湾文学避免了政治生态恶化。

① ［法］布尔迪厄：《文化资本与社会炼金术——布尔迪厄访谈录》，包亚明译，上海人民出版社1997年版，第150页。

② 杨照：《文学的神话？神话的文学？——论五○、六○年代的台湾文学》，杨照：《文学、社会与历史想象——战后文学散论》，（台湾）联合文学社1995年版，第121页。

二、民营刊物：1950年代编者、作者、读者聚合而成的源头活水

"在朋友之间，流行着一个类似笑话而实际却是非常严肃的故事，那就是：'谁要是有一个仇人而想加以报复的话，最好的方法，便是劝他去办一份杂志。'"①这个1950年代流传于台湾文坛的说法至今还在新马华人社会流传，可见半个多世纪以来华文期刊的艰难处境一直未得到改变。然而，恰恰是在非常不利于自由办刊的1950年代，台湾文学期刊却以"风起云涌"的兴盛格局为台湾文学的历史转型打开了局面。1950年，台湾"内政部"核准登记的杂志有155家。之后，台湾杂志以平均每年近60种的速度增长。②据《中华民国文艺年鉴》的估计，台湾1950年代出版的杂志"当在六百家以上。不论何种性质的杂志，差不多都辟有文艺一栏"③，其中文学杂志和以文学为主的杂志则有80余种，加上报纸文学性副刊，其数量在中国大陆、台湾、香港中恐怕是最多的，也使1950年代成为台湾文学史中创刊杂志最多的年代之一（日据时期台湾创刊的新文学杂志共43种）。这种情况的出现，首先在于当时台湾民营报刊尚有较大的运作空间。

后人以为政治高压下的战后台湾自然是官制报刊的一统天下，其实不然。当时台湾报刊，尤其是文学刊物，民营居多。这跟法国学者埃斯卡皮（Escarpit）所说"文人圈"的存在有关。所谓"文人圈"是指"由那些受过相当的智识培育及美学熏陶，既有闲暇从容阅读，手头又足够宽裕以经常购买书籍，因而有能力作出个人文学判断的人士们所形成的交流圈"④。战后迁台人员中，文人圈中人不少，他们的"个人文学判断"成为抵制官方一统性文学的最潜在也最有力的力量。而"由于台湾对出版实施登记制，民众可自由从事出版活动，所以，无论图书、报纸、杂志、有声出版或通讯社，数量上总是

① 古之红（秦家洪）：《〈新新文艺〉发刊词》，（台湾）《新新文艺》第1期（1955年1月）。

② 辛广伟：《台湾出版史》，河北教育出版社2000年版，第177页。

③ 薛茂松：《五十年代文学杂志》，（台湾）《文讯》第9期（1984年3月）。

④ ［法］侯伯·埃斯卡皮（Robert Escarpit）：《文学社会学》，叶淑燕译，（台湾）远流出版公司1990年版，第90页。

民营为多。即便在'报禁'时期，也是民营报纸、通讯社多于党公营"①。于是，在允许民营报刊存在，政府又穷于外交内政事务应对的情况下，多半文学刊物为民营所有，即使是聚合于三民主义文艺旗号下的右翼刊物，也多有私人融资。王平陵主编的《中国文艺》（1952年3月发刊）是其友人唐贤龙"以赔本的决心"②全力倾资创办的，创办后也一直以民营的方式运作。"官办刊物……只要自己满意，上司高兴，花多少都无所谓，反正是纳税人出钱。产业机构办刊物，目的在推销产品，花的钱在产品里照加，只要产品畅销，羊毛是出在羊身上的。私人办刊物可就不同了，目的无非想表达自己的理想和抱负，更望能够获得读者的支持和共鸣，这刊物能有销路，才不致老是自己掏腰包。"③这番话语是1952年台湾办刊者有感而发，它清清楚楚区分了私人办刊和其他办刊的根本不同，道出了1950年代台湾文学刊物尚有源头活水的缘由。

1950年代初台湾局势动荡，甚至有"百事俱废之感"。然而，民间所办文学刊物的影响却是广泛的。例如《半月文艺》（1950年2月创刊）的发行遍及台湾各地，"虽然不能说'凡有井水处，皆读半月文艺'，但凡有学校和军队驻扎的地方，恐怕都可以看到的"④。创刊于1950年4月的《自由谈》更是不仅"在台湾任何一个角落，会与读者相见"，而且海外销行至亚、非、欧、大洋洲、美洲30多个国家、地区。⑤《野风》的读者也远及"曼谷、缅甸、越南、东京、纽约等地"，甚至"澳洲及东非洲"也有人来信订阅。⑥发行数达万余份的《中国文艺》则在香港设立分社，"在日本东京、法国巴黎、英国伦

---

① 辛广伟：《台湾出版史·绪论》，河北教育出版社2000年版，第5页。

② 王平陵：《〈中国文艺〉过去、现在及未来》，刘心皇编选：《当代中国新文学大系·史料与索引》，（台湾）天视出版事业有限公司1986年版，第635页。

③ 文坛社：《风格与路线》，刘心皇编选：《当代中国新文学大系·史料与索引》，（台湾）天视出版事业有限公司1986年版，第640页。

④ 刘心皇编选：《当代中国新文学大系·史料与索引》，（台湾）天视出版事业有限公司1986年版，第618页。

⑤ 赵君豪：《自由谈永恒的风格——编印十五年总目录的旨趣》，刘心皇编选：《当代中国新文学大系·史料与索引》，（台湾）天视出版事业有限公司1986年版，第622页。

⑥ 刘心皇编选：《当代中国新文学大系·史料与索引》，（台湾）天视出版事业有限公司1986年版，第628页。

敦、美国纽约、旧金山、芝加哥各大都市均设有代售处，以应远地侨胞及中国学生的需要"①。甚至1955年创办于台湾云林县虎尾镇这一乡野之地的《新新文艺》销行量也达4000份。这一切发生于1950年代初惊恐未定的台湾，的确值得我们对那时的民间办刊予以细察。

相对于民营刊物的销行，官办刊物的处境则显得困窘。《文艺月报》是由时任国民党中央宣传部门负责人的张其昀于1953年创办，其办刊经费由蒋介石全额拨款，办刊目的也以"先总统在文艺上提倡战斗文艺"为"旨趣"，"以建立文艺理论体系"。②然而，《文艺月报》只"勉强办了近两年，终于因销路打不开而停刊了"③。《文艺月刊》停刊的缘由，丘彦明有着不乏生动的回忆："《文艺月报》出版两期之后，销路不好，张其昀召集了主编虞君质和有关人员举行会议商讨，大家都认为《文艺月报》的问题就出在内容太硬，应该增加软性、趣味性的文章，每个与会人员都纷纷热烈的发表意见，当时有位先生曾经这样说：'其实最好编《畅流》杂志那样，读者一定多。'张其昀先生严肃的回答：'那么就出《畅流》好了，不必再办杂志了。'一时大家为之语塞。"④这一场景历史信息丰富地呈现了"内容太硬"的官方文学刊物与"读者一定多"的"软性"民营文学刊物间的对峙。《畅流》（创刊于1950年2月）的办刊者秦启文、吴恺玄等皆为铁路员工，刊名取"货畅其流"之意，因而办刊上非常注重与一般民众联络感情，沟通交流，在趣味性上也有灵活的变通；而《文艺月报》由于其官方政治的背景，在内容的"硬""软"之分上很难有回旋的空间了。

1950年代，台湾当局"在营业税上征杂志不征报纸，在设立记者、白报纸

———————————————

① 王平陵：《〈中国文艺〉过去、现在及未来》，刘心皇编选：《当代中国新文学大系·史料与索引》，（台湾）天视出版事业有限公司1986年版，第636页。

② 丘彦明：《文艺月报》，刘心皇编选：《当代中国新文学大系·史料与索引》，（台湾）天视出版事业有限公司1986年版，第463页。

③ 丘彦明：《文艺月报》，刘心皇编选：《当代中国新文学大系·史料与索引》，（台湾）天视出版事业有限公司1986年版，第463页。

④ 丘彦明：《文艺月报》，刘心皇编选：《当代中国新文学大系·史料与索引》，（台湾）天视出版事业有限公司1986年版，第463页。

的配给、外汇的头寸、四联总处的贷款等方面皆只优惠报纸，不理杂志"[1]，然而民营文学刊物仍然生存、发展，乃至兴盛，这首先来自办刊者的热情。当时民营刊物有多种方式，或为私人出资，或为报社发行，或为出版社经营，或为民间团体创办，或为企业所有，或由学校支持，但都不乏纯粹出于个人性情办文学刊物者。潘垒离家到台湾时，家里让他带了"可以把整个西门町买下来"的金条。然而，自幼酷爱写作的潘垒却为自己创办的《宝岛文艺》（1949年9月发刊）和接办的《作品》散尽重金。[2]程大成1950年2月创办《半月文艺》，"简直跟疯子一样"，典当首饰，变卖住房。而办刊物，往往是为了多几个"未谋面却在刊物上见到文章的朋友"。[3]金人等五人合资办《野风》（1950年11月创刊），只是因为有人办了份综合性刊物《拾穗》，于是产生了为什么不办一本"纯文艺"杂志来"别别苗头"的想法，[4]结果一出就是40余期，每期发行量达7000份。而《拾穗》是高雄炼油厂一群挚爱文艺的年轻工程师创办的。这份诞生于高雄偏僻乡间的杂志一办四十年，其"穗"之重，至今为人称颂。影响最持久的民营文学刊物当是《创世纪》诗刊，1954年创刊至今六十余年，近200期见证了台湾战后现代诗的成就。创刊的"三驾马车"张默、洛夫、痖弦不离不弃（后十年主要由张默支撑），五六十年代就每期每人从菲薄薪水中拿出200多元支撑《创世纪》的出版。文学历来有其抵抗性，这些出于性情而办的刊物，"不为营利，不为宣传，专注于文学的发展与文学人才的培养"，为战后台湾文学在政治高压下求得生存空间提供了最切实有力的抵抗性。

正是出于性情而办刊，办刊者也就将刊物视为心上之物相待。叶尼1956年主编《文艺复兴》，为了配裴多菲诗作，毁掉了自己得之不易的整套裴多菲画像邮票去放大制版。田湜1953年接办《野风》后，"编辑部经理部一位专任

---

① 辛广伟：《台湾出版史》，河北教育出版社2000年版，第180页。

② 刘心皇编选：《当代中国新文学大系·史料与索引》，（台湾）天视出版事业有限公司1986年版，第613—614页。

③ 刘心皇编选：《当代中国新文学大系·史料与索引》，（台湾）天视出版事业有限公司1986年版，第613—614页。

④ 刘心皇编选：《当代中国新文学大系·史料与索引》，（台湾）天视出版事业有限公司1986年版，第625页。

者也不许领出薪水，而把他们的薪水全部拨充股金，各编委也尽了最大能力，经常为稿费较高之杂志撰稿，所领稿费，全交了野风的股金"①。也正是出于性情办文学刊物，追求刊物的个性，成为1950年代台湾文学期刊重要的生存策略。《文坛》（1952年6月创刊）以"一本刊物有一本刊物的风格"②的追求创下一期销量逾万的纪录。时过境迁，当后人寻觅到这些1950年代办刊的热情足迹时，仍会为那个动荡年代办刊者的热情衷心感动。

此时期办刊者的热心激情还多渠道地向文学书籍的出版领域延伸。一是以刊物名义出版文学丛书。"野风丛书""半月文艺丛书""中国文艺丛书"等都以杂志和丛书的互相影响在当时产生了广泛作用，而后来的《文艺丛刊》更是引发、带动了整个台湾的丛书出版热潮。二是以诗社名义出版诗集。1950年代最有影响的三大诗社蓝星诗社、现代诗社和创世纪诗社在创办诗社刊物《蓝星》《现代派》《创世纪》后，出版了相当多的同人诗集，使五六十年代的台湾诗坛成了一次"小小的盛唐"。三是作家开办出版社。穆中南办文坛社、平鑫涛办皇冠出版社、陈纪滢办重光文艺社，到后来林海音办纯文学出版社，都是由办刊物延伸而来。而王蓝办红蓝出版社，刘心皇办人间出版社，都从出版自己作品起步，推及出版更多他人的作品集。可以说，在1950年代的台湾，作家的性情参与改变了文学出版的格局。

《野风》每期都刊有这样的广告语："把野风的缺点告诉我们，把野风的优点告诉别人。"这一具有强烈的现代传播意识的口号至今仍在商业性广告中被使用，而它出现在一本1950年代初的纯文学刊物中，说明当时台湾民营办刊的生存意识的自觉。民间办刊者深知刊物生存系于"读、作、编者打成一片"。③《野风》编者都是义务兼职，但对作者稿酬却是"十五元、二十元、

---

① 《野风概况——创造新文艺，发掘新作家》，刘心皇编选：《当代中国新文学大系·史料与索引》，（台湾）天视出版事业有限公司1986年版，第627页。

② 文坛社：《风格和路线》，刘心皇编选：《当代中国新文学大系：史料与索引》，（台湾）天视出版事业有限公司，第640—641页。

③ 《野风概况——创造新文艺，发掘新作家》，《中华民国杂志年鉴》1954年版，刘心皇编选：《当代中国新文学大系·史料与索引》，（台湾）天视出版事业有限公司1986年版，第627页。

二十五元千字的逐渐提高"①，后来还成立了作者服务部，专门联络作者，听取他们的意见以改进办刊。《文艺列车》为了实践自己"文列归读者作者有"②的信条，从第3期起成立了青年佳作选编辑室，大力拓展青年作者的稿源；从第6期起又成立本刊读者服务部，将读者服务延伸至订阅刊物以外的其他文化领域。版面上则"表现着杂志报纸化的崭新姿态"③。《皇冠》1954年3月创刊时，采用综合性商业路线，其内容、形式的创新更注重调动读者参与的积极性。当时电影兴起，而《皇冠》所刊小说又多有被台、港两地电影公司改编为电影上演的，于是《皇冠》特辟《纸上电影》专栏。所谓"纸上电影"，类似于后来的"摄影小说"，将所刊小说之故事改编成电影脚本，选拔读者担任演员，再经过导演手法和摄影技巧，将电影脚本拍摄、编排成图文对照之"纸上电影"。报名参加角色选拔的读者如潮。《皇冠》后来几十年畅销不衰，就在于它和读者良好的互动关系。在这样一种办刊氛围中，民营办刊者和读者关系有时融洽到令人唏嘘感动。

"一本书的价值与其群众规模并无直接关系，然而群众是否存在则与书籍的存活紧密相连。"④在政治戒严、社会苦闷的1950年代，作者和读者有更多的共同诉求。这些诉求在办刊者的活动中被充分接纳、体现，从而不断激活了文学的存在，也使得1950年代所办文学性杂志不乏长寿者。《中国语文月刊》《皇冠杂志》《幼狮文艺》《创世纪》出刊时间都在五十年以上，《蓝星》（含《蓝星周刊》《蓝星诗刊》等）、《拾穗》、《畅流》等出刊四十年以上，《文坛》《自由谈》等出刊三十年以上。这些刊物大多为民营刊物，它们开启了战后台湾文学的新局面，更创造了中文刊物出版史上的奇迹。

①　邱彦明：《同性野风》，（台湾）《联合报》1979年10月25日。

②　陈柏卿：《〈文艺列车〉的概况与内容》，刘心皇编选：《当代中国新文学大系·史料与索引》，（台湾）天视出版事业有限公司1986年版，第646页。

③　陈柏卿：《〈文艺列车〉的概况与内容》，刘心皇编选：《当代中国新文学大系·史料与索引》，（台湾）天视出版事业有限公司1986年版，第646页。

④　［法］侯伯·埃斯卡皮（Robert Escapit）：《文学社会学》，叶淑燕译，（台湾）远流出版公司1990年版，第89页。

三、副刊：政治性的稀释和市场性的距离

1950年代初期，虽"已有好几家文学期刊，作家办杂志，长于编辑，拙于发行，内容很好，可是如何送到读者手中？"。于是，报纸副刊便为人所看重，"报纸的销数超过文学期刊几十倍"（1950年代末，台湾报纸发行量已达60万份，具规模的报纸发行量多超过3万份），从"反共文学"的"不胫而走"，到"以后现代文学除旧布新，乡土文学乘风造势"，"报纸副刊对于台湾文学的发展，影响难以估计"。[1]

1950年代是个"报禁"的年代，当局对报纸的控制远甚于杂志。但似乎跟五四以来中国报纸副刊的传统有关，此时台湾报纸副刊的政治倾向比文学期刊更淡化。"后来的人有一个印象，反共文学垄断了所有的发表园地。其实以张道公之尊，挟党中央之命，各方面的配合仍然有限。《中央日报》号称国民党的机关报，他的副刊'正正经经的文章，简简单单的线条，干干净净的版面'，数十年后，小说家孟丝还形容它'清新可人'。它冷静矜持，从未参与'集体暗示'（笔者按：指反共的'集体暗示'）；萧铁先编《扫荡报》副刊，完全置身事外；1955年《征信新闻报》（《中国时报》的前身）增加文学副刊，聘徐蔚忱主编，余社长指示'不涉及政治'，等因奉此，徐老编避免反共文学"[2]；而1953年《联合报》发刊，其《联合报副刊》在刊发张道藩等论文时，也是"取精而不用宏，姿态甚高"[3]。《中央日报》《扫荡报》《中国日报》《联合报》皆为台湾影响广泛的大报，且多为官方主办或不乏官方背景的，其副刊办刊立场尚且如此，其他副刊就更有可能避政治而远之了。

王鼎钧在述及1950年代台湾文学时还有这样的回忆："若论文学期刊，那时政治部创办的《军中文艺》，中国青年写作协会创办的《幼狮文艺》，张道藩不能影响。平鑫涛主编的《皇冠》，初期偏重综合性商业性，潘垒主编

---

① 王鼎钧：《反共文学观潮记》，（台湾）《文讯》第259期（2007年5月）。
② 王鼎钧：《反共文学观潮记》，（台湾）《文讯》第259期（2007年5月）。
③ 王鼎钧：《反共文学观潮记》，（台湾）《文讯》第259期（2007年5月）。

的《宝岛文艺》，程大成主编的《半月文艺》，都有自己的理念。"①这就是说，不仅民间期刊各有理念，而且官方期刊也各有系统。《幼狮文艺》之名由蒋经国确定，"战斗文艺"的口号也是由青年写作协会负责人之一的高明提出的，然而张道藩却无法影响它，这说明象征"党部挂帅"的"中华文艺奖金委员会"和"中国文艺协会"均难以对本系统外的官方期刊发挥直接影响。正是这种缺乏统一一把关人的状况，给报禁时代副刊提供了非战斗性的生存空间。

即使是倡导"反共文学"的副刊，也并非"战斗性"的一统天下。"当时反共文学积极捧扬的副刊有三家：《民族》，《新生》，《中华》"，但这三家副刊仍可以"大部分时间保持常态，文章可能与反共有关，也可能与反共无关"。②之所以出现这种情况，是因为孙陵主编《民族》（1949年11月），冯放民（凤兮）主编《新生》（1949年12月），徐蔚忱主编《中华》，他们倡导"反共文学"，并非缘自官方高压逼迫，而是出于自身经历导致的诉说渴望，③他们对创作"战斗性"的强调要早于官方宣传好几年，之后又各行其是。这就使得《民族》《新生》《中华》等持有"反共"立场的副刊，仍有可能运行于官方"反共"文艺政策的轨道之外。而当副刊主编易人，就会出现整个"副刊的编辑方针与反共文学运动脱钩"④的情况。

"国民党对于拒绝响应反共文学的作家并没有包围劝说，没有打压排斥，他只是不予奖励，任凭生灭。"⑤结果"身边琐事"的女性叙事等成了热门传播。当时的《中央副刊》《新生副刊》《联合报副刊》《中华副刊》被称为四大副刊，其中三家为党营官办报纸的副刊，却成为女作家投稿最多、发表作品最多的副刊，甚至在"中副"主编如茵、"联副"主编林海音等周围形成了极为活跃的女性作家群体，加上民营报纸及其组织（如1952年1月成立的台北市民营报业联谊会）对当局的新闻钳制政策一向有高度警觉和抵制（1954年《公

---

① 王鼎钧：《反共文学观潮记》，（台湾）《文讯》第259期（2007年5月）。

② 王鼎钧：《反共文学观潮记》，（台湾）《文讯》第259期（2007年5月）。

③ 王鼎钧：《反共文学观潮记》，（台湾）《文讯》第259期（2007年5月）。

④ 王鼎钧：《反共文学观潮记》，（台湾）《文讯》第259期（2007年5月）。

⑤ 王鼎钧：《反共文学观潮记》，（台湾）《文讯》第259期（2007年5月）。

论报》《自立晚报》《联合报》等民营报纸成功抵制"内政部"的"九条禁例"便是一例），所以报纸副刊在刊发稿件上还是拥有较大的自由空间。

总之，尽管台湾国民党政权此时期在政治意识形态上享有主权合法性，却没有使其控制文学场域的合法逻辑发挥其一统性的力量。相反，裂隙到处存在，官方政治的一元主导性被稀释。

就台湾报纸副刊的流变而言，1950年代的副刊是综合性副刊和文学副刊并存的状况，战后台湾社会的剧烈变动增强了民众的信息需求，以文艺为主的"综合性的活页杂志"[①]成为此时副刊的主导取向。同时，长于编辑文学刊物的作家有意识地向报纸副刊转移，他们接编副刊后会促成副刊从综艺性走向纯文艺性，开始形成以《联合报副刊》（1953年至1963年林海音主编《联合报副刊》）为代表的文学副刊模式。[②]"这个副刊模式，即是在强调'文艺性'的纲领下，以文艺作品的发表及园地提供为主要功能，兼及知识趣味"。[③]

无论是综合性副刊，还是文学副刊，它们都是借助于"报纸的销数"来扩大影响；反过来也就是说，订报率的升降并不依赖副刊内容和方向，这说明此时的副刊尚未直接受到报业市场的压力，从而有着较大的自主空间。如果比较一下1950年代台湾副刊和其他年代副刊的情况，也许可以说，此时期的副刊在自主空间和读者影响之间有着恰如其分的平衡，即副刊既可以对读者产生强大的影响力，又没有过多地受到报纸发行等市场因素不可抗衡的压力。

副刊从属于报纸，报纸的时事性／政治性和消费性／市场性都有其内在杀伤力。1950年代的台湾副刊对这两者皆能保持距离而驾驭之，使副刊在文学的传播中发挥了至关重要的作用。

---

① 孙如陵：《副刊讲座》，（台湾）《中国文选》第91期（1974年8月），第50页。

② 林海音：《流水十年间——主编联副杂忆》，联副三十年文学大系编委会：《风云三十年》，（台湾）联经出版社1982年版，第90页。

③ 向阳：《副刊学的理论建构基础：以台湾报纸副刊之发展过程及其时代背景为场域》，（台湾）《联合文学》第96期（1992年12月）。

四、创刊宣言：政治高压缝隙中的文学论述

各种文学期刊、副刊的创刊宣言，是关于一个时期文学生态最重要的论述。这类论述往往呈现与当时的社会结构、意识形态结构既统合又分离的情况，反映出办刊者在时代因素制约下所能达到的高度。而1950年代台湾文学刊物的各种发刊词，更反映台湾政治高压下文学所能开凿的生存缝隙、所能实现的传播能力。

柯庆明在述及《文学杂志》创刊号（1956年9月）发刊词《致读者》曾说到，"文学有它千古不变的价值在"，但"我们觉得更重要的是：让我们说老实话"。柯庆明认为，这些话语"有相当深沉的批判，针对的正是其时的'文学'与'宣传'不分"；但这种批判又有着"纯是属于艺术性或美学性的"理念和"说老实话"的"时代精神"之间的矛盾冲突。[①]《文学杂志》由学院派作家主持，明华书局民间发行。它感受到的这种矛盾冲突几乎存在于各种类型的文学刊物中，宰制着各种文学思潮。

"《文坛》在五十年代全力支持反攻文学，提倡战斗文艺，却能兼顾艺术性与可读性"[②]，这种情况缘自聚合于官方意识形态旗号之下，或与官方主流文坛关系良好的作家社团也对"抗战八股""反共八股"有着清醒的警觉。《幼狮文艺》的发刊词《我们的态度》，正是在对"抗战八股""反共八股"的反省中强调"唯其能变能新，作品才能'美'"，"一切为人生的，发扬人性的，与时代共呼吸的创作""才是'真善美'的创作"。[③]前述1950年《新生报》副刊改组，本来是要加强该刊的战斗性，但改刊后也仍要向读者表明："我们要战斗，也需要休息；我们要严肃，也需要轻松；我们要反共，也不必把所有虽非反共但无害于反共的东西，一概斩尽杀绝……"[④]遍阅那些自觉持有反共文学主张的刊物，如《文艺创作》《军中文艺》等，几乎没有不关注文

[①] 柯庆明：《学院的坚持与局限——试论与台大文学院相关的三个文学杂志之一〈文学杂志〉》，柯庆明：《台湾现代文学的视野》，（台湾）麦田出版社2006年版，第35~72页。

[②] 应凤凰：《五十年代文艺杂志概况》，（台湾）《文讯》第213期（2003年7月）。

[③] 幼狮文艺社：《我们的态度》，（台湾）《幼狮文艺》第1卷第1期（1954年3月）。

[④] 凤兮：《战斗过来的日子》，（台湾）《文讯》第9期（1984年3月）。

学自身特点的，虽然其动机不尽相同，但也并非全然受政治宰制。《文艺创作》连载潘人木的《涟漪表妹》《马兰的故事》，《文坛》发表杨念慈的《废园旧事》，王蓝的《蓝与墨》在《妇女杂志》刊发，这些被看作反共文学的作品在半个世纪后仍受到关注，也能说明只要文学成色犹在，反共创作也难以被政治意识形态完全放逐。

　　1950年代是"战斗文艺"的年代，却也是挚爱文学的年代。对"战斗"的含义作家各有不同的理解，文学表现"战斗"更可以多义和暧昧，但文学形式和语言魅力却是作家共同痴迷的。葛贤宁、李莎、覃子豪主编的《新诗周刊》（1951年11月创刊）是大陆迁台作家创办的第一个诗刊，其《发刊词》确认自己"是自由中国写诗的一群"，因此"堂堂正正，像一个中国人地，站在反共抗俄的大旗下"。然而，这只是一种泛泛的表达／表态，"宣言"谈得更多的是："我们的诗形是多样的，我们的诗风是各异的。诗贵独创，而个性的表现比一切重要。我们主张一切文学一切艺术是为人生的。但是我们相信只有在为文学而文学、为艺术而艺术的努力之下，才能够无遗憾地完成我们的作品，使其成为真正的为人生的文学，为人生的艺术。所以我们重视技巧，决不粗制滥造。我们的诗不是标语口号，也不是山歌民谣，更不是贩卖西洋的旧货来充新的伪新诗，或用白话写成的本质上的旧诗词。我们意识地追求新。但是标新立异，决不是新诗的新。同时，对于中国诗的传统，我们也加以态度审慎的扬弃和继承。而我们所必需探讨的，乃是新诗之所以为新诗的道理。"[①]"为文学而文学，为艺术而艺术"和"为人生而文学，为人生而艺术"在"诗贵独创"上得到了统一。纵横方向上的清醒认识让人感觉到，五四后新诗的不同传统飘零到了台湾得到了某种综合。比起政治表态，《新诗周刊》的艺术主张要具体切实得很。

　　正是出于对文学的挚爱，"人的文学"和"自由的文学"成为1950年代文学刊物发刊词论述最多的内容，也成为此时期最强劲的文学思潮。胡适在"中国文艺协会"会员大会上强调注重人性和人格尊严的"人的文学"和"不能由

---

①　《新诗周刊发刊辞》，（台湾）《自立晚报副刊》1954年11月5日。

政府来辅导，更不能够由政府来指导"的"自由文学"①的主张，既有着他和梁实秋、胡秋原等一大批大陆知识分子坚持的五四自由主义文化传统的延续，也有着日据时期从《台湾文艺》到《先发部队》揭橥"以自由主义为精神，以图谋台湾文艺健全发达为目的"②的本土文学传统资源的开掘，因而影响广泛。1953年，雷震提拔才华横溢、思想开明的聂华苓主编《自由中国》文艺创作版面。这一栏目以主题的多元化和对人性、民主的探讨，使《自由中国·发刊词》所言"思想自由的原则"③得到了文学的体现。

1950年代后台湾文学刊物创刊宣言还引发了中国文学史上规模最大、成果最丰硕的一次现代主义文学思潮，开启了"第二次中国文学的现代化"④，从而使得台湾文学第一次具有影响中华民族文学整体性价值的地位。

1950年代台湾现代主义思潮先从诗刊发难，后涌动于小说领域，涉及散文、戏剧。1952年8月，1930年代就和戴望舒等过从密切的纪弦创办1950年代台湾第一本现代诗刊物《诗志》，其所言"诗杂志"和"诗言志"的双重含义表明了通过诗刊来传播现代主义艺术的志向。《诗志》只出版一期便于1953年2月易帜为《现代诗》（季刊），其创刊宣言表示"只要是诗，是好诗，是现代诗，无论其为政治的或非政治的，都是我们需要的"，而"唯有向世界诗坛看齐，学习新的表现手法，急起直追，迎头赶上，才能使我们的所谓新诗到达现代化"，⑤这已经是自觉地用新诗的现代化来突围出政治陷阱了。1954年10月，《创世纪》以"确立新诗的民族路线，掀起新诗的时代思潮"⑥的宗旨问世，其成员多为青年军人，话语很难规避战斗的、民族主义的修辞策略。但《创世纪》更坚持"不能苟同那些没有诗素、没有思想、没有通过艺术形象，

① 司徒卫：《五十年代自由中国的文学》，（台湾）《文讯》第9期（1984年3月）。

② 向阳：《文学杂志与台湾新文学发展》，（台湾）《文讯》第213期（2003年7月）。

③ 《发刊词》，（台湾）《自由中国》创刊号（1949年11月20日）。

④ 白先勇：《二十世纪中叶台湾的"现代主义"文学运动》，（香港）《香港文学》第208期（2002年4月）。

⑤ 刘心皇编选：《当代中国新文学大系·史料与索引》，（台湾）天视出版事业有限公司1986年版，第642页。

⑥ 本社：《创世纪的路向（代发刊词）》，（台湾）《创世纪》第1期。

而只喊口号，空发议论的概念的分行排列称为诗"①，也很快介绍起波特莱尔以降的现代诗，逐步走上以"世纪性""超现实性""独创性""纯粹性"相标举②的现代诗道路。1956年，在《现代诗》于2月首次印出"现代派诗人群共同杂志"，并在刊布纪弦起草的现代诗派"六大信条"后，9月创刊的《文学杂志》在译介、论述上也"以西方'现代主义'的输入与提倡为主"，"提供了由浪漫的'新诗'美典到反浪漫的'现代'美典转化的理论基础"，同时，也为现代诗的发表"提供了一个跨诗社的发表空间"。③《文学杂志》的这一追求延续至1960年3月问世的《现代文学》，其《发刊语》更明确地宣告，要"有系统地翻译介绍西方近代艺术学派潮流、批评和思想，'依据他山之石'"，进行"试验、摸索和创造新的艺术形式和风格"，以表现"作为现代人的艺术感情"。现代主义思潮由此汹涌于台湾小说领域。

《现代诗》季刊的"面貌已能将'战斗文艺'的色彩压至最低限度了"④，而现代主义独立的思想姿态也使得1950年代的台湾文学得以避免新文学传统的全面断裂。1950年代台湾政治高压下的缝隙中仍能发生多种文学思潮，是密切联系着台湾文学刊物的多元存在的。

五、本土性：1950年代台湾文学传播的潜性显露

钟理和战后返台的遭遇是1950年代台湾文学本土性传播受阻的例证。1950年代是钟理和创作最丰盛的时期，但他的短篇"故乡"系列《竹头庄》《山火》《阿煌叔》《亲家与山歌》投寄数家刊物皆被退稿，长篇代表作《笠山农场》在他生前也无出版机会。而从人员的历史构成而言，台湾曾是个移民社会，其文化具有很强的"落地生根"性，从闽粤移民到中原移民，都会在"有

---

① 本社：《诗人的宣言》，（台湾）《创世纪》第4期。

② 沈志方：《序·四十年的狂与狷》，《创世纪四十年诗选》，（台湾）创世纪诗社1994年版，第1页。

③ 柯庆明：《台湾现代文学的视野》，（台湾）麦田出版社2006年版，第53—57页。

④ 林亨泰：《〈现代诗〉季刊与现代主义》，黄万华：《中国现当代文学》第①卷，山东文艺出版社2006年版，第435页。

来无回"的境遇中久居台湾而融合于台湾乡土。所以，台湾文化的本土性往往表现于其"落地生根"性，这种本土性是始终不会缺乏的。

1950年代台湾的政治环境确实会将本土性放逐至边缘，但本土性仍通过双管渠道得到了传播，一是台湾省籍作家队伍的聚合，二是大陆迁台作家对台湾的认同。

战后台湾省籍作家创作处于边缘状态的一个重要原因是语言障碍。除张深切、林海音、钟理和等从大陆返乡的台湾省籍作家外，其余的都面临从日文写作到中文写作的转换。"他们有一腔对祖国的热爱，一心一意希望能早日克服语言上的困难"，学习汉语"确实也到了如痴如狂的地步"，但"毕竟无法一蹴可就"。"起初，运思仍然得靠日语日文，写下了日文，再凭自己有限的中文语汇来翻译"，"然后，中文语汇渐丰，造句也渐熟，可是思考仍须仰赖日文"，"最后才是拂去了脑子里的日文，直接以中文来构思，至此写作始进入了顺境"。[1]这种努力，使"省籍作家之出现，较一般预料提前甚多"[2]，1952年后，就开始出现数位优秀的台湾省籍作家。但台湾省籍作家的分散状态和台湾省籍中文读者队伍形成的滞后（一般台湾读者中文程度的提高远逊于台湾省籍作家的努力），也使得台湾省籍作家主办主编的文学刊物迟迟未现身。此时期台湾省籍作家的成名主要借助于文学奖会等机构的扶持。除前述钟理和《笠山农场》获"文奖会"长篇小说奖外，1952年廖清秀的长篇小说《恩仇血泪记》获"文奖会"长篇小说奖第三奖（他此时还创作有长篇小说《第一代》，1960年代初又写有长篇《不屈服者》，从先祖渡海垦荒，写到日据时期抗侮反暴）。同年，李荣春的70万言长篇《祖国与同胞》获"文奖会"最高额奖助。台湾省籍作家创作开始引人关注，省籍作家也开始学会和适应报纸副刊需求来创作，《联合报》副刊、《公论报·日月潭》副刊、《国语日报》副刊、《自由谈》等都较多刊发台湾本土作家作品，其中《联合报》副刊

---

① 钟肇政：《艰困孤寂的足迹——简述四十年代本省乡土文学》，（台湾）《文讯》第9期（1984年3月）。

② 钟肇政：《艰困孤寂的足迹——简述四十年代本省乡土文学》，（台湾）《文讯》第9期（1984年3月）。

连载钟肇政的长篇小说《鲁冰花》尤为引人注目。1957年，钟肇政开始编印专门提供台湾省籍作家"互通声气，互为砥砺"的《文友通讯》，参加者的陈火泉、钟理和、李荣春、施翠峰、廖清秀等，在台湾乡土题材上各有耕耘。郑焕虽未参与《文友通讯》，但也发表了书写客家人的台湾土地情结的小说《毒蛇坑的继承者》《长岗岭的怪石》等，"被称为战后第一代最具代表性农民文学作家"①。加上日据时期作家杨逵、吴浊流、张深切、叶石涛、张彦勋等的复出，光复后第一代台湾本土作家由此形成，并在1960年代结出硕果。

大陆迁台作家对台湾的认同此时也不可忽视。确实，由于"反共复国"政治环境的影响，大陆作家在迁台之初有浓重的"过客"心理，他们的乡土叙事也往往因回望中原而生。但大陆迁台作家的创作一开始就非纯然的"流亡文学"。王鼎钧在忆及1950年代初一些大陆迁台作家主动提倡"战斗文艺"的缘由时，叙述了小说家杨念慈、田原等的想法。他们觉得，"如果不写小说，太对不起台湾人"，如果"不向台湾人一一道破，将来台湾人会怎样批评我们？"②这些话语表明，大陆迁台作家一开始就将自己的命运与台湾本土生民联系在一起，台湾对他们而言，并非单纯的避难栖居地，而是自己要"对得起"的土地——不管日后自己是叶落归根中原还是落地生根台湾。所以，此时大陆作家的"中原故事"并非纯然出于流亡者的诉说渴望，也包含着对台湾本土生民和土地的命运关切。大陆迁台作家对台湾的认同自然是经历了较漫长的过程，但即便是在1950年代，这种认同也已经发生。1955年前，"文奖会确实有培植省籍作家的意愿"③，台湾本土作家又疏离于反共意识，所以受到大陆迁台作家的看重。"积极配合政府文艺政策"④的《文坛》一期刊登完叶石涛、钟肇政等台湾省籍作家的中篇小说就是例证。1955年后，政治意义上的反

① 钟肇政：《艰困孤寂的足迹——简述四十年代本省乡土文学》，（台湾）《文讯》第9期（1984年3月）。

② 王鼎钧：《反共文学观潮记》，（台湾）《文讯》第259期（2007年5月）。

③ 钟肇政：《艰困孤寂的足迹——简述四十年代本省乡土文学》，（台湾）《文讯》第9期（1984年3月）。

④ 应凤凰：《五十年代文艺杂志概况》，（台湾）《文讯》第213期（2003年7月）。

共文学事实上终结，①大陆迁台作家的创作开始较多地关注台湾社会现实的变迁，题材上虽然还多是大陆迁台民众的生活，但叙事的台湾本土色彩已大为增强。被誉为描写1950年代台湾小人物命运卓有成就的刘非烈的小说，就是一个例证。夏济安1957年就强调当前的白话文要"博采各地之长"，"国语"之外可掺杂许多方言，②则是从语言这一重要层面强调对台湾的认同。大陆迁台作家的这种变化，说明台湾文学本土性传播受阻的局面正在被打破。其实，就1950年代的台湾文学媒介而言，其本土倾向也开始显露。1956年6月，台湾文化发祥地的鲲南创办了《鲲南诗苑》，聚纳台南七县市之诗作。《台湾省地方戏剧月刊》（1953年6月创刊）、《台湾风物》（1951年11月创刊）倡导海洋文学，都有着从"中原心态"向本土倾向的变化。在这种变化中，台湾文学本土性的内核开始显露，潜在地改变着战后台湾文坛的主流。

六、结语

近年，在中国大陆学术界，1940至1960年代文学成为关注的热点，"当代文学研究对'发生'的追问，现代文学研究对'后续'的关心"③，在此"聚首"。巧合的是，战后40至60年代的台湾文学在台湾也再次引起关注，因为这也关系到台湾文学的"生成"和转折。本节正是在这样的学术背景下，探讨了1950年代台湾文学杂志、副刊的生存状态。结论是，1950年代台湾的文学杂志、副刊基本掌控在文学者手中，虽无法避免政治性和文学性的复杂纠结，但也突围出了官方政治的强大牵制：此时期文学杂志的民营状况，副刊非一统的存在状态，都悄然改变了权力场和文学生产场之间的单一支配关系，使控制文学场域的合法逻辑出现了裂隙，并使得作者、编者、读者的性情最大程度地影响文学生产。此种历史境遇中的文学传播，使台湾政治高压下的1950年代仍能涌动起多种文学思潮，也使台湾文学的乡土性、本土性得以延续、流布。1950

---

① 王鼎钧：《反共文学观潮记》，（台湾）《文讯》第259期（2007年5月）。

② 柯庆明：《台湾现代文学的视野》，（台湾）麦田出版社2006年版，第54页。

③ 杨联芬：《2004年现代文学研究综述》，《中国现代文学研究丛刊》2006年第1期。

年代的台湾文学不应在意识形态层面上被看作文学断裂，也不应在乡土性、本土性倾向中再度被漂流。相反，它作为战后台湾文学中兴的前奏，所包含的丰富历史应得到深深的关注、细细的研究。

第三节　青年文学刊物：战后香港文学转型的重要基石

"对于文学史家来说，曾经风光八面、而今尘封于图书馆的泛黄的报纸杂志，是我们最容易接触到的、有可能改变以往的文化史或文学史叙述的新资料。"[①]而对于香港文学发生、发展所起的重要作用而言，"第一是报章副刊，第二是文艺杂志，第三才是成书的作品"[②]。战后香港文学转型是一种文学的传承和发展，这一时期的青年文学刊物（副刊和杂志），显然是我们建立战后香港文学史叙述的重要资源。

"青年文学刊物"是指以青年读者为主要对象，或以培养青年作者为宗旨，以青年作者为重要创作力量的文学刊物（报纸的文学副刊、文学杂志、文学为主的综合性刊物等）。它可以是青年文学作者的同人刊物，也可以是一般出版机构、出版人士主持的刊物。战后香港文学的转型，无论是抗衡政治化、商品化的文学坚守，还是香港文学主体性的建构，都从根本上涉及青年作者、读者队伍的培养和拓展。青年作者、读者队伍的取向、素养等，会对香港文学转型的走向产生重要作用，而这正是通过青年文学刊物实现的。

第二次世界大战后冷战格局形成，香港成为东西方意识形态交互影响的地区。美国在香港成立亚洲基金会，资助各类出版社和文学报刊；同时，中国共产党左翼知识分子也建立了自己的文化宣传网络以应对右翼文化活跃发展的局面。虽然左、右倾政治对立明显，但鉴于香港的被殖民统治身份，无论是共产党还是国民党都无法从体制和文化上根本操纵香港的文学发展方向，所以并没

---

① 陈平原：《文学史家的报刊研究——以北大诸君的学术思路为中心》，《中华读书报》2002年第2期。

② 郑树森、黄继持、卢玮銮编：《香港新文学年表（一九五〇——一九六九年）·三人谈》，（香港）天地图书有限公司2000年版，第9页。

有形成左、右绝对对峙或是一方占据绝对主导地位的局面，反而由于它们之间的对峙形成了其他各种文学得以发展的空间，通俗文学、严肃文学、现代主义文学、现实主义文学能够共同存在而没有被某一种文学排挤。这是战后香港青年文学刊物得以生存、发展的背景。

在这一背景下，香港青年文学刊物既有右翼政治背景的人士所办，如受美国亚洲基金会资助出版的《中国学生周报》《人人文学》《大学生活》《海澜》《六十年代》等杂志；也有从内地来港，宣传内地新政权思想的左翼文人创办的，如《文艺世纪》《青年乐园》等；更有众多没有政治背景的刊物，如《五四文刊》《诗朵》《文艺新地》《新思潮》等。报纸副刊也大致如此。而无论是哪一类刊物，都反映出"香港的文学工作者似乎都有一份可爱的固执，在缺乏有利条件的环境中，此伏仍有彼起，前仆仍有后继，总不肯将失败当作事实来接受"[1]的文学情怀。

一、青年的文学热情：超越左、右翼政治意识形态

战后香港出版青年文学刊物的书店、出版社等存在左、右两个系统，但其倾向就实际的阅读和创作经验来说却没有明显的对抗。由于冷战意识形态的影响，一些刊物又受到不同政治力量的经济援助，政治入侵文学的情况是存在的，但随着刊物面向读者的需要，其政治色彩也逐渐消淡。例如《人人文学》（1952—1954，月刊，人人出版社发行）前期曾发表一些政治意识形态鲜明的作品，比如黄思骋的小说《殉道》（第1期）描写共产党员林青因为不满共产党的各种"无耻"行为而叛党，最后被共产党严刑拷打致死。小说借林青之死提出一个问题："谁将重估这段丑恶的历史呢？"[2]他的《古城夜谭》（第2期）则写了候补党员为了转正不择手段，最后反被逼死。小说也写了开会批斗《武训传》等事情。朱莱的《蚂蚁的戏剧》（第2期），以一只工蚁领头造反，赶走蚁王，自己成为新的统治者来影射和讽刺共产党的夺权，以工蚁

---

① 刘以鬯：《香港的文学活动》，（香港）《素叶文学》1981年第2期。

② 黄思骋：《殉道》，（香港）《人人文学》1952年第1期。

的失败来预言共产党的失败。辛羊《光荣之家》（第4期）写一个家庭为了成为劳动模范，完成增产任务，被迫捐出家中的财产后只得到一块"光荣之家"的牌匾。这些作品都有直白的政治话语，大量正面描写政治斗争，但艺术表现力弱。《人人文学》后来由力匡和夏侯无忌主编，此类作品大为减少。另一方面，文学自身也在努力超越政治。同样是描写政治，《海澜》（1955—1957年，高原出版社发行）所刊齐桓的《阴影底下——一个真实的虚构故事》（第12期）就较好地处理了政治与艺术的关系。小说写苏联女作家沃加·白瑚慈写了一篇评论批评1950年代苏联当局强制推行的社会主义现实主义，她为此胆战心惊，做好了牺牲的准备。但这篇评论最后却被解读成批判斯大林独裁主义对社会主义现实主义的伤害，"她对这整个宣传代替了文化的系统的挑战，竟变成清算独裁者的翻案文章了"①。她因此成为备受推崇的文艺界领袖，这却是她宁愿被批斗也不想有的结果。作品没有直接地描写政治，而是通过反讽、心理、动作、语言等描写刻画了僵化的文坛必然发生的种种可笑行为，让人看到的是文艺被政治残害，真正的作家被放逐，文坛沉沦的现状。《海澜》的编者也感叹香港近几年很少见这样"具备了深刻的政治主题还能是艺术品的小说"②了。到了1950年代后期，文学的左、右翼政治倾向更慢慢淡化。创办于1956年的左派杂志《青年乐园》，办刊者就有意淡化意识形态，几乎没有政治色彩，更没有明显表现出其左派倾向。

从整体上看，香港青年文学刊物虽难以摆脱政治背景，但尚无体制性力量干预、压制文学的生存、发展，仍然存在着文学不听命于政治的较大空间。如前所述，港英殖民当局尚未动用当局力量对文艺进行限制，"当地的官吏并没有强加给出版者以主义的原则，也没有悬一些'非常时期的紧急法令'来威胁作者"③，使诸如"《人人文学》虽然也属于'美元文化'的序列，可没有其他出版物那样带着浓重政治味"④的情况普遍存在。当时的香港文学刊物，尤

① 齐桓：《阴影底下》，（香港）《海澜》第12期（1956年10月）。

② 《编后记》，（香港）《海澜》第12期（1956年10月）。

③ 本社：《我们希望这样来编〈海澜〉》，（香港）《海澜》第11期（1956年9月）。

④ 慕容羽军：《我与文艺刊物》，（香港）《香港文学》第13期（1986年1月）。

其是青年文学刊物的办刊者在批评内地和台湾文艺追随政治时对于自己"不必响应号召不必追随政策"①的自由极为珍惜，正如刘以鬯曾中肯地说过："由于部分文学工作者的苦斗与挣扎，香港文学的超然性还不至于完全丧失。香港文学没有在50年代初期成为怒海中的覆舟，这些文学工作者的努力不应抹杀。"②

从作家的角度看，尽管香港不乏从事政治活动的人，他们"总是把写作的人硬拖到政治路线上去，这委实是青年作家当前一种无门可诉的烦恼"③，一些作家也常常感叹自己在某些人的"讲稿里被列为'右派作家'和'美元文化'的阵营之内"④。但作家的左、右翼政治倾向并非政治强制的结果，而是作家自由选择的结果，而这种选择是一种思想上、文学上的表现，有其缝隙和重叠。卢玮銮作为最致力于香港文学研究的学者，在谈及五六十年代美国亚洲基金会资助出版《中国学生周报》时曾说："假如其中含有反共意味，也是由于主持的人的信念，而不是由于美援。"⑤就是说，对于报刊而言，其表现出来的政治倾向，往往是出自办刊者、编者的信念，还不存在着将文学、文化与某个政府的政治目的强捆在一起的强大力量。当时作家发表作品也不固定于单一政治倾向的刊物，李源、夏侯无忌、徐速、齐桓等有影响的作家，不管是左派刊物还是右派刊物都有他们的作品，而且大多数文章都无关政治，这也反映出刊物实际的生存状况并未受到政治的强力干预。一些右翼政治背景的刊物会刊登左翼政治倾向的作品，例如梓人的散文《哥哥》，讲述一富家子弟不满贫富悬殊、社会不公而离家出走，要去做一些对世界有益的事情。作品明显带有革命倾向，却是在右翼政治背景的刊物《海澜》发表的。梁秉钧回忆五六十年

---

① 本社：《告别一九五六年》，（香港）《海澜》第15期（1956年12月）。

② 刘以鬯：《五十年代初期的香港文学——一九八五年四月二十七日在香港文学研讨会上的发言》，（香港）《香港文学》第6期（1985年6月）。

③ 巴山：《文艺座谈——关于所谓"色情文学"和"乌龟文学"》，（香港）《文海》第1卷第1期（1952年11月）。

④ 慕容羽军：《我与文艺刊物》，（香港）《香港文学》第13期（1986年1月）。

⑤ 卢玮銮：《从〈中学生〉谈到〈中国学生周报〉——在第七届中文文学周专题讲座上的发言》，（香港）《香港文学》第8期（1985年8月）。

代香港文学时曾说："左右方面的个人亦有私交，会一起打麻将。化名在敌对报纸写稿亦是有的。"①就是说，即便现实政治身份无法被对方刊物接受，其作品仍然可以在对方刊物发表，这说明刊物对作品的取舍超越了外在的政治身份。

当时的文艺青年阅读书刊时也不区分左、右，更多侧重文学层面的选择，"既看美国、苏联的翻译文章，也看中国三十年代的文艺作品，亦会阅读台湾的新派作品"②。当时青年文学刊物能超越政治而存在、发展，青年读者对文学的追求是重要缘由。刊物所刊政治性的作品往往会被读者过滤掉，甚至受到青年读者的反对，例如《六十年代》第36期刊出的读者李文忠的建议："至于'时事分析''劳工讲话''劳工园地'，以及一些有关政治性的文章，我以为并非我们青年学生所爱读，倒不如将那些几版文字抽出来，改登一些别的更切合我们需要的文章。我这样提议，意思是使《六十年代》完全变成一个纯粹的学生读物。"③他特意指出这不只是他个人的意见，而是他们一群人的意见。卢因、洪福、紫星全等读者也更直截了当地提出，"我们认为使青年人喜爱的杂志，必须是文艺性的杂志"④，而他们中一些人后来成了香港有影响的作家。众多刊物刊出的读者意见都是要求多增加文学性强的作品，并增加学生作品的篇幅，反对宣传说教。青年读者喜欢文学作品，反感带有政治色彩的栏目，而刊物敢于刊出这些意见也表明编者也是这样想并且努力地这样做。《六十年代》编者在《告读者》中总结读者提出的三项意见："希望本刊能够针对学校课程，成为一本学生辅助读物"，"希望能另出文艺专号"，"希望增加学生园地篇幅"，并且表示"本刊同人经过详细的考虑，全部接纳了"。⑤《人人文学》前期政治意味相对浓厚一些，就有读者表示不满，要求

---

① 梁秉钧：《一九五七年，香港》，香港岭南大学《现代中文文学学报》第9卷第2期（2009年），第192页。

② 郑树森、黄继持、卢玮銮编：《香港新文学年表（一九五〇——一九六九年）·三人谈》，（香港）天地图书有限公司2000年版，第19页。

③ 《一群读者的意见》，（香港）《六十年代》第36期（1953年2月）。

④ 《一群读者的意见》，（香港）《六十年代》第36期（1953年2月）。

⑤ 编者：《告读者》，（香港）《六十年代》第36期（1953年2月）。

增加其文学性。而当有的读者提出"可否增加一点斗争性"的意见时，编者却做出这样的回应："关于增加斗争性，我们觉得不甚妥当，因为我们认为把文学单纯地作为一种工具，或者纯为政治服役，未免把文学的价值贬低了。"①编者也有自己的"度"，他们面向青年读者，必然最主要地考虑到文学自身的发展。

在内地提出"为工农兵服务""人民性"的文学主张，台湾提出"战斗的文艺"的口号时，香港的青年文艺期刊仍坚持了自己的文艺立场。《海澜》在其发刊词中就宣称："我们不刊登政治八股，不表示反谁拥谁。我们不属于任何党派势力，尽管我们也坚持自己所尊敬的思想和信仰。但我们希望《海澜》的风格是独立的。"②《海澜》连续登载多篇社论文章强调要有"文艺常识"③，不然文学就有了党性却没有了个性和艺术性；文学要有自己独立的标准，不能成为受政治控制的宣传工具，"不能以别的标准加于艺术标准之上的，在任何情形之下都不允许"，"要产生真正的艺术作品，先要艺术标准能独立起来"；④"应该建立这样的文艺作家协会，这协会绝不接受指示、绝不响应号召，即使我们真的需要指示，那指示只能发自我们一己的艺术良心"⑤。不管他们能否真正做到这一点，他们的追求和决心却是真诚的。《海澜》曾刊出余英时从美国写回的通讯《游子的心潮》，说到政治与文学的关系，他承认"在今天的中国，每个人却 是政治的动物，最多只有积极消极之分"，但是他也坚定地说"我们决不能先有政治前提，而后再从此前提中引出'学术的'结论"，"政治立场只能用之于政治方面，不能滥用到人生的其他方面去"。⑥《中国学生周报》的发刊词也说："我们不受任何党派的干扰，不为任何政客所利用……我们畅所欲言，以独立自主的姿态，讨论我们一切问

315

第五章 媒介和战后中国文学转型

---

① 编者：《读者来书》，（香港）《六十年代》第36期（1953年2月）。

② 《写在篇首（代发刊词）》，（香港）《海澜》创刊号（1955年11月）。

③ 本社：《常识》，（香港）《海澜》第5期（1956年2月）。

④ 本社：《标准》，（香港）《海澜》第6期（1956年3月）。

⑤ 本社：《建立文艺作家协会》，（香港）《海澜》第7期（1956年4月）。

⑥ 余英时：《游子的心潮（二）——代美国通讯》，（香港）《海澜》第6期（1956年3月）。

题；从娱乐到艺术，从学识到文化，从思想到生活，都是我们研究和写作的对象。"①即使它们刊登了右翼倾向的作品，也在倡导独立的前提下，避免了陷入右翼政治斗争的泥淖。

当时的办刊者对于繁荣文学都有着非常坚定的信念，对文学有着热爱和责任。因为"这是一个苦闷的时代"，所以感到了文学刊物出版的必要，希望这至少能"充实我们心灵中所遗失的东西，填补今日文化界贫乏的现象"；②而在香港，他们"更珍惜那份不必响应号召不必追随政策的自由了，就更觉得加在海外的作家肩上的担子是如何沉重了，就更觉得自己的工作有意义了"③。"我们不愿意闭上眼睛活在这个时代里，我们必须是创造什么，而不是等待什么。"④这样的宣言彰显了他们的坚定和执着。同样，青年读者也是如饥似渴地热爱着文学。力匡就回忆说："《人人文学》的学生园地似乎颇为成功，学生们的投稿几乎来自港九所有名校，一天数十封信是常事。"⑤当时的青年刊物与读者的互动非常广泛，读者来信提意见、投稿，编者回答读者问题、采纳读者意见等，而且青年读者都非常积极地要求担任刊物的通讯员，参与刊物各方面的献计献策，"对于这刊物的形式，包括封面、用的字样、版头、插画、行数的疏密，都向编者提出了意见"⑥。意见之细超乎现在的想象，青年刊物俨然属于青年读者。

读者用自己的力量支撑青年文学刊物。青年人虽然没有钱，但是他们想尽一切办法去购买自己的刊物。《人人文学》的一位读者来信说，"要活下去，就不能没有《人人文学》来做我的伴侣"⑦，他把每晚乘车上学的车费省下来做《人人文学》的一个忠诚的长期读者。《六十年代》在1953年8月6日召

跨越1949
战后中国大陆、台湾、香港文学转型研究

① 编者：《负起时代的责任》，（香港）《中国学生周报》第1期（1952年7月）。
② 《写在篇首（代发刊词）》，（香港）《海澜》创刊号（1955年11月）。
③ 本社：《告别一九五六年》，（香港）《海澜》第15期（1956年12月）。
④ 《编后》，（香港）《人人文学》第1期（1952年5月）。
⑤ 力匡：《人人文学、海澜和我》，（香港）《香港文学》第21期（1986年9月）。
⑥ 编者：《我们的路》，（香港）《海澜》第3期（1955年12月）。
⑦ 《编后》，（香港）《人人文学》第6期（1953年2月）。

开青年作者交流集会，当时的参与者之一秋子在记这次集会的特写中写道："八·六那天《六十年代》跟我们结了婚，奠定了热情交流的基础；这一基础的力量，足以战胜一切任何的困难。"①《海澜》的编者读了读者来信非常感动和兴奋，因为青年人的热情、抱负使他们有勇气面对世界文坛，使他们觉得中国是有希望的。卢因回忆起自己的青年时代就曾说："我们满怀理想，一腔奉献文学的热血，甘愿洒在脚下这片熟悉的土地上。"②崑南、卢因、王无邪等人因为对文学的热爱而合办了《诗朵》，尽管"诗朵只是一次个人的浪漫历程，缺乏实质的内容，因此活像贫血病人，也好像没有母乳便养不起来的婴儿"，但是"当时我们那个小圈子，没一个人后悔"。③这样的事情是讲不完的。

动荡的战后时代，因为有了青年人的热情、努力和执着，香港文坛充满着希望。香港文学在左、右倾的夹缝中生存发展，一步步走向本土化发展的道路。

二、香港青年刊物培养文坛新生力量的方式和实践

香港青年文学刊物对文学新生力量培养有多方面举措。一是老一辈作家的引导和提携。南来和本地老一辈作家通过青年报刊这一平台关心培养香港本地青年作者，言传身教提高青年作者的文学素养和创作能力。钱穆、唐岱、谢冰莹、孙慕稼、司马长风、余英时、林以亮、桑简流、蔡思果等或主编刊物，或在《六十年代》《文艺新潮》《新思潮》《海澜》《人人文学》《中国学生周报》等刊物上开辟专栏，发表作品，着重于提高青年的道德素质修养和文学写作能力。例如，林以亮（宋淇）在《文艺新潮》发表万余字长文《一首诗的成长》，详细地将自己创作《喷泉》一诗的过程从头到底不加隐讳地照

---

① 秋子：《热情的交流——记本刊青年作者的集会》，（香港）《六十年代》第39期（1953年8月）。

② 卢因：《从〈诗朵〉看〈新思潮〉——五六十年代香港文学的一鳞半爪》，（香港）《香港文学》第13期（1986年1月）。

③ 卢因：《从〈诗朵〉看〈新思潮〉——五六十年代香港文学的一鳞半爪》，（香港）《香港文学》第13期（1986年1月）。

实录下来，不仅在创作谈上"'开风气之先'，同时希望读者明了我的目的不仅在描写我私人的经验，而是为接触到一些更深和更广的问题"①。他希望青年作者对诗与文学批评的性质和创造者的心理过程有进一步的了解，创作能涉及更深广的内容。李源在《海澜》发表《谈读诗》，以庄谐相伴的文笔，普及新诗知识，指出不能以批评旧诗的方法来批评新诗，"新旧不可不分明，新诗念来旧诗哼"；强调"音乐性与思维性应分开这一点是很重要的，写新诗的人应尽量把这二者好好结合起来"。②钱穆在《中国学生周报》担任"《中国学生周报》奖学金评委"，以发现文学新秀。桑简流在《人人文学》上发表了《雪葬》《孔雀河》《围猎》多篇小说，并开设《读书与习作》专栏，讲"西洋文学漫谈系列"。青年文学刊物纷纷开设《试写室》一类的习作专栏。刘以鬯在《香港时报》办副刊，开始主编的《大会堂》副刊就明确有在香港文学中让"老中青"聚会一堂的追求；后来主编《浅水湾》，更为青年作者如崑南、叶维廉等开设专栏。"老树颜败本不足惜，只要有幼芽存在，绿荫是可期待的"，③ 老一辈作家对于青年人寄予厚望，尽自己的力量培养文学的接班人。香港本土最优秀的一批作家，就是在五六十年代成长起来的。

二是编辑与读者的互动。这里所说的读者，主要是青年们，他们思维敏捷、思想活跃，在与编辑的互动中互相理解并同情整个时代的审美风向，为青年作者生力军的文学表达诉求提供了很多便利和便宜。由于青年刊物的读者也会是作者，刊物与读者之间的互动就更为深入，就如同《海澜》编者所说的那样，"读者、作者与编者中间的界限其实是不容易划分出来的。以本刊为例，海澜的读者有很多位经常为本刊撰稿，在这一点看来，他们既是读者而又是作者。有几位在香港、台北、马来亚或旧金山的作者们，都曾为充实海澜的内容而分向他们的朋友罗致优秀的作品寄来！或来信指出本刊应有的若干迫切的兴革，由这一点上说，这些作者们是等于直接参与了本刊的编辑工作了的。为了

---

① 林以亮：《一首诗的成长》，（香港）《文艺新潮》1956年第3期。

② 本社：《编后话》，（香港）《海澜》第4期（1956年1月）。

③ 刘以鬯：《我编香港报章文艺副刊的经验》，（香港）《城市文艺》第1卷第8期（2006年9月）。

刊物内容的处理，编者们也常无法不冒滥竽之嘲，把若干不一定合得上本刊水平的自己的稿件放进版面；而当编者们在看稿和校对时读到一些作者们精心的创作，也预先支取了那份与本刊读者们全然相同的感动喜悦"①。

当时的青年刊物与读者的互动非常广泛，已如前文所述。而编者与读者的沟通非常积极主动。这里不妨以《中国学生周报》（以下简称《周报》）为例。《周报》是战后香港青年刊物中发行时间最长、出版期数最多的刊物，创刊于1952年7月25日，停刊于1974年7月20日，前后历时二十二年，共出1128期，发行量最高达到3万多份。《周报》由美国新闻处和台湾当局的"亚洲基金会"和"友联研究所"资助出版，一向被认为是"美元文化"的产物，长期以来打上"右"的烙印；其实，这样的评价有失公允，遮蔽了《周报》的实质属性。详尽阅读和分析《周报》，得承认《周报》在保存传统文化、承继五四精神、延续五四以来的新文学传统、培养香港青年作家并推进香港文学本土化、促进香港文学与大陆文学以及台湾文学的交流与发展、提高香港文学的水平等各方面都曾产生过重要的作用。《周报》文艺版是报纸最重要版面之一，主要包括《拓垦》《种籽》《新苗》《穗华》《读书研究》《诗之页》《译林》和《生活与思想》等。《周报》历任社长分别是余德宽、奚会暲、杨启明、古梅、胡菊人、盛紫娟、罗卡、陆离、吴平以及崑南等；主要撰稿人有黄思聘、力匡、夏侯无忌（齐桓、孙述宪）、路易士（李雨生）、慕容羽军、王是、桑简流（水建彤）、费力、沙村、叶雨皋、力匡等，多为香港有影响的文化人士、作家。

《周报》1950年代为读者群服务的专栏就有《编后走笔》《读者通讯》以及《大孩子信箱》等。《编后走笔》主要给读者介绍精彩的文章，《读者通讯》主要回答海内外读者的来信，进一步落实为海内外读者服务的措施。《大孩子信箱》主要是"大孩子"回答读者来信及其问题，尤其是学生面对的生活问题，因此受到广泛关注。50年代前期讨论这类问题时一般穿插国家民族观念，如《发起灭飞运动》的讨论，引导青年对社会"阿飞"采取正确的态度：

---

① 本社：《加强读者、作者与编者的联系》，（香港）《海澜》第12期（1956年9月）。

"今天，我们站在文化战线上，对于阿飞们的膺惩也只能作到口诛笔伐，把他们的丑恶面揭露出来，让社会舆论去制裁他们。口诛笔伐只是在消减阿飞运动中消极的一面，积极的应该使所有阿飞都能够因此改邪归正，走上正途，个个都变成国家的健康国民。""今后中国的复兴重建，决不是少数人的事情，需要更多的青年人来贡献参加。"①50年代后期《大孩子信箱》更多关注讨论文艺的问题，表明《周报》更自觉地介入青年文学空间的拓展。例如三位学生读到秋贞理《蝴蝶有什么用处？》一文产生了疑问，编辑由此解释了文艺作品的独特价值："美是一种独立的价值，它本身就可以作为我们追求的目标。秋先生之所以强调这点，是因为眼见目前艺术和文学被用来作宣传的工具，而且，很多人也习以为常，觉得文学艺术是应该作政治或教育的奴婢，而不是有本身的目的的。秋先生主要是想清除这种不正确的看法，而重新给予文学和艺术一个独立的地位。"②《大孩子信箱》中另一篇探讨文艺问题的典范性文章是《本报选稿态度严谨》。"大孩子"对学生因《穗华》版编辑选稿产生的误会做了认真解释，由此普及现代诗的知识，例如解释刊登台湾诗人痖弦的诗《伞》的原因："第一、该诗的作者'痖弦'在香港的文坛上是一个陌生的名字；第二、'伞'是一首很难得的好诗。""这首诗用字简洁而适当，没有一个多余的字，也不需要增加一个字；写诗不一定要用美丽的词藻，只要能把情感表达出来，只要有优美的音乐韵律便行了。这首诗是写一个流浪者的悲惨景遇。"③然后对诗的主旨、意象、内容和结构都做了详尽分析。总之，类似以《大孩子信箱》的方式探讨文艺的文章还有很多，在与读者的沟通中提升青年的文学素养。

读者反馈意见对青年刊物编辑方针的影响也十分显著。例如，《周报》一再强调它是"属于我们学生自己所有，是由我们学生自己主办，是为海内外全体中国学生而服务的"，因此特别尊重读者的意见，1950年代曾多次专门征集学生的建议，对读者比较集中的建议，编辑分别做出回答并提出改善方法。

---

① 申青：《放下屠刀立地成佛》，（香港）《中国学生周报》第117期（1954年），第2版。

② 秋贞理：《蝴蝶有什么用处？》，（香港）《中国学生周报》第276期（1957年），第2版。

③ 编者：《本报选稿态度严谨》，（香港）《中国学生周报》第317期（1958年），第4版。

《我们对读友意见的总答复》^①表示，取消读者不感兴趣的《侨教》版块，增加讨论香港的内容；读者对过多的怀乡感伤作品不满意，编者在《对"拓垦"意见的答复》^②中承认"本版伤感味太浓，这倒是事实。我们会尽量设法找寻活泼、有生气的文章……"，编辑也主张倡导积极面对人生的文章，鼓励探索不同艺术手法的创作形式。《周报》服务读者的精神并切实根据读者的需求做出改变，使得读者群不断增加，政治性较强的内容逐渐被学生的需求所替代。早期《周报》较多报道内地的负面教育新闻，批评内地的教育政策；后来听取青年读者意见，转而关注香港的教育制度、教育政策和学生的学习生活。胡菊人主持《周报》期间，还根据读者的要求和建议，采取"定期加价"设立"《中国学生周报》清寒助学金"，帮助家境贫寒、学行优良的中学生及失学青年。此外，根据读者的建议，在《读书研究》版、《生活与思想》版与《艺丛》版系统介绍有关现代文学、哲学艺术等思潮，受到读者广泛欢迎。^③

编辑与青年读者之间的互动，必然最主要地考虑到文学自身的发展，并使整个刊物的编辑原则、方针、趣味等随时跟随青年的需求，从而在培养青年作家方面发挥了重要的作用。

三是举办征文比赛等。让青年读者成为作者或编者，青年文艺期刊成为他们走上文艺之路的开始。例如《周报》举行助学金征文比赛，目的是鼓励学生写作，锻炼学生写作的能力，正如《尝试便是初步的胜利》中所言："征文比赛的目的，固然在于鼓励优秀的同学，并在经济上多少帮助一部分优秀的同学，但更要紧的是，希望能够借此唤醒广大同学在课外主动思考主动写作的兴趣，以求每一位参加比赛的同学，能在征文写作之中，锻炼自己的写作能力，发掘自己在学习上在思考上的潜在能力。"^④《周报》举办征文比赛，还

---

① 编者：《我们对读友意见的总答复》，（香港）《中国学生周报》第89期（1954年），第1版。

② 编者：《对"拓垦"意见的答复》，（香港）《中国学生周报》第89期（1954年），第6版。

③ 编者：《各版重新调整》，（香港）《中国学生周报》第466期（1961年），第2版。

④ 编者：《尝试便是初步的胜利》，（香港）《中国学生周报》第255期（1957年），第2版。

会将每年比赛中优秀的学生作品编印成书出版，鼓励学生写作。1960年代《周报·诗之页》举办的新诗创作比赛甚至成为当时香港诗坛盛事，对推动香港新诗发展贡献颇大。《周报》历届的征文比赛中，获奖者包括现代主义杂志《新思潮》的创办人崑南，《好望角》创办人李英豪，还有温健骝、黄维樑、黄国彬、也斯、江诗吕、陆离、小思、亦舒、西西、陈炳藻、林琵琶、蓬草以及绿骑士等。这些作家后来成长为香港文坛中最重要的文学中坚，有的甚至可以称作是香港文坛的标志性人物。

例如被香港读者认为比金庸"更能代表他们"的作家西西①就是从《周报》征文比赛中走出来的。《中国学生周报》见证了她的成长过程，她的短篇小说《玛利亚》②在《中国学生周报》上获得"青年组征文第一名"。小说描写一位法国修女被派往刚果服务，为土著叛军（自称狮子）所俘，押往鲁蒙巴广场，她在那里见到了那天唯一生还的战俘——来自法国南部年方二十的雇佣兵。玛利亚想尽力帮助这个俘虏，设法为他解开绑着身体的绳子，带他蹒跚走到小河边，可是他弯不下身子去喝水。玛利亚唯有用双手掬起一些水，但还没有到他唇边就流尽了。第二次再迅速掬起水送到他唇边，就在这时，背后有人连放七枪，把他击倒于地。他只知道玛利亚的名字，来不及说自己的姓名就死了。小说以修女玛利亚的视角，用冷静、平和的语气讲述刚果内战。评委林以亮和李辉英对其丰富的想象力、形式和题材的大胆尝试都给予很高的评价。林以亮认为"能用这样一个题材，其人物和地点完全不为作者所知，是一个很大胆的尝试。叙述的方法也合乎短篇小说的需要"；李辉英则认为，"根据报纸上的材料以及个人的灵感而组织了题材，是作者大胆尝试下的小小成功。技巧熟练，想象力丰富"。③此后，西西在《周报》继续发表作品，并开设专栏，逐步成名。

其他文学刊物也把征文比赛作为发现、培养青年作家的重要途径，不仅由

---

① 2006年台湾《中国时报·开卷周报》主持的"香港城市作家调查"中，西西得票数超过金庸，成为香港读者认为"更能代表他们"的作家。

② 张爱伦：《玛利亚》，（香港）《中国学生周报》第672期（1965年），第6版。

③ 张爱伦：《玛利亚》，（香港）《中国学生周报》第672期（1965年），第6版。

此"发现年青而有才能的新种子"，而且通过征文比赛的评审，"努力建立一个新标准推行一种新风气"，[①]甚至让"此举会成为""文艺的新潮""开始奔流原动力"。[②]而征文评审也确实显示了在青年文学作者中发现、培养文学新秀的真知灼见，当时还是青年学生的叶维廉的征文投稿就被编辑称为"有才能的新发现"，甚至认为其"长诗深邃严紧，可以直追奥登"。[③]日后叶维廉的文学成就表明，他堪当此称誉。

三、多种文学资源中展开的香港文学本土化

"香港文学的本质在四九年发生转捩，在外貌、内容上出现很大不同，某种意义上说也是本地意识觉醒的结果。"[④]战后香港青年文学刊物的重要内容和意义就是影响、培育了香港土生土长作家的成熟，推进了香港文学本土化进程。

战后南来作家身在香港，即便心系故乡，也会自觉不自觉地为香港文学自身的发展做出贡献。1952年11月16日新亚书院举办文化讲座，由罗香林讲《近百年来之香港文学》，具体内容已不可知，但是讲的重点已经是香港文学而不是中国内地文学。随着时间推移，南来作家也在使自己的作品逐渐"香港化"以适应香港读者的要求。创办青年文学刊物为了保证销量也必须如此，香港的本土化在艰难缓慢中展开。《人人文学》第2期的征文启事给出了两个题目："我的职业与生活""香港屋檐下"。这两个题目都是要求写香港的人和事，这不仅是因为培养青年作者需要引导他们从自己身边的熟悉人和事写起，也说明编者对香港已经初步产生家园意识，因而明确提出以"香港"作为创作的对象。《海澜》代发刊词《写在篇首》详细说明了本刊要寻找的东西：中国的、文学的、生活的。因为香港受英国的殖民统治，它的洋味儿威胁着中国文化，

① 本社：《编辑后记》，（香港）《文艺新潮》第8期（1957年）。

② 本社：《编辑后记》，（香港）《文艺新潮》第9期（1957年）。

③ 本社：《编辑后记》，（香港）《文艺新潮》第11期（1957年）。

④ 杨素：《"本地意识"和"本土文学"——访刘以鬯谈"五十年代香港文学"》，（香港）《星岛日报·文艺气象》1992年7月8日。

甚至会让下一代忘记了本源，而在有家难归的今日人们更加感觉到了民族文化的可爱，所以要"中国的"；也因为香港特殊的历史和地理环境，所以站在中国文化本位上来沟通西方文化精神是可能和必须的。

青年文学刊物的文学观念强调文学与生活的密切联系，所发表的作品也往往多为与香港生活有关的稿件。《海澜》发表了许多反映当时香港社会现实的作品，香港特有的环境和现实进入了文学作品。"男人不用谄媚来换饭吃，该上学的小孩不拿马票兜售，年轻女人不在路灯下卖笑，生病的老妇不睡在街头"①，这是力匡的诗《理想》。这里面提到的是香港特有的社会现实，是香港人才有的理想。费力的《年初三》（《海澜》1956年第6期）写了出租车司机黄悦在年初三的遭遇。为生计在表哥手下看脸色，他走在大街的骑楼底下做着"机会来了"的幻想；去吃饭因贫穷被鄙视；讹学生修车费得来的钱又被在骑楼底下做夜生意的女人骗走。这是香港下层人民典型的一天，骑楼底下的百态人生才是香港最本土的现实。文章对话用的是粤语对白，方言对话中展现出香港文学本土色彩。同期章回的《历劫》写了来到香港的难民小丁和老罗的人生。不知道他们住在哪，不知道他们什么关系。他们的命运曲折多变，他们不是一个个体，而是一种象征、一个影子，是那个时代香港难民社会的缩影。齐桓的《大仙》更是深得香港生活的"精髓"。"赌马"在我们看来也许不务正业，却是香港人重要的娱乐项目，对于香港人的意义不是一般人可以领略的。《大仙》中，普通市民张国伦本来是赌马的爱好者，但是他通过扶乩来预测，大仙说他无大财气但是会帮他每次赌马都赚40块。张国伦不再输钱却失去了赌马的乐趣，"他受大仙的保护，他参加赛马是永远不输的，为什么他还不快乐呢？有些人也许求也求不到这种安全，为什么他却得到之后还觉得自己缺少了些甚么呢？"。他缺少的是那些无限度的"在马场上竞博的那些感觉——那种不可知的生活在眼前揭露出来的情操"，而"一个人如果要享受其中的乐趣，他是必须自己担当那些风险的"。②这种冒险、竞争、进取渗入了香港人的生

跨越1949

战后中国大陆、台湾、香港文学转型研究

---

① 力匡：《理想》，（香港）《海澜》第4期（1956年2月）。

② 齐桓：《大仙》，（香港）《海澜》第9期（1956年7月）。

活中，是典型的香港情调、香港性格。

香港通俗文化繁荣发展，1950年代的香港青年刊物也没有单纯地追求阳春白雪，而是考虑到各个阶层人们的文学需要。不管是《六十年代》《海澜》《人人文学》等纯文学刊物，还是《青年乐园》等综合性刊物，对各种为大众所享用的艺术的参与都很自觉、广泛。杂志专栏多种多样，从科学知识、日常生活常识、待人接物之道，到电影、漫画、摄影、绘画等领域都多有介绍。特别值得一提的是当时的香港电影业非常繁盛，受到青年人的喜爱，也成为青年刊物的重要内容。《青年乐园》就有《每周影评》专栏，从欧美片，日本、印尼、菲律宾各地电影，到"国语片"，都多有涉及。香港电影就是在1950年代才奠定了其在中国电影史上的地位。香港被冠上"东方好莱坞"的头衔，"在最近这几年香港商业的不景气中，影院事业可算是一枝独秀"①。香港电影的繁荣期，亦是粤语戏曲电影兴盛的时代，粤语片也得到了青年同学的认可。《青年乐园》第52期所刊培新中学的心声同学写的《休想一手遮天，优秀粤片意义大》一文，说有口皆碑有一定教育意义和文学价值的粤语片数不胜数，比"飞片"好出很多，"在这里面你可以找到生活的答案，你将会领悟到应该怎样去对付你的不幸"②。这种对粤语片《可怜天下父母心》的肯定，恰恰是因为它更切近香港生活。香港戏剧在1950年代也得到发展，1952年4月28日中英学会成立中文戏剧组，其后香港大学中文学会与其一起举办了一系列介绍中国戏剧的讲座。学校和学生成为戏剧发展的重要阵地。《五四文刊》第1期刊登了胡春冰教授的演讲《从组织到演出》，《六十年代》第40期专门刊登《组织学校剧社的步骤和技术》来指导学生。戏剧学习班、戏剧讲座、戏剧比赛增多。香港1956年度校际戏剧比赛分为粤语高初级组和英语高初级组两个大组，粤语组参赛学校多达16个（《青年乐园》第32期），则表明戏剧的本土化也在展开。

正是在香港本土文化艺术得以发展的背景下，香港的青年才表达了对香港

第五章　媒介和战后中国文学转型

---

① 《电影院营业内幕》，（香港）《青年乐园》第154期（1959年3月）。

② 《可怜天下父母心》，（香港）《青年乐园》第225期（1960年7月）。

本土化的期待，并且开始喜爱香港本土作家的作品，甚至崇拜香港本土作家。《青年乐园》曾刊登几个青年人针对电影《八十日环游地球》的讨论记录，其中一位说道："看到片中的香港，不喷饭才怪！外国人装上发辫，一点香港味道也没有。我看制片人要好好地研究一下香港的历史呢！"①香港的青年已经有"香港味道"的认识和要求。1950年代最受欢迎的诗人莫过于力匡，黄傲云称"力匡是香港众多诗人中，唯一的少数诗集可以再版的"②。力匡虽然是1950年代初才去香港的作家，但他是具有香港特色的那个时代造就的香港作家，其诗歌受到香港青年的推崇。他的《燕语集》出版后引起热烈反响，仅在《人人文学》第5期上就发表了3篇评价《燕语集》的文章，给予其高度评价，尤其表达了青年对这本诗集的喜爱。"它对所有的人都是相宜的……篇篇都是清朗而脍炙人口的"③，甚至有的读者喜爱力匡的诗如同喜爱陶潜、杜甫、白居易的诗一样，有的学生还把力匡与徐志摩相提并论。力匡的诗到底为什么如此受欢迎？当时青年读者中，公羊高说"我所以爱读力匡的诗，并不仅仅是纯艺术的欣赏，我觉得他说出了我要说的话"④，夏侯无忌同样提到"年青的力匡唱出了他的心事……这正是我们大家的心事啊！"⑤。力匡的诗歌富有浪漫抒情色彩，唱出了当时青年人内心的感伤和期待，因为生活的那个时代而孤独、忧郁，但又有着青年人特有的希望和生气。力匡可以唱出"一切行为都没有裁判，逻辑也失去了力量"⑥这种悲愤与失望的诗，却又可以告诉我们"我总相信失去的总会复得，幻灭的也会重来，因为在冬季谢了的繁花会再开放在春天，当一个波浪引退后会跟着另一个波浪"⑦。他在诗中倾诉的不仅仅是自

---

① 紫冰：《一部富娱乐的影片——四人茶座》，（香港）《青年乐园》第145期（1959年1月）。

② 黄傲云：《诗集的营造与形式的再造——评近四十年来香港的新诗》，（香港）《香港文学》第8期（1985年8月）。

③ 王是：《关于〈燕语〉》，（香港）《人人文学》第5期（1953年10月）。

④ 夏侯无忌：《我爱力匡的诗》，（香港）《人人文学》第5期（1953年10月）。

⑤ 公羊高：《我爱燕语集》，（香港）《人人文学》第5期（1953年10月）。

⑥ 夏侯无忌：《我爱力匡的诗》，（香港）《人人文学》第5期（1953年10月）。

⑦ 力匡：《草原恋歌》，（香港）《人人文学》第3期（1952年6月）。

己的情绪，而是当时不得不远离故土将自己放逐到香港的所有"难民"的内心。符合香港那个时代气息的、契合香港本土青年的心理的作品，才会得到人们真正长久的喜爱。力匡自己也说："我的拙作，引起了读者的文学兴趣，使我自觉对香港文化，也做了一些贡献。"①

香港文学自古是在中华民族文化中成长发展的，19世纪中叶香港被英国占领后，又经历了一个半世纪英国文化的浸润，香港文学在两者的冲突、融合中形成自己独特的发展特点。香港文学的本土化是在对中华民族传统文化的传承和对外来文化的吸收中展开的。地方山歌《吊住太阳不要落》和《蓝色多瑙河》可以同时存在并都受到喜爱，圣诞节和除夕都是民众重要的节日，这就是香港。当时的青年文学刊物开辟专栏介绍中国古代文化，刊登古代文学名著研究，评介古代文学艺术家，介绍历史故事和历史人物，继承了中国古代文化传统；而发表的白话小说、散文、诗歌、戏剧等作品，其题材也往往密切联系着包括五四新文学传统在内的中华文化。与此同时，外来文化也得到广泛重视和借鉴。人人出版社1954年出版法国短篇小说精华选，包括莫泊桑、巴尔扎克、福楼拜、都德、梅里美、戈蒂也等人的作品，还印了马克·吐温《顽童流浪记》、爱伦·坡《爱伦·坡故事集》、梭罗《湖滨散记》、安德森《安德森选集》、惠特曼《惠特曼选集》等译作。另外它也译介了兰姆、毛姆、海明威、显克微支、欧·亨利、横光利一等外国名家的作品。《六十年代》开辟《青年人应该知道的》这一栏目专门介绍欧美国家的情况，60年代出版社还专门出版《西风》，介绍欧美人生社会，译述西洋杂志精华。《海澜》评介了雪莱、泰戈尔、狄更斯、高见顺、高尔斯华绥、罗萨蒂、丰丹倍理等各国各种类型的作家。《青年乐园》开辟《海外风情》专栏介绍海外风光，选登世界民歌，介绍各国电影和世界名画。《文海》更是在发刊词中明确指出古今中外都要吸收，"得接受先代文艺遗产，只不要盲目崇拜古人；得大量吸收外来文化，只不要迷信"②。多种文学资源都在香港被保留下来，恰恰是这多种文学资源滋养了

---

① 力匡：《五十年代的香港副刊文学》，（香港）《香港文学》第25期（1987年1月）。
② 《幕前词》，（香港）《文海》第1期（1952年）。

香港青年作家。还可以指出的是，西方文化对香港文学青年产生重要影响，往往是通过香港前辈作家创作中对西方文学艺术的汲取、应用。例如从传统发展下来的武侠小说，到1950年代香港新派武侠小说兴起，梁羽生、金庸等的创作都吸收了西方小说人物塑造、心理描写、电影技巧运用等因素。这种成功经验无疑都对青年的文学创作产生良好影响。

1950年代的香港文坛还由南来作家主导，但他们已自觉地培养香港本土青年作家。这些青年作家在1960年代后逐渐成为香港文坛的主力军，促使香港文学走上本土化发展的道路。

国家出版基金项目
NATIONAL PUBLICATION FOUNDATION

跨越1949

战后中国大陆、台湾、香港文学转型研究 下

黄万华　著

百花洲文艺出版社
BAIHUAZHOU LITERATURE AND ART PRESS

下　编

第六章　战后中国文学转型中的作家选择

下编从作家、作品的角度展开战后中国文学转型的考察。本章关注战后中国文学转型中的作家选择。1949年前后中国作家所经历的社会变革是中国历史上前所未有的。一种全新的社会制度开始建立，而原先的社会制度又未完全退出中国舞台。在世界性意识形态对峙的背景下，两者之间的复杂纠结、激烈冲突形成巨大的压力，作家的选择必然前所未有地复杂、艰难。

第一节　"京派"的"终结"和战后中国文学的转型

抗战时期文学淡化了左翼时期文学派别的对峙，同时形成了战时多中心区域文学格局，如延安的以政治体制的主导力量和作家创作追求的一致性而构筑成的解放区文学中心，重庆等地在政治体制的主导力量跟作家创作追求的抗衡性中形成的战时现实主义文学的中心，昆明、桂林等地主要依靠内迁的学院文化、学术力量形成的自由主义文学中心，北平、上海等地在战前文化积累上重新构建的沦陷区文学中心（起码在通俗小说传统的突破、城市地域文化的认同等方面，其自有重要价值），甚至香港、东北等也各自有中心态势。这种多中心区域文学形态还是一种播散态势，甚至在二战的背景上向海外繁衍，表明中国现代文学开放性体系的某种形成，也为战后中国文学多种路向做了准备。抗战胜利后，文学"重造"的课题被提出，作家的各种文学主张及其实践得以展开，其中"京派"的复苏及其终结反映了战后中国文学转型中作家选择的重要走向和命运。

一、战后多种文学路向中"京派"的文学"重建"和左翼的政治批判

在抗战胜利后"重建"中国文学的多种路向中，原"京派"成员重新聚合并延续、发展了其"京派"主张的文学实践反映了战后中国文学最重要的一种走向。"京派"成员在抗战期间虽然星散各地，但其建设性的积累始终没有停止。这种积累在战后初期加速展开，甚至形成"京派"可能再度崛起的态势。尤其是1946年5月，西南联大宣布复员，原北大、清华、南开三校师生各回其校，平津地区更迅速聚合起包括沈从文、朱光潜、杨振声、废名、李长之、卞之琳等在内的原"京派"重要成员，并接纳了原平津沦陷区包括沈启无、朱英诞、南星等在内的作家（1946年6月创刊于北平的《文艺时代》就是沦陷区作家为"京派"战后在北平文坛重新活跃而做的一种努力，其成员有北平沦陷时期很有影响的作家吴兴华、毕基初、常风等，朱光潜等"京派"成员则活跃于这一刊物），原"京派"主要刊物《大公报·文艺副刊》及《文学杂志》（1930年代，正是由于沈从文"编《大公报·文艺副刊》"，朱光潜"编商务印书馆的《文学杂志》"，"把北京的一些文人纠集在一起，占据了这两个文艺阵地，因此博得了'京派文人'的称呼"[①]）复刊，"京派"倾向的报刊阵地开始产生广泛影响。1946年是抗战爆发后平津地区创办文学刊物最多的年份，共30种，比此前文学刊物问世最多的1939年还多9种。而跟抗战胜利前国统区文学刊物百分之七十属于左翼刊物的情况不同，此时平津地区文学刊物大部分在政治上以中立姿态出现，这为"京派"的重新聚合提供了空间。抗战胜利后仅仅一年中，原"京派"成员在京津地区主持的刊物就有《益世报·文学周刊》《平明日报·星期艺文》《现代文录》《经世日报·文艺周刊》《民国日报·文艺》《北平时报·文园》等10余种重要刊物，沈从文一人主编4种文学副刊。而原"京派"成员积极参与其中的刊物如《华北日报·文学副刊》

---

① 朱光潜：《从沈从文先生的人格看他的文艺风格》，《花城》1980年第5期，荒芜编：《我所认识的沈从文》，岳麓书社1986年版，第1页。

《文艺复兴》《文潮月刊》《观察》《文艺丛刊》《小说》等起码也在10种以上，这实际上已开始形成以原"京派"骨干为核心的一种文学力量。在战后中国文学的多种路向中，"京派"主张及其创作实践在其自身深化中成为延续五四文学传统、重建民族新文学的代表性力量，但也再次引发其与左翼文学阵营从潜在到显在的冲突，并导致了其在中国大陆的终结。

"京派"终结的重要标志就是大家熟知的那篇郭沫若的"檄文"——《斥反动文艺》。这篇"短兵相接"的批判文章只点了三个人的名字：沈从文、朱光潜和萧乾，其锋芒直指"京派"毋庸置疑。有意味的是，郭沫若自供，对于朱光潜的文章，"在十天以前，我实在一个字也没有读过。为了要写这篇文章，朋友们才替我找了两本《文艺杂志》来"[1]。这表明，郭沫若的文章不仅有着明显的"价值预设"，而且服从着一种深广的组织背景。事实上，"斥反动文艺"是中共领导下的左翼文化战线在香港发动的一场着眼于全国夺取政权的运动。此前，1947年7月，焦菊隐、叶丁易等积极支持的北师大刊物《泥土》第三辑刊出的《文艺骗子沈从文和他的集团》的批判文章，将沈从文、朱光潜、卞之琳、郑敏、穆旦、袁可嘉等列入"北平沈从文集团"，表明左翼阵营已充分关注到沈从文等自由主义作家在战后平津地区活动的"集团性"。但此时平津地区左翼文学的影响并不很大，一些在北平刊物发表文章的左翼文人往往远在沪、渝等地。有组织的批判运动恰恰是在拥有相对和平宽松环境而又聚合了大批南来左翼文人的香港发生了。1948年下半年，在香港出版的左翼刊物，如《自由丛刊》《野草丛刊》《大众文艺丛刊》《小说月刊》等，都发表了痛斥以沈从文、朱光潜、萧乾等为代表的"反动文艺"的文章，作者则包括当时著名的左翼文人冯乃超、林默涵、邵荃麟、孟超等。文章主要批判了《文艺杂志》《大公报》刊发的内容，显示出左翼阵营和"京派"的直接对峙。批判的主要内容大致分两个方面展开。一是揭露"京派"文人的"政治立场"，认为"京派"在"人民的发现"已替代了"人的发现"的时代潮流中倡导"人

---

① 郭沫若：《斥反动文艺》，《大众文艺》第一辑《文艺的新方向》，（香港）生活书店1948年版，第5页。

性的解放与恢复"，是想掩蔽人民和统治者之间"对立的存在或阻止这对立的发展"，"这样就把统治者的罪恶的责任轻轻刷掉了"。[①]这里，任何文学的立场都被视为政治立场的选择，正如郭沫若当时直言不讳的，"凡是有利于人民解放的革命战争的，便是善，便是是，便是正动；反之，便是恶，便是非，便是对革命的反动。我们今天来衡论文艺也就是立在这个标准上的"[②]。二是批判"京派"对新文学史的"歪曲"，认为"京派"只是"冒充出一种为'文学'而'卫道'的假面目"，五四后的新文学"只能停留高级知识分子群中"；只有"近一二年来，才使中国化得到实践"，[③]而这中国化就是"文艺必须为劳动者服务"的"大众化"[④]（劳动者对于文艺的需求又往往被简化为"被文艺所动员起来革命"）。这实际上已涉及文学史的评价了。这两方面的内容已包含了日后左翼阵营掌控文学的重要模式，表明左翼阵营对"京派"的批判带有文学全局性的考虑，而当时"京派"作为"自由主义的文化人"在左翼文人眼中"已成为共产党在文化战线上的头号敌人"。[⑤]因此，"京派"文学在左翼阵营批判中的终结过程构成战后中国文学转型的重要内容，其包含的两条文学"重建"的路线之间的分化、斗争深刻反映了受国共战事的政治制约而又跨越了"1949"的中国文学的命运及其实质。

"京派"在战后基本上还是一个自由主义作家派别，强调在政党对立之间，"保持一个中立的超然的态度"，"能从四面八方着眼，大公无私，稳健纯正"，形成一种"平正的、健全的、有助于社会安定的"舆论；在"自由分子的势力在今日中国几乎被剥削完了"的战后情势中，"京派"把"不属于任

---

① 荃麟：《初秋杂笔》，（香港）《自由丛刊》第7辑《展望大反攻》（1947年10月），郑树森、黄继持、卢玮銮编：《国共内战时期香港文学资料选》，（香港）天地图书有限公司1999年版，第227、228页。

② 郭沫若：《斥反动文艺》，《大众文艺》第一辑《文艺的新方向》，（香港）生活书店1984年版，第3页。

③ 孟超：《朱光潜的粗疏》，（香港）《小说月刊》第1卷第5期（1948年11月）。

④ 林洛：《人民文艺的指导理论》，《大众文艺新论》，（香港）力耕出版社1948年版。

⑤ 郑树森、黄继持、卢玮銮编：《国共内战时期香港文学资料选·三人谈》，（香港）天地图书有限公司1999年版，第19页。

何一个党派"的"优秀的自由分子"的存在看作国家面临"在朝党"和"在野党"冲突"恶化"、"引起内乱"之时中国命运所系。[①]而在文学上，他们更坚持思想自由、艺术本位的立场。即便在遭到左翼阵营的严厉批判后，他们初衷不改，坚持"自由是文艺的本性"，"问题并不在于文艺应该或不应该自由，而在我们是否真正要文艺"，因为"惟有在艺术的活动方面"，人才要"完全服从他自己的心灵上的要求"，从而"充分表现了人性的尊严"，并产生"解放可能被压抑的情感"，"解放人的蔽于习惯的狭小的见地"的创造力，文艺的创造性就是"自主自发"，因此"没有创造性或自由性的文艺根本不成其为文艺"。[②]这种自由的文艺观是充分的，现实针对性也是明显的，就是"我们不能凭文艺以外的某一种力量（无论是哲学的，宗教的，道德的或政治的）奴使文艺……我们不能凭某一个人或某一部分人的道德的或政治的主张来勉强决定文艺生展的方向……文艺自有它的表现人生和怡情养性的功用，丢掉这自家园地而替哲学宗教或政治做喇叭或应声虫，是无异于丢掉主子不做而甘心做奴隶"[③]。战后的"京派"倡导了中国现代文学史上旗帜最鲜明、立场最充分的自由主义文学观。由此出发，他们全面展开了战后中国文学的"重建"。

最能表明"京派"文学主张延续、发展的刊物自然是《文学杂志》。这本停刊十年后于1947年6月复刊的刊物不仅重申了原刊"一种宽大自由而严肃"的办刊方针，即"认清时代的弊病和需要，尽一部分纠正和向导的责任"，"使人人在自由发展个性之中"，"养成爱好纯正文艺的趣味与热诚"，勇于在新文艺上"作分途探险的工作"；[④]更针对"国家民族""空前的大难"之中，"一些本来与文学无缘的人们打着文学的招牌，作种种不文学的企图"的现实，强调文学是"一个国家民族的完整生命的表现"，"文学上只有好坏

---

① 朱光潜：《自由分子与民主政治》，原载《香港民国日报》1947年12月22日，《朱光潜全集》第九卷，安徽教育出版社1993年版，第303—306页。

② 朱光潜：《自由主义与文艺》，原载《周论》第2卷第4期（1948年8月），《朱光潜全集》第九卷，安徽教育出版社1993年版，第480—481页。

③ 朱光潜：《自由主义与文艺》，《朱光潜全集》第九卷，安徽教育出版社1993年版，第482页。

④ 朱光潜：《我对于本刊的希望》，（北京）《文学杂志》第1卷第1期（1937年5月）。

之别，没有什么新旧左右之别”。①《文学杂志》展开了其在战前没来得及充分展开的“自由生发，自由讨论”②的文学实践，在“中国病象很深沉”的战乱年代，他们把“思想的自由生发”视为接受“西方文化的精髓”，根治中国人，尤其是“文”“弱”的中国知识分子“因循苟且”的病根的根本途径。③《文学杂志》无疑是当时质量最高的文学杂志之一，它所刊发的沈从文、废名、毕基初、汪曾祺、艾芜、雷妍等的小说，冯至、朱自清、朱光潜等的散文，穆旦、林庚、废名、袁可嘉、林徽因、孙毓棠等的诗作，李健吾、徐盈等的剧作，常风、朱光潜、李长之、萧乾、袁可嘉、王佐良等的评论，不仅探索的路径各不一样，而且都不乏佳作，完全可以代表战后中国文学达到的水平。其实，《文学杂志》对于文学的接纳确是“宽大自由”的，左翼作家徐盈就是在《文学杂志》发表作品文体最多的一位作家。沈从文多次称徐盈在“做人、应世、看社会、测未来”上都可做他的“老师”；④认为在民族、国家“重造”的问题上，徐盈的意见“也比目下许多专家、政客、伟人，来得正确可靠！”；⑤甚至认为徐盈、罗子冈（徐盈之妻，也是中共地下组织成员）教育青年，“比张东荪或梁漱溟有益得多”，“而做人方面”青年更能学徐盈、罗子冈，“可无从学史良或罗隆基！”。⑥在文学创作上，《文学杂志》和其他“京派”刊物更是努力促使“大家各从不同方式、不同信仰、不同观点作去，有个长时期自由竞争，争表现，所谓文坛会丰富些，思想也会活泼些”⑦。正

---

① 编者：《复刊卷头语》，（北京）《文学杂志》第2卷第1期（1947年6月）。

② 朱光潜：《我对于本刊的希望》，（北京）《文学杂志》第1卷第1期（1947年5月）。

③ 朱光潜：《苏格腊底在中国（对话）》，（北京）《文学杂志》第2卷第6期（1947年11月）。

④ 沈从文：《复彭子冈》（1946年12月27日），《沈从文全集》第18卷，北岳文艺出版社2002年版，第446页。

⑤ 沈从文：《复黄灵——给一个不相识的朋友》（1946年末），《沈从文全集》第18卷，北岳文艺出版社2002年版，第450页。

⑥ 沈从文：《复彭子冈》（1946年12月27日），《沈从文全集》第18卷，北岳文艺出版社2002年版，第447页。

⑦ 沈从文：《致彭子冈》（1946年12月上旬），《沈从文全集》第18卷，北岳文艺出版社2002年版，第444页。

是《文学杂志》这种"宽大自由"的实践及其产生的广泛影响，引起了左翼阵营的不安，引发了他们有组织的批判运动。对于别人的批判，"京派"似乎仍以"不变"应对，相信创作能说明一切，恰如当时沈从文所言："扫荡沈从文……想必扫荡得极热闹。惟事实上已扫荡了二十年，换了三四代人了。好些人是从极左到右，又有些人从右到左的……我还是我。在这里整天忙。"①然而"京派"此次错了，他们面临的是一次以政治宣判为背景的大批判，他们宣扬的"思想的自由生发"已与即将在全中国建立的政治、文化新规范无法兼容。

　　战后"京派"与左翼阵营的"交锋"自然也涉及五四后文学史评价这一重要课题。从未结集出版诗歌的沈从文此时期却反复与人探讨新诗创作，评述新诗历史。他将"新诗分作五个阶段"，看重"五四时代诸作"的"启蒙性"；"'新月'时代如徐志摩，朱湘，闻一多"等的诗作"企图把握到语言节奏的本性"，"得到相当成功"；"第三期"的"戴望舒、臧克家、何其芳、卞之琳几个人的成就"，使现代诗的"试验又有了新的发展"，"作品中则个人性格凸出"；抗战时期，"高兰、王亚平、彭燕郊、艾青对朗诵诗各有贡献"；到40年代，"如冯至，杜运燮，穆旦"等"又若为古典现代有所综合，提出一种较复杂的要求"。②这种新诗史的梳理，不仅从诗本体的层面上凸现了诗的时代性和个人性的结合，而且在文学史建构上显示了个人性的筛选眼光。至于他选择诗歌来谈新文学史，也许想表明他以"旁观者"身份表现个人性眼光的"客观性"。沈从文并不否定政治与诗的关联，他看重的是一切都要经过诗人个人性的眼光，所以他"对于诗与政治结合不仅表示同意，还觉得应再进一步"，那就是"诗人不是为'装点政治'而出现，必需是'重造政治'而写诗！"，那就是在政治正"导演着民族无可奈何的悲剧"时，"在驱人死

① 　沈从文：《复李霖灿、李晨岚》（1947年2月初），《沈从文全集》第18卷，北岳文艺出版社2002年版，第465页。

② 　沈从文：《谈新诗五个阶段》（原题《新废邮存底　二五八》，载1947年7月20日北平《平明日报·星期艺文》第13期），《沈从文全集》第17卷，北岳文艺出版社2002年版，第456页。

亡迫人疯狂方式以外，于科学和艺术观点上，建设一个进步理想或一种进步事实"。①当"现代文学三十年"进入"终结"时，沈从文力图从历史的梳理中找到文学的生发力。

1948年1月的《文学杂志》刊出的朱光潜《现代中国文学》，更是"京派"建构新文学史的一次努力。作者认为"现代中国文学"是在中国"教育方式的变革""政体的变革"中，"在全民族的生活中吸取滋养与生命力"的结果；"由古文学到新文学，中间经过一个很重要的过渡时期"，就是梁启超、严复、章士钊等的"新文言"时期。关于白话文运动之后的文学实绩，此文在新诗方面讲了胡适、闻一多、徐志摩、卞之琳、冯至、臧克家等的努力和不足；在小说方面肯定了鲁迅、沈从文、芦焚、沙汀、茅盾、巴金等的成绩；在戏剧上称赞了丁西林、曹禺的作品和洪深、李健吾的改编剧，对郭沫若等抗战期间的戏剧则持批评态度。文章肯定最多的是翻译文学，林纾、周作人、胡适、耿济之、曹靖华、梁实秋、袁家骅、朱湘、梁遇春、熊式一等近20位翻译家进入了"努力很可观"的行列。这份新文学史的名单显然与左翼话语的文学史观是针锋相对的。对于这三十年的思潮，文章专门谈到了"左派和右派的对立"，认为原先"在白话文的旗帜之下，大家自由写作，各自摸路，并无一种明显的门户意识"，左翼文学及其组织起来后，"不'入股'的作者们于是尽被编入'右派'"，并批评左翼阵营有"许多没有作品的'作家'和许多不沾文学气息的文学集会"。对于中国文学的努力方向，文章强调了不能"承受西方的传统而忽略中国固有传统"，认为"中国过去的文学，尤其在诗方面，是可以摆在任何一国文学旁边而无愧色的"，而"文学是全民族的生命的表现"，更要与"这长久的光辉的传统""有历史的连续性"。②仅就此文的新文学史观而言，"京派"强调文学变革的渐变、文学在传统展开中"转型"的思想，正是在宰制性左翼话语面前对新文学成果的小心保护和用心维系。

跨越1949
战后中国大陆、台湾、香港文学转型研究

---

① 沈从文：《谈现代诗》（原题《新废邮存底 三五七——谈现代诗》，载1947年12月15日北平《平明日报·星期艺文》第34期），《沈从文全集》第17卷，北岳文艺出版社2002年版，第478、479页。

② 朱光潜：《现代中国文学》，（北京）《文学杂志》第2卷第8期（1948年1月）。

二、"北方传统"中"自由"的"无界限的开辟新荒"

但仅仅"保护""维系"显然是不够的,"京派"的重新聚合要做的是突破和发展。1946年10月《大公报·星期文艺》创刊时,杨振声发表《打开一条生路》,在废名等撰文响应后,他又强调,怎样打开生路,一是"以融会的精神培养成文艺的基础",要"打开新旧文艺的壁垒","打开中外文艺的界限",甚至"打开文艺与哲学及科学的疆界";二是"面临着今日世界的新趋势,人类在冲突矛盾中所遭遇的新命运,以创造的精神……综合中外新旧,胎育我们新文化的蓓蕾以发为新文艺的花果"。[①]这里讲得虽有些笼统,但"自由"的"无界限的开辟新荒"[②]确是当时"京派"打开生路的最重要的努力,这种努力才构成"京派"与宰制性的左翼阵营及日后日益单一的体制之间内在深层次的矛盾。

沈从文、废名、朱光潜、萧乾,乃至汪曾祺等作家战后初期都非常活跃,二战的胜利使他们在希望中加速了其在抗战后期就开始了的文学突破,他们在可惜于"抗战八年"的"悲壮伟大场面""本应有三十五十部《西线无战事》作品,事实上却一个还没有"[③]的文坛现状的同时,开始了诸如沈从文要写"十城记"那样的创作努力。而国家政治的动荡使他们更执着于文学的建设作用。早在国共内战全面爆发之前,他们就忧心于国家社会"正陷入一种新的可怕的纷乱中",担心"十五岁就玩政治,二十岁就吃政治饭的早熟中国青年"更会在这种纷乱中"大规模作不必要的牺牲",因此强调在"国家的和平与幸福"被战争毁灭时,更要坚持"一种争夺以外的教育,用爱与合作代替夺权势来解释'政治'二字的含义",认为"凡是能对当前病态现实有否定作用的文化迷,于明日都有其异常庄严的意义"。[④]面对战乱动荡,"京派"并未

---

① 杨振声:《振声按》,(天津)《大公报·星期文艺》第8期(1946年12月1日)。

② 杨振声:《振声按》,(天津)《大公报·星期文艺》第8期(1946年12月1日)。

③ 沈从文:《致镇潮》(1947年初),《沈从文全集》第18卷,北岳文艺出版社2002年版,第456页。

④ 沈从文:《定和是个音乐迷》,原载《大公报·文艺副刊》第49期(1946年8月20日),《沈从文全集》第12卷,北岳文艺出版社2002年版,第209—214页。

回避"统治无能引人民入流血过程"的现实,只是他们对现实有更深切的人文关怀:"作者能对此同归于尽之现实局面注入较多哀悯,比从作品中掘发仇恨意义更深远。"政治斗争"十年廿年后,这些人都不免恩怨相消,同入虚无,功名权位,成尘成灰。然万千新生人民,却将依旧寄托于这一片广大土地上,无论作主人,作奴隶,总得勉强活下去!就活到这一片由于烈火焚灼刀兵摧毁之破碎荒芜土地上!现代伟人政治家或思想家若留给他们的,又是那么一个悲惨景象,现代文学家是不是还应当给他们一点别的东西……增加他们深一层认识,由悔悟产生勇气,来勇敢的克服面临一切困难,充满爱与合作精神,重建这个破碎国家"。① 这事实上是"京派"最根本的文学观深化的现实形态。他们在区分文化和政治中再次选择了文学作为抗衡现实压力、重建民族的途径,以"自然人性"来对抗战争毁灭。其中包含的勇气、执着难以想象,然而"京派"做到了。

战后"京派"孜孜以求的是建立一种"北方传统"。这种传统,"比上海方面用杂文、辱骂、造谣方式吸引读者情形,结果将不同些"②;也不同于和政治联姻的文学,"因为政治是最怕'反对',而特别需要'拥戴'的"③。废名甚至认为"少年人贪写文章,是不立志",也是担心少年人落入"急乎乎做著作家"的习气中。④ 他们视文学为"古人能令我们现在人喜欢,我们现在人也应该令后来人喜欢"⑤ 的艰苦事业。沈从文当时花费大精力去编

---

① 沈从文:《致周定一先生》,原载北平《平明日报·星期艺文》第23期(1947年9月28日),原题《窄而霉斋废邮(新十九)》,《沈从文全集》第17卷,北岳文艺出版社2002年版,第472—473页。

② 沈从文:《复叶汝琏》(1947年2月14日),《沈从文全集》第18卷,北岳文艺出版社2002年版,第471页。

③ 沈从文:《致彭子冈》(1946年12月上旬),《沈从文全集》第18卷,北岳文艺出版社2002年版,第444页。

④ 废名:《立志》,原载《华北日报·文学副刊》1948年2月15日,止庵编:《废名文集》,东方出版社2000年版,第275页。

⑤ 废名:《立志》,止庵编:《废名文集》,东方出版社2000年版,第275页。

副刊，以改变副刊"创作感缺乏"①的状态；并且为"一年来且发现好些廿来岁少壮，笔下都精力弥满"②而满心高兴，就是"以个人私计，有一年时间，会可以将北方作家创作态度引导入一个正常发展中"③，形成一种不是"守住空洞理论原则"，而是养成"用笔习惯"与"用笔去争取读者"的风气。④而且"北方传统是读者和作者一样诚实，读文章认真，且能接受一切设计上文格上的新的试验"⑤。总之，"北方传统"依旧区别于"海派"，更有别于左翼，以诚实强健的"笔"耕耘文学。在国共内战日益激烈、创作环境不断窒息于战争的低气压中，"京派"的自由创作始终坚守这种"结结实实的工作"的"北方文运传统"，即使"这个传统成就，虽有一时会为宣传打倒"，⑥甚至"一时会为时代风雨所摧毁"，但沈从文等始终相信"这个传统长处或美德……事实上却必定将是明日产生种种有分量作品的动力来源"。⑦正是扎实的笔耕使"京派"在战乱频仍的环境中仍有着种种文学的进展。

早在1980年代初，美国学者金介甫就认为以往人们对"沈从文的文学产量在40年代减低了"的"印象是错了"。此时的沈从文不仅"常常谦虚地隐退到报纸副刊"培育文学新人，"使他们在几十年后成为他的接班人"，而且他在继续写作，"沈从文很可能已准备好另一次在长篇小说方面多产。他正达到

---

① 沈从文：《致彭子冈》（1946年12月22日），《沈从文全集》第18卷，北岳文艺出版社2002年版，第445页。

② 沈从文：《致林蒲》（1947年10月20日），《沈从文全集》第18卷，北岳文艺出版社2002年版，第479页。

③ 沈从文：《复叶汝琏》（1947年2月14日），《沈从文全集》第18卷，北岳文艺出版社2002年版，第470页。

④ 沈从文：《致镇潮》（1947年初），《沈从文全集》第18卷，北岳文艺出版社2002年版，第456—457页。

⑤ 沈从文：《致林蒲》（1947年10月20日），《沈从文全集》第18卷，北岳文艺出版社2002年版，第479页。

⑥ 沈从文：《致季陆》（1948年12月1日），《沈从文全集》第18卷，北岳文艺出版社2002年版，第518页。

⑦ 沈从文：《致吉六——给一个写文章的青年》（1948年12月7日），《沈从文全集》第18卷，北岳文艺出版社2002年版，第521页。

写作的高峰"。^①沈从文在战争时期一直进行着逆向性思考，他重读旧作以自审，在对"生命与自然、历史或文化种种意义"的重新思考中丰富自己的艺术生命，尤其是其关于"形式"的思考达到了艺术生命的高度：生命"最完整的形式"，"在抽象中好好存在，在事实前反而消灭"（《生命》）。战后沈从文延续了这些探求，坚信"一种'抽象'比'具体'还更坚实"，从而展开了更深广的艺术形式的探寻。同时他更自觉、强韧地抗衡文学"一体化"的时代潮流，相信"一个伟大纯粹艺术家或思想家的手和心，既比现实政治家更深刻并无偏见和成见的接触一切，因此它的产生和存在，有时若与某种思潮表面或相异，或独立，都极其自然……艺术……比过去宗教现代政治更无私……明日的艺术，却必将带来一个更新的庄严课题，将宗教政治的'强迫''统制''专横''阴狠'种种不健全情绪，加以完全的净化廓清"^②。其创作既追求"传奇"和"更自然更近乎人性"的"人生"的结合，又探索着"把生命谐合于自然中"的"形式"，并以此抵御"宗教政治"意识形态的非人文性。

　　沈从文1945—1947年发表的4篇连成一气的小说《赤魇》《雪晴》《巧秀和冬生》《传奇不奇》^③完全可以扩展成一部厚重的长篇小说，而其形式交融着传统的诗意和民间的传奇。小说以一个18岁的"城里人"（"我"）的眼光讲述了沅水流域又一个交融着"更荒谬更离奇的传奇"和"更自然更近乎人的本性的人生"的悲剧。《赤魇》和《雪晴》几乎没有故事，但有着自然山水、乡间人家种种美的极致（沈从文近乎完美地捕捉到并表现出这些近乎抽象的美的极致），使"我"徘徊于完全皈依清寂自然的生命律动和置身挣扎求生的丰满人生之间。而17岁乡下姑娘巧秀的私奔不经意带走了"我"的心事，"我"的寻找才有了后两篇小说讲述的巧秀母女的悲剧。当年巧秀娘在族人"道德感和虐待狂已混淆不可分"中被沉潭，她"饶恕了一切带走了爱"。巧秀在母亲

　　① ［美］金介甫著、杨苡译：《沈从文论》，荒芜编：《我所认识的沈从文》，岳麓书社1986年版，第126页。

　　② 沈从文：《一个传奇的本事》，原载《大公报·星期文艺》1947年3月23日，《沈从文全集》第12卷，北岳文艺出版社2002年版，第231页。

　　③ 沈从文这4篇小说以新编集《雪晴》收入《沈从文全集》第10卷，北岳文艺出版社2002年版，第397—453页。

沉潭十六年后私奔，又引发了满家和田家两家寨子的斗殴，"乡下人头脑，充满了古典浪漫气氛"，却让一个个年轻生命陨灭，而一个个消失的生命仍会活在"此后的荣枯兴败关系中"。沉重和清灵、传奇和现实如融雪水于土地一样交融，种种反讽完全由素朴的乡间生活自身产生，但又有着时局、形势的明朗背景，其解读的空间丰富开放。如果对照沈从文写的《主妇》（1946）、《虹桥》（1946）等小说对于"追求抽象"和"转入平庸"中自然神性的探寻，对于"手足贴近土地的生命本来的自足性"的理解，我们会更深切地感受到，此时沈从文小说之所以有那么多"抽象感性"的写法，是他真正把握住了文学艺术的内在精神，那就是人的情感的自然、自由、自在、自足及其交流性，是人丰富而自发的内心需求。他在最素朴、平庸的乡野生活中寻找最抽象的美的形式，使生命真正契合于自然中，从而使艺术精神有了其本源性的源泉。

战争期间沈从文的思考最重要的收获是他更深刻地理解了构成一切社会变革，包括战争的最深广的背景的是普通民众的生老病死。他在艺术形式上向上腾飞时，却将自己的人生关怀更深地向下沉积。他说他战后"待完成的十个故事，将是十个水边城市人民的爱恶哀乐"，他"要的却只是再来好好工作十年二十年，写写那些生和死都和水离不开的平凡人的平凡历史"。[1]跟左翼作家的民众关怀有所不同，沈从文更多地领悟于民众平凡人生对于"民族重造"的意义和价值。战后初期，沈从文写过不少忆人写景的散文，在那些关于亲朋好友、祖居徙地的文字中，沈从文娓娓而谈的大多是极平常的故事，"平凡而简单的日子，等待平凡的老去，平凡的死。一切都十分平凡，不过正因为它的平凡……不免使人感到一种奇异的庄严"[2]。越是战乱、变革，普通人的平凡日子越是显示出一种"坚韧素朴人生观"的价值。

把"地方性"艺术与"现代"艺术"重新接触"[3]，是沈从文寄希望于后人

---

① 沈从文：《一个传奇的本事》，《沈从文全集》第12卷，北岳文艺出版社2002年版，第218页。

② 沈从文：《一个传奇的本事》，《沈从文全集》第12卷，北岳文艺出版社2002年版，第225页。

③ 沈从文：《致凌叔华》（1948年10月16日），《沈从文全集》第18卷，北岳文艺出版社2002年版，第512页。

创作的最重要的内容。《一个边疆故事的讨论》（1947）之所以值得关注，就在于沈从文用数千字的篇幅在跟一位青年作家"萧兄"（萧望卿）细细讨论其小说如何"重造故事"中具体谈及了扩展"地方性"的许多重要问题，给人"从边城走向世界"的强烈感受。"萧兄"的小说是讲一个发生在蒙古草原寺庙的爱情悲剧。沈从文一一指点如何将这故事"扩大"，就仿佛他自己在写这小说。沈从文强调整个故事要"从修整中见天然"，人物、情景都"富草原游牧气、奶酪气"，"在整个故事里充分注入作者贴近土地的浓厚兴趣"。同时，沈从文更强调"发现一切优秀作品的必然性和共通性"，"充满了传奇性而又富于现实性，充满了地方色彩也有个人生命流注"，把故事写成"一个生命向内燃烧的形式"，"由此消失的还能在另外一处生长。在彼存在的在另外一处依然存在"，这样，作品就不能"只停顿到'叙述'上止住"，而要"不惜工本的专注"于"不受时间影响"的"生命形式"的探寻，即便这种探寻"在目前即缺少读者理解，到另外一代，还会由批评家发掘而出"。[①]沈从文在与和他合编副刊的周定一的讨论中也认为"萧兄"的写法"将于芦焚、艾芜、沙汀等作家，揉小说故事散文游记而为一的混合试验以外，自成一个新的型式"，"这种新的创作，不仅在'小说'上宜有新的珠玉产生，在女作家方面，也可望作到现有成绩纪录的突破"。[②]沈从文的这种讨论，显然具有前瞻性。他着眼于中国文学真正走向世界的未来，希望青年作家的创作有更大的进展。

三、省思和重建中的终结和流散

"京派"此时的"重建"密切联系着他们对以往文学创作的自觉反思。战后重回北大的废名借课堂讲学首先展开了对自己创作的反思。他从"这个诗是中国民族的诗。……这个伦常之道又正是中国的民族精神。……中国作家如

---

① 沈从文：《一个边疆故事的讨论》，《沈从文全集》第17卷，北岳文艺出版社2002年版，第463—468页。

① 沈从文：《一个边疆故事的讨论》，《沈从文全集》第17卷，北岳文艺出版社2002年版，第463—468页。

② 沈从文：《致周定一先生》，《沈从文全集》第17卷，北岳文艺出版社2002年版，第470—471页。

不本着伦常的精义，为中国创造些新的文艺作品来则中国诚为病国"①的"京派"立场出发，检讨了自己参与的新文学运动"对于文艺都是从西方文艺得到启示"，将"西方"和"中国"、"现代"和"传统"置于"一真一伪"二元对立的思路偏颇。②他此时期在北大的讲稿《新诗十二讲》是将"今日新诗的精神"接通于传统资源，揭示"中国新文学史上本来向有的新文学"。1947年6月开始，《文学杂志》连载14期刊出了废名的小说《莫须有先生坐飞机以后》。这部小说可以称之为废名"成熟的溢露"③之作，所以整部小说不是靠"故事"，而是以主人公的思虑来结构。废名曾说："《莫须有先生传》出版以后我便没有兴会写小说"④，让他重写小说的正是他思虑的"苦闷"。小说主要讲述莫须有先生蜗居乡下的生活场景，从而以对中国乡间民众物质生存与精神依托的独特理解表达了其对于科学理性推动的包括新文学在内的中国现代化进程的批判性思考。这些思考既来自他抗战期间隐居家乡时的积累，也得力于他对战后中国现实的人文关怀，其中不乏深思熟虑、真知灼见。例如废名借莫须有先生之口（只要对照此时期废名的散文，我们就明了"莫须有先生"常常表达着废名的看法）说："我读莎士比亚，读庾子山，只认得一个诗人，处处是这个诗人自己表现……"⑤这世界上只有"一个诗人"的看法正是废名对于东西方文学、古今文学本质相通的完美诠释。所以，他以古诗词直接入小说，取的是古今相通的意境；取莎士比亚剧作对白写小说，取的是中外人物相通的心境，从而成就了包括《莫须有先生坐飞机以后》在内的废名小说的独异风貌，其中所呈现的"中和"哲思，也是出于认为艺术的内在精神并无东西方、传统和现代的本质差异，中国文化的某些精神可在西方文化那里找到契合点。传统文化也可在现代文化那里延续其生命力。因此，他认为庾信的赋、李

---

① 废名：《响应"打开一条生路"》，原载《大公报·星期文艺》第8期（1946年12月1日），止庵编：《废名文集》，东方出版社2000年版，第239页。

② 废名：《响应"打开一条生路"》，原载《大公报·星期文艺》第8期（1946年12月1日），止庵编：《废名文集》，东方出版社2000年版，第237页。

③ 废名：《莫须有先生坐飞机以后》，（北京）《文学杂志》第3卷第2期（1948年7月）。

④ 废名：《我怎样读〈论语〉》，《民国日报·文艺》第132期（1948年6月28日）。

⑤ 废名：《莫须有先生坐飞机以后》，（北京）《文学杂志》第2卷第7期（1947年12月）。

商隐的诗、温庭筠的词里潜藏着与莎士比亚戏剧、塞万提斯小说、五四新文学作品相同的艺术因子，而他的作品正是想要从文学的民族性里透视出世界性。《莫须有先生坐飞机以后》中多处可见这种致力于中西文学的共通、共象、互补、对接的议论，起码在影响模式上突破了以往将影响者置于中心的习惯思维，而将创造性影响视为两个强有力者间的作用，打破了五四后新文学单一接受者角色而造成的屈从者地位。这种打破反映出废名对于五四新文学传统的省审，也使他的小说、散文更不拘一格、潇洒自为。废名战后回北大平生第一次坐了飞机，然而他对飞机代表的现代科技、物质文明反而展开了省思。《莫须有先生坐飞机以后》描述的乡居生活就使小说在稚朴淡远中处处透露出对将来"大家都是机器中人"的质疑。莫须有先生在和乡民们相处中时时有这样的感慨："咱们中国老百姓……不在乎这个物质文明，他们没有这需要，没有这迫切，他们有的是岁月，有的是心事。""农人是社会的基础，农人生活是真实的生活基础，修身齐家治国平天下都在这里了。""无线电收音机……与小孩子完全无好处，有绝大的害处，不使得他们发狂便使得他们麻木，不及乡下听鸟语听水声多矣。"这种反现代性的叙事其实包含了废名的人文关怀，那就是任何现代化"不能忘了中国国情"，更不能断了传统。所以，《莫须有先生坐飞机以后》由主人公的乡间蛰居生活生发出对传统儒、佛等文化的领悟，而且常借儿童、乡民的眼光来去蔽。例如，小说写到莫须有先生和家人元旦赏雪，小儿子纯望着空中往下飘的雪问："爸爸，雪是什么时候上去的？"此话让莫须有先生大吃一惊，他从孩子童话般的问话中悟到：孩子的问话虽由"什么东西都是先上去然后下来"的经验而发，却包含"颠扑不破"的"道理"："人是有前生的，正如树种子，以前还是一棵树，现在又将由种子长成一棵树，前生的经验如树种子今生又要萌发了。"这道理揭示了生命、传统等的无法割裂。《莫须有先生坐飞机以后》最充分地表达了废名此时期思考的一个核心："我们不从生活是不能懂得圣人了。"[①]所以小说处处写极其平淡的乡间日常生活，而把儒家的"天命"、佛教的"因果"都呈现得"同世间的现象一样具

———————

① 废名：《我怎样读〈论语〉》，《民国日报·文艺》第132期（1948年6月28日）。

体"①，从而从民众俗生活中寻找"民族重造"的力量。而他抗战后期开始动笔，战后初期脱稿的"生平最得意"之作《阿赖耶识论》②更是针对唯科学主义而发，其1940年代的意义也是不可忽略的。

真正读懂了废名的朱光潜在此时期以他主编的《文学杂志》等为阵地，大力倡导文学"是一个国家民族的完整生命的表现"③的立场，聚合李健吾、梁宗岱、李长之等人，多方面深化了从文化、审美出发的文学本体的理论和批评……"京派"的文化建设性由此达到了一个新的高度。而在沈从文等影响下的以青年作家（如穆旦、郑敏、袁可嘉）为主体的平津地区创作在1947年前后形成了一种"新写作"倾向，在化现实感受为文学关怀的追求中，关注抽象，突破文体界限，强调现实的内在化，开掘语言资源。所有这些努力，也都强化了文学本体的内涵。

总之，"京派"展开的是战后中国文学的全面"重建"。在五四后新文学的评价上，他们不仅从文学本体的层面上凸现了时代性和个人性的结合，而且在文学史建构上显示了个人性的筛选眼光。其创作在"北方传统"的建立中展开了"新写作"的种种实践，以艺术内在精神的高扬抗衡文学一体化的潮流。这种"重建"在日益激烈的国共内战局势中受到越来越大的压力。到1948年，共产党在战事上取得决定性胜利，而"文艺运动"却"处于一种右倾状态中"④，此时，坚持思想文化上的自由主义的原"京派"阵营自然成为左翼阵营批判的重要对象，原"京派"成员从一些刊物撤出或消失，"京派"开始其在中国大陆终结的命运。

战后"京派"也终结于自身的分化。1948年11月7日，在北京大学"今日文学的方向"座谈会上，议及文学与政治关系时，与会的自由主义作家围绕

① 废名：《孟子的性善和程子的格物》，原载《世间解》1947年第1期，止庵编：《废名文集》，东方出版社2000年版，第264页。

② 废名：《阿赖耶识论》，辽宁教育出版社2000年版。

③ 见1947年6月《文学杂志》所刊的《复刊卷头语》。

④ 邵荃麟执笔：《对于当前文艺运动的意见——检讨，批判，和今后的方向》，《大众文艺丛刊》第一辑（1948年3月）。

"红绿灯"一说表现出明显的分化。沈从文困惑于"一方面有红绿灯的限制，一方面自己还想走路"，"也许有人以为不要红绿灯走得更好呢"，更担心"有人操纵红绿灯"；废名则不满"现在"的"小说家们""看见红绿灯，不让你走，就不走了"；汪曾祺认为只要"承认他有操纵红绿灯的权利，即是承认它是合法的，是对的。那自然得看着红绿灯走路了"，但他也担心实际情况"并不如此"，即"他"并没有"操纵红绿灯的权利"；冯至则强调"红绿灯是好东西，不顾红绿灯是不对的"，"既要在这路上走，就得看红绿灯"。①那个年代街头红绿灯还带有更多"人工操作"的因素，便有了那个特定年代隐喻的丰富性。面对即将诞生的新世界的新规范，"京派"成员明显感受到了压力。这种敏感来自"京派"成员既"出世"又"入世"的人生和创作态度。在"出世"和"入世"上的摇摆使"京派"成员在"红绿灯"面前有了分化。对于创作在政治之外还有没有自己的空间这一问题的敏感，最终指向了"京派"的终结。

  "京派"1940年代后期在中国大陆的终结是个逐渐发生的过程。当"农村包围城市"的革命即将最后成功、左翼文学大规模进城之际，沈从文则想回到乡下保留自己的理想。即便在左翼文学阵营激烈批判沈、朱、萧后，原"京派"成员还在努力调整自己的立场。"京派"对中国民间的看重和深入使其成员对革命后的新中国也抱有希望。1948年11月，平津战役逼近，沈从文主编的《益世报·文学周刊》等停刊，他给一些青年作者退还存稿时写下了许多感人的文字，在预感自己"过不多久"就会"被迫搁笔"②；甚至承认自己"已成为过时人"③中，仍包含了对"明天"的殷切希望："大局玄黄未定，惟从大处看发展，中国行将进入一新时代，则无可怀疑……如生命正当青春，适应性大，弹性强，如能从一新观点继续用笔，为一原则而服务，必更易促进一个

---

① 《今日文学的方向》，（天津）《大公报·星期文艺》第107期（1948年11月14日）。

② 沈从文：《致吉六——给一个写文章的青年》（1948年12月7日），《沈从文全集》第18卷，北岳文艺出版社2002年版，第519页。

③ 沈从文：《复姚明清信》，原载1948年12月12日长沙《小春秋》，《沈从文全集》第17卷，北岳文艺出版社2002年版，第486页。

新社会实现……你笔很好，来试试用到对于明天的社会讴歌罢……试从远大处看国家，这个国家必然会进步……只不过进展的方式，或稍稍与过去自由主义者书呆子所拟想成的蓝图不甚相合罢了。"①我们"终不能不对于这个发展，需要怀着一种极端严肃的认识与注意！试为重造自己来作一点努力吧"②；"时代突变……个人悲剧虽多……社会明日却必然会得到进步"，而写作，只要"不取巧，不速成，虔敬其事"，"为一个新观念而努力，作品又适为新社会需要的，必可得到广大的出路"。③废名在1948年11月的"今日文学的方向"座谈会上还坚持文学"只是宣传自己"，"文学家只有心里有无光明的问题"，④但之后所写《一个中国人民读了新民主主义论后欢喜的话》就反映出其把自己对民族精神、文化传统等的思考纳入新中国轨道的努力。

沈从文是在1949年1月北平围城时精神开始失常的："'我'在什么地方？寻觅，也无处可以找到。""我写的全是要不得的，这是人家说的。我写了些什么我也就不知道。""没有一个朋友肯明白敢明白我并不疯……我看许多人都在参预谋害，有热闹看。"⑤沈从文这些"疯人"之言实有异常之清醒，沈从文对文学的看重使他早在共和国体制建立前就比别人更早敏感于文学之路的艰难，所以即便在他自伤康复后，他也清清楚楚写道："共产党如要的只是一个人由疯到死亡，当然容易作到。如还以为我尚可争取改造，应当……让我在一新工作环境中不声不响试工三年五载……"⑥沈从文还是那颗赤子之心。不过政治一体化的进程最终挤掉了"京派"在大陆的生存空间，无法随政

---

①　沈从文：《致季陆》（1948年12月1日），《沈从文全集》第18卷，北岳文艺出版社2002年版，第517—518页。

②　沈从文：《致吉六——给一个写文章的青年》（1948年12月7日），《沈从文全集》第18卷，北岳文艺出版社2002年版，第520页。

③　沈从文：《致炳堃》（1948年12月20日），《沈从文全集》第18卷，北岳文艺出版社2002年版，第523页。

④　《今日文学的方向》，（天津）《大公报·星期文艺》第107期（1948年11月14日）。

⑤　沈从文：《张兆和致沈从文暨沈从文批语·复张兆和》（1949年1月30日），《沈从文全集》第19卷，北岳文艺出版社2002年版，第8—9页。

⑥　沈从文：《致张以瑛》（1949年3月13日），《沈从文全集》第19卷，北岳文艺出版社2002年版，第20页。

治时代变迁而彻底改变自己的"京派"在大陆只能"提前死亡",由此也开始了五四新文学传统流散的新时期。

战后"京派"的影响通过两部分青年作家得到了延续,都以原西南联大学生为主。一是当时聚合于沈从文、废名、朱光潜、冯至等周围,包括穆旦、郑敏、袁可嘉、杜运燮、汪曾祺、盛澄华、王佐良、金隄、周定一等在内的北方青年作家群,他们中一些人甚至在1980年代后的创作、论述中复苏了"京派"某些文学追求;一是当时从国统区出国继续学习的青年作家,他们中后来卓有成就者有鹿桥、程抱一、熊秉明等,其艺术追求更明显延续"京派"影响,其中尤为值得关注的是他们1950年代到1970年代在海外对中华民族文化传统的"重建"。战后"京派"的重新聚合和终结所包含的两条文学"重建"的路线之间的分化、斗争深刻反映了战后中国文学转型中作家的选择及其命运。自由主义文学、坚守艺术本位的文学在中国大陆已无存在的空间,作家必须无一例外地投身于"人民的文学"的时代潮流。

第二节　文学立场的坚守和艺术实验的艰难
——从台湾鲁籍作家创作看战后台湾作家的文学选择

1949年7月在澎湖发生"山东流亡学校烟台联合中学匪谍组织"冤案。8000多山东中学生,因为"要读书不要当兵",被澎湖防卫司令部以"破坏建军"的罪名,打入了一场被诬以与"共匪"勾结的冤屈大案中。"烟台联中冤案尤其使山东人痛苦,历经五十年代、六十年代进入七十年代,山东人一律'失语'。"[①]然而,在这种政治高压下,从齐鲁大地流亡到海岛台湾的山东知识青年中,却涌现出一批足以被日后中国文学史关注的优秀作家:朱西宁、王鼎钧、姜贵、郭良蕙、丛甦、张放、杨念慈……他们在文学上没有"失语"。本节以山东省籍作家从五六十年代出发的创作实践所提供的在20世纪文

---

① 王鼎钧:《文学江湖:王鼎钧回忆录四部曲之四》,(台湾)尔雅出版社有限公司2009年版,第31页。

学与政治复杂纠葛中文学保存、发展自身的丰富经验为例，来考察战后出发的台湾作家在政治威权年代如何做出文学选择。

一、传统再出发中的文学求新求变

20世纪五六十年代台湾最有影响的鲁籍作家朱西宁曾多次高度评价1950年代台湾的文学，认为"其品质可以断言，绝对是超越了'五四'以后每一个时期的作品"，是中国"现代文学飞跃的时代"；[①]"量丰质优"的"五十年代文学等于是再出发，再创造，发扬了民族精神，规正了伦理传统，禊祓了、清洗了中华文化所受的污染，为以后这二十年，以及更长久的我国现代文学垦拓了沃土良田"。[②]朱西宁从传统的再出发、再创造的角度对1950年代文学的看重，正是台湾鲁籍作家五六十年代的文学选择及其价值、意义所在。

鲁籍作家看重传统是情理中的事，例如朱西宁，他的乡土小说受鲁迅影响深，但"朱与鲁不同之处，便是肯定传统价值，并在点出民族弊病之际，亦探讨如何铲除腐败"[③]。他也推崇张爱玲，中学时代就喜好张爱玲作品，"战乱时期他把《传奇》当护身符随身带着，一路来到台湾"；但他与张爱玲的区分，"不仅分为北方文风与南方文风的展现"，更明显的是，"对于传统礼教与人伦秩序，张是颠覆与嘲讽，而朱是维护与发扬"。[④]朱西宁的小说确实深深浸淫于传统而又维系着传统。但竭力维护传统文化，对政治也会高度热衷；而在国民党政治高压下的台湾，就很难摆脱官方政治的影响。20世纪五六十年代，台湾国民党当局为了表明其是正统中国的代表，倡导中华文化的"复兴"时。朱西宁曾写下这样的文字："今朝的桃花依然笑春风，桃花是去

---

① 《在飞扬的年代——五十年代文学座谈会》座谈记录，（台湾）《联合报副刊》1980年5月4日。

② 朱西宁：《历史的时代课题——论反共文学》，（台湾）《中华文化复兴月刊》第10卷第9期（1977年9月）。

③ 庄宜文：《朱西宁与胡兰成、张爱玲的文学因缘》，王德威等：《纪念朱西宁先生文学研讨会论文集》，台湾文建会2003年版，第130页。

④ 庄宜文：《朱西宁与胡兰成、张爱玲的文学因缘》，王德威等：《纪念朱西宁先生文学研讨会论文集》，台湾文建会2003年版，第130页。

年的桃花又不是去年的桃花，春风是去年的春风又不是去年的春风，这是与不是，便'复'与'兴'尽在其中了。"①这其中固然有朱西宁关于"回归"文化传统并非故步自封，而是在"生生不息"中求发展的思考；但结尾那一句对当局"复兴"运动的呼应，还是让人担心其陷入政治陷阱。他也强调文学有常有变，创作取材于乡土的底层是变，而回归民族文化为常，②而这来自他强烈的中国文化中心意识。他后来对台湾20世纪五六十年代的西化思潮和70年代的乡土文学思潮保持警觉，认为"一是太过贪图外求，一是失之于紧缩创作世界，而过分保守。或许可以喻为一是太平天国，一是义和团，俱有缺憾"③，就是担心其对于中华传统文化的冲击。而这种中心意识会不会导致保守封闭，答案自然要从朱西宁的创作中去寻找。纵观朱西宁的创作，他看重传统，并没导致保守封闭，也避免了陷于国民党意识形态的泥淖，最重要的原因就是他坚持了从文学自身出发的开放求变。这也是五六十年代出发的台湾鲁籍作家创作能突出政治高压重围的重要经验。

朱西宁推崇张爱玲是现代中国唯一嫡传的小说家，感慨自己"毕生的小说创作，永远比不上的是，斧凿总是无法像张爱玲一样'不露痕迹'"④；他也曾坦承"鲁迅小说的象征手法方面也给予我莫大的影响"⑤。这些话都道出了朱西宁对小说形式、技巧的看重，而这正是朱西宁意识到的，在五六十年代那个政治理念高扬的环境中，技巧对于文学得以突围、生存的重要性。朱西宁1949年去台湾，至1972年从军队退役，一直是"军中作家"。他回忆自己1949年至1979年在台湾创作，一直处于"半是被管制，半是良知克制"⑥的处

---

① 朱西宁：《日月长新花常生》，（台湾）皇冠出版有限公司1978年版，第173页。

② 朱西宁：《日月长新花常生》，（台湾）皇冠出版有限公司1978年版，第173页。

③ 朱西宁：《日月长新花常生》，（台湾）皇冠出版有限公司1978年版，第146页。

④ 庄宜文：《朱西宁与胡兰成、张爱玲的文学因缘》，王德威等：《纪念朱西宁先生文学研讨会论文集》，台湾文建会2003年版，第131页。

⑤ 苏玄玄：《朱西宁——一个精诚的文学开垦者》，原载《幼狮文艺》第31卷第3期（1969年9月），收入张默、管管主编：《从真挚出发：现代作家访问记》，（台中）普天出版社1975年版，第72页。

⑥ 朱西宁：《被告辩白》，（台湾）《中央日报》1991年4月12日《中央副刊》。

境中，不仅无法直接挑战官方文艺政策，而且还会认同"反共文学"一类文学主张。但他又不愿沉沦于官方政治泥淖的环境中，于是，从乡土世界出发的形式、技巧的艺术实验，成为他坚守文学立场的重要出路。

同为鲁籍的张大春称朱西宁1960年代创作的小说之"新"有两种含义，一是指朱西宁此时期的小说在情节、结构、语言上都有类似法国新小说的艺术特质，一是指朱西宁自觉求变以异于自己的旧作。[①]朱西宁1960年代的3部短篇小说集《铁浆》（1963）、《狼》（1963）、《破晓时分》（1967）中的同书名小说都是五六十年代中国文学极其重要的作品，甚至被人视为"公认的经典"[②]，而这些小说正是朱西宁创作求新求变的结晶。《铁浆》入选"20世纪中文小说100强"，它在短篇的篇幅中游刃有余地处理了清末中外危机交集的种种复杂因素，在狂暴的人体冲突中凸显了鲜明的人物形象，其"容纳量"不亚于一部长篇，不能不说得力于小说艺术的创新。从火车这个洋人用来摄中国人魂魄的怪物闯入小镇的象征，到北方的漫天风雪中孟、沈两家争包盐槽的"血性""强力"的写实，都极有艺术的浓缩力，衍生出丰富的意义，甚至"直指家天下的不得善终，不识潮流者不惟伤及己身，尤且祸延子孙"[③]。小说人物的悲剧构成了中国乡村的历史命运，也成为对现实政治的一种讽喻。《狼》在浓郁的乡土色彩中，以一个孩子的眼光呈现了隐藏在羊圈中的狼与潜伏于婶婶体内的情欲互相投射而生发的丰富意义，从传统乡土题材进入了现代主义文学的表现。《破晓时分》对传统《十五贯》话本、戏曲的成功改写更被人津津乐道。小说采用第一人称的叙述方式，以一初出茅庐的年轻衙役置身其中的心理活动，写出了一场冤狱的造成，将历久而不变的"教诫"叙事视角转换成一种"我"的自审的叙事视角。"我"作为一名衙役，目睹了"错斩"案的发生，最后甚至以"伪作证"参与了冤案的制造，而"我"自此也"吃稳

①　张大春：《被忘却的记忆者：朱西宁的小说语言与知识企图》，（台湾）《中国时报》1998年3月26日《开卷》副刊。

②　陈芳明：《朱西宁的现代主义转折》，《纪念朱西宁先生文学研讨会论文集》，台湾文建会2003年版，第189页。

③　朱西宁：《岂与夏虫语冰》，朱西宁：《破晓时分》，（台湾）印刻出版公司2003年版，第9页。

了"衙门饭。小说的讽喻直指"衙门政治"，包含着对乡村中国历史的深刻思考；而小说叙事视角、方式的错综繁复使作品的意喻更为丰富，不仅无情剖析了中国制度礼法对人生存的无情剥夺，呈现了人的命运的"荒谬和荒凉"①，而且将悲剧形成根由的思考引入了自我反省，叙事视角的改变深化了整个题旨。对于朱西宁这样一位中原乡土叙事者、"军中作家"而言，处于五六十年代国民党政治高压之下，做出这些艺术探索实属不易，其意义也十分重大。"如果'现代'的基本定义是打破成规，自抒新机，自为的创造其实远胜于对外来风格——又一种成规——的刻意追求。"②他1950年代的小说就"能够从乡土生活中找到现代性的诠释"③，而他即使在人物身上寻找传统力量，也不回避其现实命运的可悲。如小说《生活线下》以主人公的内心独白进入人力车夫丁长发的潜意识世界，写他在拾得一笔不小的钱款后，淳朴本性与物质欲望之间的激烈冲突，最终良知战胜了私欲。然而，他拾金不昧的行为却被报纸、朋友所利用，无情的现实再次扭曲了他的人格。艺术上的自为求变，是朱西宁文学生涯的内核，也使得他能从传统的、乡土的世界中发现现代性，这不仅突围出了国民党当局的政治高压，也为台湾文学注入了现代意义。

二、文学立场：政治威权下的突围

朱天文在谈到父亲朱西宁及其家族时说："从小听闻这些：在教会不被教会接纳、在军中种种言论却不合军中意识、在文坛亦不迎合言论……，这种位置对我们而言变得极自然而天经地义，并且感到骄傲而自豪……"她还说："父亲一生，一般人看他是个右派或保守派，但我们总觉得父亲是在右派里讲

---

① 王德威：《画梦纪》，《纪念朱西宁先生文学研讨会论文集》，台湾文建会2003年版，第22页。

② 王德威：《画梦纪》，《纪念朱西宁先生文学研讨会论文集》，台湾文建会2003年版，第20页。

③ 陈芳明：《朱西宁的现代主义转折》，《纪念朱西宁先生文学研讨会论文集》，台湾文建会2003年版，第190页。

左派的话。"①文学史者也认为："朱先生生前的精神世界在那个时代，不管用什么价值观念、政治立场来看，都格格不入：共产党觉得他反共，民进党认为他是国民党，国民党又不认为他是国民党。"②这道出了作家坚持文学立场最重要的一种思想性格和素质：不依附于左、右翼政党的独立性。至于"在右派里讲左派的话"，不只是政治立场的温和所致，更往往是将体恤民情、关怀底层置于最重要的位置，而这恰恰是一个作家的素质。正是这种作家的独立性成就了鲁籍作家在政治威权的五六十年代的文学突围。

被人称作"如果选出中国当代十大散文家""五大散文家"都"还是有份儿的"王鼎钧，是1951年2月参加"中国文艺协会"举办的"小说创作研究组"学习开始创作的，入学考试题目是"列举小说名著10篇并略述其艺术价值"，他感叹此题"出手与众不同，没教我们略述思想主题"③。第一次课，老师强调的也是"创作第一，不谈主义，不发讲义，直接阅读作品吸收技巧。领略风格、体会意境"，王鼎钧就此找到了自己"要找的东西"，那就是什么是文学。④在1950年代的台湾，散文更有落入官方政治陷阱的危险。而王鼎钧又"长期在宣传机构写稿审稿"，其创作往往是"出于对社会、人群的'使命感'"⑤，一不留神就会被国民党宣传的"反共复国"的"使命"牵着走。然而，王鼎钧恰恰是怀着"社会使命"写出他散文的传世之作。他所着眼的人生，始终有着历史和人生的丰富内涵，并以"写出全人类的问题"的胸襟和视野审视问题，而不会被一时的政治风云所遮蔽；作家的"社会使命"始终立足于文学层面，将人性的完善视为最基本的人生；同时，又孜孜以求用自己独立

①　许正平整理：《小说家们谈朱西宁》，《纪念朱西宁先生文学研讨会论文集》，台湾文建会2003年版，第221、241页。

②　吴亿伟整理：《重新评读朱西宁》，《纪念朱西宁先生文学研讨会论文集》，台湾文建会2003年版，第200页。

③　王鼎钧：《文学江湖：王鼎钧回忆录四部曲之四》，（台湾）尔雅出版社有限公司2009年版，第72页。

④　王鼎钧：《文学江湖：王鼎钧回忆录四部曲之四》，（台湾）尔雅出版社有限公司2009年版，第72页。

⑤　蔡婧茹：《王鼎钧论》，（台湾）尔雅出版社有限公司2002年版，第38页。

的思考、深刻的感悟去理解"社会使命"。王鼎钧在五六十年代以"人生说理散文"成名，不仅没有落入体制意识形态的陷阱，而且以其思想文化资源的多元丰富至今给人以深刻启迪，就在于他创作之初就真正理解了一个作家终生寻找的东西就是"文学"。

文学是人类包容力的深刻体现，在战后冷战意识形态互相激烈排斥的世界环境中，文学更深刻地体现了它对于阶级、国家、民族对立的超越。此时展开自己创作的鲁籍作家也正是理解了文学的包容性，其创作才会被后人关注。王鼎钧就这样谈到自己1960年代在台湾民营报纸副刊写"针砭社会病态，监督官吏作风"的"方块"文章时吸取五四后不同取向散文营养的情况："那时台湾杂文处处有中国大陆三十年代之流风遗韵，鲁迅是大宗师，虽然鲁迅连名字都是违禁品，他的风格思想却有继承者大量繁殖，禁书无用……。周作人、陈西滢、梁实秋另成一类……文风不同，取材角度也不同，抑扬褒贬常有分歧，所以当年这两种文风大陆上互相排斥，来到台湾却相忘于江湖。"[1]五四不同流脉的文学在政治压抑的五六十年代的台湾却得到了兼容共处。读王鼎钧的散文，就会感觉到，除了受许地山博学沉潜的文风影响外，周作人淡远醇厚的言志，夏丏尊清新朴实的记叙，林语堂幽默睿智的说理，甚至鲁迅泼辣深邃的讽刺，都被王鼎钧化用在自己的散文中。其创作切切实实让人体悟到，只要真正进入文学层面，文学所具有的包容力是可以突围出种种压力、陷阱的。

那些在五六十年代台湾产生影响的鲁籍作家的文学信念是开阔的。祖籍山东文登的丛甦1960年代创作的《盲猎》，"是台湾作家受西方存在主义影响而产生的第一篇探讨人类基本生存困境的小说，可视为'一个生命过程的寓言'"[2]。当年欧阳子编选《现代文学小说选集》，《盲猎》被列为第一篇。小说描述5个猎人在漆黑无边的森林里捕捉黑色的鸟时孤立无援的境地、焦灼不安的情绪，中间当然有着丛甦自己最深切的生命体验。她从小跟随家人逃

---

① 王鼎钧：《文学江湖：王鼎钧回忆录四部曲之四》，（台湾）尔雅出版社有限公司2009年版，第240页。

② 宋雅姿：《醒世目光里的审视——专访丛甦》，（台湾）《文讯》第303期（2011年1月）。

亡到安徽避乱，抗战胜利后回到青岛不到三年又踏上更遥远的流放之路，到台湾后也是满眼的离散，开始写作不久后又远涉重洋，漂泊美国。在这样一种不安定的生活境遇中，丛甦关注的始终是人的心灵和生命状态。她19岁写的小说《雨》就是描写一个33岁的孤身女子在苦寂中的种种生命渴求，当时就大受夏志清的激赏。正如丛甦自己说的："如果将人比作冰山，我注意的不是水上部分，而是那蕴藏于海水底层的"，"人心理的描述比外形与对话的描述更重要"，因此，写作不仅是"为文学而文学"，更是"为生命而文学"。①这种信念是真正的文学信念。而在五六十年代，这种文学信念的获得格外难能可贵。它不仅使得丛甦得以摆脱台湾当时政治意识形态的拘囿，而且使得她得以把眼界扩大到人类。她的文学成就就是这样取得的。她后来担任国际笔会妇女作家委员会驻联合国代表，为各国妇女文化交流做了不少有益工作，也是得益于这种文学视野。而这种文学视野显然不仅仅属于丛甦。

1962年台湾文坛的"《心锁》事件"，实际上具有当时国民党威权体制压抑文学表述空间的象征意义。当时香港的《亚洲画报》汇集争论各家意见，在122、124期开辟专辑讨论此事件，主题是官方查禁书籍与创作自由，可见事件触及了当时文学环境最重要的问题。事件的当事人是祖籍山东巨野的郭良蕙，她早年求学于复旦大学。这位出版了70余种作品集的女作家在1950年代就创作丰硕，当时台湾有影响的杂志《自由中国》《野风》《畅流》《幼狮文艺》等经常能看到她的小说。1962年1月至6月，《征信新闻报》副刊《人间》连载郭良蕙的长篇小说《心锁》，随即高雄大业书局出版单行本。"中国文艺协会"与妇女写作协会却以小说涉及性爱、乱伦等内容，联名向国民党"内政部"检举，要求禁书。此书遂被查禁，"中国文艺协会"、妇女写作协会和青年写作协会也开除了郭良蕙的会籍。《心锁》描写女主人公夏丹琪在报复用情不专的情侣范林时也一再将自己锁入了"心室"，她的困惑自责反映出她的情欲需求无法摆脱传统道德伦理的影响。作品大胆描写女性情欲和挑战传统家庭伦理，

---

① 宋雅姿：《醒世目光里的审视——专访丛甦》，（台湾）《文讯》第303期（2011年1月）。

作者的本意是探讨人性中善与恶的冲突。而当时对《心锁》的严厉批判中最具影响力的是苏雪林、谢冰莹等文坛元老的文章，这实质上正是郭良蕙"只为了不落窠臼，试走新路"的创作追求与当时台湾受到官方"正统"思想制约的主流文学规范格格不入的结果，"性与政治"这一女性写作的命题也第一次在战后台湾文学中引起轩然大波。郭良蕙随后的小说《四月的旋律》（1963）、《金色的忧郁》（1964）、《邻家有女》（1970）中，仍是关注着女性命运的特殊题材，包括女同性恋、婚外恋、"第三者"等，独行于当时的台湾文坛。她后来的长篇小说《台北的女人》《第三性》更以其反叛性成为台湾女性文学的先行者。

文学就其本性而言，对一切既有规范、主流形态都会发出质疑、挑战。1949年国民党当局退居台湾后，政治上已失去其对于中国的主导，不得不更强调其思想的正统性、文化的代表性，并以其意识形态大力培养忠实贞洁的信徒，也必然压抑人的种种欲望。仅就此而言，也必然与文学发生冲突。战后台湾的很多次论战都或多或少有这种背景。在这种环境中，作家从文学本性出发的叛逆性，自然成为对官方意识形态的解构。而郭良蕙以其率真的艺术个性首先实践了这种解构。其创作题材的边缘性反而构成了对主流意识形态的挑战，《心锁》的意义正在于它暗含的"心，怎么能锁住"的人生渴求让父权国家制度感到了威胁。只要看一下《心锁》日后怎样在聂华苓、李昂、平路等女作家涉及性与政治的创作中得到呼应，而她们的创作同样被"围剿"的情景，就可以明白《心锁》当时引发的确实不单是涉及传统伦理的问题，而是文学对于"国家"政治压抑的突围。

三、"民间"：文学想象、叙事栖身的空间

"民间"是此时期台湾鲁籍作家文学突围得以实现的又一个重要空间。鲁籍作家大部分是来自乡镇的知识青年，包括"水泊梁山""聊斋志异"等在内的民间叙事从小影响他们。从全面抗战开始后的流亡生涯使他们一直处于民间底层的生活状态，到台湾后更大多是以"民间"方式开始文学创作，与官方机

构、政策的联系并不密切。这些都使得鲁籍作家的想象、叙事更多地驰骋于"民间"的空间。

　　谈及五六十年代出发的鲁籍作家，不能不提及姜贵。这位出生于山东诸城的小说家是台湾第一届吴三连文艺奖得主，他写于1952年的长篇小说《旋风》，被称为"现代《水浒传》"，夏志清推崇为晚清、五四、三十年代小说传统的集大成者，问世近半个世纪后入选"20世纪中文小说100强"和"台湾文学经典30部"，绝版四十年后1999年再次重版依旧为读者所欢迎。这部小说被很多人，尤其是中国大陆的文学研究者视为"反共小说"，可是姜贵却认为，"他在台湾的坎坷，大半因为他写了《旋风》"①。他当年写完《旋风》后，确实屡遭退稿，当时当局资助出版了很多文学作品，唯独不青睐这部"反共小说"。1957年，姜贵无奈自费出版了500册；1959年，经吴鲁芹先生介绍，此书才得以在台湾明华书局出版。为什么一本所谓"反共小说"得不到国民党当局的赏识，甚至作者会因此遭受"坎坷"？当事者后来揭示其中的奥秘：1950年代初，"国民党中央察觉反共文学将如海潮汹涌，唯恐泛滥为患，特地以奖励的方式导入河道，否则反共文学可能演变成对国民党失去大陆的检讨批判"，"文学作品的多义和暧昧反而有助于'为匪宣传'"②。《旋风》就是一部国民党担心的"反共小说"。姜贵1950年代在台湾是个地道的体制外文人，其写《旋风》完全出于个人的一种历史焦灼感，即对国民党在大陆的失败和共产党胜利的历史缘由的探寻，并抱着"任何人不能伪造人生……任何人亦不能涂改历史""老老实实随随便便地写出我要说的真话而已"③的态度。这种创作初衷自然不合国民党当局"战斗文艺"的倡导，甚至会生发对于国民党失败的检讨批评。《旋风》实际上确有不少这方面的内容。例如第30章写到左翼青年董银明误杀父亲入狱后，那些民间犯罪的囚犯对他的"教

---

　　①　王鼎钧：《文学江湖：王鼎钧回忆录四部曲之四》，（台湾）尔雅出版社有限公司2009年版，第142页。

　　②　王鼎钧：《文学江湖：王鼎钧回忆录四部曲之四》，（台湾）尔雅出版社有限公司2009年版，第141页。

　　③　姜贵：《〈怀袖书〉题记》，姜贵：《旋风》，（台湾）九歌出版社有限公司1999年版，第597页。

育"，如狱霸十九号从自己的牢狱生活中得出这样的结论："人进了监牢，固然是一切都完了，但国家的监狱政策，也是完全失败的。监狱只能制造问题。政治上了轨道，一定政简刑清。什么时候监牢塞满了，甚至塞不下了，天下也一定是乱了。"在左翼革命青年经历的讲述中，《旋风》将批评的锋芒引向了国家政府，确实不是"反共小说"能拘囿得了的。而在文学与政治的关系上，作者借小说中"诗人"张嘉和文风文学社编者方通三的交谈，表达了"作一个现代人""跟着政治翻筋斗"的"莫大痛苦"和对于政治"我们尽量想办法离开它，尽量尽量，能得少沾它一分，就少沾它一分"的心愿。这种心态自然也使得《旋风》有姜贵的政治倾向，但仍会在政治题材中去探寻现代中国人的命运，而不会在依附政党政治中完全失落文学自身。

更重要的是姜贵熟悉的是民间叙事方式。1939年，王统照为姜贵的中篇小说《突围》写序，称"读此一小说，如读中国山水画，使人悠然意远"[1]。姜贵也以自己"具有中国小说的写作传统为光荣"[2]，而这"中国小说的写作传统"主要是指民间传奇传统。当年《旋风》出版后，蒋梦麟称其为"《新水浒传》"[3]，高阳等称赞其是："近代中国小说最杰出的一本"[4]，也是出于对其"中国风味"的肯定[5]。这些都表明《旋风》的叙事，正是孕成于中国传统的民间空间的。《旋风》原本的政治意识形态色彩是明显的，而淡化，甚至消解政治意识形态性的正是《旋风》延续中国讽刺小说、家族小说传统的民间叙事，即便是共产革命的叙述也基本上是从民间角度展开的。例如小说开篇不久讲述到的方镇老户陶家的"革命"，无论是老泥水匠陶凤魁因梦得病的古怪遭遇，还是其二儿子陶祥云私下喜欢方大奶奶的绣花鞋而受到的屈辱，这些"革

---

① 姜贵：《突围》，世界书局1939年版，第2页。

② 姜贵：《〈怀袖书〉题记》，姜贵：《旋风》，（台湾）九歌出版社有限公司1999年版，第596页。

③ 蒋梦麟：《蒋梦麟先生致姜贵函》（1959年10月12日），姜贵：《旋风》，（台湾）九歌出版社有限公司1999年版，第580页。

④ 高阳：《关于〈旋风〉的研究》，（台湾）《文学杂志》第6卷第6期（1959年8月）。

⑤ 方一：《中国风味的小说〈今梼杌传〉》，（台湾）《青年战士报·学习生活》第161期（1958年5月）。

命"缘由的叙述都是以民间立场讲述的"民间故事"展开的，素朴而传奇，使该书要探寻的共产革命的阶级意识形态无意中被淡化。整部小说写得生动传神的几乎全是对于方镇家族社会的盛衰、地方习俗的变化的描绘。从小说的第一个场景，方祥千和自己的同志泛舟济南大明湖上商议革命起，小说展现的基本上是上世纪二三十年代山东民间社会的百态图，其中糅入的讽刺意味、讽刺手法等满是民间智慧；而作者倾慕赞颂的面对"土匪，妓女，土豪，劣绅，地痞，流氓，东洋鬼子，打成一片，欺压糟蹋善良老百姓"的黑暗现实，"宁愿牺牲我自己，为天地间留一线正气"的刚烈行为，也都体现在民间侠义人物上。至于叙事方式上，《旋风》本来就是部章回体小说，后来出版时才将章回体标题删去了，但骨子里还是充分发挥了章回体写法的长处。《旋风》的"中国风味"是黯然可见的。

鲁籍台湾作家五六十年代的创作可读性都很强，一种从《水浒传》延续下来的环环紧扣、意在人物的"讲故事"方式一直为一些鲁籍作家采用。杨念慈（山东曹州人，生于江南）的两部长篇小说《废园旧事》（1959）、《黑牛与白蛇》（1961）在出版当年就在电台连播，那时"晚饭后的余兴就是阖家团聚听广播，所以，它留给听众的印象十分深刻，很多人到如今还记得"[1]；1970年代就被改编成电视连续剧，被演员称赞"要演这种戏，才能过戏瘾"；之后又被拍成电影，甚至是被香港著名导演用高价买下版权。这两部小说在问世四十年后又被收录于由王德威等编选的"麦田小说"，作为"故事曲折，人物鲜活，可读性很高"的作品，"特别推荐给年轻一代的读者"。这两部小说的畅销长销反映出鲁籍作家"讲故事"的高超。《废园旧事》称得上50年代台湾版的《杜鹃山》。小说讲述1944年秋冬，国民党苏鲁豫皖边区总部中校参谋余志勖（"我"）主动请缨，到鲁西将一支家族游击队引上抗日道路的生死经历，从民间"演义"的角度展示中原家族文化在全民抗战中的更新、水泊梁山传统在现代战争中的延续。脱胎于"水浒"结构的叙事方式，在雄健淳厚的气象中刻画出个性鲜明的民族是非和忠义仁德融合的种种草莽人物。这一切使

---

[1]　杨念慈：《黑牛与白蛇·自序》，（台湾）麦田出版股份有限公司2000年版，第5页。

《废园旧事》成为民间历史传奇。《黑牛与白蛇》也是"在记忆中，仿佛那个时期的每一段故事都带些'传奇'意味，每一个人物都沾点儿'神话'色彩"，讲述了绿柳坊"黑牛"与"白蛇"这对外来夫妻为救爱子而经历的坎坷人生，而"我"的孩童视角更让种种波折有了民间传奇色彩。民间性正是当时台湾小说着力开掘的，也是台湾小说得以避免陷入政治陷阱的重要因素。鲁籍作家在异乡展开的乡土叙事，在回忆想象中充分发挥了民间传奇性对于政治意识形态的解构作用，也为后世留下了20世纪中国文学的深深印记。

五六十年代台湾作家中，大陆省籍作家居多，其面临的问题与山东省籍作家相仿。山东省籍台湾作家在传统的再出发中求新求变，以从乡土世界出发的形式、技巧的艺术实验坚守文学立场，以文学自身的包容力、叛逆性突围出了国民党当局的政治高压，也以民间传奇性等构筑文学世界，为五六十年代的台湾文学注入了现代意义。这种努力代表了战后台湾作家文学选择的重要内容，其历史经验自然成为战后中国文学史的重要印迹。

第三节　文学常识的力量：与内地"工农兵文艺"和台湾"战斗文艺"分手的香港文学

战后香港文坛最重要的取向是与内地"工农兵文艺"和台湾"战斗文艺"分手，而进入香港体验和想象中的本地化进程。香港的战后，是现实文化因素、形态最庞杂多样的时期，它全面接纳了中国内地三四十年代的各种文学传统，又以地域性和跨地域性互补的香港本土传统消解了冷战意识形态对于文学的宰制。正是这样一种文化环境跨越了"1949"。由此，作家的香港体验前所未有地丰富，无论是从新文学起步，还是直接切入市井商业性，最终都开拓出"港式"文学来。

一、以文学常识的力量告别内地"工农兵文艺"和台湾"战斗文艺"

1950年代颇有影响的香港青年文学刊物《海澜》曾发表一篇社论文章《常识》，以美国独立战争中，一本薄薄的题为《常识》的小册子流行，在民众中普及了人权的常识，"使美国独立革命得以完成"的历史为例，强调"常识"那样"多简单的道理"被人民了解、掌握的重要性，也感叹"缺乏文艺常识，造成了多少的弊病"。[①] 而当《文艺新潮》开始其艺术的现代探索时，也是借助于"常识"的力量。面对"这是禁果"的种种"告诫"，《文艺新潮》从人的天性爱美，"真正的美丽""没有界限"的"常识"出发，走上了"采一切美好的禁果！扯下一切遮眼屏障！剥落一切粉饰的色彩！"[②]的文学之路。1950年代的香港聚集了众多作家、文学青年，他们对文学充满渴望，将文学看作"自由而和谐的社会环境中产生的""强调人的尊严和现世生活""强调个性的尊严和自我发展"[③]的精神家园。但他们对文学的坚守又不是高蹈虚言，恰恰是从"常识"开始。相对于乡村性而言，城市性进程本身就往往是对常识的普及，香港本身更是一座看重"常识"、实践"常识"，尤其是现代常识普及得较好的城市，常常避免了外力冲击下对于"常识"的扭曲。战后至1950年代，当中国大陆和台湾社会都被高度政治化，文学与政治的关系呈现前所未有的紧张之时，香港文学之所以还有展开其城市体验与文学想象的空间，从而跨越了"1949"而延续、发展了自身的传统，并接纳了无法在中国内地存身而离散到香港的五四新文学传统，保存了中国现当代文学的历史一体性和丰富差异性，就是因为香港文学在"常识"的展开中延续了自身体验和想象。也就是说，当各种政治的力量把文学的属性弄得模糊不清，甚至混乱不堪时，香港文学坚持了文学的常识性立场，以文学常识的力量保存、发展了文学自身，体现了常识具有的巨大精神性力量。应该说，这就是香港作家当时做出的最重要的选择。

---

① 本社：《常识》，（香港）《海澜》第5期（1956年3月）。

② 新潮社：《发刊词：人类灵魂的工程师，到我们的旗下来！》，（香港）《文艺新潮》第1卷第1期（1956年2月）。

③ 欧阳文：《什么是人文主义》，（香港）《六十年代》第40期（1953年9月）。

战后至五六十年代的香港，左、右翼意识形态无孔不入，复杂纠结，创作陷阱甚至无处不在，"A君的作品进步一点，有人送给他一顶'红帽子'；B君的作品落后一点，有人送给他一个'反动派'头衔；C君的作品自由一点，有人指为走'第三路线'"①。在这样一种政治"低气压"的环境中，消解意识形态对峙的因素，很重要的一点就是文学的常识性知识，由此出发的对政治干预文学的抵御自觉而强韧。《海澜》创刊后不久，连续发表多篇社论文章，以文学的"常识"明确抵御中国大陆的"工农兵文艺"和台湾的"战斗文艺"，认为"人们常常缺乏常识；他们缺乏天文学常识，认为日蚀就是天狗食日；他们缺乏政治常识，以为爱国就是要服从政府；他们缺乏历史常识，以为推动历史的力量就是阶级斗争……他们也缺乏文艺常识……于是写出的作品都有了党性（自然也可以叫做人民性），但却没有了个性，没有了艺术性"②。《海澜》强调"诗可以言志，文可以载道，但所载的不应只为狭义的政治的'道'，不应只载某一政府的'道'，更不应只载某一政治首领的'道'"③；而艺术标准固然融合了"道德观点、政治观点、时代观点、地域观点"，但"艺术标准必然是自然的、独立的，不容许外在的力量加以干涉"④。《海澜》认为作家的创作态度包括了"题材选择"和"如何表达这题材的问题"，因此作家的创作态度一定要"严肃"⑤；"即使一个作家成为了政治家，他的文学工作仍与政治事务分开"，因此，如要建立文艺作家协会，"这协会决不接受指示，决不响应号召，即使我们真的需要指示，那指示只能发自我们一己的艺术良心"⑥。《海澜》更坚持走出"不归墨则归杨"的传统阴影，以"转益多师是吾师"来抗衡"扼杀创作自由"的"高压"和"重

---

① 巴山：《文艺座谈——关于所谓"色情文学"与"乌龟文学"》，（香港）《文海》第1卷第1期（1952年11月）。

② 本社：《常识》，（香港）《海澜》第5期（1956年3月）。

③ 本社：《说说文以载道》，（香港）《海澜》第9期（1956年7月）。

④ 本社：《标准》，（香港）《海澜》第6期（1956年4月）。

⑤ 本社：《创作的态度》，（香港）《海澜》第8期（1956年6月）。

⑥ 本社：《建立文艺作家协会》，（香港）《海澜》第7期（1956年5月）。

利"。①《海澜》是领悟了孟子所言"观水（海）有术，必观其澜"，明了"狂风暴雨所激起的海上狂澜，壮观固壮观矣，可惜力量是外在的，一阵子就过去了。我们欣赏的海澜，是海洋发挥它自己的活力，倾吐它自己的声音。我们丝毫无取于狂澜！"②。此时的香港文学，明明白白地要与内地"工农兵文艺"和台湾"战斗文艺"分手（香港文学也是最早意识到内地"工农兵文艺"和台湾"战斗文艺"的相通性："'到工农兵中去'是一个号召，'战斗的文艺'是另一个号召"，都是"党向作家号召"，"以为文艺是可以无条件地响应急迫的政治号召的"。③内地与台湾都有"广大的有良好读书风气的读者群"和"有创作技巧与工作信心的作者"，但"执政者过分的政治警觉，有意的加以控制，窒息了所有学术的自由生命，文艺也无法超出生天"④），这种取之于文学自身的建设方向正是产生于文学常识之中。《海澜》那么多的社论谈的几乎都是文学常识；而这些文学常识在同时期的中国内地，甚至台湾，却成了难题。文学回到了"常识"，其生命力就不会枯竭。这正是此时的香港文学能跨越"1949"的原因。

"读第一流作品，做第一流作家"⑤，这看似高攀，甚至狂妄的目标，却是1949年后香港作家、文学青年的普遍而真诚的心态。令后来人难以想象的是，其时的香港也许称得上文学城，"出版物琳琅满目"⑥；而不断问世的香港文艺刊物，尤其是前述的青年文学刊物，到处可见开放的乐观的宣言："本刊是青年大众研究文艺，改进文艺，创造文艺的一个乐园"，"内容是纯正的，广大的……为文艺而服务的"，"得接受古代文化遗产，只不要盲目崇拜古人；得大量吸收外来文化，只不要迷信岩洞"，"尽量滤取各流派所长，努

---

① 本社：《转益多师是吾师》，（香港）《海澜》第4期（1956年2月）。

② 本社：《海澜的启示——观海有术，必观其澜！》，（香港）《海澜》第2期（1955年12月）。

③ 本社：《常识》，（香港）《海澜》第5期（1956年3月）。

④ 本社：《我们希望这样来编海澜》，（香港）《海澜》第11期（1956年9月）。

⑤ 老大哥：《读第一流作品，做第一流作家》，（香港）《海澜》第2期（1955年12月）。

⑥ 《编后语》，（香港）《海澜》创刊号（1955年11月）。

力创造崭新的民族新文艺"；①"'五百年必有王者兴'……每期的新文学运动必带来了许许多多的新作家"，"现代世界，黑暗笼结，陆沉之凶兆已具，全人类玉石俱焚之期日迫一日。热情敏感的新诗人和新作家必然地会蓬勃崛起"；②"文化还没有变成纯粹商品……学者、作家在写文章的时候，不会被金钱诱惑的。艺术、人生、教育群众，这意义大于了港币、美元"③。"我们必须是创造什么，而不是等待什么"④……而刊物的努力没有白费，"把每晚乘车上学的车费省下来，做一个忠诚的长期读者"的举动，"要活下去，就不能没有《人人文学》来做我的伴侣"的感受，⑤成为1950年代最丰厚的文学滋养，为日后香港文学的兴盛做了充分准备。就如崑南1950年代初和同学一起参与《六十年代》刊物活动时和大家一起感受到的："'六十年代'任我们自己去耕耘播种……我们同心协力地开拓一幅理想的国土。"⑥而当香港文学明明白白地与大陆"工农兵文艺"和台湾"战斗文艺"分手，它也就顺理成章地进入了香港文学本地化的进程。而推动本地化进程的重要因素是战后香港家园意识的生长。

二、家园意识和都市体验中开拓出的"港式"文学

1949年前后的香港，何以没有被"1949"割断，文学常识何以没有被湮没，这中间很重要的一点是香港的家园意识。当中国大陆革命"毁家"、台湾则处于"迁家"的动乱中时，香港人却对香港产生了日益浓厚的家园意识和感情。

前述香港的家园意识产生于日占三年零八个月的黑暗时期结束以后，产生

---

① 《幕前词》，（香港）《文海》第1卷第1期（1952年11月）。

② 谢扶雅：《"五四"与新作家》，（香港）《五四文刊》创刊号（1953年1月）。

③ 《编后语》，（香港）《海澜》创刊号（1955年11月）。

④ 《编后》，（香港）《人人文学》创刊号（1952年5月）。

⑤ 《编后》，（香港）《人人文学》第6期（1953年2月）。

⑥ 秋子：《热情的交流——记本刊青年作者的集会》，（香港）《六十年代》第39期（1953年8月）。

于许多香港人颠沛流离又重返香港之后。香港虽受英国殖民统治，但它也是香港人的家。而这又孕育了文学的家园意识，香港作家、文学青年也就可能把文学当作自己安心立命之地做辛勤、长久的耕耘。

战后的城市中，能以一种长久的眼光审视、认识自己的，首推香港，而这背后少不了"安家"的动机。有时难以相信，当时的香港报刊，会如此多地讨论香港城市的文化建设问题。香港这座"光怪陆离的大城市"在四五十年代就提出了很多自身建设的重要话题。"尖沙咀渡船上口含雪茄，手持西报，嘴里叽里咕噜说洋话的绅士淑女"，"五分之一是洋人，五分之一是华洋学生，其余五分之三是高等华人或准高等华人"的"聚会"，时时会刺激香港人产生"最高明的还应该是创造自己的服装、建筑，创造自己文明的文化的民族"，[1]希望在"不将'五四'的车轮倒转"的同时，"多用点国货材料铺平路轨"。[2]所以，五四新文学传统，中国古代文化传统，都在当时的文学刊物中得到重视。恰恰是在五六十年代的香港，中国文化被看作中华"各民族间彼此平等，互相融合一致"而"在世界文化上站于最重要的地位"[3]的文化得到重视，一般文学刊物对于中国古代文学的介绍都抱有热情。例如《海澜》几乎每期都要刊载评介中国古代作家的专文，还连载《中国古代文学名著研究》等。这种对民族文化传统的努力，甚至使香港在整个华人世界扮演了传承中华文化的重要角色。与此同时，世界文学的传播在香港也显得全面及时。这种文化的传承性，使香港文学的本地化进程有可能建构地域性和跨地域性互补的香港本土传统。

1950年代的香港已经开始形成其自身的传统。一个很明显的例子就是当时众多的青年文学刊物在普及文学知识、指导文学创作时，开始援用香港作家的创作资源。例如谈"诗的形式与内容"，当人们强调"单独是唐诗、宋词、元曲，或西洋诗的形式，都不是我们建立'新诗式'的张本。因为我们现在使用的文字，受中国文化的深切影响，有着音韵声调上特殊的美；但我们的思想

---

① 吕葵：《泥土气息》，（香港）《海澜》第2期（1955年12月）。

② 《写在篇首（代发刊词）》，（香港）《海澜》创刊号（1955年11月）。

③ 杨炳炎：《中国文化在世界文化上的地位》，（香港）《五四文刊》1954年6月。

方式，我们对艺术的概念，又接受了西洋文化强烈而无可避免的冲激，'新诗式'必须包含这两个因素"时，会用力匡等香港诗人的诗作作为最重要的范本来论述（同时，对内地包括郭沫若在内的诗人作品有所批评）。[1]这里，问题的提出、分析和解决都是属于香港自身的，影响的对象又是香港的青年作者。力匡的诗更被读者如"爱陶潜、杜甫与白居易的作品"那样喜欢，因为其诗让人"发现了我们共有的生命与情感"。[2]这些都无可怀疑地说明，此时的香港文学已足以顾及自身传统的形成。在1949年前后大批南来作家进入香港的情况下，香港如此快地可以避免以往南来作家潮冲击下香港文学本地化进程滞后情况的发生，而信心十足地推进包括南来作家在内的香港本地文学传统的形成，说明此时香港文学的环境确实不同于战前了。1949年前后的南来作家很少有暂居的了，而他们的写作虽也有眷恋中原、怀念故园的，甚至有的还会在怀念过去中而否定了现实的香港，但他们的"在地"写作显然早于大陆迁台作家，或者说他们的香港家园感觉、意识早于大陆迁台作家的台湾家园感觉、意识。如果比较一下香港南来作家和台湾跨海作家的创作，这中间的差别是十分明显的。这种变化的因素是复杂的，但香港城本身的环境和南来作家迁居心态之间的契合是值得考察的。

香港虽不可能像古老的北平城那样让人产生"婴儿摇篮"的安稳感，但也不会如老上海那样使外来者有旅馆那种热闹而暂居的感觉。加上香港一直在个人的、世俗的层面上呼应着上海等内地城市的都市思潮，会使一些内地作家在香港产生某种亲切感、归宿感。尽管南来作家还会较多地去写怀乡之作，但他们也会把眼光投向"香港""皇冠上珍珠最明亮的一颗"[3]。开始，南来作家不管是左翼阵营的还是多少持自由主义立场的，大多仍以审视殖民地的目光看待香港，甚至对资本主义的批判还会是作者"香港立场"的主要倾向。但很快，他们的创作，即便是对香港现实的否定，也少了以往对香港殖民式商业

①　夏侯无忌：《诗的形式与内容——给青年作者的第二封信》，（香港）《人人文学》第10期（1953年5月）。

②　公羊高：《我爱燕语集》，（香港）《人人文学》第10期（1953年5月）。

③　力匡：《行程》，（香港）《人人文学》第2期（1952年7月）。

等的嘲讽，更多的是出于现实主义文学对殖民统治下社会的批判性和对社会底层者的关怀。"家园"的感觉使战后香港文学较早较多出现了"归来"的形象时。即便是南来作家以"逃离"去书写内地时，他们笔下的"香港"也会有种种"归来"："我默默地送走每一个日子，／计算着你该回来的日子。//宵听一夕窗前急雨，／今晨我见第一朵白茶开在枝头。"（力匡《初冬》，1955）在南来作家常见的"言情"小说中，"家"的归属感成为最感人的情感，就如小说《银弟》（齐桓，1953）描述的那样，避风塘渔家女子银弟对情人细腻微妙的情感想象展开时，"免得一世唔落地"的心理期待得到了丰富的呈现，从避风塘渔船到油麻地戏场的所有香港意象都让人感到家的渴望。

在这样一种"家园"文化环境中，作家的香港体验前所未有地丰富，无论是从新文学起步，还是直接切入市井商业性，最终都开拓出"港式"文学来。

1950年代初的香港已经出现了包括中国银行大厦、汇丰银行大厦、东亚银行大厦、九龙电话公司大厦等在内的200米以上的高层建筑，这些空间形象也不断出现于香港报刊。但是香港文学中被描绘得真切生动的却是香港的里街小巷。一种从五四后乡土文学的传统切入，在香港都市"乡土"中开掘资源，展开想象的创作已开始形成其流脉。翻开当时的香港报刊，像小说《年初三》[①]那样真切描绘逼仄、窘迫的香港骑楼穷巷人生的作品随处可见。《年初三》一类小说的好处还在于其人物对话往往是地道的粤语方言，但由于作品对香港骑楼环境和穷巷小人物的描写真切，开掘深入，即便是非香港读者，也很容易进入作品的香港人生世界，反而能更好感受到粤语方言对话的味道。齐桓的小说《阿女》（1955）简洁的勾勒中富有香港骑楼"寓言"的意味，驼子阿女只有在"骑楼底"砖柱的阴影中才有她展开想象的空间："现在她似乎感到一种被遗忘的安闲，一种不再受别人那么地注意的安全感。她坐在那里，只有她自己，她看着，想着，她似乎已经能够使自己觉得，她也和别的人没有什么分别了……"并非做漫无边际的联想，香港有着太多、太频繁的出入者，有着驼子阿女那种"受别人那么地注意"的不安全感，而只有骑楼那样的城市角落才展

---

① 费力：《年初三》，（香港）《海澜》第6期（1956年4月）。

开着香港民众"冥想的国度"。《历劫》（章回，1956）中，老罗和小丁之间的关系，"主仆吗？亲戚吗？同乡，同学，或同什么吗？"，谁也说不清；而老罗的话匣一打开，"北方话，上海话，四川话，广府话，甚至潮州话，都可以来上一手"，这些都呈现了1950年代香港移民社会的色彩。就在"这是香港！"的街面上，老罗和小丁这两个南来客"相依为命"，命运却截然不同。野草般顽强的小丁"在香港这石头一般坚硬而无情的社会夹缝里"生存下来，从乞讨到置业娶妻安家；而"寄生的蚜虫"老罗，"由大陆那边飞到自由世界，现在永远消逝了"。小说讲的是南来者对香港的认同，香港"老街坊"生活与小丁自食其力的"轩昂""茁壮"水乳交融，充溢着香港民间社会的活力。这类作品，有着新文学传统背景下对世代祖居之地芸芸众生日常人生的审视和开掘，呈现出里街小巷对于城市历史的沉积和香港人根之所系的生命记忆的乡土意义。

齐桓的中篇小说《八排徭之恋》（1953）当时曾获得"无论就结构、修辞，还是主题，任何一方面说……都够得上世界水准，是近年中国文坛上空前的杰作"①的溢美。这篇小说展开的"异族"想象确实是1950年代中国内地或台湾文学中都无法展开的，而延续了香港孕育的文学想象，起码跟侣伦1940年代那些描写"异族"人物形象的小说相一致。它既不是将"异域"纳入"本地"的意识形态中，也不是简单建构"异域"乌托邦，而是突破单一意识形态性或乌托邦表达。小说讲述汉族大学生张雅各（"我"）与徭家女子二娃的爱情遭遇。美国牧师白箴士万里迢迢来到徭山，只为了弄清"徭民和唐代历史渊源"，见证徭民的历史智慧和手足之谊，最后献出了他全部的爱和他的生命；二娃身上一直有着一种"王者的尊严"，让"我"强烈感受到，"我们文明人实在是不如山居的种族的"，而人生、生命"真正的价值，每每要在这些场合才显露出来"。白箴士和二娃这两个"异族"形象在"我"心中唤起的温暖，"比在上海的电影院完场独自回学校的心情温暖多了"，而爱情也成为心灵的"朝圣"。小说借一场"异族"婚姻写出了广博的爱和做人的尊严包含的生命

---

① 《编后》，（香港）《人人文学》第6期（1953年2月）。

价值。这种苦苦寻求发生在1950年代初的香港文学中，显示出香港文学一向有的视野。

战后香港文学更值得关注的自然是直接切入香港市井商业性的创作。前述比侣伦的《穷巷》、黄谷柳的《虾球传》在香港连载都要早一些的经纪拉（高雄）的《经纪日记》，被黄继持认为"切入本地与市井商场"，"下笔与市民意识认同"，"虽说是'商品化'运作的产品，却比日后传媒雄霸天下局面留出较多的想象与思维空间"；"就其为最具'香港味'的小说而言，所刻画的香港社会转型期的世态，所隐含的文人'卖文'时从俗媚俗与知识良心的矛盾'张力'，往往可作艺术玩味"，而其"提供的社会历史资料，以至日常变化，往往比'正统'的小说乃至学术著作更为具体丰富"。这些都代表了香港小说的"一路"，对后世"影响尤为深远"。①黄继持的论述几乎讲尽了高雄小说的香港价值和意义。高雄当时连载的小说不止《经纪日记》一种，而且并未因"1949"而中断，反而显得越发旺盛。他的存在表明了战后初期香港文学本地化进程复苏的活力。而且，高雄的笔调比侣伦更多种多样，几乎囊括了四五十年代香港副刊的文学类型。仿效者、呼应者不绝于后。这一线索才真正拓展开了香港文学的战后格局。例如日记体的采用和改造，不仅反映出香港的读者需求，而且包孕着香港认同意识。在左翼文学主导香港文坛，作品被严重政治化、时局化时，日记体保留了某种世俗的、个人化的空间。而当时的日记体又多写香港骑楼、写字楼、赛马场生活，有着地道的香港情调。如前述的吉士的《香港人日记》（1947）以一个"复员"回到香港，出入于公寓、商行的小市民眼光，将香港战后世态人情一一摄入"个人档案"，叙事亲切，勾勒清晰，剪裁精明。这既脱胎于通俗笔法，又有着对五四时期文人日记体的超越，颇有几分地道的香港叙事气氛，其中不乏对香港的认同和喜爱。如果这样去看，日记体的大量采用就更在情理中了，因为它更能传达作家对香港民情世态的亲近感、平易感。

---

① 黄继持：《香港小说的踪迹——五、六十年代》，黄继持、卢玮銮、郑树森编：《香港小说选（1948—1969）》，香港中文大学1998年版，第Ⅴ页。

切入香港市井商业性的不仅是香港本地作家，南来作家也有很快跻身其中的，齐桓就是非常值得关注的一位。他的不少作品已经能切实触摸到香港市井商业性的脉搏了。例如小说《大仙》（1956）讲述香港"赌马经"的故事活灵活现，都市赌场的狂热和"扶乩贴士"的迷信交相辉映出香港人的市井商业心理，主人公张国伦的心理变化也成了香港城性格的一种写照："是马儿还没有跑出来的时候那一阵叫喊；是两个礼拜的推测、计算、希望化为五分钟的焦灼和悬挂；是输了的松弛或赢了的兴奋……这和追女孩子一样的，追得着追不着没关系，就是要追。……我们生活中的契约越来越多了，哪里还有什么情趣可言呢？赌跑马就是无保证的，就是要冒险、博机会的，而它的可贵也正在此……"张国伦最终走出了"大仙"给予的"安全感"，再次投入都市商业"冒险、博机会"的激流中。

上述"港式"文学都跨越了"1949"，延续了都市文学自身的体验和想象，实践的也正是城市文学的常识，从而使得1949年前后的香港，逐步取代了上海，扮演了当时中文文学中唯一的商业都市想象；同时香港又联系了东南亚等海外，延续了汉语文化的薪火，由此展开的香港想象空间不断得以拓展，为日后香港文学的发展提供了更大的空间。

第七章　跨越"1949"的诗歌创作

谢冕主编的《中国新诗总系》是要"为中国新诗立传"的文学大系。其中的《1949—1959年卷》原先由洪子诚承担，"初步讨论选稿的时候，他大陆的诗选了六首，剩下的全部是台湾与香港的诗"①，他的选家眼光颇为人欣赏。但后来正式出版的《中国新诗总系（1949—1959）》由谢冕编选，大陆的诗选了139首，台湾的诗剩下32首，香港的诗则缺席。②谢冕自然也颇具选家眼光，且在1950年代大陆诗歌的评价上与洪子诚相近，如他认为颂歌是此时期"中国诗歌的独特景观，也造成了这一漫长时间中的诗歌灾难"，1958年前后的新民歌运动意在推进新诗的"一体化"，这"不会成功，也没有成功，而且，今后也不会成功"③。而两人编选的诗作大相径庭，原因可能在于谢冕更看重"一个新生的政权雄心勃勃地要在辽阔的国土上建立一种它所认定的文学和诗歌的模式"的"梦想"所开启的一个新时代的独立性和重要性，④而洪子诚似乎更看重五四以来新诗传统的延续和发展。前者侧重指向了当代文学的发

---

① 《我看当代文学60年》中黄子平的发言，王德威、陈思和、许子东主编：《一九四九以后——当代文学六十年》，上海文艺出版社2011年版，第425页。

② 该书收录鸥外鸥的诗一首。鸥外鸥虽具有香港诗人身份，但此诗内容与发表刊物都与香港毫无关联。

③ 谢冕：《导言 为了一个梦想》，谢冕主编：《中国新诗总系（4）》，人民文学出版社2009年版，第11、31页。

④ 谢冕：《导言 为了一个梦想》，谢冕主编：《中国新诗总系（4）》，人民文学出版社2009年版，第38页。

生，而后者更追溯现代文学的延续。这种相异显示出一个新时代的开启和原有传统的延续两者能否"共存"。而跨越"1949"的诗歌，确实让我们看到了当代新诗的开启和现代新诗传统的延续，而两者的"共存"依然要着眼于文学在大陆、台湾、香港等地的流动。

第一节　被忽视的新诗成熟年代：1945—1949年的中国大陆新诗

1945—1949年是一个不可忽视的中国新诗成熟的年代。在"人民的文学"作为五四后"人的文学"发展的新阶段的背景下，跨越"1949"的诗歌集中表现了力图建立革命诗歌"大一统"王国的主导性力量和诗歌自身生发的多元差异性之间的纠结、冲突；而后者延续着抗战时期至战后的中国新诗传统，这一新诗传统在1945—1949年间所体现出诗本身的力量，表现出中国新诗的成熟。而在统一的共和国文学诞生之前，有着一个多元差异的诗的时期存在，也可启发我们更细致地去辨识1949年后的中国文学。

一、战后青年诗人群的崛起

二战的结束，使中国诗坛获得了新的复苏，就如艾青深情吟诵的："诗人啊，你起来吧"，"通知眼睛被渴望所灼痛的人类"，"叫醒一切爱生活的人"，"说他们所等待的就要来了"。[①]中国新诗所等待的成熟也就要来了，这种成熟来自对诗的多个方向上的探索。长达八年的全面抗战时期，国统区、敌后抗日根据地和沦陷区三个地区的存在，给"诗歌图景带来了多样性和复杂性。三个地区虽然也分享了某种相似的历史氛围、诗歌元素和诗艺特质，但差异性也表现为主导的倾向。这种差异并没有随着抗日战争的胜利而淡出"[②]，反而在经受

---

① 艾青：《黎明的通知》，收入艾青：《黎明的通知》，上海文化供应社1948年版。

② 吴晓东：《导言　战争年代的诗艺历程》，谢冕主编：《中国新诗总系（3）》，人民文学出版社2009年版，第2页。

外部"一体化"冲击中顽强体现出诗本身的力量；而且有意义的是，原先存在于被隔绝的三个地区的诗歌的差异现在共存于一个地区，甚至一个刊物，如后面论及的《中国新诗》。这表明，原先主要由环境决定的诗的多样性、复杂性，这时候成为一种自觉的诗学追求，这无疑意味着中国新诗的成熟。

本节关注的是更有意义的一种情况，1940年代后期新诗多元探索中的成熟集中表现于战后"新生代"（当时，就有人撰文用"新生代"一词指称抗战胜利后的一批年轻诗人[①]）的创作，其"年轻态"使新诗多元探索的态势有强盛势头和久远趋势。现在人们称呼的"九叶诗派"或"中国新诗派"自然是日后的命名，可以包容在战后"新生代"之中。被视为"九叶诗派"的成员基本上"成名"于战后，但他们相当多数量的诗作并未发表于《诗创造》和《中国新诗》，远在平津的袁可嘉等在沈从文等的支持下更有自己的刊物阵地，袁可嘉自己最重要的文论（尤其是关于"新诗现代化"的系列文章）和代表性诗作也都发表于《文学杂志》、《大公报·星期文艺》（天津）、《人间世》、《文艺复兴》等原"京派"成员所办刊物或与之关系密切的刊物。《诗创造》的创办者有臧克家等人，强调的是"兼容并蓄"的编辑方针。[②]在《诗创造》发表作品的作者有100多人，创作倾向也不一致。《中国新诗》的编委都是"九叶诗派"成员，其中自称"十月革命的同龄人"的杭约赫（曹辛之）是《诗创造》和《中国新诗》的主编，他1938年到延安，"喝过延河水，在陕北公学、鲁迅艺术学院接受党的教育"，[③]实际上已跻身左翼阵营；其创作强调的是自我和人民的结合，又寻求以包括现代主义在内的方法来反映现实。这些自然影响到《中国新诗》的价值取向，包括对"人民的文学"的追求。《中国新诗》的发刊词就已包含了对"人民的文学"的呼唤，创刊号所刊唐祈的长诗《时间与旗》更是一首艺术表现卓越的"人民"的现代诗。"时间，完成于一面／人民底旗"的深刻而生动的呈现，当是新诗对"人民的文学"最好的回应。但该刊在"把握整个时代的声音"时看重的是"一份浑然的人的时代的风

---

① 唐湜：《诗的"新生代"》，《诗创造》第8辑（1948年2月）。

② 编者：《诗创造》第1辑《编余小记》（1947年7月）。

③ 曹辛之：《最初的蜜·后记》，文化艺术出版社1985年版，第251—252页。

格与历史的超越的目光"，"有各自贴切的个人的突出与沉潜的深切的个人的投掷"，"在历史的河流中形成自己的人的风度，也即在艺术的创造里形成诗的风格"，以此"活在人民的搏斗里"。①很显然，当《中国新诗》强调在时代性中保持个人性，深信自我不会在人民中失落，反而会获得丰富时，它也就有了包容现实的复杂性的开阔空间。但也应该指出，自我在"人民"中失落的危险、"人的文学"与"人民的文学"之间的矛盾冲突都是严重存在的，诗人们其时诗作的多种取向正是在这种冲突中作出的回应。《中国新诗》的重要意义就如当时袁可嘉在《诗的新方向》中所言，"它具体化了，同时象征了，南北青年诗人们的破例合作，而这个合作就是要在现实与艺术间求得平衡，不让艺术遮蔽现实，也不让现实扼死艺术，从而使诗运迈前一步"②。而《中国新诗》在短短的时间里刊出大量风格极不相同的诗作，呈现出诗的创造力井喷泉涌的难得景象，有力证明了新诗发展的多种可能的途径，从而挑战了当时诗的统一论者，显示出新诗更开阔、自由，更有收获的新希望。所以，如果我们以"新生代"来指称包括"九叶诗派"成员的战后青年诗人群，也许更符合当时"中国新诗重建"的情况，更能反映新诗发展到1940年代后期的总体趋势。抗战后期至抗战胜利后，国统区、解放区、原沦陷区都涌现了一批青年诗人，除"九叶诗派"成员外，还有吴兴华、南星、李季、李瑛、贺敬之等。沈从文当年曾不无得意地推荐说："读者可想不到在刊物上露面的作者，最年青的还只十六七岁！即对读者保留一崭新印象的两位作家，一个穆旦，年纪也还只二十五六岁，一个郑敏女士，还不到廿五。作新诗论特有见地的袁可嘉，年纪且更轻。写穆旦及郑敏诗评文章极好的李瑛，还在大二读书。"③由此可见文学界前辈对这批青年诗人的看重。战后"新生代"诗人整体上毫不拒斥"人民的文学"，甚至跻身于左翼诗潮，但又各自以多元探索的收获迎来中国新诗的

---

① 本社：《我们呼唤 代序》，《中国新诗》创刊号（1948年6月）。

② 袁可嘉：《诗的新方向》，《新路周刊》1948年第1期。

③ 沈从文：《致柯原先生》，原题为《新废邮存底 三二四》，载（天津）《益世报·文学周刊》第63期（1947年10月25日），收入《沈从文全集》第17卷，北岳文艺出版社2002年版，第475页。

成熟。他们的青春活力使这种成熟原本有着延续、深化、丰富的前景。

令人关注的"南北青年诗人们的破例合作"表明1930年代"京""海"对峙的鸿沟已不复存在。其实，抗战后期，平津地区和上海地区的文学就有呼应、联系，而两地的现代诗潮呼应就更为自觉、明显，华北诗坛有影响的诗人南星就与上海诗坛的路易士（纪弦）、杨华等合办《文艺世纪》杂志，共同倡导现代诗运动，形成了此时期一个相当自觉的现代诗派，其成员就包括了南北诗坛的诗人。战后的"九叶诗派"能聚合起南北最有成就的青年诗人，开展"新诗现代化"运动，也是延续了这种态势，即前述的中国大陆南北诗坛走出1930年代"京""海"对峙，合力开展"新诗现代化"以"重建中国文学"的努力，这表明了现代诗运动在跨地域中的成熟。1930年代"京""海"之争的焦点还是文学的外部问题，如文学和政治、文学和商业等，远未进入文学本体问题。而此时期，平津和上海强烈呼应，南北青年诗人共同探讨新诗现代化的问题，正表明诗坛要以诗本体上的建设性探索，迎来中国新诗的成熟。而这一局面得以形成，正是由于新诗本身积累已足以超越"京""海"对峙。抗战胜利后的诗坛，延续了二战期间中国文学置身于世界反法西斯战争中获得的人类性感受，又恢复了被战争中断的与世界文化的交流（"九叶"诗人中，有的出国留学，如郑敏；有的从国外归来，如辛笛；有的执教于大学，关注于中西文论的对话，如袁可嘉、穆旦：这些就足以展示诗坛的中外交流）。袁可嘉等在战后中国文学重建中提出的"新诗现代化"的理论所显示的中国新诗的高度，就是在立足于中国社会和文学的现实，与世界文学潮流展开对话中达到的。同时，抗战时期对民族文化传统的重新思考与对西方知识分子反思传统的理解结合在一起，使得文化传统也融入现代诗艺的探寻中。在现代与传统、世界与民族视野上的开阔，是青年诗人们能迅速成长的重要原因，其追求"诗的现代化"的自觉性达到了新的高度。例如，袁可嘉在系统提出中国"新诗现代化"理论的同时也展开现代诗创作。《沉钟》所写"收容八方的野风"的胸襟和如"沉寂的洪钟"[①]坚守自我的抱负在当时无疑有极大的现实针对性，诗句的凝

---

① 袁可嘉：《沉钟》，《文艺复兴》第3卷第4期（1947年6月）。

练、意象的内在都脱胎于中国古典诗歌传统，而悠长苍远的时空中沉重坚毅的生命感觉又沉积着丰富的人类心理和世界进程的启迪。《空》①所写的"取形于波纹"而"铸空灵为透明"的海边贝壳，其意象的饱满性在具象和抽象的交融中获得了艺术的自足性；而"我"和"小贝壳"的互相转换构成"尘世"和"自然"间的矛盾、困惑，其"空"包含的警戒表达出诗人的现实隐忧。《墓碑》②中"生命熟透为尘埃"时的回顾自然是对死亡自身的思考，但"独自看墓上花开花落"的冷静，"去死底窗口望海"的超然，足以"收拾起全存在"，全诗主要表达的是对待死亡的态度，由此包含起对死亡本身的思考就显得开阔；而诗人以此诗作为自己的墓碑，又指向了"形式"即"内容"这一本体存在的命题。这些诗都真切生动呈现了某一诗意的场景，可又自然表现出了传统与现代、民族与世界、艺术自足性与现实时代性、具象和哲思等等的交融，具体传达出中国"新诗现代化"的路径，映衬出其现代诗理论建构的高度针对性和现实有效性。

二、诗人与"革命者"身份统一中抵达的诗世界

以往文学史中抗战胜利后的新诗被描述成解放区诗歌的一统天下的说法，并不确切。应该注意到，1942年延安整风后，小说最早以自己的实绩证明了毛泽东《讲话》的精神，随后是戏剧创作，而诗歌"姗姗来迟"。一直到抗战结束后，李季的《王贵与李香香》问世，一种以往新诗无法取代的民间歌谣体才作为体现《讲话》方向的新诗得以确立。而《王贵与李香香》的成功在于李季文学"寻根"中个人心灵受到的震撼、感悟。这说明，作为更为个人化的诗歌，其转型在社会大转型时期有其后发性，这种后发性更能让人关注到文学转型的深层次内容。

1945年后的中国经历着又一次社会大革命，其猛烈使诗人，尤其是青年诗人难以不处于这革命旋涡的中心。"这件旧长衫拖累住／你，空守了半世窗

---

① 袁可嘉：《空》，《文艺复兴》第3卷第4期（1947年6月）。
② 袁可嘉：《墓碑》，《人间世》第2卷第1期（1947年9月）。

子"①，这种自我写照，表明青年诗人们要走出"寒窗"，换上"布衣"的急切愿望。五四以来一直用"半条生命做诗，半条生命造爱！"的诗人在和整个民族一起"流浪过"后终于集体认同"没有更高的爱更甚于爱真理"②，战后形势的变化则使得诗人越来越倾向于左翼革命，就连原先自由自在的诗人也忍不住写下"躺在枪膛里的子弹／也正在测验着自己的甬道""而匿居在洞穴里／或流放在海边的喑哑的歌者，／也将汇合在一起，／围绕着太阳／举行一次大合唱"③这样急切的诗句。但当时的诗人也已经清醒意识到，诗歌必须走出五四后的两个极端，一个尽唱的是"梦呀，玫瑰呀，眼泪呀"，一个尽吼的是"愤怒呀，热血呀，光明呀"。前者在战后社会矛盾空前尖锐、民主中国的追求又势不可挡的环境中已难以存在，很难有诗人再拒斥自己在"最末的时辰终归来到"之时充当"历史学者，预言家"；④而后者却颇有膨胀之势，其强烈的裹挟性引起诗人的警惕。正是这种认识，推动诗坛出现了一大批直面现实而抵达艺术表现深度的诗作。在这些诗作后面，则是诗人身份的重大变化，而诗人和"革命者"的身份统一在此时期一些青年诗人的身上并抵达了诗世界的深处，成为中国新诗史从未有过也没有再出现的状况。例如，陈敬容1940年代对革命、进步的追求是众所周知的，她那首直接歌颂人民的团结和力量的《群像》（1948）是当时颇有影响的左翼诗歌。就是在这首诗中，作者"结合"了两种身份："一方面是一个崇敬里尔克、充满着对现代主义的敏感的诗人，另一方面却也是一个激进的政治意识形态的发出者。"⑤前者延续了抗战后期诗人创作起点与世界诗潮的对话，后者呈现了诗人面对战后中国社会现实的强烈共鸣。而这种看似悖反的状况，并非当时诗人"共有的困境"，反而是新诗的

---

① 杭约赫：《知识分子》（作于1946年），杭约赫：《火烧的城》，上海星群出版社1948年版。

② 吕亮耕：《写给自己》，《诗创造》1948年2月。

③ 苏金伞：《地层下》（1947年），吴晓东主编：《中国新诗总系（3）》，人民文学出版社2009年版，第496、497页。

④ 唐祈：《最末的时辰》，《诗创造》1947年11月。

⑤ 张颐武：《组合人民的形象——读陈敬容的〈群像〉》，孙玉石主编：《中国现代诗导读（1937—1949）》，北京大学出版社2007年版，第128页。

某种成熟。诗人从个体的感受去理解人民的力量，她从政治上宣告个人对人民力量的归依，并非要放弃对个人趣味和感觉的发现，因为当时的"新生代"诗人非常明确地认为"人民的文学"是五四后"人的文学"发展的一个新阶段，"人民的文学"最终会在丰富"人的文学"中而归依文学终极意义上的"人的文学"，[①]也就是说他们是从"人的文学"的角度认同"人民的文学"的。因此，现实阶段的作为"集体意识的塑造者的公民责任"和诗人对"人的文学"探索、追求的责任并非非冲突不可，尤其是前者还没有凭借大一统的政治权力体制对后者构成强大压力时；而诗艺的成熟使得两者的统一更有可能。

所以，我们看到此时的陈敬容对诗艺的追求更为执着。《珠和觅珠人》当是她此时期最好的诗作之一。"珠"和"觅珠人"的双向等待、寻觅，自然有着现代诗的多种意义，但其中肯定包含了陈敬容对诗艺的体悟、理解。"珠"在"密合的蚌壳里"等待着"揭起／隐蔽的纱网"，但又在四方纷沓而至的脚步前，"紧敛住自己的／光，不在不适当的时候闪露"；而"觅珠人"该从"哪一个方向"，"带着怎样的真挚和热望"才能寻觅到"珠"，又为"珠"所知。可见"珠"和"觅珠人"有着生命的契合，"觅珠人"要体悟"珠"在自己生命形成中"收受"的一切，才能让"珠"展开其光耀，"投进一个全新的世界"。[②]这种相知无间中的"等待"和寻找，正是诗人对诗艺的热望和理解，也寄托着诗人对于革命时代诗艺命运的期望。而在《夜听车声》[③]中，作者在"把东西南北里迷失的思想／领回它们各自的故乡"的夜思中，感悟到"每一个形象／它本身自有它的完整"，这是对艺术的彻悟，已经完全进入了诗的本体。这本体世界的自足性恰恰在于它拒斥"空空描绘"，而源自现实和诗人心灵的沟通，来自"永在着"的宇宙、自然、人类和自我心灵共鸣的"律

---

① 袁可嘉：《"人的文学"与"人民的文学"》，（天津）《大公报·星期文艺》1947年7月6日。

② 陈敬容：《珠和觅珠人》，《中国新诗》第3集（1948年8月）。

③ 陈敬容：《夜听车声》，《中国新诗》第5集（1948年10月）。

动"①。类似的体悟、寻求也出现在唐湜《诗》中，"潮汐"后"光辉的排贝"、落花而成的果实，"闪烁的白日"后"夜晚的含蓄"，种种意象都呈现出在"平地垂野而尽"后才有诗的"渐近渐近"；而"烧焦这一个我，又烧焦那一个我"，诗"在生活的土壤里伸根"，"圆周重合，三角人 / 之外又欢迎另一个自己"，②是在社会大变革中诗的涅槃。这种对诗的艺术本质的深入体悟直接促成诗艺的成熟，足以统一起诗人和"革命者"两者的身份，甚至使得当时的青年诗人得以走出以往单一的牧歌或史诗的传统，将人生和艺术结合交错成诗的世界。

诗人和"革命者"两者身份的统一，是那个暴风骤雨的革命时代带给诗歌的难题，却也让诗在接受考验中丰富自身。在青年诗人那里，现代知性的表达和改造自我、投身时代的交融，拓宽、深化了诗的表达，正是发生在诗人和"革命者"两者身份的沟通中。"路旁石缝里的一株小草，／悬崖下的一坳泉水，／还有那些蹦蹦跳跳的小动物，／都在告诉我们一段经历，／教我们怎样去磨练自己，／从这个起点到另一个起点。"这种与自然微小万物对话中的领悟，令人想到冯至《十四行诗集》宁静的启示中对生命的把握，但它更明显地指向了不想再"被一团朦胧困守住"，要"向自己的世界外去找寻世界"，③有着明确集中的时代寻求。这种交融实际上是当时的一种诗歌潮流：不让现代诗逃避现实，也不能让现实淹没了现代诗，诗的独立性和诗对现实的关注都不可偏废。这种追求的自觉性使青年诗人的创作处于一个高起点，也是1940年代诗歌最有前途的希望所在。例如，郑敏此时的诗作延续了其《金黄的稻束》（1943）那种艺术（雕塑）的质感和哲思的水乳交融，而其艺术感悟恰到好处地包容了时代的呼唤。如《Renoir少女的画像》一诗，从进入一幅名画"灵魂的海洋"的细腻鉴赏中，深切领悟到艺术表达的精神境界和情感体验丰富而开阔，它往往"不是吐出光芒的星辰，也不是 / 散着芬芳的玫瑰，或是泛滥着成

---

① 陈敬容：《律动》，《盈盈集》，上海文化生活出版社1948年版，吴晓东主编：《中国新诗总系（3）》，人民文学出版社2009年版，第452—453页。

② 唐湜：《诗》，《中国新诗》第2集（1948年7月）。

③ 江天漠（杭约赫）：《带路的人》，《诗创造》1947年7月。

熟的果实／却是吐放前的紧闭，成熟前的苦涩"。诗人将这种艺术感悟扩展至对所有富有创造性的心灵的理解："一个灵魂怎样紧紧把自己闭锁／而后才向世界展开，她苦苦地默思和聚炼自己／为了就将向一片充满了取予的爱的天地走去。"①而这种心灵理解在那个时代会与民族的、国家的命运、前景发生对应、契合，这些诗句何尝不可以看作一个民族觉醒、奋起的象征性写照？原本"纯艺术"的感悟此时也会回荡起对民族、国家命运的思考和关切。类似的诗作反映出郑敏那样的青年诗人情感体验的开阔和创作视野的包容，这种创作状态在战后动荡的年代格外显示出中国新诗自身发展的成熟。

后来成为著名军旅诗人的李瑛，此时却是被"京派"前辈赏识的青年作家。还在北大中文系就读的他写诗，也写小说。此时的诗作表达着鲜明的时代主题，预示出他日后的革命军人生涯，但细腻的生命感受、真诚的人生寻求以及较多的现代诗技巧使其诗作的时代性被"人性"化。《沉痛的悼念四章》和《石像》是几乎同时发表的诗，以对殉身于时代的师长的追思，表达对自由和民主的追求。"你点起红灯，你要休息了。／我们安排你的背影在历史的／海面，上升，下降。／青山和繁星在你的面前都不过多。"②从人们熟知的"背影"入手，"你"和"我们"，"离去"和"永生"，历史和人生，都在展开多层次的对话；而对"海面""青山和繁星"的有层次的感觉更映衬出"你"的一生"赤裸的显示着：爱，严肃和完整"。同时，"我"向"我们"的提升，在对"你"的呼唤中，化为种种富有个人浪漫性的意象而充满感性地展开："从蚕蛹蜕化为蚕蛾"，"在阳光下"，"我真的要用变硬的翅子飞向火场了"，"就在这由矿砂炼成钢铁的过程中／我情愿燃烧在里面，死亡，变灰"，变成"我们的石像／我们的凝结的真实的历史"。③同时，结构上的"起承转合"则把"小我"向"大我"转变的层次表现得丰富而清晰。虽然李瑛1949年后供职于军队，转入革命军旅诗歌的创作，但此时期养成的"较为细致的艺术感受能力，以及对中外诗歌较多了解"构成的"优势"一直影响着他

---

① 郑敏：《Renoir少女的画像》，《中国新诗》第1集（1948年6月）。

② 李瑛：《沉痛的悼念四章·背影》，《中国新诗》第5集（1948年10月）。

③ 李瑛：《石像》，（北京）《文学杂志》第3卷第6期（1948年11月）。

以后"诗化""政治性生活"的创作，甚至"对当代一个时期的诗歌创作产生广泛影响"。[①]

郑敏和李瑛创作取向相异，但都有良好的学养，所以无论是拓展加深"纯艺术"的感悟而包容起对国家、民族命运的思考，还是肩负起时代的社会使命，以艺术感受力诗化政治性生活，都较好地沟通了社会的时代性和文学的时代性价值之间的联系，即文学用自身的方式回应时代的变革。如果这种艺术视野能得以延续，1949年以后的诗坛当会有深厚文气、勃勃生机。

为什么相当多的"新生代"诗人向往，甚至已投身于革命，但仍能写出好诗，其成就远远超过1930年代的左翼诗歌？除了中国新诗积累到1940年代后期已经相当深厚外，还在于当时他们尚有创作心灵的自由。尽管抗战以后，中国一直处于战争状态，但战争年代的诗歌，并未体现统一的战争文化规范（体现抗战以来诗歌成就的，无论是战前成名的诗人，如艾青、冯至、戴望舒、何其芳等；还是"七月派"或西南联大的新生代，如穆旦、郑敏、陈敬容、绿原等；或是在沦陷区这样的"边缘"推进诗艺探索的，如吴兴华、路易士、南星等，都以新诗现代性的个人化历程表达被日后文学史关注），甚至体现战争文化规范（毛泽东《讲话》精神）的战斗诗歌，其具体形态也很难被规范到一个模式中。从抗战初期的田间，到战后的李瑛，发出的无疑都是战斗者的歌唱。构成战斗主旋律的却有写激昂的《队长骑马去了》的天蓝，也有"在党报上发表战火声中的情诗"的魏巍，他那首曾引起轰动的《塞北晚歌》似乎是对孙犁《荷花淀》的迟来呼应，将战士的爱情写得如此情意绵绵："月亮照着战壕，／忍不住／将你思念；／／谁叫我／在织布机旁／将你碰见，／谁叫那琐碎的日子，／在我们的身边流连！／／我埋怨，／我在千里外，／就看见你秋收的镰刀；／／我埋怨，／在哗哗的水声里，／听见你赤着脚，／从河那边走到这边。／／我埋怨，／不知埋怨我，／还是怨你；／／它要侵占一个战士防卫的时间。"大胆表露战壕中的爱情思念，个人化地写自己情感的矛盾，以"埋怨"表达情深，在"战士防卫的时间"和"织布机旁"的"琐碎的日子"构成的张

---

① 洪子诚：《中国当代文学史》，北京大学出版社1999年版，第74页。

力空间中呈现情感矛盾，又没有如后来的政治抒情诗那样诉之于战斗理想，保留了素朴纯真的日常世界。整个1940年代，统一的战争文化规范尚未与体制性力量完全结合；文学关注社会变革，但并未与大规模的社会改造运动结合在一起，个人创作也尚未被外来的无法抗衡的力量所裹挟，作家灵魂更尚未受到极大的钳制和蒙蔽。所以，无须担心巨大的社会变革会将诗人的眼光从诗歌上吸引走，也不必担忧诗人投身社会变革会遮蔽他的诗心，只要给诗一点自由，让它自守其所，它就会萌发茂盛。

三、根植于中国土壤的现代诗探索

1945—1949年的新诗是成熟的中国现代诗。唐祈《女犯监狱》[①]那样以"象征主义和超现实主义的艺术眼光"将社会动荡中惊人的现象"转变为诗"，"真正表现出现实的真实性和丰富复杂的内涵"[②]的新诗成为一种主潮。更有意义的是在关注中国现实中展开的现代诗潮，也接通了与传统的联系，使现代与传统这一中国现代文学的根本性课题得以深化。当时沈从文就视杜运燮、穆旦等的"新印诗集，又若为古典现代有所综合，提出一种较复杂的要求"[③]为中国新诗发展的第五个重要阶段。例如，"九叶诗派"中，辛笛的诗歌成就集中于战后。他在1936年留学英国爱丁堡大学，曾亲聆艾略特的文学讲座，深受其文学创作中传统与当代关系思想的影响，形成了在关注时代和社会中展开现代主义创作的想法。他一向喜欢法国后期印象派的画和德彪西的音乐，更一直信服纪德1935年所说的："我思我在，我信我在，我感觉我在。这三个命题中，依我看来，最后的一个最真确；事实上，是唯一真确的，毕竟'我思我在'并不绝对地意味着我在，'我信我在'也是同样的道理。"[④]这

---

① 唐祈：《女犯监狱》，《中国新诗》第3集（1948年8月）。

② 郑敏：《鉴赏〈女犯监狱〉》，唐祈主编：《中国新诗名篇鉴赏辞典》，四川辞书出版社1990年版，第433页。

③ 沈从文：《谈新诗五个阶段》，原题为《新废邮存底 二五八》，载北平《平明日报·星期艺文》第13期（1947年7月25日），收入《沈从文全集》第17卷，北岳文艺出版社2002年版，第456页。

④ ［法］纪德：《地粮 新粮》，华榕桂译，（台湾）志文出版社1981年版，第247页。

使得他的诗作从"最真实、最新鲜"也最个人化的感觉出发，"把知性和感情结合起来，把思想和感觉结合起来"；而这种结合，使他回到了传统。当他将"大为欣赏"的"西方的象征派、现代派诗歌""和我们自己优秀的传统诗歌相比较"，他就发现，"李长吉、李义山早在7—8世纪时，就善于用象征、暗示、通感等手法写诗，远远走在西方诗人之前"，所以，"写现代派的诗"，也要"深入地向我们自己优秀的古典诗歌的传统学习"。①当他在抗战胜利后重新开始诗歌创作，这些因素就使得他的诗作显示出根扎于中国的种种探索。

辛笛视创作为"捏土为人／涅槃为佛／虔诚肃穆地工作／像一个待决的死囚"，将自身的全部生命转化为诗的创造力；但同时，他又鄙夷"昧心学鸵鸟"，而"以积极入世的心／迎接着新世纪"。②正是这构成现实主义与现代主义融合的基础。诗艺的现代探索往往会加深现实关怀。辛笛那首为人赞赏的《手掌》③"富有情欲而蕴藏有智慧"，就如诗作所写，"形体丰厚如原野／纹路曲折如河流"，丰盈的"肉感"和深邃的哲思交融，呈现了"手掌"这一"沉思的肉"的意象；而"手掌"的"刚毅木讷"与"那十个不诚实的／过于灵巧的／属于你而又完全不像你的／触须似的手指"之间构成的张力，使"手掌"指向了"全人类的热情"这一开阔的思考空间，并在其中表达出对现实的"新理想"的追求。其他如《月光》写"充沛渗透泄注无所不在"的月光"多情激发""大声雄辩""微妙讽喻""永恒感化"中包含的"大神的粹思"，④《姿》在"芦苇"绰约的姿容和"白花""吹弹不起"的命运中表达对土地的理解。⑤这些诗作都"灵肉完全一致，情理完全合拍"⑥，诗境则明显化自中国古诗，又都以"我"对"你"的诉说展开，也引入"他"的种种

---

① 刘士杰：《我思·我信·我感觉——访老诗人辛笛先生》，刘士杰：《现代主义诗歌在中国的命运》，社会科学文献出版社2009年版，第313—314页。

② 辛笛：《巴黎旅意》（作于1937年巴黎），《大公报·文艺副刊》1946年6月25日。

③ 辛笛：《手掌》，《文艺复兴》第2卷第1期（1946年8月）。

④ 辛笛：《月光》，《侨声报》1946年8月19日。

⑤ 辛笛：《姿》，《大公报·文艺副刊》1946年9月6日。

⑥ 唐湜：《辛笛的〈手掌集〉》，《新意度集》，生活·读书·新知三联书店1990年版，第64页。

"在场"。无论是现代哲理的探寻，还是现实关怀的表达，都在这多重交织中得以深化。至于《风景》①那样直接表达现实关怀的诗作，"列车轧在中国的肋骨上／一节接着一节社会问题"，从中国历史和现实中演化出的具象和抽象的结合所达到的时代深度，是中国新诗此时达到的一种高度。这种从个人化探索出发沟通现代与传统的努力在日后中国新诗（不管是大陆，还是台湾）中得以延续，成为诗歌在社会巨大压力下保存、发展自身的重要力量。

抗战时期沦陷区也曾出现过相当强盛的现代主义思潮，②其主要发生地在上海、北平。而发生在殖民统治下的现代思潮也将"化洋"和"化古"结合在一起，其成就是引人瞩目的。所以，当战后上海、北平再次出现现代诗潮时，事实上汇入了沦陷区的现代主义诗潮，尽管原沦陷区青年诗人在战后多少显得沉寂，但仍然延续了他们战时的艺术追求，也使得此时期新诗在传统与现代沟通上的成果更为丰硕。吴兴华在当时被视为"继往开来"的青年诗人，和"旧诗""西洋诗"都有"深缔的因缘"，其诗作是"新诗在新旧气氛里摸索了三十余年"后一种"新的综合"的"结晶"。③吴兴华的诗歌成就主要在北平沦陷中后期，西语系毕业执教燕京的学术背景和沦陷时期对中国古籍的苦读深钻，使他在着意融会中国古典诗歌和西方现代诗歌构成因素上达到了"其它同代人几乎无法达到的高度"④。他在抗战胜利后仍然延续了这种努力。《吴王夫差女小玉》是他"古题新咏"的叙事诗中写得最好的诗之一。与诗作后面所附《灵鬼志》本事相比较，吴兴华将诗歌直接伸入古典时空中构筑人类生命体验的努力引人注目。诗作对"古事本源"只择取了"玉结气死，葬阊门外"，三年后"重"哭泣"往吊"，"玉从墓侧形见"，与韩重相聚这些具有神异色彩的情节，弃去了前后诸如"尽夫妇之礼"等内容，尽情渲染他们相聚时那"只盛着阳光／与若有若无的清水"，毫"不沾染知识和经验的

---

① 辛笛：《风景》，《中国新诗》第4集（1948年9月）。

② 参见黄万华：《〈诗领土社〉和沦陷区战时现代诗歌》，黄万华：《中国和海外：20世纪汉语文学史论》，百花文艺出版社2004年版。

③ 编者：《吴兴华的诗》，《新语》1945年第6期。

④ 谢蔚英：《忆兴华》，《中国现代文学研究丛刊》1986年第2期。

污泥"的感觉。"她感谢死亡，把她从人世的 / 欲念牵挂解脱了，回到她本来的 / 纯净中，给爱情以最自由的领土"，不仅"吴越的战事，父王的暴虐， / 小的悲观都引退了，糊涂而羞怯， / 消隐在背景里"，而且"那曾绞痛她心怀的热情，如今只 / 轻卧在表面，如一层薄薄的尘土"，一切都"让路给初次完成"，摆脱了任何束缚的自由状态。[①] 以挣脱尘世羁绊的"死"隐喻人的生命形态的自由，以"野祭"相遇的人鬼世界象征"辽远"而"自由"的领土，使全诗在"穿过一度死亡"的丰富生命感觉和神奇生命形态中奔涌起令读者心领神会的激情，而类似歌行体的诗行也取得了颇具生命意味的特殊节奏。吴兴华在1940年代前期创作过从意境到体式都脱胎于古典绝句律诗的系列短作。抗战胜利后，他又尝试在十四行诗"变体"中化入中国古典诗词，如《西珈·八》写"因为诗歌的世界"，"你""我"的接近，"满月立刻能使我想起半天的画船， / 酒炉边侧坐的佳人稍露凝脂的手腕； / 于是我爱它的清辉，渴望能与你同观。 / 韦庄词：垆边人似月，皓腕凝霜雪。 / 或是在暮春当碧色侵上荒静的小道， / 我初次了解词人的心情不忍去践踏， / 伊人的罗裙处处荫覆如油的芳草。 / 牛希济词：记得绿罗裙，处处怜芳草"。[②] 以"我"的心情、感觉来古词"今译"，以白话口语再次营造古诗意境，不仅表达了超越历史时空的寻求，也会有呼唤读者心灵的妙处。其他沦陷区青年诗人中，南星的诗作仍有着都市的敏感和诗人的沉思，但中国的、古典的风味更浓郁，如《花束》（1946）；李白凤写下的《智慧集》[③]，10首短诗，将古老的中国智慧在现代的感受中表达得更为深邃丰满，现实针对性也更为尖锐。这种压抑中凝练而成的讽喻，大概要到十年后流沙河的《草木篇》才能再领会。

现代诗艺不仅可以沟通传统，也可以前瞻"未来"。艺术表现的超前性出现在青年诗人的创作中，同样表明着中国新诗的成熟。例如，唐祈的诗有着"象征主义和超现实主义的艺术眼光"，其"真挚、强烈、震撼着读者的

---

① 吴兴华：《吴王夫差女小玉》，《文艺时代》创刊号（1946年）。

② 吴兴华：《西珈·八》，《文艺时代》第1卷第4期（1946年）。

③ 李白凤：《智慧集》，《诗创造》1948年1月。

想象力和感官"，使人想到一些拉美的超现实主义作品。[1]拉美超现实主义引起关注是日后的事了，而唐祈在1940年代后期中国异常的现实环境中就表现出了与日后拉美超现实主义强烈呼应的感受力和想象力。如《老妓女》（1948）一诗以都市的"浮肿"和老妓女的"塌陷"互衬，在现实中捕捉种种惊人的情景："衰斜的塔顶，一个老女人的象征／深凹的窗：你绝望了的眼睛。"升腾于现实之上的想象惊心动魄地呈现了都市的真实：尽管老妓女"塌陷的鼻孔腐烂成一个洞"，却比享受着都市"荒淫"的"他们""庄严"。正是诗人对现实敏锐的感受和惊人的想象力才使其诗作有着艺术表现的超前性，而他1948年创作的长诗《时间与旗》不仅在"哲学沉思"上"呼应着艾略特的《四个四重奏》"，更令人惊奇的是其在"叙述都市的丑恶"上"预言着艾伦·金丝柏格在五十年代写出的震撼世界诗坛的《嚎叫》"，"无论从艺术和思想的深度、感性的丰富和情绪的激荡都远远的超出于四十年代中国新诗的平均水平"。[2]《时间与旗》在"时间"的长河中"升华"出"旗"："残酷的／却又是仁慈的时间，完成于一面／人民底旗——"，"时间"的永恒性表现于"人民"的时代性，而这一主题完成于上海代表的都市丑恶的叙述中。从外滩钟声、异国教堂到租借花园、洋场高楼，作者捕捉真切，刻画细微，想象丰富，让人充分感受到都市上海"生命不是生命／灵魂与灵魂静止"的存在。在"成群的苦力手推着载重车"如"纷沓过街的黑羚羊"和"异邦情调的／花簇，妇女们鲜丽的衣服和／容貌，手臂上的每个绅士的倨傲"的鲜明对照中，没有太多激情的控诉、愤怒的呼唤，而是以"冷调"的叙述，在种种"时间"意象的呈现中，显示都市的罪恶，在"平板"中反而显出深刻。写奴隶的命运，"从过去的时间久久遗留在这里，／在冰的火焰中，在年岁暗淡的白日光中／又被雪的时间埋合在一起"；写新生的曙光，"近五月的初梢日，石榴那般充溢的／火红色，时间中就要裂开，／然而不是现实中的现在"……这些不乏政治性的诗句，都是在充满感觉而又指向知性的表达中完成的。

此时期中国青年诗人的努力甚至具有世界性的意义。例如十四行诗这样一种欧洲文艺复兴时期的诗体正是在中国化的实践中成为世界性的经典诗体，尤其是近现代十四行诗"所蕴含的神韵和哲理的追求"[1]在中国诗人的领悟中呈现为对战争、革命年代人的命运的深切关怀时，中国新诗通过十四行诗体深入对话于人类、世界，丰富了十四行诗体的精神内涵。在战后新诗中，十四行诗的创作并未止息，相反在青年诗人的多种实践中变得更为成熟。当时的十四行诗创作中，有在"身外的一夜急雨／化作体内泛滥的春潮"的时代召唤中表达"溪水连成河水／我们流去，汇合江湖"的生命领悟的；[2]有将尖锐的政治性的现实题材如"上海"的"陆沉"、"南京"的"高压"压缩于十四行诗的严格体式中，使激情的讽刺变得凝练；[3]有在十四行诗体内在精神的规律化、严密化中传达人类求知的艰难性、丰富性，在内省中告诫人们不要"忘记体内的宝藏／那儿原埋有最可贵的种子，等候你从胸中将／它培养，伸向你身体之外"，求知不是"贪婪的索要最后的果实"，而是"为了给得更多"；[4]有在极其日常的生活场景中映现深邃辽阔的人生，让人从"熟悉得陌生的脸"、"凝固了"的"记忆"中重现"生命的步履"，重新认识自己；[5]有以"寄语友人"的方式，在十四行诗体的格律形式中展开思想自由的交谈，从"一颗星""想起千万颗星"，从"荒塞"的现实中升华起"高朗而辽阔"的情怀，如那"滤过的泉水中泥沙绝少／奔涛静息，水仙在岸上盈盈地开"。[6]所有这些努力包含起的神韵和哲理，使十四行诗体在跨文化传播中丰富、发展，其经典性显然更具有了世界性。

389

第七章　跨越"1949"的诗歌创作

---

① 　吴晓东：《群体生命的欢乐颂》，孙玉石主编：《中国现代诗导读（1937—1949）》，北京大学出版社2007年版，第297页。

② 　王多多：《无题二章》，《诗创造》1947年9月。

③ 　袁可嘉：《十四行诗（二章）》，《中国新诗》第2集（1948年1月）。

④ 　郑敏：《求知》，《中国新诗》第2集（1948年6月）。

⑤ 　杭约赫：《题照相册》（1949），孙玉石主编：《中国现代诗导读（1937—1949）》，北京大学出版社2007年版，第116页。

⑥ 　陈敬容：《寄雾城友人》（1947），陈敬容：《交响集》，星群出版社1948年版，吴晓东主编：《中国新诗总系（3）》，人民文学出版社2009年版，第443页。

此时期"新生代"诗歌理论的建构更具有世界性的高度，这就需要另外专门论述了。[①]青年诗人群中穆旦的创作已有许多论述，这里未多论及；青年诗人群之外还有"中生代"、前行辈诗人，同样需要专门论述。如果将这些都聚合起来，"1945—1949年，一个成熟的诗歌年代"所意味的中国新诗的成熟，就更值得关注了。青年诗人群的青春活力使这种成熟原本有着延续、深化、丰富的前景，这种前景在1980年代后的中国诗坛终于得到了回应。

第二节　1950年代后大陆诗歌的文学史经验

文学以自己的形式见证、确认1949年前后人民革命胜利的存在，是"人民的文学""工农兵文学"得以产生的根本原因。而当中国大陆逐步从中国共产党和各民主党派合作的民主共和国政体走向中国共产党代表工农阶级实行无产阶级专政的社会主义体制时，工农大众的文学表现也将由中国共产党的文化决策决定，这就是作家被要求去全力表现社会主义革命和建设的原因。但文学能确认的是文化存在，而非革命斗争一类的政治存在。当文学以自己的形式去确认"人民"的存在时，力图建立革命诗歌"大一统"王国的政治主导性力量和诗歌自身生发的多元差异性之间必然发生纠结、冲突，由此产生的诗歌活力和困境的呈现，构成1950年代后中国大陆新诗的存在。此时期集体性战歌和个人性情感的冲突，政治性颂歌的类宗教倾向和人民群众真情实感的矛盾，另类诗歌的多样性存在及其命运，都反映出1950年代后中国大陆新诗生存的限度，既是一个新生的政权雄心勃勃建立一种它所认定的文学和诗歌的模式的"梦想"所开启的新时代，也是五四以来新诗命运的一种流变。它和此时期的台湾、香港诗歌合在一起，构成中国新诗对于"1949"的跨越。

---

①　可参见本书第二章第一节《瑞恰慈和战后平津地区文论：战后中国文学重建的多种流脉》。

一、个人化：战斗的诗的世界的留存

前述二战结束后的中国诗坛就已经在经受日益强大的外部"一体化"冲击中顽强体现出诗本身的力量，表现出中国新诗的成熟。尤其值得关注的是，诗人和"革命者"的身份，统一在此时期一些青年诗人（主要还是国统区的青年诗人）的身上并抵达了诗世界的深处，其诗歌主张也相当完整体现出新诗"三十而立"的成果。例如袁可嘉围绕"人的文学"和"人民的文学"在发展中统一而提出的"新诗现代化"主张。这恐怕是中国新诗史从未有过也没有再出现的状况。这种状况本来有利于进入人民革命年代诗歌世界的建构，但解放区文学的迅速扩张使得这种努力受到越来越大的压力。

在实践毛泽东《讲话》精神的文学转型中，更为个人化的诗歌，本来有其"后发性"，但恰逢其时。战后中国革命的形势大大催发了其"转型"，文学创作实践中展开的以阶级斗争、革命战争意识为中心的革命现实主义叙事和以颂扬领袖、人民为主导的革命浪漫主义抒情，使得诗歌创作中战歌和颂歌成为主流。任何诗人都需要在战歌和颂歌的创作上做出自己的回答。

问题自然在于，此前的新诗已以文学对于丰富差异性的多向追求形成了自己多样化、个性化的传统，1949年以后的大陆诗歌只要是在诗歌自身的层面上展开，就自然进入了这一传统，或者说，无法断裂这一传统。于是，颂歌、战歌的倡导，民间风格、民谣形式的开掘等等，如果在新诗的传统中展开，那么，就会是新诗多种流脉中的一种，而且是以接纳"人民诗人""革命颂歌"的多样化成为新诗传统中的一个分支。而当它以建立诗歌的"大一统"王国为目标，力图规定一种服从于政治规范的诗歌创作原则时，其从新诗传统中偏离，乃至失落就不可避免。例如，具有诗歌批评权威性的意见在1950年代刚刚开始的时候，就坚定不移地认为，诗要成为"人民的艺术"，"必须去掉那些知识分子的抒情心情"，"表现农民的泥土气息和工人的组织性"[①]。诗要与"抒情"告别，而与阶级的"组织性"联姻，这本来在诗的本质上显得不可思议，在"人民的时代"却被视为"诗的本质"，于是，诗的个人性自然被放

---

① 劳辛：《叙事诗的本质》，《诗的理论与批评》，正风出版社1950年版，第97页。

逐，而"工人的组织性"这样的集团一致性成为诗的主宰，引导着诗歌的"一体化"，最终会在"一体化"中消解诗本身。这种危险就连真诚追求"人民的文学"的诗人也觉察到了。曾在延安"寻根"中个人心灵受到洗礼的李季，当他遵照《讲话》精神"彻头彻尾彻里彻外"变成"延安人""玉门人"时，他自己也觉得变得"简直一点儿也不像个作家"了。[①]

1949年后，东西方意识形态严重对峙的冷战局势，新中国周边地区（朝鲜、越南、印度、苏联等）的战事压力，反帝反修的国际主义使命，国内"阶级斗争要年年讲，月月讲，天天讲"的情势，党内复杂的"路线斗争"状况……所有这些，都为抗战以来，尤其是国共战争强化的战争思维的继续存在提供了合适的社会环境，也使战歌的创作成为诗坛的一种主导性潮流。值得强调的是，此时国内阶级斗争形势的紧张化在越来越大的程度上是出于先验预设，因而也使得战歌变得空洞无指，甚至成为某种集体想象的自恋物。除战地军旅诗、革命战争题材诗继续描写过去战争中的英雄主义、理想主义外，其他将战争思维、战斗激情、战场意识渗透于社会主义革命、建设的事件、场景中的各种类型诗歌，都加入了战歌的行列，包括抒情诗，在表达情感时也以战斗激情、战场意识为主导。这种战歌跟全社会在封闭环境中被政治宣传催生而成的战争情结、战场心态构成了一种互为因果的关系。其形成的恶性循环因为完全排斥了个人性的情感，其战斗激情变得虚妄，而不断压缩了战歌本身的空间。

但诗歌的自我表现力是顽强的，在集体性战歌创作潮流之外，还是出现了一些咏物诗、边地诗，传达出个人化的诗情画意；而一些个人抒怀诗，则保存了战歌年代战士的个人化情怀。郭小川作为五六十年代中国大陆最重要的诗人，其表现力较强的诗歌之所以往往取"我"的视角，就是要在生活者和战斗者合二为一的视角中有可能表达普通人的意识和情感。《望星空》（1959）是被收录于《新诗三百首》（牛汉、谢冕主编）唯一的五六十年代政治抒情诗。这首诗之所以代表了五六十年代共和国体制中作家能够达到的高度，就在于诗

---

① 李季：《我和三边、玉门》，《文艺报》1959年第18期。

人在高度政治化的环境中仍保持个人对战斗年代生活的思索，不掩饰自己身处战斗激情之中的内心困惑，将战斗时代的激情转化为跟自然、人生的真诚对话，从而实现诗的表现。诗作在情感的张力中让战士的情感沟通于一种更真实更可贵的普通人情感，同时又让其置身浩瀚宇宙中，感受个体渺小、生命短暂的惆怅，层层剖露一个战士面对宇宙时的心怀，引发许多对生活的真诚思考，让人在政治理想狂热的现实中有所冷静，从现实羁绊中有所挣脱去认识永恒；也让人领悟火热的革命征途中也不可缺乏停下来望望星空的闲暇，安详也是生命可贵的存在方式……诗人一旦直面宇宙，他就会发出自己独特的声音，一种跟永恒对话的声音。尽管诗中又发生了陡转，天安门广场上"升起"的"美妙的人民会堂"作为比星空更壮丽的形象占据了诗的中心，"我""全副武装／在我们的行列里""再向星空瞭望"，惆怅已一扫而空，诗作又完全回到了战歌的行列，但"让满天星斗，／全成为人类的家乡"的时代豪情，已不再是空洞所指，即便那"惆怅"的扫除有着时代的压力，也因为诗人的真诚无掩而留摄了战歌的真实。

郭小川后期所写《团泊洼的秋天》更提供了典型的郭小川的战歌。写"静静的团泊洼"，"这里没有第三次世界大战，但人人都在枪炮齐发"的"斗私批修"的场景，仍笼罩着"战争思维"。但由于诗人当时的处境和对现实动乱的思考，诗作不仅有着团泊洼秋天的日常诗意的呈现，而且将"战士"的情感融入了矛盾重重的心灵冲突。诗中那些日常乡间的诗意，以民间原生态的生命力消解了阶级斗争扩大化的虚妄性。在这样一种诗意氛围中，诗作所抒写的"战士的性格""战士的抱负""战士的胆识""战士的爱情""战士的歌声"成为一种"也许不合你秋天的季节，但到明春准会生根发芽"的生命存在。这样的战歌，在当时已是一种另类的表达。而经过二十年阶级斗争的熏陶，人们的情感已普遍被僵化、窄化，一个长期处于共和国主流旋涡中的诗人还能如此保存自己的情感世界，再次表明诗的世界，即便是战斗的诗的世界，都无法割裂个人对人性人情的体验。所以，郭小川即便是写叙事诗，从《爱情三部曲》（《白雪的赞歌》讲述战争中一对夫妇对革命和爱情的忠贞；《深深的分手》描写严酷的战争考验面前，男女情侣终因理想不同而分手；《严厉的爱》叙述两个性格刚烈的革命者在斗争中的结合）到长篇叙事诗《一个和八个》（写战争环境中，一个冤屈囚禁的教导员和八个罪不可赦的死囚的故事……）都在激昂的革命叙事中剖露了人性的复苏。这些诗作在当时都显得另类，甚至受到了批评，但它们才显露出战歌的生命力。

二、颂歌：政治指向和情感指向的历史张力

颂歌是在战后开始成为全国性现象的。当时国统区出现颂歌源自人民对于民主、和平的前景的希望，重庆谈判期间，颂扬毛泽东的诗作就开始涌现，包括以重庆百姓方言颂扬毛泽东"硬是要得"，实现国家"和平、民主、团结"的诗歌。[1]当共产党领导的革命在整个中国大陆取得胜利，承诺建设民主、和平、团结的新中国后，颂歌逐步成为"二十世纪五十年代中国诗歌的灵魂"[2]，这一灵魂的存在及其活力决定了此时期诗歌的命运。因政治斗争胜利而产生的颂歌能否在诗歌史中获得生命力，这是一个尚需争议的问题。而对于从延安时代开始的颂歌而言，决定颂歌命运的是社会想象和颂扬的激情，即围绕颂扬对象展开的社会想象是否真正体现了时代性，颂扬是否真正产生于诗人个人化的真实的体验和情感。不可忽视的是，传统的诗歌样式中，史诗和抒情诗属于不同的流脉，而颂歌历来属于抒情诗，有着抒情诗对于个人化情感的要求。因此，作为集体歌咏的颂歌，仍与个人化情感有着命运上的根本联系。聂绀弩600行的组诗《一九四九年在中国》（1949年2月）是当代中国史诗性颂歌的一个开端，《我们》一章分别以《四万万七千万》和《三百万和三百五十万》为题，政治指向异常明确的"我们"（全国人民、中共党员、人民解放军）替代了以往诗作的抒情主人公"我"。而在《答谢》中"我们"颂扬毛泽东时，虔诚、激情甚至使作者无法静心择词，所有瞬间能抓取到的颂词一股脑儿倾倒而出："毛泽东，／我们的旗帜，／东方的列宁，史太林，／读书人的孔子，／农民的及时雨，／老太婆的观世音，／孤儿的慈母／绝嗣者的

---

① 王亚平：《人民的勋章》，《新华日报》1945年9月10日。

② 谢冕：《导言 为了一个梦想》，谢冕主编：《中国新诗总系（4）》，人民文学出版社2009年版，第9页。

爱儿，／罪犯的赦书，／逃亡者的通行证，／教徒们的释迦牟尼，／耶稣，／穆罕默德……"①这里，颂歌和战歌的结合，无节制的政治情感，"我们"的狂热崇拜等都已具备了1950年代共和国诗歌的基本因素。而相对于稍晚些《时间开始了！》那首充溢排山倒海激情的长篇颂诗深深烙上了胡风个人的印记，《一九四九年在中国》则显得更是一种时代情绪的宣泄。

　　《时间开始了！》（1949—1950）无疑更以驾驭"时间"的自信和魄力宣告新诗的一个新时代的开始。经典的史诗通常采用第三人称展开宏大叙事，抒情诗则主要以第一人称直抒胸襟情怀。而在《时间开始了！》中，第一人称和第三人称的结合，正是史诗和抒情诗的融合，意味着个人化的宏大叙事可能产生。这首充溢排山倒海激情的长篇颂诗就有着胡风作为左翼作家的个性表达。诗中除了"我"和"他"外，还一再出现了"你"。"你"是新生的祖国，是英勇的人民，是领袖毛泽东，而最值得关注的是诗中颂扬毛泽东时从"他"到"你"的自然转换。诗以"梦幻的我的眼睛"描绘毛泽东"他"足以驾驭整个地球，驰骋太空宇宙的气势和伟业，"使我们和大宇宙年青的生命融合在一起／使我们和全地球未完的战斗连接在一起"；而在"毛泽东！毛泽东！"的激情呼唤中，"毛泽东／他屹然地站在那里"的"叙事"转变为"毛泽东／你屹然地站在最高峰上"的"对话"，"梦幻"般的仰视感受转入面对面诉说的殷切希望："你坚定地望着望着／那上面闪现过了什么呢？"随后8节"闪现过了一个面影"展开的正是诗人个人历史的记忆，那一个个"面影"具体而真切地承载了人民在苦难中奋斗的历史，他相信毛泽东在胜利之时不会忘记这一切。而那连续三个急切的发问"闪现过了吗？"，更是诗人个人化的表达方式，希望领袖真正是民众的"儿子""兄弟""战友""同志"，民众的力量、意志"汇集着活在你的心里／你挑起了这一部历史"。诗以"一跃地站了起来"的"时间"展开的想象确实属于"1949"所开启的新时代。这个时代被称为"当代"，它一直延续至今，不断表明，"时间"可以被它诠释、操控。但诗以"我""你""他"展开的抒情又确实属于胡风个人，对领袖的颂扬完

---

①　聂绀弩：《一九四九年在中国》，《大众文艺丛刊》第六辑（1949年3月），第131页。

成于诗人对领袖的理解、希望之中，那就是领袖永远不会忘记作为一个个具体的人而存在的人民的希望。然而，激情地宣告"时间开始了！"的胡风不久却被这颂歌的新时代吞噬了。

聂绀弩和胡风都是极有个性的左翼作家，后来的命运也有相似之处，而此时他们写下了同中相异的颂歌，表明颂歌还是开始于大时代潮流中的个人性体验中。但此时颂歌的政治指向决定了其情感指向，所以，一种更强调"我们"作为抒情主人公表达颂扬激情的政治抒情诗成为颂歌的主流。石方禹的《和平的最强音》①（1950）当时开了这一颂歌流脉的先声，这首近600行的长诗创作于上海，确实发出了歌颂以苏联为首的社会主义阵营和中国共产党领导创建的社会主义中国的"最强音"，它几乎集中了1950年代政治颂歌的全部特征："我们"作为"世界上的绝大多数"无可置疑地强化为抒情主人公，而如果有"我"的出现，那么，"我"必须是"我们"中的一员，两者越统一越好；颂扬的对象有其政治时事的及时性、时代性，《和平的最强音》就是由朝鲜战争引发的，诗中写入了当时很多政治事件、政治人物，其褒扬和批判深深打上了东西方（莫斯科和华盛顿）意识形态尖锐对峙的时代烙印；诗体自由，适合朗诵。政治抒情诗的成熟要到1950年代中期，1956年是个标志性的年份，贺敬之、郭小川这两位政治抒情诗最重要的代表诗人都在这一年发表了他们最有影响的政治抒情诗。尤其是贺敬之那首长达1500行的政治抒情诗《放声歌唱》成为"放声歌唱""神话般的国度"的中国和"创造一切的神明"的人民，表达"把一切献给最亲爱的党"②的誓言的巅峰状态。其气势、旋律、词语，都指向革命激情的极致，但情感的激扬和单一之间的矛盾也是明显的。而颂扬之情越来越笼罩于类宗教社会气氛中，不仅使颂歌实际上疏离了人民的现实，而且引发了政治性颂歌的一个根本性矛盾：产生于现实政治需求的颂扬要指向永恒的、终极的所在。

政治抒情诗创作的数量庞大，但即便在那个年代能激励人的好诗也不多。

---

① 石方禹：《和平的最强音》，《人民文学》第3卷第1期（1950年11月）。

② 贺敬之：《放声歌唱》，原刊《北京日报》1956年7月1日、7月22日、9月2日，收入贺敬之：《放声歌唱》，中国青年出版社1957年版。

对于颂歌时代的诗歌而言，其命运取决于诗人表达的真实，而这种真实必然通向表达的个人化。当诗人真正感受到时代的真实性，个人化的体验和情感随之而生，作为抒情诗的颂歌也就有其生命力。《时间开始了！》本来要开始的正是这样一个颂歌时代。1950年代前期，当新中国以民主、平等、富足的承诺在中国大陆掀起革命、建设的高潮时，诗人真切感受到了时代的脉搏，他们颂扬人民、领袖的情感是真实的。问题在于，随着新中国革命、建设的展开，当实践出现曲折，诗人们发现自己颂扬的对象"也会犯错误而开始有了一点粗浅的独立思考，几乎是无意识地流露了一些个性色彩，竟遭到了粗暴无情的猛烈批判"[①]后，颂歌从"人的文学"变异为"造神文学"。这一变化从1953年就开始显现，很多材料说明，从1953年开始，不仅是农民，城市工人的生活水平也明显下降，社会矛盾显露。此时颂歌已很难说是诗人真实情感的自然流露，"歌颂伟大领袖毛主席"预设地成为诗人"最高最重要的使命"，甚至成为作者在"暴风骤雨"的阶级斗争中自保的条件性反应。颂歌在单一化、模式化中泛滥，最终成为葬送诗歌的悲剧渊薮。

以颂歌为主的政治抒情诗的巅峰状态当是1958年的"大跃进"民歌。当年，贺敬之称"大跃进的民歌""使'风''骚'失色，'建安'低头。使'盛唐'诸公不能望其项背，'五四'光辉不能比美"[②]；袁水拍称新民歌的诗人"是超越了屈原、李白和杜甫的，在当今世界诗坛上，也可以称得上是出类拔萃的大诗人"[③]。这些出自诗人之口的赞美也充满"大跃进"民歌的狂热。一面是"扫盲"的群众运动，一面就生产出了数以千万计的民歌。本来民歌确是新诗资源之一，全民动员的新民歌运动也完全可以产生传之于后世的作品。问题在于新民歌运动直接形成于毛泽东气吞山河的"大跃进"构想中，他以"我反正不读新诗，除非给一百块大洋"和"看民歌不用费很多的脑力，比看李白、杜甫的诗舒服些"的鲜明态度给各省负责人下达"限期搞民歌"的任

---

① 郭晓惠等编著：《检讨书：诗人郭小川在政治运动中的另类文字》，中国工人出版社2001年版，第328页。

② 贺敬之：《关于民歌和"开一代诗风"》，《处女地》1958年7月号。

③ 袁水拍：《成长发展中的社会主义的民族新诗歌》，《文艺报》1959年第19、20合期。

务。①服从于颂歌的种种规范，工农大众只能与"与天斗，与地斗，与阶级敌人斗"的政治联系在一起，他们的情感世界实际上被漠视，生活世界被狭窄化，"人民"在被神化中变得空洞、虚妄。数以百万计的民歌手反复歌咏，有些民间气息的，一是《歌唱毛泽东》的"毛泽东，毛泽东，插秧的雨，三伏的风，不落的红太阳，行船的顺帆风"（湖北民歌）；二是战天斗地的"天上没有玉皇，地上没有龙王，我就是玉皇，我就是龙王，喝令三山五岳开道，我来了！"（《我来了》，陕西安康民歌）；三是强调阶级斗争的"什么藤结什么瓜，什么树开什么花，什么时代唱什么歌，什么阶级说什么话"（《什么藤结什么瓜》，上海民歌）；四是歌咏家常生活无产阶级政治化的"春耕播种比蜂忙，那有闲空把镇上，哥成模范要入党，妹把红旗当嫁妆"（《妹把红旗当嫁妆》，上海北郊民歌）。这些民歌应是当年千百万首民歌中的佼佼者，它们在韵律、意象、手法上保留了民歌的某种清新感。但作为"大跃进"民歌大一统模式的产物，它们本身就未能充分开掘民歌资源的民间性。无论是生活情趣还是表现手法，民歌的原生性被政治改造，其丰富性被忽略，民间、地域的个性更被无视。当它们作为"共产主义文艺的萌芽"被推广，被大批量复制，民歌写作者的个性也完全被淹没，"大跃进"民歌也最终失去诗的个人化本质而异化为"非诗"。

当以颂歌为主的政治抒情诗淹没了个人性情感表达时，诗的个人性本质仍顽强地使一些诗在政治抒情的领域中表达个人化的诗意。何其芳的《回答》72行诗历时两年才写成，反映出这种表达的艰难和可贵。这首诗已为文学史充分关注，但有很重要的一点仍被忽略，那就是诗作在使用当时忌讳使用的第一人称"我"来抒情时还使用了第二人称"你"。与当时诗作中的"你"只是呼告对象，以增强"颂"的力度不同的是，《回答》中的"你"是多指称的，其中就有由"我"派生、演化的，从而表达出"我"身处伟大时代的情感的复杂。诗一开始的"你"，是不知"从什么地方吹来的奇异的风"，它会"让我在我的河流里／勇敢地航行"，也会"吹得我在波涛中迷失了道路"，所以，

---

① 刘延年：《毛泽东与新民歌运动》，《江淮文史》2002年第2期。

这"奇异的风"正来自"我"的内心，"你"是"我"内心奔涌的充满矛盾的寻找。这在下一节诗中得到呼应："如果我的杯子里不是满满地／盛着纯粹的酒，我怎么能够／用它的名字来献给你呵，／我怎么能够把一滴说成一斗？"在那个年代，此处的"你"也许可以理解成颂歌的对象——党、领袖、国家，但联系上下文，这里"纯粹的酒"显然指情感及其表达的真切丰厚，所以"你"还是"我"内心的执着寻求；而对诗人而言，也许就是"诗"，尽管只是与时代相称的诗。随后的诗句是"你愿我永远留在人家，不要让／灰暗的老年和死神降临到我身上。／你说你痴心地倾听着我的歌声，／彻夜失眠，又从它得到力量"，"你"是等待着"我"的歌声的知音，也是"我"内心的一种呼唤；而"那么你为什么这样沉默？／难道为了我们年轻的共和国，／你不应该像鸟一样飞翔，歌唱，／一直到完全唱出你胸脯里的血？"，此时的"你"则完全由"我"派生，并不只是"自问"，而是"我"抽离自身，从不同的方面去审视自我；"你闪着柔和的光辉的眼睛／望着我，说着无尽的话，／又像殷切地从我期待着什么——"，语言的柔和、亲切，使得这里的"你"完全可以视之为超越了现实政治崇拜的一种精神力量，仍可视之为"我"的一种演化。全诗中，"你"是流动的，甚至有点难以捉摸，但都与"我"密切关联，将"我的翅膀是这样沉重"，但又要"努力飞腾上天空"[1]的复杂内心世界表达得真切而丰富。

"凡是能开的花，全在开放；凡是能唱的鸟，全在歌唱"[2]，"是花的都在开，有芽的都绽出来"[3]，这两首同年同刊物发表的诗，字句相近，意思却有所相异，前者热情地歌咏时代，描绘出百花齐放、百鸟争鸣的勃勃生机；后者在充满喜悦的呼唤中表达出对时代的殷切期望，期望中有历史的回顾和警觉，希望真正能有绽放自己花朵的春天。这两首诗的诗句当是那个颂歌年代最精要恰当的概括，其中的历史张力推动着1950年代后诗歌的发展。

---

① 何其芳：《回答》，《人民文学》1954年10月号。
② 杜运燮：《解冻》，《诗刊》1957年5月号。
③ 严阵：《凡是能开的花，全在开放》，《诗刊》1957年1月号。

三、1950年代中国新诗的另类存在

上述两首诗歌发表的那年的新年伊始，人们就听到了这样振聋发聩的声音："天上的星星绝没有两颗是完全相同的，人们喜爱启明星、北斗星、牛郎织女星，可是，也喜爱银河的小星，天边的孤星。"① "缪司有七根琴弦：喜、怒、哀、乐、爱、恶、欲。／诗人的心，就是缪司的七弦琴。／……如果谁要偏爱着'单弦独奏'，只准抒某一种情，那也只能说是一种怪癖。"② 同年5月，一首《是时候了》更以五四火种的延续发出暴风骤雨般的呐喊：结束"只可用柔和的调子／歌唱和风与花瓣"的"昨天"，"火葬阳光下的一切黑暗！！！"。诗题令人想起胡风的《时间开始了！》，而诗的意象也呼应着1940年代"七月"诗派：诗是"心里的歌／作为一支巨鞭／鞭挞死阳光下的一切黑暗！"③。这些大胆异常的宣言自然是借助"百花齐放、百家争鸣"政策的提出而发出的。但它也表明，诗坛一直存在着抗衡一体化的追求和努力，顽强存在于高度一体化环境中的各种缝隙、限度中，其提供的创作实践回应着五四新诗传统，也反映出此时期中国大陆新诗生存的限度。

1950年代中国大陆新诗的另类存在主要是这样几种诗歌：

一是在阶级斗争高度人为化的压力下，仍表达着对于普通人悲剧命运的关怀。如邵燕祥的《贾桂香》是诗人得知青年女工贾桂香受冤屈而亡的消息后"心怦怦然"而写下的。诗作所写党支部、团支部、群众一起编织而成的"思想改造"大网"没头没脑罩住贾桂香"，将这个20岁的女孩逼上死路的过程，留摄住了1950年代生活环境高度政治化的历史面影，而"中国不该有这样的夭亡"④的呼喊，至今仍发人深省。

二是以讽喻或叙事等多种形式将诗的社会锋芒指向以官僚主义为代表的社会弊端。如公木的《据说，开会就是工作，工作就是开会》在现实和"幻觉"

---

① 《稿约》，《星星》创刊号（1957年1月，成都）。

② 《七弦交响》，《星星》第2期（1957年2月）。

③ 张元勋、沈泽宜：《是时候了》，原载《广场》1957年5月创刊号，谢冕主编：《中国新诗总系（4）》，北京大学出版社2009年版，第463、464页。

④ 邵燕祥：《贾桂香》，《人民日报》1956年12月13日。

交织中逼真呈现了"会议就是我们的生活方式"的"恶性官僚主义"①状态。这一状况在共和国如此迅速重现，给人振聋发聩之感。玉杲的叙事诗《方采英的爱情》虽是写"负心郎和痴情女"的婚姻悲剧，但"我呵，是一个小学教员！他呵，已经是一个机关首长！"②，仍将锋芒指向了官僚制度，而"他"在另有新欢而离婚的过程中采用的手段也完全是官场所为。官场的虚伪、心计和爱情的纯真、忠诚，边区岁月中的淳朴无邪和进城升迁后的傲慢冷淡之间的对照，使这首爱情叙事诗有了政治讽喻诗的意味。政治讽喻诗的出现在1950年代后尤其显得离经叛道，但它作为政治抒情诗的对照，无疑显示了群体狂热中的个体清醒、政治麻木中的道德良知。昌耀的《林中试笛》从诗题到内容都意味深长，当初刊出时就被作为宣扬"恶毒性阴暗情绪"的"毒草"而示众，但无论是《车轮》中借"和长路热恋"的滚滚车队与"做着旧日的春梦"残缺车轮的对照而发出的警醒，还是《野羊》中对同类相残的"固执的野性"③的嘲讽，在诗的历史长河中都最终显示了诗人的胆识。政治讽喻诗中，最有影响的当数流沙河的《草木篇》。其实，《草木篇》的寓意（褒扬或讽刺）在任何一个时代都是存在的，所以其在特定年代的讽刺也就更成为一种时代的镜子，让任何后人都无法掩饰时代的真相。

三是仅仅因为情感真实而被视为另类的。前述何其芳的《回答》，诗人仍要热情歌颂社会主义祖国，只是在这种追求中诗人有着寻找中的矛盾冲突。类似有影响的诗歌还有前述的郭小川《望星空》等，它们的存在是对当时诗坛"假、大、空"潮流的有力抗衡。穆旦的《葬歌》同样有心灵的真诚，而且是同时代诗人中最敞开心灵的一首诗。诗人真诚地要投入"天安门"时代，唯其真诚，才会有种种困惑，甚至"害怕""恐惧"。诗作展示了诗人最大的"恐惧"，那就是"埋葬"过去，对创作意味着割断自我的"回忆"："要是把'我'也失掉了，哪儿去找温暖的家？"此句诗无意中道出的真情实理是对那个时代种种"虚妄"最深刻的揭示，其真理性日后被中国的历史进程一再证

---

① 公木：《据说，开会就是工作，工作就是开会》，《文学月刊》1956年8月号。

② 玉杲：《方采英的爱情》，《延河》1957年2月号。

③ 昌耀：《林中试笛》，《青海湖》1957年8月号。

实。当诗人将自身的困惑、追求表现在丰富的诗的形式中，例如由"我"派生的"你"的对话，"回忆""希望""爱情""信念"之间拟人化的对白，等等。诗人的真诚也就越发意味深长，起码它让人思考，弥漫于那个时代的"忠诚"的真实性。

四是诗艺上显得另类，被视为背离了社会主义现实主义方向。如汪曾祺的《早春》（组诗）完全恢复了"感觉"在诗歌中的中心地位。《彩旗》仅一句，将想象和感觉融合，以"被缚住的波浪"的动静相容，写出"当风的彩旗"的姿态和韵味；《早春》更短，"远树的绿色的呼吸"，将新绿嫩叶若有似无的朦胧、漂浮化为生命的律动；《黄昏》的场景转到城市下班的时辰，全诗也完全在"青灰""暗绿""橘黄""银红"等色彩感觉中呈现生活的诗意。①汪曾祺的这一组诗不仅以个人化感觉抗衡着诗歌所受压抑，也呼应着1940年代的中国新诗，其意味深长。

大陆新诗尚有另类的空间，有些微异端的声音，但纯诗、现代主义诗歌等已基本不见足迹，显示出大陆新诗空间的逼仄。不过，这些在大陆已渺无踪迹的新诗传统并无绝迹，而是转移、流落到了台湾、香港，与那里的新诗传统汇合，反而在1950年代后大放异彩，也使战后中国新诗差异性主导的格局以另一种方式得到延续。

第三节　战后台湾政治压抑下的诗歌突围：
"中国传统"和"善性西化"

战后台湾诗坛在政治性"战歌""颂歌"之外存在着多种文学民间空间，以蓝星、现代、创世纪、笠诗社四大诗社为代表的众多民间诗社在"中国传统"和"善性西化"的文学空间中进行了各具个性的探索，突破了官方政治意识形态的宰制，汇合了中华文化传统、五四新诗传统和台湾日据现代诗传统，使五六十年代成为中国新诗并非歉收的年代。在这过程中，台湾诗人经历的艺

---

①　汪曾祺：《早春》（组诗），《诗刊》1957年6月号。

术生命的"脱胎换骨"，在追求思想自由中对现代和传统的沟通，提供了战后中国文学政治压抑下主体性建构的重要经验，大大丰富了战后中国文学的价值和意义。

一、政治性"战歌""颂歌"突围中的四大诗社和两大传统

战后台湾诗歌，有这样一组数字值得关注：1950年代台湾出版的诗集有171种，1960年代233种，是个并非歉收的时期。其中蓝星诗社37种，创世纪诗社28种，现代诗社33种，其他诗社和个人自印的诗集有三四十种，超过诗集总数的三分之一。此外，诗歌评奖情况也值得关注：1950年起，张道藩主持的"中华文艺奖金委员会"每年五四和11月孙中山诞辰两次评选短诗、长诗奖，很难避免反共意识形态的影响，但也有些诗，"以鲜活的口语，写乡土的眷恋，骨肉的相思"[①]，如钟雷的《黄河恋》、纪弦的《颂酒诗》、郑愁予的《老水手》；而1955年端午诗人节（诗人节是1939年在重庆设立的）开始评选新诗优秀作品和1957年成立的"中国诗人联谊会"（纪弦、覃子豪、钟雷、叶尼、上官予5人为常务委员，余光中、钟鼎文、蓉子等15人为委员）编选诗集，则带有较浓郁的文学民间色彩了，余光中、白萩、林泠、向明、洛夫、罗门、痖弦等青年诗人由此脱颖而出，个人诗风呈现多样化。1950年代有影响的诗刊《新诗周刊》（1951）、《诗志》（1952）、《现代诗》季刊（1953）、《蓝星周刊》（1954）、《创世纪》（1954）、《南北笛》诗刊（1956）、《今日新诗》月刊（1957）等基本上都是民间诗社和诗人所办，尤其是《蓝星》《现代诗》《创世纪》三大诗刊几乎"一统"了此时期的台湾诗，而其内部有着多种诗歌创作实践。这种情况提醒我们，1950年代后的台湾诗坛存在着政治性"战歌""颂歌"外的多种文学民间空间。事实上，五六十年代的台湾诗歌是同时期中国诗歌中成果最丰盛的。这种丰富性中，"中国传统"和"善性西化"是两个最值得关注的诗歌空间。

1952年余光中出版第一本诗集《舟子的悲歌》时，梁实秋著文称赞《舟子

---

① 上官予：《五十年代的新诗》，（台湾）《文讯》第9期（1984年3月）。

的悲歌》是"一本兼容旧诗与西洋诗的新诗集"①。"兼容"而成"新诗",不仅是余光中诗歌创作的起点,也是战后台湾诗歌在政治压抑下突围的重要路径。这一路径在诗人各自的创作实践中慢慢形成,不仅使五四后的新诗传统得以延续,而且弥补了新诗的某些缺失。这在高度意识形态化的五六十年代尤为珍贵。

此时期的台湾诗坛,强烈的政治意识形态支配下的"颂歌"和"战歌"占据主流,其中一些作品被看作"感情深至,意向真切"而得到传布。如获1957年诗歌奖的《革命之歌》(邓滋璋)赞颂三民主义的"革命精神":"如一粒种子/虽被久久地埋在黑暗的土中/微小的生命仍鼓舞着向上的意志/冬天踩遍,依然不死/只等春雷来引发暴动,如一场革命/然后去更新地面的风景。"王禄松1956年获诗歌奖的《栖霞山》被看作"意象活泼雄壮":"是满天彩霞飞来山上做红叶,/还是满山红叶飞向天边做彩霞?/当我挟着斜阳,迈上山冈,/我的诗心被熊熊的叶火,煮得十分斑斓。/是一抹斜阳煮熟了万顷红叶,/还是无边红叶煮熟了一颗斜阳?/当我们披着明霞的金缕衣,步上山冈,/我的歌风,把红叶吹起像火蝶飞扬!"这些"颂歌""战歌"虽有想象、激情,却难以摆脱"战斗文艺"的意识形态的影响。但在"战歌""颂歌"年代,诗歌作为个人化的写作,还是较早实现了政治突围。

1950年代初期,杨唤(1930—1954,本名杨森,辽宁兴城人)的出现就让人们看到此时诗人创作对于"战歌"的突破。杨唤1948年在青岛《青报》任编辑时开始诗歌创作,1949年考入厦门军队赴台,1954年3月死于交通事故。他英年早逝,创作生涯也仅五年,所创作的56首抒情诗和20首儿童诗在身后得以出版。然而,这位24岁的青年诗人却"快速地跻身文学典律之列"②。其诗从1960年代后期就多次选入台湾中小学课本,其作品集多达20余种版本。1980年、1988年,台湾分别设立了"杨唤儿童诗奖"和"杨唤儿童文学奖"。各种纪念杨唤的活动也延续不断。一直到2004年、2010年,"永远的杨唤"音乐

跨越1949

战后中国大陆、台湾、香港文学转型研究

① 徐学:《火中龙吟:余光中评传》,花城出版社2002年版,第67页。

② 须文蔚:《唱出土地与人们心声的能言鸟——台湾当代杨唤研究资料评述》,须文蔚编选:《台湾现当代作家研究资料汇编 杨唤》,(台南)台湾文学馆2013年版,第50页。

会、"杨唤儿童诗画展"成功举办，影响广泛。杨唤已成为1950年代台湾文学的重要记忆留存文学史。

杨唤身为军人，难免创作"战斗诗"；然而，其"战斗诗""志不在应命或宣传，反而是诗人在彼时严峻时空环境下自励自勉之作"①。如《诗人》一诗："今天，诗人的第一课，／是要做一个爱者和战士，／然后，才能是诗的童贞的母亲。／摔掉那低声独语的竖琴吧！／向着呼唤你的暴风雨，／把脚步跨出窄门。"诗人的"今天"无疑有着"战斗诗"的影响，但全诗没有"战斗"的具体内容。这就使诗摆脱政治指向，而成为励志之作，一种可以激励所有人提升自己到纯洁博爱（圣母）和救世精神（耶稣）的励志。而杨唤的励志始终在于诗本身："诗，是不凋的花朵，／但，必须植根于生活的土壤里；／诗，是一只能言鸟，／要能唱出永远活在人们心里的声音。"（《诗》）高度战备年代的军事意象也被杨唤用来表达年轻人的丰沛感情，如"密集着的是甘蔗的队伍。／成熟着的是稻的弹粒。／沉默着的是像地雷般的凤梨。／香蕉姑娘害羞的怀孕着幸福。／椰树少女热烈的拥吻自由：这里的土地呀，在酿着阳光的火酒……"（《犁》）军事意象和性爱意象火热地交织在一起，战斗的时代感受转化为大地的酣畅淋漓，融化于其中的是年轻人的生活体验。杨唤死时24岁，其诗中也有一首题为《二十四岁》的好诗："白色小马般的年龄。／绿发的树般的年龄。／微笑的果实般的年龄。／海燕的翅膀般的年龄。／／可是啊，小马被饲以有毒的荆棘，／树被施以无情的斧斤，／果实被害于昆虫的口器／海燕被射落于泥沼里。／／Y.H！你在哪里？Y.H！你在哪里？""白色小马"的飒爽英姿，"绿发的树"的勃勃生机，"微笑的果实"所喻智慧的成熟，"海燕的翅膀"向往的远大志向，四个意象都充满青春的活力。然而，它们都"被"囚禁摧残。"Y.H"是杨唤名字的英文缩写，诗的召唤单纯而强烈，表达出突破外在环境的重重束缚，保持童稚诗心的愿望。这种愿望，使得他的儿童诗创作结出硕果。

而杨唤身在军营，却创作儿童诗，是因为要为儿童文艺这"在中国是最

---

① 杨宗翰：《锻接期台湾新诗史》，（台湾）《台湾诗学学刊》第5期（2005年5月）。

弱的一环"多"花点功夫"的心愿，①这在当时是最无功利的文学创作。杨唤是为了观赏电影《安徒生》而遭火车碾毙的，而他的儿童诗创作也使他被视为"屹立在诗的领土与孩子们的'童话里的王国'中"的"中国安徒生"。②杨唤是台湾儿童诗的开创者，所写20来首儿童诗，却"每首都好"③，就在于他懂得儿童诗的命脉：爱孩子，希望孩子快乐，用孩子的心灵写。"爱心""和谐"和"幸福"组成杨唤儿童诗的世界。④杨唤在童心的模拟上，"能用儿童的眼光看，用儿童的耳朵听，进入儿童的心灵，和儿童一起生活，讲儿童话"⑤。外在事物的拟人化，既有童心，又有诗意。如《小蚂蚁》一诗中，当小蚂蚁抬东西回家时，诗中出现的一系列情景都是会让儿童全身心去体验的动态过程。雨、河，是回家的障碍，然而，小蚂蚁努力劳作时，得到了"他助"，菌菇、花瓣帮助小蚂蚁风雨中过河回家的场景富有儿童情趣。《童话里的王国》讲述小弟弟梦见自己参加老鼠公主的婚礼，丰富无邪的想象力以天真儿语，在生动的形象和恰适的比喻中得以发挥。再比如《水果们的晚会》："窗外流动着宝石蓝色的夜，／屋子里流进来牛乳一样白的月光，／水果店里的钟当当地敲过了十二下，／美丽的水果们就都一齐醒过来。"童真的想象力将稚拙的语言抹上梦幻色彩，无法不被儿童的喜爱。这些儿童诗出现在1950年代初期的"战斗"岁月里，实在是个奇迹。

在"战歌""颂歌"的主导下，这一时期的诗歌"诗风平易浅白，走大众化的路线"，被认为"其血缘可以上溯到'太阳社'"，"与发展下来的'中国诗歌会'"，"和在抗战期间中，中国诗坛趋向的一种延续"。⑥除了

---

① 归人编：《杨唤全集　I》，（台湾）洪范书店2006年版，第361页。

② 司徒卫：《杨唤的风景》，司徒卫：《五十年代文学论评》，（台湾）成文出版社1979年版，第38页。

③ 李元贞：《杨唤和他的诗》，（台湾）《新潮》第16期（1968年3月）。

④ 林仙龙：《爱心、和谐、幸福——谈杨唤的〈家〉》，（台湾）《布谷鸟儿童诗学》第4期（1981年1月）。

⑤ 陈义芝：《五十年名家诗选注　杨唤诗选》，须文蔚编选：《台湾现当代作家研究资料汇编　杨唤》，（台南）台湾文学馆2013年版，第259页。

⑥ 白萩：《渊源·流变·展望——光复后台湾诗坛的发展与检讨》，陈义芝编选：《台湾现当代作家研究资料汇编　覃子豪》，（台南）台湾文学馆2012年版，第147页。

邓禹平《高山青》（"高山青，涧水长／阿里山的姑娘美如水呀／阿里山的少年壮如山……"）那样的民谣风深受民众喜欢外，其余诗作大部分平实，如同流行歌词，削弱了新诗的表达力、影响力；面对国民党政府对传统文化和古典诗文的推崇和支持，甚至出现了"旧诗在朝，新诗在野"的局面。使诗歌创作得以突围出政治陷阱而又真正导引台湾诗坛分化出现代诗，从而提升了新诗质量，扩大了其影响的，是民间诗社活动。1950年代台湾相继成立的民间诗社及其诗刊共6个，其中蓝星、现代、创世纪三大诗社（其他诗刊有1952年的《诗志》、1956年的《南北笛》诗刊、1957年的《今日新诗》月刊）的活动都开始于1950年代前、中期，其出版的诗集也最多（1950年代，蓝星诗社出版诗集17种，现代诗社16种，居同时期各出版机构出版诗集的第一、第二位），成为此时期台湾诗坛的中坚。而其较为纯然的民间性，在现代主义思潮中对诗艺本身的看重，都使得台湾新诗构建起文学自身的舞台，并提出了新诗现代化、民族化的诸多命题。与上世纪二三十年代大陆的现代诗相比，"在作品的质量上，无疑的，台湾的'现代派'是有长足的发展"[1]，使得1950年代成为"中国新诗从沉寂转向兴起的时代，从保守迈向开放的时代"，并"为台湾整个的文化艺术产生全面现代化的影响"。[2]

　　1950年代台湾第一份诗刊是由后来的蓝星诗社成员创办的。1951年9月，葛贤宁、覃子豪、纪弦、钟鼎文等成立新诗周刊社，借《自立晚报》副刊每周出《新诗周刊》一次（共出94期），纪弦、覃子豪先后主编，开始聚合大陆来台诗人（在该刊发表诗作的有近200位诗作者），并培养本省青年诗人（如被称为"第一位本省籍女诗人"的李政乃和另一本省籍女诗人陈保郁，后来的"笠诗社"成员叶笛、何瑞雄，以及创作丰富的青年诗人黄腾辉等都是从《新诗周刊》出发的）。1954年6月，覃子豪将《新诗周刊》移至《公论报》副刊，改名《蓝星周刊》，具名蓝星诗社主编，覃子豪、余光中等参与编务，

---

①　白萩：《渊源·流变·展望——光复后台湾诗坛的发展与检讨》，陈义芝编选：《台湾现当代作家研究资料汇编　覃子豪》，（台南）台湾文学馆2012年版，第151页。

②　向明：《五十年代现代诗的回顾与省思》，（台湾）《蓝星诗刊》第15期（1988年3月）。

蓝星诗社由此问世。其主要成员还有钟鼎文、夏菁、吴望尧、黄用、蓉子、周梦蝶、罗门等，相继出版《蓝星周刊》《蓝星诗页》《蓝星诗刊》《蓝星诗学》等。至1999年后，总期数近400期。蓝星诗社组织形式松散，但它一直坚持"自由创作的主张"，"强调诗的本质，以及创作的艺术性，与生命的内涵力"（罗门语）[1]。其"温和的现代主义"[2]，使其成员对外国诗家各有心仪，成为台湾诗坛中个人风格多样而又影响广泛的一个诗社。

和覃子豪等一起创办《新诗周刊》的纪弦1953年2月在台北创办了《现代诗》（季刊），现代诗社由此诞生。《现代诗》发刊词言明追求"有特色的现代诗，而非远离着今日之社会的古代的诗。更不该是外国的旧诗！"[3]，其所刊诗作多为表现现代社会、现代人思想情感的自由体诗。1956年2月1日出版的《现代诗》，刊登了以纪弦为首的现代派成立于台北的消息，并公布了现代派的六大信条："一、我们是有所扬弃并发扬光大地包含了自波特莱尔以降一切新诗派之精神与要素的现代派之一群。二、我们认为新诗乃横的移植，而非纵的继承。这是一个总的看法，一个基本的出发点，无论是理论的建立与创作的实践。三、诗的新大陆之探险，诗的处女地之开拓，新的内容之表现，新的形式之创造，新的工具之发见，新的手法之发明。四、知性的强调。五、追求诗的纯粹性。六、爱国、反共、拥护自由与民主。"[4]现代派是个松散的柔性团体，这六大信条并"不具什么约束力"，至于"信条中写上反共，是一种保护色"。[5]"当时《现代诗》季刊所给人的第一印象是，该刊面貌已能将'战斗文艺'的色彩压至最低限度了。"[6]现代派后来人数超过百人，以《现代诗》为同人刊物，成为台湾声势最大的一个诗歌团体。1964年，《现代诗》出至第45期停刊，现代派也由此隐没。

---

① 古继堂主编：《台港澳暨海外华文新诗大辞典》，沈阳出版社1994年版，第601页。

② 向明：《意外出诗人》，（台湾）《文讯》第332期（2013年6月）。

③ 纪弦：《纪弦回忆录》（第二部），（台湾）联合文学出版社2002年版，第49页。

④ 上官予：《五十年代的新诗》，（台湾）《文讯》第9期（1984年3月）。

⑤ 痖弦：《现代主义：国际与本土》，（台湾）《现代诗》复刊第22期（1994年8月）。

⑥ 林亨泰：《〈现代诗〉季刊与现代主义》，（台湾）《现代诗》复刊第22期（1994年8月）。

成立于1954年"双十节"的创世纪诗社是台湾诗坛活动时间最长、现代诗成就最高的一个诗社，同年同月创办《创世纪》诗刊。张默、洛夫、痖弦"三驾马车"在近半个世纪的诗社活动中发挥了核心作用，其主要成员叶维廉、商禽、简政珍、辛郁、管管等的诗艺也各有建树。《创世纪》创刊号以"确立新诗的民族路线，掀起新诗的时代思潮"为宗旨，创世纪诗社成员当时多为青年军人，但坚持"不能苟同那些没有诗素，没有思想，没有通过艺术形象，而只喊口号，空发议论的概念的分行排列称为诗"[1]，之后他们又明确提出了"反对粗鄙堕落的通俗化""反对离开美学基础的社会化""反对没有民族背景的西化""反对三十年代的政治化"的主张。[2]这些"有所不为"反映出创世纪诗社的"爱诗人"立场。在诗歌艺术上，创世纪诗社始终勠力于"创造中求可能，实验中求成熟"，以"世纪性""超现实性""独创性""纯粹性"[3]相标举，呈现出开放、进取的现代诗视野。

三大诗社并无门户之见，虽发生过争论，但诗歌主张的分歧并不大，尤其是对于新诗不能依附于政治而要有自己的独立性更有共识，对自由诗体的探索也日益深入。1954年前后，叶泥还在台北发起"猎人集"诗人周会。参加者大都为青年诗人，包括郑愁予、林泠、黄荷生、白萩、痖弦、罗门、秀陶等。现代诗的很多问题在青年诗人意气风发的聚会中得以讨论、传播，"为当年台湾现代诗的'现代化'和'年轻化'起了主导前卫的作用"[4]。到1960年代初期，台湾现代诗已呈现成熟形态。

三大诗社以大陆赴台诗人为主，而台湾省籍"跨越语言的一代诗人"[5]（指在日本殖民时代已开始创作，战后，既完成了从日文写作到中文写作的转

---

① 本社：《诗人的宣言》，（台湾）《创世纪》第4期。

② 本社：《请为中国诗坛保留一份纯净》，（台湾）《创世纪》第37期。

③ 沈志方：《序·四十年的狂与狷》，《创世纪四十年诗选》，（台湾）创世纪诗社1994年版，第4页。

④ 张默：《站着，一支入土的桩钉——白萩的诗生活》，（台湾）《联合文学》第140期（1996年6月）。

⑤ "跨越语言的一代"由林亨泰于1967年最先提出，见吕兴昌：《桓夫生平及其日据时期新诗研究》，（台湾）《文学台湾》第1期（1991年12月）。

换，也跨越了从日本殖民时代到光复后国民政府迁台时代的自我认同的一批诗人）也发挥了重要的承前启后作用。1948年1月，前述"银铃会"的朱实、张彦勋、林亨泰、詹冰等人在杨逵的支持下创办《潮流》诗刊（出版5期），延续了日据时期台湾现代诗的传统。林亨泰、詹冰、黄腾辉、李政乃等人积极参与现代诗社等活动，展开诗歌创作，其他重要诗人巫永福、吴瀛涛、陈千武、锦连、叶笛等也一直未停止诗歌活动。他们于1960年代组织的"笠诗社"更开辟了台湾新诗的一个新时代。

笠诗社1964年3月成立于台中，创社成员吴瀛涛、林亨泰、陈千武、詹冰、白萩、杜国清、黄荷生等12人，大多原先和三大现代诗社关系密切，而林亨泰提议的"笠"之名隐喻台湾人艰苦卓绝的乡土精神。同年4月创办《笠》诗刊，并出版《诗展望》培养青年诗人，很快聚合起近百名台湾本省籍诗人。《笠》诗刊采用同人杂志的形式运作，群体意识鲜明，出刊至今，从未间断（至2011年10月，出刊285期），成为台湾新诗史上出版发行时间最长的诗刊；"笠诗丛"也出版了50余种。"笠诗社"成为战后至今台湾新诗创作、传播、交流的一个中心。其从创办初期就交流、发行到日本、韩国，扩大了台湾新诗的国际影响。

《笠》诗刊创刊号所刊《笠诗社创刊启事》明确表示，"保存民族文化与帮助读者之鉴赏"是"非常重要而必须的"工作，成员的基本共识是"语言要明朗，不要晦涩；题材要现实，不要虚渺"。[1]这被视为反拨台湾诗坛西化之风，回归民族和本土的诗的时代的开启。但这种回归并非否定现代诗运动，相反，"《笠》的诗观，在创刊初期，甚至直到1977年乡土文学论战前后，基本上还是强调现代主义的"；同时，笠诗社看重诗的"真挚性"。这种在现代诗洗礼中回归乡土、民族的创作实践，拓展了乡土、民族的深度。

1970年，《笠》诗刊发表陈千武《台湾现代诗的历史和诗人们》，指出台湾现代诗有着两个源流，一个"源流是纪弦、覃子豪从中国大陆搬来的戴望

---

① 张默：《站着，一支入土的桩钉——白萩的诗生活》，（台湾）《联合文学》第140期（1996年6月）。

舒、李金发等所倡导的'现代'派"，而"另一个源流就是台湾过去在日本殖民地时代，透过曾受日本文坛影响下的矢野峰人、西川满等实践了的近代新诗精神"，包括王白渊、巫永福、郭水潭、杨云萍等的诗作。而"继承那些近代新诗精神"的本土诗人们，"跨越了两种语言，与纪弦他们从大陆背负过来的'现代派'""融合"，"形成台湾现代诗的主流"。[①]四大诗社代表的两种诗歌传统的汇合，当是战后台湾新诗建设最重要的成果。

与笠诗社相呼应的诗社有1962年4月成立的葡萄园诗社，发起人为文晓村、王在军、蓝云等七人。同年7月创办《葡萄园》诗刊，一直出版了半个多世纪。其发刊词倡导"现代诗的'明朗化'与'普及化'"。1970年又以社论形式，明确提出"把凝视欧美的眼光，转回到中国自己的土地上，让我们接受欧美现代诗的优点与技巧，而不为其诗风面貌所左右"，以"建设中国风格的新诗"。[②]其主张和实践是台湾现代诗自觉反拨"西化"，建设中国风格新诗的一种开启。葡萄园诗社的主张引发1970年代台湾的新诗潮，很多新发行的诗刊都以创立中国风格现代诗为己任，如《大地诗刊》（1971—1977）、《主流诗刊》（1971—1976）、《龙族诗刊》（1971—1976）、《神州诗刊》（1974—1977）、《草根诗刊》（1975—1979）、《阳光小集诗刊》（1979—1984）等都展示出在新诗的民族化、乡土性回归中的开放性。当诗歌回归诗的民族传统，它也获得了抗衡现实政治压力的更大力量，因为诗的传统必然淘洗掉以往外界非文学力量对于诗的干涉所造成的影响。从此点上说，此时期的新诗潮与前一时期的现代主义诗潮是一致的，但已进入了又一个新时期。

二、中国经验：东方审美现代性的追求

1952年余光中出版第一本诗集《舟子的悲歌》时，梁实秋著文称赞《舟子的悲歌》是"一本兼容旧诗和西洋诗的新诗集"[③]。"兼容"而成"新诗"，不仅

① 陈千武：《台湾现代诗的历史和诗人们》，（台湾）《笠》诗刊第40期（1970年12月）。

② 《建设中国风格的新诗》（社论），（台湾）《葡萄园》第31期（1970年1月）。

③ 徐学：《火中龙吟：余光中评传》，花城出版社2002年版，第67页。

是余光中诗歌创作的起点，也是战后台湾诗歌在政治压抑下突围的重要路径。这一路径在诗人各自的创作实践中慢慢形成，拓展出"中国传统"和"善性西化"这两个最值得关注的诗歌空间，不仅使五四后的新诗传统得以延续，而且弥补了新诗的某些缺失。这在高度意识形态化的五六十年代尤为珍贵。

战后台湾民间诗社的兴起，实际上是五四后新诗的传统在台湾诗坛的顽强展开。1956年覃子豪（蓝星诗社）和纪弦（现代诗社）的论争、1959年苏雪林和覃子豪等的论争都围绕"中国传统"和"现代西化"展开，正是五四后新诗传统在战后台湾环境中的不同展开。覃子豪1930年代在北平开始诗歌创作，先后就读于北京中法大学和日本东京中央大学，诗艺视野较开阔。抗战期间所出诗集《自由的旗》和《永安劫后》已经走出个人苦闷世界，表现民族苦难和觉醒。1950年8月他在台湾花莲写下《追求》一诗，诗人面对落日西沉的茫茫大海展开的想象，既有特定年代的不懈追求，又有不甘于生命沉沦的感叹；既有现代意象象征意味的多义性，又会唤起项羽、荆轲等的古典想象。看重"自由的创作"和"诗艺的本质"，表现生命力的内涵是覃子豪诗歌坚持的追求。1951年他和诗风一向"温柔敦厚"的钟鼎文（其诗在1930年代就受到王任叔的高度评价）在《自立晚报》出版《新诗周刊》，1954年移至《公论报》更名为《蓝星周刊》，蓝星诗社因此问世。此后，覃子豪对台湾新诗运动出力甚大，被称为"诗的播种者"。纪弦1930年代在上海就与戴望舒、徐迟等合资创办《新诗周刊》，所出《行过之生命》等三本诗集已享有30年代现代派诗名。抗战期间，他留居上海，成立"诗领土社"，出版《诗领土》杂志和"诗领土丛书"，在战时沦陷区延续了战前现代派的艺术脉络；他此时的《夏天》等七种诗集也坚持"纯诗"立场，强调主知倾向。1948年纪弦到台湾，担任中学语文教员的他依然钟情于现代诗艺，1953年主办的《现代诗》季刊和1956年发起的现代派都反映了他从"中国古典文学的诗词歌赋"的"成就好比一座既成的金字塔"，现代诗"要在另外一个基础上，建立一座千层现代高楼巨厦"[①]的信念出发，努力倡导现代主义诗艺。苏雪林这一五四文学宿将，也是从对1920年

---

① 张堃：《从"横的移植"谈起（专访纪弦）》，（台湾）《创世纪》第122期。

代的李金发象征主义诗歌的评价出发来批评台湾1950年代的现代派诗潮的。所以他们之间的论争正是五四后新诗传统的展开。

值得关注的是这些论争是根植于战后台湾诗坛的现实土壤的。例如覃子豪在与纪弦的论争中就强调现代诗要注重自我的即民族的主体性；而针对苏雪林对台湾现代诗的批评，覃子豪则指出，台湾的现代诗不但与中国大陆李金发、戴望舒等的象征诗有很大不同，也与法国象征派诗歌有很大差异，它是一种融合了许多新影响之后的"综合性的创造"①。这一见解中包含了台湾现代诗蜕变的本土实践，它使日后台湾外省籍和本省籍诗人的现代诗艺努力合流。在1950年代，它起码表明了，台湾现代派诗社的努力是在政治压抑下的文学突围，而这种突围在诗人个性的创作中有了丰硕的收获。

1955年，郑愁予在他的第一本诗集《梦土上》的《后记》中说，"无所为而为"是其诗作的"主旨"。后来，他解释这"无所为而为"是一个"单纯的诗人"的"气质的原生"，"一方面他（她）不会优游于世外，因为其内心无一刻不在关切人类的状态——性灵的，文化的，欢乐以及苦难的——且时时引为创作的原生力；另一方面他应该不会在意自己名声与利益的增长"。②1950年代的台湾，官方对文艺不仅有压制，也不乏诱惑；而"退居"台湾的作家，就其人生阅历的背景而言，很难跟国民党的意识形态直接构成对抗关系。这种情况下，"无所为而为"的"气质"对诗人是一种自救，"中国传统"和"现代（善性）西化"就是台湾诗人艺术生命的自我"救赎"，而"中国经验"作为东方审美性的追求首先成为台湾现代诗最重要的艺术源泉。

离散的历史命运，孤岛的隔绝境遇，在国民党政治、军事溃败的背景下影响着台湾诗人的创作心态。而中国文化传统中的历史沧桑感、时间流逝感、命运无常感等既应和此时诗人心境，又能使其摆脱国民党意识形态的制约。郑愁予能在1954年写下《错误》这首半个多世纪流传甚广（曾三度被谱成歌曲，

---

① 覃子豪：《论象征派与中国新诗》，（台湾）《自由青年》第22卷第3期（1959年8月）。

② 郑愁予：《郑愁予诗的自选·书前自识》，生活·读书·新知三联书店2000年版，第1—2页。

传唱于李泰祥、罗大佑、李建复之口而流行于大众）的诗作，就在于他将"国之大殇，乡之深愁"处理成浪子想象中母亲恒久的期待，一种在时间流逝中更真切的"对大自然'仁和'的体念"。题旨上的丰富含义是此诗的重要突破。而全诗婉约蕴藉的意象，轻灵自由的节奏，一波三折的想象，朦胧迷离的意味，错综而齐整的句式，都保留发展了宋词元曲中的优美韵味风情，但跳脱了古典诗的束缚，充分发挥了现代诗"形式'决定'内容"的长处。首段仅两句："我打江南走过／那等在季节里的容颜如莲花的开落。"首句短句，行程匆匆之意显露；第二句长句，莲花开落，周而复始，久远的等待，希望、失望交替，漫长之意在长句停顿的节奏中回荡。首段两行文字排列上又缩进两格，和后面的段落区隔开来，暗示后面都是想象的展开。第二段中，"不来""不飞""不响""不揭"在句式对偶的回应中将"东风""柳絮""跫音""春帷"等传统意象定格在"久等"的语境中。第二、五句（"你底心如小小的寂寞的城""你底心是小小的窗扉紧掩"）各自回应第一、四句（"东风不来，三月的柳絮不飞""跫音不响，三月的春帷不揭"），从明喻到暗喻，在"城""窗"由"大"到"小"的递进中，将久等中的孤寂、执着表现得跌宕起伏。第二句已是比喻，所以第三句的明喻可视为对前后四句的回应。"青石的街道向晚"既上承"寂寞的城"，更下启"跫音不响""春帷不揭"的"紧掩"。而"青石的街道向晚"作为喻体，与"你底心"之间的差异性大于相似性，而恰恰是这种差异性中的张力，使人更容易进入"久等"的意境。那也是一种生命的意境，清冷才久远，孤寂才执着，相隔才相印，"紧掩"背后随时随地会打开的"窗扉"，是对生命惊喜的拥抱。末段也仅两句："我达达的马蹄是美丽的错误，我不是归人，是个过客……"马蹄声响起，"东风"来，"柳絮"飞，"跫音"起，"春帷"揭，然而成就的是"美丽的错误"，归人未来，过客已去，莲花又落。"美丽"和"错误"之间张力的陌生化效果让人对"恒久的等待"有更多思考。

　　正是"自幼就怀有的一种'流逝感'"，且"与诗俱来"[①]无形中主宰了

---

① 郑愁予：《郑愁予诗的自选·书前自识》，生活·读书·新知三联书店2000年版，第3页。

郑愁予写诗的一切，使他得以摆脱那个年代政治意识形态的阴影。例如《小站之站——有赠》一诗，写"一如旅人的梦是无惊喜的"年代，"两列车相遇于一小站"，车窗两两相对，偶尔有人"落下百叶扉"，"会不会有两个人同落小窗相对／啊，竟是久违的同志／在同向黎明而反向的路上碰到了"（后来作者将诗中"同志"一词改成"童侣"）。这一题材隐约可见那个年代意识形态的渗透。然而，诗人将这不早一分，不晚一秒；不前一步，不后一寸，恰恰在久远而空旷的时空中的相遇呈现于"风雨隔绝的十二月，腊末的夜寒深重"中，"小站之站"就成了刹那之时、咫尺之地的生命喜悦的象征，《小站之站——有赠》也就弥漫出浓重的生命无常感。而在《梦土上》中，更有许多表达生命漂泊感和时间流逝感的诗句："我自人生来，要走回人生去／你自遥远来，要走回遥远去"（《小河》）；"我不愿是空间的歌者，宁愿是时间的石人"（《偈》）；"你当悟到，隐隐地悟到／时间是由你无限的开始"（《崖上》）；"生命本是一窗／一燕飞过，一壁虎爬过／一瓣因我而悴的春花落"（《远景》）；"终有一次钟声里，终有一个月份／也把我们静静地接了去"（《钟声》）。人生的漂泊中不断感悟日常琐事蕴含的心灵漂泊。郑愁予到台湾发表的第一首诗《老水手》（1951）就表达了生命的流逝感：细雨黄昏中，一位上岸来的老水手，"不过是／想看一看／这片土地／这片不会浮动的屋宇"，由此却"翻起所有的记忆"。郑愁予诗的时间流逝感接通了中国文化传统，也通向"佛理中解说悟境的'无常观'"[1]。当这种"流逝感""无常观"成为诗人心灵历程的一种深层沉潜，其诗作就突破了1950年代在由战争政治对峙造成的海峡隔绝中孕发出的乡思乡愁，而包孕起浪子生涯对生命的真切体验。"中国传统"就是这样使诗人走出战后台湾"战斗"年代的政治阴影。他的许多诗，如《旅梦》《牧羊女》《情妇》等，都有"现代的胚胎，古典的清釉"，从意境、意味到语句、节奏，都有非常中国化、东方化的现代感。后来《郑愁予诗集》成为唯一入选"影响台湾30年的30本书"的诗集，又在"台湾经典30部"的书单中名列诗类前茅，为好几代台湾读者所喜爱。甚至

---

① 郑愁予：《郑愁予诗的自选·书前自识》，生活·读书·新知三联书店2000年版，第3页。

许多迁居国外的中国人带着《郑愁予诗集》去国外，"就像带了一撮家乡的泥土"①，大概都是因为郑愁予对中国传统有深刻感悟吧。

从《楚辞》《史记》到《三国演义》《红楼梦》，中国文学沉积下充满人世苍凉感、历史沧桑感、命运无常感的传统。这种文学境界在战后台湾文坛具有特殊的救赎力量，它使台湾作家，尤其是大陆赴台作家摆脱特定年代的政党、阶级意识来看待国共战争后的台湾局势、历史恩怨。有的作家甚至由此脱胎换骨，从家国的变迁、个体的脆弱和不可知中体悟到民族文化传统的恒久，求得自身求生意志、灵魂感应能力与文化母体的永恒合一。这种脱胎换骨是作家自身艺术生命蜕变的结果，又足以抗衡种种外部压力，尤其是政治意识形态压力对于创作的异化。

郑愁予是随家人迁居台湾的，而对于那些自身就是国民党军人等身份的诗人而言，突破"国家"意识形态的拘囿更为困难。此时东方审美现代性的追求成为对政治现代性最有力的抗衡。蓝星社的周梦蝶随国民党青年军到台湾，从军十二年，并在军中开始诗歌创作。1948年撤至台湾后，他在军中任文职，负责讲授国学。这些都影响了他的创作。1959年他的第一本诗集《孤独国》由蓝星诗社出版，由此建立他的"孤独国境"，但并未引起太大关注。1962年，他的第二本诗集《还魂草》出版，叶嘉莹为其作序，将其诗作与陶渊明、谢灵运、李商隐三类诗人作比较，称周梦蝶为"以哲思凝铸悲苦的诗人"，即将哲理深深地透入悲苦之中，使之超然俱化。叶嘉莹"穿透时空接通古今诗人"的精当论述，连同《还魂草》禅意诗风，使周梦蝶真正被发现。《还魂草》后入选"台湾文学经典30部"。

周梦蝶是真正属于五六十年代的台湾诗人。他一生淡泊宁静，与世无争，其诗也构筑了一个充满禅思的想象世界。叶嘉莹为《还魂草》作序说："我以为周先生诗作最大的好处，乃在于诗中所表现的一种独特的诗境，这种诗境极难加以解说，如果引用周先生自己在《菩提树下》一诗中的话：谁能于雪中取火，且铸火为雪，则我以为周先生的诗境所表现的，便极近于一种自

---

① 郑愁予：《郑愁予诗的自选·书前自识》，生活·读书·新知三联书店2000年版，第7页。

'雪中取火，且铸火为雪'的境界。"有着"他的属于'火'的一份沉挚的凄哀"，"一直闪烁着的一种禅理和哲思"。周梦蝶的诗作虽有着从"沉郁苍凉"经"幽玄艰涩"至"悠远自然"的变化，但一直是从日常苦思默想中孕成心灵独语，所以其哲思凝聚悲苦，反见其情之深；其言情有哲理之光照，又见远离尘世的明净。这正是对"雪火"矛盾的最好把握。《树》中之"树"便是一种"于雪中取火，且铸火为雪"的意象："是火？还是什么驱使你／冲破这地层／冷而硬的，／你听见不，你血管中循环着的呐喊？／'让我是一片叶吧！／让霜染红，让流水轻轻行过……'，／于是一觉醒来便苍翠一片了！"然而，"等光与影都成为果子时"，"你"却"怦然忆起""雨雪不来，啄木鸟不来，／甚至连一丝无聊时可以折磨自己的／触须般的烦恼也没有"的"昨日"。诗中有儒家澎湃激切之热情，也有庄老之化境、禅之悟境，"雪""火"的对立与和谐成为周梦蝶诗的美学的重要实践。

周梦蝶以禅喻诗，是从诗歌本身出发，领悟现代诗的内在思维方式。《孤独国》所收诗作大都写于军营中，《孤独国》一诗则言："这里没有文字、经纬、千手千眼佛／触处是一团浑浑莽莽沉默的吞吐的力／这里白昼幽闃窈窕如夜／夜比白昼更绮丽、丰实、光灿／而这里的寒冷如酒，封藏着诗和美／甚至虚空也懂得手谈，邀来满天忘言的繁星……"无念、无界、无相，这些禅宗美学的基本意涵，成为"诗和美"的源泉。《孤峰顶上》写"你"从"静寂"开始，在"雪花"和"春雷"的点化下，心便化蝶"进入永恒"，"踏破二十四桥的月色（笔者按：典出杜牧"二十四桥明月夜，玉人何处教吹箫"）／顿悟铁鞋是最盲目的蠢物！"。于是，不再"日夜追逐着自己的影子"，只因为"有一颗顶珠藏在你发里"。这种"无往"的境界，正是诗的境界，有着一种周流不息的生命美，也足以使诗人在高度政治意识形态化的社会环境中不痴迷、不失足了。

"宇宙至小，而空白甚大／何处是家？／何处非家？"（《绝响》）"人在船上，船在水上，水在无尽上／无尽在我刹那生灭的悲喜上。"（《摆渡船上》）——周梦蝶的诗句无不闪现东方的睿智和玄妙。他的诗作是个"孤独国"，但并非回避现实，只是诗人从其信奉的中国传统哲学出发，以自身的确切体验去折射现实世界。这种主体性的发挥使诗人对外部世界的关注都呈现为诗人的内心体验，而诗人诗禅合一的内心足以筛洗掉现实的假象。他的《孤独国》《还魂草》是五六十年代中国历史和台湾现实的个人化表现。其审美现代性，不仅闪现出东方的睿智和玄妙，而且以其知性的纯粹和真性的抒写沟通了西方现代诗艺和中国传统诗歌精神的内在联系。

至于如创世纪诗社（该诗社由张默、洛夫、痖弦等军人于1954年"双十节"在左营成立）这样的军中诗社，其集体背景更大制约了创作。事实上，《创世纪》发刊词《创世纪的路向》提出的三项主张中有"彻底肃清赤色黄色流毒"的揭橥，该刊第四期也响应台湾当局"积极推展的战斗文艺"而刊出了"战斗诗特辑"。但后来创世纪诗社成为台湾新诗史上历时最久、活动最活跃、影响也极大的诗社，原因在于它的变化。《创世纪》早期就提出了"建立新民族诗型"的主张，强调"民族新诗"要担负起"培养民族生机，唤起民族灵魂"的使命，要表现"我国文学高度美"，也要继承中国"白话文学的血统"。[①]这种"新民族诗"固然展现了中国诗歌的美学境界和东方民族生活情趣，但其诉求的民族意识在那个特定的年代却难免受受国民党当局文化宣传政策的拘囿。在这种境遇中，西方现代主义成为其文学突围的方向。

三、现代主义：突破官方意识形态的宰制

在战后台湾文学史中，"现代主义"始终具有革命性意义。1950年代的现代诗潮，1960年代初期的现代小说潮，1960年代中期的现代文化思潮，一波接一波地冲击了台湾社会的专制文化、僵化政治、保守心理、愚昧习气。"现代诗社"是1950年代台湾诗坛最早倡导现代诗潮的。这个诗坛的成员其实"在气质和风格上彼此尤不相洽"[②]，他们之所以聚合在一起，是借助于现代诗潮"替新诗坛打破政治主宰一切的思想控制，也争取到若干程度的自由创作

① 王岩：《谈民族新诗》，（台湾）《创世纪》第6期。
② 洛夫：《中国现代诗的成长》，《中国现代文学大系·诗序》，（台湾）巨人出版社1972年版，第3页。

空间"①。三大诗社中，创世纪诗社的"现代转型"最有影响，甚至使它"自1960年起，成功地取代了'现代诗社'和'蓝星诗社'在台湾新诗历史上原有的地位，而成为此后台湾新诗坛里'西化'的代表"。②

前述创世纪诗社的"军中"背景，正是在现代诗艺的追求中转化为诗的"世界性""纯粹性"背景。早期创世纪诗社在其话语表达还难以完全摆脱"战斗文艺"影响时，就"不能苟同那些没有诗素，没有思想，没有通过艺术形象，而只喊口号，空发议论"的所谓"诗"③，之后也坚持"反对粗鄙堕落的通俗化""反对离开美学基础的社会化""反对三十年代的政治化"。④这种民间诗社对诗艺的自觉追求让他们把眼光自然投向现代主义诗潮，使得他们的军队题材创作也有了深刻变化。创世纪诗社"三驾马车"之一的痖弦1951年开始诗歌创作，1965年息声诗坛。余光中评价痖弦1953年至1965年的诗歌创作，"量虽不丰，质却不凡，令文学史家不能不端坐正视"，"近百首作品之中，至少有一半是佳作，五分之一是杰作"，"必定会后传"。⑤痖弦早期诗作乡土抒情居多，将民谣风格和现代诗手法结合，乡土记忆在诗的戏剧性情境中呈现其内在深厚，而无当时台湾乡土抒情之作的政治意识形态之累。他写乡土记忆的诗是一种"在历史经验流失的忧伤和无奈中"抗衡文化失忆的努力，"记忆塑像"作为"抗衡时间流逝威胁下一些永恒瞬间的捕捉、印记"，成为"痖弦诗的主轴"，⑥其乡土性也就有了世界性。《盐》（1962）中豌豆花、盐、雪、天使等白色意象和盲瞳（黑暗）的二嬷嬷之间的强烈对比暗示出一种隔绝的禁锢空间下的失忆。"二嬷嬷压根儿也没见过退斯妥也夫斯基"和"退斯妥也夫斯基压根儿也没见过二嬷嬷"首尾呼应，以处于剧变苦难中的中国民

---

① 张双英：《二十世纪台湾新诗史》，（台湾）五南图书出版公司2006年版，第144页。

② 张双英：《二十世纪台湾新诗史》，（台湾）五南图书出版公司2006年版，第228页。

③ 本社：《诗人的宣言》，（台湾）《创世纪》第4期。

④ 本社：《请为中国诗坛保留一份纯净》，（台湾）《创世纪》第37期。

⑤ 余光中：《天鹅上岸，选手改行——浅析痖弦的诗艺》，陈义之编选：《台湾现当代作家研究资料汇编 痖弦》，（台南）台湾文学馆2013年版，第360页。

⑥ 叶维廉：《在记忆离散的文化空间里歌唱——论痖弦记忆塑像的艺术》，（台湾）《创世纪》第9期。

众（二嬷嬷）和意味着历史痛苦的永恒印记的退氏之间的疏离传达出对文化记忆流失的忧虑，从回眸视角中留下了对历史记忆的记忆。如诗的第三段："1911年党人们到了武昌。而二嬷嬷却从吊 / 在榆树上的裹脚带上，走进了野狗的呼吸中，/ 秃鹫的翅膀里；且许多声音伤逝在风中，盐 / 呀，盐呀，给我一把盐呀！那年豌豆差不多完 / 全开了白花。退斯妥也夫斯基压根也没见过二嬷嬷。"这里，裹脚布、野狗、秃鹫、逝风、不开花的豌豆，几乎所有意象，都意味着禁锢、死亡，而那唯一可以拯救贫穷的"盐"却只是伤逝之声："给我一把盐"是二嬷嬷卑微的生活愿望，这愿望"伤逝"于二嬷嬷在革命成功之年的自杀中，政治的巨大变革有时无助于小人物悲苦境遇的改变。而写二嬷嬷之死，"走进了……"的表达，语调冷静，甚至轻描淡写，却以表里反差产生的巨大张力让一个农妇之死成为历史的悲悯所在。"盐呀，盐呀，给我一把盐呀！天使们嬉 / 笑着把雪摇给她。"诗作在一种悲鸣曲式的语言结构中呈现出了现代中国人的苦难命运，乡土的"盐"成为所有穷苦者遭命运捉弄的象征。在1950年代后台湾这样一个离散文化的空间，痖弦诗作护持着一种历史记忆、文化生存意义的力量。

痖弦诗作的记忆塑像常常表现为一种戏剧性情境的呈现，自然也契合现代诗对客观性的追求。不同于余光中诗的画面性，痖弦诗作会在情节性的展开和场景气氛的加浓中求得"不断高涨的戏剧效果"。《上校》（1960）一诗写抗战时期的骁将来台湾后穷困的暮境和抗战往事，全诗犹如一幕剧："那纯粹是另一种玫瑰 / 自火焰中诞生 / 在荞麦田里他们遇见最大的会战 / 而他的一条腿诀别于一九四三年 // 他曾听到过历史和笑 // 什么是不配呢 / 咳嗽药刮脸刀上月房租如此等等 / 而在妻的缝纫机的零星战斗下 / 他觉得唯一能俘虏他的 / 便是太阳。"从抗战大捷（1943年国民党军队在湖北、河南连连收复失地）的战地残疾，到战后贫贱的日常生活，两个戏剧性场景连缀，在口语运用和叙述语言的再造中建构起意象空间，容纳下残疾军人面对历史与人道的双重陷落（浴血奋战的抗战历史被遗忘，现实生活的百般无聊）而产生的哀怨愁绪。其他如戏剧性独旁白、化知性为真实的镜头组接等，在痖弦诗作中也时有运用，这种直观（闻）式的呈现强化了其诗中的历史记忆，却没有一点政治意识形态的诉说。

作为军中诗人，痖弦高度警惕于坠入政治文学的陷阱，使"自己头上的桂冠拆得一叶无存"，所以，他一直强调"诗，究竟不是一面战旗"[①]。他的诗作追求"可感"而"不可解"，[②]这就使得其诗作充盈感性的真实而避免了清晰的政治意识形态的侵入。《深渊》（1959）是首近百行的抒情诗，纷沓而至的都是怪诞的黑色意象："肉体展开黑色的节庆／在有毒的月光中，在血的三角洲，／所有的灵魂蛇立起来，扑向一个垂在十字架上的／憔悴的额头。""冷血的太阳不时发着颤／在两个夜夹着的／苍白的深渊之间。""在鼠哭的夜晚，早已被杀的人再被杀掉。／他们用墓草打着领结，／把齿缝间的主祷文嚼烂。"这些"深渊体验"以一种整体性的象征呈现了一个人鬼相杂的世界，揭示了人生无意义的存在，而不具体地指向什么，令人震栗的真实传达出人性的麻木、堕落和社会的黑暗、荒诞像深渊一样难以逾越，让人们都会"真实地感觉到自己的不幸"。诗中也充满沉沦肉体之欲的官能感受（如诗的第6、12、13段），但这些感受依然是作为"深渊"呈现，"性""女体"是深渊，"你""我""我们"也是深渊，"为生存而生存，为看云而看云／厚着脸皮占地球的一部分"。这种难拯救于"深渊"的真实丰富的感性转化为生命的诗意、灵魂的探险，省思存在意义和价值的知性也由此立足于真实的感性。

现代诗潮的世界性、反省性使这些军中诗人对战争的思考获得了一种人类性视野，12岁就进空军幼年学校的罗门一直以战争作为他新诗的主要题材。《麦坚利堡》（1961，该诗获菲律宾马可仕金奖，罗门也由此被称为"战争诗的巨擘"）是罗门凭吊埋葬在菲律宾麦坚利堡的7万名二战中和日本交战阵亡的美军将士而写的，副题"超过伟大的／是人类对伟大已感到茫然"，传达出诗人要在对战争的拷问中找寻人类的存在。全诗35行，凄冷而凝重。诗的开始，"战争坐在此哭谁／它的笑声　曾使七万个灵魂陷落在比睡眠还深的地带"，墓地现场的哭泣与当年战争毁灭生命的"笑声"的对比，引入了对人类战争根本性否定的题旨。随后，在冷意凄色的意象组接中，诗人表达着悼亡之

---

① 痖弦：《诗人手札》，（台湾）《创世纪》第12期。

② 痖弦：《诗人手札》，（台湾）《创世纪》第12期。

情。太阳、星月、波涛，这些以往灼热、纯明、有力的意象，此时却都透出种种冷气。鸟哑树静，"凡是声音都会使这里的静默受伤出血"；黄昏是鸟归巢人回家的时刻，这里的人们却永远回不了家。诗人呼唤着史密斯、威廉斯这两个普通阵亡士兵的名字，再次表达了他对战争的理解：战争是无数普通人生命的消亡。"七万朵十字花围成圆排成林绕成百合的村／在风中不动 在雨中不动／沉默给马尼拉海湾看 苍白给游客们的照相机看。"战争没有任何英雄主义的色彩，它只是"一幅悲天泣地的大浮雕 挂入死亡最黑的背景"，"史密斯 威廉斯 当落日烧红满野芒果林的昏暮／神都将急急离去 星也落尽 你们是哪里也不去了／太平洋阴森的海底是没有门的"。由那"七万个灵魂"引发的玄想，在诗人丰富的感觉中成就了一种巨大的悲壮，逼近着人类终极命运的拷问。罗门的战争诗从民众生命的关怀出发，深刻揭示了战争的荒谬。《板门店：三十八度线》（1976）以板门店停战谈判桌的场景和刀光剑影的战场的互文来提醒人们民众是战争恶果的承受者，从而促使人们去思考战争的荒谬性；其他战争诗《弹片：TRON的断腿》《时空奏鸣曲》《遥指大陆》等也都有着"趋近宗教情怀的感性叙述"，在人类悲悯、人性抚慰的层面上审视着战争，以一种气势磅礴的悲剧性最先表现出对五六十年代战争叙事的突破。

和痖弦一样诗歌创作量少质精的商禽（1930—2010），被称为"中国现代诗坛真正的超现实主义者之一"[1]，而他实践的"超现实主义"是"绝对根植于现实的"超现实主义，"超现实其实是最真实的意思"，是"把表层与底层同时再现出来"。[2]"商禽"意为"变调的鸟"。所谓"变调"，"意指诗人在使用某些象征时，将它们普遍的意义做有意的逆反和扭转"。[3]而超现实的"逆反和扭转"暴露的是"现实的阴暗凄楚"，成为抗衡现实的有效方式。现实的"拘禁和逃亡"是商禽诗作的内在题旨。《长颈鹿》（1959）中，"年

跨越1949
战后中国大陆、台湾、香港文学转型研究

① 痖弦：《诗人手札》，（台湾）《创世纪》第12期。

② 万胥亭：《捕获与逃脱的过程——访商禽》，（台湾）《现代诗》复刊第14期（1989年9月）。

③ 奚密：《"变调"与"全视"——商禽的世界》，载商禽：《商禽·世纪诗选》，（台湾）尔雅出版社2000年版，第11页。

轻的狱卒发现囚犯们每次体格检查时身长的逐月增加都在脖子之后"，似乎对囚禁懵懂无知，他在报告典狱长"长官，窗子太高了！"，而得到的回答是"不，他们瞻望岁月"后，他想明了"岁月"的"容貌""籍贯""行踪"，"乃夜夜往动物园中，到长颈鹿栏下，去逡巡，去守候"。这种现实中不可能发生的对话、举动恰恰刺破现实的遮蔽，于是牢狱和"动物园"、隔高窗而望的囚犯和"长颈鹿"奇妙联系在一起，一种翘首以望自由，岁月流逝而自由无望的意象跃然而生，渴望自由的人之本性豁然可现。《用脚思想》一诗用竖排的诗行排列成一种"头、脚两分"的"画面"："用脚思想"的现实和"用头行走"的理想被分割，"地上"无路可走（本应脚踏实地实践的"地"，却被种种有如"陷阱"的预设价值、无用如"垃圾"的繁杂命题所占领），"天上"也显得"虚无""飘缈"（本应独立思考的"头"被倒置，面对的是"虹""云"那样虚无缥缈的路桥），现实拘囿无法在想象的出逃中摆脱，诗行排列构成的"天""地"之分强化了"身""心"被撕裂的隐痛，表达对台湾政治与社会的深刻嘲讽。"在1950、1960年代相当压抑的政治社会氛围里，包括商禽在内的一批中青年诗人在传媒控制严密和文化守旧势力的夹缝中开创一个新的美学空间。他们以艺术抗衡反共八股，从边缘挑战主流意识"，实践了发源于法国的超现实主义"以文艺自由来带动全人生全层面（包括社会政治）的自由，而不是以社会政治模式来统领文学艺术"的主张，成为"文学艺术不为政治服役的强力辅证"[1]，这就是军中青年诗人们创作实践极其珍贵的启示。

四、中国传统和善性西化：现代诗建设的两翼

1950年代台湾诗坛现代诗潮极有意义的是其内部有着种种分歧乃至不同的流脉。现代主义独立的思想姿态本来已跟当局的文化政策构成对立，而各现代诗社之间，同一诗社内部时有不同的创作实践，对现代主义理论时有修正，由

---

① 奚密：《"变调"与"全视"——商禽的世界》，载商禽：《商禽·世纪诗选》，（台湾）尔雅出版社2000年版，第22页。

此表现出来的对峙、争论以及各自的变化，呈现的是中国文学现代性上的成熟形态。

创世纪诗社从"民族新诗型"转向现代主义诗艺，选择的是超现实主义。在这一选择中，洛夫的创作最值得关注。这位被称为"诗魔"的军中诗人1949年赴台时，行囊中军毯一条、冯至及艾青诗集各一册。他很早就视存在主义和超现实主义为"构成现代文学艺术真貌之两大基本因素"，"（一）就文学之最高目的而言，两者均将创作当作艺术家对人生的一种态度。（二）两者都曾企图借创作以重获人类一切业已推动的自由。（三）两者均欲挣脱集体主义的束缚，重赋个体以价值"，"只是前者偏于精神之启发，后者看重技巧之创新"。①洛夫诗作的"超现实"看重的是突破认知的固有模式，去体悟"人在跳开既有'实相'的观察时，有另一种甚具创造性的观照"②。其实践超现实主义的个性，在他的《石室之死亡》中得到了集中的发挥。《石室之死亡》是1959年7月洛夫"于金门炮弹嗖嗖声中完成"的，却用了"读者最陌生的方式"去表现人的存在、现代人性的发展，就是力图摆脱观察、思维的旧有规范，实现超越性观照。该组诗由64首形式工整的短诗组成。当年金门炮战隧道中的生死体验，转化为诗中纷繁的禁锢生命的意象，表达出一种"带着死而后生的准备而进入生之炼狱"③的死亡意识。如《第36首》写生死纠结："未必你就是那最素的一瓣，晨光中／我们抬着你一如抬着空无的苍天／美丽的死者，与你偕行已是应那一声熟识的呼唤／蓦然回首／远处站着一个望坟而笑的婴儿。""最素的一瓣"是以莲花一类"趋近神性"的花喻"美丽的死者""你"，却"表现"在一天开始的"晨光中"；苍天开阔而"空无"（"空无"正是洛夫对存在主义正面意义的理解），死亡与无所不在的苍天同在；跟"死者""偕行"是"应那一声熟识的呼唤"……这里处处呈现的是生与死的

①　洛夫：《诗人之镜》，（台湾）《创世纪》第21期。

②　简政珍：《创作性的理论·代序》，痖弦、简政珍主编：《创世纪四十年评论选（1954—1994）》，（台湾）创世纪诗社1994年版，第3页。

③　叶维廉：《洛夫论》，萧萧主编：《诗魔的蜕变》，（台湾）诗之华出版社1991年版，第19页。

同构。最后一个死亡意象和生命意象"对抗"的情景最为惊心动魄：婴儿望坟而笑，生死难分难解。而这一生之喜悦与死亡归宿并置的情景又是通过"我们""蓦然回首"的视野而呈现，"存在的发现"中充溢着生命的放逐感、孤绝感。从潜意识出发去开掘人性中神性和魔性的纠结，对"石室"之禁锢的排拒升华起灵魂的腾跃，构成了《石室之死亡》的题旨。诗中意象稠密、奇异，意象排列上又注重对立中的转换，采用了拼贴、暗示、扭结、变形、错位等手法，增大"诗素"（诗人内心所产生并赋予作品的力量）①的强度、密度，节奏多变，语言奇诡。洛夫甚至由此被称作"诗魔"。

　　洛夫《石室之死亡》等诗意象的繁复、奇特，语言表达上摆脱理性约束后的怪异连接也留下了艰涩难解之处。1961年在跟余光中的论争中，洛夫甚至被余光中视为"崇拜现代文艺而唾弃传统"②。然而，洛夫在"超现实主义"的艺术蜕变中对传统表现出越来越首肯的态度。《石室之死亡·自序》（1964）就言："超现实主义的诗，进一步势必发展为纯诗。纯诗乃在于发现不可言说的隐秘，故纯诗发展至最后阶段即成为'禅'，真正达到不落言筌、不着纤尘的空灵境界。"这种既在人生层面又在艺术层面理解禅的看法，正是中国哲学的根本性特征。这样，洛夫将西方的超现实主义引向了东方的禅。"石室"之意象也来自古典意象群落，面壁破室之意更有其传统渊源，《石室之死亡》的生死观同样源自庄子的"齐生死"。死亡在洛夫的笔下，只是存在的消失，而非生命的结束，"宇宙中形式变化不拘而生命永存"。此后，洛夫诗作一直有着将超现实主义融入中国禅的努力，并对中国文学传统表现出极大的尊敬："我国文学理论发展到宋朝，已至化境，故多妙悟之论。那些突破语言限制与理性障碍的透辟之言，实有助于我们对诗本质与结构的了解。"③

　　这种在现代诗艺蜕变中沟通传统的情况发生于洛夫通过超现实主义来发展个人风格的过程中，他不断从自己原先熟悉的中国古诗中发现了"超越人类

---

① 洛夫：《诗魔之歌》，花城出版社1990年版，第114页。

② 余光中：《再见，虚无》，（台湾）《蓝星诗页》第37期（1962年1月）。

③ 洛夫：《与颜光叔谈诗的结构与批评》，（台湾）《中外文学》第1卷第4期（1972年12月）。

的实际经验"却又在"情意之中"的超现实主义。他说："虽然我曾一度受到超现实主义的影响，但后来通过超现实的表现手法发展成我个人的风格时，已经与法国的超现实主义不一样了"，"我在中国古典诗中，特别是唐诗中，发现有许多作品，其表现的手法常有超现实的倾向，不仅是李商隐、李贺，甚至包括李白、杜甫的作品，都有介于现实与超现实的表现手法，以宋朝严羽的说法，这就是妙悟，或无理而妙，也可以说是诗的言外之意"，"所以后来干脆我从我们老祖宗所走的路线——妙悟的路线——中去发掘诗的奥义，然后通过不断的实验去追求前人未曾试探过的路子"。[1]这说明，洛夫受超现实主义影响，是其艺术本性使然。他一直相信潜意识是"人的最纯粹、最真实"[2]，"也是最充沛的一部分"[3]，才接受超现实主义，力图在跟潜意识的直接对话中，以"完整的呈现内心世界"实现诗的纯粹性。当洛夫从形成、发展自己的艺术风格去接受超现实主义时，他也就在艺术层面上沟通中西文化的某些内在联系。他不断从中国古诗句中发现了"超越人类的实际经验"却又在"情意之中"的超现实主义，并由此感悟到中国古诗中"使无情的世界化为有情的世界"，"使有限的经验化为无限的经验"，"使不可能化为可能"的"超现实"的丰富资源。[4]这种感悟跟他追求"生命与精神一体的超越"的写作实践不断融合在一起，使他对法国超现实主义有了修正和丰富。中国文学的传统理论成为对现代理性的反思、批判，这一思考开始于1950年代台湾诗坛的现代诗潮中，到1970年代已相当成熟，实在不应该湮没。

洛夫的创作实践在1950年代的台湾诗坛具有某种普遍性，那就是从"西化"起步而"回归"传统，"中国传统"和"现代（善性）西化"的沟通是五六十年代台湾诗歌留给后世的最好启示。

---

① 《联合文学》编辑部：《因为风的缘故——午后书房访洛夫》，（台湾）《联合文学》第50期（1988年12月）。

② 黄宝月：《煮茶谈诗访名诗人洛夫先生》，（台湾）《心脏诗刊》1987年第1期。

③ 《联合文学》编辑部：《因为风的缘故——午后书房访洛夫》，（台湾）《联合文学》第50期（1988年12月）。

④ 黄宝月：《煮茶谈诗访名诗人洛夫先生》，（台湾）《心脏诗刊》1987年第1期。

在传统和现代的关系上，余光中从1950年代开始的思考最值得关注。余光中是从"兼容旧诗和西洋诗"开始诗歌创作的，其早期诗作浪漫抒情，较接近"新月"徐志摩格律派的形式。1958年，余光中写下了他早期最有代表性的现代诗《西螺大桥》，借台南浊水河上那座"钢的灵魂醒着"的大桥，表达了各种力交接、叠合、咬紧而成强者的思索；表达了"渡河"而求新生，"异于己而成生者"的感悟，他由此称"我的灵魂也醒了"。从1958年起，余光中三度赴美，广泛接受了西方现代主义文学，但又回台湾本土创作，他把自己的这种经历称作"善性西化"："守家的孝子也许勉可承先，但不足以言启后；出走的浪子承的是西方之先，怎么能够启东方之后；真能承先启后的，还是回头的浪子。浪子回头，并不是要躲回家来，而是要把出门闯荡的阅历，带回家来截长补短。"[1]他从美国诗人弗罗斯特（余光中总对别人讲，别人的缪斯是女性，他的缪斯是男性弗罗斯特）的创作中领悟到用"现代"提升"传统"、用"传统"拓展"现代"的思路："他是现代诗人中最美国的美国诗人"，但"他的区域情调只是一块踏脚石——他的诗乃往往以此开端，但在诗的过程中，不知不觉，行若无事地，观察泯入沉思，写实化为象征，区域性的扩展为宇宙性的，个人的扩展为民族的，甚至人类的"，"他的诗体恒以传统的形式为基础，而衍变成极富弹性的新形式"。[2]这种"善性西化""主张在接受现代化的洗礼之后，对传统进行再认识、再估价、再吸收的工作"[3]，又将"今古对照"视为"生完了现代的麻疹"而获"免疫"力，由此而"脱离狭义的现代主义"。[4]就是说，先从中国传统中走出来，去西方古典传统和现代文艺中接受洗礼，不仅为了获得观照传统的参照，而且为了拓展源头的活水，"中国诗的现代化"和

----

① 徐学：《火中龙吟：余光中评传》，花城出版社2002年版，第128页。

② 余光中：《死亡，你不要骄傲》，余光中：《左手的缪思》，（台湾）文星书店1963年版，第71—73页。

③ 余光中：《从古典诗到现代诗》，《余光中散文选集》（第1辑），时代文艺出版社1997年版，第276页。

④ 余光中：《从古典诗到现代诗》，《余光中散文选集》（第1辑），时代文艺出版社1997年版，第277页。

"现代诗的中国化"成为"共同促成中国的文艺复兴"①的不可或缺的部分。这种开始于1950年代后期的思考显然具有重要意义，在不断革故鼎新中实现传统和现代的动态沟通的努力表明台湾诗坛开始借助于"中国传统"和"善性西化"的两翼力量来推进台湾诗歌的创作实践，已经不单单为了抗衡官方意识形态的压力，而是真正着力于台湾诗坛自身的建设。

传统和现代的关系也是1950年代台湾诗坛争论的焦点，并取得了一定的共识："现代中国的诗，无法自外于世界诗潮而闭关自守，全盘西化也根本行不通，唯一因应之道，是在历史精神上做纵的继承，在技巧上（有时也可以在精神上）做横的移植。"②但对于文学而言，作家具体的创作实践提供的个人经验远比理论争论得到的共识有意义。正是这种经验的丰富让1950年代的台湾诗歌为后世关注。当年，向明（蓝星社）宣言："我视理论如敝屣，绝不跟别人的笛音起舞。"③罗门的"第三自然"理论强调用诗人精神活动的深度来同构原始的田园自然和人类自我高度发展的都市自然。这些追求都是注重用个人经验来沟通传统和现代。所以聚合在"现代诗"旗号下的台湾诗人即便在同一命题上也往往显示出不同。例如羊令野、覃子豪的诗跟周梦蝶、洛夫一样有"诗禅合一"的追求，但羊令野从旧诗起步的创作经历使他的现代诗更灿然，如从传统中走出，古典的精神和传统写意的手法结合表达出现代社会世俗享乐中的人生超脱和审美超越；而覃子豪则是在经历了创作的多种探求后，最终在他1950年代后期的诗作中完成了由情到灵到禅的过程，体物悟性见佛禅成为诗的诞生过程。因此，今天我们关注五六十年代台湾的现代诗潮，恰恰要关注其中的个人化追求，这甚至关系到日后台湾诗坛的走向。

"现代诗归宗"是战后台湾现代诗运动的趋势，创世纪诗社发起人张默自述经历过的"歌咏海洋的浪漫时期，拥抱现代主义的实验时期，回归传统

---

① 余光中：《古董店与委托行之间——谈谈中国现代诗的前途》，《余光中散文选集》（第1辑），时代文艺出版社1997年版，第299页。

② 痖弦：《当代中国新文学大系·诗》，（台湾）天视出版事业有限公司1981年版，第9页。

③ 张双英：《二十世纪台湾新诗史》，（台湾）五南图书出版公司2006年版，第217页。

的反省时期"[1]，在许多台湾诗人创作中都发生过。但一种文学向传统回归时往往会出现以跟现实世界的紧张对立关系变得平和为代价的价值偏移，这在五六十年代更意味着文学跟官方政治的妥协。此时更需要诗人保持强烈的精神探求。所以，余光中等之所以强调先走出传统，到西方世界经历风雨，再回到传统，就是希望在思想自由、行动解放中沟通传统和现代。事实上，余光中等在五六十年代的多次论争中对现实种种危机有着高度警觉，往往采取两面"开弓"的批判姿态。这使得当时台湾诗坛"中国传统"和"善性西化"的沟通达到了一定的深度。

1950年代初期，覃子豪写下过组诗《向日葵》，其中《向日葵之一》将诗比作太阳，诗人用自己真实的生命去完成太阳的形体；年老之时，诗人剖开自己的胸膛，将一生心血的果实，一粒粒撒播在大地上。这种献身缪斯的精神是台湾诗人所共有的主体精神，是台湾诗坛在政治高压的五六十年代得以播传新诗种子的最重要的动力。"中国传统"和"善性西化"正是这种艺术精神的时代结晶，它们最终使五六十年代成为并非诗歌歉收的年代，并揭示了那个年代中国文学主体性的一种建构。

第四节　从"左翼"到"现代"：
战后香港诗歌交汇中的延续和综合

1945年二战结束后的香港，刚刚走出战争浩劫，又开始经历"再殖民"，却在中国内地之外再次开辟了一个接纳、延续、丰富中国现代文学多种血脉的空间。而战后香港诗坛也较快复苏，《大公报·文艺副刊》《文汇报·文学周刊》《华侨日报·文艺周刊》等副刊，《文艺丛刊》（1946）、《海燕》（1948）、《文艺生活》（1948）、《文坛》（1949）等文艺期刊都有诗歌专栏，《中国诗坛》也问世于1949年。这些刊物基本上是左翼刊物，诗坛也由左翼诗歌主导。到五六十年代，香港刊发诗作的文艺期刊有30余种，《文艺

---

① 张默：《落叶满阶·自序》，（台湾）九歌出版社有限公司1994年版，第3页。

世纪》《海光文艺》《人人文学》《文艺新潮》《好望角》《文艺季》《文艺沙龙》《纯文学》《中学生》《学友》等都成为新诗的重要园地，诗刊则有《诗朵》《新雷诗坛》《诗坛》《风格诗页》4种，加上《香港时报·浅水湾》《香港时报·诗圃》等报纸副刊，《中国学生周报》《文艺线》《青年乐园》等周刊，香港诗歌园地前所未有地兴盛，新诗创作也进入第一个兴旺时期。而与同时期的中国内地、台湾不约而同盛行"战歌""颂歌"不同，香港新诗以左翼诗歌、都市"乡土"诗、现代主义诗歌等多形态并存的局面跨越了"1949"，并在现代性和本土性的对话中摸索到香港新诗的成长途径，"外来"和"本地"交汇，"传统"和"现代"延续，成为香港诗坛的深层次格局。战后香港诗歌成为日后中国新诗史的一段重要历程。

一、香港左翼诗歌的"开源"及其重要走向

战后香港新诗最先显示其影响的是左翼诗歌。大批左翼诗人，包括黄药眠、邹荻帆、楼栖、薛汕、戈阳、黄雨、陈残云、黄宁婴、吕剑等集聚香港，其掌控的《中国诗坛》《文艺生活》《新诗歌》以及《华商报》副刊刊发了大量左翼诗歌。左翼诗人团体"中国诗歌艺术工作社"（1946）、"中国新诗歌工作者协会"（1946）更是有组织地开展左翼诗歌运动。"战后香港左翼诗歌的独特之处，是它同时具有国统区和解放区诗歌的特点，既有'翻身诗歌'、方言诗，也有城市讽刺诗。"①但"国统区和解放区诗歌的特点"都是中国内地文学的产物，这使得此时香港左翼诗歌强调的"斗争""革命"等新的主题②和大众化的取向基本上服务于内地的政治性目标。等到内地政治性目标实现，左翼诗人再次北上，此类左翼诗（可称为"南来左翼诗歌"）也呈现衰微。所以，更值得关注的是另一类香港左翼诗歌。

战后香港左翼力量影响是相当广泛的，南来文人中，就连曹聚仁、叶灵凤

---

① 陈智德：《左翼的任务和斗争——战后香港的左翼诗歌》，香港中文大学中国语言及文学系、香港教育学院中国文学文化研究中心合编：《都市蜃楼：香港文学论集》，（香港）牛津大学出版社2010年版，第69页。

② 吕剑：《诗与斗争》，（香港）新民主出版社1947年版，第59页。

"都已经左倾"①。但因为香港文坛的左、右翼都处于体制外的"自由竞争"状态，作家的左、右派身份往往是广义上的。"每个文人都应该是个广义的左派，不做狭义的左派。广义左派始终站在社会基层苦难大众这边，作不平之鸣。而狭义左派却往往受到党团的牵制而身不由己。"②

这种认识使得一些作家的左翼身份只是作家创作的个人性选择所致，与中共在香港的组织活动并无多少关联；香港左翼诗歌不仅在地位上恢复了1930年代上海为代表的左翼文学的在野性，而且在创作上更多表现为个人选择性。早年就读过西南联大的何达（1915—1994，原名何孝达，1948年来香港）在1960年代还写下那样的诗句："当我喊着北京的口号，／我响亮，响亮得像午夜的雷声；／那响亮的不是我的喉咙，／是北京的意志在大地上轰响。"（《中华儿女》）从1940年代他视自己的朗诵诗"只是铁匠的／榔头／木匠的／锯／农人的／锄头／士兵的／枪"起，他作为左翼诗人的身份就无可怀疑，甚至被视为代表了香港左翼诗歌的传统。而他将自己置身于工人阶级之中，写诗"像工厂一样轰响着／像工厂一样忙碌／像工厂一样兴奋"③的状态，更反映出其诗歌创作的左翼动力。然而，在别人眼中，他却是"我行我素—诗人"④。这恰恰是此时香港一些左翼诗人的重要生存状况：不在组织中，不在体制内，出于个人信念、追求而置身于左翼诗歌阵营，以个人的"在野"性表达对现实的批判。

何达的第一本诗集《我们开会》（1949）是朱自清编选的。朱自清还为之写了长序《今天的诗——介绍何达的诗集〈我们开会〉》，称"何达同学"的诗代表了"今天青年代的诗"，"发展那个'我们'而扬弃那个'我'"，道出了何达跻身于左翼诗群的重要缘由，即时代青年的选择："抹掉了'诗人'

① 马朗、郑政恒：《上海·香港·天涯——马朗、郑政恒对谈》，（香港）《香港文学》第322期（2011年10月）。

② 阿九：《痖弦访谈》，（香港）《香港文学》第322期（2011年10月）。

③ 何达：《我的感情激动了》，（香港）《文汇报》1949年3月10日。

④ 东瑞：《我行我素—诗人——杂忆诗人何达》，（香港）《文学评论》第18期（2012年2月）。

的圈子，走到人民的队伍里，用诗做工具和武器去参加那集体的生活的斗争，是现在的青年代"，"许多青年人的诗已经朝着这个方向走。这就是朴素和自然"，[①]时代青年的激情、追求，自自然然地转向了左翼诗歌。何达并未参加任何左翼组织，1948年从清华大学毕业后"仓促中"来到香港，[②]在谋生中一直坚持左翼诗歌创作，出有《何达诗集》等6种诗集和《出发》等5种散文集。"对于这个时代／我／是一个'人证'／我的诗／是'物证'//在／为生存而奋斗的人们的面前／我／火一样地／公开了自己。"（《无题》，1947）一个需要"人证"和"物证"的时代，自然是一个真相被掩盖、民众被压抑的年代，而诗人"渴望和大家相通。他一定尽所有的力量把他的语言，顺利地尖锐地打入大家的心坎"[③]，以揭露真相，唤醒民众，这就是何达代表的战后香港左翼诗歌。这种左翼诗歌扎根于香港民众，所歌颂、所关注的也是香港底层民众"这一双手／铺平道路／凿穿山洞／指挥太阳工作"（《就是这一双手》，1949），其激昂、深沉都与香港劳动民众的生活息息相关："我的感情激动了／像工厂开工了／胜利的汽笛吼叫着／我全身的精力动员了。"（《我的感情激动了》，1950）这种生存状态避免了南来左翼诗歌随中国共产党组织下的"南来北上"而盛衰的命运。

鸥外鸥、柳木下是香港1930年代中后期的两大诗人，香港沦陷后他们流落到内地，却被视为"显著地推动了战时左翼诗潮的进步而使其获得了新面目"[④]，形成了左翼诗歌中的"知性诗风"。鸥外鸥和柳木下两位香港诗人能成就战时中国内地的一个左翼诗派，一个重要原因是他们在香港都市写作中形成的前卫实验诗风和社会现实性的结合。战后，鸥外鸥和柳木下回到香港报刊继续发表诗作。鸥外鸥的诗歌仍有知性的追求，但更注意表达得清晰易懂。如《自然欲望》（1948）一诗，以"答同学问"的方式出现，借对歌德《少年

---

① 朱自清：《今天的诗——介绍何达的诗集〈我们开会〉》，何达：《我们开会》，上海中兴书局1949年版，第2页。

② 何达：《自我介绍》，（香港）《香港作家》第32期（1991年5月）。

③ 陈德锦：《艰难的时代，朗诵的诗》，（香港）《文学评论》第18期（2012年2月）。

④ 严家炎主编：《二十世纪中国文学史》中册，高等教育出版社2010年版，第417页。

维特之烦恼》序诗的新解释，破除对"至圣至神"行为的迷信，一切都"不过自然赋予""生和死交代的责任"，简洁凝练的表达中意味深长。柳木下1942年离开香港后曾在给艾青的短诗《芦苇——给吹芦笛的诗人》中说："静静的冥想罢，／激昂地和着海的韵律高歌吧，／脆弱的，知性的／风中的芦苇。""激昂的高歌"在"静静的冥想"中完成，追求的正是时代的知性表达，这使他的创作以其时代性和知性的结合共鸣于左翼诗歌。他1948年回到香港后的诗作仍以战前的《木下诗抄》之题发表，但绝少都市现代化的任何意象了，有的只是阶级分化、贫富分明的都市罪恶："一个女人哀哀地求乞，／瘦得像个猢狲样，／／一个小姑娘放下五分钱，／她穿着一件破衣裳。／／一个胖太太拉着狗走过，／连望也不望一望。／／落落寞寞的道旁——／冷风逐角的疆场。"（《道旁》，1949）客观的呈现构成鲜明对照，而场景集中于香港冷僻的街头，其冷静的表达、克制的情感让批判的力量更有力，与当时香港主流左翼诗歌战斗、声讨的表达还是有所异趣的。《熊熊的炉火》（1949）写"初雪"之夜，少年"有朝阳一样的青春，／炉火一样的热情"。诗中也有"我"和"我们"，但与同时期左翼诗歌"我们"取代了"我"不同，"我们"是在"我"的回忆中展开。让"我"难忘的是当年我们"忘记了夜／忘记了疲倦"的青春热情，而飞雪的宁静更加映衬了"熊熊的炉火"一样的激情。全诗没有指向具体的政治目标、政党诉求的主题呼喊，反而将革命青年的情怀表达得更开阔，会引起不同政治倾向青年的共鸣，"真正迥异于"左翼诗歌"当时流行的模式"。[①]柳木下晚年生活贫困不堪，仍坚持纯诗创作。他和鸥外鸥开启了香港现代诗歌的重要源头，而其左翼立场使香港现代诗关注社会现实，尤其是香港底层民众生活，其意义不可忽视。

香港作家也难免处于各种政治旋涡中，尤其是战后冷战意识形态形势的影响。但香港自由竞争的环境使作家往往只是从对人的关怀出发而倾向于左或右，不会受政党的牵制而身不由己，这样一种政治取向就有可能告别一切主义

---

① 陈智德：《纯诗的探求：论四〇年代的戴望舒与柳木下》，梁秉钧、陈智德、郑政恒编：《香港文学的传承与转化》，（香港）汇智出版有限公司2011年版，第55页。

而追求心灵的更大自由和对人的更深切的关怀。孕育、生长于香港这样一种环境中的左翼诗歌是极为值得关注的，而它的"开源"是在战后至1950年代。

二、"南来"和"本地"交汇中香港新诗传统的形成

1950年代香港诗坛形成"南来"和"本地"交汇中的新诗格局。1955年8月，当时在香港青年文坛中有"三剑客"之称的崑南、王无邪、叶维廉创办《诗朵》，其他主要作者蔡炎培（杜红）、卢因、蓝子（西西）等也都是香港本土作家，《诗朵》成为香港本地第一个现代诗刊。同年，"新雷诗坛"成立，10月在《华侨日报》刊出《新雷诗坛专刊》，其主要成员林仁超、慕容羽军、卢干之等则为南来作家。同年11月创办的《海澜》聚合的也主要是力匡、李素等南来诗人。战后两个香港诗人群落由此形成。南来诗人群落较多地继承了五四到抗战时期中国内地诗歌从现实、浪漫到现代的传统，而本地诗人群则较多地关注香港背景下现代诗的发展。1955年，力匡的代表性诗集《高原的牧铃》和崑南的诗集《吻，创世纪的冠冕！》出版。力匡被视为1950年代香港诗坛"写实与浪漫传统的接续"[①]中的代表诗人。而崑南则是在香港文化教育背景下成长起来的青年作家中最早致力于现代主义文学探索的（他1959年与王无邪创立"现代文学美术协会"，同年出版《新思潮》杂志，后改名《好望角》，成为推进香港本地现代文化建设的重要力量），被公认为"完全在香港成长与生活的最重要诗人"[②]。所以，他们的诗集出版，也呈现了香港诗坛两种诗潮互相影响下的创作格局。这种互相影响，使得"南来"和"本地"交汇、"传统"和"现代"延续成为香港诗坛的深层次格局。本地诗人"接触到五四新文学三十年以来的精华"才"走上了文学的道路"，对现代诗的探索也并不排斥"以拜伦和雪莱等人的浪漫派为起点"[③]；南来诗人的创作"虽然有

跨越1949
战后中国大陆、台湾、香港文学转型研究

---

① 刘登翰主编：《香港文学史》，人民文学出版社1999年版，第297页。

② 王无邪：《"三剑客"的故事》，（香港）《香港文学》第323期（2011年11月）。

③ 宋子江：《"叶维廉与汉语新文学国际学术研讨会"后记》，（香港）《香港文学》第323期（2011年11月）。

移民背景"，却也可以"是本土的，而且是城市的"①；香港诗坛向西方诗歌
开放的窗口很大，却又早早提出了"汉语诗歌不应过分西化，而忽略中国古典
诗歌美学"的课题；香港发展诗歌创作的空间有限，但香港诗坛向周边地区的
辐射功能在1950年代就已经充分呈现……所有这些都表明，战后香港诗坛的活
力正来自"交汇"中的延续、综合，"南来"和"本地"的交汇是五四新诗传
统和香港新诗本地化进程、西方现代诗资源和中国古典传统的综合。而这正是
香港城给予香港诗歌的滋养。

力匡（1927—1991，本名郑健柏，生于广州）1950年从中山大学历史系毕
业后移居香港，1958年又移居新加坡。香港八年中，他所出的小说集不少于诗
集，但产生影响的仍是他的诗歌。作为南来文人，力匡对香港并无好感，他
在诗中直言"我不喜欢这个地方"："这里的树上不会结果，／这里的花朵没
有芳香，／这里的女人没有眼泪，这里的男人不会思想。""这里不容易找
到真正的'人'，／如同漆黑的晚上没有阳光，／看这一切如同噩梦，／我
不喜欢这奇怪的地方。"（《我不喜欢这个地方》，1952）这自然不是对资本
主义香港的意识形态批评，而是衬托出作者被放逐中的怀念。但这种客居香港
的心理并未影响他成为此时期香港知名度最高的诗人，他被视为"白话诗人最
露光芒的一个"，重要原因就在于他在新诗诞生三十多年后"接受中国文化传
统了"，成就了"中西诗体的混合"。②诗集《燕语》（1952）以"纯美的天
籁""精练的诗句""铿锵的旋律"抒写"年轻人的忧悒"，③传统的清新格
调中又有着那个时代难以排遣的郁闷，会在很多人心头引起共鸣。《燕语》
《难忘的名字》《昔日》等诗充满回忆，抒写友情，温馨而感伤。"我写着给
一个女孩子的信却永不付邮，／第二天又抄在日记的空白页上"，这种对自己
情感的珍藏、对心灵自由的呵护，在当时青年中赢得无数读者。《燕语》1961

---

① 黄灿然主编：《香港当代作家作品合集选·诗歌卷·序》，香港明报月刊出版社、新加
坡青年书局2011年版，第Ⅴ页。

② 炎力：《由〈燕语〉到〈高原的牧铃〉》，（香港）《中国学生周报》第152期（1955
年6月）。

③ 欧阳天：《序》，力匡：《燕语》，（香港）人人出版社1952年版，第2页。

年曾再版，成为香港诗坛少数可以再版的诗集之一。《高原的牧铃》诗集中的《献——代自序》这样写道："不要再在深宵徘徊庭院，／古城再没有昔日的琴声，／露水已落下了你应去安睡，／我的诗篇会在你身畔摇响高原的牧铃。／／也不要哀伤在这分袂的日子，／我的诗篇会告诉你／我仍坚守对你的爱情。"遥想追忆中的"爱情"，是《高原的牧铃》反复抒写的题旨，暗暗呼应着战后年代巨大动荡中放逐岛城的孤独心态，聚合起个人的、家国的失落、离散情感，凄婉而亲切。而力匡又善于将这些温婉而凄深的情感以舒缓的节奏、委婉的调子形成一种不乏浪漫的朗诵体。尤其是"力匡式的十四行诗体"①，传统的起承转合和韵脚融入变异的十四行诗体中，适合吟唱，与何达的朗诵诗一起，赢得了五六十年代香港民众，尤其是年轻人的掌声。

同样值得关注的是，香港"家园"的感觉使战后香港文学较早较多出现了"归来"的形象。而力匡的诗即便以"逃离"去书写内地时，他笔下的"香港"也会有种种"归来"："我默默地送走每一个日子，／计算着你该回来的日子。／／昨宵听一夕窗前急雨，／今晨我见第一朵白茶开在枝头。"（《初冬》，1955）这种个人性的情感会唤起"归来"的共鸣。客居香港的力匡，其诗也属于香港。

力匡诗的意义还在于参与了香港新诗传统的形成。当时香港诗坛讨论"诗的形式与内容"，强调"'新诗式'必须包含""唐诗、宋词、元曲"代表的"中国文化的深切影响"和"艺术的概念，又接受了西洋文化强烈而无可避免的冲激""这两个元素"时，往往用力匡等香港诗人的诗作作为最重要的范本来论述。②这里，问题的提出、分析和解决都是属于香港自身的，影响的对象又是香港的青年作者。同时，力匡的诗更被一般读者如"爱陶潜、杜甫与白居易的作品"那样喜欢，因为其诗让人"发现了我们共有的生命与情感"。③这些也无可怀疑地说明，此时的香港文学已足以顾及自身传统的形成，而南来诗

---

①　方芦荻：《谈〈文艺新潮〉对我的影响》，（香港）《星岛晚报》1989年3月7日。

②　夏侯无忌：《诗的形式与内容——给青年作者的第二封信》，（香港）《人人文学》第10期（1953年5月）。

③　公羊高：《我爱燕语集》，（香港）《人人文学》第10期（1953年5月）。

人是香港新诗传统的重要建构者。

这一时期南来诗人中值得关注的诗集还有女诗人李素的《街头》（1959，是当时香港发行量最多的诗集之一）、黄崖的《敲醒千百年的梦》（1959）、徐速的《去国集》（1957）、黄伯飞的《风沙集》（1957）、夏侯无忌的《夜曲》（1958）、徐訏的《轮回》（1951）、《时间的去处》（1958）、慕容羽军的《长夏诗页》等。这些诗集在延续中国新诗传统中各有着力之处。如徐訏的诗虽为其小说名声所掩，但他对于新月诗派的传承，"顺和古典和现代的格律"，在都市的香港，既受读者欢迎，也得到文学史好评。[1]南来诗人写到香港时，在流亡的怀念和现实的无奈中，难免以对香港这一殖民的"异质空间"批评、否定的"再异质化"来对抗自身"经验断裂和认同危机所带来的不安"。[2]但他们也有一些写香港的诗歌在描述性的书写中透出对香港的某种亲切感，如：《北角之夜》（马博良，1957），写"最后一列的电车落寞地驶过后／远远交叉路口的小红灯熄了"的香港午夜，虽仍有怀旧中的"她又斜垂下遮风的伞""素莲似的手"，但昔日的"春野"与香港的"春夜"已不构成对立，"北角"已成了"永远是一切年轻时的梦重归的角落"。香港本来就是个移民社会，此时期更如此，当南来作家不再"北归"，其创作也会在香港获得灵感之地，而这无疑开始于战后年代。

此时期，一些幼时就生活于香港或出生于香港的诗人则开始创作地道的"本土诗"，题材上自然关注香港芸芸众生日常的生存状态，更以口语入诗而散发出香港市井气息。蔡炎培（1935年出生于广州，两岁时移居香港，出有《小诗三卷》《变种的红豆》《蓝田日暖》等诗集）1954年开始写诗，也参与当时的《诗朵》《中国学生周报·诗之页》等的编辑。他的诗以香港口语夹杂"西化"句式，在细密而具体的描绘中富有节奏感地生动呈现香港市民阶层的日常生活，形成他特有的"香港风"。如《运通大押》写"又长又短、又短又长的赛马日"，在"污糟的窄巷横街中"押"马"的场景，"打盹的二叔公"

---

① 司马长风：《中国新文学史》（下册），（香港）昭明出版社有限公司1978年版，第218页。

② 陈锦德：《怀乡与否定的依归：徐訏与力匡》，（香港）《作家》第13期（2001年12月）。

和"初出茅庐的我"构成双重目光，在一种交织懒慵和紧张的气氛中表现赌赛马、看言情通俗读物等香港日常文化，对白、独白中语言的混杂性也弥漫出香港特有的气息。非常值得关注的是，蔡炎培被视为本土诗的诗歌又往往是"混杂"的，表明诗人意识到，在题材、语言上过分"依附本土"，"变成在本土诗的脉络中或本土诗的上下文中写诗"，"这种依附如同对意识形态的依附，会导致诗人疏忽诗歌中最重要的东西：诗艺上的独立探索精神和对自身灵魂的省察"。[①]所以诗人在切入本土风物和历史脉络时，更注重和自我对话，回归诗艺自身。蔡炎培的诗切近香港世俗生活，又始终有着他对诗情诗式的追求，并参与了台湾现代诗运动。他后来写出《中国时间》（1996）等，在抒情诗式上做了多种探索。

写香港乡土小说出名的舒巷城1965年出版中英文诗集《我的抒情诗》，随后又出版了《回声集》（1970）、《都市诗钞》（1973）等诗集，延续了"三、四〇年代写'城乡对立'的传统"，"代表了不少诗人对城市的怀疑和对大自然的怀恋"，[②]呈现出香港都市诗的一种重要流脉。如《城市街道》（1966）中，"城市的街道／和重重叠叠的大楼／把我挤得喘不过气来"，"我走在神经衰弱的／城市的街道。／啊，我变得神经衰弱了"。诗人在都市化的空间中感受到的是压抑、窒息，所以"阳光下红的灯绿的灯"让"我"行止无策，只有"回家睡午觉，／我梦见红色的野花和绿色的森林"，才会回到安宁之中。这些意象都强化着城乡二元的对峙。但整首诗的节奏和缓，语气温和，弱化了诗作对都市的拒斥。这似乎暗示出现实主义传统对都市书写的变化。正是在这种背景下，香港都市诗从抒情诗转向复杂的现代诗。

此时融入香港诗歌传统中的，还有歌词，这密切联系着战后包括电影在内的香港大众媒体的发展。其中陈蝶衣（1909—2007，江苏武进人）的歌词创作影响深远。陈蝶衣在上海"孤岛"时期，创办《万象月刊》《春秋月刊》等，在异族侵略和统治的处境中始终承担起民族文化维系的责任。他战后来到香

---

① 黄灿然主编：《香港当代作家作品合集选·诗歌卷：序》，香港明报月刊出版社、新加坡青年书局2011年版，第Ⅷ页。

② 梁秉钧：《香港都市文化和都市文学》，香港故事协会2009年版，第92—93页。

港，从1940年代至1970年代，创作了3000余首歌词，都由作曲家谱曲，流传广泛，历久不衰。有人认为："宋人说'有井水的地方，就有人唱柳永的词'。这个形容，近代仅陈蝶衣一人堪比拟。"[①]他国学功底深厚，出有旧体诗集《花冠诗叶》；所作歌词，也传承了中国文人传统，借香草美人，抒家国之情。他最早的歌词是为电影《凤凰于飞》作的主题歌《凤凰于飞》，就借"在家的时候爱双栖，出外的时候爱双携""分离不如双栖好，珍重这花月良辰；分离不如双携好，且珍惜这青春少年"的儿女之情表达维护家园、守卫国家的情感。其他脍炙人口的歌词《我有一段情》（李丽华演唱）、《待嫁女儿心》（吴莺音演唱）、《香格里拉》（崔萍演唱）、《梁祝》（静婷演唱）等，都体现了陈蝶衣"'愿将爱字作旌旗'，这是我写歌词的目的"[②]的写作心愿和状态。中国历史上，"曲"本是一种文学体式，战后香港逐步成为华语电影制作和歌坛中心，其电影插曲、流行歌曲影响广泛。歌词代表的"时代曲"正是在陈蝶衣那样的词家手中产生了重大影响，也反映出香港文化的诸多特征。

三、寻根和汇通：本土化进程中的香港现代诗

传统和现代的延续是此时期香港新诗的深层次走向。战后香港现代主义诗潮开启了战后香港文学的重要时代，同时它又是在传统的延续中得以完成，呈现出现代与传统的交汇，成为香港文学本土化进程中重要一环。

在香港的文化环境中，西化狂潮中的兴奋有余、反省不足往往难免发生，但五六十年代香港的现代主义诗潮尽管处于起步阶段，却有人早早觉察到东方和西方、传统和现代的异质性和延续性，避免了对西化的完全痴迷。这种情况的发生反映出香港诗坛的开放性。被称为能贯通"西方现代主义与中国诗艺传统"[③]的叶维廉（1937—　）如前述，是当时香港现代诗"三剑客"之一。而他第一本诗集《赋格》（1963）表现出的质疑、追问充盈了现代诗的精神，强调

① 许之远：《世纪作家陈蝶衣》，（香港）《文学研究》第8期（2007年12月）。

② 许之远：《世纪作家陈蝶衣》，（香港）《文学研究》第8期（2007年12月）。

③ 乐黛云：《为了活泼泼的整体生命——〈叶维廉文集〉序》，《广东社会科学》2003年第4期。

回到传统但更要面向世界："我们游过／千花万树，远水近湾／我们就可了解世界么？／我们一再经历／四声对仗之巧，平仄音韵之妙／我们就可了解世界么？"诗人的遐想、追索直抵存在的背反。诗学上，他接受了西方"新批评"等学术训练，却以强烈的"东方意识"和"创建自觉"超越于原有西方语境中的理论内涵，在香港1960年代的现代主义批评中发展出汇通中国古典诗学和英美现代诗美学的"新的批评"①。1959年，他就在香港刊物上撰文以"步入诗的新思潮中，而又同时有必要把它配合中国的传统文化"②来自审反省。之后他一直都在"对中国诗的美学作寻根"时又"能引发两种语言两种诗学的汇通"，在"五四给了我们新的眼睛去看事物"时又绝不"伤及我们美感领域及生活风范的根"：他在中西两种文化及美学的分歧中求交汇，一步步走向接纳双方、和谐相生的境地。③叶维廉代表了当时香港现代诗和现代诗学所达到的高度，这种高度使得接受外来影响的现代诗创作成为香港新诗本土化进程的重要内容。

前述创办于1956年2月的《文艺新潮》是1950年代香港第一份大力倡导现代主义诗歌的刊物。此前，崑南、王无邪、卢因、叶维廉、蔡炎培等"追求文学理想的、以宗教家事奉上帝的热情、转而事奉文学的年轻一代"，已创办过"在香港诗歌走向现代主义的进程中扮演了一个急先锋的角色"的诗刊《诗朵》，④强调新诗不能停留于中国古典诗歌和西方诗歌都有的意境等，而要吸收外国诗歌中所有而中国古典诗歌缺乏的内容。⑤很显然，现代主义成为青年诗人"对文学的执着与热诚"的目标。但《诗朵》只办了3期，不大为人所知。随后的《文艺新潮》有所不同，刊物创办者是被称为"香港现代诗的领先者"的马朗（1933年生，本名马博良），自言"中国新诗前辈之中，我小时最

① 郑蕾：《叶维廉与香港六十年代现代主义批评》，（香港）《香港文学》第324期（2011年12月）。

② 叶维廉：《论现阶段中国现代诗》，（香港）《新思潮》第2期（1959年12月）。

③ 叶维廉：《语法与表现——中国古典诗与英美现代诗美学的汇通》，叶维廉：《比较诗学》，台湾东大图书公司2007年版，第67页。

④ 卢因：《从〈诗朵〉看〈新思潮〉——五六十年代香港文学的一鳞半爪》，（香港）《香港文学》第13期（1986年1月）。

⑤ 崑南：《新诗与遗产》，（香港）《诗朵》第1期（1955年8月）。

爱戴望舒、卞之琳、何其芳和陈梦家的杰作"[1]，少年时在上海就跟新月派诗人邵洵美和现代派诗人路易士（纪弦）过从密切。1944年主编《文潮》，要守护"划时代的五四运动以后产生的一点文化成绩"，"挽回这中国文化逐渐低落的厄运"。[2]前述他在《文艺新潮》延续的"从上海到香港"，绝非单纯的现代主义或城市文学传统，而是跨越"1949"的现代文学传统。《文艺新潮》追求"梦想的权利，歌唱的自由"和"没有禁果的世界"，号召"冲出"已"变成我们的枷"的"旧的乐园"，去"采一切美好的禁果！扯下一切遮眼屏障！剥落一切粉饰的色彩！"。[3]在1950年代的香港，《文艺新潮》的这种追求，不仅突破了冷战意识形态的钳制，挣脱人"自己加上"的"镣锁"，也力图走出种种旧的艺术成规，打开"灵性的探求""宽大的门、容忍的门"。这显然具有根本性的文学变革意义。《文艺新潮》"放开大的怀抱"，聚合起从资深的南来作家徐讦、叶灵凤等到实力派的香港作家齐桓、桑简流等，还包括本地新秀杨际光、李维陵、东方仪等在内的多种作家队伍，就是想更多地展示"这世界是多彩的，有各形各式的美丽"。而它一开始就"在文学上追求真善美的道路"，使其所追求的现代诗也必然是介入现实、拯救心灵的现代诗。办刊三年中，《文艺新潮》翻译介绍了大量西方现代诗，也刊出了一批战后香港文学史上最出色的现代诗。而马朗的诗作列入香港优秀的现代诗也当之无愧。

马朗此时期的诗作后来结集为《焚琴的浪子》，不少诗作"能回应五六十年代香港社会某些特色，在城市初步发展还未成熟定型的阶段里，年轻的知识分子如何在缅怀祖国、关心世界局势之余，体验香港那种殖民主义色彩浓厚和物欲横流的困厄，在借来的空间感受那些动荡不安的现实"[4]。《焚琴的浪子》和《国殇祭》二诗虽发表于1956年《文艺新潮》创刊号，却完成于1949

---

① 王良和、马朗：《从〈焚琴的浪子〉到〈江山梦雨〉——与马博良谈他的诗》，（香港）《香港文学》第280期（2008年4月）。

② 《创刊辞》，《文潮》第1期（1944年1月）。

③ 新潮社：《发刊词：人类灵魂的工程师，到我们的旗下来！》，（香港）《文艺新潮》1956年创刊号。

④ 古继堂主编：《台港澳暨海外华文新诗大辞典》，沈阳出版社1994年版，第8页。

年秋，曾张贴于华北革命大学的墙垣。诗作哀悼"中国的战斗者"的时代命运："他们已血淋淋地褪皮换骨"，"只看着红色风信旗的指向"，却"以坚毅的眼，无视自己"，他们中"那么许多的肖邦／玛蒂斯、纪德、邓肯和爱迪生／那么许多的南丁格儿／那么许多没有开花一早消灭了"，而最后的结果只是一座"火灾里建造的城"。彷徨的内心和决绝的行为构成强大的艺术张力，表达出大时代下的悲伤和孤独。痛定思痛六年后，马朗要开始的是另一种"出发"，那就是在香港的都市环境中用自己的眼睛去发现"真正的甘美"，寻找到"一片小小的净土"。[①]马朗此时期的诗作虽还有着在诗的现代化上探索的挣扎，但其个性化的表达和由此表现出来的真诚是给人影响深刻的。

马朗的诗产生于战后香港这座城，诗中的城市意象带有1950年代知识分子在社会动荡中的巨大焦灼不安，即使有着"今日的浪子出发了／去火灾里建造他们的城"的"坚毅"（《焚琴的浪子》），也难以摆脱"永远浸透了我的肌肤"的"寂寞"（《雨景》），所以其"都市影像，都是浮动的、惊栗的，密布危机而又未可预知的"。如："黑色的漩涡呕吐出黑色的内容／梦注射恐怖入淤塞河床的脉管"（《夜》），黑色的沉重、恐怖，成为都市生命窒息的象征；"楼台外寂寥而苍郁的天／伸到空中去的一只只手／一支支无线电杆／要抓住逝去的什么"（《空虚》），虚空中却要用力抓住"实在"，无垠中能做出的又只是有限的挣扎；"那边有阳光照着的小花伞／这里却是没有遮盖的雨天"（《相见日》），即便有重逢的喜悦，却加深拉大"彼""此"之隔……所有这些城市（现实）意象，巧妙实现时空转换、感觉叠加，将冷战时代的彷徨失望和商业社会中的沉沦堕落自然地融合在一起。这"双重滋养"使1950年代香港的现代主义诗歌言之有物。

香港现代诗中，崑南是具有非常自觉的现代诗歌意识的诗人。他起草的《现代文学美术协会宣言》（1959年1月）就敏锐觉察到时代现实存在的危机："走入高大的建筑物里，化为机器的一轮"，"走入女人的歌和酒里，化为附

---

① 新潮社：《发刊词：人类灵魂的工程师，到我们的旗下来！》，（香港）《文艺新潮》1956年创刊号。

属的零件……"。身处高度政治意识形态化的五六十年代，崑南却将"走入了热闹的大街、百货公司、舞场、公园、海滩、山顶、姻缘道上、坟墓里一生于斯而老于斯？"的问题视为最严重的生命危机，也关乎中国的前途；而作为"中国继起儿女"，必须通过文学和美术的变革，来"自觉""自救"[①]。所以，正是"自崑南开始，香港的现代主义把城市内心化、感觉化了"[②]，将都市的存在与人的存在紧密相连展开思考。长诗《布尔乔亚之歌》（1956）以香港写字楼生活中物质化的意象呈现都市白领阶层沉闷如乌云的心境：无论是那"灰色的打印机是一副呆钝的模样 / 拼出生活不变的母音：A、E、I、O、U"，还是"光管的夜 / 华尔兹的夜 / 茄士咩的夜……早已失去的趣味"，都透出物质化的僵硬、麻木，物象和心象的契合发现和创造着城市的真实。《旗向》（1963）将"起来（不愿做奴隶的人们）"的歌词与古文、商业信函用语（如"敬启者阁下梦中国否 / 汝之肌革黄乎眼瞳黑乎"），甚至英文（如"TO WHOM IT MAY CONCERN"）糅合。这种混杂而陌生的语言拼接起股票、马赛、电话等香港都市意象，既契合香港不中不西的形象，又呈现都市世界的荒诞，催使人们去思考都市化进程中人存在的命运。而他的系列诗《山海异经》（1961）则将《山海经》杂糅，以其"古灵精怪"表达现代世界的不可思议。

也曾参与台湾现代诗运动的戴天（1937—　）被视为"香港新诗史最重要的诗人之一"，甚至"是第一位具开拓性、有大家风范的香港诗人"。[③]他1957年就读台湾大学外文系时参与《现代文学》的创办和编辑，毕业后赴美国爱荷华大学获硕士学位。1967年定居香港后创办《盘古》杂志等，又邀古苍梧创办影响深远的"诗作坊"，开香港民间教研新诗之先河。现代和传统、外来和本土的融合，是戴天诗艺最重要的源泉，也使他提供了1960年代香港最出色的诗歌。《一匹奔跑的斑马》（1969）中，斑马如风疾奔时黑白分明的条纹融合为一的意象成为"白日 / 总是间杂着 / 夜"的生活的丰富隐喻："日子是一

①　崑南：《打开文论的视窗》，（香港）文星图书有限公司2003年版，第165页。

②　王光明：《冷战年代与香港文学——二十世纪五〇年代香港现代诗》，香港岭南大学《现代中文文学学报》8卷2期—9卷1期合刊（2008年）。

③　黄灿然：《香港新诗名篇》，（香港）天地图书有限公司2007年版，第68页。

匹奔跑的斑马"，"没有疾刀／可以将黑／可以将白／分割"；生活原本就不可能黑白分明，但黑白交替中，"黑色／始终不曾战胜／空白"。生活的意义在不断展开之中，而"灰是唯一的颜色／迷茫／是一切事物的景致"，以往被视为"消极"的灰色、迷茫恰恰是生活的真实常态，有着对生活的彻悟和不乏乐观的进取："那么，白的与黑的形象／在开始奔跑／在开始交替的时刻／就会是／一种栏栅／隔着昨日的灿烂。""灰色"不仅是对黑白分明的二元存在的告别，也是不断冲破昨日自我的冲击。透悟如此丰富深邃的生活意义，而斑马意象的呈现与生活意义的思考又如此贴切自然，戴天显示出深刻的思想透视力和精妙的艺术表现力。而此诗的结尾也不同寻常："（此时我的瞳仁／黑不溜溜的／也溶化在／白兮兮之中）"，无论是词句、语气，还是标点，都与前面的正文有着明显间隔，将思绪诗情拉回到现实中，似乎是戏谑的解构，却让诗作的思考产生更深的印象。这种写法香港化色彩鲜明。戴天要探索的就是孕育于香港的现代诗。

戴天诗的现代性更直接表现于他大胆化用中国古典诗源。《月下门》重写贾岛名句"僧敲月下门"："月下门的双扉／紧锁着／松柏的苍绿／而且推开了／外来的路／／没有人知道／哪里来的足迹／深深地／在檐前／停过。"隐去了"僧"这一主要形象，原诗的意境反而得到了更蕴蓄、深厚的表现，于"无"见"有"，隐而更显，恰恰将古诗的表现手法发挥得淋漓尽致。《美子的脸》（1961），将纷繁的田园意象置于现代句式和意境中，"只有美子的脸映出／一轮打了又磨的明月，／很难断句的炊烟，／以及打横虽然轻轻／能把灵肉分割的／牧笛"，传达出"年轻着／又老着"的诗意。戴天的这些诗既"很口语"，又"很现代"，都很"个人化"。[①]

《文艺新潮》及其后的《新思潮》等引领起的香港现代诗中，成熟之作不断涌现。王无邪的《一九五七年春·香港》（1957）写生存在"西部的英雄"和"黄帝的子孙"夹缝中的城市人的迷惘和挣扎，在"遗忘"和"沉迷"中

---

① 黄灿然主编：《香港当代作家作品合集选·诗歌卷：序》，香港明报月刊出版社、新加坡青年书局2011年版，第Ⅴ页。

让一切都从根本上变得可疑，诗人敏锐的感觉将殖民统治城市对人的扭曲、分裂在种种紧张对峙中表现得淋漓尽致；西西的《可不可以说》以儿童的本真来拆解"大人"世界的科层等级：可不可以说"一位蚂蚁／一名甲虫／一家猪猡"，"一头训导主任／一匹将军／一尾皇帝"，表面上是孩子对量词区分不清，实际上以儿童的游戏式奇想质询人为世界的不真实，其中不无现代城市戏谑精神的滋养。这些诗都各有特色，反映出香港现代诗探路时期将"横的移植"和"纵的继承"（包括五四后新诗传统的延续）结合在一起的走向，显示出跟台湾现代诗有所不同的特色。

六七十年代香港诗坛曾发生过关于现代诗的多次论争。一是1968年由《盘古》主办的"近年台港现代诗的回顾"座谈会引发的讨论，希望能走出台湾现代诗影响下的形式迷宫。二是1969年由林筑（蔡炎培）发表于《当代文艺》的《晓钟——寄商隐》一诗引发的争论，强调了现代诗要"用心灵来玩味、体会"，但也应"叫人能懂"。[1]三是1975年至1976年由余光中在港诗歌活动引起的争论，推动了"志在役古，不在复古""志在现代化，不在西化"[2]的现代诗创作。这种在不同诗观的交锋中逐步取得的共识，表明香港现代诗确有可能进入一种既不割断传统，又大力推进诗的开放性的阶段，而这构成了香港诗歌本地化进程的重要内容。

从战后左翼诗歌的兴盛，到都市现代诗的展开，香港诗歌都在延续、综合中表现出活力。其提供的中国大陆、台湾同时期诗歌中缺乏的经验、实践，却是整个中国现代文学传统的发展。

---

[1]　徐速：《为"密码"辩诬——并泛论现代诗的特性及前途》，徐速：《怀集》，（香港）高原出版社1974年版，第161—177页。

[2]　余光中：《掌中雨》，（台湾）大林出版社1970年版，第222页。

第八章 跨越"1949"的小说创作

第一节 写什么和怎样写：战后中国大陆小说的生存和发展

小说是最重要的叙事文学，叙事文学在"十七年文学"中的重要性从这样两件事可以看出。 1951年5月20日，《人民日报》发表毛泽东撰写、修改的《人民日报》社论《应当重视电影〈武训传〉的讨论》，这是新中国成立后毛泽东发动的第一场大规模文艺批判运动，对一部原本被大众视为"最佳国产片"[①]的电影的批判极大地影响了整个共和国文学的走向。1962年9月党的八届十中全会上，毛泽东将李建彤的小说《刘志丹》定性为"利用小说反党，是一大发明"，将文学叙事跟党内斗争直接挂钩。这几乎成为"十七年文学"就此一蹶不振的标志，之后一直到"文革"，文学创作再无起色。毛泽东个人爱好诗词，但他最为关注的是叙事文学，自然因为叙事文学在大众化、革命化的文学运动中占有最重要的地位。考察此时期小说生存的限度，其意义也显而易见。

小说的价值在于其"写什么"的独一无二性和"怎样写"的最大发展空间。就小说这一文体而言，其价值首先在于它成功讲述了我们自身的故事，展

---

① 《武训传》1950年12月在全国上演，1951年2月被《大众电影》列入"1950年十佳国产片"。

示了我们生活的无穷可能性。这种在"写什么"上的独一无二性显示了它在文化上的重要性。而在各种文体中，小说的后起使它具有"混合形式"，它包含社会的、自我的、幻想的各种需求，在叙事中接纳各种艺术因素，模糊事实和虚构的界限，它永远为小说家留有"怎样写"的最大发展空间。

从解放区的扩展到共和国的建立，新的世界和新的生活使小说面对新的"写什么"的课题，《讲话》和党的文艺政策明晰而严格地规定了文学的根本性任务，小说界面临着小说自身能写的无穷可能性和小说家被允许写什么的有限性之间的矛盾冲突。当"写什么"决定了一切，排斥了"怎样写"，小说的生存空间就大大萎缩；而当"写什么"被封闭进规定的"写生活是什么"，小说生存的限度就更加岌岌可危。但作家的主体性也在"写什么"和"怎样写"上得以表现，战后中国大陆的小说，无论是城市背景的创作，还是农村背景的创作都显示了这一文学进程的曲折性。

一、"进城"年代和乡村叙事

战后小说的问世，无论是《围城》那样完成于抗战后期的作品，还是《财主底儿女们》《四世同堂》那样创作于战后动荡之中的作品，都呈现出小说在多个方向上酝酿的突破。战争年代的体验在小说中沉积，新的表现方法在小说中聚合。解放区小说中，赵树理、孙犁、周立波等也风格各异。当时，李健吾在评价路翎《饥饿的郭素娥》、郁茹《遥远的爱》、穗青《脱缰的马》3部1940年代作品时，强调"潜在的，自来的"的气质对于创作"无形的决定作用"；同时也认为"对于人生和艺术的态度，由理智而形成的清醒的认识"对于创作也"具有强力左右"，这才可"总括作家全人的存在"，"杰作的秘密在作者的性情与主旨一致"，作家看整个人生，"不能另来一个我的气质以外的气质，或者另来一套不是我的气质所底定的美学"，所以文学从创作到运动都应"同时是气质的流露，也是态度的表白和方法的选择"。[①]这正说明当时现实主义的文学思潮还完全容纳得下艺术气质那样个人性的东西，无须"缩

---

① 刘西渭：《三个中篇》，《文艺复兴》第2卷第4期（1946年）。

减艺术以满足一个孤立的人格"，作家的创作也得以多方面展开。

但文学性和政治性的此消彼长，在人民战争的背景下，越来越成为文学全局性的影响。1948年5月《人民与文艺》发表胡绳的万字长文《评姚雪垠的几本小说》。姚雪垠曾在1947年修订的《牛全德和红萝卜》一书所附《这部小说的写作过程及其他》中谈及创作《牛全德和红萝卜》，是出于对"北方的豪放性格"的喜爱，而"在我的故乡和我所熟悉的游击队中，像这种人物是很多的，在我的心中就有着活的影子"。从自己"熟悉"的"活"的人物性格出发，本来不失为创作之道，然而，这时却被视为创作"完全失败"，"只能受到最严厉的批判"的根本原因："作者本来并不是想表现江湖义气在抗日游击队中向革命责任感的转移，而只是欣赏着北方人的豪放性格；也本来并不是想表现一个有阶级意识的佃户女儿和别的地主家的女儿们在抗日统一战线中的发展，而不过要为爽直明快的女孩性格，纤细忸怩、温柔娇弱的女孩子性格'创造'具体的人身而已。"因此，这种"不从具体的历史现实中抽演出来的典型"，"不能成为现实主义文艺创作中的典型"。而胡绳由此对姚雪垠小说的批判极为严厉："彻头彻尾地歪曲了历史现实"，"泛滥着'出身于破落地主之家'的'知识分子'的自我欣赏的情绪"，甚至"堕落到了黄色新闻的水平"。批判的依据则是毛泽东《论联合政府》等对历史现实的判断。有意味的是，胡绳在此文附记中做了自我批评，因为姚雪垠的长篇小说《春暖花开的时候》1940年连载于胡绳主编的重庆《读书日报》，胡绳由此检讨自己"不但没有能看出朋友的缺点，反而无形中助长了这一倾向"。胡绳的夫子自道表明，"历史现实"的政治标准正是战后在国统区得以确立，文学创作从以"经验""人物"等为出发点转向了以"立场""世界观"为出发点，小说"写什么"也由此被无产阶级政治严格规定。

1949年10月就开始在北京、天津、上海等地都积极开展小说出版业务的大众书店，其出版标记采用了红色调的五星、铁锤、稻穗图案，表明服务于无产阶级政治和工农大众的新中国文学出版事业在全中国的展开。同年11月北京第一次全国文代会上，"平津第二代表团，南方第一、二代表团"向"解放区的文艺工作者，从艰苦战斗创造了新的人民文艺的模范""致无限的热烈的敬意！"①。平津、南方代表团基本上是中国重要城市，尤其是东南沿海地区城市的作家，而解放区作家基本来自中国农村，尤其是来自黄河流域地区的农村。这一"致敬"的场景，具有了重要的象征意义：解放区文学对于原国统区文学的改造和乡村叙事对于城市叙事的引导的一致性。抗战全面爆发后，文艺界从都市向乡村流动，除了沦陷区文学还在大城市艰难生存外，"广大农村与无数小城镇几乎成了新文艺的现在唯一的环境"②，延安文学就形成于这样一种环境。1949年开始的本来是一个"进城"的年代，文学叙事也应该向城市有所转移。但1949年开始的却是乡村中国叙事的强化。从现象上看，城市背景的作家的创作捉襟见肘，日益萎缩；而来自农村的作家在城市环境中表现乡村民间文化，如鱼得水，逐渐产生全国性影响。因为1949年前城市基本上是国统区，而解放区文学则占据了广大农村，中国共产党领导的革命又是"农村包围城市"，所以乡村中国叙事的增强实际上是解放区文学对于原国统区文学的改造的强化。这种强化既表现为无产阶级政治对于文学叙事的规训，也表现为生活经验替代文学才情，大众化替代学识性，集体创作替代文人传统等。这极大发挥了中国共产党和毛泽东长期从事农村武装斗争的经验优势，在展示文学叙事新的视域中，提供了相当多的启示。所以，对这一时期小说的考察可以从城市背景的创作和农村背景的创作上展开。

二、被放逐的城市叙事

城市背景小说的命运在1950年代初萧也牧的小说《我们夫妇之间》受批判时就确定了，而这个共和国最早的文学批判事件对于城市叙事也就有了重要的宣判意义。萧也牧写此小说是因为"城市里的读者不喜欢读老解放区的小说。原因是读起来很枯燥，没趣味，没'人情味'"③，这种为"城市里的读者"写不同于"老解放区"小说的创作动机自然表达了"进城"后的作家对城市读

---

① 何季民：《"第一次文代会"的几个人和事》，《博览群书》2009年第1期。

② 周扬：《对旧形式利用在文学上的一个看法》，《中国文化》创刊号（1942年2月）。

③ 萧也牧：《我一定要切实地改正错误》，《文艺报》第5卷第1期（1951年）。

者的文学关怀，也使这篇小说明确地成为共和国成立后城市叙事的开端。小说内容已为人们熟知，城市出身的干部李克（"我"）和农村出身的妻子张同志之间的分歧集中于城市日常生活中，"我"回到城市如鱼得水；妻子却刻意保持农村革命传统，并要以此去改造城市。城市环境使夫妇生活产生间隙，但经过摩擦，夫妇仍和好如初，"仿佛回复到了我们过去恋爱时的，那些幸福的时光"。小说并未对城市和乡村这两种生活方式的优劣作出评判，但随即被严厉指责为小说中"我"的城市情趣是"阶级敌人式的玩弄劳动人民的态度"①。当时，由政治领袖发动的文艺批判运动都还未发生，而批评者冯雪峰（李定中）和丁玲的权威身份已表明文艺界已自觉地按照《讲话》的标准来加强自身建设了。批评完全是依照小说该"写什么"展开的。本来，小说叙事对城乡出身不同的夫妇裂痕的修复已经作了并不违背革命语境的处理："我"从妻子的革命作风、工作热情中受到教育，恢复了往日对妻子的爱。但小说仍被视为"从头到尾"都在以"作者的低级趣味""玩弄"工农女性，"是在糟蹋我们新的高贵的人民和新的生活"。②而这种"穿着工农兵衣服，而实际是歪曲了嘲笑了工农兵"的问题，已不局限于《我们夫妇之间》一篇小说，而是文艺界"一种文艺倾向的问题了"。③《我们夫妇之间》的价值本来在于正视了在乡村取得胜利的革命文化（乡村文化）在"进城"后所遇到的问题，"我"在政治上认同妻子，而在生活趣味上希望妻子也能丰富一些。然而，即便是有丰富的城市生活经历，当年创作也有浓厚城市小资情趣的丁玲也从"文学方向"的高度严厉批判了《我们夫妇之间》的城市"趣味"，是以"轻轻松松"的"小市民""趣味化"取消"一切严肃的、政治的、思想的问题"，"复活""在前年文代会时曾被坚持毛泽东的工农兵方向的口号压下去"的东西；严肃告诫萧也牧要"老老实实地站在党的立场，站在人民的立场"来做出检讨，否

---

① 李定中：《反对玩弄人民的态度，反对新的低级趣味》，《文艺报》第4卷第5期（1951年）。

② 李定中：《反对玩弄人民的态度，反对新的低级趣味》，《文艺报》第4卷第5期（1951年）。

③ 丁玲：《作为一种倾向来看——给萧也牧同志的一封信》，《文艺报》第4卷第8期（1951年）。

则，"群众的眼睛是雪亮的"，他们，"尤其是知识青年"，"很快会丢开你"。[①]这里，包括知识青年在内的"群众"自然指城市读者，批判《我们夫妇之间》，正是要将以"小资"趣味为代表的城市趣味逐出文学，从严格规定"写什么"上根本性地改造城市文学。

但问题在于，"小资"趣味、情调实际上是个人化的情感欲望。与中国乡村的家族院落生活不同，城市社会格局的多层次性使城市人的生活具有更多私人性空间，个人性欲望实现的可能性增强，个人生活的自治性也明显，城市文学才为文学关注个人化情感欲望提供了充裕的空间。所以，将"小资"趣味、情调彻底放逐，也就放逐了城市叙事。

问题还在于，城市文学对个人化情感欲望的关注大大推进了文学对人的关怀，尤其是它让人在承认情感欲望的个人性中不断反省个人自身（以都市文化资源为依托的现代小说更将人的情感欲望深入到潜意识层面）。其实，当时表现"小资"趣味、情调的小说都表现出了自我反省——尽管其反省往往有着1950年代改造思想的时代烙印。例如，1957年，一批较出色的小说，如陆文夫的《小巷深处》、邓友梅的《在悬崖上》、宗璞的《红豆》等，被打成"毒草"，无一例外是因为表达了私人情感欲望。而这些小说，也无一例外地在"新我"和"旧我"的矛盾冲突中表现了对私人情感欲望的革命性反省。承认情感欲望的个人性并产生反省在社会变革、转型时期尤其具有积极意义，如果处于社会变革中的人，包括组织、发动革命的领袖，都能意识到自身情感欲望的个人性并由此产生警觉（例如，警觉自己所主张、投入的社会革命的目标、方式、实践是否受到自己个人性情感欲望，甚至是潜意识的损害），自觉反省，社会革命显然就会少弯路、少曲折。然而，这一切在当时都未发生。

对《我们夫妇之间》的批判也使人联想到1956年对王蒙小说《组织部新来的年轻人》的批判。当时，毛泽东保护了这篇小说对官僚主义的批评，但也批评小说中诸如男女主人公听完歌，"把荸荠皮扔得满地都是"的描写是"小

① 丁玲：《作为一种倾向来看——给萧也牧同志的一封信》，《文艺报》第4卷第8期（1951年）。

资"情调，不可取。这里，"保护"和"批评"是一致的，都反映了无产阶级的警觉性，一种城市"文化，只能由无产阶级的文化思想即共产主义思想去领导，任何别的阶级的文化思想都是不能领导了的"①的信念坚守，这种信念一直得以强化。问题在于，毛泽东《讲话》的思想和精神不仅形成于战争年代，也形成于中国乡村文化环境，对城市文学传统如何变革起码是言之不详的。例如，毛泽东原先是从马克思主义的中国化、中国革命的民族化这一政治角度提出"国际主义的内容和民族形式"结合起来，形成"新鲜活泼的、为中国老百姓所喜闻乐见的中国作风和中国气派"。②1943年左右，在上海等城市发生过一场关于文学大众化的讨论，提出了建立"为大众所喜闻乐见，有中国气派和风格"的大众文学，其用语与毛泽东所言非常相似，但其具体主张建立于市民文学（从宋话本至"海派"通俗小说）的传统上；而毛泽东则更多顾及作为中国革命主力军的农民的民间说唱文学，赵树理方向就是在这一背景上树立的。所以，当"小资"等城市趣味被无产阶级政治警觉性所压抑，城市文学世俗化的传统被摧毁，五四以来中国城市文学所开掘的现代都市文化资源更被视为资产阶级的东西而遭摈弃，城市叙事已难以有生存之地。

自然，城市小说创作的根本性困境是密切联系着中国社会的根本性变化。1949年后的城市随着社会主义改造的展开，已被公家单位占据、分割，从政府部门到街道居委会，从国有企业到集体小作坊，无产阶级的组织性、纪律性和政党体制的一统性逐步替代了城市市民社会传统的分散性、多元性、自治性、私人性，市民社会所具有的与现实政治、经济权力结构的异质性已无存在可能，城市的功能、性质变得单一。城市只是作为社会主义工业化的基地而存在，城市小说逐步变成社会主义工业题材小说，作家创作也只能进入这一单一领域，在乡村中国的叙事视野中，借助于革命叙事的某些因素，展开社会主义工业化题材的创作。从草明的《原动力》到周而复的《上海的早晨》，大致反映了工业题材创作形成的轨迹。

---

① 毛泽东：《新民主主义论》，《毛泽东选集》第二卷，人民出版社1991年版，第698页。

② 毛泽东：《中国共产党在民族战争中的地位》，《毛泽东选集》第二卷，人民出版社1991年版，第534页。

三、被悬置的乡村叙事

最能表明跨越"1949"的大陆小说当是乡土小说。从解放区的土改，到新中国成立后的农业合作化运动，农村的变革使中国的乡土文学面临转型。在《讲话》精神的强大影响下，农民文化的叙事被推至文学叙事的中心，农民翻身解放的命运成为乡土叙事最重要的新质，阶级性、革命性主导了乡土情感的表达，为中国老百姓喜闻乐见的乡土作风的追求，使小说叙事得以摆脱五四文学传统的欧化倾向，形成于农民自在自足心理状态的乡村文化被视为民族文化得到开掘。这些都使得此时期的农村题材小说有了以往乡土文学没有的新天地、新层面。而1949年后，中国大陆文学中称得上流派的"山药蛋派"和"荷花淀派"，实际上都是转型后的乡土文学新形态。

在民族国家争取独立解放的过程中，农民往往成为革命的主力，其诉求与国家也往往一致；但当民族国家独立之后，农民与国家之间往往会出现越来越大的疏离。这一情况也许在中国显得更加明显，从中华民国就开始了民族国家的统一、独立进程，中华人民共和国的成立以"新民主主义革命"和"社会主义革命"的内容强化了这一进程，也使得农民与国家关系的变化更为复杂。土改使农民"耕者有其田"，但随后社会主义革命和建设所追求的现代化民族国家的目标，包含了大规模的国家工业化、城市化以消灭城乡差别，中央集权的国家体制以实现社会的有效组织化等与农民传统、利益不相符的内容，这些内容形成于毛泽东等"思想先验式的、政治乌托邦式"的构想，又以"赶英超美"的"大跃进"实践展开，与农民传统、利益的疏离是必然的。于是农民成为教育、提高的对象，他们自在状态的喜爱嗜好被漠视，他们的伦理世界也可能被遮蔽。

作为新的乡村叙事的榜样，自然是被"作为我们的旗帜"的"赵树理方向"。[①]但就如孙犁直言的那样，赵树理的艺术想象完全建立于对民俗、民间文化的体认上，可又因受到体制压抑而施展不开，他"对于民间文艺形式，热爱到了近于偏执的程度"，并由此拒绝"'五四'以后发展起来的各种新的

---

① 陈荒煤：《向赵树理方向迈进》，《人民日报》1947年8月10日。

文学形式"，而过分看重生活经验，使得他后来的小说"过多罗列生活细节，有时近于卖弄生活知识，遂使整个故事铺摊琐碎，有刻而不深的感觉"①。而赵树理晚年曾悲凉地说过，"事实上我多年所提倡要继承的东西因无人响应而归于消灭了"，他将此视为"不以人的意志为转移"的现实。②"赵树理方向"是中华人民共和国建立时期唯一得以确立的正确方向，为什么赵树理本人却认为在"十七年"中已"归于消灭"了？"不以人的意志为转移"的现实确已说明"赵树理方向""违背"了"十七年"进程的方向。赵树理创作有其一贯性，"赵树理方向"的核心在赵树理本人那里也始终只有一个，那就是为农民而写作，它符合"工农兵文学"的方向。但工农大众是作为政党所确认的"阶级"而存在的，其本性、需求等都由此受到了种种规范，甚至被置换。他们所需要的大众文艺也被强调文学的政治功能的主流文学所制约，真正为大众所喜欢的大众内容并不可能真正得到实现。当社会主义革命在全国展开，更为强调文学的宣传、教育作用的"社会主义现实主义"实质上取代了"工农兵文学"，为农民而写作的"赵树理方向"就遭遇了历史的冷漠，甚至批判。例如，赵树理的小说一向关注农村伦理世界，这也是他的小说直接受到农村读者喜爱的重要原因。他不少深入农村伦理世界、反映农民命运的好小说，如《地板》《催粮差》《福贵》等都发表于1946年，其描写的农民从蒙昧中的觉醒契合当时解放区主流文学，得到了肯定。1955年，赵树理出版长篇小说《三里湾》，延续了他对农村伦理秩序的关注，在表现农村合作化运动中描写了乡村伦理观念、秩序等的变化和影响。小说在一年中发行了55万册，成为新中国成立后印数最多的长篇小说，说明其对乡村世界的描绘得到广大读者的欢迎。然而，小说的内容却因为此时已与主流文学要求表现激烈的农村阶级斗争发生抵触而遭到批评，就连一向盛赞赵树理的周扬也在作协报告中批评《三里湾》描写的农村矛盾"不是很严重，很尖锐，矛盾解决得都比较容易"，"使作品在

---

① 孙犁：《谈赵树理》，《天津日报》1979年1月4日。

② 赵树理：《回忆历史　认识自己》，《赵树理全集》第4卷，北岳文艺出版社2000年版，第1840、1841页。

思想上和艺术上没有能够取得更大的成就"。[1]其他的批评也都是认为《三里湾》的缺陷就在于没有反映农村尖锐激烈的阶级斗争、路线斗争。《三里湾》有赵树理深入调查获得的农村现实生活的经验，也有他对于农村传统秩序、伦理的体悟，所以他在设置并展开小说中三里湾党组织领导人王金生和"走资本主义道路"的蜕变分子范登高的矛盾冲突时，没有按照批评者们所设想的"农村尖锐激烈的阶级斗争"模式处理，而是以社会主义思想和乡村固有伦理秩序之间的"重新整合"[2]来处理矛盾。

在"怎样写"上，赵树理也面临困境。赵树理是在农民"自在"的文艺生活中"活惯了"的，以"一种什么形式的成分对我也有感染，但什么传统也不是的写法"来为农民"写东西"，[3]也必然与越来越强调统一的规范性的主流文学产生分离。当时的农村小说快速配合婚姻法、合作化等运动，也很快形成了固定的模式：通过党的领导、教育，与阶级敌人进行顽强、尖锐的斗争，改造了有落后思想的人群，最终取得了胜利。"写什么"慢慢被严格规定（这种规定的形成产生于党的部门政策与作家自觉写作的互动中），"怎么写"也逐渐形成模式。这也使得赵树理"自在"的写法受到了严重制约。"赵树理方向"实际上被悬置，说明工农兵的文学阅读习惯、爱好，他们丰富的精神世界、日常生活在"革命化"中被忽略，乡村叙事也由此被悬置。

四、现实主义的描写功力

当赵树理这样的解放区出身的作家在农村小说"写什么"上遭遇困境时，另一类较年轻的作家则以深入农村的深厚生活积累来突破这种困境。1959年，柳青以其在陕西乡村安家落户近八年的生活积累写成《创业史》（第一

---

① 周扬：《建设社会主义文学的任务——在中国作家协会第二次理事会会议（扩大）上的报告》，《中国作家协会第二次理事会会议（扩大）上的报告、发言集》，人民文学出版社1956年版，第8页。

② 贺桂梅：《转折的时代——40～50年代作家研究》，山东教育出版社2003年版，第318页。

③ 赵树理：《〈三里湾〉写作前后》，《文艺报》1955年第19期，《赵树理全集》第4卷，北岳文艺出版社2000年版，第1486页。

部）①，以作家自身的实践展示了当时小说生存的限度。柳青到西北乡村生活了十四年，将自己变成了"一个十足的陕西老汉"。这一个人行动将知识分子工农化的实践发挥到极致。其中既有《讲话》精神的影响，更有柳青个人专笃而坚韧的追求，他要在深入农村生活中真正了解农民，去写"农民为什么劳苦"和"他们怎么那么爱儿子和土地"。

《创业史》（第一部）描写陕西一个叫蛤蟆滩的山村，梁生宝带领村里的贫困户从成立互助组到组建合作社走过的艰难历程。柳青创作《创业史》有着明确的追求："这部小说要向读者回答的是：中国农村为什么会发生社会主义革命和这次革命是怎样进行的。回答要通过一个村庄的各个阶级人物在合作化运动中的行为、思想和心理的变化过程表现出来。"②尽管柳青的这种追求跟当时的政治话语有着基本的契合，《创业史》也由此有了两个阵营相对冲突的故事框架，但作者所理解的"社会主义革命"主要是让农民"共同富裕"。而作为一个作家，柳青关注的又是农民的"行为、思想和心理的变化过程"。在长期的农民化生活中，柳青对乡村人世、农民心理感同身受，这种罕见的现实生活深厚积累使《创业史》的题旨在具有明确性、清晰性中仍体现出语言艺术的表达力量。小说人物关系的主线是梁生宝跟其继父梁三老汉对立与和谐的草棚院生活。从逃难岁月中"外乡女人"同梁三老汉的"立婚书"开始，小说展开的是极具中国乡村情味和农民致富愿望的生活场面描写。历史的隐痛、现实的无奈尴尬、对未来朴素的追求，在梁三老汉一家三口的相处中得到了富有血肉的呈现。从某种意义上讲，小说形象塑造得最成功的，既非"新农民"形象的梁生宝，也非"概括了中国几千年来个体农民的精神负担"的梁三老汉，而是梁生宝跟其生母、继父共同构成的农村家庭形象。这个家庭集中了中国乡村的善良、坚韧以及由此衍生的人情世理。梁三老汉的倔强、敦厚，梁生宝的刚烈、执着，梁家妈妈的温厚宽容，都无法离开梁家草棚院而生动地呈现。

在1950年代中国大陆的农民题材小说中，《创业史》是底气最充沛，表达

---

① 《创业史》（第一部）1959年4月起在《延河》刊载，本书引文据中国青年出版社1960年版。

② 柳青：《提出几个问题来讨论》，《延河》1963年第8期。

最深厚的。尽管《创业史》描写的农业合作化运动难以经得住历史的检验（柳青后来在《创业史》修订本中增加对刘少奇路线批判等政治内容，更使得《创业史》的农业合作化运动成为"党内路线斗争"的印证），但小说的描写功力是经得起时间淘洗的。柳青是以十余年的生活挖掘和琢磨成就了《创业史》的几十万文字，他对人物的心绪、情感、神情、举止都烂熟于心，下笔时又再三调动生活积累，反复斟酌，所以呈现的形象感、血肉感细微真切到了令人惊叹的地步，而恰恰是这种艺术描写的生动和丰满支撑起了小说的全部架构。《创业史》的细节描写在中国现当代文学史中是一种突破，而作者又做到了将细节汇聚成一种小说情境。语言的质感、笔调的力度在《创业史》中都有一种历史的厚重。《创业史》留下了柳青苦行僧式的深入生活的足迹，这也是1950年代文学史的重要足迹。

丰厚的生活使得作家刻画梁三老汉这类形象能"洞察肺腑"，"入木三分"，"显得驾轻就熟，游刃有余"，但在小说主人公梁生宝形象刻画上，却有"墨穷气短""欲显高大而失之于平面"的感觉。[1]梁生宝的生活原型王家斌原先是一个"从小农经济到无产阶级的转变过程"的人物，但作者"为了更集中、更强烈、更理想地体现社会主义的美好"，将"当代英雄的先进因素"集于梁生宝"一身"，[2]剔除了他身上一切犹豫、怀疑、矛盾心理，围绕其展开的情节提纯到了某种极致，完全忽视了潜在的其他意义。而这一写法在当时被当作"结合现实与理想创造新的英雄形象"的方法得到肯定。

现实主义（革命现实主义）影响的巨大，使得作家在"怎么写"的问题上的努力集中于革命意识形态与民间生活的沟通上，由此显示作家对历史和现实生活的描写功力。梁斌《红旗谱》（1957年末）是乡土小说转型到农村革命小说中影响最大的，其塑造的朱老忠形象当时就被誉为"我们十年来文学创

---

① 严家炎：《关于梁生宝形象》，《文学评论》1963年第3期。

② 李士文：《从生活素材到艺术形象——谈〈创业史〉中的梁生宝的形象创造》，《人民日报》1961年8月9日。

造中第一颗光芒最明亮的新星，第一只羽毛最丰满的燕子"①。在"写什么"上，作者写作一开始就明确"主题思想是写阶级斗争"，但又认为长篇小说，"要让读者从头到尾读下去，就得加强生活的部分"，于是以年轻人的爱情故事"扩充了生活内容"，②延续了1920年代左翼小说"革命加恋爱"的传统，只是写得更有乡村生活情趣。这多少化解了自觉加强的阶级斗争主题的坚硬，但小说根本上仍服从阶级斗争的主题。而在"怎么写"上，梁斌自言在"不拘泥于外国文学"，"也不拘泥于中国古典小说的一些多余的东西"，创作中自觉"摸索一种形式，它比西洋小说写法略粗一些，但比中国的一般小说要细一些"。③这种"细一些"就是作家对民间生活体悟而生的描写功力，它是多方面的。一是"燕赵多慷慨悲歌之士"④的传统地域特色，将燕赵风骨融入民族御侮反抗精神中，在朱老忠"为朋友两肋插刀"的侠义和"出水才看两腿泥"的坚韧中写中国农民的觉醒，又在种种乡村小故事中点染河北乡土风情，甚至直接将跟民间风气习俗相关的事件构成叙事过程，如"脯红鸟事件"。二是舍弃外国小说的工笔描绘，而在"中国人民喜闻乐见"的勾勒法上加些从熟悉民间生活中而来的"细致的描绘，以补不足"⑤。具体写法，在注重故事情节的连续性、曲折性时，善于利用细微的动作和语言来刻画人物性格，重视情节发展和人物心理冲突的结合；北方口语的清新活泼、简洁素朴中则汲取了古典小说和新文学语言的表现力，冀中乡土韵味和作者个人风格交相辉映。朱老忠的侠义英雄形象比他的共产党人形象更吸引人，反映出革命历史叙事中民间文化传统与当代意识形态之间的复杂关系。孙犁《风云初记》的魅力则在于"顾左右而言他"⑥，就是他写革命战争、革命人民，完全符合当时意识形态的要求，但他对时代风云勾勒几笔后，就会荡开笔去表现自己较为熟悉的日常

① 冯牧、黄昭彦：《新时代生活的画卷——略谈建国十年来长篇小说的丰收》，《文艺报》1959年第19期。

② 梁斌：《漫谈〈红旗谱〉的创作》，《人民文学》1959年第6期。

③ 梁斌：《漫谈〈红旗谱〉的创作》，《人民文学》1959年第6期。

④ 梁斌：《我怎样创作了〈红旗谱〉》，《文艺月报》1958年第5期。

⑤ 《关于文学作品问题——梁斌同志访问记》，《文艺报》1960年第23期。

⑥ 钟本康：《风格独特的〈风云初记〉》，《文艺报》1963年第5期。

小事、心灵波纹。这不只是传统所谓"其称文小而其指极大，举类迩而见义远"，更是作品呼应时代性的常法。小说越是直接契合时代性就越会失落文学的时代性价值，作家不追求调整自己以适应时代反而能使他更充分发挥自己的描写功力，也更能代表时代。

五、语言："怎样写"的时代性

语言是一个民族生存的最重要的状态。作家处于一个时代的民族语言环境中，和社会主流语言保持什么样的关系，他的自我语言有多大空间，等等，这些语言状态更是他生存状态最重要的方面，也是制约作家怎样写的最重要内容。

延续了左翼文学传统的延安文学的语言处于政治权力话语、民间大众话语和知识分子话语的纠结、互渗、整合之中。在延安文学模式中，政治权力话语主要指代表和反映毛泽东文艺思想的一系列"政论白话文"，它是以毛泽东著作的话语方式和风格为主，其他中国共产党领导人著作的话语方式和风格共同参与而形成的。民间大众话语当然采取民间的言说方式即大众语，其在文学上的标准是"读出来可以懂得"的"语文标准"，[1]让工农兵听得懂的语言，自然带上了出于政治功利性目的的工具性。意识形态的概念词语同民间方言乡语的渗透融合，或者说，被政治权力话语渗透、过滤、提纯的民间语言，成为延安文学中新的"民间大众话语"。五四文学革命以后在"横的移植"和"纵的继承"中形成的知识分子话语带有强烈的个性化色彩，具有启蒙性和思辨性的特征，但在"尊群体而斥个性""重功利而轻审美""扬理念而抑性情"[2]的战争文化背景下，其被排斥、放逐的命运不可避免。但它作为创作者自身的语言，又顽强地保存着自己。在延安文学里，政治权力话语以其不可抗拒的权威性和主导性，扮演整合者的角色。民间大众话语中那些符合无产阶级

① 周扬：《〈马克思主义与文艺〉序言》，《周扬集》，中国社会科学出版社2000年版，第56页。

② 谢冕：《总序一：辉煌而悲壮的历程》，《百年中国文学总系·1898：百年忧患》，山东教育出版社1998年版，第6页。

政治要求的工农兵口语，经过意识形态的"加工、洗炼"（周扬语），呈现了新农村的生存状态。这种民间大众话语"几乎无一例外只能以歌颂和肯定的方式来书写。它们强调了其中的合理性和必然性，却忽视乃至掩盖了其中的阴暗面"[①]。这样，以毛泽东政论白话文为主体的政治话语和被意识形态加工洗练的多种民间方言乡语为主的工农兵口语，在互相渗透、融合中生成一种平易、通俗而实质具有权威性、强制性、一统性和形式性的口语化文学语言，由此生成的文学成为延安文学的主流文学。中华人民共和国成立后，这种语言一方面获得了更有力的推广，另一方面也因面临更开阔的城乡生活的表现而需要获得调整。于是，如何保存、发展文学语言的个人性、丰富性，如何使民间大众话语能"真实的表达出民间社会生活的面貌和下层人民的情绪世界"，保持其"自由自在的审美风格"，[②]成为文学存在和发展最重要的一个内容。从这一角度考察，也可以看出小说叙事生存的限度。

《创业史》的语言是混杂的，而这种混杂反映出柳青创作的某种尴尬。《创业史》中有时也保留了柳青原先知识分子式的笔法，尤其在写景状物时，如："繁星一批接着一批，从浮着云片的蓝天消失了，独独留下农历正月底残余的下弦月。在太阳从黄堡镇那边的东原上升起来以前，东方首先发出了鱼肚色。接着，霞光辉映着朵朵的云片，辉映着终南山还没消雪的奇形怪状的巅峰。现在，已经可以看清楚在刚锄过草的麦苗上，在稻田里复种的青稞绿叶上，在河边、路旁和渠岸刚刚发着嫩芽尖的春草上，露珠摇摇欲坠地闪着光了。"在这种优美乡村的描写中，闻不到写作要"有利于党和人民，有利于消除资产阶级政治影响和思想影响，帮助人民建立共产主义思想和道德品质"[③]的气息，作家本真的知识分子情态不由自主地流露出来。

同柳青早期创作比较，《创业史》中的人物语言、农民生活场景的描写

跨越1949
战后中国大陆、台湾、香港文学转型研究

---

① 贺仲明：《一种文学与一个阶层：中国新文学与农民关系研究》，人民出版社2008年版，第15页。

② 陈思和：《民间的沉浮：对抗战到文革文学史的一个尝试性解释》，《上海文学》1994年第1期。

③ 柳青：《永远听党的话》，《人民日报》1960年1月7日。

等，都有着生活本身的丰厚，极富有泥土气息。尤其是小说描写到梁生宝一家三口的生活场景时，柳青深入生活的功力，对农民的相知相亲之深，都表现出来了。例如小说中写到梁生宝一家人挖荸荠时的对话：

"宝娃，"老汉戴着遮阳的破凉帽，不由他自己似的发动了一场辩论。他在强烈的阳光下眯着眼睛问，"咱给大伙底垫，他们几时还咱？"

"山里回来就还。"生宝掘着土，顺口说，"误不了咱买肥料。"

"我不放心！"

"你又来了！人家割竹子挣下钱。不还咱吗？"

"我不放心！"老汉重复说，"像任老四那号半老汉，养活着一串串娃子。嘴是无底洞，又填不满的。我看，不如取他们几个利息。自古常理：庄稼人嫌背利，吃不上也尽着还账哩……"

"哈哈哈！"生宝……大笑了。

"你笑啥？"老汉解释说，"咱不是为得利，咱是为叫他们快还！"

"爹，你的脑筋太好使了。黑夜间，你还说不剥削人，今前晌就变卦哩？咱互助组走社会主义的路线，你给咱定资本主义的老计！你还不如干脆直说：任老四！你活不成！我要拔你的锅！就是这话，实际就是这话。你好意思吗？爹！"

"他好意思！"生宝娘不满意地瞟了老汉一眼。

这段一家三口的对话，在极富乡村情致的家庭劳动场景中，洋溢出别样的家庭幸福和亲情温暖，形象地表露出每个家庭成员的心理活动和性格特点。梁生宝的言语自然表现了他的热情勤劳、豁达爽朗、先人后己、大公无私；梁妈妈出于对党的信任，言语明显偏向儿子，但柔和、嗔怪的语气传达出对老汉别样的亲情，表现出其温厚宽容，善解人意；梁三老汉的言语最多，显示的性格也最复杂。他同意"拿荸荠钱给全组进山做底垫"，有其纯朴善良；但对农村人情世故的了解又使他不放心，想通过取利息来追讨，显出其狭隘、保守和狡黠；

而随后的解释又透露出"孩子般的单纯、天真、无邪的虚荣心"①。人物语言形神毕肖地将一家三口各自个性鲜明呈现。

但是，《创业史》语言中也常常出现充满说教意味，带有毛氏话语方式的权威的政治话语。例如："在合力扫荡了残酷剥削贫农、严重威胁中农的地主阶级以后，不贫困的庄稼人，开始和贫困的庄稼人分化起来。……坐在蛤蟆滩普小教室里的二十来个穷庄稼人，用嘴说不出这个道理；但他们在精神上，分明感觉得出当前的形势。""他们坐在教室里不走，理直气壮地想依靠共产党和人民政府。因为他们是用褴褛的衣裳里头，跳动着的心脏发出的全部心力和热情，支持这个党和她领导的政府的啊！""富裕中农啊！富裕中农啊！原来是农村中最势利的一个阶层啊。……他们拼命地劳动，恨着心俭省节约，……比泥鳅还滑哩。"这段话语，虽也有着群众口语的点缀，并夹杂少许知识分子语言成分，但其核心是政治意识形态的，灌注着盲目乐观的集体主义情绪，言说方式上也是宗教布道式的。这种语言在文学体制化带来的单一性和排他性的支持下，已变成了如周扬反思中所言的另一种"矫揉造作的词藻主义"和"瘦骨嶙峋的公式主义"②。这种由既定的语言词汇和言说方式形成的主流文学语言模式"在最表面也是最深刻的意义上，回响和阐释着主流意识形态，服务于体制化了的'象征秩序'"③。而当它影响到柳青创作时，侵袭着他努力深入生活所获得的语言的乡土气息、农民意味。柳青在深入农村基层时，依然每天看报："对我来说，报纸是我日常的先生。如果有一天报纸因故没有来，我就觉得这一天是多少空虚！我不能想象一个人经常不看报，不细读社论，不看与自己面对的生活有关的报导、论文和通讯，闷头深入生活的结果能写出作品。"④党报思维影响下实践的深入生活，与社论相伴展开的文学创作，使得柳青"惨

---

① 孔范今主编：《二十世纪中国文学史》（下册），山东文艺出版社1997年版，第1056页。

② 周扬：《〈马克思主义与文艺〉序言》，《周扬集》，中国社会科学出版社2000年版，第57页。

③ 唐小兵编：《再解读：大众文艺与意识形态》（增订版），北京大学出版社2007年版，第127页。

④ 柳青：《回答文艺学习编辑部的问题》，孟广来、牛运清编：《中国当代文学研究资料：柳青专集》，福建人民出版社1982年版，第24页。

淡经营"的语言成为毛文体为主的政治权力话语和民间大众话语的混合。

毛泽东的至高权威使得他的语言风格成为此时期作家创作所受最大影响之一。这种语言风格具有显在的权威性、一统性、强制性和政治功利性，行文上将口语的通俗性和术语的抽象性有机融合。萧三在延安时代曾这样评论过毛泽东的语言风格："毛泽东是第一个能用最浅显的语言说明最深邃的理论和最高深的原则的人。他的报告，演说，讲话，是那样明白，浅显，通俗，富有幽默、诙谐百出、妙趣横生，而又那样意味深长，涵义严正，备中肯綮，矢无虚发。……在古今中外的巨人中间，我们只有将毛泽东同志比之于列宁和斯大林。而毛泽东同志又独具道地的、纯粹的中国的风格。"[①]这一评论一方面揭示了毛泽东语言"中国风格"的个人魅力，另一方面也道破了其语言的无产阶级政治权威性。这两者恰恰与延安文学以及随后的"十七年文学"树立的目标一致，所以以一种集体无意识的方式内化为作家的精神追求，也使得柳青创作中不时出现政治权力话语的言说方式。

六、知识分子话语昭示小说叙事的文学性和审美性

转述党的意志和政策，并用选择性的群众语言加以论证的转述论证性语言逐渐成为小说叙事的主流语言，这种语言在表现"圣贤化"的政治领袖和革命化的工农兵形象有其适宜性。但当小说的人物谱系有所变动，其他形象，如知识分子出身的干部、技术员、记者、工程师等出现在小说中时，这些人物的身份特征、思想性格、文化背景、内心世界等，自然会使得小说语言发生变化。"百花时期"和"调整时期"的小说提供了这样的作品。这里先以宗璞的短篇小说《红豆》为例，讨论"百花时期"语言发生的变化说明了什么。

宗璞的家庭和学校教育背景，使她的小说以"诚和雅"为人们熟知。1957年的成名作《红豆》讲述了在1949年前还没有被红色革命狂潮席卷的大学校园中江玫和男友齐虹一段感伤凄美的爱情。小说的人物语言带有浓郁的文人韵味和大学生清纯活泼的青春气息。两人在一起谈论的话题从贝多芬、肖邦到物

---

① 萧三：《毛泽东同志的初期革命活动》，《解放日报》1944年7月1日。

理科学世界，从自由的寻找到"大众哲学"，有共鸣，也有分歧，但青年人的相通、恋人的相知，使对话始终浸透甜蜜的忧愁，也氤氲着阳春白雪般浓得化不开的文人相惜。虽然恋人已在时代变革中分手，但留存于女主人公记忆深处的话语始终凸显出知识分子的思辨性和个人化色彩。而在叙述语言上，《红豆》的第一人称叙事有着"两种不同的叙述目光。一为叙述者'我'目前追忆往事的眼光，另一为被追忆的'我'过去正在经历事件时的眼光"①。前者是江玫作为党的干部来到学校时的叙述语言，如："江玫果然没有后悔，那时称她革命家是一种讽刺，这时她已经真的成长为一个好的党的工作者了。解放后又渐渐健康起来的母亲骄傲地对人说：'她父亲有这样一个女儿，死得也不冤了。'"这是叙述者刚刚走出对往事的回忆时的叙述语言。叙述人一旦停止对往昔情感的追怀，革命理性重新恢复了对意识的控制，就站在党的革命叙事立场上，以一种"批判"的态度评说往昔的爱情故事，其语言基底是一种政治权力话语和经过"整风""改造"后规训的学习笔记式的准知识分子话语的结合。后者是江玫一旦进入往事回忆，游离了当时讲故事时的革命历史语境，叙事视点聚焦于男女主人公的私密情感空间，受到往事特定情景、情感的震撼和冲击时的眼光，如："不知从什么时候起，从图书馆到西楼的路就无限度的延长了。走啊，走啊，总是走不到宿舍。江玫并不追究路为什么这样长，她甚至希望路更长一些，好让她和齐虹无止境的谈着贝多芬和肖邦，谈着苏东坡和李商隐，谈着济慈和勃朗宁。他们都很喜欢苏东坡的那首江城子：'十年生死两茫茫，不思量，自难忘，千里孤坟，无处话凄凉。'他们幻想着十年的时间会在他们身上留下怎样的痕迹。""他们的爱情就建立在这些并不存在的童话、终究要枯萎的花朵，要散的云，会缺的月上面。"这里，尽管也有着过来人对往事的冷静审视，但先验的外在的党性理念的束缚是摆脱了的，情切切、意绵绵中的纯美、高雅，透露出知识韵味、精英意识。这种语言没有受到政治权力话语和民间大众话语的影响，只能留存于男女主人公的爱情"绝域"中。这种没被改造的知识分子话语能出现在小说中，而且成为《红豆》小说的主导语

跨越1949
战后中国大陆、台湾、香港文学转型研究

---

① 申丹：《叙述学与小说文体学研究》（第三版），北京大学出版社2004年版，第202页。

言，结果就如当时红色批评家所诟病的那样，"一旦进入具体的艺术描写，作者的感情就完全被小资产阶级那种哀怨的、狭窄的诉不尽的个人主义感伤支配了"，小说"通篇给我们的印象""是一个手中'握着已经被泪水滴湿了的'手绢悔恨终身的女性形象"。①正是两种不同的叙事眼光所形成的裂痕，构成了小说叙事的魅力和价值，因为这种裂痕才使得小说所讲述的爱情故事指向了超越时代的某种"形而上"。《红豆》中没被"改造"好的知识分子话语，昭示出此时期小说叙事的文学性、审美性的最高限度。

调整时期的历史小说则给了作家一个借古人之酒杯浇胸中块垒的空间。尤其是写古代知识分子命运的题材，更使作家有可能发挥自己的语言优势，表现身处革命历史语境中自己的心声和潜在的现实吁求。陈翔鹤《广陵散》的语言就契合着当时作家对自身价值和处境的思考以及对现实的关切和期盼。正如小说附记开篇所言，《广陵散》是"通过嵇康、吕安的无辜被杀"来反映"具有反抗性、正义感的艺术家们"的"惨痛不幸遭遇"。这样一种题旨在强调阶级斗争的1960年代，自然被红色批评家指责为"通过历史题材进行反党反社会主义的宣传""替反革命、右派作家喊冤控诉""影射两条路线斗争"等。②小说以迥异于工农兵语言的文人言说方式刻画了"魏晋风流"形象，其人物语言既有魏晋风流的外在特点，"颖悟、旷达、真率"；又有魏晋风流的内在魅力，"玄心、洞见、妙赏、深情"，充满"个人本性的自然流露"。③尤其是小说主人公嵇康和向秀的对话，其言说方式处处可见艺术化的人生追求、高蹈独立的个性化向往以及饮酒赋诗的唱和清议等，话语中则文白杂陈，时有雅句妙语，尽显魏晋文人的才情、风骨和文心，处处透着传统知识分子的气质。而小说的叙述语言，更是作者通过叙述人的身份表达当代知识分子的个人话语。例如写到嵇康在牢狱中，"仅仅只有几天功夫，他便写下了对吕安事件的申辩状，用铁的事实来证明吕安的无罪……还极其严厉的指责了那时正作着大将军

---

①　姚文元：《文学上的修正主义思潮和创作倾向》，《人民文学》1957年第11期。

②　颜默：《为谁写挽歌——评历史小说〈广陵散〉和〈陶渊明写挽歌〉》，《文艺报》1965年第2期。

③　袁行霈主编：《中国文学史》（第二卷），高等教育出版社2003年版，第15—16页。

长史、炙手可热的吕淫污弟媳，诬害自己兄弟的罪行。同时，他写下了他的那首情惨意恻、真挚动人的《幽愤诗》。在这首诗篇里有'……欲寡其过，谤议沸腾。性不伤物，频致怨憎。昔惭柳惠，今愧孙登。……'这样的几句。这首诗，一转眼间便传遍了洛阳城，尤其在太学生中间不觉已引起了很大的波动。他所谓的'今愧孙登'，他有一次去见着隐士孙登，临别时，孙登却对他慨叹了一句'君性烈而才俊，其能免于今之世乎？'……"[①]。叙述中，作者、叙述人和主人公嵇康完全融为一体了，"幽愤"的叙事立场和叙事态度决定了叙述语言的幽愤色彩。如同文中的那首《幽愤诗》，表露了嵇康也是作者的"欲寡其过，谤议沸腾。性不伤物，频致怨憎"的感慨和无奈，话语中感觉不到政治权力话语布道式的教化色彩，也没有透着泥土气息的方言土语，而只有回荡在作者构建的历史语境里的以历史语汇和魏晋诗句"装饰"的知识分子个人话语。这种内心话语"寄寓着作者在当代经历的政治纷扰的感慨"[②]，潜行着作者摆脱现实僵化的思想模式的努力。

从某种意义上说，对现实的规避就是对现实的最大干预和对现实的极度失望。作者处于"反对修正主义"的政治文化环境中，却自觉疏离于如火如荼的时代主潮，将目光回眸到崇尚魏晋风流的古代文士身上，留恋于他们之间把酒赋诗的雅集清谈，倾慕于他们高古清俊的文风和世人称颂的人格操守，这本身就寄托了作者对现实的无声抗争。作者摒弃了那个年代充满暴力的政治文学语言，用平实简约的文字，韵味深长地讲述了传统文人的历史故事，难得地留存了一再被主流意识形态拒斥的知识分子话语。这种知识分子话语的保存和表达，表征着此时小说生存的最大限度。

---

① 陈翔鹤：《广陵散》，《人民文学》1962年第10期。

② 洪子诚：《中国当代文学史》（修订版），北京大学出版社2007年版，第130页。

第二节　战后台湾小说：边缘突围中的多种叙事

一、战后台湾小说的动态格局

战后台湾文学中，小说的创作仍是最丰硕的。以1951年为例，"从各文艺刊物到各大小报纸的副刊，每天平均有二万字左右呈现到广大读者的面前，全年该有七百万字的分量"[①]。从报刊数量看，后来各年小说的数量都不会少于1951年。加上不经由各报刊发表而直接出版的长篇小说等，1950年代台湾小说创作规模在九千万字左右。而此数量在这之后有增无减。数量如此庞大的小说中，真正构成战后台湾小说史的是些什么样的作品呢？面对国民党政治意识形态的高压，台湾小说能否实现文学的突围？

对于政治压抑的五六十年代，人们以往都认为只能有"反共小说""战斗文艺"。即便是晚近有见识的学者也认为，1950年代的台湾小说是"反共加现代"的右翼自由主义思潮的文学版。[②]但实际情况却如本书前面已提及的，五六十年代恰恰是台湾小说佳作最多的时期。如果我们以这些小说的产生为线索（作品的存在不是为了印证所谓文学思潮的存在，相反，文学思潮、文学史的"梳理""归纳"应该产生于作品的分析中），我们可以发现，"边缘"突围中的多种叙事构成了战后台湾小说富有创作生机的形态。

所谓"边缘"，不仅指战后台湾"反共抗俄"主流意识形态之外的边缘产生的现代主义、女性叙事、台湾乡土等小说形态，也指某种"主流"形态内部产生的疏离官方意识形态的小说形态，因为文学本身就是"边缘"的，可以产生抗衡"中心"的力量。例如当时的中原乡土叙事，总体上难以完全摆脱国民党"反共复国"的政治诉求，但一些作家"回望"中原故乡时记忆呈现的童年世界还是会消解国民党意识形态的因素。即便是所谓"反共"小说，当作家对历史有所反思，尤其这种反思是出于个人独立思考时，其"反共"就会成为对

[①] 葛贤宁：《一年来自由中国的小说》，（台湾）《文艺创作》第9期（1952年1月）。

[②] 应凤凰：《"反共＋现代"：右翼自由主义思潮文学版》，陈建忠、应凤凰等：《台湾小说史论》，（台湾）麦田出版社2007年版，第111页。

国民党专制政治的批判。例如被称为"最佳反共作品"的长篇小说《野马传》（司马桑敦，1958），通过女艺人牟小霞飘零东北的遭遇讲述从抗战到战后中国"红潮弥漫"的历史，然而作者司马桑敦抱着"为什么我们失败？……历史巨流中每个人的反省，对于一个历史的答案却未必毫无所补"的态度，并"对这段历史`"有了一种"'原罪'的意识"，努力去表现"一个平凡中国人民在这段历史灾难中的悲剧"，[1]所以小说叙事实际上包含了国民党当局无法容忍的政治批判思想。这部小说只能靠自费在台湾出版，后又遭国民党"内政部"查禁。

战后台湾小说的活力在于当时各种类型的小说并没被国民党当局的文艺政策、管制所僵化，而是处于变动、发展中，创作实践还有较多的个人空间。小说有其自身的发展机制、轨迹，某种小说类型在变动中往往会衍生出新的形态；而新的形态又非主流意识形态所能掌控，甚至挑战于僵化的政治体制及其意识形态。例如乡愁文学开始在官方意识形态制约下，有着"反共复国"的政治色彩。然而大陆迁台女作家在1950年代就产生了"家台湾"的情感和意识，这种情感、意识促使中原乡土叙事转向对台湾现实的关注，甚至和本省籍作家创作的崛起构成某种互动。1950年代台湾女性小说的成果明显，台湾省籍作家的小说创作也崭露头角。交互影响下，乡愁文学中的"回望中原"也逐渐褪却了"反攻大陆"的政治色彩。战后台湾小说的第一个丰收期是1960年代前、中期，此时期台湾小说入选"20世纪中文小说100强"的就有8部。这一丰收局面的形成正来自1950年代开始形成的小说"动态"格局。当局文艺政策的僵化和小说创作实践的生动之间的对立是战后台湾文坛的一个特征，就连一些"党政军作家群"的成员也经常与当局的文艺政策发生冲突。例如，孙陵来台后积极参与"战斗文艺"的倡导，他写的《保卫大台湾歌》被称为战后台湾文坛"反共文艺第一声"。然而，他1955年完成的反映东北爱国青年抗日斗争的长篇小说却因为小说有"反对孔子""刻画政府官吏贪污低能"等内容而被当局查禁。孙陵对此极度不满，数度上书台湾教育事务主管部门，后又将查禁内幕公

---

① 司马桑敦：《野马传·自序》，（香港）友联出版社1959年版，第2页。

诸读者。所以，即便是"战斗文学""反共小说"，其中也会发生"裂变"而产生出有价值的作品。

那么，是什么因素使台湾小说始终处于变动之中，从而使小说获得足以突围出政治高压的力量？这应该是作家对于文学的看重。"小说千古事，反共只在一时"①，这种认识出乎意料成为当时台湾小说界认同的核心价值。例如，1951年，"中国文艺协会"在台北成立"文艺创作研习部小说组"，一改"以前这一类活动总是谈文学的主义流派、作品的思想意识，先生讲，学生记"的路子，而实行"创作第一，不谈主义，不发讲义，直接阅读作品吸收技巧、领略风格、体会意境"的做法，甚至要求讲座的"每一堂课"都"从小说创作的层面发挥"，"如果讲座没能完全做到"，则希望学员"从小说创作的角度领受"。②负责讲座安排的台湾师大教授赵友培甚至对学员直言"我们'现在'写反共小说写不好"③，要求学员长期磨炼艺术。这种看重小说创作自身价值的观念和做法，被学员们称为"自从我懂得'寻找'以来，第一次找到我要找的东西"④。如果考虑到"小说组"实际上培养了战后台湾第一批青年作家，那么"小说组"的活动表明，从1950年代初开始，台湾小说界就不断在创作层面上积累力量。而任何艺术层面的探索、努力都会使文学处于动态发展中，产生抗衡僵化政治的力量。即便小说作者的政治立场与官方一致，但他具体的写作实践却会不断逸出原先的政治立场。正是这种动态格局，使得乡土叙事、女性叙事、现代主义叙事等不断分化出新的形态，实现政治高压下的文学突围。

"边缘"突围中的多种叙事表明在政治高压的战后年代，台湾小说仍有其生机。

第八章 跨越"1949"的小说创作

---

① 王鼎钧：《文学江湖——在台湾30年的人性锻炼》，（台湾）尔雅出版社有限公司2009年版，第72页。

② 王鼎钧：《文学江湖——在台湾30年的人性锻炼》，（台湾）尔雅出版社有限公司2009年版，第72页。

③ 王鼎钧：《文学江湖——在台湾30年的人性锻炼》，（台湾）尔雅出版社有限公司2009年版，第101页。

④ 王鼎钧：《文学江湖——在台湾30年的人性锻炼》，（台湾）尔雅出版社有限公司2009年版，第72页。

二、国民党意识形态背景下小说的"边缘"性

对于战后台湾小说，我们首先会关注的是那些有着国民党意识形态背景的有影响的作品。

当时大陆迁台作家很多人由于自身经历和环境诸多因素，认同国民党的意识形态。其小说背景、环境、人物经历等都会有国共对峙中国民党意识形态的影响，也包含有对共产主义的恐惧、对大陆新中国现实的不满等。这些都会损害小说本身的表现。但同时，抵制"反共八股"又是很多作家的共识："作品的真实性是第一条件，高超的艺术手法，让作品不致流于公式化、表面化，能表现深刻的意旨，却又不露斧凿之痕，也是小说家所要致力的，这是相当严格的要求。"[①]这使得作家一旦进入创作，艺术因素的活跃仍会使一些无法摆脱国民党意识形态影响的小说留有相当的艺术空间，而许多作品个人作坊式的生产方式使艺术因素表现得更为活跃，加上抗日一类题材即便写到国共的对峙，其民族共同性终究更为重要。因此，一些有着"战斗文艺"一类创作背景的小说，还是会表现出不少"边缘"于官方政治意识形态的因素。

国民党意识形态背景的小说中，潘人木（1919—2005）的作品是最早的获奖小说。她1949年底举家迁台，翌年其小说《如梦记》就获"中华文艺奖金委员会""双十"节短篇小说第一奖，成为战后台湾文坛小说奖的第一人。《如梦记》扩充为中篇小说出版后，初版3000册月余售罄。1952年，她又以《莲漪表妹》获"中华文艺奖金委员会"首届长篇小说第二奖（该年无首奖），另一长篇《马兰自传》也于1954年获文奖会长篇小说第三奖。这三部小说被视为台湾1950年代创作中，"论作品的艺术价值""该居首位"的"传世之作"。[②]其小说创作的才能也使她成为第一位以小说创作获得"中国文艺奖章"的女作家（1962）。潘人木五六十年代的小说还被译成英文、法文、韩文、印度文，被认为"都有经典分量，作品的宽度、深度、厚度和格局，是女作家中极少见

跨越1949
战后中国大陆、台湾、香港文学转型研究

---

① 张素贞：《五十年代小说管窥》，（台湾）《文讯》第9期（1984年3月）。

② 朱西宁：《作家速写——非才女型的才女》，林武宪、应凤凰编选：《台湾现当代作家研究资料汇编 潘人木 》，（台南）台湾文学馆2013年版，第97页。

的"①。

潘人木的小说在文奖会连连获奖，在以往的论述中往往被视为"反共小说"。然而，作者却自述"全身上下没有一个政治细胞，不但如此，对于政治这玩意儿，还有根深蒂固的免疫性"②。《莲漪表妹》被列为台湾四大抗战小说之一，也被视为"反共小说"的代表作，这种评价自然反映出"抗战"与"反共"的复杂纠结。1985年重版，两年中就印行了7版，四十多年后仍为人喜欢阅读，其"反共"意识已淡化，而其"写那么一个时代，却不为时代意识所困"③。《莲漪表妹》分两部，第一部从表姐"我"的视角来叙述莲漪的学校生活，虚荣任性的大学生莲漪对政治浑然无知而坠入陷阱；第二部则由莲漪的手记展开她投奔延安后的遭遇。小说着力讲述的是少女的幼稚与政治的无情之间的反差，以此反映抗日浪潮中，"那些年轻的生命，满怀沸腾的理想，如饥如渴的寻求报国的途径。……到头来却只是一场空，万丈豪情，化为梦幻"的"刻骨铭心的痛苦"④。"青春"成为此小说真正的主题。《莲漪表妹》不只是"承继了像茅盾的《蚀》（1927）、老舍的《赵子曰》（1927）、路翎的《财主底儿女们》（1944），以及鹿桥的《未央歌》（1945）之类作品的精神，为青年与政治这一题材，提供一个1950年代的诠释"⑤（这些小说中青年所涉及的政治多有不同，正说明，"青年与政治"题材的创作不是要对政治是非作出评判，而是由此探讨青年的性格、欲望、情感、理性等与政治纠结中的青年命运），更在与"青春"的对话中，痛惜曾有的"年轻""健康""心中有爱"，以此抵抗"凋谢""衰老""无望"，"得到抚慰和希望"⑥。少女时代的莲漪，如此天真纯然。中学一年级时，老师禁止学生涂脂抹粉。莲漪天然的"樱桃拌豆腐"的脸蛋儿，常被老师误认为搽了胭脂，当众要她洗掉，结

① 林武宪：《纵横于小说创作与儿童文学之间——潘人木研究资料综述》，林武宪、应凤凰编选：《台湾现当代作家研究资料汇编　潘人木》，（台南）台湾文学馆2013年版，第113页。

② 潘人木：《我控诉》，潘人木：《莲漪表妹》，（台湾）纯文学出版社1985年版，第1页。

③ 齐邦媛：《烽火边缘的青春》，（台湾）《联合报副刊》1988年7月7日。

④ 潘人木：《我控诉》，潘人木：《莲漪表妹》，（台湾）纯文学出版社1985年版，第1页。

⑤ 王德威：《小说中国》，（台湾）麦田出版公司1993年版，第126页。

⑥ 潘人木：《不久以前——〈莲漪表妹〉》，（台湾）《尔雅人》第1期（2011年5月）。

果她越洗，脸蛋越红得可爱。这种生命的青春是小说中最动人的存在，莲漪将之随意任性地挥霍。这中间有自我意识的觉醒，也有青春生命的悲哀，难以抵御政治狂浪的裹挟，也留下青春岁月的教训。

潘人木的长篇小说《马兰自传》（1955），讲述"灰姑娘"马兰"生于忧患"的人生经历。小说在县衙的森严、监狱的阴冷、沈阳事变日军的横暴、北平学生抗日的热血等背景上，描写了马兰的"传奇"人生。马兰自小又跛又"丑"，劳累于家务。父亲面恶心善，他善待优宠的是恩人的孩子（即马兰的姐姐），磨砺"折磨"的才是自己亲生女儿。马兰的丈夫变态报复，为人所利用，给马兰带来更多灾难。马兰一生不幸，但也遇到了心灵契友林金木。林金木十二三岁随母服刑时遇到马兰，马兰偷偷教他识中文，说"国语"。二十一年后，金木学成归乡，当选县长；而马兰为了制止丈夫的恶行，不得已纵火示警，被羁押受审。两人相遇，才知道金木20岁时打开系于颈间的小老虎饰品，发现内藏的是马兰父亲的传家宝——东北特产红香粳米，而金木正是马兰失踪大哥的儿子，他把传家宝研究成耐旱涝而高产的"传国宝"了。他让马兰当了学校校长，为马兰在心中保留了"最好的位置"。小说中马兰丈夫的行为有着国共对峙的历史阴影，他被描写成在"共党"引诱下沉沦的人。但整部小说着力刻画的是"土地间人性的纯美"。马兰的谦卑内敛、纯洁善良、平和坚忍，得到了鲜明的呈现。父亲的专横跋扈也因为根植于爱，时而透露出某种诙谐轻松的意味。马兰与金木、万同（马兰童年同学）的友情在整部小说叙事中有如脉脉清泉，呈现清明之感。即便是对待不肖不义的丈夫黄礼春，马兰也始终期望他变好，甚至同情他受人利用，"也是不幸的人，很想化作一缕月光，跟他作伴"。马兰的至情，"将佛家的慈悲和儒家的恕道，发挥到了极致"①。马兰草的寓意在小说中前呼后应地出现，使小说叙事更有了民间意味。潘人木小说的语言，早就被人称赞"在优闲不迫之中处处见到细致和敏捷。行文如一派清泉，流过花草缤纷的岩壑，淙淙汩汩，一步一个新天地，一转一个新境

---

① 琦君：《一棵坚韧的马兰草——〈马兰的故事〉所显示的道德情操》，（台湾）《中央日报》副刊1998年4月26日。

界。……在清新委婉中流泻出简洁单纯的美"①。《马兰自传》的语言除仍显现清新简洁外，还随主人公的成长而有变化，如马兰幼时忆述，颇多童稚趣味："我对于乡野是陌生的，连这儿的鸟儿都似乎说着外省的方言"，"（老郑）每天早晨，无论冬夏，都在院里大声洗脸，濮濮之声，惊人好梦，听起来就像只活活的大鲤鱼在浅碟里卜通卜通的打转儿"，处处呈现好奇中的清纯；而随着年事的增长，语言的色调也显得复杂多样。小说中对东北乡村风光的描写，被认为是"近代文学写景最好的文字"②。所有这些，都以其"文学性"淡化了小说的政治性。潘人木小说屡获官方背景的奖项，似乎国民党当局宣传诱导对其创作的影响不可忽视，但从潘人木小说创作、发表的过程看，"写稿为贴补家用"的"经济的理由实大于政治的理由"。③这就是说，被视为"反共小说创作"的潘人木实际上处于官方意识形态的"边缘"，因此当她从自己的女性视角展开叙事时，其小说完全可能疏离于国族的、政治的规定。而"中华文艺奖"的第一个长篇小说奖颁给了一个女作家，也说明这项官方奖励可能有着一定的"边缘"空间。

有着1950年代国民党意识形态背景的小说中，更值得关注的是姜贵的《旋风》。

姜贵（1908—1980，原名王意坚，生于山东诸城，与山东省籍作家王统照、王愿坚同一家族）1929年和1939年曾出版长篇小说《迷惘》和中篇小说《突围》，王任叔曾称赞读他的小说"如读中国山水画，使人悠然意远"④。他1936年毕业于北京大学管理系，全面抗战爆发后从军，抗战胜利后退役，1948年举家迁居台湾。1952年，他完成长篇小说《旋风》（取白居易诗"苍苔

---

① 张道藩：《莲漪表妹·序》，潘人木：《莲漪表妹》，（台湾）文艺创作出版社1952年版，第2页。

② 齐邦媛：《莲漪表妹，你往何处去？再寄潘人木女士》，（台湾）《联合报》2005年11月20日。

③ 应凤凰：《"反共＋现代"：右翼自由主义思潮文学版》，陈建忠、应凤凰等：《台湾小说史论》，（台湾）麦田出版社2007年版，第157页。

④ 王任叔：《突围·后记》，王行岩（姜贵）：《突围》，上海世界书局1939年版，第159页。

黄叶地，日暮多旋风"之意）1957年自印出版。但因坊间有同名书，书名改为
《今梼杌传》。1959年，该书由吴鲁芹推荐，台北明华书局印行出版，恢复
《旋风》原名。之后，姜贵又创作了近30种小说集，成为颇有影响的职业小说
家。姜贵曾撰文公开表示，他的作品只有"《旋风》、《重阳》各一部，《碧
海青天夜夜心》半部而已"①，可见其对《旋风》的看重。

《旋风》自印出版时，远在纽约的胡适致信作者，称："五百多页的一
本书，我一口气读完了，可见你的白话文真够流利痛快，读下去毫不费劲，佩
服！"②最先评价《旋风》的文章称《旋风》是一部"中国风味的小说"③；
随后高阳则称赞《旋风》"是近代中国小说中最杰出的一本"④。夏志清在
他颇有影响的《中国现代小说史》中也称姜贵"是晚清、五四、卅年代小说
传统的集大成者"，而《旋风》则"是糅合了中国传统'家庭小说'和'侠
义小说'技巧"的"成功之作"。⑤1999年，《旋风》入选"台湾文学经典30
部"，后又入选"20世纪中文小说100强"。

《旋风》完成于1952年1月，之后六年中，"遭受书店、杂志、日报及其
他方面的退稿，先后不下数十次"⑥，最后还是"自寿"（时年姜贵49岁，以
"做九不做十"之方法自寿半百）而自费问世。在此期间，得到"中华文艺
奖金委员会"稿费资助者多达千人，获高额奖金者也有百余人，《旋风》与
此无缘，表明其创作确实是姜贵的个人行为。正是这种个人性使《旋风》得
以为后世关注。姜贵自叙《旋风》是"从一个大姓家族的衰微和没落，写出那
一时期的社会病态"⑦。小说描写的"社会病态"是指"军阀、官僚、土豪、

① 姜贵：《护国寺的燕子》，（台湾）《书评书目》第49期（1977年5月）。

② 胡适1957年12月8日致姜贵信，姜贵：《旋风》，（台湾）九歌出版社有限公司1999年
版，第1页。

③ 方一：《中国风味的小说〈今梼杌传〉》，（台湾）《青年战士报·学习生活》第161
期（1958年5月）。

④ 高阳：《关于〈旋风〉的研究》，（台湾）《文学杂志》第6卷第6期（1959年8月）。

⑤ 夏志清：《中国现代小说史》，（台湾）传记文学出版社1985年版，第556页。

⑥ 姜贵：《〈怀袖书〉题记》，《旋风》，（台湾）九歌出版社有限公司1999年版，第
595页。

⑦ 姜贵：《旋风·自序》，（台湾）明华书局1959年版，第3页。

劣绅、妓女、土匪、堕落文士、日本军人和浪人，以及许许多多鸡鸣狗盗的小人物"。①而小说把这种"社会病态"跟共产党的活动联系在一起，这使得小说带上了国民党官方意识形态的色彩。但小说描写的重点在于文化。小说的两个主要人物，读书人出身的方祥千有着儒家文化的背景，憧憬"孔夫子所理想的大同世界"，为此加入共产党，秘密在家乡进行革命活动；他的远房侄子方培兰则"是个旧小说中'侠盗'之类的人物，疏财仗义"，以江湖义气为人生资本。②两个人合在一起，在当地发展成一个势力集团。全面抗战开始后，更成立地方政府，在方镇展开翻天覆地的革命；但后来大权旁落，两人分别被儿子和开山徒弟背叛，不知所终。姜贵以他的文化"残缺"意识，描写了方祥千、方培兰如何在中国传统文化分崩离析中成为"失魂者"的过程，而这一过程又被置于方姓大家族衰微的背景中。小说用相当多的篇幅描写了方家两大支——"居易堂"和"养德堂"的腐朽没落，尤其是方冉武、方天艾等道德沦丧的种种情境，表现出"苍苔黄叶地，日暮多旋风"的犀利讽刺。家族的衰微、政治的堕落，又集中于"性"的叙事中，婚姻、爱欲、贞操等"性"表现直接影响了政治取向，促成悲剧的发生。艺术表现上，尤其是将传统和西洋融合的艺术探索上，《旋风》延续了姜贵的一贯追求，有其不凡之处。小说"尽量采取了章回体的长处"，即"采用纯中国文的句法和章法"，"以故事的情节发展，引人入胜"。③场景、人物描写尤有传统小说雅俗共赏的优长，人情描写精妙透达，人物类性和个性相映成辉，融合了新旧小说的长处；心理描写得以凸显，而讽刺又常寓于人物自我心理的剖露中。隐喻、象征在深化人物命运中充分发挥了作用。但小说中的焦灼感还是影响了作品的讽刺力量。作者过多地为自己的经历所囿，过于急切地要将自己的历史沮丧感转化为对共产主义在中国大陆胜利缘由的分析，天真地想以儒家哲学思想和江湖社会的侠义之风去改变历史……当他"遥拟《红楼梦》笔意"时，尤其"缺少前辈那样

---

① 姜贵：《旋风·自序》，（台湾）明华书局1959年版，第3页。

② 夏志清：《中国现代小说史》，（台湾）传记文学出版社1985年版，第557页。

③ 姜贵：《今梼杌传·自序》，（台南）春雨楼1957年版，第2页。

超拔的反思能力"。①在中国历史转折时期，姜贵对政治势力胜负的焦灼还是冲击了他对人性、人的命运、人的本质等创作"本义"的关心。这种冲击甚至影响到他的创作生命。到他写《重阳》（1961）时，他确有些"受不住反共抗俄政策的诱惑，不再依凭实际经验，也不再兼顾人性"②，只想揭露政治的罪恶，结果即便在写实的层面上，《重阳》也缺乏了感染力，《旋风》中那种"艺术上可爱"的人物不见了；可姜贵却认为他最好的小说是《重阳》，甚至认为夏志清不看重《重阳》是"不懂小说"③。当然《旋风》一类作品尚有不少可解读空间。姜贵嗣父系辛亥年诸城起义烈士。1971年，姜贵"喜获得"8册本的《山东革命党史稿》，记叙自同盟会起，止北伐成功，山东革命党同志、事迹，包括济南、诸城起义等惨烈史录。姜贵据此写成7万余字的《风暴琅琊》，翔实讲述与《旋风》相关的那段故里历史，后连同有关家世等十余短篇，集为《无违集》（取陶渊明"衣沾不足惜，但使愿无违"之意，1974）出版，与《旋风》《重阳》可作对照，可促使我们去思考在政治和文学复杂微妙的关系中作家的个人行为如何有可能生存。

2000年，王德威等编选"麦田小说"出版，其中收录了杨念慈《废园旧事》和《黑牛与白蛇》两部发表于上世纪五六十年代的长篇小说。《废园旧事》属于当时盛行的"抗战小说"，最初连载于1959年的《文坛》（民营刊物，创办于1952年），随后出版了单行本，又相继在中广电台播出，被改编成电影上映，并成为台湾1970年代最早的电视连续剧（电视小说）之一，其受众之广由此可见。小说讲述1944年秋冬，国民党苏鲁豫皖边区总部中校参谋余志勖（"我"）主动请缨，到鲁西改编一支家族抗日游击队的生死经历。其题材涉及了抗战期间敌后抗日游击战的主导权，而恰恰在这一问题上，小说笼罩上了国民党意识形态的阴影。作者抗战期间在家乡沦陷区打游击，到台湾后已结

跨越1949
战后中国大陆、台湾、香港文学转型研究

---

① 王德威：《苍苔黄叶地，日暮多旋风——论姜贵〈旋风〉》，陈义芝主编：《台湾文学经典研讨会论文集》，（台湾）联经出版公司1999年版，第32页。

② 马森：《1949——我生命中的关键时刻》，（台湾）《文讯》第285期（2009年7月）。

③ 王鼎钧：《我陪小说家姜贵一起算命》，（香港）《香港文学》第298期（2009年10月）。

束军队生涯，当了三十多年教师。《废园旧事》是他"摘录我从少年进入青年的一段战斗岁月"的"怀乡、忆旧之作"。[①]这种亲历性、回忆性使小说描述的战争成为一种民间演义。《废园旧事》展示的是中原家族文化在全民抗战中的命运，水泊梁山传统在现代战争中的延续。雷家龙表哥、蛰表弟、云表姐等"上有舅舅妗妗盖着，下有张婆王婆捧着……长到老死也还是那么小巧"的大家子弟在抗战中一个个走出家门，同父辈一起；"大响鞭""大酒篓"等大半生泥地里滚爬的庄户人家也一个个在民族是非上表现出忠义仁德。脱胎于《水浒传》结构的叙事方式，在雄健淳厚的气象中刻画出个性鲜明的士绅—草莽人物。这一切使《废园旧事》成为民间历史传奇，而非"反共小说"了，对于认识抗战历史的民间性有其不可替代的价值。而民间性正是当时台湾小说着力开掘的，也是台湾小说得以避免陷入政治陷阱的重要因素。

1950年代台湾作家和反共政治的关系是微妙而复杂的。

后来以抨击时弊的杂文出名的柏杨（1920—2008）此时期的小说，展示了国民党意识形态背景上的另一类存在。柏杨的文学活动开始于他1949年赴台后，半个多世纪创作中，以"十年小说，十年杂文"的成就为大。1953年，他以"郭衣洞"之名出版了短篇小说集《辩证的天花》和长篇小说《蝗虫东南飞》（1960年代重新发表时改名《天疆》），前者有张道藩作序，后者获"中华文艺奖"长篇小说奖。柏杨也由此进入青年救国团工作，担任青年写作协会总干事和《幼狮文艺》主编，成为国民党体制内人。他原本系国民党员，早期小说难免受"反共"意识形态影响。柏杨写其第一部小说《蝗虫东南飞》，是因为觉得当时"所有反共作品中，主题全是中国共产党"，他不想再写，于是他选择了他认为不应该被历史湮没的"俄军在东北"的题材。[②]这部小说具有作者个性化的历史性、讽刺性，"描写少而情节多，如中国旧小说；形式单纯而畸形化，如印象派画的侧重线的雄辩"[③]，从中寄寓着作者的历史批判性。即便这样，柏杨也很快摆脱这种"反共"题材。之后的小说，"既不显示反

---

① 杨念慈：《黑牛与白蛇·自序》，（台湾）麦田出版社2000年版，第8页。
② 孙观汉编著：《柏杨的冤案》，（台湾）敦理出版社1988年版，第130页。
③ 编者：《蝗虫东南飞·编者按》，（台湾）《文艺创作》第19期（1952年11月）。

共亲国的意味，也看不出任何对于当前的政治情况之不满"①。与其他大陆赴台小说家的怀乡大陆之作不同，柏杨1950年代小说的背景已以台湾为主了，多写爱情和社会小人物（退伍军人、小公务员等）的命运。柏杨自己认为他当时写小说"文字功力和文学能力，当然尚未成熟，但感情是成熟的"②，而他的小说确实充满爱心。《路碑》中社会底层的贫困令人目不忍睹。主人公妻子难产，他四出借贷无门，觉得有愧妻子，撞路碑自尽。几乎同时，其妻也因无药而身亡。"没有人知道他们两人的灵魂是不是已在空中相会"，而他们的两个孩子还在"盼顾着爸爸妈妈归来"。全篇写情比悲剧更动人。聂华苓说："他的小说已具有柏杨杂文的特殊风格，喜怒笑骂之中，隐含深厚的悲天悯人情操。"③这种风格在《异域》中表现得更为充分。

1961年，柏杨任职于《自立晚报》。当时报社一记者每天采访一两位从缅甸、泰国撤退到台湾的孤军士兵，但报社觉得记者写得不生动，就交由柏杨重写。柏杨被孤军悲壮的传奇经历深深感动，根据记者提供的采访资料，加以想象，改写成了《异域》。

《异域》（1961年连载于《自立晚报》时题为《血战异域十一年》，初被视为报告文学）在六七十年代销量超过百万册，没有一个作家为它写过评介，也未在报刊上做过一个广告，却创下台湾出版史上文学书籍的发行新纪录。1990年朱延平将其改编成电影，票房大卖，使小说《异域》再度热销。1999年，《异域》入选"20世纪中文小说100强"，列第35名，被誉为"是一本传世之作，会被世世代代的读者阅读和感动"④。《异域》讲述1949年从云南流离到缅甸、泰国北部的国民党军队十一年中创建比台湾面积大三倍的"中缅游击区"的故事，表达"战争、奋斗、挣扎，和流不尽的眼泪，都在非自己的乡

跨越 1949
战后中国大陆、台湾、香港文学转型研究

---

① 葛浩文：《小说柏杨》，林淇瀁编选：《台湾现当代作家研究资料汇编 柏杨》，（台南）台湾文学馆2012年版，第273页。

② 柏杨：《凶手·前言》，（台湾）星光出版社1981年版，第2页。

③ 聂华苓：《寒夜·炉火·风铃—— 柏杨和他的作品》，林淇瀁编选：《台湾现当代作家研究资料汇编 柏杨》，（台南）台湾文学馆2012年版，第195页。

④ 王璞：《读柏杨的〈异域〉》，（香港）《文学评论》第8期（2010年6月）。

土上"①这样一种特定年代的悲剧。小说以"邓克保"（"我"）的视角展开叙事。六万大军一路败退，陷入越来越深的绝望，最后只剩下数千残兵败将，无路可退。一片劝降声中，仍是"我们义薄千秋"的坚持。而"我"本来可以撤退台湾，或避走曼谷，却为了和游击队兄弟在一起，而全家在深山密林生活，结果女儿被毒蛇咬死，儿子在缅军轰炸时从椰子树上坠落而死。然而，这种对"祖国"的效忠和对军队兄弟的义气，无情地被时代嘲弄，不仅军队将领弃他们而去（当然，小说也描述了与孤军共患难同成仁的国民党将领），国民党政府，乃至国际社会都漠视他们的存在。尽管他们有着历史大义的悲壮感："任何人都可以在重要关头遗弃我们，我们自己却不能遗弃我们自己。"但生死关头只有绝望与他们相伴："世界上再也没有比我们更需要祖国了，然而，祖国在哪里？"《异域》所写被国家所弃的孤军命运，也是流离失所于台湾的百万移民的椎心之痛、难言之隐所在。整部作品由此脱出了政党意识形态的局限，字里行间失败者的信念和命运成为对传统、对时代的文学写照。而柏杨的讲述，始终有着他那种"文已尽而情不尽"的大爱。

柏杨1968年被加以"为匪推行文化统战工作"的罪名入狱九年。一个写"反共小说"的作家遭此命运，自然具有强烈的讽刺意味，但也反映出那个年代台湾政治和文学的复杂微妙关系。柏杨小说虽有反共倾向，但和他后来的杂文一样有强烈的讽刺性、批判性，而这种讽刺批判性又往往是超越党派的。然而，国民党当局有时却难以容纳这种历史讽刺性。

三、疏离或超越官方意识形态的中原乡土叙事

战后疏离或超越"反共文学""战斗文艺"意识形态的小说叙事主要有乡土叙事和女性叙事。而乡土叙事是由两部分作家完成的，一是大陆迁台作家的中原乡土叙事，二是台湾省籍作家的台湾乡土叙事。无论在大陆还是台湾，乡土文学都具有最深厚的基础，乡土叙事也就成为突破国民党政治高压的有效途径。

---

① 邓克保（柏杨）：《〈异域〉重印校稿后记》，《异域》，（台湾）跃升文化事业出版公司1994年版，第271页。

台湾光复至1950年代初，大约有三百万人从大陆迁居台湾，抒写乡愁成为小说创作的重要内容。但在国民党意识形态主导的台湾，乡愁的抒写也有可能呼应于国民党当局"反攻大陆复国"的政治宣传。能疏离或超越官方意识形态的中原乡土叙事，是一些军中作家"人在天涯，心怀中土"的"乡野传奇"或"田园哀乐"小说。1949年至1956年，台湾"军中的写作风气极盛，真是天时地利人和具备"。除了当局大力扶持军中文艺运动，"当时一篇稿费，可抵全月菜金"的条件也激励了军中写作的积极性。[①]凤山、左营、嘉义、屏东、高雄等兵营，聚合了数以百计的写作爱好者，后来卓有文坛声望的也有五六十人。其中小说最有成就的当是朱西宁、司马中原。他们最有代表性的小说在1960年代诞生（朱西宁的短篇小说集《铁浆》和司马中原的长篇小说《狂风沙》入选"20世纪中文小说100强"，出版时间分别是1963年和1967年），而他们正是在"动态"中成就了自己的乡土创作。

朱氏父女仨（朱西宁及其女儿朱天文、朱天心各自有小说集入选"20世纪中文小说100强"）的文名是20世纪中国文学的一段佳话，而朱西宁的创作起步颇能反映出战后小说"动态"中孕有的潜力。1960年代与陈映真、王祯和等同道于乡土写实的刘大任称朱西宁是"在台湾"的"鲁迅与吴组缃的传人"，他的作品给1960年代后的台湾乡土文学带来"温暖"和"震撼"。[②]因为军中作家的身份，朱西宁1950年代初的短篇小说也明显有"战斗文艺"的色彩，他第一本小说集《大时代的爱》（1952）被誉为"一手握枪，一手拿笔"的结晶。不过这类小说的"特色，人物及对白十分鲜活，角色的社会环境却一片模糊，看不出这些人物的出身与背景"，这种"小说只看到人，看不到社会"的写法恰恰可以避开官方意识形态的过分侵入。朱西宁此时期的小说开始有他一以贯之的原乡视野，那就是以回忆和想象，在他最熟悉的中原故乡，构筑了一个闪现着种种人性的幽微处的原乡"社区"；以"一个古老的世界，一点点的

---

① 司马中原：《灯前夜话——简记40年写作生涯》，郑明娳编选：《台湾现当代作家研究资料汇编 司马中原》，（台南）台湾文学馆2013年版，第148页。

② 刘大任：《灰色地带的文学——重读〈铁浆〉》，朱西宁：《铁浆》，（台湾）印刻出版公司2003年版，第10页。

永恒"，"照出了一个朦胧的现代，和后现世"。①正是这种原乡视野拓展了五四后乡土文学的空间，把朱西宁的小说引向了具有深厚中国人文思想的怀乡境界。知识分子回望故乡的心灵冒险、道德批判在烛照人的根性中深化，绝非"战斗文艺"的意识形态能拘囿得了。到1960年代的《狼》《铁浆》《破晓时分》时，其创作已全然摆脱了"战斗文艺"的意识形态影响，对中国乡村历史命运的描写甚至接近了希腊悲剧的深度。

朱西宁的小说创作在本书关于台湾鲁籍作家创作的章节中已论及，这里主要考察一生创作了近80种作品集，且不乏精品的司马中原。他15岁投身军旅，其写作也是作为军中作家开始的。但他虽写作勤奋，成名则是在1961年退役为民之后。司马中原自学自修出身，写作所仰仗的也只有他熟悉的乡野生活。司马中原心中的"中原"故乡，是天地之间永远响彻的一种声音，"从一个生命里流出来，带着某一种民歌的意味；仿佛不需要再叙说一个关于那个生命的故事，直接便能从那歌声里，听到民族心脏的律动和那一时代的呼吸"②；他从小的"生存背景，也充满传奇性"，家乡小镇在抗战期间沦为"三不管"地带，"鬼子兵""伪军""中央游击队""中共游击势力""小股土匪""民间的会党势力"等都各据一方，"天灾人祸纷沓而来，无数家庭破碎，却没人怨懑过"。③这种故乡的记忆有如一口活泉永在的"乡思井"④，由此才有了司马中原的众多小说。1950年代他出版的两本小说集《山灵》和《春雷》就开始以民间江湖的传奇故事来反映时代苦难中的命运，在故土乡亲强韧的生存中传达以和为善的题旨，叙事又有趣味性。正是传奇性的乡野气养育成司马中原的创作。待到1960年代他的长篇小说《荒原》《狂风沙》问世，其创作已有了乡野大气，绝非官方意识形态能影响得了。

1962年的长篇小说《荒原》是司马中原的成名之作。小说在抗战背景上，

---

① 朱西宁：《一点心迹——〈铁浆〉代序》，朱西宁：《铁浆》，（台湾）印刻出版公司2003年版，第11页。

② 司马中原：《月光河·磨坊》，（台湾）九歌出版社有限公司1978年版，第21页。

③ 司马中原：《云烟琐忆——来台60周年》，（台湾）《文讯》第285期（2009年7月）。

④ 司马中原：《乡思井》，（台湾）中华文艺月刊社1973年版。

讲述歪胡癞儿和六指儿贵隆为保护洪泽湖泽地的悲壮故事。那片泽地，长满奇异红草，出没颇有灵性的狼群，世世代代居住着纯朴乡民。东洋鬼子的入侵打破泽地宁静。闯入从未有人能闯过的红草荒地的歪胡癞儿从外地来到吴大庄，团结民众，以一身神功，全歼了杉胛少佐和他的部下，却在抗战胜利之际，阵亡于保卫吴大庄的战斗中。六指儿贵隆为其复仇，自己也和匪徒们同归于尽于红草荒原的大火中。春天，六指儿贵隆的妻子银花牵着三岁的孩子火生，重新回到荒原。母子相信，只要有田有地有野菜，就能活下去。小说充满雄浑、悲壮的阳刚之气，而作品着力开掘的是坚忍生活中的"中国意识"："期望于超现实的一种公正的巨大的力量，来洗雪他的屈辱和不平。"[①]红草荒原、歪胡癞儿都是这种力量的象征。作者对乡村滚瓜烂熟般的深切了解，使小说对乡村人物的描写，真正抵达了农民内心的深处。荒原里"灵魂的灵魂"歪胡癞儿、无所畏惧于暴力的青年农民六指儿贵隆、忠实善良而固执的老农老癞子等等，其传奇般的经历、丰富而淳朴的内心，都在小说中得到深切刻画。其命运，也都将自我和民族的悲剧包容在一起。小说对国民党政府和共产党之间的纷争作了"《春秋》之责"的"双面的批判"[②]，但作者的旨意是"反对一切暴力。一切文明都要建筑在人道观点上……。中国农民……有权保有他们的世界……任何政治家不配指导他们，只能用一阵缓缓静静的风，吹拂他们，使他们从一个古老的梦境引渡到另一个新的梦境"[③]，他是要借农民身上真切、本原的人性去唤醒那个暴力的世界。这也是司马中原的文学观。他在精神上始终"是个农民"，"以笔尖为犁"，为农民立传写作，可以和同时期其他"为农民写作"构成一种对照。

司马中原的小说在文体、语言上有其个人表现力。"揉和旧的、新的、现

---

① 陈义芝：《春风一样悠悠地吹着——司马中原先生专访》，（台湾）《中华文艺》第79期（1977年9月）。

② 司马中原：《荒原》，（台湾）皇冠出版社1973年版，第19页。

③ 司马中原：《荒原》，（台湾）皇冠出版社1973年版，第19页。

代的，使它们交互融会"的文体，①使《荒原》更有了独特的魅力。他的"求新，是缓缓的探求"②，所以，整部小说结构有多种因素融合中的精妙、柔和，艺术分寸感强。方言、俚语和口语在人物行动的刻画中交互运用得十分鲜活，常常糅合了根植于农民心理的种种观念，从而"产生了一种民族性的馨香；那种在中华民族之思想本质上随时洋溢的芳香"③。意识流技巧、象征等现代小说技巧大量穿插使用，都给人"有所需要而非如此不足以表现"④的感觉，现代与传统得到了相当完美的结合。例如，原本表现都市生活的"新感觉"被巧妙化用于中国乡土生活的表现中，使读者从实感进入内在，深化人物形象的塑造：歪胡癞儿的"现身"，就是通过贵隆和乡民初见白马、听见马嘶声的种种神秘而新奇的"纯感觉"，一步步完成的。这种客观写实中的"新感觉"呈现其实是司马中原"从中国旧小说中学习来的一种表现方法"，即中国传统说书中的讲述方式；但又"从这方法中超越出来"，一步步化为"纯感觉"，即日本"新感觉"小说强调的"跃入客体的主观之直感（瞬间的）触发"。⑤

　　1967年的《狂风沙》，更为司马中原赢得声誉。这部入选"20世纪中文小说100强"的长篇小说在中原草莽文化的背景上，浓墨重彩地塑造了关东山这样一个具有民间神性和人性道德的英雄形象。民国初年，军阀割据，兵匪成灾。原为缉私队长的关东山出于仁义而被捕入狱，越狱后在淮北组织六合帮，率领盐民们习武自卫，直接对抗北洋军阀的横征暴敛和地方奸恶之徒的横行霸道，以待北伐成功。他德艺（武艺）双绝，义情皆深，有的盐民甚至将他奉若神明。例如，关东山遭遇暗算，双目失明后，苦练盲目听音。和仇人牯爷对打

---

① 张默：《从荒野出发——试论司马中原的〈荒原〉》，郑明娳编选：《台湾现当代作家研究资料汇编　司马中原》，（台南）台湾文学馆2013年版，第306页。

② 司马中原1963年8月6日给李英豪的信，见李英豪：《试论司马中原》，郑明娳编选：《台湾现当代作家研究资料汇编　司马中原》，（台南）台湾文学馆2013年版，第177页。

③ 魏子云：《款步于〈荒原〉内外——兼论司马中原之"新感觉"表现》，郑明娳编选：《台湾现当代作家研究资料汇编　司马中原》，（台南）台湾文学馆2013年版，第286页。

④ 张默：《从荒野出发——试论司马中原的〈荒原〉》，郑明娳编选：《台湾现当代作家研究资料汇编　司马中原》，（台南）台湾文学馆2013年版，第312页。

⑤ 魏子云：《款步于〈荒原〉内外——兼论司马中原之"新感觉"表现》，郑明娳编选：《台湾现当代作家研究资料汇编　司马中原》，（台南）台湾文学馆2013年版，第287、288页。

时，关东山激使牯爷先出手，在听音中手刃牯爷，连牯爷都悲叹"这个瞎了眼的人就是活生生的果报神"。关东山对其他民间力量也具有极大号召力、威慑力，盐市侠隐张二花鞋等响应他号召，合力锄奸；土匪朱四判官在他的大义威慑下，悔悟而自戕。然而，关东山终究无法超越自己的种种局限而拯救乡民们，最后在竭尽全力跟北洋军激战后，与虔诚尊他为神的妓女小馄饨一起悄然隐去。小说在极其浓郁的中原乡土色彩中成功写出了关东山作为民间英雄，也有着"先天种种'为人'的限制"，这使得小说在中原乡土叙事中融入了人性的深刻剖析。

20世纪五六十年代中国文学中，司马中原的小说当属于最深厚丰盈的乡村民间写作。他1960年代开始创作"乡野传说"系列，数量庞大，也属于他向中国乡村民间表达敬意的一种方式。这些小说，或取材黄淮地域民间传说，或改写古典志怪小说等，以乡土风味笔调，在悬疑诡谲中描述出一则又一则寓有民间智慧的故事。《红丝凤》（1968）讲述金满城当铺老朝奉李尊陶从未在鉴别珍奇宝物上失误，一日，他突然宣布自己错将一瓷瓶判断为神工极品的"红丝凤"，并当众毁瓶，引咎辞职。一年后典当人依期赎瓶，全店无以应对时，老朝奉却将"红丝凤"完璧归赵，原来他用绝技将此"天下第一瓶"修复无损，当初摔瓶一则避免宝物有失，二则以此证实此瓶乃国之珍稀。小说在充满传奇性、知识性的故事中呈现世态人情，塑造人物性格。

三、战后台湾乡土叙事的开启和发展

台湾本土的乡土叙事在战后也屡屡不绝。吕赫若、吴浊流等左翼作家和龙瑛宗、叶石涛等不同倾向的本省籍作家都有作品问世，但在"二二八"后沉寂。"光复后第一代台湾作家，由于缺乏反共经验，无从写出反共意识的作品"，作品"较少出路"，[①]创作也疏离于官方主流意识形态。1952年，日据后期开始日文创作的廖清秀以台湾抗日题材中文小说的《恩仇血泪记》获"中

---

① 钟肇政：《艰困孤寂的足迹——简述四十年代本省乡土文学》，（台湾）《文讯》第9期（1984年3月）。

华文艺奖"长篇小说第三奖，这是他1951年参加"中国文艺协会""小说创作研习组"的结业作品，也是战后台湾省籍作家第一部获奖小说。小说讲述日据时期林金火的人生遭遇。他从祖母的历史中得知"台湾原来不是日本的，祖国叫唐山，就是中国"。小说着重描写了林金火跟日本人田中爱子、渡边澄人等的爱恨恩怨。 林金火就学公学校时，遭到渡边澄人欺负，反而因为台湾人身份而受罚，深感台湾被殖民的悲哀，产生对祖国的爱慕之心。他和日本女子田中爱子相爱，却又被渡边澄人夺走心上之人。战后，渡边之父落难，田中爱子被逼卖淫，林金火得知，救出田中爱子，但田中爱子拒绝了他的求爱。渡边之父因儿子之恶而自杀，田中爱子带着公公的骨灰回到日本。小说既有强烈的民族意识，又传达出非战反战的立场，台、日人之间复杂关系的描绘，跳脱了以往殖民者、被殖民者关系的简化认识，在人性层面上揭示了恩情和仇恨，有着深厚的人文关怀。它的获奖跟潘人木小说获奖一样，反映出"中华文艺奖"存在的"边缘"空间。廖清秀在1953年还出版了中短篇小说集《冤狱》，以朴拙而带讽刺的笔调生动描绘了台湾现实社会。李荣春（1914—1994，宜兰人）的长篇《祖国与同胞》1953年获"中华文艺协会"奖金资助。小说取材于作者旅居中国九年的经历，讲述了中国人民抗战的故事。另一部长篇《海角归人》（1958）则讲述主人公战后从大陆回到台湾故乡后的遭遇。近乡情怯的矛盾心理，失意困窘的回乡生活，都得到真切的刻画；对故乡的挚爱，也使小说叙事充满诗意。李荣春一生贫寒，二百多万字小说大多在身后出版。

此时期切切实实开启了战后台湾乡土叙事的是钟理和、钟肇政的创作。

钟理和（1915—1960，世居屏东）少年接触文学时，"北新版的鲁迅、巴金、郁达夫"等的作品集"在台湾也可以买到"，这些作品使他"废寝忘食"。[1]1938年至1945年他在中国大陆期间，大量阅读了鲁迅作品。《钟理和日记》中有不少文字引述了鲁迅的话，以致1970年代出版全集时为避免当局审查不能通过，不得不全部删除。1938年因同姓婚姻受阻，前往中国大陆，先后

---

① 钟理和：《钟理和自我介绍——我学习写作的经过》，应凤凰编选：《台湾现当代作家研究资料汇编 钟理和》，（台南）台湾文学馆2011年版，第83页。

生活于沈阳、北平达九年之久，其间开始文学创作。他熟谙日文，又生活在日本人占领区，但从不用日文写作，写作中甚至要经过日文腹稿转译为中文的辛苦过程，创作内容一直在大陆原乡和台湾故乡交织的叙事中开掘。1945年在北平出版小说集《夹竹桃》，既有鲁迅式的犀利讽刺，包含有对传统的反省、现实的批评和对大陆原乡爱憎难名的矛盾情结，"也带有鲁迅影响的社会主义色彩"①。中篇《夹竹桃》②以北平四合院房客曾思勉，一个"生长在南方那种有淳厚而亲昵的乡人爱的环境里"的外来者眼光，写北平人"八面玲珑""沾沾自喜"的庭院生活。"他们是世界最优秀的人种，他们得天独厚地具备着人类凡有的美德"，而他们生活的院落，却"洋溢着人类社会上，一切用丑恶与悲哀的言语所可表现出来的罪恶与悲惨"。近似鲁迅杂文社会批评式的笔触洋洋洒洒揭示了北平人"动物化形象"中的民族劣根性，尤其是人分等级的种种不公，字里行间的悲愤、失望有着茫茫黑夜中的痛苦探索，更凝聚着台湾人对祖国原乡的复杂情感。

抗战胜利后，钟理和所在的古都北京，从"沦陷区"变成"收复区"，但钟理和的胜利喜悦很快消失："盼中央望中央，中央来了更遭殃！"③而对于旅居北京的台湾人，还有着来自接收政权的歧视，甚至一度遭到与在华朝鲜人一样的处理。④钟理和以"白薯"这一形象书写了台湾人再次被时代遗弃的苦闷，⑤但仍然对回到祖国怀抱有"扫开云翳重见天日"⑥的喜悦。这一经历影

---

① 应凤凰：《钟理和研究综述》，应凤凰编选：《台湾现当代作家研究资料汇编 钟理和》，（台南）台湾文学馆2011年版，第73页。

② 钟理和：《夹竹桃》，北平马德增书店1945年版，本书引文据《钟理和全集·夹竹桃》，（台湾）远景出版事业有限公司1976年版。

③ 钟理和：《钟理和日记民国三十四年记于北平》，《钟理和全集》第5册，（台湾）"行政院"客家委员会2003年版，第41、18页。

④ 当时政府颁布《关于朝鲜人及台湾人产业处理办法》，后在"台湾省旅平同乡会"等抗议、沟通下，台湾人免于同朝鲜人列于同一法令。见钟理和：《祖国归来》，《钟理和全集》第3册，（台湾）"行政院"客家委员会2003年版，第19页。

⑤ 钟理和：《白薯的悲哀》，《钟理和全集》第3册，（台湾）"行政院"客家委员会2003年版，第6—7页。

⑥ 钟理和：《钟理和日记民国三十四年记于北平》，《钟理和全集》第5册，（台湾）"行政院"客家委员会2003年版，第33页。

响了他日后"原乡人"的创作。

钟理和战后返回台湾后完成的小说"故乡四部"（1950—1952）不仅将创作题材转回了自己熟悉的台湾乡土，而且也可看作他与鲁迅的一种对话。例如《故乡系列之一：竹头庄》《故乡系列之四：阿煌叔》都借叙述者"我"十五年后重返故乡的眼光，分别讲述当年作为"我很少数能够阅读和讨论中文文学的朋友之一"的炳文和"每一个手势、每一个转身，都像利刀快活，铁锤沉着"的阿煌叔，他们强盛的生命力、善良的心地等都消磨殆尽，在人物命运中揭露了执政当局的种种弊端。面对"战斗文艺满天飞"的文坛现实，钟理和认为"我们也无须强行'赶上'""时代"，"我们但求忠于自己"，"文学是假不出来的"。①他此时完全融入农村，生活也彻底农民化。这使他的创作成为1950年代表现台湾农民、农村"数一数二，甚至也许是唯一唯二"②的作家，实际上承担了左翼文学表现农村现实的任务。他在这十年中完成了他最重要最精彩的作品，包括长篇小说《笠山农场》和《原乡人》等中短篇作品。这些小说虽不直接介入社会变革，但有对社会卑微者最深切的理解、同情，有触及灵魂深处和生命底蕴的批判、呐喊。而他"精确而优美的写实技巧，把光复后台湾农村疲惫、凋零、荒芜、穷苦描绘透彻，敢说是可以跻入世界文学之林的杰出作品"③。

长篇小说《笠山农场》（原名《深林》，1956年获"中华文艺奖金委员会"长篇小说第二奖），被视为台湾省籍作家"能运用优美的中文，完成高格调的文学创作"④的标志。小说以1930年代后期台湾殖民统治强化和随后战争时期物资配给制度为背景，以主人公刘致平和刘淑华同姓婚姻受阻为主线，生动描写了在"皇民化"年代，台南山区仍保有浓郁传统色彩的山水风土、人情

---

① 钟理和：《致钟肇政书函》（1958年11月19日），应凤凰编选：《台湾现当代作家研究资料汇编 钟理和》，（台南）台湾文学馆2011年版，第115页。

② 方以直（王鼎钧）：《悼钟理和》，（台湾）《征信新闻报》1960年8月11日（钟理和逝世于1960年8月4日）。

③ 叶石涛：《台湾文学史纲》，（高雄）春晖出版社1987年版，第98页。

④ 钟肇政：《艰困孤寂的足迹——简述四十年代本省乡土文学》，（台湾）《文讯》第9期（1984年3月）。

习俗、人物个性。整部小说的叙事如一阕舒缓静美的田园牧歌。男女主人公的爱情被描写得纯粹清澄，两个同姓男女互相吸引，不顾客家社会伦理的束缚，私奔得以成就爱情；而得天独厚、终年生机勃勃的笠山中，人人都充满善意相处，如淑华的聪慧、稳重，处处为人着想；致平的斯文、浪漫，和工人也情同手足；农场主刘少兴的宽厚、忍让，赢得属下和工人的爱戴；董顺祥的与世无争，与大自然相和相谐……都写得鲜活，各具特色，有着孕育于秀美原野的生命形态。尤其是全书绵绵情意的描述所塑造的客家劳动女子形象，淑华、燕妹、琼妹、阿喜婶等，柔爱而刚强，淡泊而强韧，更是撼动人心。"溪水平野景色柔媚细腻，充满了人间的温暖与亲切"的自然与客家山歌（如"阿妹生来圆叮当／好比天上圆月亮／阿哥好比小星子／夜夜相随到天光"）、茶园文化相映成辉，使整部小说具有"说不出的浓郁气氛，明艳的色彩"①。这样一种田园牧歌式叙事，并非回避、抹杀社会矛盾，而是钟理和对故乡土地的由衷之爱。风土即血脉，富饶的故乡土地、亲切的人情世故给作品带来的总是希望和欢笑。

钟理和的《原乡人》②被看作台湾乡土叙事的典范之作。叙述者"我"从小在祖母与父亲的谈话中得知原乡叫"中国"，"原乡人"就是"中国人"。六岁那年，私塾先生让"我"第一次接触了原乡人，觉得"他们都神奇、聪明、有本事"。但后来在公立学校日本老师口中，原乡"中国"变成了"支那"，"中国人"变成了"支那人"，并且总和衰老破败、自私怯懦联系在一起，让"我"困惑。而父亲不厌其烦讲述原乡老家的事情时，"那口吻就和一个人在叙述从前显赫而今没落的舅舅家一样，带了二分嘲笑、三分尊敬、五分叹息"。"真正启发我对中国产生思想与感情的人，是我二哥。我这位二哥，少时即有一种与生俱来的强烈倾向——倾慕祖国大陆。"日本殖民者的强力扭曲、祖父辈的血缘向往、原乡历史与现实的纠结等等，都呈现出殖民环境中，台湾人的乡土情感中纠葛了原乡（中国性）、台湾（本土性）、日本（殖民

---

① 叶石涛：《叶石涛作家论集·钟理和评介》，（台湾）三信出版社1980年版，第21页。

② 钟理和：《钟理和全集·原乡人》，（台湾）远景出版事业有限公司1976年版。

性）等复杂因素。"我不是爱国主义者，但是原乡人的血，必须流返原乡，才会停止沸腾！""我"终于做出"回返原乡"的决定。《原乡人》的价值就在于写出了台湾人在被殖民过程中原乡（中国）情怀始终强韧存在的复杂性。原乡（中国）面目会被外力扭曲，原乡（中国）认同却会深化。钟理和小说延续了日据时期台湾乡土文学的家园意识，而又在认同中华中表达民族意识，有着对于战后历史伤痕的跨越，其价值值得充分关注。

钟理和此时期写成的小说在1960年后才陆续出版。1976年，《钟理和全集》8卷问世，这是战后台湾第一套纯由民间编印生产的作家全集，钟理和也成为战后第一位出版作品全集的作家，成为战后台湾乡土叙事成就的重要标志。

如果说，钟理和是战后返台作家跨越"1949"的代表，那么钟肇政（1925年生，台湾桃园人）的出现则是作为台湾本土"跨越语言的一代"而成为战后台湾乡土叙事成熟的又一标志。他1948年入台大中文系学习，1951年开始发表小说。1960年代，他相继完成了长篇小说《鲁冰花》（1961）、"浊流三部曲"（1963）和"台湾人三部曲"的第一部《沉沦》（1967）。1970年代后他除完成了"台湾人三部曲"外，还完成了《高山组曲》等20余部长篇和《摘茶时节》等10余种短篇小说集，成为战后台湾乡土文学的巨擘。

钟肇政的创作开了台湾"大河小说"的先河。"浊流三部曲"（《浊流》《江山万里》《流云》）已开始在台湾历史变迁的广阔背景上展开了一个台湾青年充满血和泪的人生经历。小说以农民出身的知识分子陆志龙（"我"）的自述，呈现日本奴化教育下台湾民众被裹挟进战争的痛苦。而第三部则描写到光复初期，民众努力走出殖民阴影，但又陷入困苦的情景。小说描写陆志龙曾爱上了时尚娇艳的藤田节子和"纯粹日本味道的美人"古清子。她们都是平民女子，一度对陆志龙产生了难以抗拒的吸引力。但陆志龙对她们的爱慕都破灭了，他最终情归台湾乡野女子阿银，表达了对台湾土地的认同和皈依。"台湾人三部曲"是台湾文学史上第一部讲述台湾历史的鸿篇巨制，以台湾九座寮陆氏家庭的命运为主线，通过陆氏数代人投身抗日斗争的经历，真切表达了台湾民众"为了生存，他们开疆辟域，与大自然争斗，亦与大自然共存。为了生存，他们抛头颅洒热血，与敌人周旋，从不低头屈膝"的"伟大民族历史"。①第一部《沉沦》（原名《台湾人》，审查未通过，之后改为《沉沦》，才得以发表②）中，陆氏第三代信海老人七十寿辰盛宴之际，传来台湾被割让的噩耗。全家族随即组织抗日义勇军，浴血抗敌，连战终败。第二部《沧溟行》讲述1920年代，陆氏第六代维栋、维樑兄弟离家求学谋生的经历，全面展示了台湾新文化运动兴起之时，台湾由武力抵抗转向文化抵抗的历史情景。第三部《插天山之歌》讲述陆氏第七代的陆志骧在太平洋战争爆发前后，参加秘密抗日组织所经历的艰难、遭受的折磨，他最终从日本返回台湾。小说在陆氏家庭婚姻家庭生活的描绘中，一头溯源于中原文化，一头又延伸进台湾山地少数民族文化，同时生动细微地呈现了台湾茶园客家文化的风俗画卷，使鲜明的中华传统色彩和多元的台湾乡土色彩交融在一起。陆维樑等陆氏子弟的爱情、婚姻挣扎于日本女子和台湾女性之间，而最终选择了后者的描写也强烈传达出民族之根和泥土之源结合的情怀。小说气势恢宏，视野博大，笔触细腻，结构灵活，表现手法多样，尤其是乡土写实中融入了潜意识刻画等手法，表现出开放的乡土视野。

钟肇政的乡土叙事也融入了现代小说的诸多因素。《中元的构图》中的阿木是个诚朴笃实的农民，新婚三日就被日本殖民当局征派到菲律宾战场。不久，日本战败，菲律宾丛林泥沼中的日军成了"无家可归"的可怕豺狼，他们甚至杀同类以果腹。丛林中弥漫的死亡气息使阿木几近疯癫，但心灵深处闪动的爱妻的倩影使他活了下来。当他终于走出丛林，走近熟悉而陌生的家屋时，一声婴儿的啼哭毁灭了他生存的最后希望。小说采用三线交叉结构，其一为乡土色彩浓烈的中元祭典，其二为阿木潜意识中浮现的"过去"，其三是阿木妻子与人私通的场景。三线交叉凸显了阿木在中元祭典这样一个布施野魂孤鬼的日子里彻底疯癫的缘由：战争毁灭了人性和自我。钟肇政乡土叙事的开放性视野，奠定了1970年代后台湾乡土文学的开放性格局。

---

① 钟肇政：《台湾人三部曲·沉沦》，（台湾）远景出版社2005年版，第3—4页。

② 林瑞明：《且看鹰隼出风尘——论钟肇政的〈沉沦〉》，载林瑞明：《台湾文学的本土观察》，（台湾）允晨文化实业股份公司1996年版，第90页。

廖清秀、钟理和小说的获奖，钟肇政等台湾乡土小说的拓展，都并非孤立的个人文学活动。1950年代台湾省籍作家已开始走出"日语传统"，在"跨语写作"中延续台湾本土文学传统。1950年代台湾最有影响的报纸之一《联合报》创办不久，就出版了"文化本地化"的副刊《艺文天地》（1953年春），大力宣传包括"布袋戏、歌仔戏、南管、北管、台湾歌谣"和"当年盛行的台语片"在内的台湾本土文化。[①]这种文化环境有助于台湾省籍作家克服战后台湾的种种隔阂。1957年，钟肇政编印专供台湾省籍作家"互通声气，互为砥砺"的《文友通讯》，参加者包括钟理和、廖清秀等10余人。1964年4月，吴浊流创办的《台湾文艺》问世。这是战后台湾第一份冠以"台湾"二字的文学刊物，参与创办的有台湾省籍作家40余人，并很快聚集起上百本地作家，而该刊写实主义的倾向也推动台湾乡土文学的发展。1965年，钟肇政为纪念台湾光复二十周年，编纂《台湾省籍作家作品选集》和"台湾省青年作家丛书"各10册。入选的台湾省籍作家更多达170余人，作品以1950年代的乡土文学居多，其声势不亚于中原乡土叙事。在这样一种创作潮流中，战后成长的青年作家得到大力扶持。被视为战后最重要的台湾本土作家之一的李乔在1965年出版第一本短篇小说集《飘然旷野》，之后短短十年中推出9种小说集。其创作"从生活和族群的基点出发，写作面向扩及台湾群体生活、历史内涵与人性的普遍性和独特性，其作品具多元文化意义，是一位关怀土地、充满历史感、超越族群局限，视野开阔的小说家"[②]。1961年从现代小说起步的王祯和发表的成名作《嫁妆一牛车》（1967）被视为台湾乡土小说的典范。其创作"'乡土'为体，'现代'为用；他最成功的几篇，'体''用'已达到'合而为一'"，由此揭示了"如果将'乡土'的意义提升扩大为一个民族文化的基本根源，那么，一个有民族特色的作家，也必然是'乡土'的。如果将'现代'解释成为创新求变的时代精神，那么，不甘受拘于僵化的传统习俗的作家，也必然向往

① 黄仁：《联合报改变了我的一生》，（台湾）《文讯》第285期（2009年7月）。

② 《李乔小传》，彭瑞金编选：《台湾现当代作家研究资料汇编 李乔》，（台南）台湾文学馆2012年版，第44页。

'现代'了"。①陈映真也在1964年发表成名作《将军族》，这是台湾最早深入关注"外省人"和"本省人"命运相关的小说。一个大陆漂泊到台湾的老兵和一个备受欺凌的台湾山地女患难中互助相爱，无力抵御社会压力而最终双双殉情。小说在死亡的解脱中将卑微小人物的现实命运和情感升华至"台湾的寓言"的境界，对社会现实的敏锐感受和对人类命运的深刻洞察得到了结合。他们所表达的台湾乡土意识丰富深刻，再加上稍后成名的黄春明、郑清文、洪醒夫等，台湾乡土文学确已勃兴，推动了台湾文学关注现实、扎根台湾土地的风气兴盛。

上述作家的创作代表了台湾本土乡土文学以其自身特有的形态挺进台湾文学"中心"的趋势。1961年，台湾新文学运动的"元老"张深切出版自传体长篇小说《里程碑》。其序明确表示："写作本书的目的有二：一是欲使读者明了台湾的民众，在日据时代经过了什么历程，我们怎样对付日本统治者，又日本统治者怎样对待过我们。其次是希望读者多了解台湾的实际情况和性格，认识台湾离开祖国五十余年，此间所受的政治教育，非独和大陆同胞完全不同，就是语言、风俗、习惯等，都有相当的变化，连思考方法和感受性也大不一样了。我们如果不作速设法弥补，促使双方接近，我恐将来这微小的裂痕，会越离越开的。"②这里的"读者"显然主要指大陆来台的民众。而此番自述可以代表战后台湾省籍作家乡土创作的价值走向：唤起台湾的历史记忆，凸现台湾的语言、风俗，促进与大陆省籍民众的心灵沟通。

中原和台湾两种乡土叙事奠定了战后台湾现实主义文学的重要基础，而日后它们的沟通、汇合，将迎来台湾小说的黄金时期。

四、多种流脉的女性叙事

1960年林海音《城南旧事》和聂华苓《失去的金铃子》的出版，是1950年代女性叙事兴起、成熟的一个总结。有意味的是，《城南旧事》最初发表于聂

---

① 白先勇：《花莲风土人物志》，《白先勇文集》第4册，花城出版社2000年版，第381页。
② 张深切：《里程碑·序》，《张深切全集》第1卷，（台湾）文经出版社1998年版，第62页。

华苓主编的《自由中国》文艺栏，而《失去的金铃子》初刊则是林海音主持的《联合报副刊》。这是战后年代台湾颇有影响的两份文学刊物，它们的掌门人都是女性，又互相提携推出各自的名著，两部小说又都是以自叙性角色讲述女性成长的生命经历。所有这些都令人感受到战后台湾女性文学的成长历程。

女性文学一向处于边缘，此时台湾女性文学的崛起却引人注目，不管是相对于日据时期台湾文学，还是对照于同时期中国大陆文学，五六十年代台湾女性都显现出多种流脉中的兴盛。这时期台湾文坛创作有实绩有影响的女性作家除了前述的潘人木等外，还有林海音、聂华苓、陈若曦、於梨华、孟瑶、李曼瑰、郭良蕙、张秀亚、琦君、丛甦、蓉子、徐钟佩、琼瑶、吉铮、胡品清、罗兰等，苏雪林、谢冰莹、沉樱等老作家的创作也实力不凡。中国文学史，还是第一次出现如此大规模的女性作家群，并取得会传之于后世的文学成就。

1955年5月4日，苏雪林、谢冰莹、李曼瑰等32位女作家联名发起的台湾省妇女写作协会成立。成立宣言说："我们，有的来自机关团体的办公室，有的来自锅前灶下的厨房，有的来自弦歌不辍的学校。但是，我们的爱好是一致的，我们爱好写作。"①该会成员多达385人，以"妇女文丛"的形式出版了作品集27部，举办了数十次写作座谈会。1969年，该会改组为"中国妇女写作协会"，严格了会员条件，成员仍达260多人。该会成立后十年间，就以协会名义出版了创作集41部，并将会员作品译成英文出版。该会的活动反映出了台湾女性文学创作的活跃。但事实上，更多的女性文学创作是在该会之外，以更为个人化的方式进行着。

女性文学得以以个人化方式展开，文学媒介占有重要地位。聂华苓1948年迁徙台湾，她自言"那时我真是反共的"。1952年她进入《自由中国》，之后主编文艺栏，开始还难以摆脱国共对立、反共抗俄意识形态影响。但在自由主义风气影响下，她开始形成极其素朴的观念："纯文学不该和政治搞在一

---

① 刘心皇编选：《当代中国新文学大系·史料与索引》，（台湾）天视出版事业有限公司1981年版，第518页。

起。"① 之后，"凡是有政治意识，反共八股的，我都是退！退！退！"②。在她的努力下，文艺栏自觉抵制反共八股作品，而女性主题逐步加重，采用女作家作品之多，"清楚显示出五〇年代是'女作家辈出的时代'"③。1953年，林海音任《联合报副刊》主编，她长达十年的任期使《联合报副刊》成为台湾影响最大的文学副刊。9栏至13栏的版面，也使"联副"成为1950年代最大的报纸文学园地。例如，1957年《联合报副刊》增加整版的《星期小说》，每期可刊发万余字小说。林海音以"不会放过每篇佳作，发现一篇佳作的快乐，不亚于自己写一篇得意作品"为自己的编辑方针，追求"'联副'的作品，都是有思想的，读后要开卷有益，而非消闲娱乐"，要"文学性极浓"。④她在作者队伍上开放兼容，当时各种文体的优秀作者，老中青几代都是"联副"的热心作者。众多的女作家是《联合报副刊》的常客，成为"联副"提升文学质量的重要方式。1957年，林海音又任刚创刊的《文星杂志》月刊编辑。1967年，她创办和主编《纯文学》周刊，之后又独立负责纯文学出版社的事务。《联合报副刊》《文星》《纯文学》等对五六十年代台湾文学的发展都起了不可替代的重要作用，也为女性文学提供了重要园地。1956年，夏济安创办《文学杂志》，其名与三四十年代"京派"最有影响的刊物《文学杂志》同名，显示出其坚持文学本位的立场。其编辑理念与聂华苓、林海音相近，即开辟独立于政治之外的文学空间，强调疏离于官方意识形态的美学追求。《文学杂志》的学院派特色，其实也契合当时台湾女作家的学历背景、文化修养。而相当数量的女作家进入《文学杂志》发表作品，无论是"中西合璧"的文体，还是倾向于传统的书写，也都内在吻合《文学杂志》的价值取向

---

① 刘心皇编选：《当代中国新文学大系·史料与索引》，（台湾）天视出版事业有限公司1981年版，第24页。

② 姚嘉为：《放眼世界文学心——专访聂华苓》，（台湾）《文讯》第283期（2009年5月），第23、26页。

③ 应凤凰：《聂华苓主编的〈自由中国〉文艺栏》，应凤凰：《五十年代台湾文学论集》，台北县文化局2006年版，第132页。

④ 林海音：《流水十年间——主编联副杂忆》，张瑞芬编选：《台湾现当代作家研究资料汇编 林海音》，（台南）台湾文学馆2012年版，第113、127页。

（《文学杂志》对"现代"的倡导，恰恰会扶持女性文学的发展）。所以，《文学杂志》也成为台湾女性文学兴起的重要园地。此外，"在五〇年代初，同时期的党营或公营媒体的妇女版面，如《台湾新生报》的《台湾妇女》周刊，《中华日报》的《现代妇女周刊》，《中央日报》的《妇女与家庭》，'妇联会'出版的《中华妇女》等，所促成的女性自觉运动成绩恐怕比反共抗战影响要大得多"[①]。这些女性刊物探讨各种女性话题，执笔撰文者多为女性知识分子。这样，既普及了女性知识，建构了有利于女性文学发展的女性场域，又养成了女性知识分子的文笔，培养了女性作家。例如，武月卿主编的《中央日报·妇女与家庭周刊》从1949年至1955年，每年都举办征文活动。这些征文都围绕女性理想、现实问题展开，也为女性文学发展提供了重要资源。妇女刊物关注女性的主妇角色，也影响了台湾女性文学对家庭、婚姻、爱情等题材的开掘。

五六十年代，"在'反共文学'、'现代文学'的大标题底下，其实有一个既不反共，也不怎么现代的伏流，那就是以散文为大宗的女性作家作品。相对于'反共'、'现代'双双走离现实，反而是女作家作品保留了一点现实的记录"[②]。1953年，张漱菡编选女作家小说集《海燕集》出版，所收小说，仅有苏雪林《森林竞乐会》、谢冰莹《烟囱》等少数作品与"反共"有关，只占八分之一，表明女作家创作一开始就疏离于"反共"主流意识之外。台湾女性文学的发轫显示出了多种流脉中的演变，有抒写家国之愁和漂泊之苦的，有关注女性现实话题的；有表现女性悲剧命运的，有开掘女性情感世界的；有书写台湾"在地"生活的，有描写海岛风土人情的；有致力小说实验的，有投身大众消费文学的。这种女性文学有所兴盛的局面发生的原因。一是五四新文学传统在台湾还有所存身，冰心、萧红、张爱玲的小说在台湾仍能产生影响。二

---

① 封德屏：《迁台初期文学女性的声音——以武月卿主编〈中央日报·妇女与家庭周刊〉为研究场域》，载李瑞腾主编：《永远的温柔：琦君及其同辈女作家学术研讨会论文集》，（台湾）"中央大学"琦君研究中心2006年版，第10页。

② 杨照：《文学的神话，神话的文学——论五〇、六〇年代的台湾文学》，载杨照：《文学、社会与历史想象：战后文学散论》，（台湾）联合文学出版社1995年版，第121页。

是台湾当局倡导"战斗文艺",但作家、出版社并未完全体制化,这反而给基本上不直接涉及现实政治的女性作家提供了生存发展空间。三是此时的女作家基本上都在大陆完成了最初的学业,中文根底,包括古典文学修养较深厚。在台湾文坛创作力量青黄不接之时,女性文学凭借自身的语言、艺术优势异军突起。四是当大陆迁台民众还急切盼望早日返回大陆之际,女作家却由于性别意识最早产生了"家台湾"意识。她们也思念大陆的故乡,但她们又踏踏实实把眼前的生活当作家的日子过,并较快地对台湾有了家的感觉和情感。这种心态使她们的创作有了较从容的展开,并开始有了"在地"化的写作。五是当时的台湾女性文学也能较广泛地接触到各种西方文学思潮。台湾省妇女写作协会就曾多次举办过外国文学讲座,介绍最新的文学思潮、流派。女性记忆中的怀乡恋家之情,时代变迁背景下的女性情感命运,中西文化碰撞中的女性意识和经验,成为五六十年代女性文学的重要内容。

此时期台湾女性文学的活力在于其多种流脉中的演变,其中林海音从1951年开始发表小说,其"纯女性化,以女性的悲剧为重要写作素材"[1]创作中包含的女性主体意识在1950年代的台湾文学中产生了"革命性"的意义。聂华苓1949年流徙台湾后的小说超越了政治动乱中的个人恩怨和意识形态,其中包含了深刻的家国之愁、漂泊之苦,反映出此时台湾现实主义的一种高度。

林海音(1918—2001,台湾苗栗人)出生于日本,5岁时随父母到北京,在古都环境中长大、成家。她毕业于北平世界新闻专科学校,是北京第一位从事采访的女记者。1948年与家人返台定居。这种经历使她的小说充溢着对北平古城的悠悠思念,也有着对台湾乡土的深切关怀,但她更关注的是男权社会中的女性命运。林海音在谈及她的成名作《城南旧事》[2](1960)时说:"我写东西从不'政治挂帅',也不高喊'革命',这部小说我是以愚骏童心的眼光

---

① 林海音:《林海音文集·自序》,浙江文艺出版社1997年版,第3页。

② 《城南旧事》有24种版本,为作者作品中流传最广的一部。最早版本为台中光启出版社1960年版。本书引文据广东花城出版社1983年版。

写些记忆深刻的人物和故事。"①小说中小英子的眼光有着童年和女性的双重视野融合而成的"女儿情结"、对家的寻求、对天伦之情的抚慰，但这一切都被父权社会无情地毁灭。《惠安馆》中，秀贞的命运是真正的女性悲剧。在小英子的眼中，"我只觉得秀贞那么可爱，那么可怜，她只是要找她的思康跟妞儿——"。恋人和女儿，这是女性天性上的追求。然而，情侣被拆散，女儿刚落地被丢弃，秀贞被人视为疯子，雨夜和刚被寻回的女儿一起被碾身于火车铁轮之下。参与这场惨剧制造的，还有秀贞的父母。小说由此呈现出一种真正体察中国女性之苦痛的悲悯情怀。在城南胡同浓郁的风土人情描绘中，林海音记忆起的是男权话语遮蔽下女性命运的真相。其他作品，如长篇《晓云》（1959）在少女夏晓云和有妇之夫梁思敬的爱情悲剧中多方面地揭示了女性承受的生活压力。当年母亲爱上了已婚的老师，生下了私生女的晓云。而晓云长大后，重蹈母亲覆辙，爱上了自己学生的父亲。怀孕后晓云为了成全情人的家庭和事业，独自离开，孤独面对未婚母亲的一切。晓云无所顾忌追求自己的爱情，而无法得到任何一方的理解，承受的只是无尽的压力。林海音清淡而悠远的讲述，包含了对女性命运的深切关怀。《烛芯》《晚晴》等小说都是处理动乱年代婚姻重组的题材，无论小说主角是男是女，都包含了对女性命运深切的同情心。林海音说自己的作品是"纯女性化，以女性的悲剧为重要写作素材"②。这种"女性化"，在五六十年代台湾文学中是别有意义的。

《城南旧事》对女性命运的关注，在浓烈撩人的乡愁抒写中格外感人。长居于北京的经历影响到了林海音小说的"古典美"，她的文字温婉典丽，小说意象清亮淡远，细密的结构中总会渗透起"长亭外，古道边""天之涯，地之角"的感伤意味。《金鲤鱼的百裥裙》中的金鲤鱼6岁被卖作养女，16岁被收为小妾，生儿后又被剥夺母亲的权利，甚至死后棺材也只能从旁门抬出。小说中那条绣有九十九朵梅花的"喜鹊登梅"的大红百裥裙成为叙事的中心意象，其包含的民间喜庆意味反衬出女主人公命运的悲凉。同时，林海音小说的风格又

---

① 林海音：《童心愚骇——回忆写〈城南旧事〉》，转引自彭小妍：《巧妇童心——承先启后的林海音》，（台湾）《中国时报》1994年1月8日。

② 林海音：《林海音文集·自序》，浙江文艺出版社1997年版，第3页。

有来自生活的多样性。《蟹壳黄》（1956）早早写到了生活中的省籍问题，4个来自天南地北的大陆人士合作经营"家乡馆"，终因不同水土养成的个性而分手；而那个最难相处的广东老板却与一位台湾女子成功合作，并最终联姻。小说写得诙谐幽默，人物的生动性显然来自作者对当时现实生活的敏锐觉察。

　　林海音第一本小说集《绿藻与咸蛋》（1957）中，大部分是儿童文学作品。之后她又出有16种儿童文学作品集，70岁出版了两卷本《林海音童话集》，并翻译、编译多部外国儿童文学作品集，是台湾著名作家中难得为儿童文学终生出力的人。当时台湾儿童读物注重中国历史的伟人英雄教育，而林海音创作儿童文学的立足点是"我们大多数人毕竟是普通人，我们的孩子首先要知道的是——在现代生活中，一个普通人的起码做人的条件是什么，而不是做英雄的条件是什么。即使是英雄，他也曾是一个普通的好孩子吧"[1]。她所写作品"在时下的儿童文学中仍不失上乘之作"[2]，就在于她在普通人的儿童世界里展开儿童生活、心理的描写，在"眼下的日子"塑造儿童形象。

　　林海音1960年代还出版有散文集《作客美国》《两地》等近20种散文集。"台湾是我的故乡，北平是我长大的地方……当年我在北平的时候，常常幻想自小远离的台湾是什么样子，回到台湾一十八载，却又时时怀念北平的一切。"[3]北京的古迹风景、人情习俗，在1960年代林海音的散文中得到了深情的描绘。其他游记、家庭随笔、文坛旧话等，叙事文笔清朗明快，多温馨爽快之情，无怀旧思古之痛，更无时代战斗之喧嚣，在当时的台湾散文中新人耳目。

　　聂华苓（1925年生，湖北应山人）在她好几种自传书的扉页都写着："我是一棵树。／根在大陆。／干在台湾。／枝叶在爱荷华。"大陆、台湾、海外，是她的"三生三世"。2011年5月，台北举行了"百年文学新趋势：向爱荷华国际写作计划致敬"系列活动，聂华苓的"三生三世"也成为台湾文学的

---

　　① 林武宪：《给孩子一个亲切的世界——林海音与儿童文学》，张瑞芬编选：《台湾现当代作家研究资料汇编　林海音》，（台南）台湾文学馆2012年版，第329页。

　　② 叶石涛：《林海音论》，张瑞芬编选：《台湾现当代作家研究资料汇编　林海音》，（台南）台湾文学馆2012年版，第149页。

　　③ 林海音：《林海音文集·自序》，浙江文艺出版社1997年版，第3页。

一种象征。大陆、台湾、世界，都是文学的故乡。聂华苓也用文学告诉人们，如何去爱，不被政治意识形态、世俗成见、族群偏见所拘囿；而爱的苍白、僵化、狭小，才使得文学的创造力萎缩。她已出版作品集20余种，而她最重要的作品就是完成于1949年后流徙台湾的十五年和她1964年迁居美国后的最初几年。聂华苓的创作能超越政治变乱中的个人恩怨（她10岁时，父亲短期出任贵州平越专员时被长征经过的红军处死，她早年就读"中央大学"时又一向被左派学生认为是反动派，所以1949年和母亲避走台湾）和政治意识形态来书写家国之愁、漂泊之苦，从而在五六十年代的中国文学中留下了坚实的足迹。

1960年，聂华苓完成了第一部长篇小说《失去的金铃子》①。这部受到夏志清、叶维廉等著名海外学者广泛好评的小说通过抗战时期从重庆回到贵州山村的少女苓子的眼光，讲述了西南偏远山乡的爱情悲剧。山村医生尹之舅舅和新寡的巧姨相爱，结果由于封建势力的陷害，巧姨被逐出村子，尹之被捕入狱。围绕这一悲剧，小说还描写了丫丫、玉兰等女子的悲苦命运。由于小说的叙事视角是苓子（"我"）"庄严而又痛苦的成长"，因而呈现出对昔日青春岁月的追怀，寄寓着乡愁的潜在主题。小说在艺术表现上已开始呈现出把"写实"和"其他含义"两个层面结合在一起的特色。②真切细微的现实主义表现和寓意深远的象征手法取长补短，拓展了作品艺术深度。那"荒山野色……若断若续、低微清越、不知从何处飘来，好像一根金丝，一匝匝的，在田野上绕，在树枝上绕，在心上绕，愈绕愈长，也就愈明亮"的金铃子声音，有着很浓厚的象征意味。18岁的苓子离开妈妈在外流亡了五年，"剪不断理不乱"的离母去家之愁，正是那缠绕不断的金丝。苓子对青春、理想的向往、追求，也正像那缕缕金光似的金铃子。苓子认识并爱上了尹之舅舅，山村人的生命力使这个有点野得"不像个女孩子"的女孩子感到"活着又是那么扎实，那么美妙"。她和丫丫去爬山，又听到了那"好像一张金色的网。牵牵绊绊、丝丝缕缕"，罩着四周的一切，仿佛使得每片叶子、每棵草、每朵花都在呼叫的金铃子叫声。苓子考试落第，孤独、绝望中，

---

① 聂华苓：《失去的金铃子》，（台湾）学生出版社1960年版。本书引文据人民文学出版社1980年版《失去的金铃子》。

② 聂华苓：《海外文学与台湾文学现状》，《河南大学学报》1980年第4期。

尹之舅舅的了解、关怀使苓子的眼睛又亮了起来。她惊异地听见了比那潺潺的雨声还细的金铃子的叫声。像一股细小的金色水流，在她四周流泻，使她心里也有点什么汩汩地流着，是向往、是希望……然而，这金色的迷人的声音，很快不能再由她心里抖出来了，她发现尹之舅舅早已爱上了新守寡的巧姨的秘密。由于她的冲动、莽撞，暴露了这个秘密，"金铃子不见了……树下闪着一颗金光。一片枯黄中，只有那一颗金光。一眨眼那一颗金光也消失了"。象征，写实，已难以分清。小说中几乎每个人生命中飘忽不定的想望、希求、幻灭，都与"很深，很细，很飘忽"的"金铃子的声音"联系在一起，并和小说中多次出现的"杜鹃""呕心泣血倾出那动人的叫声"相呼应，在一个少女的成长历程中表达出极其丰富的生命意味。

《台湾轶事》（1964）中"全是针对台湾社会生活的'现实'而说的老实话"[①]的小说，也常常会用某个场面的气氛或某个"小道具"来暗示出某种意味。《珊珊，你在哪里》讲述李鑫因公出差来台北，乘公共汽车去探望几十年前在故乡四川橘园里初恋的珊珊。作者在公共汽车里安排了各种各样的大陆人，他们或赋闲在家与鸭子、鸡子、狗"三军"为伍来打发自己，或者写谈情说爱的末流小说来蹉跎岁月，或空挂二十多个头衔在交女朋友中消磨时光……这些人物的经历、性格不同，但都百无聊赖，透出着碌碌无为的俗气。他们一路的说笑谈论，传神般地表现出了50年代台湾社会的人情世态、心理情绪，成了台湾社会的一个缩影。小说把李鑫和珊珊的见面安排在这样一辆公共汽车里，用车厢里各色人物的活动这一场景来象征李鑫所眷恋、怀念、向往的昔日的青春、爱情、友谊早已失落了，充斥台湾社会的精神空虚和庸俗也早已把那个充满活力、仿佛"由那天国的光辉中走出来"的小天使般的珊珊冲走了。

聂华苓在1960年代就自觉地写"中国人在这个时代的处境，而延伸到'人'的处境"[②]。长篇《桑青与桃红》虽完成于她1964年迁居美国之后，但内容、构思密切联系着她的中国大陆、台湾经历，而她所领悟的"我的母语就

跨越1949
战后中国大陆、台湾、香港文学转型研究

---

① 聂华苓：《台湾轶事·写在前面》，北京出版社1980年版。

② 王庆麟：《聂华苓访问记——介绍"国际作家工作室"》，（台湾）《幼狮文艺》第169期（1968年1月）。

是我的根。中国是我的原乡"[1]。这种原乡意义上的根，使她写"中国人、中国事"，更关注作为人的小说人物的命运，其作品也往往成为一则意味深长丰富的民族寓言。《桑青与桃红》曾被作为中国"女性心理的开山之作"而得到广泛研究，后来又被视为"离散"（Diaspora）文学的"始作俑者"，[2]而它所呈现的20世纪中国知识分子的"流亡"历程更被人关注。1990年代，美国几位讲授中国文学的大学教授，不约而同选择了《桑青与桃红》作为其教科书。1997年，张敬珏主编的《亚美文学族群手册》出版，其中"华美文学"一章更认为，《桑青与桃红》的多重含义成为华人美国文学的一种指标。为什么一部《桑青与桃红》在不同时代会获得不同的意义，展现出如此丰富的诠释层面？就因为这部带有自传色彩的长篇小说在"写真的象征"中超越了个人、国族，展现的是人的根本性处境。小说采取了一种整体性的象征结构，但各个具体场景仍有很多写实。小说分四部，桑青是故事开始时女主人公还是纯真少女时的名字。第一部写全面抗战爆发，纯朴的桑青乘船逃难，整整一船人被困于险恶的瞿塘峡，进退不得。第二部写日本投降，桑青投奔家姑沈家。解放军兵临北平城下，桑青匆忙完婚，再次仓促出走。第三部桑青到了台湾，因丈夫挪用公款，被警察追捕，一家人躲避"隐居"于一个布满尘埃、老鼠横行、与世隔绝、摇摇欲坠的小阁楼里，在"爬行"中度日。第四部写桑青非法移民到美国，又不断处于移民局的调查追寻中，精神、性格分裂，成了逃亡中的"桃红"。小说以女主人公的这种经历，将中国人失去家国、放逐流亡而产生的精神痛苦人格分裂同近现代中国的历史动乱联系在一起，困陷和流浪的意象贯串于小说始终，从而成为近现代中国命运困境的一种象征。桑青心中一直存在着一种"外乡人"的隐痛，三峡、北平、台北、北美……不管身处何地，桑青始终无法摆脱"外乡人"的痛苦与折磨。这种"现代流浪者"的命运，隐寓着现代中国人的悲剧。小说的这种民族寓言意味，使这部小说被称作当时台湾文学

---

① 聂华苓：《桑青与桃红小识》，《桑青与桃红》，（台湾）时报文化出版企业有限公司1997年版，第1页。

② 李欧梵：《重划〈桑青与桃红〉的地图》，《桑青与桃红》，（台湾）时报文化出版企业有限公司1997年版，第3、4页。

中最具雄心的一部作品。但小说中女性的逃离叙事的线索也很丰富。第一部瞿塘峡的船上，不仅有那个敢爱敢恨的桃花女："他好，一辈子的夫妻！他不好，他走他的阳关大道，我过我的独木桥。"还有原朴的桑青和流亡学生的"性狂欢"，也是桑青（女性）悲剧的开始。第四部中，桃红在信中说："我要为孩子找一个出生的地方，我将出生一个有血有肉的小生命。"这小生命，有如小说卷末跋中所言"直到今天""还在那儿来回飞着"的帝女雀，是女性新生的化身，也是"永远在路上"的象征。而她呼应篇首"楔子"中以身体抗争天帝的刑天形象，使其女性反抗父权传统的意蕴更加显豁。同样在"楔子"中，桃红还在公寓墙上涂鸦了这样的句子："谁怕蒋介石/谁怕毛泽东/Who is afraid of Virginia Woolf（谁怕伍尔芙）。"小说时空线索繁杂而清晰，以"桑青"叙事时，语言简约、短促显得压抑；以"桃红"叙事时，语言紊乱、恍惚，却透出狂放。这样构成的语言张力更凸显了主人公的命运。

此时期，女性文学一向擅长的言情创作也出现了不同流变。孟瑶等的创作拓展出更多联系着传统的那一脉女性文学。孟瑶（1919—2000）自1953年出版了她的第一本小说集《三个叛逆的女人》后，一共出版了65种小说集，总字数近千万字。其中42种小说集出版于五六十年代。此期间，她还出版了数种散文集、童话集，并完成了著名的"孟瑶三史"：《中国戏曲史》《中国小说史》《中国文学史》。孟瑶是真正属于五六十年代中国文学史的作家。

孟瑶小说题材多样，在"世变小说""言情小说""梨园小说""移民小说""历史小说"上都有佳作，其中写女性命运的最为人关注。她在其散文《给女孩子的信》中以"古典的笔，写实的眼睛，浪漫的心"作为自己女性写作的立场。其小说传衍传统伦理，铺陈民族情操；人物繁复多样，个性迥异，但都未失却最后之善，率性而为中不乏美好心灵；语言典雅优美，文风温柔敦厚。她的小说对人生、对女性有着深厚的人文关怀，善恶分明地直面现实，为女性直言不平，也剖露女性种种弱点；以女性的情感想象力呈现人物的内心世界，却没有畸情狂爱之色。长篇《心园》（1953）是孟瑶的成名作，呈现出孟瑶五六十年代小说的艺术追求。护士胡曰涓在南山中学校长田耕野家中做特别护士，对田耕野渐生爱慕之情。但因童年落下的病残，她始终将自己的爱深藏于心，在默默奉献中度过人生。女画家丁亚玫内心也深爱田耕野，但身份之囿，使她只能用绘画寻求情爱的寄托，在纵情山水中释放被压抑的人性，最后殉身于自然。田耕野关爱他人，始终"像春天的阳光，使接触到的人感到无言的舒适和温暖"，却让两个最爱他的女性尝够了人生苦果，而那个工于心计、物欲膨胀的女性王文秀却能一度闯入他的婚姻生活。小说始终在人物的内心矛盾冲突中表达对人性心园里美的期待。丁亚玫在大自然陶冶下的慧敏无拘和胡曰涓在家庭苦心培育下养成的温柔贤良之间的交流、对话，成为小说的中心线索，使小说摆脱了以往小说"一男三女"情感模式的男性叙事倾向，在真正体悟、表达女性的情感世界中呈现出"灵魂的美才是永久常青，系人心神的"[①]的境界。小说文笔雅净俊逸，田耕野的山居生活，丁亚玫笔下的梦湖、文峰塔和胡曰涓全无尘埃的身心交相辉映。小说由此笼罩一种诗意。在这种诗意中，人物各自的个性，尤其是胡曰涓含蓄的痴爱，丁亚玫奔放的狂情，静宜细腻的挚爱，王文秀追求物欲的矫情，都得到了生动的呈现。《心园》一类小说，反映了政治动乱环境中人们对传统美德和审美境界的期待、追求。

孟瑶此时期的短篇小说多有怀乡之愁。《孤雁》中的京士随军迁台，晚年有如孤雁，有老妻的故国回不去，儿孙家也难以容身，失群失侣更失归途。《阔别》写小吴从大陆辗转来台湾寻访昔日爱人，却发现物是人非，记忆中的美已失却了光彩。《归途》以一辆计程车上的司机和乘客的谈吐凸显台湾的人情世相，活灵活现。《小灵魂》借小男孩李小华在后妈身边对爸爸的温暖的期盼，表现了一种孤苦无依的心灵。这几篇小说分别代表了当时台湾短篇小说的几种叙事模式。

但此时也出现了郭良蕙（1926—　）那样极具反叛性的女作家，这位为台湾文学提供了70余种作品集的女作家显示了和孟瑶不同的创作走向。郭良蕙毕业于四川大学外文系，有相当好的文学功力，擅长心理刻画，而又追求"写每一部小说都要超越自己"。她近40种作品集出版于五六十年代，也是五六十年

----

① 孟瑶：《心园·自序》，（台湾）皇冠出版社1958年版，第2页。

代创作最丰硕的女作家之一。她自1953年出版第一部小说集《银梦》后，一直关注女性的情感境遇。作品大都描写从传统男性社会向现代社会变迁的过程中的男女情爱，《银梦》《泥洼的边缘》《感情的债》等都捕捉住了人物的微妙心理。作者尤为关注社会压抑下包括性心理在内的人性幽微处，所描写的人物也往往对社会有大胆的挑战、叛逆行为。在讲究传统道德又处于政治高压的台湾社会，郭良蕙的这种写法本身就具有微妙的抗衡性。待到她1962年出版长篇小说《心锁》，其描写女性情欲心理和挑战传统家庭伦理的大胆行为引起轩然大波，二度共遭禁二十六年，作者本人也在政府、文坛等多重压力下而被开除出"中国文艺协会"和台湾妇女写作协会。但郭良蕙有自己的创作信念，在后来的小说《四月的旋律》（1963）、《金色的忧郁》（1964）、《邻家有女》（1970）中，仍关注着女性命运的特殊题材，包括女同性恋、婚外恋、"第三者"等，在女性命运的特殊遭遇中越来越深地开掘社会及其心理，独行于当时的台湾文坛。她的这种反叛性使她成为台湾社会言情小说的先行者，1980年代、1990年代还在香港和中国大陆引发女性文学的一些思潮。

郭良蕙的小说"雅俗共赏"[1]，在台湾一直畅销。但她并不为迎合大众而写作，而出于对女性命运的关心和对人性的"兴趣"写作。《心锁》描写女主人公夏丹琪在报复用情不专的情侣范林时也一再将自己锁入了"心室"，她的困惑自责反映出她的情欲需求无法摆脱传统道理伦理的影响；《四月的旋律》讲述罗伯强跟老同学的妻子石玢尼间的邂逅相恋，他们最终在痛苦中理智分手。两部小说出版相隔一年，都以婚外恋情为题材，人物命运的不同结局反映出作者对情爱仍有道德性立场。作者对人物心理的准确把握和大胆描摹（《心锁》中的男女主人公正值青春年华，《四月的旋律》中的男女主角则是中年男女），使她的小说备受读者青睐。

陈若曦、欧阳子等女作家参与的台湾现代派小说，於梨华开启的台湾"旅外"文学，1950年代也都开始呈现生机，在1960年代结出更丰硕的成果。女作家们小说创作虽各有侧重，但又互有渗透，流脉如此丰富，恰恰说明了从边缘

跨越1949
战后中国大陆、台湾、香港文学转型研究

---

① 郭良夫：《〈焦点〉序》，《焦点》，中国文联出版公司1987年版，第3页。

切入，文学自身会产生出足以抗衡政治高压的力量。

此时期的台湾小说界，还涌动起现代主义文学、通俗文学等创作潮流。这些在"反共抗俄"主流意识形态之外的边缘，甚至在某种"主流"形态内部产生的疏离官方意识形态的小说形态，构成小说自身发展的动态格局与僵化的政治体制及其意识形态之间的抗衡，使台湾小说在政治高压的战后年代仍获得了较多的个人空间，并迎来了台湾小说乃至中国当代小说的丰硕成果。

第三节　战后香港小说：超越政治化和商品化的本地化进程

抗战时期的香港文学一直处于"中原心态"与本地化进程的纠结中，但这一情况在战后得到了根本性改变。香港文学始终在本地作家和南来作家的共同努力下生存发展，而此时的本地作家，经历了香港的"失而复得"，其香港"家园"意识开始自觉；战后的南来作家，尤其是1948年后的南来作家，大多没有再如从前那样南来又北返，而是在变旅居为定居中慢慢融入香港社会。各种政治势力在香港仍很活跃，但1949年后没有再发生服从于全国的政治需要，按照中国内地的文学模式来建设香港文坛的文学运动。所有这些，都有利于推进香港文学的本地化进程，而这种本地化进程在跨越"1949"的背景下有其价值和意义，不仅保存、发展了中国现代文学的各种传统，而且以其跨地域性的本土化进程丰富了中国现代文学诸多重要课题的经验。这在小说创作中表现得尤为明显。

战后香港文学中，创作数量最多的仍是小说。据不完全统计，1950年代平均每年出版的单行本或在报刊连载的小说在60种左右，小说发行形式多样，除了传统的单行本外，一是"三毫子小说"。它由环球图书杂志出版社发行，奉行薄利多销的商业原则，每本约20页，都为中篇小说，售价三毫子，内容多为言情等流行小说。以文学价值而言，佳作不多，"但这些流行一时的小说却带着鲜活的五、六十年代香港都市的风情，由城市外貌、地理空间的描写，到小市民生活的千姿百态，都让人读得有滋有味……五、六十年代香港都市的情貌得以保留在这些故事之中"①。有些出色的小说作家，如望云、黄思骋、潘柳黛、西西等，都出有三毫子小说。二是报纸连载。五六十年代是香港报纸连载小说最普遍的时期，《成报》《星岛晚报》《新生晚报》是连载小说的三大报纸，且各有特色。连载小说能直接及时反映小说受读者欢迎的程度，受欢迎的连载小说往往被改编成电影，密切了小说与电影的关系。许多香港长篇名著，如刘以鬯的《酒徒》、张爱玲的《怨女》等都连载于报纸。三是"天空小说"，即以广播剧形式播出的小说。1950年代的香港，无线收音机普及，成为重要的大众媒体，"天空小说"应运而得以发展，出现了李我、艾雯等著名编剧。"天空小说"内容兼有通俗和严肃，往往有着香港知识分子对社会的关怀。小说发表的多渠道，使都市写实小说、现代主义实验小说、通俗小说等创作都有所兴盛，南来作家和本土作家皆有佳作。这一创作格局正是香港文学本地化进程展开的成果。

香港资深学者黄继持认为1950年代的香港小说有着"超乎商品化与政治化"的文学理想及其实践：一方面，"本地作者与迁来作者""在此地类型不一的报章副刊上'卖文'为主，而表现为跟文章'商品化'或同流、或周旋、或抗争、或移换的种种情态"；另一方面，"在'政治化'（'冷战'格局下的左右争衡）氛围中，各种杂志和出版社刊行的小说作品，顾及文学的品位之时，并无附加意识形态宣传的要求"。②这一颠覆了以往内地文学史对此时期香港文学的简单化评价的结论对于跨越"1949"的中国文学转型具有重要意义。处于冷战意识形态氛围和商品化环境中的香港小说何以能"超乎商品化与政治化"，其中的缘由非常值得探讨。

---

① 岭南大学人文香港研究中心香港文学研究小组：《书写香港@文学故事》，香港教育图书公司2008年版，第103页。

② 黄继持：《香港小说的踪迹——五、六十年代》，香港中文大学中文系、香港教育学院中国文学文化研究中心合编：《都市蜃楼：香港文学论集》，（香港）牛津大学出版社2010年版，第25页。

一、香港"乡土"：香港小说本土化进程的立足点

战后初期，左翼文学阵营在香港也发动过文学的地方化运动，但他们是要将战斗性寓于地方性中，倡导用粤方言创作，也是为了配合着"人民胜利进军"的"时局的开展"，[①]"以此时此地（'此地'包括广东等华南地区——笔者）的广大工农群众为对象"[②]进行的，所以其"地方性"创作反而没有了香港本地色彩。而战后香港小说的本土化进程取得了长足的进展，其成功首先表现在侣伦、舒巷城代表的香港"乡土"小说。

被杨义称为"香港新文学作家中真正具有'文学史'身份"[③]的侣伦在香港沦陷后流亡内地，1945年冬返回香港，之后十年中相继发表、出版了《无尽的爱》（1947）、《穷巷》（1948，1952）、《都市风尘》（1953）、《寒士之秋》（1954）等10余部小说集，另有散文集3种、电影剧本4种。这十年成为侣伦创作最丰盛的时期。

战乱的流亡，使出身贫苦的侣伦的思想倾向于左翼，流徙内地时甚至因为"为左翼张目"而受到当地政府的监视。回到香港后，左翼文人也加紧了对他的影响，希望他不要"停留在杜思耶夫斯基或左拉的道路上"，要"更勇敢跨向""高尔基的道路"。[④]他作品流露出来的"社会主义"倾向，也使得"当年左翼文坛许为同道中人"，但"侣伦思想行为'偏左'，笔下的'左味'却淡"。[⑤]在左、右翼政治意识形态严重对峙的香港，侣伦"不对那些'潮流'、'倾向'作任何批判"，但"坦诚道出作品应具备艺术性与社会性的结合"，以此"对那些听从政治风向而支配作品，作了诚恳的批评"。[⑥]这种不以政治标准衡量创作而看重文学自身的创作态度使侣伦在写作自由的香港社

---

① 茅盾：《杂谈方言文学》，《群众》第53期（1948年1月）。

② 冯乃超等：《方言问题论争总结》，《正报周刊》第69、70期合刊（1948年1月）。

③ 杨义：《中国现代小说史》第三卷，人民文学出版社1991年版，第265页。

④ 华嘉：《侣伦的小说——冬夜书简》，（香港）《文汇报·文艺周刊》第15期（1948年12月26日）。

⑤ 黄仲鸣：《侣伦其人——〈侣伦作品评论集代序〉》，黄仲鸣编著：《侣伦作品评论集》，（香港）文学评论出版社2010年版，第4页。

⑥ 慕容羽军：《侣伦创作的转折》，（香港）《香江文坛》第16期（2003年4月）。

会，得以"我行我素"，也是他的创作得以跨越"1949"的根本原因。

抗战全面爆发后，香港仍处于较平稳的状态。侣伦似乎能有余裕地来开掘香港本土的文化资源，战时的感受也加深着他对不同肤色种群之间纯洁人性相通的理解，中国文学中一向少有的"异族"形象接连出现在他笔下。《黑丽拉》（1937）还只是在"异国情调"中，以南洋女子黑丽拉和穷作家"我"相爱的悲剧写出了其人性中强悍、自尊的一面，并表达了一种人道主义情怀。随后的《永久之歌》（1938）则将时空推远，描写了在德意志的星空下3个青年男女对美好人性的共同追求，在对异族青年男女的命运、追求的理解中表达了人类相通的爱和美。战后的《无尽的爱》（1946）更进了一步，以失业者戴克（"我"）的视野写出了人类历史中一种历久而在的悲壮。小说在日军占领香港城区的真实背景下，以中国人"我"（戴克）的眼光，在葡萄牙少女亚莉安娜在二战中的遭遇中浓缩起人类苦难。亚莉安娜的母亲和弟妹身亡于日机轰炸之下。新婚前夕，未婚夫巴罗奔赴前线成为义勇军机枪手，被俘后为跟亚莉安娜早日重聚而越狱牺牲。亚莉安娜对战争的理解显然早已突破了民族、国家的界限，她原先跟巴罗约定，要一起进入中国内地，当"对日本作战"的"志愿兵"。而巴罗遇难后，亚莉安娜忍辱含垢，一心为未婚夫复仇。而她在耳闻目睹中国民众在日军武力下"简直是地狱"一样的生活之后，更坚定了复仇意志。她以常人难以想象的毅力控制住自己，跟日本宪兵队长佐藤周旋，用每周六夜里一杯咖啡所下的慢性毒药终于让佐藤命归黄泉。她是为了巴罗"勇敢的爱而同样勇敢地去接受死"。小说结尾写到"我"在弥敦道上目睹亚莉安娜从容就义："她昂起头来傲岸地走着，乌黑的长发微微的飘动；两只圆大的耳环闪着金色的光芒，一步一步的走向囚车。"这情景，会使中国人都"联想起法兰西大革命的恐怖时代，那些昂然踏上断头台去为自由而献身的女英雄"。在这种人类共有的历史悲壮中，充溢着的是人的尊严。而小说中"我"和亚莉安娜的交往，甚至冒险营救她，都发生在"人类的一点真纯爱"中。《无尽的爱》作为香港文学中难得的反侵略小说，其所抵达的高度在整个中国抗战文学，乃至世界反法西斯文学中都是突出的。

显然，跟一般西方文学中对于"异"（例如东方）的虚构不同，侣伦小说将目光投向异族男女时，这些异族男女的血肉、灵魂，仍跟香港城紧密相连。侣伦小说从早期的感伤变为战时的刚健明朗，黑丽拉的原始蛮性、史密德的自我牺牲、亚莉安娜的爱憎分明，都在跟邪恶的对峙中显得兀兀独立，显现了香港文学的特异之处，而这又扣住了二战人类正邪对峙的本质。这显然是香港给予他的视野。

侣伦小说不仅人物形象有着香港社会华洋杂处的特征，而且人物场景也有浓郁的香港"乡土味"，渡轮、咖啡店、士多店、酒店、有轨电车，点缀、穿梭于南国海滨的尖沙咀、油麻地等等映衬出香港人的悲欢离合，《无尽的爱》等更有着日本步兵、炮车、马队、飞机的阴影下九龙城区市集的种种场景。这些都使得侣伦小说成为地道的香港本土作品。它甚至表明着香港文学走出"海派"文化的影响，而开始追求自己的独立品格。侣伦的上述小说在战后的香港畅销，其创作在战后也保持旺盛势头。香港文坛商业性"传奇"作品主导的局面开始改观，这正是侣伦小说，尤其是异族题材小说的文学史意义。

侣伦战时小说的"港味"还多表现在对华洋杂处的香港都市风味的呈现，其中的文化认同难以避免英殖民统治的历史印记，而他的题材取向、"半通俗"的写法已体现出香港小说的生成。他战后的小说则呈现出更为本地化的探索。未完成的长篇《特殊家屋》用"洋场小说"的叙事口吻写战争期间香港人不忘"享受"的人生，"写世相不避庸俗，说人情不隐劣德"，很接近香港小说的"正宗"了。小说《私奔》（1948）落笔于最有香港民生特色的"住房"题材，细腻真切的心理描绘呈现了一对贫困夫妇无法忍受二房东的盘剥，深夜"走租"的悲剧。对香港社会弱者和底层社会生活的关怀，则预示出他最成功的作品——长篇《穷巷》的诞生。《穷巷》1948年连载于香港左翼报纸《华商报》副刊《热风》（未连载完），1952年出版单行本，"讲说香港底层小人物的故事，'现实主义'手法与《华商报》副刊步伐一致"，得到了左翼作家的肯定。但小说成功之处还是在于其表现的香港商埠乡土意识，人物命运也较典型地反映了香港战后社会最初转型中香港人的生存状态，成为最早"全面深刻写香港社会现实的作品"。[①]小说在"香港，1946年春天"的"序曲"中展开了战后香港的全面

① 柳苏：《侣伦——香港文坛拓荒人》，《读书》1988年第10期。

描绘，通过讲述香港一间狭小简陋的住房中4位患难与共的穷朋友的生活，反映"香港，迅速地复员了繁荣，也迅速地复员了丑恶"的现实。新闻记者高怀抗战期间积极从事抗日活动，战后失业；军人莫轮抗战前线作战致残，复员后捡破烂为生；同是抗日军人而被遣散的杜全更是生计无着，无奈中投奔莫轮；小学教员罗建也工薪微薄，全力支持着这一家四口的租金，还和高怀一起搭救了被逼自杀的女子白玫。小说以"住"的困窘凸显了香港的生存环境，在一间4个男子的小屋再挤进一个年轻女子的独异"家"环境中写出了战后香港贫民的命运，也在香港的世态人情中写出了人物的善良、强韧，风雨同舟，患难与共。这种小人物的历史才是地道的香港历史，充溢着香港民间的情义和生命活力。小说结局，杜全在被人诬陷入狱后，又断送了与阿贞的婚事，绝望自杀；包租婆周三姑将高怀等赶出木杉街，高怀仍对未来充满信心："我们是有前途的！"小说表现出左翼文学的理想情怀。但小说对知识分子形象的塑造，如写高怀的高尚情操、为他人分担的种种义举，写罗建的为人师表、埋头苦干，却是游离于当时中国内地左翼文学之外，反映出侣伦自身的创作立场。

《穷巷》的成功，是侣伦深入开掘香港文化资源而超越当时香港"政治化"状态的结果。刘以鬯称赞《穷巷》是"写人间疾苦而不做政治扬声筒的小说"①。《穷巷》的写实风格与左翼文学的现实主义相近，但侣伦写《穷巷》只是"为自己的感情而不是为别的甚么服务"②，甚至"是不受任何条件拘束，纯粹依循个人的意志写下来"③，他也一直以"新文艺"的"边缘人"而写作。所以《穷巷》在左翼报纸连载，而发行单行本时，由于《穷巷》的"穷"字会使人想到阶级意识，为了让书能发行到海外地区，他也同意将小说名字改成《都市曲》。侣伦强烈感受到"五十年代是个政治敏感性强烈的年代，也是文艺工作者不容易自由运用笔杆的年代"④。如何利用好香港相对自

---

① 刘以鬯：《五十年代初期的香港文学》，陈炳良编：《香港文学探赏》，（香港）三联书店有限公司1991年版，第10页。

② 侣伦：《我的话》，（香港）《香港文学》第13期（1986年1月）。

③ 侣伦：《合订本题记》，《穷巷》，（香港）三联书店有限公司1987年版，第4页。

④ 侣伦：《向水屋笔语》，（香港）三联书店有限公司1985年版，第222页。

由的创作空间，侣伦的态度是扮演"政治中立者"的角色。"在侣伦的作品中，看不出他对共产党的歌功颂德或是对国民党的揶揄"，他不是"没有立场，他的立场是写自己喜欢写的东西"。[1]这种立场使他在与香港社会的密切联系中避免了文学被卷入政治旋涡的危险，而为香港城立传，拓展出香港本土新文学。他的创作从浪漫抒情到社会写实的变化，体现了"一部活生生的香港小说史、文学史"[2]。

《穷巷》是第一部"全面深刻写香港社会现实"[3]的小说，对于战后香港社会的描写真实而全面。从小说开头包租婆"雌老虎"周三姑催租，到故事结尾，共患难的四男一女被迫离开木杉街的"家"，各奔东西而无归宿，整部作品始终扣紧香港社会底层民众的生存状况的恶化来展开人物命运的刻画。无论是战后经济表面的繁华和大批难民涌入的困窘交织而成的香港历史的变迁，还是由衣食住行琐细场景反映出来的香港市民日常生态，在小说中都有极为真切的描写，构成了地地道道的香港本土历史。之后，"写香港社会的作品多了起来"[4]，不少作品都如《穷巷》一样，关注香港里街小巷普通民众的生活，这自然影响了香港小说的本土化进程。

作为现代都市，"香港的乡土"主要是指香港民众历久居住的里街小巷、渔村码头等，那里有香港民众的历史记忆，成为香港乡土叙事开掘的重要对象。舒巷城1950年的短篇小说《鲤鱼门的雾》被视为香港乡土叙事的传世之作，就是描写香港贫民窟鲤鱼门渔民遗腹子梁大贵的渔村眷恋。当年鲤鱼门海峡的雾吞噬了梁大贵父亲的生命。梁大贵在鲤鱼门的雾中离去、归来又离去的叙事饱含了主人公对生他养他又让他心痛甚至绝望的故乡之地的复杂感情，弥

① 潘锦麟：《侣伦和香港文学》，黄仲鸣编著：《侣伦作品评论集》，（香港）文学评论出版社2010年版，第161页。

② 袁良骏：《侣伦小说论》，黄仲鸣编著：《侣伦作品评论集》，（香港）文学评论出版社2010年版，第15页。

③ 罗孚：《香港文坛拓荒人》，黄仲鸣编著：《侣伦作品评论集》，（香港）文学评论出版社2010年版，第8页。

④ 罗孚：《香港文坛拓荒人》，黄仲鸣编著：《侣伦作品评论集》，（香港）文学评论出版社2010年版，第8页。

漫香港人特有的"怀旧"意绪，也呈现出主人公对离乡漂泊而失去的故乡身份的寻找。《香港仔的月亮》（1952）以水上人家女孩月好望月思父的心情写香港渔民的命运，"水上人"谋生的风险，"低贱"于"岸上人"的身份，都使得"水上人"盼着能上岸生活。然而，月好父亲从渔船转到岸上茶楼工作后，在那陌生环境中犯事入狱了。这些小说在展示香港渔家风情、地域特色中表达出其乡土关怀，而一种单纯中呈现深刻的"纯美"成为舒巷城创作的特色。

舒巷城的代表作长篇小说《太阳下山了》（1961）被视为"在情节结构、叙述文体及地方性各方面"突破了"左翼文学的模式"，"开始初现香港文学的本土特色"。[①]小说关注香港小街陋巷日常风俗人情中的历史积淀，通过孤儿林红和养母梁玉银的穷巷生活，展示了香港下层市民宽厚、善良、乐观的心态。筲箕湾南街极具"港味"的风物人事成为全书叙事的焦点，包括节庆在内的种种场景的描绘，渗透着中国传统习俗和现代商业气息混合在一起的氛围，渲染着其间人物的心态，推动故事情节的发展。小说主角林红从一个幼稚的孩子成长为有理想青年的过程，也完全是香港普通人生经验的展开。他因家贫而退学，又差点走上邪路，但最终找到人生的积极价值。而这些都是主人公"在太阳下山时分独自摸索"[②]中完成的，没有以往中国现实主义小说所描写的人生理想的教育、政治人物的引导等，这就使主人公的成长更多包含了香港生活经验。在当时写实的长篇小说中，《太阳下山了》可以说是第一部坚实展示香港经验的作品。当种种沉积于小街里巷的香港乡土经验在作家对香港民众的人文关怀中得到开掘时，香港小说的本土化进程就有了坚实的立足点。

《太阳下山了》的初刊本是1961年1月在《南洋文艺》开始的连载，初版本则是翌年由南洋出版社出版。《南洋文艺》是当时香港世界出版社出身南洋的出版家周星衢特意为南洋华人读者创办的，计划通过此刊物培养星马等国的华人青年写作者，倡导南洋华人社会的创作风气。《南洋文艺》除组织刊发星马等地作品，也邀请香港作家（如何达、海辛等）撰稿，希望以此带动星马华

---

① 赵稀方：《小说香港》，生活·读书·新知三联书店2003年版，第127页。

② 艾晓明：《非乡村的"乡土"小说》，（香港）《香港作家》第115期（1998年5月）。

人作者创作水平的提高。《南洋文艺》在香港编辑出版，发行至南洋，而舒巷城《太阳下山了》这样日后被视为香港文学名著的力作充当了沟通香港文学与南洋华文文学的重要"使者"，反映出香港"乡土"文学在战后华文文学创作格局中扮演的重要角色。

二、南来作家：现代文学传统和香港社会的互动

本时期香港小说创作的重要力量还有四五十年代之交从中国内地来港的作家，他们"有的长居融入香港社会，作品渐呈香港特色；有的旅港或短或长，外人或过客心态始终难以脱却，写于香港的作品风采有别"。"他们在中国政局大变前后来港，既有政治与文化理念之撛辖，复有文艺范式之执守，更切身的还有生计问题"。[1]五六十年代香港作家中，南来作家要占百分之七十以上，他们都面临商品化、政治化的文学困境。就意识形态影响而言，无论是林适存《无字天书》那样的"反共小说"，还是严庆澍《金陵春梦》那样的"反蒋文学"，都"虽或轰动一时，过后多余无味，作者也不以'文艺'自居"[2]。同时，身处香港社会，南来作家也难免迁就"商品化"，但他们也在谋生中提升文学质量。所以，留存于文学史的，还是那些能超越于商品化与政治化之外而有所作为的作品。即便那些久未融入香港社会的作家，也在"文艺范式之执守"中延续了现代文学的多种传统，并在香港开放的都市环境中使现代主义文学等传统得到拓展。这未必不可以看作对香港都市资源的一种开掘，使香港的本土性在跨地域性中变得丰富。他们的创作也影响了战后香港本地作家的成长，1970年代崛起的战后新一代香港小说家都是从南来作家所办文学刊物出发的。

南来作家创作首先在左翼倾向的写实小说上取得成功，其中的重要收获是前面已述及的黄谷柳的长篇小说《虾球传》，还有江萍的《马骝精》

---

① 黄继持、卢玮銮、郑树森编：《香港小说选（1948—1969）·导言》，香港中文大学1998年版，第7页。

② 黄继持、卢玮銮、郑树森编：《香港小说选（1948—1969）·导言》，香港中文大学1998年版，第8页。

（1949）。后者以"马骝精"的眼光讲述香港沦陷时期东江纵队在香港新界的抗日故事，开启了战后香港本土的抗日叙事。香港左翼小说扎根于香港本土，是其最重要的经验和成就。

南来作家大多延续其内地创作，但同时也开始在自己的艺术视野中关注香港。曹聚仁创作的主要成就在散文，但他的《酒店》（1952）却是南来作家最早书写香港生活的长篇小说。曹聚仁1950年才到香港，但通过细致观察香港社会，广泛采访香港难民生活，很快完成、出版了这部长篇小说，并广受欢迎（两年再版四次）①，成为1950年代香港文学的重要作品。《酒店》所讲述的难民生活是香港战后最重要的社会现象。女主角黄明中从小居住南京，受到爱国者父亲的影响，素有教养，心地纯良。父亲死于空难后，她和母亲流落到香港。母亲病重，急于医治。她无奈沦落风尘，后来成了当红舞女，但却陷入了被其他难民鄙视的境地中，她所深爱的难民男子也无法接受她的生涯，她最终疯癫。围绕女主角的遭遇，小说展开了香港社会和难民生涯诸多方面的真切描绘。对于香港文学而言，这部小说的价值在于塑造了黄明中这样一位"融入香港社会的人物"②。她的遭遇，有着香港南来难民的苦难和女性的悲剧等因素，但她走出了南来难民社会，在与香港人接触，甚至交朋友的过程中学会了在香港这座欲望的城市中如何生存。然而，她也是矛盾的，她希望在她熟悉的南来难民社会中有个自己的家，但坚持传统伦理观念的南来难民社会无情拒绝了她。她没有重新回到难民社会的传统状态，又无法割舍以往的一切，作者也只能让她陷入疯癫。

可以构成对照的，是赵滋蕃（1924—1986，湖南益阳人，生于德国，抗战全面爆发回到中国，战后曾任教湖南大学数学系，1949年流离到香港，1964年迁台，出有小说集12种、散文集17种、论著7种和报告文学集、诗剧等）创作于香港"难民营"的长篇小说《半下流社会》。这部小说1953年在香港出版，再版多次，到1975年还被列入台湾"中国新文学丛刊"重版，2002年再被美国

---

① 黄淑娴：《香港文学书目》，（香港）青文书屋1996年版，第21页。

② 黄淑娴：《香港旅程：论五〇年代香港成长小说的三种方向》，梁秉钧、陈智德、郑政恒编：《香港文学的传承与转化》，（香港）汇智出版有限公司2011年版，第147页。

瀛洲出版社列入"经典文学"出版，也是1950年代香港文学的重要作品。作者自小丧母，多流浪生涯，战后"在香港琐尾流离15年"，其间的"艰苦生活，非人的生活，就表现在这本《半下流社会》之中"。[①]小说讲述一群从内地流徙到香港，生活在香港偏远的"调景岭"的青年难民的生活。"调景岭"社会是封闭的，青年难民恪守的人生理想、生活观念都是从内地带来的；而走出难民社会的女性李曼被金钱所引诱堕落，最终忏悔而自杀，以此回归难民社会。作者自称"艺术就是表现。表现是自然流露，不是刻意求工"[②]。在作者看来，他在小说中描写的"调景岭"难民生死中的挣扎，是其自身经历的"自然流露"，所描述的"活生生的题材，血淋淋的事实"确有真实感人之处。但正是将"调景岭"与香港社会隔绝开来，小说所着力描绘的就不是青年难民在香港社会的生存、挣扎，而是他们如何在难民生涯中坚持他们根源于内地生活的理想、信念。那种身处底层，屈居下流而相濡以沫、自力更生的生存有着知识分子的风骨，但作者也难免将自己的政治倾向表层表现于作品。《半下流社会》的结尾，主人公王亮在恋人李曼惨死后被迫离开"调景岭"，唱起了渴望"自由真理"的歌："今天你们播种着风／明天你们收获风暴"，"为自由真理底召唤，／战斗至最后的一瞬……"。[③]歌曲凸现了作者"身为中华民国的国民，死为中华民国的厉鬼"的政治立场，而那渴望自由的结尾有了明确的政治取向，反而削弱了作品的感染力。

当年跻身"东北作家群"而为人所知的李辉英（1911—1991），其半个多世纪文学生涯中所创作的十多部长篇小说中，最重要的是"抗战三部曲"。"抗战三部曲"的创作跨越了内地和香港两个时期。第一部《雾都》完成于1947年的长春，拿到此手稿的刘以鬯"很喜欢"这部30万字"反映抗战陪都黑暗角落的长篇小说，质朴明畅，思虑精密，有突出的思想性"。[④]1948年由

①　赵滋蕃：《关于我自己》，赵滋蕃：《半下流社会》，（台湾）黎明文化事业股份有限公司1975年版，第1页。

②　赵滋蕃：《半下流社会》，（台湾）黎明文化事业股份有限公司1975年版，扉页。

③　赵滋蕃：《半下流社会》，（台湾）黎明文化事业股份有限公司1975年版，第213页。

④　刘以鬯：《记李辉英》，（香港）《香江文坛》第23期（2003年11月）。

他创办的上海怀正出版社出版了精装版，随即他和李辉英都到了香港。旅居香港的李辉英一直念念不忘，一个经历了抗战的作家，"他该承担的神圣责任""应尽的历史义务"是"写上几部抗战小说"，"特别是当着日本军国主义又在重新抬头的时候，抗战小说的出现，更有其千秋龟鉴的作用"。[①]于是，他相继创作出版了"抗战三部曲"的后两部《人间》（1952）和《前方》（1972）。前者写战时西安的抗日人生，后者写河南前方战区的行伍生活，被曹聚仁称赞"是以抗战为素材的最好小说"[②]。相对于同时期中国内地和台湾的抗战小说，李辉英的"抗战三部曲"不仅有亲历战地和后方战时生活的真实体验，而且更尊重抗战历史自身的真实，在充分揭露日本侵略战争的不义和中国千万民众遭受的巨大灾难的同时，既描写了抗日阵营中"使人摇头"的奇形怪象，也讲述了国民党官兵和民众奋力抗敌的故事，"给人以某种希望的预期和光明的憧憬"[③]。作者的叙事，是着眼于中华民族的反侵略战争，而没有政党意识形态对于抗战历史的阐释阴影。李辉英在自己的现实主义文学视野中写香港也有佳作。《烂赌二》写"1966年12月27日午夜"，陋巷一具37岁男子尸身僵卧，此事"第二天刊布在一份日销六万份的日报上。烂赌二果然赌上了他的一条命"。小说叙事有新闻报道的真实，而小说又以烂赌二"同室而居"的"朋友"角度描绘了其丰盈的生活细节，更真切地呈现了都市赌场风气影响下，一个普通劳工想以此改变自己命运，最终被赌博吞没的悲剧，反映出作者对香港底层人生的熟悉和关怀。

战后南来作家的小说创作，实际上开启了在香港的"离散"写作。"离散"写作是带着自己的文学种子在迁徙中生存、发展，从中往往能更深切展示作家的文学追求；而如何在新的环境中延续、丰富自己的创作传统，是"离散"写作的重要课题。张爱玲的"离散"写作就开始于香港，她的创作本书后面再论及。这里我们可以关注徐訏，因为在香港有了《江湖行》等"睥睨文坛"的"野心之作"，徐訏五六十年代的创作超越了40年代的《风萧萧》时

---

① 李辉英：《前方·后记》，（香港）东亚书局1972年版，第366页。

② 许定铭：《李辉英的〈雾都〉》，（香港）《文学研究》第5期（2007年3月）。

③ 李辉英：《雾都·后记》，（香港）中南出版社1960年版，第298页。

期。这种创作局面的开拓，首先在于他走出了政治旋涡。他1950年到达香港后，曾被短暂地裹挟进反共思潮。三四十年代的文学积累，使他很快皈依自由主义，明确批评反共八股对文学的摧灭，并倡导要"作家看重自己的工作，对自己的人格尊重有觉醒而不愿为任何力量做奴隶"的"新个性主义"，同时又强调"新个性主义必须在文艺绝对自由中提倡"。[①]这实际上是要构成五四个性主义文学精神、三四十年代国统区文学传统跟香港环境的历史互动，从而逐步滋养成香港文学的丰富性、异质性。而徐訏和张爱玲一样，其创作与上海有着密切联系，他此时期的创作实际上反映出上海与香港两座现代城市之间的精神对话。

此时期，徐訏完成、出版了《炉火》《彼岸》（1951）、《痴心井》（1953）、《盲恋》（1954）、《江湖行》（共四部，分别于1956年、1959年、1960年、1961年出版）、《时与光》（1966）、《悲惨的世纪》（1966）等小说集和几十篇短篇小说。这些小说虽然大多没有描述香港"在地"生活，但其作品的现代探寻却是与香港文化环境丝丝相扣的。他在香港完成的第一部小说《彼岸》从充斥欲望的尘世尘地寻求着"神性"彼岸，整部小说26章，前后倒置。前15章冥思的绵绵无尽构成在肃穆中日渐远逝的彼岸，那里人性净化，生命升华；后11章仍"寄生"于肉体的灵魂骚动构成了沉沦中的此岸。小说在叙事上被"撕裂"成前后迥异的两部分，表现出一种此岸欲摆脱而不能，彼岸欲求而不可得的痛苦人生。这种类似意识流的文体试验，熔故事、诗歌、散文于一炉，又贯穿着哲理的思考，创造了一种类似《尤利西斯》的"文体自由组合"的小说形式。长达60万字的《江湖行》被人称为"近20年来的杰作"[②]。小说以回溯的方式向"你"讲述了一个"我的生命在人生中跋涉的故事"，形成一种忏悔录的结构。在有着浓重的人生无常感的个人忏悔式叙事中，小说又有着一种"足以反映现代中国全貌的史诗"笔触，呈现了1920年代中期至1940年代后期的斑杂社会人生。"我"（周也壮）逃离乡村，到闯荡上

---

①　徐訏：《新个性主义文艺与大众文艺》，《现代中国文学过眼录》，（台湾）时报文化出版企业股份有限公司1991年版，第274页。

②　陈纪滢：《徐訏先生的生平》，（台湾）《中华文艺》第20卷第4期。

海滩，考取大学，崛起文坛，人生大起大落，后又返回江湖，最后退隐山林。从草莽到洋场，从沙龙又回民间，"我"始终处于动荡颠簸之中。而"我"的种种恋情，无论是孕于山野，还是成于都市，终局总是离散，也留下了无尽的伤痛。"我"最终从"无明""我执"的贪嗔痴和情欲的无常中悔悟，峨眉山上的寺庙成了他的最终栖身之地。

徐訏此时期的创作在更加个人化的实践中延续了他上海时期的探索，从而展开了上海与香港两座现代城市之间的精神对话，这种对话深化了他创作的现代精神。他此时也开始描写香港现实，1951年的小说《劫贼》就以第一人称讲述"我"的旧友在香港沦落为劫贼的经历，后来的《来高升路的一个女人》等小说也塑造了来港移民形象。但更重要的是，他突破了其1940年代创作在传奇、缠绵的人生中寄寓哲理意味的模式，让小说即使在高度抽象化的叙述中也有情感魅力，既将灵魂安放在琐细实在的世俗人生中使之实有其所，又以艺术的力量将世俗人生提升为宗教境界。徐訏之所以能在孤悬无依的状态中完成了自身的文学定位，一个重要缘由是上海和香港这两座现代城市的相通。徐訏克服了初居香港的种种局限，坚持他从上海开始的文学理想，在香港都市自由主义的环境中深化他对文学艺术的理解，从而将因政治格局变动而在上海中断了的一些文学传统，包括对俗世人生的观照、对终极关切的追求、对现代主义小说艺术的探寻等，延续到了五六十年代的香港文学中。

这种努力不只是发生在徐訏身上。例如，当时香港有一群浙江籍文人，大都从上海迁居而来，对于徐訏而言，他们是同乡，也是同道。刘以鬯（1918—2018）就是其中一位对香港文学更具有文学史价值和意义的浙籍作家。他在1930年代就读于上海圣约翰大学时开始发表作品，就呈现出一种中西兼容的现代小说取向，其间他办的怀正出版社出版了包括徐訏、施蛰存等浙籍作家的很多作品。1948年，他出版首部小说《失去的爱情》，并被改编成电影。同年底，他随身带着《风萧萧》等小说集到了香港，想在香港完成他的"上海梦想"。这种"梦想"的内容自然因时因地而宜，但都是围绕中国文学的现代转换而展开的，其中最重要的贡献是促使了香港战后现代主义小说的成熟。

三、香港现代主义小说：中国现代主义文学的成熟形态

1951年，刘以鬯出版了在香港的第一本小说集《天堂与地狱》。到1962年，那部奠定了五六十年代香港文学的价值和地位的长篇小说《酒徒》出版之前，刘以鬯在香港已经出版了9部小说集以及数百万字的报刊连载小说，他也在"卖文为生"的生涯中逐步被公认为"对香港文学贡献至深"[1]的"本地最重要的现代主义大师"[2]。他一生创作的小说总字数达6000余万字，结集出版的约280万字，绝大部分为报纸连载。他在报纸连载小说，坚持"只写通俗小说，不写庸俗小说；只写轻松小说，不写轻薄小说；只写趣味小说，不写低级小说"，而"即使日写万字'娱人小说'"以谋生，他"也写自己想写的小说"[3]以"娱己"。刘以鬯就是以"娱人"和"娱己"并行的写法应对香港消费文化环境，推进现代小说的创作。刘以鬯在香港最终得以修成的现代主义文学具有很多发人深省的内容。它对于现实有很强的批判性，关注下层民众的生存状态，是一种现实主义的现代主义；它产生于现代都市消费文化中，却有着化自传统的美学追求；它甚至兼容了通俗文学和严肃文学的诸多因素……总之，这是一种极其开放，在"另类"中显示其正宗的现代主义。五六十年代的香港，无论是政治文化环境，还是日常消费环境，都是当时华人地区中最适合现代主义文学生长的环境。此后，香港也一直是中国城市中让现代主义文学得到最长久且充分发展的城市。而正是在刘以鬯等的努力下，1930年代从上海出发的中国现代主义文学获得了成熟的形态。

刘以鬯长期进行"实验小说"的探寻，以求摆脱小说的生存危机。他的实验小说大致有两类。一类是运用现代派小说的手法、技巧，融合不同的艺术因素，拓展小说的艺术世界，在揭示生活的荒诞和灵魂的隐秘中显示出新颖独特

① 梁秉钧：《〈刘以鬯与香港现代主义〉书序》，梁秉钧等编：《刘以鬯与香港现代主义》，香港公开大学出版社2010年版，第Ⅸ页。

② 谭国根：《序一：刘以鬯与香港公开大学》，《刘以鬯与香港现代主义》，香港公开大学出版社2010年版，第Ⅶ页。

③ 刘以鬯：《我怎样学习写小说》，刘以鬯：《他的梦和他的梦》，（香港）明报出版社2003年版，第344—345页。

的审美感受的。入选"20世纪中文小说100强"的《酒徒》。以对一个良知未泯的职业作家在金钱至上的香港社会中时醉时醒、佯醉真醒的状态的描写，表达了对香港人文生态危机的剖析、批判。人物的灵魂忏悔、香港都市的声色生活，都在小说的意识流技巧中被呈现得酣畅淋漓，而小说在心理时间与象征符号叙事结构中仍保留相当完整的情节，人物在现实和潜意识世界之间出入的线索也清晰可辨。《酒徒》由此被人称作中国第一部长篇"意识流小说"，探索"内心真实"的东方意识流小说——虽然严格地讲，时居香港的徐訏从事长篇意识流小说创作也许并不比刘以鬯晚。《酒徒》在将乔伊斯、福克纳等意识流大师的艺术手法运用到香港环境中"酒徒"形象塑造上时，多种文体（情节化的小说叙事、诗化的抒情、电影蒙太奇式的结构、戏剧性对话等）有机交融，多层面隐喻世界的呈现，表现出了鲜明的社会时代性，确是五六十年代中国现代文学中最突出的作品。

另一类实验小说是以现代人的感觉、观念和新的手法重新剖析、诠释古典题材的"故事新编"。发表于1964年的《寺内》改写自传统戏曲剧目《西厢记》，在原有的张、崔之恋中又增写了崔夫人、红娘的潜在性意识，使《西厢记》的古老叙事实现了从伦理本位到自我本位的转换，以繁复的铺叙凸显人物，尤其是女性的内在欲求。其他"故事新编"，如《蜘蛛精》描写唐僧面临蜘蛛精挑逗在宗教信念压抑下的情欲冲动；《蛇》改写自《白蛇传》，凸显了白素贞作为女性的性意识，也都在古老的故事中注入了现代的生命理解，肯定了本真的人性和自然的人性形式，尤其是去除了对女性性意识的遮蔽。其他如《迷楼》写隋炀帝，《北京城的最后一章》写袁世凯，《除夕》新编《红楼梦》等等，都重在对被遮蔽的生命本相的呈现，是用现代艺术理念对"历史"的一种复活。

在这两类小说中，刘以鬯都引进诗，因为他认为："诗是文学中最重要的文类。……文学要继续生存，唯一的希望在于诗。如果不写诗，文学早晚被淘汰。"[1]《寺内》本身就是诗体小说，文中诗句巧妙杂糅进小说叙事中，予以

跨越1949
战后中国大陆、台湾、香港文学转型研究

---

① 卢玮銮、熊志琴主编：《文学与影像比读》，（香港）三联书店有限公司2007年版，第151页。

不同的演绎，传统的诗意往往有了现代意味。他其他小说也往往含有诗的多种因素，例如1970年代初的《对倒》所蕴含相反相成的生活情味，数十年后还激发了王家卫拍摄《花样年华》的灵感。

更有意义的是，刘以鬯等的现代主义文学创作既是对左、右翼政治意识形态的超越（刘以鬯在1960年代就对二元对立的文学进化论多有批评，他坚持文学本分的立场，始终批判党派性左翼文学对于文学的偏离，但又坚持个体对于社会责任的担当，甚至将现代主义作为更有效的现实主义来展开），也是在都市消费文化中文学的生存和提升。刘以鬯"娱人"与"娱己"的写作方式不只是解决现代消费社会中作家的生计，更有着沟通雅俗，在文学的创新中使大众流行性获得提升性的价值和意义。他的"娱人"与"娱己"中都有着作家的自主性，不管是挣稿费的连载小说，还是实验性的现代小说，文字的质地、表现的技巧有别，但都突出人物在现代都市环境刺激下个体的复杂感受。他的"故事新编"，不管是雅是俗，也都用现代的生命理解和艺术观念去激活历史，给读者以新的感受。刘以鬯小说的创新意识极强，他极为看重小说文体、技巧能否提供新的艺术因素，这其实契合了都市消费文化的需求。总之，在都市消费文化的压力下，香港的现代主义小说反而走向了成熟。

香港城给了现代主义文学以开阔的成长空间，刘以鬯等的现代主义文学给了香港城一种新的灵魂。这种现代主义必然是"在地"化的，与香港的历史和现实都密切关联。所以，促成这种现代主义成熟的，就不只是南来作家"在地"化的努力，香港本地作家也较早投入这种努力之中。曾参与创办《诗朵》《新思潮》《好望角》等前卫刊物的崑南（1935年生于香港），其小说的先锋性就是香港现代小说中最突出的。他的长篇《地的门》1961年初版，四十年后又再版，[①]其形式的实验性长久引起人们关注。其中现代主义小说注重空间性，尤其是心理空间表达的特性得到充分体现。这部小说只写主人公叶文海一夜的内心活动，翌日一早他就死于车祸，叙事的时间性相当短暂，其人生完全在主人公意识空间的更替，包括潜意识的浮现中展开。小说起首有9页空白，

---

① 崑南：《地的门》，（香港）青文书屋2001年版。

又在篇首"拼贴"式引用了《海外东经》《大荒南经》《海内经》《淮南子》等关于后羿（射落九个太阳）神话的记载，不仅暗示主人公命运在叙事之外的延伸，也与小说中象征现实生活九重重压的"九个四方的月亮"相呼应，使后羿的神话壮举映衬出主人公的徒劳、失败。主人公回忆过程中，又不断出现各种拼贴的资料，包括国家、家庭、传统、社会、宗教、教育、科学、理想等等内容。这些资料在呈现世界人类处于焦虑而无意义生存状态的同时，不时阻断主人公对爱情、婚姻等的回忆，与狭小逼迫的城市空间形成一种心灵的压迫感，呈现出主人公矛盾、破碎、渺小的心境，所表现出的现代人的疏离感和命运焦虑等有着浓重的存在主义影响。小说曾被批评为"对于西方现代主义的效仿达到了亦步亦趋的地步"，有着"西方中心价值的取向"；[①]但也被人"很喜欢"地从作品犹如一个"充满琐屑图案、色彩斑斓的万花筒，采用自由拼贴的方法，主题乐段不断重现，文字中迸出被压抑的绝望呐喊"中感受到，"那时候，崑南已经直视殖民者的身份问题"，[②]《地的门》对西方现代主义小说的借鉴，正是为了反叛殖民统治下工商社会追求实利的文化价值观。不同的解读，都涉及五六十年代发生在香港的现代主义文学所面临的殖民性陷阱，这恰恰表明了崑南足以代表那个年代香港的现代主义文学。

崑南作为1960年代香港现代文学的代表性人物，其创作"一方面吸取西方文艺思潮，另一方面也逐渐对香港作为家园的本土观念多所省思"[③]。《携风的姑娘》（1963）讲述在异乡的铁匠李一直盼望着海能带他"回古老的东方，回到他祖先的地方——中国"。然而，就在要随白兰船长返回中国的前一天晚上，他在护送印度姑娘达兰妮去圣孟特山庙宇途中，"失掉海中自己，只追寻风中的达兰妮"。结果，"一切的风都招来了"，却"再没有海。再没有中国"。对于李而言，中国是"多年未梦过的女人形象跳动在眼前"，来自双双

跨越1949
战后中国大陆、台湾、香港文学转型研究

---

① 赵稀方：《小说香港》，生活·读书·新知三联书店2003年版，第53、54页。

② 西西：《共生——试读崑南〈天堂舞哉足下〉》，《作家》2001年第9期。

③ 也斯、叶辉、郑政恒：《漫长的中间状态——香港短篇小说三人谈》，也斯、叶辉、郑政恒主编：《香港当代作家作品合集选·小说卷》（上册），（香港）明报月刊出版社、新加坡青年书局2010年版，第Ⅸ页。

身亡的父母的讲述、嘱托，"他把一切理想建筑在中国的泥土上，他工作，他积蓄，他等待机会回到血肉的中国"；而达兰妮虽是"家国"之外者，其"明慧、成熟、活力的发射"却是让他实实在在感受到的美。李疯狂般爱上了达兰妮，但选择了意大利情人的达兰妮终究无法属意于他而如鸟"重归于风中"。"熟悉"的却遥远，陌生的却始终强烈吸引着寻求者。小说以这样一种交织着不同文化寻求的场景构筑了香港"本土化乌托邦"：传统中国"家国"会久存于精神世界中，但已不再留恋；融入了异乡的世界虽会如梦而不可得，却是永恒的寻求。

刘以鬯、崑南的创作都延续了半个多世纪，日后的创作成就更大，而他们战后的创作，提供了香港小说的另一条主线，即开启了五四新文学传统"文艺小说"之外的"前卫实验"小说，[①]也被称为香港现代派小说。这类现代小说本身呈现丰富多样，有李维陵《荆棘集》中《魔道》（1956）、《荆棘》（1958）那样的反省现代主义，崑南《地的门》（1961）、刘以鬯《酒徒》（1962）那样的意识流，刘以鬯《动乱》（1968）、《吵架》（1969）那样的新小说，西西《东城故事》（1966）、蓬草《象是笨蛋》那样的存在主义小说，等等，魔幻写实等也得到运用，更产生了刘以鬯、崑南那样重要的香港小说家。从《文艺新潮》（1956）、《新思潮》（1959），到刘以鬯主编的《香港时报》文艺副刊《浅水湾》，都积极倡导"作为文化真正的力量"的现代主义文学，刊发大量现代小说，使其渐成气候。原本作为西方现代文学产物的现代主义文学，在香港英殖民文化环境中，却最终获得了中国现代主义文学的成熟形态。

四、通俗化和本地化：现代文学的另一个大传统

香港小说的本地化进程是和小说的通俗化密切联系在一起的。不同于中国内地文学的通俗化、大众化往往指向革命化，香港小说的通俗化一直作为小说

---

① 王德威：《香港——一座城市的故事》，张美君、朱耀伟编：《香港文学@文化研究》，（香港）牛津大学出版社2002年版，第321页。

的生存基础而展开的，"'香港'小说（'港式'小说）大抵自'半通俗'乃至'全通俗'小说开拓出来"①。而在这一香港小说本地化的脉络中，最重要的就是前面第四章第三节论及的以高雄为代表的直接"切入（香港）本地市井商场"的小说。其多种笔调几乎囊括了四五十年代香港副刊的文学类型，仿效者、呼应者不绝于前后。例如日记体的采用和改造，不仅反映出香港的读者的需求，而且包孕着香港认同意识。在左翼文学主导香港文坛，作品被严重政治化、时局化的战后初期，日记体保留了某种世俗的、个人的空间；而当时的日记体又多写香港"骑楼""写字楼""赛马场"生活，有着地道的香港情调。

前述战后初期，左翼文学阵营发动的文学地方化运动，②其"地方性"创作没有了"香港本地色彩"。对照之下，高雄代表的小说创作，在"承接晚清以至民国的社会通俗小说"中表现出鲜明的香港"在地性"，在留摄住香港社会的世态人情的同时，以"文人'卖文'时从俗媚俗与知识良心的矛盾'张力'"③传达出香港作家的艺术努力。这种努力在日后香港电影等制作中被发挥得淋漓尽致，成为真正的香港艺术标签。

香港的"新文艺"小说，虽有别于旧式通俗小说，但它在香港也需要借助于"通俗"在"夹缝""边缘"中开辟生存空间，所以不少作家走的是新文艺的通俗化路子。其中徐速（1924—1981）是20世纪"唯一去世香港作家而能在香港普遍大中小书店上架（长销书）售卖不断……的香港小说家"④。他1951年开始在《自由阵线》连载的长篇小说《星星·月亮·太阳》，出版后的四十年中在香港地区就印行了21版，是香港小说中除金庸、梁羽生作品之外销量最大的作品了。这部小说还多次被改编成电影、电视剧、话剧和广播剧，影响广

---

① 黄继持：《香港小说的踪迹——五、六十年代》，香港中文大学中文系、香港教育学院中国文学文化研究中心合编：《都市蜃楼：香港文学论集》，（香港）牛津大学出版社2010年版，第26页。

② 茅盾：《杂谈方言文学》，《群众》第53期（1948年1月）。

③ 黄继持、卢玮銮、郑树森编：《香港小说选（1948—1969）·导言》，香港中文大学1998年版，第8页。

④ 柯振中：《与徐速交往——纪念徐速逝世二十三周年》，（香港）《文学世纪》2004年11月。

泛，后入选"20世纪中文小说100强"。 徐速的文学创作开始于他1948年在北京大学中文系听课，和友朋合办《新大陆》的新文学活动。《星星·月亮·太阳》的长销畅销，就在于新文艺的通俗化。尽管作者在刻画人物形象时，也怀有一种"大陆流亡知识分子"的困惑和寻求，但小说摆脱政党意识形态，以新文艺笔调写大众最感兴趣的抗战与爱情，从中寄予生活哲理的寻求。小说用清畅动人的语言，讲述战乱造成的巨大动荡中，知识分子徐坚白和三位女性——寒星一般寂落、孤独而沉郁的阿兰，满月一般饱满、纯情而又柔和的秋明，炽日似的热情、奔放而又执着的亚男——之间的情感纠葛，缠绵动人又不乏刚健之力。星、月、太阳皆消逝的结局，连同小说题词引用的裴多菲的诗"生命诚可贵／爱情价更高／若为自由故／两者皆可抛"和小说开篇引用的海涅的话，都使这部"一男三女的抗日战争乱世恋爱故事"具有了在生命、爱情、自由中寻找人的价值的哲理指向。恰恰是这些赢得了广大读者。

　　《星星·月亮·太阳》是徐速临时给刊物"补白"，边写边连载的。徐速也承认是自己"年轻时的作品"，"不够成熟"。[1]随后的一部长篇小说《樱子姑娘》（1959）构思更为成熟，也更受青年读者欢迎，1969年入选新加坡南洋大学学生"印象最深刻的书"的"十大名著"，1970年再被香港中文大学学生选为"最喜爱的课外书"（十大名著之一），后来又被香港亚视改编为电视连续剧。小说以日本女子樱子的特殊身世、传奇经历和悲剧命运，既回答着民众所关心的"战争、和平、爱情、仇恨的矛盾关系"[2]，又被赋予了一种力图超越民族仇恨、战争对峙的人类生存意义，故事情节则聚合了异族、情爱、仇杀中的种种"超常"因素，对读者会产生巨大的阅读吸引力。徐速还创作有近百万字的"浪淘沙三部曲"（《媛媛》《惊涛》《沉沙》），以抗战时期上海为背景，讲述爱国青年欧阳世明从事抗日活动的传奇经历，展开其与媛媛、贞子、夏芙等女性的感情纠葛，依旧从人性角度描写抗日题材，人物个性多样，语言追求诗意。徐速这种新文艺的通俗化路子，其实接近于1940年代徐讦、无

---

① 徐速：《〈星星·月亮·太阳〉写作过程》，徐速：《衔杯集》，（香港）高原出版社1974年版，第142页。

② 徐速：《樱子姑娘·自序》，（香港）高原出版社1959年版。

名氏的创作，只是更多有着香港文化环境中通俗文学的压力。事实上，"从'文艺小说'到'实验小说'，冲出'通俗小说'的包围，又多少反作用于通俗小说促其提高"[①]，"文艺小说"和"通俗小说"互为压力，促使对方提高。正是消费文化环境中，香港小说在通俗化中发展自身的重要路径。

香港小说本土化进程的重要内容是通俗文学的发展。通俗文学的门类在战后香港文学中显得丰富多样，武侠、言情、科幻、历史、幽默、财经、灵异、不文（性笑话杂文或小说）等领域都逐步有了重要的代表作家，成为香港文学探索文学性和消费性相结合的重要里程碑。

香港通俗文学的战后兴盛，其原因自然在于香港文学的娱乐、消闲功能一直未遭到压抑，也没有发生中国内地"鸳蝴派"遭新文学阵营围攻而在"文学史"中边缘化的情况。战后南来作家进入香港主导香港文坛时，香港通俗文学发展的重要线索开启于被称为"粤港派"的创作。从1940年代起，专在"多使用粤语方言"的香港报刊发表作品的"粤港派"形成，其作品"粤味浓郁"，而与昔日上海为代表的"鸳蝴派""有一脉相承之处，无论作品类型、风格、韵味，与'鸳蝴派确为貌合'"[②]。抗战胜利后，他们以香港《成报》副刊和杂志《小说世界》（1951—1952，约出版30余期）为主要阵地，创作种类多样，如小说就有"言情""艳情""奇情""怪异""侠艳""武侠""技击""斗智""侦探""宫闱秘史""幽默"等种类，皆以吸引读者为要。语言也"极具多姿"，有传统白话、浅白文言、粤语方言等，而文言、白话、粤语结合而成的"三及第"语言是"粤港派"最喜欢使用的，我是山人即是这方面的好手。

我是山人（本名陈劲，广东新会人，约生于1910年代，卒于1960年代）抗战期间从事戏剧创作，战后开始武侠小说创作。第一本小说《三德和尚三探西禅寺》写少林故事，自觉意识到，"苟以艰涩之文章强国民接受，结果适得

---

① 黄继持、卢玮銮、郑树森编：《香港小说选（1948—1969）·导言》，香港中文大学1998年版，第9页。

② 黄仲鸣：《一九五〇年代粤港派的鸳鸯蝴蝶梦——以〈小说世界〉为例》，（香港）《文学评论》第10期（2010年10月）。

其反"，故"以通俗之笔，发扬国术，一洗东亚病夫之耻"。①而所构思的南派少林三德和尚受师派遣来粤行反清复明之业，也反映了历史转折时期的一种"遗民"心态。②此书对少林武技描述逼真，大受欢迎。之后，我是山人创作了一系列少林武侠小说，成书十余种。"我是山人写得一手相当漂亮的白话文"③，但出于通俗小说固应以大众流行语言为主的信念，一直采用当时流行的"三及第"文体写武侠小说。如《洪熙官怒拆怡红院》所写："洪文定因毒气发作，仍然在床上，见老父亲亲自到来，不禁又羞又愤，对于洪熙官，几于无言可说。洪熙官究竟是英雄本色，谓之曰：'傻仔，年少之人，多数容易为女色所迷，汝现在中了奸人之计，亦无可奈，但是知耻近乎勇，汝若认定此仇要报者，不妨直讲，我尚可以替你报仇也。'"白话、文言、粤语穿插，皆以浅近易懂为要。

香港武侠小说的巅峰，出现在梁羽生、金庸等非粤港派武侠小说创作的展开。他们的创作涉及香港通俗文学的另一条线索，即杰克（黄天石）等开启的香港新文艺通俗小说。杰克有留学和新文学背景，其创作从"鸳蝴派"起步，转向纯文学创作，又回到通俗文学写作。而他创作最丰硕的时期当是他战后重回香港后至1950年代末。此期间，他专事写作，出版的小说集达40余种，并被译成日文出版。其多种小说还被改编成电影、广播连续剧。杰克此时的小说大都写香港都市的男女恋情，如长篇言情小说《红绣帕》《荒唐世界》等，情节安排引人入胜，写法变化多样。④而这位通俗小说家传播外国文学的意识也非常自觉，1950年代颇有影响的"基荣名著选择"由他主持，专门译介外国文学名著，其中他主编的《托尔斯泰短篇小说集》被当时的香港报纸推荐为"真可

---

① 我是山人：《三德和尚三探西禅寺·自序》，以"书仔"形式印行，无出版社和日期，约为1940年代后期出版。

② 黄仲鸣：《死硬派：我是山人小说的正朔观》，（香港）《文学评论》第6期（2009年2月）。

③ 黄仲鸣：《死硬派：我是山人小说的正朔观》，（香港）《文学评论》第6期（2009年2月）。

④ 刘以鬯：《记杰克》，（香港）《文学研究》创刊号（2006年3月），第46页。

以当作任何人精神上的粮食而无愧"①。1960年代，他还将毛姆最好的长篇小说《人生的枷锁》（*Of Human Bondage*）译成中文刊发于1967年《快报》。一位以撰写商业味流行小说谋生的作家同时又是西方现代文化的自觉传播者，显然非常有利于打通香港通俗文学与新文艺的联系。

1950年代新武侠小说在香港的崛起正是这种沟通的产物。新武侠小说成为香港文学的重镇，首先和此时期的香港扮演中华文化的海外传承者的角色有密切关系。当时香港左、右翼政治立场尖锐对立，但"左右两派文人，却同有浓厚的中国情怀，左翼着眼于当前，右翼着眼于传统，但同样'根'在中华"②。同时，香港社会的都市性、商业性为武侠小说的发展提供了条件。正是在这种情境中，1954年初，香港太极拳代表人物吴公仪与武术界陈克夫在澳门公开比武，一时成为当地焦点话题。恰逢《香港商报》创刊，该报总编李沙威为吸引读者，让高旅为《香港商报》写一篇武侠小说。高旅遂以"年松庭"的笔名，在《香港商报》连载《山东响马传》，因为写法较新，受到读者欢迎，《香港商报》也由此打开销路。左翼的《新晚报》总编辑罗孚受到启发，适时力邀梁羽生、金庸相继在《新晚报》开始连载武侠小说。梁羽生和金庸文风有异，写法各有千秋，但突出"侠之大义"的国家民族正义性是相通的。同时，梁羽生本是"名士气味甚浓（中国式）的"，其小说也浸淫于唐诗宋词。而金庸虽是"现代的'洋才子'"，但中国文人的情怀仍颇深。其小说中，无论是民族艺术审美意味，还是民族文化哲学意蕴，也都是厚重而活泼的。两人一以贯之的语言努力更呈现中国文人的情怀。五四后的新体白话文即便在被倡导"大众化"时，也往往只是中上层知识圈子或政治集团对社会大众的"入侵"，而并非社会大众本身的承认。但梁、金两人的语言显然得到了中国民众的喜爱。例如金庸的语言继承了从张恨水、刘云若那个传统下来的自然、流畅，更多地吸收了民间社会清新的语言活力，甚至直接孕蓄于香港社会都市性和乡土性的结合中。其乡土性主要是指"下层性""市井性"，但去掉了各种

---

① 刘以鬯：《记杰克》，（香港）《文学研究》创刊号（2006年3月），第47页。

② 郑树森、黄继持、卢玮銮：《香港新文学年表（一九五〇—一九六九）·三人谈》，（香港）天地图书有限公司2000年版，第18页。

各样的"腔"，既无欧化腔，又无启蒙腔，也注意去掉了市井的荒杂性，在优美而传历史生活之神中沟通了雅俗。

梁羽生、金庸的小说反响都极其强烈。尤其是金庸小说，连载完三四回就印成书交由三育图书公司发行，销量可观。一时各报竞相推出武侠小说以争取读者。当时以写武侠小说出名的还有顾鸿、高峰、黄眉儿、百剑堂主（陈凡）等。其中百剑堂主还与梁羽生、金庸合写专栏《三剑堂随笔》，出过单行本，颇受欢迎。香港都市性商业环境中的报业生态成就了香港新武侠小说的兴起，而香港新武侠小说接续了中国内地民国时期武侠小说的传统，但又在香港这一自由而边缘的都市环境中汲取各种现代文化资源，从而获得了重大发展，成为战后香港小说最重要的突破，也成为五六十年代华文文学最重要的成就之一。

梁、金的出现也再次表明，五六十年代的香港文学，不仅容纳了（无法在中国内地存身而飘落至香港的）五四新文学的一些传统，更容纳了曾被看作新文学对立面的另一个文学大传统，那就是保留中国文学传统形式但也富有新质的"本土文学"传统。称之为"本土文学"传统，是相对于新文学以启蒙意识、外来文学形式、欧化白话文为其核心因素而言，金庸的武侠小说就属于这一文学传统。[①]上世纪五六十年代达到创作巅峰状态的梁、金新武侠小说，在一个僵化的意识形态教条无孔不入的时代保持了文学的自由精神，在民族语文被严重侵蚀的境遇中创造了不失现代韵味而又深具中国气派、风味的白话文。这正是梁、金创作对本土文学传统的丰富和发展，同时也使得香港通俗文学以其跨地域性的本地特色丰富了中国本土文学传统。

自然，丰富了中国本土文学传统的不只是新武侠小说，例如香港文学史上第一位广受赞誉的历史小说家南宫搏和同样享有盛名的董千里都成名于1950年代，他们的创作也大大激活了由中国本土传统引发的想象。

"当'通俗小说'吸纳部分'现代小说'技法，当'实验小说'日益关切现实生活，当两类小说俱有所提升，从各自的视角呈现此际都市人生的内外景观，则'香港小说'作为一项有其个性的具价值意义的文学创造，方算成

---

① 刘再复：《金庸小说在二十世纪中国文学史上的地位》，《当代作家评论》1998年第5期。

形。"①战后至五六十年代的香港小说就此打开了局面，到七八十年代就蔚为大观了。

　　无论是本土作家为香港城立传，关注香港里街小巷普通民众的生活，以沉积于小街里巷的香港"乡土"经验作为香港小说的本土化进程坚实的立足点；还是南来作家在"文艺范式之执守"中延续了现代文学的多种传统，并在香港开放的都市环境中使现代主义文学等传统得到拓展；或是"文艺小说"和"通俗小说"互为压力，促使对方提高，以其跨地域性的本地特色丰富了中国本土文学传统，都是对当时香港"政治化""商业化"的超越。香港小说也由此开始追求自己的独立品格。

---

　　①　黄继持、卢玮銮、郑树森编：《香港小说选（1948—1969）·导言》，香港中文大学1998年版，第8页。

第九章 跨越"1949"的散文和戏剧创作

第一节 时代性和个人性：1949年后的大陆散文

新文学诞生以来，现代散文的文体特征，五四后的散文传统，都在时代性和个人性的关系中呈现得淋漓尽致，从而让我们真切地感受到，真正属于那个时代的好散文，出自这样的作家：他们既不"完美"地契合于时代，也从不调整自己以适应时代，而是始终处于时代潮流之中，用自己真切的情感体验和独立的生活思考展开散文空间。战后中国大陆的人民革命迎来了一个伟大的时代，作家更深地进入时代性变革，时代也从未有过地对作家创作直接提出要求，使得散文自身的个人性和时代性展开新的对话。抒情散文从个体自我的回归到时代共性模式的形成，杂文建立于个人的胆识和思考上的批判性的失落之上，呈现出的却是1949年后散文在契合时代性的个人性中的生存、发展。这种契合时代性的个人性的命运，正是散文对于"1949"的一种跨越。

一、从个体自我的回归到时代共性模式的形成

1949年以后的中国大陆散文成就以抒情散文为最高，而抒情散文恰恰也是在1956年至1957年的"百花时期"和1961年至1962年的"文艺调整时期"形成两次创作高潮。前一个时期似乎是一种起点，经过六年的积蓄，作家们找到

了自己的创作方向。杨朔发表了《香山红叶》，开始了他的抒情散文创作；秦牧写出了《社稷坛抒情》，从杂文转向了散文。这两篇作品产生的影响具有某种象征性，时代需要抒情散文，而作家们则可以用个人性的体验和表达方式书写新时代的感受。这一年老舍《养花》、丰子恺《庐山真面》、魏巍《我的老师》等个人性散文的出现，更被人看成"我国文艺界的一个好现象"①。后一个时期的1961年则被称为"散文年"。这一年《人民日报》《文艺报》《光明日报》《文汇报》《长江文艺》等展开的散文讨论以及1962年百花文艺出版社将讨论文章结集出版的《笔谈散文》，是1949年后新中国对散文创作和理论第一次全面的讨论及其成果。同时，刘白羽的《长江三日》《红玛瑙》、秦牧的《古战场春晓》、杨朔的《茶花赋》《荔枝蜜》、冰心的《樱花赞》等散文名篇发表，而杨朔、秦牧、刘白羽三人各自最有代表性的散文集《东风第一枝》《花城》《红玛瑙集》也得以出版，新中国成立后散文"三足鼎立"的局势形成。

两个时期散文的繁荣有着不同的原因和形态。"百花时期"散文的复兴是随着"双百方针"的实行自发形成的。当时文学界关注的中心不在散文领域。散文的兴盛既"没有人为'倡导'的因素，也没有'理论'的配合"②，较大程度上是因为作家们当时被"文学的春天"唤醒的个体体验、情感最适宜用散文表达，散文复兴也自然主要表现为个体自我的回归：抒情的率性与真挚。"调整时期"的散文复兴则"完全是有意识的'政策调整'的产物，是人为'倡导'的结果"③。所以，这一时期形成的散文模式，包括杨朔、秦牧、刘白羽的创作模式，更多地带上了那个时代的共性。如果比较一下同一个作家在这两个时期的散文，就更一目了然了。例如老舍，1956年写的《养花》，"只把养花当作生活中的一种乐趣"，养花中"有喜有忧，有笑有泪，有花有实，

跨越 1949

战后中国大陆、台湾、香港文学转型研究

---

① 中国作家协会：《散文小品选·序言》，作家出版社1957年版，第1页。

② 刘锡庆：《散文：五十年的沉浮与成就》，张炯主编：《新中国文学五十年》，山东教育出版社1999年版，第157页。

③ 刘锡庆：《散文：五十年的沉浮与成就》，张炯主编：《新中国文学五十年》，山东教育出版社1999年版，第158页。

有香有色，既须劳动，又长见识"，通篇只有作家朴实的对养花的个性化独白，本色的心灵的倾吐，意绪的流动，让人随其"喜忧笑泪"去感知花的"花实香色"，自我本色的率性与真挚的情感流淌在字里行间。而1961年老舍似乎也是在激情难抑中写下《内蒙风光》，抒情的笔触描述内蒙古的农业生产时不时生硬蹦出政治标语和口号："不仅苹果，那里也有各色的葡萄、各种的瓜，还有北京的小白梨呢！校旁，有一座养蜂场。有了蜜啊，足证沙丘沙地已变得甜美了！人民公社万岁！//第二个公社原来是最穷最苦的地方，一片荒沙，连野草都不高兴在这儿生长……今天，村里村外，处处渠水轻流，杨柳成荫。渠畔田边都是绿树。林木战胜了风沙，增多了雨量。我们这才明白了林木的作用——起死回生，能使不毛之地变作良田，沙漠化为绿洲！人民公社万岁，万万岁！"老舍的语言一向能让其浅白平易的文字传达出亲切、新鲜、恰当、活泼的原味儿，使语言成为一种最本色自然的生活存在，但这里直白的呼喊，却使人对其激情的产生都会产生质疑。1961年1月起，散文界就散文文体的特征等问题展开的大讨论，使"形散神不散"、散文"意境"等命题得以确立，并在以后的散文创作，乃至中学散文教学中产生了持久影响。但正是时代的影响，"形散神不散"之"神"，散文"意境"之意，都受到了潜在而严格的限制，绝对不能"散"的"神"往往是贯穿始终的"一条红线"，它就是预设的革命性；"意境"要高远深刻，其"意"基本上是既定的"十七年理念"，还往往有鲜明的当下党的路线、方针、政策的话语；其"境"则是社会主义的新人新事、新变化、新面貌。总之，必须归属于对社会主义的歌颂，这成为散文之意不能逾越的底线。

与其他文体相比，散文的生存、发展，更无法脱离作家自我的存在和表达，杨朔、秦牧、刘白羽的出现，都是其个人化追求的结果。但"三足鼎立"局面出现并形成模式，却是在散文个性化、多样性有所复归的情境中也有着其固式化的倾向，反映了当时散文能够达到的高度及其局限性，那就是契合时代性的个人性的形成。

二、契合时代性的个人性的形成

杨朔、秦牧、刘白羽年龄相近，都在抗战时期参加革命，其人生经历使他们的创作身份没有敏感的政治危险性，青少年时期就接受党的教育使他们对自己的生活见解不会偏离正确方向有着自信。这样，他们写作时无须太多考虑政治的条条框框，而可以从自己个人性体验、积累出发去作散文的探寻。杨朔"向来爱诗"，尤其喜欢"那些久经岁月磨炼的古典诗章"，"每篇都有自己新鲜的意境、思想、情感，耐人寻味"，而他自己的人生经历又使他走出"杏花春雨"的传统诗意，更偏爱"铁马金戈的英雄气概，更富有鼓舞人心的诗力"。①所以他会将散文当作"一首诗"来写，而其追求的诗意则是"从生活的激流里抓取一个人物，一种思想，一个有意义的生活片段"而让它涂抹上"时代的色彩，富有战斗性"。②这就是杨朔自觉实践的散文模式，是他对时代的个人性回应。刘白羽长期的军人生涯使他偏爱"壮美"，他希望他的散文多少年以后"还能散发出那个时代最壮丽、最英雄的气息，还可从中听到那个时代的雄伟迈进的步伐"③。在散文的写法上，他成熟于以一种"深深打动"自己"心弦的意境"作为文章的"神骨"和"灵魂"，并努力"把'这一点'艺术地表达出来"。④《日出》《长江三日》都有阔大豪壮的风格，长江三峡的雄奇险峻和作者要抒发的政治激情、革命理念如此契合："我所经历的大时代突然一下集中地体现在这奔腾的长江之上。是的，我们的全部生活不就是这样战斗、航进，穿过黑夜走向黎明的吗？"高空所见而感受到的日出时跃动的生命力、火一样升腾的光华和作者要歌颂新中国、新生活也如此相合："我深切地感到这光彩夺目的黎明，正是新中国的景象"，"我体会着'我们是早晨六点钟的太阳'这一句诗最优美、最深刻的含意"。秦牧希望在主流文

跨越1949 战后中国大陆、台湾、香港文学转型研究

① 杨朔：《〈东风第一枝〉小跋》，《杨朔文集》，山东文艺出版社1984年版，第646页。

② 杨朔：《〈海市〉小序》，《杨朔文集》，山东文艺出版社1984年版，第642页。

③ 刘白羽：《再论报告文学——〈早晨的太阳〉序》，《白羽论稿》，解放军文艺出版社1985年版，第282页。

④ 刘白羽：《答读者问——〈刘白羽散文选〉再版前言》，《白羽论稿》，解放军文艺出版社1985年版，第341页。

学"城头战鼓声犹震"之时，也能写写"细雨鱼儿出，微风燕子斜"的"细腻隽永"；①追求"灯下谈心"、老友"林中散步"的方式，以"自己在生活中形成的语言习惯"来造成"亲切"感。②这种追求使得他的散文另辟蹊径。在他努力探索形成的"思想性＋知识性＋趣味性"的散文模式中，他强调"用一根思想的线串起生活的珍珠"③，在重视散文的思想教育功能时，也"不容忽视""传播知识、美育、文娱的功能"。他的散文视野较为开阔，也善于通过知识和趣味让思想变得真切，可以触摸。应该说，杨朔、秦牧、刘白羽三人的散文道路都有其个人性的探求，而其个人性与时代性的契合，又决定了他们散文创作的命运。

众所周知，杨朔执着的追求开启了共和国文学的诗体散文时代。然而，同样值得关注的是，这一诗化散文时代也在他并不算长久的散文创作中终结了。1956年的《香山红叶》是其散文追求诗的品格的标志性开始，到1960、1961年发表《荔枝蜜》《雪浪花》，杨朔模式（托物言志，象征升华，"曲径通幽"，形散神凝，语言诗化，结尾揭示哲理）定型成熟，此后则出现了重复雷同。诗体散文的开启富有价值，说明社会主义文学也可以接纳"诗化"，共和国文学也有着拓展诗意的空间，在政党文艺政策宽松的背景下，个人性的抒情也可能带来多样化的散文。而诗化散文时代在杨朔模式中终结，并非诗化散文已经成熟，恰恰反映出杨朔模式的内在局限和危机。当杨朔模式产生影响时，大量的散文，从中学生作文比赛，到青年作家的新作，都遵循《荔枝蜜》《雪浪花》之类的思路展开，仿佛杨朔已经替他们思考完了。这种情况的发生自然与那个年代社会思维的绝对化、单一化有关，但杨朔模式作为散文形态，易于在"时代共性"中被人模仿，却无法给后来者提供变化的空间，反而与绝对化、单一化的社会思维联姻，也确实反映了其内在的危机。杨朔模式在"泯

---

① 秦牧：《〈长河浪花集〉序》，《秦牧全集》（第一卷），人民文学出版社1994年版，第774页。

② 秦牧：《〈花城〉后记》，《秦牧全集》（第一卷），人民文学出版社1994年版，第556页。

③ 秦牧：《散文创作谈》，《秦牧散文选》，人民文学出版社1987年版，第490页。

灭"读者的个人性同时，也封闭了自我。《荔枝蜜》《茶花赋》的年代不乏民众的饥饿、灾荒，共和国也经历重重困难，但到了杨朔散文中，这一切都被莺歌燕舞、鸟语花香替代了。杨朔散文都经过作者反复构思、锤炼，然而现实的丰富性、复杂性都未得到反映，其所歌颂的有沉溺政治神话的虚空。时过境迁，其散文意境已显露出用生活碎片精巧构成的贫乏，其形式也难免以观念讴歌衍生而成的时文复制的苍白。

杨朔是有才华的，但他在那个年代追求的诗意多少放弃了自己的生命体验，而迁就了时代。如果对照其他作家同中有异的散文，能更清楚这个问题。例如季羡林写于1962年的《夹竹桃》，"开头设悬念，结尾显其志"，中间也以自己成年后对夹竹桃的暂时疏远为转折。这种构思与杨朔模式非常相似，反映出时代风气难以避免的影响。但《夹竹桃》却有着持久的艺术魅力，就在于它通篇所写是作者自己"独特的生活经验和生命体验"①。童年小小的心灵对夹竹桃那种"火雪相融"的奇妙感觉，夹竹桃不间断盛开的韧性让"我""什么时候也不会忘记"的回忆，还有那"花影迷离"，香气"毫不含糊"引起的丰富想象，都浸透了作者故乡生活真切的生活体验。完全个人化的经验和体验使"夹竹桃"所寄托之意既摆脱了古人所写夹竹桃之品性，也没有1960年代时文会有的八股之意，它只是作者在对夹竹桃的记忆、感受、想象中传达出的"最值得留恋最值得回忆"的生命体验。即便结尾所写"夹竹桃的婉美动人""又涂上了一层绚烂夺目的中缅人民友谊的色彩"，有着明显的时代痕迹，也因为对缅甸古塔群落处与夹竹桃的意外重逢，无论是那"同荒寒的古城形成了强烈的对比"的夹竹桃花色，还是那似乎"伸手到栏外，就可以抓到"的夹竹桃花香，都存在于作者个人的生活经验中，那结尾也在时代寄托中显露出亲切自然。杨朔散文缺乏的就是这种个人化生活经验和生命体验，他的散文可以被众人模仿，甚至他似乎就是在替大家写作。当时"大量的记事、抒情散文都令人惊异地循着杨朔《荔枝蜜》《茶花赋》之类散文的思路，甚至连写作者的思

---

① 王宗仁主编：《中国当代散文经典》，北京工业大学出版社2009年版，第49页。

想感受历程——先抑后扬，也千篇一律"①。而恰恰是这种影响大的模仿性，表明杨朔模式难以表达散文最需要的个人经验和体验，也无法表现现代人多层次、多侧面的生活和内心。

在五六十年代激进而僵硬的环境中，秦牧无疑是有着自己的独特追求和坚持，其对知识性、趣味性的倡导尤其难能可贵。行文之中，知识性、趣味性的融入使思想性的表达有时别具一格，知识丰富，穿插自然，想象纵横，收放自如，行文平易流畅，较少穿凿附会之处，在五六十年代的文坛有其清新之风。但知识性会随科学时代的到来而失去其吸引力，由知识的讲述而生发的趣味性也难有容身之地；给知识性、趣味性带来长久魅力的是其审美性，即作家对知识的审美观照、体验。而秦牧散文的知识性、趣味性在历史、科学常识日益普及的今天已失去对读者的吸引力，反映出其文本蕴含的审美性的缺乏。至于秦牧创作过分强调"用一根思想的红线串起生活的珍珠"②，也大大削弱了其散文艺术的原创性，甚至使作品主旨显得先验、浅浮。尤其是其散文中作为"主心骨"的思想，由于对生活的简单化理解而难以避免时代的局限，代表作《花城》对于"三面红旗"时代"春天的呼唤"，回响在《花市徜徉录》等篇章中，其基调难免"肤浅的乐观主义"；另一名篇《古战场春晓》将历史上反帝圣地三元里与现实"超英""赶美"的狂热相承续，这种"大跃进"的浮夸、虚妄在姊妹篇《土地》中更为明显。③

杨朔、秦牧、刘白羽称得上"十七年"散文三大家，而他们日后被诟病的共同点是"（无产阶级）政治的大我"取代了"散文的小我"。他们散文的个人性是在紧密契合时代性中形成的，这甚至会导致对自己内心自我的压抑，从而导致对现实"非真"存在的建构。在当时，倾听自己内心真诚的声音确实困难，但并非没有人"在历经磨难艰苦备尝的逆境中"，始终没有放弃自我的

---

① 贺绍俊、巫晓燕：《中国当代文学图志》，春风文艺出版社2009年版，第102页。

② 秦牧：《散文创作艺术谈·散文创作谈》，江苏文艺出版社1984年版，第7页。

③ 林贤治：《对个性的遗弃：秦牧的教师保姆角色》，《世纪论语——〈文艺争鸣〉获奖作品选》，吉林文史出版社2000年版，第27页。

"赤子之心"，①写下真正用自我的力量凝聚而成的思想结晶。当人们读到著名文艺理论家张中晓在贫病交加且政治压力重重中依然直面现实，写下如此有自我思考和生命力量的文字："心中的真理是无限的，生活中的真理是有限的"，"仁慈是上对下的恩赐，宽容是人对人的关系。仁慈是对统治者的幻想，宽容是对人的尊重。一出于奴隶的道德，一出于自由的心情"，"对于无知的生灵来说，神的爱护和惩罚比人的爱护和惩罚来得更温暖，更无可怀疑，更有力"。②人们感受到的是历经时代变迁犹在的个人思考和体验的力量，这是让散文永恒的力量。

三、杂文等的变异和个人性的失落

除抒情散文外，散文的其他种类虽也一时有过热潮，但或不合时宜，或时过境迁，也反映出时代大潮中散文个人性的命运。

中国现代散文史上杂文的影响最大，但抗战时期在国统区、延安地区（1942年前）、沦陷区都很兴盛的杂文创作战后日益淡出。聂绀弩（1903—1986）是战时最有影响的杂文家，也是在师承鲁迅杂文传统中形成自己杂文个性成就最高的杂文家，其文博识卓见、恢奇幽默，充满喜剧性、理趣美。他在战时创作有《关于知识分子》（1938）、《历史的奥秘》（1941）、《蛇与塔》（1941）、《早醒记》（1943）等多种杂文集，而战后四年多中仅出杂文集《血书》（1949），他当时影响最大的《二稿杂文》（1949）仍是战时杂文旧作的汇编，此后就少见其杂文集了。事实上，1940年代后期起，《讲话》对杂文的评判一直制约杂文创作，"百花时期"才出现了杂文的勃兴。《中国青年报》《文汇报》《新晚报》《光明日报》《新民晚报》等十余家重要报纸相继开设杂文专栏，而最具影响力且起范式作用的首推《人民日报》。在胡乔木、邓拓的领导下，《人民日报》于1956年7月进行改版，其中重要内容就是加大杂文的发表。据统计，从1956年7月1日至1957年6月6日，该报文艺副刊发

---

① 王元化：《张中晓〈无梦楼随笔〉序》，张中晓：《无梦楼随笔》，上海远东出版社1996年版，第4—5页。

② 分别见于张中晓《无梦楼随笔》（上海远东出版社1996年版）第8、10、18页。

表了200余位作者的500余篇杂文。此期间，几乎所有知名的散文作者都有杂文发表，徐懋庸等更有短暂的锋芒犀利的闪现。徐懋庸1933年加入"左联"，是当时杂文创作的后起之秀，鲁迅曾为其杂文集作序。1956年7月至1957年5月，他发表了近百篇杂文，批评官僚主义、教条主义、宗派主义、专制作风、特权思想、冒进行为等，实际上是"左联"时期杂文传统的延续。这些杂文写得质朴晓畅，尖锐泼辣，有时也婉而多讽，富有形象质感。如《教条主义和心》，列举种种事例，生动刻画了教条主义理论家在玩弄教条中，自己感到抽鸦片似的昏昏沉沉的快乐，却将青年们熏得昏昏沉沉痛苦的情景。其中所举事例，切中当时政治禁忌，显露作者的胆识洞见。但那种"杂文作家要养成对黑暗的敏感"[1]的号召本身具有太大的政治敏感性，因此很快被消音。杂文产生于时代的批判之中，这种批判性的保持和发扬需要个人的胆识，更需要个人的思考。但时代共性越来越强大时，个人的胆识和思考也遭受难以抗拒的压力。所以，无论是新中国成立初期"马铁丁"（陈笑雨、郭小川、张铁夫）的"思想杂谈"，还是1960年代"吴南星"（邓拓、吴晗、廖沫沙）的"三家村札记"，都已经大失杂文的批判性锋芒了。

即便如此，杂文的生存也很艰难。以邓拓为例，调整时期大家对写杂文视若畏途，他却带头开设《燕山夜话》《三家村札记》等杂文专栏。但如果比较一下他在"百花时期"的杂文，"从尖锐讥刺和直逼主旨，到这时的曲折展开、温和节制的态度和语调"[2]，其变化是明显的。发表于1957年4月的《废弃庸人政治》大概是邓拓的第一篇杂文[3]，也是他"百花时期"的杂文代表作。命题的大胆已见其锋芒的尖锐，文章的展开更是痛快淋漓地抨击了那种"凭着主观愿望，追求表面好看，贪大喜功，缺乏实际效果的政治运动"，以及"乱开药方""自我陶醉"等所谓政治，将之嘲讽为"庸人政治"，并对当时存在的主观主义、无条件服从的个人迷信等展开了鞭辟入里的剖析。分析

---

① 徐懋庸在《文艺报》"杂文问题座谈会"上的发言，《文艺报》1957年第4期。

② 洪子诚：《中国当代文学史》（修订版），北京大学出版社2007年版，第142页。

③ 曾彦修：《〈燕山夜话〉读后感（代序）》，邓拓：《燕山夜话》，中国社会科学出版社1997年版，第7页。

之透彻、洞见之深邃，态度之鲜明、讽刺之辛辣，都足以代表"百花时期"批评性杂文的自觉意识和表达高度。文章所要"废弃"的"庸人政治"，在日后至今的中国政治生活中始终是顽症痼弊，也显示了邓拓这篇杂文确实切中现实体制和文化传统的弊端，其意义更为深远。而这种批评性杂文在"调整时期"的《燕山夜话》里已难觅踪迹了。邓拓在《生命的三分之一》一文中表明了《燕山夜话》的主旨："我之所以想利用夜晚的时间，向读者同志们做这样的谈话，目的也不过是要引起大家注意珍惜这三分之一的生命，使大家在整天的劳动、工作之后，以轻松的心情，领略一些古今有用的知识而已。"《燕山夜话》已无"百花时期"杂文那种"尖锐讥刺和直逼主旨"的文风，呈现出"谈心""引导式"的话语方式，其常引用大量历史典故，趣味性、知识性的谈话风，在那个物质和精神都处于紧张的年代确实给读者带来亲切、放松。而作者在以"领略古今知识"为主的叙述中表现出来的思想态度和文体风格，"在宽容、中庸的形态中，来寄托他们对现实生活缺陷的敏感、关切，容纳他们对于现代教条、对于僵化思想秩序的质疑性批判，从而也塑造了叙述者的正直、坚强的思想品格"①，作者的知识优势在当时也得以发挥。例如《读书有秘诀吗？》所讲读书之道，强调读书是"立根本"；而读好书则要"反教条主义"，要"知入知出"，灵活运用，尤其是要用自己的切身体验去体悟古人的读书经验。文章所引陆九渊等古人读书经验，他们在"六经注我""我注六经"等读书的根本之道上都有精辟深刻见解，自然会引起当今读者巨大关注。而全文谆谆善诱，给人以极大影响。但通观《燕山夜话》，那种思想无拘无束、率性为之的纵横笔气已消失了。这有着杂文作者的巨大无奈，五六十年代毕竟是一个不允许杂文的批判性存在的年代。

对报告文学的倡导（如1958年《文艺报》倡导"大家来写报告文学"，1963年，人民日报社、中国作家协会的报告文学座谈会等），表现出散文文体从艺术性向政治功利性的转移，所以被严格控制在歌颂社会主义的模式中，并密切配合学雷锋、学大庆、学大寨、学习好八连等运动，其政治性导致的虚假

---

① 洪子诚：《中国当代文学史》，北京大学出版社1999年版，第158页。

性、浮夸风等明显偏离了报告文学的本质。杂文、报告文学都是五四后兴起的散文门类，但其五四传统都已难以为继了，也表明时代性完全压倒个人性的潮流中，现代散文的空间在缩小。

第二节 "集体旅行"中投向域外的目光

——从共和国域外出访写作看1949年后散文的变化

现代域外游记是中国现代散文极为重要的组成部分，不但打开了中国人的视野，更促进了新文学的发生、发展。1949年后，随着中华人民共和国的建立，中国与世界的关系也随之发生了变化，"域外"不再是一个可以随便到达和言说的所在。但中国作家、中国文学同外部世界的关系并未完全中断，有时交流甚至非常频繁，而且这种与外部世界的交流是以"作家出访"的全新面貌出现的，中国作家走向世界的旅程仍在继续，他们的世界想象也仍在展开，由此出现了大量记游作品。但1949年之后作家们的世界旅行，与此前的异域旅行虽有联系，却存在着更大的差异。这种差异不仅仅是旅行方式、过程和内容的变化，更意味着作家创作视野、思想情感、审美情趣和写作方式的巨大改变，这种改变往往在1949年前就发生了。

一、旅行：第一次也是最后一次

1949年10月1日中华人民共和国成立，最先得到了苏联的承认。不久之后的10月26日，由丁玲任团长的中国工会与文化工作者代表团赴苏联参加十月革命三十二周年纪念活动，曹禺、赵树理、沙可夫、许广平等十五人同行。这可能是共和国成立后，第一批以"新中国作家"的身份出国访问的作家。虽然在这一年年初，丁玲刚访问过苏联，但是，这一次出访却明显不同于以往：她与其他作家是以一种崭新的身份来面对未知的世界。而他们归国后都写下了类似于"异国游记"的出国访问记、参观记等作品。

11月10日中国代表团举行记者招待会，对外报告中华人民共和国的生活情形。至此，距离新中国成立仅有四十余天。我们不妨将此次记者招待会，看成一个具有标志性的事件，那就是作家在国外开始了他们对外描述新成立的共和国、对内感知世界的漫长又复杂的历程。这些作家走出国门的活动，成为新中国成立后比较频繁的文化交流活动的一部分。无论是此前曾经羁旅海外的作家们，还是从未走出过国门的作家们，此时的出访机会对于他们而言，都是全新的生命体验。而此后的异国旅行，也或多或少地影响了他们的文学创作。

不妨将这次旅行看作一个开始：1949年，尽管原有的世界联系就此中断了很多，但作家们的异国旅行却没有结束，并且以全新的面目出现。这一时期作家们似乎享有了比其他人更大的"特权"，他们的旅行足迹甚至比此前更加广泛："不羡天池鸟，不慕北溟鱼。瞬息乘风万里，铁翼云中舒。才到新西比利，已过乌兰巴托，瀚海揽无余。"[①]这与当年现代作家们蜷缩在外国轮船的下等舱中，观看肤色不同、身份各异的各色人等的异国留学旅程和抛家舍业、去国离乡的政治流亡旅程都已截然不同。然而他们的世界想象仍然继续，甚至成为普通中国人想象世界的重要依凭和沟通世界的重要桥梁。他们也始终不能忘记自己的作家使命，无论在世界上哪个角落，都有文字紧紧跟随。

于是一场盛大的集体旅行开始了，一支庞大的作家出访队伍极为迅速地被集结起来，几乎涵盖了新中国所有的重要作家，从郭沫若、茅盾、巴金、曹禺、老舍、冯至、丁玲、赵树理、艾青这些极富盛名的作家，到李季、田间、闻捷、杜鹏程等解放区成长起来的新一代作家，甚至也包括了师陀等几乎已经在共和国文学版图上边缘化的作家。他们经过了严格的政治审查之后，被逐次分配到名目众多的出访使团之中，成为新中国对外文化交流极为重要的一部分。作家们与其他人出访的最大不同就在于，他们回国后能以较高的文字水平，写下关于异国出访活动、旅行途中见闻的种种作品。从此这些作品成为一个庞大的存在，见诸新中国重要的报纸、杂志，乃至集结成册。这些因出访而得来的文字数量之多，令人惊讶，甚至占据了许多作家"十七年"间创作的大部分内容。翻开当年文艺重镇之一的《人民文学》，从1949年创刊时起，其

---

① 郭沫若：《水调歌头·归途》，《骆驼集》，人民文学出版社1959年版，第41页。

散文、诗歌部分就经常出现作家们的出访作品，最频繁的1954年、1957年几乎达到了每期都有一至两篇作品。1952年第11期更是一口气刊出了艾青、孙犁等人的出访诗歌、散文达六篇之多。《收获》《诗刊》等重要文学杂志也大都如是。这些月刊、季刊极为有限的版面处于不断变化的文艺风潮之下，这些作品却成为一个恒定的存在。且不论作家们散见于各种报纸、杂志上的作品，单看以异域旅行为创作题材而集结成书的，就数量众多：

作家	作品	出版社	出版日期	备注
丁玲	《欧行散记》	人民文学出版社	1951年6月	
冯至	《东欧杂记》	新华书店	1950年11月	
刘白羽	《莫斯科访问记》	海燕书店	1951年3月	
巴金	《华沙城的节日》	平明出版社	1951年3月	
巴金	《倾吐不尽的感情》	百花文艺出版社	1963年6月	
巴金	《友谊集》	作家出版社	1959年9月	
巴金	《贤良桥畔》	作家出版社	1964年9月	
周立波	《苏联札记》	人民文学出版社	1953年4月	
冯雪峰 等	《我们访问了苏联》	人民文学出版社	1952年11月	
田间	《欧游札记》	作家出版社	1956年1月	
唐弢	《莫斯科抒情及其他》	作家出版社	1958年7月	
周而复	《东南亚散记》	中国青年出版社	1956年9月	
艾青	《宝石的红星》	人民文学出版社	1953年6月	
艾青	《海岬上》	作家出版社	1957年10月	
杨朔	《亚洲日出》	北京出版社	1957年12月	
峻青	《欧行书简》	上海文艺出版社	1956年12月	
艾芜	《欧行记》	百花文艺出版社	1959年6月	
师陀	《保加利亚行记》	上海文艺出版社	1960年6月	
冰心	《樱花赞》	百花文艺出版社	1962年11月	
田间	《非洲游记》	作家出版社	1964年1月	
阮章竞	《四月的哈瓦那》	作家出版社	1964年2月	
杜宣	《西非日记》	作家出版社	1964年3月	

作家	作品	出版社	出版日期	备注
杜宣	《五月鹃》	百花文艺出版社	1964年5月	
李季	《海誓》	作家出版社	1964年11月	部分作品
闻捷、袁鹰	《非洲的火炬》	百花文艺出版社	1964年8月	
韩北屏	《非洲夜会》	百花文艺出版社	1965年5月	
秦牧	《潮汐和船》	作家出版社	1964年4月	部分作品

　　这种出访写作，与共和国文学的发生、发展是同步的。这些作品也承袭现代作家、学者的异国游记一脉，都是以个人异国见闻体会为主要内容，但是自旅行形式到写作手法、思想情感、审美情趣呈现出与前人写作不同的风貌，成为特定历史时期中国文学变迁轨道中的一份遗存，我们可以将其称为共和国作家的出访写作。这些文字因为旅行和写作本身充满了时代与个人、政治、意识形态和国家想象的多重意义而值得我们关注。

　　随着1949年的到来，现代作家们此前那种个人性质的，相对自由、离散的域外旅行消失了，取而代之的是作家们置身于某一具体团体中，以某一集体名义而进行的具有官方性质的外国"出访"。个人与域外世界的联系全面中断，"集体"的身影逐渐走向台前，于是"个人主体的游离来去"逐步转变为"集体主体的移形换位"，这种变动彻底改变了此后作家们域外写作的方式、叙述口径与创作技巧。今天看来，彼时作家们笔下的异域依旧复杂，但是这种复杂乃是由于这一转化之中"所内蕴的复杂向度，饶富政治、欲望、身体、身份、经济、权力、知识的取予让渡，早已超越传统的时空范畴"[1]。而这种改变并非单单存在于作家们身上，更参与了共和国整个文学生产模式和文学风貌的变化进程。

　　① 王德威、季进：《文学行旅与世界想象》，《当代作家评论》2006年第1期。

二、异国出访：作为写作的一种选择

异域其实只是一个实在的场所，作家们透过异国山水和人物看到什么、写下什么，是作家们自己的选择。新中国成立之后的异域出访活动为作家和文学提供了一个特定的历史情境，在这一情境下我们考察作家们写下的诸多作品，会发现即使在背离他们应有文学水准的作品、面貌相似的颂歌之中仍旧充满了写作的曲折与艰辛。同时，这种特定的情境作为一种个体生存与观看世界的背景，构成了作家们生活和写作的"小环境"，促使他们为当下的写作和生活作出抉择。我们在这一背景之下回顾当初具有代表性的作家们在他们的异国旅行中作出的种种不同选择和探寻，不只能够了解他们彼时的状态与写作，也能从中看出文学的路向。

（一）冯至的"决断"：不变即是死亡

对于那些曾经离国的作家来说，无论他们以往的异国旅行是求学还是游览，共和国时代的异国旅行都意味着他们将要以全新的身份和心态，对曾经的旧游之地再做一次寻访。而这些地方，有的并非只是当年的一时游历之地，而是在他们的人生和创作中至关重要的"精神之原乡"，比如德国对于冯至。这种离开又重回的过程，本身就充满了令人遐思的空间：时隔经年，改变的也许不只是域外，冯至再次去德国时，德国已分裂为民主德国、联邦德国；而旅行的主体——作家本人，同样经历了身份、思想和情感上的巨变。这一切使得这场旅行在一开始就不只有怀旧览胜的情调，更充满了恒在与蜕变的冲突。作家在这场冲突中的抉择和走向就格外引人注目。

1950年3月到6月底，冯至作为新中国的友好使者出访东欧多国，其中两次到德国，重访他青年游学之地，写下一系列散文，归国后成书《东欧杂记》。这是距离其散文集《山水》七年之后，冯至再一次试图以散文的笔调将目光投射到异国行旅和自然山水之上。不同的是，冯至已不是抗战时期隐居于昆明杨家山农场茅屋中的那个冯至了，而是"新政权中的社会活动家、教育家和主流作家"。身份转换的冯至重新游览了他十八年前曾与朱自清一同游历过的波茨坦无忧宫，站在柏林的大街上眺望联邦德国，"一切的外表都没有多大改变，可是游览者的眼睛变了，眼睛一变，楼台殿阁的意义也随着变了"①。冯至的注意力不再集中在"带有原始气氛"的、"还未被人类点染过的"②自然，而是将目光投入热烈而盛大的全德青年大会、"五一"节群众大会那些人声鼎沸的场景，以他的全部笔墨用来描写德国的工人、青年，观察德国战后的重建和改变，讽刺美国和西方阵营。笔调已完全不同于《山水》，倒是更接近于1943年之后冯至大量创作的杂文中的某些篇章，甚至更为激烈。如《马铃薯与蜜橘》《黑暗的窟窿》几篇，讽刺美国的阴谋和对民主德国的破坏，字里行间充满了批判的愤怒。这些文章中，最值得注意的一篇是《爱情诗与战斗诗》，冯至因为匈牙利人向他推荐他们崇敬的彼得斐（今译裴多菲）、海涅和其他两位诗人，从而引起了自己的回忆。他在文章中回溯了自己与德国文学的因缘，尤其是对自己影响至深的里尔克：

> 所以在鲁迅先生译完了法捷耶夫的《毁灭》的时期，我却遇见了里尔克。在里尔克的影响下我过了十几年，这十几年，我如今回想，是一条错而又错的道路，后来我费了很大的力都没有能够完全摆脱开他的影响。直到北京解放，学习了毛主席的文艺思想，才找到了正当的大道。③

冯至的表现让人颇为意外，"被许多研究者视为自觉地与社会保持距离而具有独立精神品格的代表性作家"④，第一次在他的文字里明确而彻底否定了他过去十几年所走过的道路，而且这种否定是当他重新游历了德国，也终于游览了他早在1932年就想游览（后因旅费不足而返）的里尔克的故乡布拉格之后发生的。那个曾经被他认为是"看遍了世上的真实，体味尽人与物的悲欢""圣

---

① 冯至：《东欧杂记·波茨坦游记》，《冯至全集》第三卷，河北教育出版社1999年版，第114页。

② 冯至：《山水·后记》，《冯至全集》第三卷，河北教育出版社1999年版，第72页。

③ 冯至：《东欧杂记·爱情诗与战斗诗》，《冯至全集》第三卷，河北教育出版社1999年版，第129页。

④ 贺桂梅：《转折的时代——40～50年代作家研究》，山东教育出版社2003年版，第136页。

者"一般的里尔克，在而今的笔下则变成了"抱着自己的痛苦投入神秘的洞穴"，"瞻望社会发展的方向，却躲到瑞士的一个古堡中，终日推敲他最后的、也是最晦涩的诗篇"——这样的结果不免让人思索。

冯至曾经深情回忆起在他生命里难以磨灭的地方："20年代的北京、30年代前期德国的海德贝格、40年代前半期的昆明——这三个城市曾是我的'年华磨灭地'，但它们丰富我的知识，启发我的情思，是任何地方都不能与之相比的。"[①]1930年，冯至启程经俄罗斯赴德国求学。也是在德国，冯至开始系统阅读里尔克的著作，翻译里尔克的作品，到后来几乎完全沉浸在里尔克的世界里："对里尔克越熟悉，从他那儿得到的东西也就越多。他的世界是如此丰富、如此广阔，仿佛除了他的世界之外，再没有别的世界了。我真愿意设法永远在他的世界中来学习并生活在其中。"[②]正是十年之间对于里尔克的研读，使得冯至摆脱了过去的自我，克服了《北游》之后精神和创作上的危机，让他成为一个以个体独自担当宇宙的人。冯至在1940年代前半期抵达文学顶峰离不开里尔克在他身上发生的作用。然而冯至却在他第二次回到德国之时做出了一个惊人之举：将他最辉煌的一段文学道路连同他曾经的文学和精神导师里尔克一并否决了。1950年3月，距离冯至离开德国十五年，距离他离开昆明五年，更重要的是距离新中国成立仅仅只有半年有余，将政治的原因降到最低，冯至的转变让人有点措手不及。

在那本薄薄的只有12篇文章的《东欧杂记》中，冯至记录下他在红场边上居住了二十多天的感受、参观莫斯科地铁的经历、重建后的布达佩斯和布拉格的新貌、遍布匈牙利和捷克全国的劳动者休养区、波茨坦无忧宫的重新利用……这些经历和场景，都是冯至此前从未有过、看过的，更与他十五年前求学德国之时的印象发生了天翻地覆的改变：在那十五年间，整个世界都遭遇了由德国引发的大战。中国先抵御外侮再进行内战，他自己也在战乱中流徙、漂泊。1945年，冯至写道："一九三〇年的冬天，我在德国一个大学城里

---

① 冯至：《立斜阳集·引言》，《冯至全集》第四卷，河北教育出版社1999年版，第264页。

② 冯至致杨晦的信，《冯至全集》第十二卷，河北教育出版社1999年版，第125页。

读书。那时德国还保持着自由的气氛，可是希特勒纳粹党的势力一天比一天膨胀，大学门前常常围着一群纳粹党的学生在捣乱，有时把校门堵得水泄不通，遇见犹太籍的教授则任意嘲骂。一天有位教授走过门前，看见这种情形，曾经对我和另外一个本国学生B君说：'这是一个结束。十九世纪许多思想家与科学家所努力争取的一些事物，关于自由、人权、科学等等观念，如今都要告一个结束。'……时隔十二年，如今我读到茨威格的遗书，寥寥几百个字，却真实地嗅到欧洲过去两个世纪的文化的芬芳与这个文化的今日的结束。"①但同样是在这十五年间，德国分裂成了民主德国、联邦德国，而一个与过去完全不同的新中国也已建立起来。十五年后故地重游，这样的人生际遇遇上了"焕然一新"的欧洲，难免在冯至的心中激起波澜。冯至几乎在每一篇文章中都引人注意地使用"今昔对比"的方式，意图说明德国和西欧的过去是多么灰暗，而东欧的今天和未来又是多么光明。他去工人们休养的山顶旅馆参观："晚饭后已经十点多钟了，晚会以唱歌开始，最初发言的是一个教育工作者。他说，他在过去反动政府的统治下没有享受过正规的教育，却住了几年的监牢，解放后在高等学校里教政治课，因为教课成绩好，得到奖章，现在在这里作一个月的休养。随后有纺织工人、炼钢工人、农村里的劳动英雄……起来述说他们过去的苦难与现在的幸福，并且把他们工作的场所夸奖得比什么地方都美。"②这样的所闻所见在冯至思想中所发生的作用不容忽视，冯至因为"这一天的生活太丰富了，看了不少的东西，说了不少的话"，以至于"回到寝室里，兴奋得不能立刻去睡"。③如果我们将这一切结果都归结为政治压力的话，也许小看了冯至从里尔克身上得来的个人"鄙弃了一切浮夸，孑然一身担当着一个大宇宙"的力量。那冯至的否定源自何来？我们不如说这些前所未有的人生体验伴随着冯至的时代想象一起，鼓舞着冯至作出了最后的"决断"，完成了向过去

---

① 冯至：《阿果尼》，《冯至作品新编》，人民文学出版社2009年版，第385—386页。

② 冯至：《东欧杂记·加利阿山顶与玛利亚浴场》，《冯至全集》第三卷，河北教育出版社1999年版，第89页。

③ 冯至：《东欧杂记·加利阿山顶与玛利亚浴场》，《冯至全集》第三卷，河北教育出版社1999年版，第89页。

生活的告别。

如果我们以冯至此次欧洲之行为起点，往前考察冯至的生活和创作道路，就会发现这样的决断和蜕变其实早就开始了。在冯至的否定宣言中，他"坚决的"否定了里尔克，但是却没有提及另一个对他影响甚深的德国人：歌德。早在1941年春天的杨家山茅屋中，冯至就开始了《歌德年谱》的翻译和注释，而在整个昆明时期"歌德著作与杜甫诗歌是冯至主要的读物"①。于是，作为冯至精神世界的三个向度，里尔克、歌德和杜甫这三者的互动、转变和侧重，促成了冯至此后那段"在停留中有坚持，在陨落中有克服"的富有弹性的人生。如果说里尔克让冯至在战乱流徙、杀戮遍野的时代找寻到个体生存的意义，打通了生命与自然、自我与宇宙的联系而成长为一个成熟的个体的话，那么，歌德的意义则在于让他继续"蜕变"直至真正的成熟，"蛇为什么脱去旧皮才能生长；／万物都在享用你的那句名言，／它道破一切生的意义：'死和变'"②。同时，在这种蜕变中，他需要断念，需要"肯定精神"，需要"向外而又向内的生活"，才能成为一个"真正的人"，"一个在社会中行动的主体"。③1942年5月，当《十四行集》在桂林出版的时候，冯至已经完成了他的论文《歌德的晚年》。晚年歌德的影响在冯至的思想蜕变轨迹中发挥了无可替代的作用。他为冯至提供了一种"实际主义"的、肯定向上的生活方式，将那个隐居于林场茅屋中的冯至拉回到满目疮痍但却是真实的现实生活之中；并且歌德作为一个诗人"已经感到集体生活的将要来到"，为冯至关于未来的时代想象提供了最重要的思想基础：

> 在他理想的社会里一个重要的格言是："每个人要到处对己对人都有用处。"人人要有一技之长而又有益于全体。所有不同的职业都平等了，高下的区分只看从事职业的态度是否是真诚的。歌德在这里要求一种适宜于集体

---

① 蒋勤国：《冯至评传》，人民出版社2000年版，第346页。

② 冯至：《十四行集》第十三首，《冯至作品新编》，人民文学出版社2009年版，第119页。

③ 贺桂梅：《转折的时代——40～50年代作家研究》，山东教育出版社2003年版，第189页。

生活的、新人的典型：人们精确地认识自己的事务而处处为全人类着想。[①]

借助这样的思想我们再返回1950年代冯至的欧洲之行，就不难理解冯至为什么那么容易被山顶休养旅馆中的工人们所打动，并且兴奋得难以入眠，他分明看到了歌德所论述的"新人"已经诞生。在这样的激动之下，冯至所作出的决断也许就不那么突兀了。

1943年春，冯至完成了他的小说《伍子胥》。在《伍子胥》后记中，冯至回忆了他写作伍子胥的整个思想起源与过程。"远在十六年前"，冯至"第一次读到里尔克的散文诗《旗手里尔克的爱与死之歌》"之时，他就已经萌发了那个关于伍子胥逃亡的故事，"所神往的无非是江上的渔夫与溧水边的浣纱女，这样的遇合的确很美"。但十六年后，"十六年前的世界已经不是现在眼前的世界，自己的思想与心情也起过许多变化"，"伍子胥在我的意象中渐渐脱去了浪漫的衣裳，而成为一个在现实中真实地被磨炼着的人，这有如我青年时的梦想有一部分被经验给填实了、有一部分被经验给驱散了一般"。[②]而冯至自己何尝不是在这十六年间同样地被现实磨炼着、蜕变着。这十六年间冯至远赴德国求学，借助里尔克经历了人生的第一次蜕变，十四行诗和《山水》就是这种蜕变完成的标志。但也几乎在同时，另一种蜕变也正在开始。《伍子胥》无疑是第一次蜕变的总结，也是第二次蜕变的开始："《伍子胥》是一个关于'蜕变'的故事，而这'蜕变'不是朝向田园风光，却是朝向'现实'，事实上也是在超越和否定林场茅屋中所获得的单纯和平静。"[③]也就是在同一年，冯至开始仔细研读仇兆鳌的《杜少陵诗详注》，并着手准备开始为杜甫写传记。也正是从杜甫开始，让他"逐步由小写的诗人向大写的人民／民族诗人

① 冯至：《论歌德·歌德与人的教育》，《冯至全集》第八卷，河北教育出版社1999年版，第86页。

② 冯至：《〈伍子胥〉后记》，《冯至作品新编》，人民文学出版社2009年版，第442—443页。

③ 贺桂梅：《转折的时代——40～50年代作家研究》，山东教育出版社2003年版，第183页。

过渡"①。杜甫诗中"字字都是真实""没有洒脱、只有执著"的人生和创作态度，"毫无躲避的"承受时代艰难的精神都给予冯至巨大的思想支撑。如果说歌德站在未来的高度启示了冯至路在何方，那么，杜甫就用他的诗句告诉冯至，应当如何实实在在地度过当下的生活而走向未来："写出他所经历过的山川、广泛地描绘出时代的图像"，成为"现代人民的喉舌"。这样的思路决定了，即使没有战争，冯至也不可能一直隐居于茅屋之中，他必将要度过里尔克的阶段，走入广阔的生活之中，去延续杜甫的"将诗与现实的社会政治和日用伦常——也就是仇兆鳌所说的'世运'和'性情伦纪'——密切关联的不朽传统"②。《"这中间"》就是最好的证明，冯至在其中明确地声明，他不会躲到"所谓的仙境中"，而是要经历真实的"人间的苦乐"，对于变动中的历史他也要参与其中。于是，当冯至以《山水》《十四行集》和《伍子胥》为他的一段人生画上辉煌句号的时候，另一段探索也已经开始了。1943年之后，我们能见到的冯至的作品是大量的介入现实生活的杂文。这些杂文和他同时期进行的《杜甫传》的写作，很大程度上决定了他战后直到1950年代的人生定位和创作道路。

1946年6月冯至离开了他一生中最值得怀念的昆明，返回北京，途经重庆结识了在中国共产党《新华日报》工作的何其芳。等他返回北京，全面的内战已经开始了。1947年8月，冯至在复刊后的《文学杂志》上发表了《决断》，已经透露了决断虽然艰难、沉重，但却势在必行："现在，所谓'两个世界'的形成，一天比一天显著，政治，思想，文艺，以及生活形式都随着这两个世界在分裂：它们分裂得这样明显，而牵涉的范围又这样广大，在过去的历史上是不曾有过的。我们面对这个现象是拒绝呢，还是承认？如果是拒绝，就应该有第三者的树立。如果是承认，就又分出妥协与不妥协的两条道路。如果妥协，我们将何以促成？如果不妥协，我们将何以自处？这一连串的问题无时无刻不在促使我们决断。"③然而时代的境况已经不容许他再犹豫，"40年代，

① 张辉：《冯至：未完成的自我》，文津出版社2005年版，第132页。
② 张辉：《冯至：未完成的自我》，文津出版社2005年版，第137页。
③ 冯至：《决断》，《冯至作品新编》，人民文学出版社2009年版，第403页。

中国人民蒙受的灾难日益严重，新中国从灾难里诞生。无论是灾难或是新中国的诞生，都不容许我继续写'沉思的诗'了"①。冯至的决断似乎已经下定了最后的决心。1948年夏，冯至、沈从文、杨振声、朱光潜等人在"霁清轩"消夏，但是，这些昔日好友之间的分歧已经初见端倪。沈从文"渴望恢复在青岛时的工作能力和兴趣"。而冯至，已经明显地不再关注于自然山色，"再也没有原野的风梳栉他的心灵"，而是听闻着郊外的飞机声："当我想到你来自美国，里边装载的有时是美国的炸弹，有时是美钞荫庇下的达官富贾，而受害的都是中国人民时，我对你只有憎恨。在憎恨中，我深深认识到，用外国武器来杀害自己的同胞是最卑鄙的行为。"②这样的笔调已经与《东欧杂记》中的文章没有太大的区别了，而这篇文章不久也被解放区新华社电台播出。1949年7月文代会开始之前，冯至写下了《写于文代会开会前》，终于下定了决心为了他的理想时代，要依从"人民的需要！"："如果需要的是更多的火，就把自己当做一片木屑，投入火里；如果需要的是更多的水，就把自己当做极小的一滴，投入水里。"③

如果我们回顾这一从1940年代以来的过程，冯至的第二次"蜕变"也有据可寻。里尔克长达十几年的笼罩渐进消退，一个"人民喉舌"的冯至迎接了新的国家制度的诞生。同样，新政权也接受了冯至——他成为这场集体旅行的最早参与者之一。而1950年当冯至重游德国之时，萧乾却被告知，他已经确定的访英之行的资格被取消了。不同的人生际遇，正昭示了他们之前不同的抉择。如果说冯至的第一次德国之旅是他早期蜕变的开始，那么他的再一次德国之旅则是他第二次蜕变的完成式。他在这次旅行中看到了曾经在歌德笔下提及的"理想生活"。当他走进"圣地"莫斯科的时候，再一次提到了应当"蜕变"以适应新的时代的来临：

---

① 冯至：《在联邦德国国际交流中心"文学艺术奖" 颁发仪式上的答词》，《冯至全集》第五卷，河北教育出版社1999年版，第206页。

② 段美乔：《"工作而等待"：论四十年代冯至的思想转折》，《文学评论》2006年第1期。

③ 冯至：《写于文代会开会前》，《冯至全集》第五卷，河北教育出版社1999年版，第342页。

我们的社会基层在改变，无论人或物都要随着改变，只要他们不甘心死亡，就没有一件事会阻止他们从旧蜕化出来新，更没有一座高山或深渊划分出新与旧的界线。①

不变即是死亡，这是冯至最后的宣告。于是，在他的重返之旅中，冯至掩埋了里尔克的光辉，宣告了自己在"伟大的人民的时代，从那'深不可测'的晦涩的魔宫里跳出来了"②。也正是怀着这样的理想，冯至写下12篇杂记，不仅仅是为了宣告一个个人时代的终结，更意图在新的时代完成新的文学探索。《东欧杂记》在当时的效果令人振奋，"由于适应当时的政治外交形势"③，曾经多次再版，甚至被选入中学课本，成为一个时代的剪影。但是，冯至自己分明感到了某种失败，此后他虽然频繁往来于世界各国，却几乎再也没有写下类似的文章。他已经突入到火热的"现实"之中了，但现实变化之快之巨大也让他感到了"从现实中汲取诗料，比过去惯于在自然界和日常生活里寻求哲理和智慧要艰难得多"④。他并没有在这次旅行中为未来的文学找到出路。离开了自然的给养和他最擅长的领域，不论此前的决断如何坚决，冯至仍然同其他作家一样，最终面临了书写的困境。许多年后冯至回忆起这段出访时光和写作，仍旧难以释怀：

> 杂记的内容与过去大不相同，语言也有了变化。其中有几篇在50年代被选入中学语文课本，如今在医院里或火车上有时遇到中年的医生或是干部，互通姓名后，他们还记得起中学时读的那几篇杂记。但是国际间的关

---

① 冯至：《东欧杂记·莫斯科》，《冯至全集》第三卷，河北教育出版社1999年版，第321页。

② 冯至：《东欧杂记·青年与新生》，《冯至全集》第三卷，河北教育出版社1999年版，第357页。

③ 蒋勤国：《冯至评传》，人民出版社2000年版，第245页。

④ 冯至：《外来的养分》，《冯至作品新编》，人民文学出版社2009年版，第457页。

系变化无常，所谓友谊并不是牢不可破的，回想当年的激情，有如一场幻灭的美梦，杂记好像是经过地震的房屋，墙壁透风，屋顶漏雨，失去了它初落成时的光彩。虽然如此，为了纪念我当年的一片深情，还是选了几篇，但所选的并不是当年被人称道的代表作。①

从冯至惋惜的口吻中，我们可以想见，当初冯至在写下这些作品的时候，除了精神上的巨大感召之外，仍旧是包含了"建设一种新时代的文学"的宏愿在其中的。因为丢弃了里尔克的"晦涩"，他开始主动尝试用最真诚的情感和平实明朗的语言来书写他在新时期域外旅程中的所见所闻，从对一草一木的关注上转向热烈的人群和宏大的场景。这样的写作方式也许因为符合政治的要求而风光一时，但冯至明显不够熟悉也不能把握这样的题材。离开了他曾经驾轻就熟的写作场域，仅凭对于国家和时代的一腔热情，他的努力最终证明是失败了。政治变化无常，那些在社会激情引领下写出的文字，不但没能找到新的文学路向，反而在时间的检验中渐渐剥离了当初的狂热与美好而显露出"虚幻"——应景的写作和对意识形态的礼赞始终无法与对微小却具有永恒美感生命的体验相比。于是，当狂热的时代远去，理性开始回归，冯至又一次否定了他曾经的否定，"善恶、生死与蜕变的循环再次展开——只是有了太多反讽的意味"②。冯至在他生命中最后一首诗中直面他一次次的自我否定："我这一生都像是在'否定'里生活，/纵使否定的否定里也有肯定。/到底应该肯定什么，否定什么？/进入了九十年代，要有些清醒，/才明白，人生最难得到的是'自知之明'。"③拨开"理想时代"的幻影，曾经的尝试令人不忍再看，而自我否定也让他"在那个年代里深受内伤"。这种自我否定的内伤让冯至经过了一段时间的狂热后，仍然感到了生命中无时无刻不存在着的"永久割裂的痛苦"——里尔克仍旧是一个恒定的存在，《十四行集》时代的主题，非但

---

① 冯至：《山水斜阳》，黑龙江人民出版社1999年版，第196页。

② 王德威：《一九四九：伤痕书写与国家文学》，（香港）三联书店有限公司2008年版，第232页。

③ 冯至：《自传（1991）》，《冯至全集》第二卷，河北教育出版社1999年版，第291页。

在作品中存在，更贯穿在冯至此后的人生中。

（二）艾青：最后的突围

出访活动虽说有这样那样的限制，但它本身始终具有不能改变的开放性，与国内环境相比有时仍有相当大的宽松程度，只要限制性稍稍削弱，异国旅行活动的开放性就会迅速显露出来。同时，旅行游记类作品安全度相对较高，因而也成为一种"缝隙"。异域山水为作家们的所思所感提供了一层保护和掩饰的屏障，于是，共和国时代的域外行旅有了一个意想不到的收获：借助步履的外扩，作家因异国环境的触动而展开对心灵的内向探寻与思考。在这种缝隙中有些人遇到他们曾经"埋葬"的一部分自我，丧失已久的"通灵宝玉"在文字后面跃跃欲试。同时，当个人情愫、文人情趣和怀旧情绪在"人民"大叙事的挤压逼迫下无处遁形的时候，异国环境和山水风物为这些难以倾吐的"个人主义"提供了堂而皇之的表达渠道，这一过程仍旧或多或少地保存或重现了作家的个人风貌。当政治以一种强势姿态介入文学时，作家自觉或不自觉地借助某一途径进行压力疏导，于是，一个自相矛盾的现象产生了：这些作品在强力推进国家文学构建的同时，也成为作家个人特色复原的"避难所"。它们在塑造统一情感和视野的同时，也保留了作家的个人伤怀。

如果我们翻看《艾青全集》新中国成立之后的部分，就会发现一个极有意思的地方，除去1950年和1954年，其余年份艾青的诗作非但少之又少，而且几乎都是主题鲜明的应时之作：《献给斯大林》《给乌兰诺娃》《我在和平呼吁书上签名》等。但1950年和1954年则大不相同。这两年之中所发生的两次异国旅行，从生活到创作都极大地影响了艾青。它们分别以不同的方式，激发了从前或浪漫或沉郁的艾青，至少在短时间内，我们看到昨日艾青重现光彩。

1950年7月底，艾青启程随代表团访问苏联，在苏联停留将近半年。这次异国行程与其他人的出访没有更大的差别，走马观花的参观也没有激起艾青更多的关注。然而，他意外地"在莫斯科中国大使馆，见到了他在华北联大的女学生、时为使馆翻译的陈琳"[1]。多年不见的师生在异国重逢，巴黎时期

---

① 程光炜：《艾青传》，北京十月文艺出版社1999年版，第418页。

的艾青突然灵魂附体，将"国内的旧式文人心态"一扫而光，"我们什么时候见过面？／为什么我们这样相亲？／……在斯大林居住的城市里，／友爱的波涛到处荡漾着，／即使我在这儿生活一天，／也是我一生最大的幸福"①。也许是异国天地、革命情怀的激荡，也许是过去多年生活的极度压抑，诗情大动的诗人最终没能控制住自己的感情，他与自己的学生恋爱了。"待在苏联半年的时光里，无论是表现革命题材的《十月的红场》、《新的城市》、《宝石的红星》，还是表达对俄罗斯灿烂文化由衷敬慕的其他诗作，如《普希金广场》、《牛角杯》等，透露的多半是在恋爱之中的作者本人生命的光彩，准确地说，自北上张家口以来，艾青从没有像今天这样完全地向人展示过自己的内心。"②这一年艾青得诗十六首，十五首是在苏联所作，算是新中国以来诗情的第一次大爆发。然而这种浪漫同时也充满了极大的危险性，没过多久，绯闻被妻子韦荧得知，从此艾青陷入了纠葛半生的婚姻麻烦之中。

　　如果说异国旅行中意外而得的爱情突然间唤醒了艾青而让他灵感倍增的说法显得牵强，突如其来的爱情在诗人的一生中也许算不得太过传奇的经历，并且这十五首诗作的水平也不甚令人满意，但是苏联之行却成为一种确凿的证据，向我们透露了一个重要信息：一个浪漫率性的诗人艾青仍然存在，如果有一天机缘巧合，那么那个已经将自己"以最大的宽度献身给时代……以自己诚挚的心沉浸在万人的悲欢、憎爱与愿望当中"③的艾青仍然会寻回过去的某一部分自己。1951年8月，艾青接待了两位国外来客：苏联诗人爱伦堡和智利诗人聂鲁达，他们奉命来给宋庆龄授予国际和平奖。艾青陪同他们游览了整个北京城，交往甚欢。尤其是与聂鲁达，几乎是一见如故，聂鲁达称赞艾青是"伟大的人民诗人"，而艾青问聂鲁达"'你姓聂，按汉字写，聂字是三个耳朵构成，而你只有两个耳朵，多了一个耳朵，放在哪里？'他马上回答：'一个耳朵放在前额上，可以倾听未来。'并用手拍拍前额。他说'一个耳朵倾听

---

　　① 艾青：《在菩提树的林荫路上》，《艾青全集》第二卷，花山文艺出版社1991年版，第47页。

　　② 程光炜：《艾青传》，北京十月文艺出版社1999年版，第419页。

　　③ 艾青：《诗与时代》，《艾青全集》第三卷，花山文艺出版社1991年版，第68页。

未来'。这回答多好"[①]。艾青对于这位未来的诺贝尔文学奖获得者是发自内心的赞赏，他请聂鲁达在只有两个座位的中国式小酒馆吃饭，聂鲁达将其称为"中国最好的酒馆"。艾青后来在回忆聂鲁达的文章中不厌其烦地回忆他们交往的这些琐碎细节，恰好说明了一个问题：他们虽因政治而结识，但是这样的交往方式已经或多或少摆脱了政治的干预而恢复了部分文人式交往的特色。更重要的是，凭借此次交往，才有了艾青的第二次异国旅行。1954年为了给聂鲁达庆祝50寿辰，中国派出了一个规模不小的代表团前去智利，艾青即成员之一。而艾青的这次异国旅行的最终促成者正是聂鲁达，这给了艾青一个摆脱国内诸多杂事的机会。1954年6月至7月，艾青绕过大半个地球，经欧洲、非洲，最后抵达南美的智利。在这场被艾青称作"从夏天走到冬天的"旅行中，他文思泉涌，边行边写。在他留下来的那本厚厚的《旅行日记》中，我们甚至能看到他兴致勃勃地一面写日记、写诗，一面绘画。虽然旅途中有诸多转折与麻烦，但是心情较之国内已经有了变化。1950年从苏联回来之后到这次旅行之前的三年时间里，艾青只写了九首诗，其中最能代表他的文学努力的长诗《藏枪记》完成后在评论界受到的只有可怕的沉默，这让艾青对自己的写作产生了巨大的怀疑和动摇。同时名存实亡的婚姻，让艾青从生活到创作几乎都面临了前所未有的危机。然而意外的是1954年的智利和聂鲁达，为他提供了一个"避难所"，使他得以暂时摆脱复杂纠葛的人事和文事，可以说，在某种意义上，这次出行拯救了艾青几近枯竭的创作和生活。

艾青在智利与聂鲁达相处一月有余，他称聂鲁达"是个高大的儿童""风、水、阳光的朋友"，而聂鲁达则称艾青为"令人心醉的艾青""屈原时代留下来的唯一的中国人"。多年以后，艾青曾经专门写过两篇文章来回忆他与聂鲁达的交往的种种细节：

聂鲁达有着外交官的彬彬有礼的风度、诗人的天真的情感和民间歌手

---

① 艾青：《我和聂鲁达的交往》，《旅行日记》，上海文艺出版社2004年版，第522页。

的纯朴的品德。他站在别墅门前，就仿佛远洋航轮上的大副。①

他在城里的住宅是在一个小花园里，房子有一间喝酒的地方，挂了一块牌子："今天不收钱，明天可以赊账。"……

酒吧间有一张大圆桌，桌面用玻璃压住了有世界各国风景的明信片。

楼上有一间是他收藏的上万只海螺与贝壳的木柜子，每个收藏品都有标签，他是一个跑遍全世界的人。

我们到聂鲁达的海边别墅去，路上经过许多荒地，山上长满了仙人掌。他的别墅完全像搁浅的船的模样，面临大海，而他也真像一个飘泊在世界上的人。②

来了一个老渔夫，巴勃罗说他是个民间诗人，请他喝酒，他拿了一瓶红葡萄酒，往嘴里倒了四分之一的样子。③

这分明已经是文人际会、饮酒高歌的场景，更何况是在异国天地中，更别有一番诗意。

虽然身负政治任务（为打通与南美的关系而去的），但这样的异国生活已经打破了"出访—接待"的程式化交流过程，让人几乎看不到政治的色彩。聂鲁达潇洒、自由的生活状态和天真、浪漫的诗人本色无疑深深刺激了艾青。如果我们大胆地做出推论，那么，1954年智利海边聂鲁达家中的艾青，将是十七年间最快乐、放松和自由的艾青，他在智利获得了难得的几乎不受任何限制的生活，这种生活充满了久违了的"自由"气息。而那个看起来永远都像是漂泊在世界上的聂鲁达也唤起了艾青许多记忆：他也曾经在世界上漂泊，也曾经在中国的土地上流浪，"现实解除了我的幻想／书籍毁去了我的健康／我终于爱上了流浪"④。异国他乡之中，艾青与自己业已失去多时的过去迎面相遇，那

① 艾青：《往事　沉船　友谊——忆智利诗人巴勃罗·聂鲁达》，《旅行日记》，上海文艺出版社2004年版，第520页。

② 艾青：《我和聂鲁达的交往》，《旅行日记》，上海文艺出版社2004年版，第524—525页。

③ 艾青：《旅行日记》，上海文艺出版社2004年版，第241页。

④ 艾青：《强盗和诗人》，《艾青全集》第一卷，花山文艺出版社1991年版，第546页。

些"在流浪与监禁中度过的青春"与他安稳却已经无路可退也无路可寻的现实对比，无疑是一种巨大的冲撞与折磨。

如果仔细阅读艾青在旅行过程中写下的这些诗作，我们会随着时间和旅程的推移发现这些诗作中作者内在情绪的变化。1954年7月16日，飞行在大西洋上空中的艾青写下《这是一个晴朗的早晨》："这是一个晴朗的早晨／飞机在高空中飞翔／一朵朵白云像在微笑／我的心是阳光满照的海洋／／我写过无数痛苦的诗／一边写，一边悲伤／如今灾难总算过去了／我要为新的日子歌唱。"[①]这首诗与艾青在新中国成立后写下的大部分诗作在基调上并无本质区别，仅有的差别可以认为是与之前艾青诗中那些过于宏大的意象（如《宝石的红星》）不太一样，更注重个人细腻的情感体验。7月24日晚上，艾青写下了他新中国成立后最重要也是最优秀的作品——《在智利的海岬上》，"标志着他对重建个性化风格的重视"：

> 你爱海，我也爱海
> 我们永远航行在海上
> 一天，一只船沉了
> 你捡回了救生圈
> 好像捡回了希望[②]
>
> 我问巴勃罗
> "是水手呢？
> 还是将军？"
> 他说："是将军，
> 你也一样；
> 不过，我的船

---

① 艾青：《旅行日记》，上海文艺出版社2004年版，第489页。

② 艾青：《旅行日记》，上海文艺出版社2004年版，第495页。

已失踪了

沉没了……"①

艾青不止一次地在诗中提问：

你是一个船长，

还是一个海员？

你是一个舰队长，

还是一个水兵？

你是胜利归来的人，

还是战败了逃亡的人？

你是平安的停憩，

还是危险的搁浅？

你是迷失了方向，

还是遇见了暗礁？

……②

"土地"曾经是艾青诗歌中最重要的意象，是他漂泊感、流浪感的最重要的依凭；而今，"大海"作为另一种可以去远行、流浪的方式，与土地有许多相似的特征。眼前的大海充满着让人即使船沉仍旧"永远航行在海上"的希望，与艾青那个曾经死过却又复活了的土地一样充满了强悍的力量，诗人自己也"似乎恢复了对诗性的敏感和处理上的细致"③，他又回到了他最熟悉和最擅长处理的题材上。而面对大海，艾青所发出的追问到底是对聂鲁达还是自己，也许艾青比任何人都清楚。这种充满了悖论和矛盾的生存状态的写照，出卖了艾青。虽然诗人努力地将这些偏离了轨道的情绪拉回光明与和平的主题上，但

跨越1949
战后中国大陆、台湾、香港文学转型研究

---

① 艾青：《旅行日记》，上海文艺出版社2004年版，第499页。

② 艾青：《旅行日记》，上海文艺出版社2004年版，第499—500页。

③ 洪子诚：《中国当代文学史》（修订版），北京大学出版社2007年版，第53页。

是，艾青的动摇已经不证自明。诗作完成后，资料显示艾青一直将其留存到1957年1月也就是"百花时期"才拿出来修改后在《诗刊》上发表，但不久就受到了批判。黎之对这首诗批判说："艾青的'在智利海岬上'，就是一首晦涩难懂的坏诗。它里面所表现的不是情感，也不是思想，只是艾青对现实的一堆朦胧、错杂的感觉和印象……其实，只不过是艾青在搬弄早已陈腐的资产阶级的现代主义伎俩，企图在百花齐放中冒充新表现手法，写所谓含蓄的诗，这不是自欺欺人么？"[①]离开了智利，艾青也失却了像聂鲁达一样的"知音"。

第二天，艾青在海边又写下一首《海带》：

> 寄生在大海
>
> 随水流摇摆
>
> 怨海潮把它卷带
>
> 抛撇在沙滩上
>
> 从此和水属分开
>
> 任风吹太阳晒
>
> 心里焦渴地期待
>
> 能像往日一样
>
> 在水里自由自在
>
> 但命运不给它
>
> 较好的安排
>
> 它就这样一天天
>
> 枯干、碎断
>
> 慢慢变成尘埃……[②]

无论是早期的《泡影》《路》《灯》还是战时的《浪》《桥》《树》《沙》，

---

① 黎之：《反对诗歌创作的不良倾向及反党逆流》，《诗刊》1959年第9期。

② 艾青：《旅行日记》，上海文艺出版社2004年版，第503—504页。

这种以某一种具体的物象来表达生命状态和诗人哲思的诗句曾经频繁出现在艾青的写作中。但是自延安至今，这样的诗似乎已经绝迹。而在这次旅行中，类似的诗句开始再一次出现。同时，这种已经变为低沉的情绪恐怕连艾青自己都始料未及，但却是实实在在地发生了。现实没能够如他所愿，"痛苦的诗"最终还是在继续，诗中海带的象征意象，很难让人不联想到是艾青的自况；而诗中忧郁的氛围，很容易让人想见早期艾青诗歌中忧郁的特色。只是备受罹难与创痛的不只是土地和母亲，还有时时挣扎却又屡遭玩弄的命运。旅行让他清醒过来：艾青的这几首诗歌，与那些"肤浅的颂歌"相比，"似乎超出了创作的困局，可以见出诗人过去所具有的那种宽广的诗歌视野，以及洞察事物的力度"。①

在异国天地和知心老友的双重刺激下，旅行中的艾青确实有一点"出神"，他写下："自由神只是一盒纸烟。"而在他那本随身携带的日记本中，有更多的意外收获。8月7日，艾青在日记中记下诗歌片段："枫树的秃枝，／长满苔藓的矮墙。／你好像住在荒野里。潮湿的土地。／枯了的芦苇，风吹过时嗦嗦作响。／高大的栗子树，／瘦长的白杨树，／只剩了长刺的枝干的蔷薇。／池子里的水葫芦已经腐烂了，／地上是像刺猬的栗子壳，／花坛上只有黄金花朵的金盏菊。"②这样荒凉却不肃杀的景色的描绘，与那个"迷雾在迷蒙着"的旷野充满了相似之处，但是这样的诗句只有在私密的日记中出现过。1954年8月29日早上6至7点之间，艾青在他的旅行日记中写下了最后一首长诗，这是《写在彩色纸条上的诗》的雏形。但是在这首颂歌的最后，艾青用一条横线将这首诗和下面的内容隔开了。他在横线下写下：

> （为自己写的诗）
> 寂寞就像早晨的台灯
> 没有光

---

① 陈晓明：《中国当代文学主潮》，北京大学出版社2009年版，第186页。

② 艾青：《旅行日记》，上海文艺出版社2004年版，第348—349页。

静静地站在桌子上

看着你

没有声音。①

在这本艾青从来没有想过要公示于人的旅行日记中，很显然包藏了一个更为真实的艾青。与前一刻那个热情、明快的艾青相比，就在这一刻，一个沉郁、寂寞的艾青突然显露出来，几乎让人措手不及。这仅有的写给自己的五句话，没有出现在此后艾青正式发表的诗中。但是我们能够确信，当写完了"为别人写的""一个快乐的歌"之后，剩下的艾青，不是充满愉悦感，而是寂寞虚无的。那些巨大的空洞的欢乐都是属于别人的，与他无关。行过千山万水，跨越了半个地球，在这场还算圆满和愉快的旅行的最后，艾青选择的结束语是寂寞和沉静。1941年，战乱中的冯至在他那首著名的《山水》中写下这样的诗句："我们走过无数的山水，／随时占有，随时又放弃，／仿佛鸟飞翔在空中，／它随时都管领天空，／随时都感到一无所有。"十五年之后，这个在旅行之后充满了寂寞感和虚空感的艾青与从前的冯至有了奇异的呼应。是这场旅行，让艾青重新发掘出过去曾经主动或是被迫消除掉的一部分自己。而这场旅行，完全是艾青文学生涯中一次意外的收获，甚至可以说也是"十七年文学"中间的一次意外收获。当他躲在房间里精心创作《藏枪记》来实践自己关于政治与文学的论断的时候，丝毫没有想到，拯救了自己的是这样一次旅行，唤醒了他的是最原始的山水自然和人与人之间的本色交往。他在旅行中重新回忆起了自己在路上流浪的日子，拨开万人的悲欢，再一次看到了个体的忧乐伤怀；在时代的围困之中，再次注意到在时间中充满永恒美感和力量的事物。艾青在旅行中的突围，也是他最后的文学努力。令人意外的是，冯至1958年在文章中批评艾青：这种"个人和时代相抵触，'天才'和'世俗'相对立的情绪"，导致他在当代必然地会"沦入一个难以想象的深渊"。②冯至的批判也许正中艾青的

---

① 艾青：《旅行日记》，上海文艺出版社2004年版，第479页。

② 冯至：《论艾青的诗》，《文学研究》1958年第1期。

"要害"，那些在旅行中不自觉地流露的"天才"，在文学无路可走的时刻最后的开辟，确实让时代难以见容。在这本日记的最后，艾青写道："看样子我还是能写的。"①借助旅行，他真的找到了部分失落已久的天才。只可惜，在旅行中找寻回的天才，不久就在时代中烟消云散了。

时至今日，当我们重新考察这场盛大的旅行，会发现作家们走向域外的过程，不仅仅是身份置换与让渡的过程，也是他们抉择自己文学路向的过程。他们迈出的每一步，都充满了个体否定、蜕变和挣扎的痕迹。无论冯至还是艾青，他们最后的选择，都只能成为一种疼痛绵延的"内伤"，因为无论是否定了过去的，还是重新拾回了过去的，都要经历过去与现实的撕扯，都要在二者的冲撞抉择之间面对自我割裂的创口。而对冯至、巴金等大多数作家来说，比丧失天才更可怕的，是他们渐进在集体步调中失却自我。这样的写作注定了要受到政治环境、时代风云的极大的影响和限制："艾芜的《欧行记》，像刚刚出炉的面包，端出来不久就碰上了中苏两国关系的严冬，作家满心欢喜的热气，转眼之间凝固成了西伯利亚冰冷的雪花。"②忠于集体、忠于政治的抉择反而使作家们陷入了一个自相矛盾的泥淖之中：他们在旅途中写下的大部分作品，注定成为一时的"风景"，稍有风吹草动，一腔热血就成了不合时宜的尴尬。许多作家的写作生命也在主动或是被动地追随政治的过程中，渐进损耗、消亡。

第三节　台湾散文：五四多种流脉的战后拓展

就台湾文学而言，"文学文体的开发，在战后文学史上是作家版图扩展的象征。在日据时期散文随笔的作品虽偶有出现，却未见有专精的营造者"③；而战后台湾"文坛的主力是散文，一开始，便是'纯散文'（有人称它为美丽

跨越1949

战后中国大陆、台湾、香港文学转型研究

---

① 艾青：《旅行日记》，上海文艺出版社2004年版，第479页。

② 王毅：《艾芜传》，北京十月文艺出版社2005年版，第304页。

③ 陈芳明：《横的移植与现代主义之滥觞》，（台湾）《联合文学》第202期（2001年8月）。

的散文，也就是美文）和'说理的散文'（就是所谓的'杂文'）并驾齐驱地在文坛上驰骋[①]。1950年，"中华文艺奖金委员会"成立，"以大量的金钱鼓励小说、诗歌、戏剧，而没有散文的一项，而该会的刊物《文艺创作》亦向不刊载散文作品"[②]。这种情况反而使得散文这种难以使作者掩饰自己的文体在"个人化"写作中有所兴盛，且成就了众多散文名家、大家（如梁实秋、琦君、王鼎钧等）的文名。时过境迁，当年大量的"反共文学""战斗文艺"的应景之作已作为政治宣传品被淘洗，而战后至1960年代的台湾散文留存给文学史的大致有三类。

一类是承接五四流风余绪的。中国现代散文从五四时期就开始了多种流脉的发展，"随感录"开启的杂文在李大钊、鲁迅、刘半农等笔下都反映出五四文学精神与创作个性的结合，而"语丝体"则将杂文推向成熟。同时，"美文"概念的引入、"言志"小品的倡导，在启蒙散文之外开出散文的多条路径。周作人、朱自清、冰心、许地山等各辟蹊径，甚至较快产生了可与古典散文名篇相媲美的现代散文。战后至1970年代前的台湾散文继承五四散文传统的多种流脉。台湾散文界就有人认为，五六十年代台湾思果、庄因等小品承接周作人平淡醇厚之风，琦君、林海音等记述散文以夏丏尊的清新朴实为前驱，张秀亚、胡品清等抒情散文以徐志摩的潇洒飘逸为源头，夏菁、邱言曦等说理散文则视林语堂的幽默、睿智为风气之先，王鼎钧等更以许地山为开山人，多作博学沉潜的寓言自然也有延续鲁迅杂文传统的柏杨、李敖……这里的概括至少表明了，台湾散文传承五四传统是多脉并流的。这些散文类型在战后中国大陆都沉寂多时，绝大多数在大陆文学史观念中并非主流，此时却成为台湾散文的主导力量，表明对五四新文学可以有不同侧面的继承，并流变出不同的主流文学状态。

一类是根植台湾本土的乡土散文。台湾省籍作家是最先开掘本岛的散文资源的。战后杨逵的"草根"散文，钟理和的"农家"散文，叙事写人，绘景

---

① 刘心皇：《自由中国五十年代的散文》，（台湾）《文讯》第9期（1984年3月）。

② 刘心皇：《自由中国五十年代的散文》，（台湾）《文讯》第9期（1984年3月）。

状物，都有浓郁的台湾乡土气息。之后，许达然、陈冠学、林文月等的创作不仅表明省籍散文家开始在台湾散文界扮演重要角色，而且他们对台湾土地的感情，对乡村、底层生活的关注使台湾散文创作格局有了变化。

一类是注重创新变革的散文。跟诗歌、小说有所不同，台湾散文纵的继承重于横的移植，但追求散文现代化的努力也一直存在着。例如，1959年至1964年，余光中发表了20万字的文学论评，其中很重要的内容就是"散文革命"的理论，包含着文学史观念的变革和对现代散文本质的深入思考。张秀亚也提出过与现代主义文学对接的"新散文"理论。而余光中、张秀亚、杨牧、陈之藩等的散文创作便接受着台湾文学环境中的现代艺术观念，有着令人耳目一新的艺术尝试。

战后至1960年代，台湾较为活跃的散文作家在130人左右，他们大致包括了三代人。第一代是五四时期和30年代已成名的作家，如林语堂、梁实秋、苏雪林、台静农、谢冰莹等，还有台湾本土的杨逵等。尤其是梁实秋、林语堂，台湾时期散文创作甚丰，影响深远（如梁实秋的《雅舍小品》34篇发表于1940年至1947年。1949年6月，梁实秋抵台湾，4个月后在台湾出版了《雅舍小品》，之后印行了60余版。他后来还有《雅舍小品续集》《雅舍小品三集》《雅舍小品四集》出版，连同他五六十年代创作的5种多为忆旧怀友之作的散文集，奠定了他在中国现代散文史上的地位）。第二代是1940年代开始创作，在战后台湾成就其文学名声的，如张秀亚、琦君、钟理和、林海音等，其创作在承前启后中成为此时期台湾散文最重要的成就。战后台湾散文的第三代创作开始于1950年代，历来被看作台湾散文创作中坚，人数众多，"名声远播者有余光中、王鼎钧、杨牧、张晓风、张拓芜、颜元叔、肖白、亮轩、子敏、司马中原、林文月、许达然、三毛等。这一代作家大多接受了现代艺术的洗礼，语言的运用，题材的选择，境界的处理，都比其上一代有较大突破。现代小说、诗歌、摄影、绘画、音乐等艺术无不促成他们观察事物的新感性。其中有些人的文字攀上了'五四'后的又一高峰"①。第三代散文家中大多数人创作的更

---

① 徐学：《台湾当代散文综论》，海峡文艺出版社1994年版，第13页。

大成就是在1970年代，但此时期的创作已奠定了最重要的基础。这三代散文家的创作在延续五四散文的多种流脉中拓展、变革，唱和呼应，在传统与革新、文学与政治等关系的处理中积累了丰富的经验。

一、开放的地域性视野：走出政治意识形态的阴影

"在国际，却是从地方与区域特质生出"[1]，德国学者哈通在论及世界诗歌时，将这种国际与"在地"的融合视为现代诗的起点。余光中也称他1950年代末从他心中的"缪思"、美国诗人弗罗斯特的诗艺中汲取到的终身追求就是，"他的区域情调只是一块踏脚石……他的诗往往以此开端，但在诗的过程中，不知不觉，行若无事地，……区域性的扩展为宇宙性的，个人的扩展为民族的，甚至人类的"[2]。与1990年代后台湾文学过分强调地方性、区域性不同，战后台湾散文作者来自大陆各地和台湾本土，各自的地域性相异而丰富，但他们的地方性却是开放的。林海音就视台湾、大陆都是故乡，她1960年代的《两地》等，述说的就是"台湾是我的故乡，北平是我长大的地方……当年我在北平的时候，常常幻想自小远离的台湾是什么样子，回到台湾一十八载，却又时时怀念北平的一切"[3]的绵绵情意。钟理和的"农家"散文，叙事写人，绘景状物，都有浓郁的台湾乡土气息，但他不仅时而将目光投向他生活过的北平、沈阳，而且在讲述台湾农家生活时也有着对不同族群的关注。众多大陆迁台作家虽有浓重的故土情结，但也不同程度地有了"家台湾"的感受，尤其是女作家的感受。这种开放的地域性视野正是此时的台湾散文得以走出狭隘性政治意识形态等阴影，甚至向人类性情感提升的内驱力。

大陆迁台作家此时写得最多的往往是北望中的乡愁，而在1950年代台湾国民党当局"反攻复国"的政治背景下，乡愁散文非常容易落入政治陷阱。此时

---

① 顾彬：《诗歌的语言，世界的语言或世界诗歌与世界语言》，（香港）《香港文学》第315期（2011年3月）。

② 余光中：《死亡，你不要骄傲》，余光中：《左手的缪思》，（台湾）文星书店1963年版，第187页。

③ 林海音：《林海音文集·自序》，浙江文艺出版社1997年版，第3页。

创作对于乡愁散文的突破，就首先值得关注。

张秀亚（1919—2001）本身就是一位跨越"1949"的作家。她年轻时负笈于天津、北平，早年与凌叔华交往，受其文学启蒙，憧憬其"美而慧""能代表东方，而又结合了西方的情调"的创作境界，[①]影响了其日后诗化的写作风格。1936年出版了小说散文集《大龙河畔》后，又出版了小说集《皈依》（1939）、《幸福的泉源》（1941）、《珂萝佐女郎》（1944），成为当时颇受关注的女作家。张秀亚自述自己从小"性格里，有中原人氏的遗风"，"而草长莺飞的江南，则是母亲的故乡……柔弱善感的气质，部分地遗传给了我"，"我明白自己所有的，是无边的大海一样的忧郁，无星的、如云的幻感"。[②]在这种气质氛围中的张秀亚，一开始的创作在苦寻无路的精神困境中，转而皈依天主教，作品也带有浓重的宗教色彩。她的早期小说文笔如水一般柔和、轻灵，格局和谐、圆润、静美，纯"情"人物的描写同铺叙环境、渲染气氛的结合中化入了唐诗元曲的意境，提供了当时华北沦陷区不多见的诗体小说，有着一种类似天籁的艺术魅力。这些特点在张秀亚台湾时期的散文创作中都得以延续。

张秀亚1948年去台湾，相继任教于静宜大学、辅仁大学，先后出版了《三色堇》（1953）、《牧羊女》（1954）、《怀念》（1957）、《湖》（1959）、《少女的书》（1961）、《曼陀罗》（1965）等26种散文集，此时期还出版了《寻梦草》（1953）等6种小说集，《水上琴声》等2种诗集。1962年的《北窗下》收录小品美文70篇。其表达多样化的写照，"精致的诗笔与纯净的语言"[③]奠定了张秀亚美文创作的地位，"在台湾女性散文中建立了半个多世纪来难以超越的艺术高度"，接续了五四后美文的传统。

张秀亚散文充满了对故土亲人的万千思念，但丝毫没陷入"反共返乡"

---

① 张秀亚：《闺秀派作家凌叔华》，张秀亚：《书房一角》，（台中）光启出版社1970年版，第125页。

② 张秀亚：《皈依·自序》，山东保禄印书馆1941年版，第4页。

③ 《张秀亚小传》，封德屏编选：《台湾现当代作家研究资料汇编 张秀亚》，（台南）台湾文学馆2013年版，第44页。

的政治泥淖。她以一个知识女性的眼光和心灵，抒写着亲情、乡愁、田园等众多题材，至情真性为其文之魂。《父与女》（1952）回想风雪漫天中衰老的父亲从600里外的故乡赶来沦陷的古城看望女儿的情景，父亲"夕阳般的温爱、柔和、感伤的眼光"，严寒中为女儿留下的那条宽实厚重的黑围巾，在女儿无声的隔阂中越加显出父亲质朴的爱，亲情和乡愁在回忆中水乳交融。《雪·紫丁香》（1960）写北国雪封的山"像是一个圣者的长袍"，而古城店铺布招子上细碎欲融的雪花，让人"读到了一首唐人的小诗"；写南疆初春的紫丁香，似"圣洁的十字架"上天使"印上一个吻"，而到深春，细小的紫丁香却如熔岩海潮般浓烈，紫丁香的"忧郁"和"欢笑"象征着对生命的敬畏。宗教的情怀、自然的赞美、乡土的思念都在情感的想象中被糅合。张秀亚的这些散文都突破了五六十年代台湾散文乡愁主题的平面、单一的表达，有着人生多种意味的表达。以往人们往往将张秀亚视为1950年代台湾乡愁文学的代表，但张秀亚的散文恰恰是对1950年代台湾乡愁散文的突破，即便是抒写乡愁，也往往是多声部的。亲缘的、自然的、宗教的、审美的情感使乡愁变得丰盛久远，也使得她写于政治意识形态激烈对峙年代的散文在多元的1990年代依然受到包括大陆读者在内的广大读者的喜爱。

张秀亚属于传统才女型作家，浸润西方浪漫主义文学较深，创作启蒙时期又受沈从文、萧乾的影响，其散文风格疏淡飘逸。张秀亚曾说："我写作有两个原则，一是使我内心深受感动的印象；一是写自己深刻知道的事情。"[1]她的散文往往有着感性和知性的融合，细腻的感觉在想象中使文字流淌着丰腴情韵。如《雪·紫丁香》写紫丁香浓烈的香息，"浮漾在庭园中，那擎托着它的一片片的叶子，密密相接，使人想起一池碧水，失去的年光悄悄的附在叶片上"，香息中"似调和着生的欢笑，与死的哀愁，有如一支壮丽凄怆的管弦乐"。难以描摹的气味，在通感的艺术手法中不仅被捕捉、呈现得富有动态美，而且传达出对生死、对时间流逝的叩问。《湖水·秋灯》（1978）中，对美和光明的寻求，在人生的感悟、校园的回忆、风物的描绘中被表现得"不沾

---

[1]　徐西翔主编：《台湾新文学辞典》，四川人民出版社1989年版，第118—119页。

不滞"，其自然韵致，令人沉醉。如写湖边小楼窗户开启，灯光"带一点秋草的浅黄、微绿，自那窗口流泻下来"，美不可言。但张秀亚的散文又不受限于"京派"等传统。张秀亚曾发表《创造散文的新风格》，其中强调的"新的散文""接受了时间与空间、幻想与现实的流动错综性"，"更注重生活横断面的图绘，心灵上深度的掘发"，"用象征、想象、联想、意象以及隐喻，……表现出比现实事物更完全、更微妙、更根本的现实"等主张，被认为"不只呼应更超越了余光中'现代散文'的主张，更与西方现代主义诗学契合"①。更重要的是，这些主张其实是她此前十多年散文创作探索的结果。她1960年代的散文融合诗、小说等因素，已形成一种跨越文体界限，更深"探索灵魂的幽隐"的新散文形态。如《十叶树》（1965）写"我"回台中故居，往事回忆中，"我"与另一个"我"展开了对话。今夕时空的幻化中，往事呈现出"我"更深的内心。其中诗和小说因素的挪用使一向多写实的散文多了流动性、暗示性，加深了朦胧度、多义性。在女性散文中，张秀亚是最具有散文现代性意识的。这使得她的创作上承大陆五四后的散文传统，下启台湾散文的变革格局，成为台湾现当代散文的典范。

翻译也是张秀亚做出重要贡献的领域。1960年代时，她就"认为翻译比创作难。创作是表现自己的心愿，翻译是摄取别人的灵魂，而使之重现"②。"自己的心愿""别人的灵魂"是张秀亚创作最为关注的，也是她散文能走出政治意识形态阴影的根本原因。

五四后新文学涉及的乡愁题旨往往免不了其"启蒙"的指向，五四时期的乡愁首先成为乡土文学对中国农村宗法社会的批判。五六十年代的台湾，乡愁的书写笼罩上了国民党当局"反攻大陆"的政治阴影。1980年代后，乡愁的题旨又难免与海峡两岸的统一联系在一起。乡愁美学内涵被忽略，其丰富的生命内涵被遮蔽。大陆赴台作家的漂泊人生丰富，他们往往在抗战时期就离开家乡流徙在外，抗战胜利后又"流亡"至台湾，有的后来更是离散到国外，深切

---

① 封德屏：《张秀亚的散文理念及其创造性的诗化散文》，封德屏编选：《台湾现当代作家研究资料汇编　张秀亚》，（台南）台湾文学馆2013年版，第272页。

② 夏祖丽：《张秀亚在享受人生》，（台湾）《妇女杂志》第27期（1970年12月）。

体会到乡愁是作家在离乡的心灵历程中时时体悟乡愁的底蕴；并沉潜至原乡的追寻中表达的人生观照的复杂性和审美传达的丰富性，逐步展开了"乡愁是一种美学"①的追求。这种追求存在于从梁实秋等到王鼎钧等好几代作家的创作中，日后取得了更大的成就，而其出发点无疑是在战后。

二、立足于文学层面的社会使命感

1950年代的台湾文坛，在戒严状态的政治机器压制下，就连"阳刚的文体"也被纳入了"歌颂战士的英勇事迹、赞美英雄的伟大精神、宣誓效忠国家的耿耿忠心"②这样一种体制意识形态的轨道，也使得延续五四强烈的启蒙心态和感时忧国精神的散文有着潜伏的危机，所以更多的台湾散文作者往往只能"以身边琐事、性灵、小我情感作为书写材料"的"软性"创作来生存。然而，也有作家从散文的社会使命出发，从正面突破了体制意识形态的"陷阱"，其创作实践对于五四传统的延续更有意义。被人看作比余光中的散文"也许艺术成就更大，境界更为深沉博大"③的王鼎钧的散文创作就是这样一种情况。

王鼎钧1951年开始写作，又"长期在宣传机构写稿审稿"，其创作往往是"出于对社会、人群的'使命感'"。④而他的成功正在于他避免了感时忧世文学传统的潜在危机（这种危机在政治明显钳制文学的年代，使得不少作家创作力萎缩，造成散文模式的僵化和散文格局的单一）。王鼎钧曾以"胎生""卵生"比喻两种创作过程："胎生"就是由内而外，由作家内在复杂的心潮情海（尤其是其挫败、痛苦等情态）孕成作品；而"卵生"则是由外而内，"作家出于对社会、人群的'使命感'，才开始'孵卵'"⑤。王鼎钧是"长

---

① 王鼎钧：《左心房漩涡·脚印》，（台湾）尔雅出版社有限公司1988年版，第201页。

② 郑明娳：《现代散文现象论·台湾现代散文的危机》，（台湾）大安出版社1992年版，第38页。

③ 楼肇明：《谈王鼎钧的散文》，伊始编：《王鼎钧散文》，浙江文艺出版社1994年版，第1页。

④ 蔡倩茹：《王鼎钧论》，（台湾）尔雅出版社有限公司2002年版，第21页。

⑤ 蔡倩茹：《王鼎钧论》，（台湾）尔雅出版社有限公司2002年版，第38页。

期在宣传机构写稿审稿中悟出""卵生"方式"不可偏废",①并以"卵生"方式写出"传世"之作。一是他将"社会使命"看作"作家要孵的蛋"时,②始终着眼于人生的真实意义,开掘历史和人性的内涵,而不被一时的政治风云所遮蔽。从"人生三书"到后来相继问世的《灵感》《随缘破密》《千手捕蝶》等书,风貌各异,却都"表现了作家对社会的责任感与关怀"③。而这些不乏社会使命题旨的散文集,给予人的始终是"人情""智慧"。二是他始终立足于文学层面来看待作家的社会使命。这不仅使他始终将人性的完善看作最基本的人生,也使他的说理散文一直如三月春阳充盈艺术的暖意,其寓意象征和抒情幽默的交融呈现恒久的艺术光辉。三是他始终用自己独异的感悟、深刻的哲思去"孵化""社会使命"之"蛋"。在这种过程中,"卵生"中已有"胎生"。自言"卵生"而成的《我们现代人》一书是激励青年人要有"在山泉水清,出山泉水勇"的人生。睿智耀人的警句往往孕成于作者全身心投入的生命体悟。尤其在古典的改写中,作者现代生命体验的孕育感显得更加不可或缺。四是他以"写出全人类的问题"的胸襟来关注人生,而他取之于人生的思想资源又多元丰富,这使得他关注"善/恶""美/丑""得/失"等问题不会失之于二元对立的建构,而跃动着切实有力的辩证思维。当他关注"善/恶"之辨时,他的思绪直逼"善""恶"的深层,纵横捭阖的论析,奔涌着多种思想资源的活力,如"手中握一把屠刀的人,有立地成佛的资格"④,而"伟人"也"坐着天使与魔鬼并驾的马车",是讲"善""恶"并存;"过度的善良会摧毁它的本身"⑤,甚至"因笃信规则而被骑马驰骤者践踏"以致"愤而唾弃一切社会规范"而成恶,是讲"善""恶"转化;"因诚实而丧生的多,因虚伪而丧生的少"⑥,是直言人生"善""恶"的真相;但因此而

① 蔡倩茹:《王鼎钧论》,(台湾)尔雅出版社有限公司2002年版,第39页。

② 蔡倩茹:《王鼎钧论》,(台湾)尔雅出版社有限公司2002年版,第49页。

③ 蔡倩茹:《王鼎钧论》,(台湾)尔雅出版社有限公司2002年版,第49页。

④ 王鼎钧:《人生试金石》,作者自印,1975年,第126页。

⑤ 王鼎钧:《随缘破密·故事套着故事》,(台湾)尔雅出版社1997年版,第172页。

⑥ 王鼎钧:《人生试金石》,作者自印,1975年,第132页。

"抛弃道德",反而会成为"罪恶的祭品","美德"始终是人生备战"最后的盔甲"①,最终仍归于扬善抑恶……这样论"善"析"恶",称得上大手笔了,而又使人心悦诚服。五是王鼎钧的"人生说理"散文从不说教,常呈现家常话风。这不仅源自他平易亲切的娓谈风格,更得自他的亲民心态。他切切实实地关注百姓的日常人生,了悟他们的琐细悲欢,即便在哲学、宗教层面论析人生也处处渗透着王鼎钧对世态民心的真切体悟。王鼎钧的"人生说理"散文,将散文的社会使命发挥得淋漓尽致,却又突破了体制意识形态的陷阱。

当然也有直接抗衡官方政治意识形态的,例如1960年代初柏杨、李敖的"杂文变革",就是要在国民党政治高压的环境中发挥文学的现实批判性。柏杨早年以"郭衣洞"之名创作小说颇有影响,1960年在《自立晚报》以"柏杨"之名开设《倚梦闲话》专栏,1962年在《公论报》写"西窗随笔",由此开始杂文创作生涯;并以自己成立的平原出版社,在短短七年(1962—1968年)中,结集出版了"倚梦闲话"10辑、"西窗随笔"10辑、"挑灯杂记"2辑,共22本杂文集。这些杂文集销路极佳,如最早的《玉雕集》(1962年7月)两年出了10版,第二本《怪马集》(1962年11月)三年发行11版。杂文家"柏杨"之光完全掩盖了小说家"郭衣洞"之名,但柏杨的杂文恰恰是其小说的延续,那就是从鲁迅小说到杂文也得以延续的批判性,既幽默轻松又淋漓尽致地抨击,嬉笑怒骂中寓意阐理。柏杨杂文最先是从一般社会大众有兴趣的话题入手,如《玉雕集》专谈女人,《怪马集》讽刺官场、介绍厚黑学,《堡垒集》(1963)则以爱情为主题。而在这些话题中,柏杨讽刺社会百态,并努力剖析病根。尤其是发明"酱缸"一词,传神表达出中国传统文化的一些负面影响。柏杨杂文大胆泼辣,对警察、官僚体制的虚妄和现实社会弊端都敢于刺击。1968年,柏杨被捕受审时,台湾调查局审判员直言:"没有人告你,是你自己告自己。"他最终以其杂文"揭发社会黑暗面,挑拨人民与政府之间的感情"②的罪名被判十二年徒刑。

---

① 王鼎钧:《随缘破密·我将如何》,(台湾)尔雅出版社1997年版,第231页。

② 孙观汉编:《柏杨和他的冤狱》,(香港)文艺书屋1974年版,第73页。

柏杨的批判意识是自觉延续了《自由中国》的批判精神，也明显继承了鲁迅杂文精神。柏杨与《自由中国》来往密切，对其言论"从头到尾，由衷认同"。1960年《自由中国》被查封后，柏杨也"完全暴露在情治单位的利剑之下"，而他"不但没有变乖，反而从内心激发出一种使命感，觉得应该接下《自由中国》交出来的棒子"，"这种信念"在他"杂文中，不断出现"。① 柏杨视鲁迅为"近代最伟大的作家"，尤其敬佩鲁迅的杂文。鲁迅的"召唤"使得柏杨即便"在那个威权至上而肃杀之气很重的年代"，也不顾个人安危。② 柏杨杂文的现实批判性主要通过对国民党国家主义背后的意识形态——中国传统文化的深层结构的批判来实现的，而"酱缸"成为他杂文的核心概念。③ 柏杨所言"酱缸"是指"腐蚀力和凝固力极强的混沌社会"，"也就是一种被奴才政治、畸形道德、个体人生观和势力眼主义长期主宰，使人类特有的灵性僵化和泯灭的混沌社会"，④ 产生着"权势崇拜狂""窝里斗和稀泥""文字魔术和诈欺"等文化弊端，⑤ 也影响了"大部分""中国人的性格或'民族特质'"⑥。这种对"酱缸文化"的犀利批判，受到鲁迅视中国"像一只黑色的染缸，无论加进什么新东西，都变成漆黑"⑦理念的影响。他批判中国人"窝里斗"，告诫人们远离"谎言文化"，强调对个体自由的尊重，都令人想起鲁迅杂文。1960年代，蒋介石在台湾推行"中华文化复兴运动"，而柏杨杂文所批判的"酱缸社会"无一不与国民党政治、文化、道德威权的国家机器相关，在当时政治高压下的台湾社会引起巨大震动。柏杨也始终保持着这种批判意识。日后的《丑陋的中国人》（此书2004年被上海《书城》杂志票选

---

① 柏杨：《柏杨回忆录》，（台湾）远流出版公司1996年版，第217、236页。

② 柏杨：《柏杨回忆录》，（台湾）远流出版公司1996年版，第235页。

③ 林淇瀁：《猛撞酱缸的虫儿——试论柏杨杂文的文化批判意涵》，黎活仁等编：《柏杨的思想与文学："柏杨思想与文学国际学术研讨会"论文集》，（台湾）远流出版公司2000年版，第123页。

④ 柏杨：《酱缸特产》，柏杨：《死不认错集》，（台湾）平原出版社1967年版，第41页。

⑤ 柏杨：《酱缸特产》，柏杨：《死不认错集》，（台湾）平原出版社1967年版，第42页。

⑥ 周裕耕：《酱缸：柏杨文化批评》，墨勒译，（台湾）林白出版社1989年版，第121页。

⑦ 鲁迅：《两地书·北京四》，《鲁迅全集》第11卷，人民文学出版社2005年版，第20页。

为20世纪最后二十年影响中国最大的20本书之一），指出"酱缸文化"作为中国文化的深层结构，不仅来自统治者的宰制，也来自民众难以革除的文化积习。《家园》一书，书名由来是"大陆可恋，台湾可爱，有自由的地方就是家园"，在两岸亲情的写作中继续表达其反专制的自由观念。

柏杨1960年代的杂文是一种杂文变革。参与杂文变革的还有李敖。1962年，还是研究生的李敖主编《文星》，1963年又出版成名作《传统下的独白》，以言辞激烈的杂文批判中国传统文化和国民党政治的保守性。他们的创作恢复了杂文的现实批判和文化批判精神，一扫"战斗文艺"所谓"战斗性"的陈套，其变革一直影响到八九十年代。

从日据时期杨逵等那里延续下来的左翼写作在散文创作中也一直存在。前述许达然（1940—　）的写作就表明左翼思潮在台湾出生的战后一代作家中的影响。

他1960年代的散文集《含泪的微笑》（1961）和《远方》（1965），一连数版，风靡台湾。其出现表明在台湾本土战后一代作家的崛起。而他的散文取材台湾乡土，直面普通人生，突破了台湾散文描写家庭琐事的狭小范围和浮华风气。拥抱乡土，关怀卑微人物的苦难命运，批判西化，呼唤善待自然，是许达然散文的主要题旨，语言上则"借用台湾的乡俚俗语，运用其典雅从容和斑烂醇厚来济助白话文的贫血"[1]。许达然在台湾乡土散文中处于承先启后的地位。一方面，他歌吟土地，关爱农民，抒写乡情，他说是故乡那卑微质朴而又缄默执拗的土塑造了他的性格，从小住土屋，以泥土捏小人，"土成了我的肤色"，"对于土，掉落脐带的我们是断不了奶的孩子"。（《土》）另一方面，他又警惕着都市物化现实的潜在侵蚀，批判其异化了自然也异化了人与人之间的关系。许达然的散文，对1970年代台湾乡土散文左翼批判倾向有直接影响。

第九章　跨越「1949」的散文和戏剧创作

---

[1]　徐迺翔主编：《台湾新文学辞典》，四川人民出版社1989年版，第76页。

三、开阔和综合： 回溯古典散文传统

此时期台湾散文的活力往往产生于对中国古典文学和五四新文学双重传统的继承发展中。战后台湾社会"去日本化""再中国化"的进程加深了台湾社会对中国文化传统的认同，国民党当局退守台湾后又标榜自己是"文化中国""自由中国"的代表，学校教育较为重视中国古典文化的传承。大陆迁台作家中很多具有较深厚的古典文化修养，而他们传承的五四散文流脉也从各个方面联系着文化传统，加上冷战意识形态环境反而使得古典文化被"网开一面"。所有这些都使得此时期台湾散文得以从古典文学中汲取营养，不过，作家们往往是在一种开阔的视野和综合的艺术探索中回溯于文化传统的。

琦君（1917—2006）是台湾第一位获得台湾当局领导人授勋的作家（2004），也是第一位在中国大陆建有个人文学馆（2001）的台湾作家。1930年代她曾是"一代词宗"夏承焘的得意女弟子。1949年去台湾，同年开始发表作品。早期以小说创作为主，出有小说集7种，其中篇小说《橘子红了》2002年被改编成电视剧影响很大。1960年代转向散文创作，1962年出版第一本散文集《溪边琐语》时已46岁，但随后创作的31种散文集奠定了其散文家的地位。1963年创作的《烟愁》在1999年入选"台湾文学经典30部"，表明其散文创作属于五六十年代。而她的创作既无当局倡导的"反共"战斗文学意识，也未跻身转向内心的现代主义文学，而成为当时以散文为大宗的女性作家群中最有成就的成员之一。这一女性创作潮流在"'反共'和'现代'双双走离现实"[1]之时保留了文学对于现实的"纪录"和关怀。琦君散文的成就，夏志清早有定评："琦君的散文和李后主、李清照的词属于同一传统"，但"更真切动人"，[2]"她的成就、她的境界都比二李高……琦君有好多篇散文是应该传世的"[3]。杨牧则积自己阅读琦君散文二十余年的丰富经验，认为她的散文"晶莹清澈，典雅隽

---

① 杨照：《文学的神话·神话的文学》，杨照：《文学、社会与历史想象：战后文学散论》，（台湾）联合文学出版社1995年版，第121页。

② 夏志清：《鸡窗夜静思故人》，（台湾）《联合报》2006年10月3日，E7版。

③ 夏志清：《夏志清论〈一对金手镯〉》，隐地编：《琦君的世界》，（台湾）尔雅出版社1985年版，第151页。

永"，"风格确定而不衰腐，题材完备而不僵化"，其"严密深广""显示其岁月积累的功力"，"为这一代的小品散文树立温柔敦厚的面貌和法则"。他甚至认为，琦君的小品"令我们想到冰心最细腻的文字"，但"琦君的感触和笔路都已远远超越了冰心"。[1]琦君的散文承续五四余风流韵，却浸淫于古典文学营养中，又能持续创新，在散文思维、创作视角、文字驾驭上长久保留童真之真，又充溢淡泊之智，一直受到读者喜爱。在2004年台湾出版界的一次调查中，琦君名列台湾十大女作家之首。

琦君从大陆漂泊到台湾（后来又迁徙美国二十五年），所以她的散文也以怀旧之心写故乡之恋、亲人之情、师友之谊、童年之趣。然而，像她那样，以清纯的童真视角，在怀旧中写一方净土，凸现人性真善美，提供了众多佳作的就不多见了。《下雨天，真好》四十年来已脍炙人口，就是将童年雨天的情趣串成了人生最美好的回忆，"雨给我一份靠近母亲的感觉"，而雨中的朦胧，雨后的清新，使回忆中的亲情更有着脉脉温情。所有细微的记忆，都会让人魂牵梦萦。文章末尾几段，叙事视角转换："如果我一直不长大，就可一直沉浸在雨的欢乐中"；然而，"人事的变迁，尤使我于雨中俯仰低徊"，风雨中父亲吟诗之声的消失，朋友寻觅知己的笛声渐远……一种童真视角消失，但本真之心仍在的意味使散文有了一种深刻隽永的余音。琦君的怀旧，是对文化传统中人类纯美至善之情之义的皈依。而既有传统书香之美，又有乡间俗民之美，两者甚至水乳交融，是琦君散文怀旧的又一动人特色。她所描述的节庆、宗教、饮食、起居、工艺等，往往既有古典诗词的丰富韵味，又有乡民日常的浓郁气息。笔下人物，从知书达理的家庭教师，到早出晚归的农工，都有美好的人格，和谐相处。这些都使得她所怀念的童年故乡成为一种心灵原乡。

琦君的散文注重叙事，这种叙事由于负载了作者对人生丰厚的体验和生命中不可化解的苦痛，而比小说叙事更感人。写于1960年代的《髻》以"发髻"这一生活意象追忆了母亲和姨娘个性不同的一生，传神的动作描绘逼真再现了

---

① 杨牧：《〈留予他年说梦痕〉序》，琦君：《留予他年说梦痕》，（台湾）洪范书店1980年版，第1—4页。

两个女人"对于人生的爱、憎、贪、痴"的生命形态。然而，两个女人却在垂老苦寂中走到了一起，从而抒写出一种超越世俗人生的生命感慨，弥漫出一种关注"什么是长久的"宗教情怀："心中有佛，连恨都变成爱。"琦君的散文向来温厚宽容，但也一直以唤起人的尊严去自觉超越鄙俗作为她"温柔文字"的内核。《碎了的水晶盘》在忆想异域嫁来的三叔婆在中国山村所经历的噩梦，疏密相间、虚实相生中呈现了"婆婆是天"的中国传统伦常冷漠薄幸的一面：慈母之心本应容纳得下超越种族肤色的博大的爱，然而它在中国封建山村却可酿成拆散异域家庭的悲剧。

琦君作为较多承继了传统文化遗产的作家，其散文学识广博，生活智慧丰厚，佛化儒心、古典气质和童稚之情水乳交融，形成一种平和安详的文化氛围。她从中国传统的智慧中求得人生的解脱之道："人总是常常寂寞，我也是寂寞的时候居多。可是这刻骨的寂寞却常常使我的心灵宁静而清明，也因而懂得了温厚。"[①]这种温厚来自两个方面，一是她相信"人性都是善良的"，但人又非神；另一是认为对人、人生不必看坏，更无须看空："人在一个智慧过高的眼光看起来，就像太阳里滚滚的微尘，有时会显得愚昧而可怜。但，那是连我们自己也在内。你不要太清醒了，太清醒，这世界就不值得再逗留。……我们又何必如此自苦呢？"[②]所以，她才会善良温厚地看待一切。她在《读书琐忆》中曾引用清代张心斋所言，"少年读书，如隙中窥月。中年读书，如庭中赏月。老年读书，如台上望月"，来抒写自己一生中读书的不同心境："隙中窥月，充满了好奇心，迫切希望领略月下世界的整体景象。庭中赏月，则胸中自有尺度，与中天明月，有一份莫逆于知己之感。台上望月，则由入乎其中，而出乎其外，以客观的心怀、明澈的慧眼，透视人生景象。无论是赞叹，是欣赏，都是一份安详的享受了。"琦君的散文一直以女性的柔性承受人生忧患，以人性的通达容纳进羁旅乡思，以"无入而不自得的心境"宽厚看待世态百相，而她笔下的谐趣也因充满至情而格外动人。如《一生一代一双人》

---

① 琦君：《与友人书》，琦君：《烟愁》，（台湾）尔雅出版社1981年版，第195页。

② 琦君：《与友人书》，琦君：《烟愁》，（台湾）尔雅出版社1981年版，第196页。

中，写师母不能生育，老师说她："你才是绝代佳人呢！"而师母给老师祝嘏谐诗："先生有三宝，太太钢笔表，莫再想儿子，老了。"她的文字也在动静适度中流转着淡雅素净的韵味。

琦君写有《词人之舟》一书，对中国词史、词人个性、词作风格均有敦厚、独特、深刻的见解，而中国古典诗词在琦君的散文中"早已不留痕迹的'现代化'了"①。古典诗词在琦君笔下生活化、散文化了。

较晚些在1971年才出版了第一本散文集的林文月（1933—　　）1958年毕业于台大中国文学研究所，1966年出有《谢灵运及其诗》（1966）一书。其散文趋于传统，尤有魏晋唐宋之性灵，但又多有创新，"所表现的，无论是作者的信念、态度，或文章体式、格调，都在'五四'以来现代散文的传统和典范中既继承复求变，也是台湾散文1990年代（确切说应为八五年）以前的雍容风度"②。而跟张秀亚、琦君或林文月同一代的台湾散文女作家人才济济，如徐钟佩、艾雯、钟梅音、王文漪、刘枋、胡品清、罗兰等的创作，或言简意深，情在言外，或哲理隽永，情思幽远；或多日常情味，或有丈夫之气；或文笔典雅灵活，或含音乐气韵，都在颇丰的创作中显示传统的深厚，且各有特色。这使得战后台湾散文得以繁荣，"大半是女性之功"（余光中语），而女性话语的"边缘性"也使得散文更易摆脱官方意识形态的操控。

四、超越僵化和狭化：散文的现代变革

跟诗歌、小说有所不同，台湾散文纵的继承重于横的移植，但追求散文现代化的努力也一直存在着。例如，1959年至1964年，余光中发表了多篇关于"散文革命"理论的文学论评，包含着文学史观念的变革和对现代散文本质的深入思考，并展开了令人耳目一新的艺术尝试。余光中在1963年5月的《文星》第68期发表了《剪掉散文的辫子》，猛烈批评了中国散文中的种种流弊，

---

① 齐邦媛：《自然处见才情》，琦君：《词人之舟》，（台湾）纯文学出版社1981年版，第1页。

② 何寄澎：《试论林文月、蔡珠儿的"饮食散文"——兼述台湾当代散文体式与格调的转变》，（台湾）《台湾文学研究集刊》第1期（2006年2月）。

倡导创作一种"讲究弹性、密度和质料"的"现代散文"。所谓"弹性"，是指散文"对于各种文体各种语气能够兼容并包融合无间的高度适应能力"；所谓"密度"，是指散文"在一定的篇幅中""满足读者对于美感要求的分量"；所谓"质料"，是指"在先天上就决定了一篇散文的趣味甚至境界的高低"的"字或词的品质"。这一倡导是从散文创作观上提出了散文革命的主张，强调了散文的审美性创造。尤其是他对散文"兼容并包"的强调，成为散文超越僵化和狭化以拓展自身文体空间的根本性立场。后来，杨牧、叶维廉、郑明娳等都从散文史观、散文本体论、散文创作观等方面展开了散文变革的论述，同时又以自己的创作实践推进了散文变革。经过他们的努力，一种反感伤反滥情，推崇散文的厚重品质、沉潜境界和智慧风貌，强调散文应开掘更符合现代人审美需要的题材，采用新意象新手法，传达出现代社会的新体验新感觉的散文观开始产生影响；一种摒弃传统二分法，注重对人内在情感复杂状态的细致观照，充分发挥散文的文体优势，追求语言的当代感的新散文开始出现。这在社会高度意识形态化的1960年代尤其有意义。

余光中1960年代的散文集《左手的缪思》《掌上雨》《望乡的牧神》等已显示出题材广泛、写法多变、着力描写丰富的感觉、注重散文技巧的创新的特点。《地图》写地图的魅力，将神游古国和跋涉"西"域结合在一起，在"旧大陆是他的母亲，岛屿是他的妻，新大陆是他的情人"的现代漂泊者的情感体验中抒写乡愁乡思。全文想象在丰富的感觉中延伸，意象在象征、通感、意识流等现代技巧中深化，现代口语、欧化句式、文言句法、古诗词节奏的表现力都被吸纳在行文中，称得上富有现代散文的"弹性""质料"和"密度"了。《咦呵西部》写驰车于美国西部旷野："所有的车辆全撒起野来，奔成嗜风沙的豹群……我们的白豹追上去，猛烈地扑食公路。远处的风景向两侧闪避。近处的风景躲不及的，反向挡风玻璃迎面扑过来，溅你一脸的草香和绿。"这种狂驶临风的感觉和想象，呈现出一种新的生活经验，也代表了余光中60年代散文的磅礴气势和革新姿态。余光中后来还出版了10种散文集，一直保持着这种气势和姿态，其中《听听那冷雨》《我的四个假想敌》等都是被人广泛传诵的名篇佳作。

余光中的散文变革还有一个非常值得关注的内容，就是通过现代诗画的沟通建构现代文图理论。余光中1963年出版的第一本散文集《左手的缪思》中就收有多篇精湛的画论，如《现代绘画的欣赏》《凡·高——现代艺术的殉道者》《毕加索——现代艺术的魔术师》《朴素的五月》等。翌年的散文集《掌上雨》更进一步对诗画、文图关系有广泛思考。余光中认为，"现代化最有声有色的，依次是现代画、现代诗、现代小说、现代散文、现代音乐"[1]，而"抽象画和现代诗，是两匹无鞍的千里驹"，召唤着"善骑者"。[2]余光中是在现代文化建设的大背景上，以"传统"与"现代"对话的有效性，展开诗画关系的思考，以"现代化最有声有色的"的"现代画"来促进散文变革。余光中1960年代大量汲取西方绘画艺术，尤其是毕加索、布拉克倡导的立体主义艺术形式，被视为"余光中诗歌走向现代的开端"[3]。而他首先是用散文进入现代画世界，那些画论本身就是"美文"，展开了文学语象和视觉图像间的双向沟通，即文学语象外化为视觉图像和视觉图像被文学语象所描绘都得以展开。他的作品，无论诗歌，还是散文，都借助于西方现代美术立体和抽象的艺术观念加速语言想象的变形和句式等的陌生化，促使文体的变革。从1958年开始，他更不断从现代画中直接将其画境画意转化为文学情境，其散文也越发丰富厚实。

余光中对现代文图理论的关注大大早于包括中国大陆、香港、海外等在内的华人地区的关注，而其背景恰恰是五六十年代台湾的社会状况。1960年代初期，台湾《文星》引发了一场关于现代主义文化的大论争，遍及文学艺术的各个领域，论争锋芒直指专制文化、僵死心态、愚昧习气，余光中为此欢呼："知识青年正等待《文星》以全力支持第二个五四。"[4]当时的《文星》，聚合了包括哲学家殷海光、雕塑家杨英风、建筑家汉宝德、音乐家许英风等在内的教育、艺术界革新人物，其论述所向是要突破官方意识形态的钳制，建设现代文化。而余光中在"文星风暴"中扮演了要角。他不仅负责《文星·诗页》

---

① 徐学：《火中龙吟：余光中评传》，花城出版社2002年版，第124页。

② 余光中：《无鞍骑士颂——五月美展短评》，（台湾）《联合报副刊》1963年5月26日。

③ 徐学：《火中龙吟：余光中评传》，花城出版社2002年版，第110页。

④ 余光中：《迎七年之痒》，（台湾）《文星》第73期（1963年10月）。

的编辑，更是"文星"论战中冲锋陷阵者。就在此时，余光中展开了诗画、文图关系的建设性思考。可以说，此时散文文体的变革，正是要打破官方意识形态的僵化，超越文学表达的狭隘化。

总之，开放的地域性、始终立足于文学层面的社会使命感、对中国古典文学和五四新文学双重传统的继承发展、追求散文现代化的努力等使得战后台湾散文突破政治意识形态的压抑，不仅留下了传世之作，而且成就了众多散文名家、大家。

第四节　"在"与"属"的相容和转化：
战后香港散文的主体性建构

一、"在"与"属"的相容和转化：香港文学主体性的建构

2012年，中华书局（香港）为纪念中华书局成立一百周年，出版了《香港散文典藏》。散文历来被视为香港文学中"收获最大的一环"。如今百年香港文学，散文又成为最先被系统经典化的文类。香港散文独立、成熟的重要时期当是战后至1960年代，1950年代又是其中最重要的阶段（这一时期，香港出版的散文创作集超过300种，数量虽少于小说集，但年度散文数量在增长。1950年代初期每年出版的散文集六七种而已；1950年代中期后，每年不包括评论集在内的散文集都在10种以上，多的年份则有十八九种散文集问世。而报纸副刊的散文专栏更相当丰盛，众多刊物，包括《文坛》《文化杂志》《星岛周报》《青年文友》《人人文学》《当代文艺》等也都是散文的重要阵地）。而"真正能够代表香港上世纪五六十年代散文创作成就的，是1938年就来到香港的叶灵凤，以及曹聚仁、徐訏、吴其敏、黄蒙田等人"[1]，他们大都是南来作家，

---

① 陶然：《多元化的香港散文——〈香港当代作家作品合集选·散文卷〉代序》，陶然主编：《香港当代作家作品合集选·散文卷》（上册），香港明报月刊出版社、新加坡青年书局2011年版，第7页。

但来后没有再离开香港。而南来作家成为此时期香港散文的重要代表者，具有不可忽视的文学史意义。

这种文学史意义首先表现为它在中国现代和当代文学之间建立的对话关系。战后香港有两拨南来作家，抗战胜利后在中国共产党组织和影响下来到香港的数量众多的左翼作家和1949年后因内地政局变动而大批涌入香港的非左翼作家，前者在香港的活动"预演"了1950年代中国内地的当代文学，而后者所表现的较为多元的创作状态则更多延续了1949年前的中国现代文学。他们的共存、衔接，使得中国现代文学和当代文学的关系在一个兼容的环境中得以呈现，启发人去思考以往被视为"断裂"的文学史存在。同时，香港城市的开放性使得香港文学一直包容着"出现／产生在香港的文学"（包括外来、外地作家在香港出版的作品）和"植根／属于香港的文学"（主要指香港本地作家和外来定居香港而融入香港社会的作家的创作）。而"在五十年代以前"，"'在'香港的文学却可以抽离于'属'香港的文学而分立"是"香港'文坛'的基本情势"，①这一情势的存在主要缘自南来作家与香港"若即若离"的状态。以1940年代后期"在"香港的左翼文学及其主张为代表的南来文学与香港社会的疏离状态反而使得香港作为文学空间第一次进入中国内地的文学史叙述，从1980年林志浩主编的《中国现代文学史》，到1998年钱理群的《1948：天地玄黄》、1999年洪子诚的《中国当代文学史》和陈思和的《中国当代文学史教程》等，都是因为1947年后大批南来左翼文人在香港的活动而将香港文学纳入自己的文学史视野。这种左翼文学虽未在香港植根，但密切了香港与内地之间的文学对话。1949年后，大部分左翼文人北上离港，留在香港的左翼文学的策略变化，开始从"在"香港的文学向"属"香港的文学变化，而这种变化在包括自由主义作家在内的南来作家中都明显存在。

南来作家的文学史意义更在于它给香港带来了多种不同的文化，南北的，雅俗的，都在香港这一空间中互相冲击、融合，又有不同的传承和转化，在延

---

① 黄继持：《香港文学主体性的发展》，郑树森等：《追踪香港文学》，（香港）牛津大学出版社1998年版，第91页。

续香港文学原先的发展走向中，既有可能丰富香港文化的移民性、市井性，也有可能启动香港文化的原生性、区域性。这是又一种"在"香港的文化逐步成为"属"香港的文化。战后至五六十年代可以说是香港多元而混杂的文化的开始，这才是真正属于香港文学的时代。恰恰是文化的多元混杂，有利于展开独立的思想追求。当时的作家会在作品中质疑单一的民族主义历史观，对左、右两种政治偏见都有所警觉，能在创作接受现代主义艺术影响的同时又自觉批评现代主义的弊病、欠缺，[1]原因就在于他们倾向于一种文化时，又能接触到更多种其他文化。混杂产生着流动、开放、灵活，不断走出"本土"又返回"本土"，而香港文学正是在这一过程中获得了主体性。

散文本身具有的流动性、多元性使得它更丰富地反映了"在"与"属"的转化、相容。香港文化、香港作家的"在地性"原本就非常开放，它可以接纳一切外来的因素；其生活、写作的越界性又明显高于中国大陆、台湾等地作家，也与散文文体的杂交性、越界性相契合。香港的本土性又丰厚，会提供各种外来东西植根的土壤，使外来者也适宜香港的环境。当时南来文人不少是新闻业者和学者，前者促进了香港文学中报栏文章体的发展，后者形成了香港学者作家的创作传统，而这两者的成就主要就在散文。今天我们读到董桥在报纸专栏中也写得一手好文章，金耀基的学术游记又如此丰厚，等等，这些源头都可以回溯到战后至五六十年代的香港散文，那确实是香港散文独立、成熟的重要时期。

二、"在香港"的中国想象和亚洲想象：出游中的精神自由

相对于其他文体，散文的生命力更在于其真切、自由。而这首先构成对五六十年代香港散文的考验，因为那时候的香港左、右翼对峙严重，虽无体制性强力干预，但外界的政治压力是明显存在的，作家自身也很难采取完全超然于政治对峙之上的现实立场。而恰恰是在一些相关政治的文学命题上，香港作家所写的散文，无疑比同时期中国大陆和台湾的散文显得真切。保留下这种真

---

[1] 也斯：《香港文化十论》，浙江大学出版社2012年版，第69页。

切的政治文化环境和作家的个人实践显然是非常值得关注的。

想象中国和想象香港同时展开，是此时期香港散文内容丰富所在。对"彼岸"中国内地想象的光明和对"此岸"香港想象的暗淡一度成为1949年前后香港散文的主色调，反映出散文与时代的密切关系。例如汶君的《送行》写送别朋友回国，"这城市正如你们所知的，难于找到一朵鲜花插上你底额头"的失望和"离开这个孤岛，回到乡野……乡野在新生，百花繁茂，百鸟齐鸣；父老兄弟们古铜色的脸上底微笑……都在欢迎你们！"①的喜悦，对照如此鲜明，确实是"在"香港抽离于"属"香港的例证。但"在"香港能借"此地"（香港）想象的暗淡展示"彼岸"（中国内地）的光明，反映出香港散文所处的某种自由空间。在左和右、中国和西方等对峙中，香港的文化取向并非单一的二元取一，而是在某种悖反共生中"合则成其大"。这使得香港"在地"的中国想象即便倾向相异，但都能以个人性体验展开，从而产生各种对话。

曹聚仁五四时期就是《时事新报·学灯》《民国日报·觉悟》等著名副刊的经常性撰稿人，1930年代更活跃于《申报·自由谈》等。他一生著述70余种，五千万言中，五分之四以上的著述完成于香港，实在应该被视为香港作家。他在掌故史话、思想随笔、文学史话、国内游记、人物评传上都有建树，表现出独特的史识，尤其被视为"五十年代那一大段时间，不论在政治、文化以至学术的多个不同界别，都属于举足轻重的人物"、香港报刊的"首席专栏作家"。其产生影响的关键是他在当时香港"倡行着自由独立的思维"的"潮流中，拿捏得恰到好处的，发挥得有声有色的"。②

曹聚仁1950年8月南来香港，其原因是他在北京大学听一演讲，其中讲到中国知识分子的前途像一块砖头："一块砖头砌到墙头里去，那谁也推不动，落在墙边，不砌进去的话，那就一脚踢开。"③他自觉是个"自由主义者"，自然不愿被砌进墙去，又不想被"一脚踢开"，于是来到香港谋生。他来到香

---

① 汶君：《送行》，（香港）《华侨日报·文艺周刊》第105期（1949年5月22日）。

② 慕容羽军：《小谈曹聚仁》，（香港）《文学评论》第5期（2009年10月）。

③ 曹聚仁：《南来记》，（香港）《星岛日报》1950年9月4日，第2版。

港后发表的第一批文章，^①就牵涉到对中国内地政治军事等评价，却引起香港左、右两派人士的批评，更有《与曹聚仁论战》^②一书出版。即便谈文学，谈传统，也难免巨大的政治压力，曹聚仁甚至因为那些文章"几乎想自杀"^③。例如他的《虚无主义——灰色马》一文从一本很流行的西方现代主义小说《灰色马》在1920年代翻译介绍进中国的旧事谈起，回忆鲁迅、茅盾、郑振铎、俞平伯等的人生态度，认为"把鲁迅拉入神龛，奉之为神明"是"不可解的"，因为"虚无主义伴着文艺，成为她的根苗，仍是必然的。而一个文学家，满是浓重的虚无气氛，也是必然"。^④结果遭到不同政治力量的批评。面对左、右翼对峙的局面，曹聚仁决定摆脱对新中国非歌颂即批判的左、右翼模式，"从衣、食、住、行（生活必须条件）、娱乐及享受这些小节目上看起"^⑤，来写新中国。于是，他以新加坡《南洋商报》驻港记者身份，六次北上，根据自己在内地的亲身考察，写成了《北行小语》（1957）、《北行二语》（1960）和《北行三语》（1960）等报章体游记。尽管曹聚仁此时的思想已非他自称的"既非左又非右又不中立"^⑥，《北行小语》的时间又正值中国内地"双百方针"提出、反右尚未发生之时。所以，《北行小语》所看到的新中国偏向于一个左倾作家所见到的较为稳定时期的新中国。到了后两本"北行记"，曹聚仁对"自由"的理解已有了"为集团而牺牲个人的自由"的想法，思想更赞同左翼的倾向，但他"知道在中共政权之下的生活是不自由的"；而他又看到"台湾的口号和大陆的口号是相同的，有集团的自由，才有个人的自由"，

跨越1949

战后中国大陆、台湾、香港文学转型研究

---

① 曹聚仁时任《星岛日报》主笔。从1950年9月4日至9月20日，他在《星岛日报》连续发表17篇讨论新中国有关问题的文章，总标题为《南来篇》。

② 马儿等：《与曹聚仁论战》，（香港）永泰祥印刷公司1952年版。

③ 杜家祈、马朗：《为甚么是现代主义？——杜家祈、马朗对谈》，（香港）《香港文学》第224期（2003年8月）。

④ 曹聚仁：《虚无主义——灰色马》，（香港）《文艺新潮》创刊号。

⑤ 曹聚仁：《北行小语》，生活·读书·新知三联书店2002年版（此版本包括《北行小语》《北行二语》和《北行三语》，其篇目顺序、文字内容与原香港版本一样），第14页。

⑥ 邓珂云、曹雷编：《香港文丛·曹聚仁卷》，（香港）三联书店有限公司1998年版，第237页。

这使得他有可能走出"于国共外并无其他途径可走"的现实政治圈子，^①以个人化的左倾立场去观察生活。他坚持"凡是宣传性的话，我一定不写"^②的立场。他关注平民百姓日常生活的新闻笔体，则开启了一种迥异于此时期中国内地游记散文的视角和写法，甚至影响了日后香港作家的游记写作。

曹聚仁第一次北行是1956年7月1日，他第一批《北行小语》就是从自己看到的日常衣食住行来展开的。安于"朴素"的生活是他对内地民众生活的最深感受，而他也尽量用朴实的眼光、平实的笔触去写内地之行，以自己亲身体验的生活细节来叙述内地现状："为了要体验得真实一点"，他"时常独自溜出去吃小馆子"，关注"涉及一般人的食品"。例如"到一条小巷口（广州）的粥摊吃宵夜，一碗艇仔粥（人民币二角），加上一只鸡腿（人民币三角五分），也吃得相当满意"。尽管相对于当时中国一般城市居民一天三四角的伙食费，这在日常生活中还显得奢侈，但节假日，"一般小市民，都腰里有点钱，都享受得起"。^③他既密切关注到"'百家争鸣'的倾向，把言论的尺度放宽了"的大局形势，也细细观察路人脸上"熙然怡然的神情"，事事都有自己的切身感受；于事实也不回避，既承认"看到了日常生活资料的紧张情况"，也一一展示了平民百姓可以"享受一番"的饮食去处。在判断上，他也以人之常情去理解不同的看法，例如，他去看北京焕然一新的陶然亭公园，既领会"陶然亭已经返老还童"^④的赞赏，也理解"原来那点诗意都给'建设'掉了"的批评。这使得《北行小语》中情理皆有。

除了日常化的观察，曹聚仁的《北行小语》还以自己的亲身见闻，对国家体制、社会道路等重大问题作出了观察。例如他写到了中共八大期间，毛泽东也"承认一党制不一定是最好的制度，也说，在阶级斗争终了后，也可以容许两党的并存的"^⑤，他甚至由此认为："新中国的政治，实际上已经走向两党

----

① 曹聚仁：《北行小语》，生活·读书·新知三联书店2002年版，第407页。
② 曹聚仁：《北行小语》，生活·读书·新知三联书店2002年版，第13页。
③ 曹聚仁：《北行小语》，生活·读书·新知三联书店2002年版，第41—42页。
④ 曹聚仁：《北行小语》，生活·读书·新知三联书店2002年版，第133页。
⑤ 曹聚仁：《北行小语》，生活·读书·新知三联书店2002年版，第72页。

制的道路了！"①这些对于日后人们认识1950年代中国政治环境、社会主义在中国的展开，显然有其价值。

有个插曲这里也可论及。曹聚仁北行之时，由华人华侨组成的星马贸易代表团也在中国访问，新加坡中华总商会的代表庄惠泉写了《大陆观感》一文，讲述了大陆"一元化""组织化"的社会状况，"任何言论和任何批评，都被限于共产主义的范围之内"的"有限自由"，"军人的生活为最好。次及工人，再次则是农民，最苦者仍为小资产阶级和一般市民阶级"的日常生活，以及"一方面在更改历史文物，破坏人民的祖坟，另一方面却极力在各处建筑各种各样的纪念碑"等文化"偏差"情况。②尽管曹聚仁的大陆（内地）观感非常不同于庄惠泉所言，但他仍承认庄惠泉的《大陆观感》"大体也很公允，并不带反共八股的气味"③，从而承认了观察大陆（内地）可以有不同的角度、不同的结论。这样一种观察的立场、态度，使得"北行小语"一类的游记写香港以外的题材，却让人真切感受香港兼容并包的文化氛围。

"'游记'乃现代散文之大宗"④，更是香港散文之大观。香港本来就是一座自由出游的城市。不同于中国内地此时作家的出游往往是官方组织的出访，香港作家以个人身份出入于世界各地，游走于各种社会制度、文化空间之中，游记写作兴盛，日后形成了"旅游文学"的流脉。这种"旅游文学"的重要特征就是"出游"中精神的自由、感受的真切。1950年代的香港作家也很难摆脱具体的政治立场，如何在政治立场的制约中保持写作中的精神自由，曹聚仁的《北行小语》给人以丰富的启迪。而在游记写作中，香港散文也开启了"香港与亚洲"这样一个重要的话题。亚洲出版社、亚洲影业有限公司等都是1950年代香港重要的文化机构，《亚洲周刊》迄今仍是世界发行的很有影响

———————————

① 曹聚仁：《北行小语》，生活·读书·新知三联书店2002年版，第120页。

② 庄惠泉：《大陆观感》，曹聚仁：《北行小语》，生活·读书·新知三联书店2002年版，第154—162页。

③ 曹聚仁：《北行小语》，生活·读书·新知三联书店2002年版，第121页。

④ 黄子平：《〈香港散文典藏〉序言三篇》，（香港）《城市文艺》第59期（2012年6月）。

的香港刊物。也许它们难免党派政治背景的影响，但也说明从1950年代起，香港文化的性质与其和亚洲的亲密关系分不开。当时不少香港作家写有亚洲访问记，由此展开的亚洲想象也反映出香港在"国家"和世界间的定位和思维。1950年代香港散文中亚洲想象有两种情况：一是从"怀想的古国之思的中国"出发"去看世界"，一是从"包涵各民族各文化"的视野出发，"回到历史"去看世界。①前者如司马长风的散文集《北国的春天》（1959）写日本、马来西亚之游，却"无处不见其对中国的怀念"，日本之游会时时想到传入日本的中国文化，马来西亚之游"所见都是中国人"，极少谈到"国家"之外的诸如不同文化的互相影响等内容。后者如桑简流。他1950年代在香港研究中亚文化交流史，提出"中国历史文化是由中亚洲（西域）和中原中国合成的说法"，并将"中国"一词"从古突厥文字源的意义把它解构成'大海'，一面广淼且可以包涵各民族各文化的大海，一个可以容纳中原和中亚的思想文化的'中国'"。②这样一种"中国视野"使得他的《西游散墨》（1958）写欧洲，写亚洲，在广博的见识和开放的思维中呈现不同文化之间的交流、交汇。桑简流的散文更多地属于香港，一种定位于世界的中国情怀，但它是文化的，而非政治革命的。1950年代后，香港能取代大陆、台湾，承担起在海外传承中华文化薪火的责任，与这种文化情怀是分不开的。

三、植根于香港的学者散文

曹聚仁此时也较快融入香港社会，其讲述香港生活的散文也以真切感人而为后人所关注。《欣庐的春天》（1952）就是一篇至今读来仍感人不已的散文，文前引王荆公诗"谁能胸臆无尘滓，使我相从久未厌"，在被视为金钱至上、人情冷漠的香港商业社会，在离家漂泊、无所依附的境遇中，定居香港才两年的曹聚仁却在简陋狭窄、"不便于家室之好"的欣庐公寓中感受到了犹如

---

① 黄淑娴等编：《也斯的五十年代 香港文学与文化论集》，（香港）中华书局有限公司2013年版，第121、127页。

② 黄淑娴等编：《也斯的五十年代 香港文学与文化论集》，（香港）中华书局有限公司2013年版，第123、127页。

家室的邻里之情。房客的"年龄心境，都接近秋冬之交的季节"，但大家"相濡以沫"，"有着这么一个温暖的春天！"。文章的讲述异常亲切，而在具体人事的描写上，又极有分寸，写得恰到好处，谑而不虐，颇有相知相交甚深之感。"欣庐的风气"历历在目，房客大多是小商、劳工阶层，任职报社的"我""似乎不属于欣庐这个大集团的"；而且彼此之间的政治倾向也大相径庭，"一个亲美，一个亲苏，一个要反攻大陆，一个要解放台湾"，"彼此的期待、忧虑和愁思"如此不同。然而，大家在日常生活中却"像大家庭似的，故此交往得好，并无墙壁间隔着"，而且不管是"批评蒋介石"还是"骂毛泽东"，皆是自发的个人感受，又有自由谈论的空间，大家能坦诚相见，毫不影响"热热闹闹地相处"。①这种平民百姓的日常生活能消解严重对立的政治立场，而且只要没有体制性强力的压迫，不同的政治立场反而是一个社会的正常形态，和百姓的日常生活也能融洽相处。此类生活散文也成为1950年代社会生活的珍贵面影，它所留摄的香港社会的政治生态有着丰富的历史信息和启迪意义。

《欣庐的春天》反映出在1950年代初南来作家的散文创作就开始了"在"香港和"属"香港的融合。南来作家延续的主要是周作人、林语堂那一脉的散文传统，1930年代在上海参与林语堂创办《人间世》编务的徐訏1950年代在香港又复办《人间世》，也显现出他们力图将文学非意识形态化的努力。他们的散文"多写故乡风貌、文物掌故、风土人情、读书札记、生活趣味"②，提供了"学、识、情""合之乃得"③的学者散文，而这成为日后香港散文的重要一脉。叶灵凤等的学者散文谈天论地，出入古今，怀旧叙事，自由无拘；各有个性，但心灵自由则都大致相似，且都有浓厚的文化气息，在消费文化主导的香港也占一席之地。

① 曹聚仁：《欣庐的春天》，收入陶然主编：《香港当代作家作品合集选·散文卷》（上册），香港明报月刊出版社、新加坡青年书局2011年版，第12页。

② 卢玮銮：《香港故事·个人回忆与文学思考》，（香港）牛津大学出版社1996年版，第125页。

③ 董桥：《这一代的事·自序》，（台湾）圆神出版社1986年版，第2页。

叶灵凤在香港生活三十八年，直至去世，其创作成为香港文学难得的一笔财富。而从1950年代后期起，他在《文汇报》《新晚报》开设《山川人物》《霜红室随笔》等专栏，后结集为《文艺随笔》《能不忆江南》《晚晴杂记》《香港方物志》等。叶灵凤是被曹聚仁视为"朋友中，书读得最多的"[①]，"他把自己关在家里，也就是关在书里"[②]。知识的渊博使他给报纸写文章时任何内容都可以成为一个谈天说地的"由头"，进入后就能涉笔中西古今，种种见闻掌故熔于一炉。尤其是他的读书随笔，从较早期的《忘忧草》（1940）、《读书随笔》（1946），到晚年的《北窗读书录》（1970），叶灵凤的"书话"成就了他创造社时期后又一个出色的文学成就，也树立了中国现代读书随笔的一座丰碑。他爱书如命，视俄国出版家绥青的一本书名"为书籍的一生"为座右铭，又善于从书及人。所以不管是域外书谈，还是香港书录，他都能在自己的喜好中写出让读者也如读此书而受益的感受，旁征博引中富有审美情趣，又常常融入书的作者的生平、趣闻，甚至想象此书问世后的游历、遭遇，由书及人渗透出丰富的历史感，让人出入于各种人生和文化空间。笔调则如友朋之间聊天那样亲切，读来自然兴趣盎然，确实称得上现代读书随笔中的上乘之作。叶灵凤的读书随笔涉猎广泛，从宗教到自然科学，还有"性"（所谓黄色小说），都会引起他的兴趣，涉笔成文。五六十年代，他以"白门秋生""秋生"等笔名在多家报刊发表《书淫艳异录》《欢喜佛庵随笔》等，都是就西方文学中性内容所写随笔。这些"从俗之作"中种种趣谈自然有在香港社会卖文为生的因素，但笔触干净，虽无大学问家的心境，但也非写俗媚俗，反倒有俗中求雅之意。既不孤芳自赏，也不随波逐流，为生计写作，却写作有性情、修养、道德，是叶灵凤此时的写作状态。如何在现代商业社会看重交换价值的环境中立足且自得乐趣，叶灵凤的这一类读书随笔可以给人启迪，也包含五六十年代香港文学的经验。

---

① 刘以鬯：《记叶灵凤》，陶然主编：《香港当代作家作品合集选·散文卷》（下册），香港明报月刊出版社、新加坡青年书局2011年版，第12页。

② 丝韦：《叶灵凤的后半生》，《香港文丛·丝韦卷》，（香港）三联书店有限公司1992年版，转引自柳苏：《香港文坛剪影》，生活·读书·新知三联书店1993年版，第110页。

学者散文植根于香港，自然与香港的历史、文化开始水乳交融。叶灵凤是南来作家中被人称为"将香港的历史与风物写入一书"的"首推"者。①叶灵凤没有以往南来作家的"中原心态"。早在1940年代，他就慎重认真地宣称："不管你是喜欢还是憎恶，香港终是一个重要的研究的地方"，"不论你所注意的是国际问题也好，中英关系也好，历史考古也好，甚至草木虫鱼也好，香港这地方都可以提供丰富的资料不使你失望"。②这甚至可以视之为叶灵凤的"香港情结"，他对香港眷恋如家。1953年，他在《大公报》副刊专栏发表百余篇"香港方物志"（1956年结集为《香港方物志》），"写得平易可亲而言之有物，就像对朋友娓娓而谈那样毫不做作，并不是标榜冲淡、闲适或动辄引一段古文那一类小品"③，将香港的物华天宝、年节风俗、掌故传统一一亲切道来，有如娓娓而谈故乡，表现出南来作家对香港的热爱。例如谈"香港的野兰"，实有对"香港仅有三百九十方里的地面"之丰盛的喜爱，更有作者在香港野外攀附观赏的实地体验（《香港的野兰》）。如果与他《江南的野菜》一文中所写江南小儿女清明时节郊外"挑野菜"的情趣，回想中娓娓而道故乡野菜的兴致相比较，会感觉到，两者都在对野物"历史"进行文化描述中显示知识的渊博，交织成一种平和中有向往的意境，情致真挚感人。叶灵凤对久居香港也有幼时故乡之情感了。

叶灵凤的"香港意识"和他的中国意识密切关联。1960年代，他以"霜崖"的笔名写"香江旧事"（1968年结集为《香江旧事》出版，其他散见文章则在他去世后被编入《香港的失落》《香海浮沉录》《香岛沧桑录》三书），以类似历史札记的方式围绕香港被殖民统治的历史放笔纵谈。翔实的史料考证坚实支撑起他对于香港和中国内地血脉联系的关注，关于香港丰富的资料引证时时流露出对香港的眷顾之情。而对于殖民者的深恶痛绝也溢于笔端，如《香港的失落》《香港被占的经过》等文将香港被割让过程中英国殖民者以坚船利

---

① 冯亦代：《读叶灵凤〈读书随笔〉》，《读书》1988年第8期。

② 叶灵凤：《〈香港史地〉发刊词》，（香港）《星岛日报》1947年6月5日。

③ 黄蒙田：《小记叶灵凤先生》，叶灵凤：《香港方物志》，生活·读书·新知三联书店1985年版，第249页。

炮和欺诈手段相继占领港岛、九龙、新界一一细述。他写香港风物，是"将当地的鸟兽虫鱼和若干掌故风俗，运用着自己的一点贫弱的自然科学知识和民俗学知识，将它们与祖国方面和这有关的种种配合起来"①。他写香港还会融入自己深切的怀乡之情。客居香港，"他怀念家乡的笋脯、野菜、晚香豆和樱桃，他想念家乡的盐水鸭、菱角、香肚甚至微小如豆豉、生姜、凉面和火烧的情调"②。当他写香港种种风物时，此种"怀念"使其所述更加情意绵长。

在"中国意识"的浸染中，叶灵凤还写过不少思亲忆旧文字，意境冲淡，文笔明净。《晚晴杂记》（1970）一书和《回忆的花束》系列文章忆及从五四创造社时期到30年代"左联"时期的故交旧友，因为写于香港，虽有作者个人的历史顾忌，但绝少中国大陆、台湾的政治高度禁忌，从鲁迅、郭沫若、郁达夫到林语堂、杜衡、夏衍等三四十位中国新文学史中的重要人物，都在他笔下得到历史呈现。此时曹聚仁、李辉英等南来作家也都以忆旧散文回顾五四新文学，而司马长风已有中国新文学史论述，可以说，叶灵凤的此类散文参与了"在"香港的中国新文学史的建构，另开了中国大陆、台湾之外的另一文学史建构流脉。这也是因香港而生发的中国历史叙事。

与叶灵凤忆旧文字一样，参与中国新文学史建构的还有赵聪（1907—1983，本名崔乐生）的散文。他毕业于北京大学中文系，与徐讦为北大同学。赵聪1949年底赴港，1952出版第一本小说集《火苗》，翌年又出版小说集《天人》，之后转向散文、传记文学和文学史话的写作，著述23部。在香港，"举凡生活在五六十年代的青年知识分子和大学生，相信都看过赵聪的著作"，其中不乏"至为脍炙人口"之作。③他1950年代在《联合评论》撰写《文坛泥爪》专栏，描述陈独秀、胡适、鲁迅、郭沫若、田汉、徐志摩、郁达夫等五四名作家的身影，后结集为《五四文坛点滴》（1964）出版，文笔亦庄亦谐，叙

第九章　跨越「1949」的散文和戏剧创作

---

① 叶灵凤：《一九五六年初版〈香港方物志〉的前记》，叶灵凤：《香港风物志》，（香港）上海书局有限公司1973年版，第253页。

② 黄蒙田：《小记叶灵凤先生》，丝韦编：《香港文丛·叶灵凤卷》，（香港）三联书店有限公司1985年版，第451页。

③ 金千里：《赵聪其人其事及其作品》，（香港）《文学评论》第8期（2010年6月）。

事简洁明了，没有党派立场，不为尊者隐，历史细节丰满，可读性强。他写鲁迅，不将其奉为圣人或神像，不掩饰鲁迅为人和生活的瑕疵，以鲁迅的"率直而无伪"来写鲁迅，反而更真实地呈现了鲁迅作品和人格的伟大。他写周作人，也被周作人本人认可为"大体可以说公平翔实，甚是难得"[①]。他写徐志摩，更生动呈现了徐志摩洒脱的个性和新诗创作的业绩，被文学史家认为评述徐志摩"最完备"而又"美不胜收"之作。[②]赵聪这种公正客观而又生动丰满地书写中国现代文学前驱者形象的文章，在当时的中国大陆和台湾都是难以出现的。赵聪的另一部传记文学作品《江青正传》（1967）也是其传记文学的代表作。此书写成于"文革"初期，再次显示了赵聪不为政党意识形态所囿，"信而有征"，秉笔直书的写作立场和风格。全书叙事行云流水，资料"求真务实"，出版后先后被翻译成英文、法文、日文。赵聪钟情中国传统文化，国学底子也好，他的《中国五大小说之研究》（1964）、《详注语释古文观止新编》（1960）等都可见其古典文学功力深厚，对在香港传播中华文化传统起了重要作用，也是五六十年代中国古典文学研究的重要成果。

司马长风（1920—1980，本名胡若谷）是更为自觉地在香港建构中国新文学史的作家。他1949年赴台，与殷海光、许冠三等志同道合者倡导民主，后有感于"中华民国应是民之国，民有、民治、民享之国，也就是民主之国。可是四十年来的历史证明了，我们的国家一直是党之国，党有、党治、党享，所谓党主之国"[③]的环境，便转去香港。他曾与徐东滨等组织"中国青年民主同盟"，但自1954年起放弃政治活动，专心写作，1950年代后期起任教于树仁学院、浸会学院。他创作有长篇小说《花弄影》等，但主要写作散文。影响最大的是他1950年代以"秋贞理"（他"在近代中国人物中，最敬佩秋

跨越1949
战后中国大陆、台湾、香港文学转型研究

---

① 周作人致鲍耀明信，鲍耀明：《周作人晚年手札一百封》，（香港）明报出版社1965年版，转引自金千里：《赵聪其人其事及其作品》，（香港）《文学评论》第8期（2010年6月）。

② 司马长风：《评赵聪的〈现代作家列传〉》，1970年2月号《快报》。

③ 司马长风：《多少梦想变成真》，（香港）友联出版社1958年版，第121页。

瑾"，"秋贞理"有"秋瑾为真理而坚贞不屈之意"①）的笔名在《中国学生周报》撰写专栏而结集出版的《段老师的眼泪》（1956）、《多少梦想变成真》（1958）、《苦中苦与人上人》（1961）。这些集子的散文多从他自身的经历、感悟出发，亲切地讲述人性之善、人情之爱："人做过一件善行，心田之中就得了一分善根，当邪恶来袭的时候，人就多一分抵抗的勇气。"②"人之无私的爱，是人生的光明和热力；没有爱的普照，一切东西都变成黯然无光。"③他推崇"五千多年的文明涵养""两千多年仁义教化"的善德④，也感叹"美的价值未得到应有的重视，而真的价值则几乎完全被忽略"⑤，所以他看重文学的"美"和"真"。他是历史专业毕业，一生也最佩服司马迁"下笔不偏不倚，立论严谨"。司马迁字子长，他也取笔名"司马长风"。他并非文学专业出身，却完成了颇有影响的《中国新文学史》（上、中、下），体现出他对"真"和"美"的追求。他撰写《中国新文学史》的起因是从友人那里读到王瑶的《中国新文学史稿》和台湾刘心皇的《中国现代文学史话》，有感于"王著因属左派立场，有关徐志摩、邵洵美的作品绝不介绍，刘著则台湾惧共，对左派文人亦语焉不详"，而"香港地位特殊，言论和出版自由，资料易找，环境最适合于写现代文学史，可以不受限制，自由发挥意见"。⑥《中国新文学史》这部出版于1975年的文学史著，其对文学历史真实面貌的全面描绘，在中国大陆和台湾都要迟至1980年代以后才有可能实现。

战后香港学者散文蔚为大观，名家众多。例如黄蒙田（1925年生，本名黄茅）是当时学者中抒情写景散文创作最丰的一位作家，出版有《画家与画》（1957）、《北游记》（1957）、《花灯集》（1961）、《晨曲》（1962）、《春暖花开》（1965）等39种作品集，大部分是小品散文。他是画家出身（毕

---

① 胡菊人：《忆悼司马长风兄》，《司马长风先生纪念集》，（香港）觉新出版社1980年版，第70页。

② 司马长风：《多少梦想变成真》，（香港）友联出版社1958年版，第12页。

③ 司马长风：《段老师的眼泪》，（香港）友联出版社1956年版，第9页。

④ 司马长风：《段老师的眼泪》，（香港）友联出版社1956年版，第32页。

⑤ 司马长风：《多少梦想变成真》，（香港）友联出版社1958年版，第5页。

⑥ 方宽烈：《司马长风的传奇》，（香港）《文学评论》第4期（2009年8月）。

业于广州美专），其文也是香港散文中表现语图关系最丰富的作品之一，行文富有色彩、线条感，语言富有诗情画意，语象丰美；而其美术评论，往往以画家人物和他们表达内心世界的画作为题材，来抒怀寄意，如《想起李可染》讲述抗战期间李可染必带《鲁迅全集》和《珂勒惠支画集》在桂林街头画宣传大布画，70岁时为了上井冈山作画，毅然切除病变而不良于行的三只脚趾……简洁传神，寄意丰富。徐速"先是以小说家享盛名，致使他散文家的地位每每被人忽略"[1]。他先后出有散文集《一得集》（1963）、《心窗集》（1963）、《百感集》（1974）等，"尤擅于写长散文，七八千字至两三万字的文章，都写得摇曳生姿，娓娓引人"[2]。尤其是那些讲述文坛名人，如左舜生、林语堂、十三妹、徐讦等的散文，文笔坦诚，既活跃着个性鲜明的"我"，又呈现出血肉丰满的故交友朋，且不为尊者讳。徐速还自觉于"写作是个人事业……办刊物却是从事文艺运动，说不定能培养出几个青年作家"[3]，1965年创办《当代文艺》，以私人之力使这一香港文学刊物存在十三年五个月，共出版161期，从未脱期，大量发表包括东南亚各国华人青年作者的作品，对香港文学的贡献显著。香港学者散文个性鲜明，日后在中国当代散文史中更有影响的金耀基（其在香港散文界被称为"金体文"的散文开始于1970年代，多写人文山水，沟通了学者散文和游记这两种香港散文的重要流脉）、梁锡华（与黄维樑、潘铭燊被誉为香港学者散文的"三剑客"）等正是产生于这样一种学者散文创作潮流中。

四、报章体：香港主流文化的一种开启

香港文学的生存、发展中，报纸副刊提供了最重要的园地。而香港社会的商业性、开放性使香港散文在实用性、闲适性、趣味性、多元性上有充分的发展，促进了报纸专栏文体的兴盛和各类散文，尤其是文化随笔散文长足的发

---

① 黄南翔：《徐速文学生涯管窥》，（香港）《文学研究》第5期（2007年3月）。

② 黄南翔：《徐速文学生涯管窥》，（香港）《文学研究》第5期（2007年3月）。

③ 徐速：《悼念左舜生》，徐速：《百感集》，（香港）高原出版社1974年版，第195页。

展。报章体在香港散文中扮演了重要角色，它在五六十年代迅速发展，1970年代进入鼎盛时期，成为香港散文最重要的文体。香港的"五十年代，授、受者之间，意念都属于单纯而善良，于是使这一阶段的报刊作者与读者之间有一种互相信任与互相理解的关系。报刊受到读者的牵引，便从站在高处演讲的意态，逐渐变成眼神相对闲话的意态……把报纸与读者之间的距离拉近了，也使一些报纸的副刊作者觉察到行文方式不应站在高处演讲的神态来说话"①。这一变化从《香港时报》的副刊《浅水湾》开始，影响逐步扩大，使得副刊专栏的写作形成亲近读者的"闲话风"，也形成了在香港影响广泛的报章体。报章体展示的香港文化的多样性和丰富性成为其存在的最大价值，作家的文化修养和创作个性也得以呈现，逐步产生出一批卓有影响的专栏作家。香港第一个以个人名字命名专栏的作家是十三妹。

十三妹（原名方丹、方式文，1948年来香港，1970年去世）五六十年代在《新生晚报·新趣》和《香港时报·浅水湾》分别开设《十三妹专栏》（1958年11月—1964年）和《十三妹漫谈》（1960年2月—1962年6月）。短短数年中，刊出2900余篇文章，字数350万字左右，②加上其在《大晚报》《工商晚报》《明报》《新民报》《新晚报》等开设的专栏，她成为此时期最受读者欢迎因而影响最大的专栏作家之一。在香港"言论自由……嘲左讽右，都无问题，作者也比较出现自己的风格"③的环境中，十三妹以"写最新鲜热辣的"为撰写专栏的"原则"，④因为"这个世界是天天在变动着的"，读者需要看到"新的观点，新的书籍，新的动态，新的消息"。⑤十三妹专栏的"新"，首先得益于作者直接阅读《纽约时报》《费加罗报》《纽约客》《大西洋》《新闻周刊》等美、法权威报刊（十三妹曾言："若你不弄通一种外国

---

① 慕容羽军：《林适存在香港的文学活动》，（香港）《文学评论》第2期（2009年4月）。

② 樊善标：《案例与例外——十三妹作为香港专栏作家》，香港岭南大学《现代中文文学学报》2008年8卷2期—9卷2期合刊。

③ 司明：《小块文章·比较自由的园地》，（香港）《新生晚报》1959年3月6日。

④ 十三妹：《十三妹专栏·一扯扯到"抛浪头"》，（香港）《新生晚报》1961年3月9日。

⑤ 十三妹：《十三妹专栏·与三位女读者聊天儿》，（香港）《新生晚报》1962年7月28日。

文作工具，你的视野无论如何打不开。"①），敏捷取材于这些影响大的报刊所载文章，视野开阔，题材格局多元而及时，且以文化、教育等现象分析为重点。十三妹去世时，读者感叹："为什么看她的文章？……因为她使我知道有汤恩比，因为她使我知道弗罗伊德。"②这是十三妹专栏广受欢迎的首要原因。其次，十三妹文章"骂人"也使她文章"意气风发"，无枯燥之意。十三妹自称"上不沾天下不落地，既不服左也不服右"③。她为人独来独往，尤为讨厌"今日的拿美钞或拿人民币而作尽'为王前驱'状者们"④的作为，撰文也左右开弓："骂过大小报纸老板，骂过左派、骂过右派；拿人民币、台币、绿背的，统统都给她骂了。"⑤而她并非以骂吸引眼球，而是以其率性无忌的文风，表达自我，针砭香港。这种不依附于左右政党、不仰人鼻息的写作使其既避免了政党政治可能造成的僵化、狭隘，也超脱于商业出版、世俗趣味等因素的制约，其文也新意不断了。而其新意迭出恰恰又扩大了其知名度，增强了其生存于商业社会的能力。

十三妹在专栏写作上文体意识自觉，她坚持"一无政治倾向，二不出售黄色"⑥，自觉于身处工商时代，"专栏文章，实作者之所思所感所受者也"。⑦因此，努力拓展自身，广泛吸取营养，充分展露个性，坦诚相待读者，虽有时难以避免卖文为生的匆忙草就之病，但其个人化写作还是提升了专栏散文的质量。尤其是其大胆直言，"提出许多从来在此间所谓之文化

---

① 十三妹：《十三妹漫谈·复台大读者及其它》，（香港）《香港时报》1960年11月25日。

② 黄霑：《悼》，（香港）《明报》1970年10月19日。

③ 十三妹：《十三妹专栏·吃黄连冷暖自家知》，（香港）《新生晚报》1963年3月16日。

④ 十三妹：《十三妹专栏·胡兰成的笔法》，（香港）《新生晚报》1960年8月2日。

⑤ 费旬：《火辣辣地来，静悄悄地去——十三妹这个人》，（香港）《中国学生周报》第953期（1970年10月23日）。

⑥ 十三妹：《十三妹漫谈·商业世纪之语文与文化》，（香港）《香港时报》1960年2月28日。

⑦ 十三妹：《十三妹专栏·从行家使我发呕想换版头名称谈开去》，（香港）《新生晚报》1962年8月14日。

界，所未梦想到的与不敢想的题目与题材来"①，从欧美最新的哲学、文化思潮到五四以来知识分子道路，直至香港台湾当下的武侠、侦探题材创作一一涉及，大大拓展了专栏散文的视野和格局。此时期，在内地的周作人、在台湾的胡兰成等都关注十三妹之作②，而香港很多人"只为了看十三妹"才买《新生晚报》③，十三妹专栏成为读者来信支持最多的专栏，可见其文的影响，事实上已进入香港主流文化。

十三妹之后，胡菊人、戴天、李英豪、陆离等专栏作家涌现，所谈"文化、艺术话题更深刻"④，使1960年代香港专栏散文走向成熟，并形成了学者、文人都关注专栏写作的传统。后来有人视"香港文学的精华在散文，而散文的精华在董桥"。董桥也写每周五日《应景时评》的专栏，且"董桥的此类文字，最能见出化'闷局'为'风景'的功力非凡，比起他得心应手的玩物怀旧，更值得细加品味"⑤。这种"别创一格，雅趣盎然"的时评专栏刊登于港闻、社评的重要版面，对"政人政事趣味不高"而阅读人数众多的新闻版面确是一种在提升中产生的影响。董桥后来的散文成就自然超越十三妹，但也可见到专栏文章从十三妹那个年代开始的流脉。这是香港散文流变的重要内容，是"在"香港和"属"香港高度统一所结出的成果。

战后，尤其是1950年代的香港散文，不同于中国内地"政治的大我"取代"散文的小我"的流变，也不同于台湾在政治高压下对五四散文传统艰难的传承。其"在"的开放和"属"的深入，推进了香港文学主体性的建设，也是香

---

① 十三妹：《十三妹专栏·打抱不平是读者，这十三妹不是那十三妹！》，（香港）《新生晚报》1962年8月13日。

② 樊善标：《当胡兰成遇（不）上十三妹》，香港中文大学中国语言及文学系、香港教育学院中国文学文化研究中心合编：《都市蜃楼：香港文学论集》，（香港）牛津大学出版社2010年版，第198—211页。

③ 樊善标：《火辣辣的人与文：十三妹和她的专栏》，（香港）《香港文学》第312期（2002年12月）。

④ 樊善标：《案例与例外——十三妹作为香港专栏作家》，香港岭南大学《现代中文文学学报》2008年8卷2期—9卷2期合刊。

⑤ 黄子平：《〈香港散文典藏〉序文三篇》，（香港）《城市文艺》第59期（2012年6月）。

港散文成熟的标志。定居香港的南来作家成为此时期香港散文的重要代表者，他们在想象中国和想象香港中的个人体验性，使其在政治立场的制约中仍保持了写作中的精神自由。而其亚洲想象中定位于世界的中国情怀，也是文化的，而非政治革命的。报栏文章体的发展和学者散文创作传统的形成是此时期香港散文的两大流脉，反映出"在"香港和"属"香港的高度融合，发挥了香港文化的优势，在提供战后文学史的重要经验中也确立了香港文学在战后中国文学中的重要地位。

第五节　"第四种剧本"：1950年代大陆戏剧文学的突破

一、戏剧的现代转换

外来戏剧传入中国后，中国有过两次戏剧高潮，第一次是在抗日战争时期，第二次则在"十七年"时期，那都是需要最大限度发挥戏剧传达政治激情、动员组织群众的作用的年代。"一个以建构共同的文化心理结构、共同的价值观念形态、共同的情绪、共同的焦虑与向往为目标的时代，往往是戏剧繁荣的时代。每当意识形态感到群体本质认同的必要性和紧迫感，因而要重温或再现一个'想象的共同体'时，戏剧便具备了繁荣的客观条件。"[1]五六十年代中国大陆的戏剧创作、演出热潮再次证实了这一点。

五六十年代共和国戏剧发展的背景是抗战时期中国戏剧的成熟和战后中国电影的成熟。抗战时期戏剧的状态为人熟知，战地剧、现实剧、历史剧、喜剧等都收获丰硕，曹禺、郭沫若、夏衍、杨绛、李健吾等都在此时期创作了自己最好的剧作，而舞台演出的多样化也促使了戏剧艺术的成熟，新歌剧等的诞生更拓展了现代戏剧的空间，话剧等外来样式正是在抗战时期成熟的。而电影（文学）在中国恰恰是作为五四时期的短篇小说、30年代的长篇小说、抗战时期的戏剧之后又一种文学叙事方式在战后获得成熟，战后也被称为中国电影的

---

[1]　李杨：《50～70年代中国文学经典再解读》，山东教育出版社2006年版，第300页。

黄金时期。电影的成熟既从戏剧借力，又反哺于戏剧，当时一些作家双栖于戏剧、电影创作，成果不菲。从抗战时期的戏剧到战后的电影，左翼文学力量都占有极为重要，甚至主导的地位。戏剧、电影在充分发挥其凝聚民众共识、组织动员群众的社会作用的同时，艺术锤炼进展迅速。可以说，左翼戏剧、左翼电影是左翼文艺中成就、成效最高的门类。这些，都为共和国戏剧的发展提供了良好条件。

抗战时期戏剧的现代转换在延安戏剧中表现得最为集中，毛泽东《讲话》精神的最早成果也是戏剧，从《逼上梁山》《三打祝家庄》《松花江上》等新编历史剧到《白毛女》《刘胡兰》《赤叶河》等现代革命剧，其核心都是要将"由老爷太太少爷小姐统治着"的"旧戏舞台"改造成由"人民"主宰的新舞台，并将这一"风气""推向全国去"（毛泽东1944年观看《逼上梁山》后给延安评剧团的信）。就是说，塑造新的人民大众形象是延安开始的戏剧现代转换最核心的内容。戏剧的这一改变与延安开始的夺取全国政权的人民革命进程是同步的，并为1949年后全国范围内戏剧的现代转换设定了方向。

就共和国文学而言，它以1951年毛泽东发动的对电影《武训传》的批判拉开新中国文艺批判运动的序幕，以1965年毛泽东组织对剧本《海瑞罢官》的批判拉开"文革"序幕。这两次批判运动"首尾呼应"，反映出毛泽东等中国共产党领袖对戏剧电影能成为政治宣传的最得力工具的看重，戏剧也与当代政治运动发生最密切的联系。一方面，成熟的艺术积累提供了戏剧发展最重要的基础；另一方面，政治领导层对电影戏剧的看重使戏剧在获得发展机会的同时也面临着政治的负面制约，尤其是政治行政化的干预对戏剧的伤害最大。例如新中国成立初期，文化部统一部署的"旧戏禁演"，在行政力量推动下，蔓延成对民间戏曲的极大伤害。1950年至1952年，文化部禁演的传统剧目为26种。但因为各地急于以社会主义思想占领剧场这一阵地，禁演剧目大规模扩大，如辽西省禁演剧目达300多出，徐州地区禁演剧目达200多出，有的地区干脆只准许演出几出传统戏剧。这种大规模禁演的指导思想来自对于毛泽东关于人民是历史创造的、是创造历史的主体，应该成为戏剧舞台主体的文艺思想的贯彻。在传统戏剧被视为"历史的颠倒"遭到排斥时，最能体现戏剧的现代追求的话剧被推到宣传、组织、动员民众全力投入社会主义事业的前沿。

"话剧可以写什么"，可能是新中国第一场文艺论争。第一次文代会刚闭幕，上海剧作家电影家协会开会欢迎返沪代表，会上提出了"并不一定限制非写工农兵不可，而是立在无产阶级的立场，写一切的东西"①的看法。本来这一看法并不违背第一次文代会所确立的毛泽东《讲话》这一"唯一正确"的方向，但也引起了争论。争论延续了三个多月，其中占主导性的意见是，"和工农兵在社会上已经取得了主人公的地位一样，在文艺作品中，他们也应该取得主角的地位"②。而这意见恰恰出自剧作家之口。这场讨论较多带有民间讨论的色彩，剧作界在其中扮演了最重要的角色，这些都可以说明，工农兵登上舞台并成为舞台主人，是一种与社会变革同时展开的艺术实践。当社会变革越来越凸显无产阶级工农兵作用时，工农兵形象也逐步主宰舞台。1950年代初，舞台上还曾出现过一些清新生动的独幕剧，如表现婚恋家庭新风尚的《归来》（鲁彦周）、《夫妻之间》（北京人艺）、《刘莲英》（崔德志）等，讽刺现实的《新局长到来之前》（何求）、《开会》（邢野）等。但随着社会主义革命的深入，革命的"净化"倾向越来越加剧，话剧题材也越发狭窄。1956年，第一届全国话剧观摩演出大会召开，43个剧团的51个演出剧目展示了1949年后话剧的创作成绩。其中表现工业战线、农村变革和部队生活已占最大比重，反映新时代、新生活、新人物的核心主题已得以确立，强调无产阶级意识主导的社会主义现实主义成为创作的金科玉律，但公式化、概念化，甚至直接充当政治和政策宣传工具的状况也较为普遍。例如，在第一届全国话剧会演中包揽多幕剧创作、演出、表演、舞台美术设计四项一等奖的曹禺《明朗的天》（1954），就是因为"体现了现实主义的党性"，"站在工人阶级立场，用工人阶级的眼光来观察所要描写的对象"，将"一般抽象的爱和恨""上升为阶级感情、政治感情"，体现了"社会主义现实主义"而受到肯定的。③周恩来在肯定老舍《龙须沟》时所说"帮了共产党的大忙"，潜移默化成为评定剧本

---

① 《剧影协昨开会，欢迎返沪文代》，《文汇报》1949年8月22日。

② 陈白尘：《"误解之外"》，《文汇报》1949年9月3日。

③ 张光年：《曹禺创作生活的新发展——评话剧〈明朗的天〉》，《剧本》1953年第3期。

的标准。话剧成为党的政治宣传最得力的工具，表现无产阶级工农兵形象成为话剧最鲜明的"现代"追求，这构成话剧舞台基本的生存状态。

二、"第四种剧本"："工农兵"戏剧模式化的突破

这一状况受到冲击是在"百花时期"，其突破主要表现在"第四种剧本"的创作和讨论上。1957年6月，黎弘（刘川）在并不起眼的《南京日报》发表《第四种剧本》一文，尖锐地批评"我们的话剧舞台上只有工农兵三种剧本。工人剧本：先进思想和保守思想的斗争。农民剧本：入社和不入社的斗争。部队剧本：我军和敌人的军事斗争。除此之外，再也找不出第四种剧本了"①。这一批评有感于话剧舞台的现状，却一针见血地指出了话剧创作的最大弊端：以"为工农兵服务"自居的文艺只将工农兵作为无产阶级政治的工具来对待，严重忽视了他们丰富的生活和需求；一种二元对立的模式日益主宰舞台表演，而"二元"又被短暂的现实政治运动所操控。文章针对戏剧创作题材的狭窄化、表现的公式化等现状提出的"第四种剧本"，包含从生活出发，尊重戏剧创作的艺术创造，打破创作的公式化和概念化等内容。尽管随后被官方批判为"打杀以无产阶级的立场观点表现工农兵生活和斗争的剧本，以为资产阶级戏剧艺术鸣锣开道"②，但当时确实代表了真正致力于戏剧发展的作家们的心声。

《第四种剧本》一文所言"第四种剧本"原先是指当时出现的《布谷鸟又叫了》《同甘共苦》等风格清新，突破公式化、概念化的剧作。但"第四种剧本"概念的提出是明确针对"公式概念统治舞台"的状况，强调以"提出问题的独特性和表现方法的独创性"在艺术创造上突破"三个框子"③。所以，在1956年前后"双百方针"、思想解放潮流的背景上，从广义上说，走出模式化的"工农兵"题材，力图回归舞台艺术特性，表现多种丰富的现实和历史的剧

① 黎弘：《第四种剧本》，《南京日报》1957年6月1日。
② 伊兵：《论〈第四种剧本〉》，《戏剧报》1960年第4期。
③ 黎弘：《第四种剧本》，《南京日报》1957年6月1日。

作都可以视为"第四种剧本"。

在《第四种剧本》一文发表之前，已有了最早冲破爱情描写"禁区"，将当代青年的爱情生活"不但写的腻囊囊的，还写的那样欢势、那样热闹，难得看见一星儿公式主义"①的《布谷鸟又叫了》（杨履方），和"从创作的清规戒律解放了出来，用生活中富有戏剧性的典型事物表现了生活本身"，敢于写人性、人道，"的确开了戏剧创作的新生面"②的《同甘共苦》（岳野），《第四种剧本》一文就是为评论《布谷鸟又叫了》③而写的。剧中人称"布谷鸟"的农村姑娘童亚男的爱情生活，让人感受到农村人内心世界也那么丰富复杂，他们在家庭、爱情、劳动等方面有着众多渴求。剧本"布谷鸟叫了——布谷鸟不叫了——布谷鸟又叫了"的剧情安排揭示了主人公在传统的封建意识和现代的官僚主义的压力下的内心矛盾和情感困扰。童亚男和男友王必好都是共青团员，当童亚男活泼开朗的个性招致乡村保守环境非议时，王必好出于对女友的占有观念而指责童亚男，甚至用"五条规划"限制童的人身自由，并与团支部书记孔玉成以"开除团籍"要挟。剧作由此深刻"揭示了在新政权之下封建观念如何以'组织'的名义大行其道"④，使"尊重个性，追求个人自由幸福，从而维护人的尊严和价值"获得了工农兵时代的意义，唤起人们要求重视工农大众情感生活的丰富性，能有更多突破当时流行的预设性创作模式的好剧本诞生的希望。

"第四种剧本"出现的内在动力是戏剧要求的大众观赏性，其舞台演出效果无法久囿于僵化、单一的表现。《布谷鸟又叫了》对陈腐封建观念幽默的讽刺，女主人公布谷鸟般优美的歌声，江南农村风趣的日常场景，都给剧作带来清新悦人的气氛，由此得到观众的强烈共鸣。《同甘共苦》没有如当时的农村剧惯于将农村变革作为双方冲突的连接点，而强化普通农村妇女刘芳纹在进城

① 李健吾：《佐临的"布谷鸟又叫了"》，《人民日报》1957年6月11日。

② 李诃：《剧本创作的新生面》，《剧本》1956年第10期。

③ 《布谷鸟又叫了》发表于《剧本》1957年第1期。

④ 董健、胡星亮主编：《中国当代戏剧史稿（1949—2000）》，中国戏剧出版社2008年版，第68页。

的丈夫遗弃她后，不愿伤害曾与她患难相依的婆婆，隐瞒真情，一如既往照料婆婆、抚养孩子的善良、忍耐；而当她发现原先的丈夫对她重新萌生爱意时，更不忍心由此伤害前夫现在的妻子，而断然拒绝了对方的感情。这正是《同甘共苦》当时最受观众欢迎的地方，它是如此贴近观众的生活。而作者谈到该剧创作时说："我写时完全是感性的写，我想怎样写，就怎样写。我相信自己对生活的见解不一定错……"①这种写法确实有着对生活的尊重，"对生活有自己独到的见解"②。

"第四种剧本"植根于现实生活，努力表现现实生活中普通人的情感，突破了当时盛行的工农兵戏剧模式化，表达的恰恰是对工农兵大众的尊重和理解。

三、艺术磨炼产生的经典之作

"第四种剧本"出现的更内在的原因是剧作家艺术积累的一次爆发。1957年老舍《茶馆》、1958年田汉《关汉卿》当是"工农兵三种剧本"之外的剧本中的经典之作，是剧作家长期的艺术磨炼的结晶。有了这些剧作，1950年代的戏剧可以说是1950年代共和国文学中成绩最骄人的。

老舍在"十七年"中写了23个剧本，《茶馆》是他走出了他一度陷入的"从题材本身考虑是否政治性强"的圈子，回到"题材与自己生活经验一致"③的道路上来后最为成功的一出剧。早在抗战期间，老舍就将"写出一个好的剧本来"视为自己的"远大志愿"，因为"在艺术中，能综合艺术各部门而求其总效果的，只有戏剧"。他还视戏剧发展为民族复兴之道："有了戏剧的民族，不会再返归野蛮，……哪一个野蛮民族'有'真正的戏剧？和哪个文化高的民族，'没有'戏剧？"④老舍1949年离开美国回国前，曾将"不谈政

---

① 岳野：《关于话剧〈同甘共苦〉的讨论》，《剧本》1957年第1期。

② 王芬：《从〈同甘共苦〉主要人物的刻划，看剧本创作的优点和缺点》，《剧本》1957年第3期。

③ 老舍：《题材与生活》，《剧本》1961年第5、6期。

④ 老舍：《我有一个志愿》，《新民报·晚刊》1944年2月15日，《老舍全集》第14卷，人民文学出版社1999年版，第349—350页。

治"作为自己回到国内后实行的"三不主义"的第一条。① 但面对共和国提供给他的创作机会（话剧《龙须沟》、电影剧本《人同此心》都是周恩来、毛泽东钦定的题材），他的戏剧创作愿望再度被政治热情点燃。他中断自己的小说创作，几乎完全转向戏剧创作，就是因为他"期望收到立竿见影的教育效果"，而"剧本这个形式符合我的要求"。② 老舍自己当时也承认，他所有的剧作"几乎没有一篇不是配合着政治任务写成的"③。"配合政治任务"是"工农兵三种剧本"产生的源泉，此时的老舍自然无法摆脱。即便是给他带来"人民的艺术家"荣誉的《龙须沟》（1951），当时北京评论界也认为写得过于直白，过于政治化，艺术性差。而九易其稿的《春华秋实》（1953）因为完全服从于塑造工人阶级革命形象的需要，将工人和资本家都写成阶级斗争理论的翻版，正如冯雪峰当时直言的，"老舍先生走得很苦的道路"其实是"反现实主义的创作路线"。④

《茶馆》的创作却无明确的政治任务，而且与老舍创作《春华秋实》，依据"三反""五反"运动的进展而修改剧本⑤的过程不同，老舍是在唤醒自己的生活积累中逐步让《茶馆》成形的，其成功就在于它在老舍的艺术世界中将话剧的语言优势发挥到了极致。全剧有台词的人物达50多人，却没有一个贯串始终的剧情冲突，而以几个主要人物（王利发、秦二爷、常四爷等）的命运"逻辑"沟通三幕戏的艺术联系。这种"戏是人带出来的"⑥的结构突破了以往的戏剧文体，避免了当时剧情往往遭遇的预设价值，而为老舍生活养成的语言才能的发挥提供了最充分的空间。而《茶馆》的艺术魅力正来自语言多方面

跨越1949
战后中国大陆、台湾、香港文学转型研究

---

① 另两条是"不开会""不演讲"。古世仓、吴小美：《老舍与中国革命》，民族出版社2005年版，第75页。

② 老舍：《十年笔墨》，《侨务报》1959年9月号。

③ 老舍：《和平与文艺》，《文艺报》第17号（1952年9月），《老舍全集》第14卷，人民文学出版社1999年版，第352页。

④ 巴人：《是现实主义还是反现实主义？》，《文学评论》1959年第1期。

⑤ 老舍：《我怎么写的〈春华秋实〉剧本》，《剧本》1953年第5期。

⑥ 老舍：《人物、生活和语言》，《河北文学·戏剧增刊》1963年第1期。

功能的发挥。老舍写《茶馆》，是"设法让每个角色都说他们自己的事"①。这样，人物台词往往三言两语就活灵活现地将人物的内心世界、性格特征都表现出来了；而随着剧作的展开，台词会生动地展现人物性格、命运的变化。贯串全剧的人物王利发，开场时雄心勃勃，精明干练，乖巧圆滑，之后苦闷彷徨，再至心灰意冷，做事也无所顾忌，最终悲愤自尽。这些性格、命运的变化，就是通过台词充分表现出来的。同时，老舍"用幽默的话，写出了令人心酸的事儿"②，不仅人物台词简练、俏皮，幽默中有隽永，调侃中有智慧，日常话语中有机趣，再次显示了京味语言的表达技巧，而且老舍语言整体上的幽默感有如艺术的催化剂，将悲剧和喜剧的因素融合在一起，使《茶馆》全剧渗透出既深沉又鲜活的艺术幽默感。无论是表现旧中国的荒诞，还是塑造各色人物的命运，这种艺术语言的幽默感都让《茶馆》获得了鲜明的个性。同时，台词也时而点染出风土人情，加浓了全剧的民俗味，使茶馆这一场景真正成为东方的存在。《茶馆》的语言性也使得它可以借助于舞台表演增强其经典性。事实上，《茶馆》在1958年、1963年两次由北京人民艺术剧院成功搬上舞台，焦菊隐的成功导演和于是之等的杰出表演，在舞台上树起了精细圆通的王利发、正直侠义的常四爷等极为个性化的人物形象，使《茶馆》真正成为中国话剧艺术经典。

田汉能在"反右"后的1958年完成自己的巅峰之作，也是中国当代戏剧经典之作的《关汉卿》，也是他长期艺术个性得以保存、表现的结果。田汉1920年代的创作就体现了一种广采博取的艺术胸怀。他是第一个将莎士比亚剧作翻译成中文的中国作家，他的译介涉猎从古希腊戏剧到现代派戏剧的诸多方面，他的剧作也多方汲取艺术营养而显得斑杂。但对田汉剧作影响最大的是一种融合了唯美倾向、心理剖析、"写实主义的印象主义"等的新浪漫主义，田汉从新浪漫主义中吸收了"重想象、重抒情、重哲理、重人物内心的剖露等带有主观写意性的美学特质和艺术手法"，并用来"曲曲折折地传达着当时的时代

---

① 老舍：《答复有关〈茶馆〉的几个问题》，《剧本》1958年第5期。

② 老舍：《人物、生活和语言》，《河北文学》1963年第1期。

精神"。①《获虎之夜》《名优之死》让人感受到田汉这方面的才能和造诣。1930年代田汉创作"转向",投入了左翼戏剧运动,创作了20多部描写工人运动和民族救亡活动的剧本。这种创作"转向"是当时革命形势影响的结果,但正如田汉1933年6月所写《回到自己的园地》一文所显示的,田汉在转向投身于左翼戏剧运动的同时,也依旧关注着自己艺术个性的保持和发展,而为他赢得创作声誉的仍是那些突出情感线索、张扬情感力量、艺术表现抒情性的作品。三幕话剧《回春之曲》(1935)是田汉"左联"时期最优秀的作品,炽热的爱国热情同纯真坚贞的爱情交织在一起,清新自然的对话同情真意切的舞台歌曲穿插,形成富有时代色彩的抒情性,甚至使剧作有了某种诗性。这种长期契合田汉艺术气质的创作积累,在《关汉卿》中获得了爆发的机会,从而使《关汉卿》成为田汉创作的"剧本最好的一个"②。

《关汉卿》的创作虽然得益于1958年世界保卫和平理事会纪念世界文化名人活动列入了关汉卿这一契机,但更是田汉长期"非常敬慕"关汉卿的结晶。关汉卿的历史资料匮缺,自然为田汉艺术想象力的展开提供了大空间。而《关汉卿》的想象力正是在田汉与关汉卿艺术心灵的契合上展开的,"700年前,关汉卿以'酌奇而不失其真'的浪漫主义精神写下了《窦娥冤》,700年后,田汉同志同样地以'玩华而不坠其实'的浪漫主义精神写下了《关汉卿》"③。《关汉卿》的历史真实,不在于关汉卿历史生平的翔实,而在于田汉从关汉卿剧作、套曲中所感悟到的性格、情感的真实,"田汉式的才华"④也由此得以发挥。剧本情节安排很值得关注的一点是,1960年代出版的《关汉卿》单行本同时有两种结尾,剧本原是"喜剧结尾",关汉卿和朱帘秀"这一对经过苦难考验的艺术伴侣成为永不分离的'双飞蝶'",一起"走过卢沟

---

① 董健:《田汉与现代派问题》,《戏剧论丛》1984年第1辑。

② 欧阳予倩:《一个成功的好戏〈关汉卿〉——看彩排的印象记》,《戏剧报》1958年第13期。

③ 夏衍:《读〈关汉卿〉杂谈历史剧》,《剧本》1958年第6期。

④ 欧阳予倩:《一个成功的好戏〈关汉卿〉——看彩排的印象记》,《戏剧报》1958年第13期。

桥，向遥远的南方出发"。后来，周恩来等建议改成"南北分飞"的悲剧结尾，这样"给人更深刻的教育"①。田汉听从建议，演出时改成悲剧结尾，但他仍觉得，"喜剧的结尾也不妨同时存在"，因为即便关汉卿和朱帘秀"一道南行，也仍是一种悲剧"。②田汉对"喜剧结尾"的理解和钟爱，正是其理解、把握历史和生活的浪漫主义情结所在。田汉塑造关汉卿这一形象，明显有着理想化倾向，不仅在这一历史人物身上寄托了一个"老左翼知识分子"对于反抗黑暗、代言人民的品格的不懈追求，而且对关汉卿作为一个时代艺术家所达到的艺术高度充满敬意。"艺术要说真话"，"是田汉这样一位现代戏剧的老前辈在50年代末站在他的才能的高峰看出的"。③因此，田汉不能不给关汉卿个人生活一个"喜剧"的结局，让他在勇敢、热情地为民众呐喊中有知音知己。田汉自己也说，全剧的"剧情发展，从二姐被劫起，也是朝着这个喜剧结尾布置的"④，尽管在元朝暴政下，即便"蝶双飞"，也是悲剧。

同时，田汉的剧作一直传承着传统戏曲的美学精神，对其表现手法也有继承、发展。《获虎之夜》《名优之死》《回春之曲》都融入了传统的写意，注重意境的营造。1940年代的《丽人行》化用传统戏曲多场次连缀的结构，展示抗战胜利前夕上海民众遭受的民族耻辱和郁积的民族义愤。这一线索表明田汉在探索一种根植于中国戏曲的抒情传统的新型话剧。这一探索在《关汉卿》中结出硕果。戏中戏的结构，直接借鉴传统戏曲以唱增情的写法，《双飞蝶》等插曲所具有的古典诗意和音乐美，戏曲道白式的台词所包含的传统文采和哲理，人物刻画上抒情性的神韵，等等，和西方近代话剧的传统性（如强调写实、冲突）融汇成一体，这足以表明，田汉化用中国传统戏曲精神和写法的新话剧已经成熟。田汉在1961年还创作了根据陕西地方戏（碗碗腔）改编的京剧《谢瑶环》，以唐代出任巡按的宫女谢瑶环的传奇经历和悲剧结局表达出忧国忧民的现实关怀。他此前改编的戏曲《白蛇传》（1950）、《西厢记》

① 田汉：《关汉卿·自序》，人民文学出版社1961年版，第3页。

② 田汉：《关汉卿·自序》，人民文学出版社1961年版，第3页。

③ ［美］爱德华·M.冈恩：《二十世纪的中国戏剧》，《中外文学研究参考》1985年第3期。

④ 田汉：《关汉卿·自序》，人民文学出版社1961年版，第3页。

（1958）等，更有传统戏曲现代化的贡献。而且与后来的现代京剧革命有所不同，这种传统戏曲现代化，是田汉对民间传统艺术的个人化变革。无论是人物性格丰富性的展示，还是传统戏曲美的呈现，都渗透田汉一以贯之的文人情怀、艺术气质。

《关汉卿》的成功和《茶馆》，一起构成1950年代戏剧的"珠联璧合"，都是其艺术个性的复归，是在1950年代新的环境中对自己长期的艺术积累的一次启用和丰富。

《茶馆》和《关汉卿》在诞生的年代都获得好评，但也遭到非议，甚至成为老舍、田汉冤死于"文革"初期的一大原因。对《茶馆》的非议主要是："没有充分地表现出日益发展中的人民革命力量……显示的光明是如此微弱，希望是那样渺茫"，"剧中出现的人物，其阶级性格是极其模糊的，还没有真实地反映出当时阶级矛盾、民族矛盾错综复杂的严重斗争"，"全剧缺乏阶级观点，有浓厚的阶级调和色彩"。①对《关汉卿》的批评主要是：关汉卿"创作具有鲜明的人民性、战斗性和艺术上的独创性"，剧本"在这一方面描写得还不充分"，"和人民的关系还显得比较疏远"，"知识分子的味儿过浓"。②这些批评都从"三种剧本"的立场出发，带有浓重的阶级斗争色彩。

1962年后的"社会主义教育剧"回到"三种剧本"的思路上，"千万不要忘记阶级斗争"这一现实的政治动员目标成为表现工农兵生活的唯一内容。《霓虹灯下的哨兵》（沈西蒙执笔）、《千万不要忘记》（丛深编剧）是当时影响最大，也极受民众欢迎的两部剧。其包含的"无产阶级思想"与"资产阶级思想"的根本性对立以及日常生活的阶级斗争化是对当时的"阶级斗争"学说的艺术化表现，通过广泛的演出以及改编（电影、连环画等），内化为社会民众的日常心理，为"文革"这一中国历史上最广泛的群众性"阶级斗争"的全面展开作了最必要的准备。1964年文化部召开优秀话剧创作及演出授奖大会，16部获奖多幕剧几乎无一例外体现渗透于生产、日常生活、道德观念、价

---

① 刘若泉、刘锡庆：《评老舍的〈茶馆〉》，《读书》1959年第2期。
② 伊兵等：《座谈田汉新作〈关汉卿〉》，《戏剧报》1958年第9期。

值尺度等各方面的无产阶级和资产阶级的斗争，戏剧的政治教化功能被阶级斗争化，完全服务于党的现实政治标准，并被推到至尊无二的地位，"三种剧本"已狭窄化，"第四种剧本"自然更无生存之地，"文革""革命样板戏"一统天下的局面已无法避免。

第六节　现代与传统的沟通：战后台湾、香港的"新戏剧"

一、战后政治阴影下台湾戏剧的复苏和发展

　　战后台湾戏剧首先是从台湾本土作家创作开始活跃的。台湾光复当年，台南学生联盟会举办"台湾光复演艺大会"，演出的剧目就出自台湾本地作家之手。1946年，台湾演剧十分火热，本书"二二八"文学一节述及的简国贤《壁》等剧作就是当时最有影响的剧目，大多是传统写实。而经常性演出的剧团达十余个，如人剧座剧团、台湾艺术剧社、青年艺术剧社、圣峰演剧研究会、台北实验小剧团等。"二二八"事件前后，大陆演剧人员（如上海新中国剧社）赴台湾搬演曹禺、田汉、阿英、吴祖光等的剧作，提升了台湾戏剧演出的水平，也弥补了"二二八"事件造成的戏剧荒。1948年后，台湾戏剧以大陆赴台话剧创作为主得以复苏、发展，大致有三支队伍从事话剧演出。一是军中话剧团体。当时基隆、台中、凤山有三个军中演剧队；1950年代初，军中又成立了康乐（总）队，下设话剧队（如空军的大鹏话剧队、陆军的陆光话剧队、海军的海光话剧队等）。二是公营的戏剧团体，如当时被视为"对于话剧运动的推展，厥功至伟"的"中华实验剧团""中央青年剧社"，分别隶属于台湾教育事务主管部门和三民主义青年团中央党部。三是民营戏剧团体，如自由万岁剧团、远东剧艺社、路工话剧社、怒吼剧团、四十年代剧社、七十年代剧社、三一剧艺社、扬子剧艺社等都是当时有影响的民间剧团，其数量和演出规模不在公营剧团之下。本时期的剧作者，一是供职于军中演剧队和其他文艺戏剧团体、学校之中的，如王平陵、王生善、郭嗣汾、门祝华等，创作剧本的

有60人左右；二是1950年代毕业于大专院校影剧科系的新一代剧作者，如张永祥、赵琦彬、徐天荣等，他们有20多人。

1950年代是台湾戏剧活动兴盛的时代，戏剧团体不下百个，其影响也足以跟电影分庭抗礼。但军中演剧队、公营剧团、民营剧社并存的局面和国民党意识形态影响下对戏剧宣传鼓动作用的看重，使这一时期戏剧演出的内容笼罩在"战斗文艺"的阴影下。例如1950年4月，军中总政治部就规定，在台北"中山堂"演出的剧目必须是"反共抗俄"的。当时，即便是一些历史题材，如勾践复国、荆轲刺秦、大汉统一等，其创作也往往有特定的意识形态色彩。

然而，即便在"战斗文艺"的潮流中，也"有不少这样的'反共剧'，它们实际上大都不是为'反共'而创作"[①]。例如当时颇有影响的"反共剧"——吴若（1915—2001）的四幕剧《天长地久》，全剧仅有五句短台词和一个回忆细节与"反共"政治有牵连，而构思、剧情和题旨等都无涉政治，所表达的是对于家庭的爱"天一样长，地一般久"；而形式上，则以"许多诗歌的插曲……心理描述的独白……点与全局的变化，许多舞台空间画面的活用……平面、立体与透视的布局"等多种手法展开"中国舞台剧走向现代化起步"的"创作的尝试"。[②]

1953年，张道藩批评"我们的反共文艺作品，实在缺乏较高的艺术价值"，"老是那一种形式，那一种调儿，那一种风格"。[③]其实，正是"反共抗俄"等政治意识形态使得作品概念化、公式化，其表现的基本方法则是传统写实。而《天长地久》的创作表明，"走向现代化起步"的舞台艺术的创作，成为摆脱"反共文艺"僵化模式的途径。正是在这一背景下，台湾"新戏剧"使台湾戏剧文学取得了新突破、新成就。

台湾1960年代出现"新戏剧"，其"新"是相对于五四以来的传统话剧而

跨越 1949
战后中国大陆、台湾、香港文学转型研究

---

① 董健、胡星亮主编：《中国当代戏剧史稿（1949—2000）》，中国戏剧出版社2008年版，第543页。

② 吴若：《吴若自选集》，（台湾）黎明文化事业出版公司1980年版，第3页。

③ 张道藩：《论当前自由中国文艺发展的方向》，（台湾）《文艺创作》第21期（1953年1月）。

言，"一方面是在形式上不再拘泥于传统话剧'拟写实'的状貌，另一方面是在内容上摆脱宣传八股及过度政治化的狭隘视野，扩及人类心理、人际关系、宗教情操、爱、恨、生、死等大问题上"[①]。新戏剧的出现，一方面是台湾受西方现代主义思潮影响所致，另一方面则是国民党当局倡导的戏剧运动走进了官方意识形态的死胡同，年轻一代早已厌倦了宣传口号式的作品。1960年代初，李曼瑰赴欧美考察戏剧后，倡导"小剧场运动"，成立"小剧场运动推行委员会"，力图以在学校、民间的小剧场形式，扩大戏剧活动范围，促使了新戏剧的诞生。

二、李曼瑰和台湾民间戏剧活动的展开

被称作"台湾现代戏剧之母"的李曼瑰（1906—1975，广东台山人）早年毕业于燕京大学，1936年获美国密歇根大学戏剧硕士学位，是我国为数不多的研习戏剧获得高级学位的人才之一。她1949年赴台后一直在台湾高校从事戏剧教育。1950年代，她主持的"三一剧艺社"是台湾相当活跃的民间剧团。她于1960年开始倡导的"小剧场运动"，推动台湾戏剧摆脱官方意识形态的影响而进一步走向民间。李曼瑰在1920年代就开始戏剧创作，1929年出版第一个剧本后，一生共创作了40多部剧作，赴台前的作品多为五四爱国、抗战、青年恋爱等题材的社会剧。她五六十年代创作的大部分是历史剧，包括《王莽篡权》（1952）、《光武中兴》（1952）、《汉宫春秋》（1958）、《楚汉风云》（1961）、《大汉复兴曲》（1967）、《汉武帝》（1969）等。1950年代初李曼瑰的历史剧还不能完全摆脱国民党意识形态的影响，例如《汉宫春秋》一剧的演出宣传词"王莽篡位新政苛于猛虎，人心思汉光武复国中兴"，就有"反共复国"的意味。但李曼瑰创作历史剧的动机在于"摄取传统文化、思想、道德的精华"，以鲜活的舞台形象，"或可奏陶冶性情、潜移默化之效，

---

① 马森：《突破拟写实主义的先锋》，台北艺术大学戏剧学系：《再造台湾剧场风云：姚一苇国际学术研讨会论文集》（2007年版），第22页。

又或可透视古人的错误而知所鉴戒"。①所以，《王莽篡权》一类的历史剧已注意写出人物的矛盾性格，关注人性的剖析。五幕十二场话剧《楚汉风云》描写秦汉之交楚汉相争的历史风云，剧作"以悲剧英雄论项羽，以政治家论刘邦，以理论家论张良"，在激越苍凉的格调中展开了人物性格复杂性的刻画。剧作又围绕张良与虞姬、虞姬与项羽之间的爱情展开生命和政治间的矛盾冲突，强化了人物命运的悲剧性，也增强了剧作的抒情性。《楚汉风云》将国民党意识形态的影响压到了最低程度，具有丰富的历史悲剧感。五幕话剧《瑶池仙梦》也写汉武帝，汉武帝寻仙以求长生不老，他在梦中听得王母娘娘对他说："你若要长生不死，永居帝位，那么你的儿子做什么呢？你的孙子又做什么呢？"他恍然大悟："人间的长生，是人种的绵延，父传子，子传孙，代代相传，传之万代。"而这一"相传"，需要教育好孩子，也要有国家的安泰。剧作由此表达出现实关怀，更"触及到人生中一个最庄严的问题：死亡的问题"②。人无法避免死亡，"永生"的意义在于生命的传承。

李曼瑰的剧作非常注重艺术磨炼，其结构、人物、场景等都显出苦心经营之功，她显然以艺术之力来突破"反共八股"。同时，她将自己的艺术实践努力推向民间。

1960年，李曼瑰等利用歌厅茶园改造成的小剧场进行民间剧艺团体的演出，培养新生的剧艺力量。"小剧场运动"不仅使"剧者有其场"，再次形成了话剧创作和演出的热潮，而且加速了台湾戏剧运动的民间化。1962年，台湾教育事务主管部门的社教司成立以李曼瑰为首的"话剧欣赏演出委员会"，以当局财力推动小剧场运动，致力于民众话剧欣赏水平的提高。1967年，李曼瑰创立民间戏剧机构"中国戏剧艺术中心"，展开戏剧出版、培训等活动，并与"话剧欣赏演出委员会"一起，组织学校剧团等，举办演出外国名剧的"世界剧展"和演出中国作家剧作的"青年剧展"。之后，她还主持成立了戏剧艺术中心、海外剧艺推行委员会等，从剧本创作到剧本演出都进行了改革。李

① 李曼瑰：《〈瑶池仙梦〉的编撰与演出》，《李曼瑰剧存》，（台湾）正中书局1979年版，第252页。

② 姚一苇：《戏剧与人生》，（台湾）书林出版有限公司1995年版，第193页。

曼瑰的戏剧活动兼有官方、民间双重性，尚未能完全摆脱官方意识形态的钳制，但为民间戏剧运动的展开、旧有戏剧模式的突破还是提供了空间，也使台湾戏剧进一步从单一走向多元，为新戏剧的出现做好了准备。

台湾新戏剧产生于1960年代中期开始出现的实验剧作潮流中。1965年，台湾留法"中国同学会"创办《欧洲杂志》；同年，《剧场》刊物也问世。这两份杂志不遗余力介绍了欧美战后戏剧的新潮流，包括史诗剧场、存在主义戏剧、荒谬剧场、生活剧场等戏剧新形态，都传入了台湾，被称为"中国现代戏剧的二度西潮"[1]。也是同一年，台湾首次演出了贝克特的荒诞剧《等待果陀》和黄华成创作的"反剧"《先知》，虽未有广泛影响，但为日后的"实验剧展"开了先声。同时期，姚一苇、马森都开始了反传统话剧的现代剧创作。李曼瑰主导的"世界剧展"（1967—1984）更在引介众多世界名剧的年度公演中培养了台湾观众对现代剧的欣赏能力。到1970年代中叶，"实验剧"成为"象征进步、创新与不满现状"的流行词语。1977年，台湾唯一开设戏剧硕士学位的中国文化大学（学院）演出了姚一苇的剧作《一口箱子》。姚一苇对此强调说："我们觉得一个国家或社会的戏剧的成长，一定要经过许多人的来自各种不同角度与方式从事实验。我们亦深知实验并不表示成功，或许只是一次失败，但是实验的勇气与精神确是成功的基础。"[2]无论是剧作揭示的现代人荒谬的生命本质，还是手法新颖和公开甄选演员的演出方式，都明显张扬了实验剧对于传统话剧的对抗精神，所以被誉为"一个实验剧场的诞生"。1978年，吴静吉发起成立兰陵剧坊，一方面，向传统戏曲借鉴取用舞台资源；另一方面，则开展以全新的身体动作代替语言的实验。1980年，兰陵剧坊演出金士杰改编自京剧《荷珠配》的《荷珠新配》，其肢体表演的实验色彩得到广泛好评，但文本属于改编，其原创性相对贫弱。同年，姚一苇发起举办了台湾第一届实验剧展，并发表《我为什么提倡实验剧》《我们需要一座实验剧场》等文章。之后又一连五年举办实验剧展，所倡导的"实验剧场"上，舞台艺

---

① 马森：《现代主义文学在台湾——二度西潮的美学导向》，《战后初期台湾文学与思潮国际学术研讨会论文集》，（台中）东海大学2003年版，第139页。

② 姚一苇：《写在一口箱子演出之前》，《一口箱子演出特刊》（1977年），第3页。

术工作者"可以完全不顾及已有的模式和舞台惯例","演出完全不顾商业利益,对观众的口味则采取一种挑战的姿态"。①演出的32个剧作推出了一些实验剧作,更推出了许多年轻人才,组成了众多实验剧团,为1987年解严后台湾多元的小剧场活动做了准备。

三、姚一苇:台湾创作"新戏剧"的第一人

1973年,"中国戏剧艺术中心"出版10卷本《中华戏剧集》,集中展示了这一时期戏剧创作的成就,其中包括李曼瑰、邓绥宁、姚一苇、吴若、钟雷、何颜、陈文泉、赵琦彬、赵之诚、刘硕夫、徐天荣、张永祥、丁衣、王平陵、上官予等30余位较重要剧作家的作品,不乏"富有人情味的佳作及颇具气魄的历史剧",但也有"反共抗俄"之作。更切实体现了台湾戏剧成就和前景的,是新戏剧的积极实践者张晓风、马森、黄美序等的创作。而姚一苇的创作更是最早开启了1965年至1980年的台湾新戏剧潮流,体现了新戏剧的成果。

姚一苇(1922—1997),1944年就读厦门大学银行系时,创作了第一部话剧《风雨如晦》。1946年赴台,供职于台湾银行,业余从事创作,自1963年起陆续发表剧本14种,曾获中国话剧欣赏演出委员会最佳编剧金鼎奖、中山文艺奖、联合报文学特别贡献奖等。中国话剧是舶来品,新戏剧又是在台湾60年代西潮影响下诞生的,然而,姚一苇却有非常自觉地融合中西戏剧精神的意识和实践,一直强调要"建立起我们自己的戏剧,把传统与现代结合起来,为开拓我们自己的文化尽一点力"②,始终努力使"旧剧""吸取新的意义","新剧""吸取旧的精神","二者终必可以合流,而成为我国的真正国剧"。③

姚一苇是先开始戏剧理论和美学研究(他著有著名的"姚一苇美学四书",即《美的范畴论》《审美三论》《艺术批评》《艺术的奥秘》以及《戏剧原理》等戏剧理论专著),随后进行戏剧创作的,所以其创作有着自觉的在

---

①　姚一苇:《写在第一届实验剧展之前》(1979年),转引自陈玲玲:《落实的梦幻骑士》,(台湾)《联合文学》第152期(1997年6月)。

②　姚一苇:《傅青主·自序》,(台湾)远景出版社1978年版,第7页。

③　姚一苇:《戏剧论集》,(台湾)开明书店1969年版,第147页。

传统和现代结合中创新的意识。处女作《来自凤凰镇的人》描写女主人公朱婉玲离开凤凰镇，又返回凤凰镇的故事，已经有了将传统戏曲的叙述性、表演性、写意性和现代戏剧的寓意性、象征性结合在一起的特色。朱婉玲的命运遭遇在剧作中有着生动真切的表现，而她和同样来自凤凰镇的周大雄之间的情感纠葛，使凤凰镇有了人生的多种意义的象征。

姚一苇的剧作题材多元，形式多变，大致分为历史剧与现代剧两条路线。两类剧中，历史剧更为成功。他在古典题材作品中通过东方意念与西方形式的结合，用现代思考表达对历史的省察和对人生哲理的探究。脱胎于《西厢记》的《孙飞虎抢亲》（1965）是姚一苇"谦卑地向我国传统戏剧学习"，"结合传统与西方、古典与现代，在一个大家所熟悉的故事中注入当代人的观念"[①]的成功尝试，在1960年代《西厢记》的"故事新编"（例如刘以鬯的小说《寺内》）中显得别具一格。剧情改写了《西厢记》所有人物，《西厢记》中的小角色孙飞虎从抢匪变成一表人才的英雄，崔莺莺变成独立自主的新女性崔双纹。张君锐（君瑞）的虚伪懦弱、阿红（红娘）的不守本分等，也都颠覆了《西厢记》。但剧作并不只是如此打破才子佳人的陈套，或以现代观念重写女性人物。剧本第一幕安排了两个路人（有如史诗剧中叙述者的角色），议论着有关孙飞虎的长相为人、张君锐与崔双纹的恋情等两个不同的故事版本，又让两个男主角（孙飞虎、张君锐）互换服饰；还出现了两段迎娶歌谣，一为老鼠娶亲，一为男女新婚。在剧尾，又由路人道出："孙飞虎据说不是真的孙飞虎，崔双纹据说不是真的崔双纹。"这些剧情安排，都模糊了强盗与书生、君子与小人、主与奴、自主性和无意识等界限，不仅使得剧中人物性格在这些界限模转化中得以丰富，而且也令人思考身份错乱、历史真伪等现代问题，剧作的意蕴更为丰富。剧情安排上，全剧的冲突更有"戏味"，崔小姐开始对孙飞虎避之不及，才有了改扮换名中的种种喜剧；待到她中意孙飞虎的至性真情，孙飞虎却又兵败被擒……这样的故事新编，在历史人物身上注入了当代人的观念，也在戏剧冲突中融入了多种艺术因素。在形式上，《孙飞虎抢亲》"采

---

① 姚一苇：《回首幕帷深》，（台湾）《联合报》1982年9月2日。

用一种极为通俗的韵文体"①，既吸取了"平剧"等"各种地方戏"的语言长处，又创造性发挥西方史诗剧场的技法，兼用了"说""诵""唱"三种形式，兼有舞蹈等插入，活泼多样地呈现了新戏剧的魅力。剧中人物台词诗化，有的直接将王实甫《西厢记》中的曲词转化成富有抒情性和节奏感的人物台词。剧中瞎子形象又构成隐喻性，暗示出摆脱现实拘囿更能看清人生真相。

姚一苇的另一部剧作《申生》通过晋世子申生之死写"是中国的，中国人所特有的""悲剧性质"②，被誉为20世纪"台湾戏剧史上对政治与权力剖析得最深刻的作品"③。骊姬为了让自己的儿子奚齐日后能成为一国之君，设毒计陷害申生。申生却始终没有出场，除了在骊姬梦境中掩面出现过一次外，都是在宫女、官员等众人传诵中展现其为人、遭遇等。这不仅使得他脱出个人受冤的悲剧命运，成为仁爱、真诚、善良等美好人品的象征，也使他的遭遇在众人之口中能更深刻揭示权力争斗的实质。例如，里克大夫等在为申生复仇名义下的政治欲望、女官等作为权力中介者卷入政治阴谋的身不由己等，都丰富了权力支配人性时悲剧的内容。剧作形式上运用了希腊悲剧式的歌队，凸现了人物个性（尤其是骊姬的阴鸷）的鲜明生动。

根据宋人小说改编的三幕剧《碾玉观音》（1967）多次舞台演出，效果极佳，"是叫好又叫座的一出戏"。此剧讲述寄居富贵之家的崔宁碾了一座玉观音，形态酷似小姐韩秀秀，被韩家父母逐出家门，秀秀毅然与他私奔，但崔宁向秀秀道出了自己艺术创作的秘密：雕像像秀秀，并非他有意，甚至他在雕刻时没有想到秀秀，他只是在浑然忘我中"要雕出一个美丽的幻象"，一种他"所理解""所尊敬，所喜欢"的"最最美丽的东西"。两年后，秀秀被父母找到，她为了保全崔宁的艺术生命，一人返回深宅大院，临别时对崔宁说："这个世界上有玉，就有碾玉的人，今后你要好好的雕它，为你而雕，为我而雕，为这个世界上所有痛苦的人而雕，为那些希望破灭了的人而雕，你要给他

① 姚一苇：《孙飞虎抢亲·后记》，（台湾）现代文学社1965年版，第57页。

② 姚一苇：《回首幕帷深》，（台湾）《联合报》1982年9月2日。

③ 纪蔚然：《古典的与现代的——姚一苇的戏剧艺术》，王友辉编选：《台湾现当代作家研究资料汇编　姚一苇》，（台南）台湾文学馆2012年版，第246页。

们以希望……"然而，回家后的秀秀却忘了"救苦救难的观世音"理想，不仅对佃农无情，甚至不相认瞎眼乞讨十几年上门来的崔宁。而崔宁，也只有在瞎了肉眼之后，用心眼感受观音的慈悲，将自己灵魂含藏在玉观音之中。姚一苇的这些剧作都写出了人生命的不同困境，也都以诗化的风格写出了真正的"国剧"①。

姚一苇在他生前最后一篇文章中感叹那种"使你不知不觉感受到它的温暖，使你觉得人活着还是有意义，不是只为自己活着，有时也为自己活着"的"人性中可贵部分"多少"被后现代遗忘"了。②而他的现代剧就始终在现实中寻找着这种温暖的人性。《红鼻子》（1969）是姚一苇剧作中演出最多的作品，也是在大陆公演的第一出台湾话剧（1982）。剧中的场景是因暴雨山崩，人们被阻于某海滨一旅馆中。剧中主角是个出身上流、受过高等教育却"谋生"于一个江湖杂耍班中的小丑演员神赐。他从富有的家中出走，"隐身"于红鼻子面具后面，体察人生，寻找自我。这些都强烈暗示出剧作仍探索着"困境"这一人类生存的根本状态。困居于旅馆中的人们有着各种忧愁苦恼，呈现出各种人的异化状态，红鼻子尽心竭力地帮助他们摆脱困境。而当他们"得到红鼻子神力的协助，消除了灾难"后，"人性中最根深蒂固的罪孽却如昔遗留着"。"看透了这一切的红鼻子""决定要舍身自我献祭"而投河。③《红鼻子》借鉴了仪式剧形式，全剧分"降祸""消灾""谢神""献祭"四幕，而将"人类亘古以来"就有的这一题旨，展现在"旅馆"这一现代社会场景中。一场突如其来的暴风雨将众人堵在旅馆里，大家各自有名、利、生、死、疾病等煎熬。只有红鼻子，有着"神人二重性"，摘下面具时，他有普通人的弱点；戴上面具后，他如神明帮助众人消灾。众人聘请杂耍班演出"酬神"后故态复萌。剧作以此"思索人的问题"，表达"在今天，挽救人的应该不是神，

① 林克欢：《姚一苇先生和他的〈红鼻子〉》，《剧本》1982年第2期。

② 姚一苇：《被后现代遗忘的——观〈英伦情人〉抒感》，（台湾）《联合报副刊》1997年4月12日。

③ 姚一苇言，转引自陈玲玲：《面具下的迷思》，（台湾）《艺术评论》第6期（1993年12月）。

而是人自身"的思想。①

姚一苇1960年代的这些剧作使他成为台湾"第一个写出'新戏剧'的人"。这种"新戏剧""真正表现出西方后写实主义的影响"。②姚一苇之后，则有台湾当代最优秀的女剧作家张晓风、台湾当代戏剧中最"现代派"的马森等创作的"新戏剧"，使得台湾戏剧真正走出了政治概念化、模式化的影响。

四、香港："'中国的'新戏剧"的自觉创造

相似的是，1950年代香港也有人积极倡导"新戏剧"，由此开启了香港戏剧传统的新进程，而它要解决的问题与台湾"新戏剧"有所不同。

抗战胜利后，一批内地戏剧人士来到香港，此后未离开香港，其创作开始密切与香港社会的关系，而其艺术积累大大提升了香港话剧创作的质量。"新戏剧"就是内地赴港定居的胡春冰最先提出的。

早年参与田汉南国社活动的胡春冰（1907—1960）曾留学美国专攻戏剧，1929年后在广州参与欧阳予倩创办的广东戏剧研究所，受到欧阳予倩"民众戏剧"思想的影响。1938年广州沦陷后，他到香港开办戏剧班培养人才，进一步熟悉香港需要什么样的戏剧。他1949年定居香港后，专心致力于香港戏剧活动。1954年，他针对香港"剧本荒"，倡导"剧本创作运动"。他认为，"话剧这新艺术运动，在香港是自发的，自然生长的，顺天应人的，而且是沛然莫之能御的"。就是说，话剧虽是外来戏剧形式，在香港却有其生长的丰厚土壤，因此，香港戏剧运动的"目的是研究创造推广建立为大家所有，为大家所享的新戏剧"。③胡春冰提出的"新戏剧"，是"写此时此地有血有肉的现实，而又具普遍性"的剧作，④从而让戏剧为香港民众"所有""所享"。随后不久，写《清宫怨》（1941，后改编为电影《清宫秘史》）出名的姚克

跨越 1949
战后中国大陆、台湾、香港文学转型研究

① 姚一苇：《回首幕帷深》，（台湾）《联合报》1982年9月2日。

② 马森：《姚一苇的戏剧》，（台湾）《联合文学》1997年第6期。

③ 胡春冰：《〈火烛小心〉十论》，（台湾）《星岛日报》1954年9月17日。

④ 胡春冰：《序〈天明后〉》，（台湾）《星岛日报》1954年4月30日。

（1905—1991，曾留学耶鲁大学学习戏剧）也非常自觉地提出了"将西洋戏剧与中国固有的戏剧冶为一炉，然后铸成""'中国的'新戏剧"的主张，其目的也是"必须创造我们自己的新形式，广大的观众才能够充分地接受、欣赏"。①

胡春冰、姚克两位是战后香港最有影响的剧作家，他们的主张显然产生于香港的文化环境中。香港的戏剧演出肇始于19世纪40年代以莎士比亚等戏剧大师剧作为主的英语话剧，早期华人的戏剧活动也直接取材于英语名剧。例如，1901年香港皇仁中学所办刊物《黄龙报》（*The Yellow Dragon*）已开始介绍莎士比亚戏剧。1912年后，皇仁中学话剧团、英华书院学生团、香港大学学生联合会等相继演出多部粤语版的莎士比亚戏剧（《仇情劫》即《罗密欧和朱丽叶》，《金债肉偿》即《威尼斯商人》，《太子复仇记》即《哈姆雷特》）和欧洲其他"翻译名剧"。翻译剧的公开演出，为民间所接受，香港话剧就诞生于外国名剧的地方化（粤语）中。而香港话剧的真正兴起是在华南戏剧的影响下发生的。1929年，欧阳予倩在广州开办广东戏剧研究所及其附属戏剧学校，专门面向广东地区，"学校所排的戏，几乎全部用粤语演出"②；1930年代初，卢敦（1911—2000）、李晨风（1909—？）等学员毕业后到香港成立了现代剧团；同样就读欧阳予倩戏剧学校的何础、何厌兄弟1932年成立一般艺术社，1933年又以其父开办的九龙模范中学的师生为骨干组成模范剧团。现代剧团1934年演出改编自法国当代戏剧的剧作《油漆未干》"被视为香港现代戏剧运动的起步点"③；而模范剧团三年中就演出、介绍了"几十个，和若干的派别"的现代话剧④。他们的演出表明香港戏剧已摆脱"文明戏"而进入现代戏剧发展阶段。欧阳予倩也于1934年、1938年两次赴港，导演粤语话剧，"全方

---

① 姚克：《西施·前言》，香港剧艺社1957年版，第2页。

② 陈名：《广东戏剧研究所的前前后后》，阎折梧编：《中国现代话剧教育史稿》，华东师范大学出版社1986年版，第91页。

③ 卢伟力主编：《香港文学大系：一九一九——九四九·戏剧卷·导言》，（香港）商务印书馆有限公司2016年版，第52页。

④ 何厌：《模范中学三周年纪念游艺会戏剧特刊》，《南华日报》1935年2月11日。

位地投入香港的本土文化活动"①。香港戏剧"得天独厚"的就是，既极大地开放于外来戏剧的艺术世界，又始终"在地"化，看重的是香港开放性、商业化环境中戏剧的群众性和教育性。胡春冰、姚克的"新戏剧"主张，正是这一传统的延续，而又有着战后香港文学超越冷战意识形态的意义。

胡春冰在1950年代曾感叹："今日的香港，一切的戏都不容易上演……古装的演不起，时装的避忌多。"②这道出了当时香港戏剧面临的双重困境：戏剧演出的经济压力和政治压力。本书已论及战后年代，香港左、右翼文化人士都自觉承担了传承中华文化传统的使命，这是当时香港作家超越东西方冷战意识形态的重要途径，也成为当时戏剧的群众性和教育性的重要内容；而在香港消费性商业化环境中，艺术的创新求变始终是文艺重要的应对之道。胡春冰、姚克正是由此出发倡导"新戏剧"。他们各自的艺术实践，使得"新戏剧"成果丰硕，成为香港戏剧史，乃至中国当代戏剧史的重要篇章。

胡春冰是战后香港最重要的文化团体中英学会所属中国文化组的领导成员，这一组织聚合香港戏剧界人士，开展香港中文戏剧活动，后改组为中国戏剧组（1952—1970），成员达60余人，更有计划开展剧本创作、话剧公演、戏剧讲座、戏剧读物出版等戏剧活动，大力扶持香港各戏剧团体和校园戏剧工作。胡春冰凭借这一平台积极开展"新戏剧"活动。1955年至1960年，香港中英学会发起举办了六届以戏剧为主的艺术节，中文戏剧组演出的剧目最丰富。其中四届演出的剧作是胡春冰创作的，这些剧作体现了胡春冰倡导的"新戏剧"的追求。

三幕六场话剧《红楼梦》（1955）是胡春冰为香港艺术节创作的第一个剧目，也是中国现代戏剧第一个较完整改编小说《红楼梦》的剧本。这个被称为"在五十年代的今天以新的态度、新的方法、新的精神写成"的"新的《红楼梦》的剧本"③，以林黛玉为唯一的中心人物和线索，揭示封建礼教对

---

① 张秉权、何杏枫编访：《香港话剧口述史：三十年代至六十年代·导言》，香港中文大学逸夫堂2001年版，第IX页。

② 胡春冰：《〈火烛小心〉十论》，（香港）《星岛日报》1954年9月17日。

③ 徐正：《迎〈红楼梦〉的上演》，（香港）《星岛日报》1955年4月14日。

爱情、婚姻的摧灭，表达争取自由的时代精神。此前，已有香港电影改编《红楼梦》，但胡春冰《红楼梦》的演出，不仅成为香港剧坛的一大盛事，也为香港民众喜闻乐道，表明了其具有的群众性、时代性。他的《美人计》（1956）塑造孙权之妹孙安的巾帼英雄形象，表达女性对自己命运的把握。《李太白》（1958）浪漫书写李白与杨玉环的恋情，表现自由率性的真性情。这些古装剧都借古人表达现代，颇有新意，深受观众欢迎。更值得关注的是他的《锦扇缘》（1957），改编18世纪意大利剧作家哥尔多尼的名著《扇子》，妙趣横生地讲述了"有情人终成眷属"的喜剧，延续了1940年代上海等地外国名著改编中国化的传统，人物个性、对话和喜剧特色都完全中国化了，中国传统意境和韵味非常自然地渗透于人物台词、动作、情感表达中，让人"硬不会相信它本来就是由意大利的原剧中改译的"[1]。这种将外国名剧"改编成了中国的古装剧，用中国优良传统的表演艺术上演"的"大胆的新尝试"，"使各国优美的古典文学与戏剧，和中国大众接近"，促进"文化的交流与丰富"。[2]这些剧目虽都属改编，但其关注的问题却是香港环境中产生的，其艺术探索则沟通古今中外。

姚克1948年后定居香港的二十年（1968年去夏威夷大学任教，1979年定居美国加州），是他创作多幕长剧最多的时期。1950年代，他提供了众多从内容到形式都让人耳目一新的剧作，他也成为香港老一代戏剧家中创作最有成就者。姚克的历史剧对历史人物往往通过现代戏剧手法予以新的阐释，成为其"'中国的'新戏剧"的主要形式。五幕话剧《西施》（1956）是第一出将西施这一家喻户晓的历史人物刻画成个性鲜明、内心丰富的女性形象的剧作。以往写到西施的剧目都以"卧薪尝胆、生聚教养做骨干的"，西施只是"一个单纯平庸的爱国女子而已"[3]。《西施》突出西施与吴王夫差之间的情感纠结和性格冲突，西施被范蠡献吴王后，她既记得自己的国家使命，以机智的周旋

① 熊式一：《读胡春冰先生〈锦扇缘〉后序》，胡春冰：《锦扇缘》，戏剧艺术社1957年版，第Ⅵ页。

② 马鉴：《序》，胡春冰：《锦扇缘》，戏剧艺术社1957年版，第Ⅲ页。

③ 姚克：《西施·前言》，香港剧艺社1957年版，第1页。

帮助越国渡过灾难，又出于女性良知不愿加害于吴王。但吴国最终灭亡，而西施却因为对吴王的恋情而面临越王以叛国之罪对她的杀害。这样的剧情安排来自姚克对历史上吴越之战认识的突破，更强化了以西施为中心的"戏剧性和人情味"[①]。吴国之亡是两国之争中君王的弱点所致，历史却要西施一个女子承担，这种荒诞让西施的人格与性格更为鲜明。全剧着力刻画的始终是人物复杂的内心世界，西施最终的内心呼喊"我虽不杀伍子胥，伍子胥却因我而死；我虽不害吴王，吴王却因我而亡国"，其心灵的困惑呈现出历史的困惑，发人深省。《秦始皇帝》（1959）中的秦始皇同样性格丰满，统一中国的历史伟业和权力欲对人性的扭曲同存于秦始皇一身，机警、果断和奸诈、恶毒也都构成秦始皇的性格。为了表现人物个性，剧中象征性的脸谱（剧中秦王、嫪毐、优旃三个角色都依据其性格"勾脸"）和京剧、昆曲中的小丑角色，成功表现出了传统形式的现代运用。

　　姚克除继续历史剧创作外，也创作了反映香港吸毒受害者遭遇的剧作《陋巷》（1961，原名《龙城故事》），同样"成功地把独特新颖的艺术形式与剧本内容紧密地结合起来，并且，其艺术表现具有浓厚的本土色彩"[②]。此剧应香港禁毒会宣传禁毒之求而作，艺术上却取得了突出成就。全剧九场，采用"连缀和组合""生活的片段"[③]的结构，即以九龙木屋区小市民炎夏黄昏至黎明的几个社会片段展示毒品戕害与黑社会欺压所造成的贫困、愚昧、饥饿，表现挣扎于死亡边缘的"白粉道人"们的内心痛苦和未来希望，将禁毒戒毒与"人类没有疾病的痛苦""人人都是平等的"的理想结合在一起。全剧的生活场景极为真实，表现形式上以舞台灯光来分割演区，巧妙控制场与场之间的转换，使演出内容丰富而紧凑。《陋巷》不仅深切关注香港现实，在戏剧艺术上也冲击了较为保守的香港剧坛，带来艺术新风气。

---

　　①　姚克：《清宫怨·独白（代序）》，（台湾）联经出版事业公司1997年版，第2页。

　　②　董健、胡星亮主编：《中国当代戏剧史稿（1949—2000）》，中国戏剧出版社2008年版，第647页。

　　③　姚克：《〈陋巷〉琐记》，姚克：《坐忘集》，（台湾）纯文学月刊社1967年版，第166页。

1956年在香港出版的剧本《王宝川》和同时演出的粤语舞台剧《王宝川》也可视为香港"'中国的'新戏剧"的代表作。此剧原是熊式一（1902—1991）1934年用英文写成，在伦敦出版并连续演出三年达900多场，1936年又赴美国演出，罗斯福总统与夫人观看并赞赏。后被译成数十种语言，并被一些国家列为中小学必读教材。1955年他到香港创办清华书院。翌年用中文再写《王宝川》并出版。该剧改编于中国传统戏曲《王宝钏》，熊式一将"钏"（armlet）改为"川"（stream），认为"'川'字比'钏'字雅多了……stream既是单音字，而且可以入诗"①。而《王宝川》确实将一出中国传统通俗剧改写成了中外雅俗共赏的现代舞台剧，也是五六十年代香港戏剧传播中华文化的重要见证。

《王宝川》讲述当朝宰相王允的三女儿王宝川忤逆父意，不计贫富，嫁与王府园丁薛平贵。薛平贵从军出征西凉，十八年音讯全无，谣传他已阵亡。王宝川独守寒窑，一贫如洗，始终不改从夫之志。薛平贵当年征战途中遭王允的二女婿魏虎暗害，幸被西凉公主所救，平定了西凉各部落，并登基当了西凉国王。他得知王宝川所写血书，归心似箭，推掉了与西凉公主的婚事，终与王宝川团聚。熊式一大幅度改写了民间流传甚广的王宝钏与薛平贵的故事。例如，增写了赏雪作诗一幕，使王宝川与薛平贵的相识有了慧眼识真的基础，王宝川彩楼抛绣球托终身也更合情合理；剧本也改写了原先一夫二妻的结局，让西凉公主与薛平贵以兄妹相处，不仅淘洗了传统戏曲中的糟粕，也让王宝川与薛平贵的情义更纯真。这些都让外国观众在生动的舞台情节中感受到中华文化传统的魅力。

《王宝川》想方设法让外国观众领会中国传统戏曲艺术表现的美感。例如每场戏开头的舞台提示，叙述角度和口吻都是包括作者和观众在内的"我们"。舞台布景保留了传统戏曲的虚拟性，但舞台提示却处处"完全让观众们自己去想象"。剧中人物的台词，往往有着"中西合璧"的幽默，对西方人也具有很强的可读性、可观性。例如，相国老夫人是一位传统的贤妻良母，信服三从四德，"当父与夫不能兼顾的时候，她就舍父而从夫；若是夫与子不能兼顾，她便舍

---

① 熊式一：《王宝川·序》，商务印书馆2006年版，第192页。

夫而从子"；然而，对待女儿婚事，她却开口"男子汉大丈夫，要是怕老婆，一定有出息的"，闭口"普天下的好家庭，都是妇女做主的"，在温慈和善之中透出十足的"女性主义"气派，让人会心而笑。西凉公主这一人物的塑造也引人关注。尽管剧中的西凉是一个"所有一切的风俗习惯和我们中国的恰恰相反"的"古怪"地方，西凉公主却温顺贤良，善解人意。她帮助薛平贵登基称王，在得知薛平贵家有结发之妻后，不仅原谅了薛平贵的毁约之举，而且保护薛平贵返回家乡。这一异族形象的成功塑造，使《王宝川》赞颂的人性人情之真，贫贱不移、富贵不淫的坚贞情操更有了"全球伦理"的视野。

香港"新戏剧"植根香港社会土壤，熔冶"西洋戏剧和中国固有戏剧"为"新形式"的潮流影响，甚至培育了香港出生、成长的剧作家。据不完全统计，1950年至1965年，香港创作剧本约80个，其中60%以上是现代生活题材的时装剧。[①]而一些历史和现实题材剧佳作就出自本地作者之手。例如李援华（1915—2006）战后任教于香港罗富国师范学院，开展校园戏剧活动中开始创作剧本，50年代多导演中外名剧，60年代多独幕剧创作，70年代则创作了多出多幕剧。写旅店哑巴女工悲惨遭遇和人性弱点的《海鸥》（1967）、写父子隔膜和沟通的《两代之间》（1973）等都深度介入了香港题材，历史题材的《昭君出塞》（1964）也不同于同时期曹禺的《王昭君》，其表现的"什么时候，男人才把女人当成人"的题旨明显带上了"香港诠释"的特色，这些都开启了香港本地剧创作的重要潮流。李援华的剧作表现手法多样，注重人物内心刻画。《昭君出塞》中写实与象征交融，哑剧、诗朗诵、戏曲等元素融汇其中，强化了王昭君"想找一条'生路'！"的内心世界和人生选择。《海鸥》中三个演员分别扮演奸污旅店哑女的商人尤熙本人、他内心的"人性"和"兽性"，强化其内心冲突。

在东西方冷战意识形态高度对峙的战后，香港戏剧能走出政治泥淖，也没有太多受制于文化的商业化，所开启的"'中国的'新戏剧"之路，对日后包括电影等在内的香港艺术产生了积极影响。

---

① 田本相、方梓勋主编：《香港话剧史稿》，辽宁教育出版社2009年版，第82页。

第十章　转移和转型："离散"中的作家创作

战后中国文学转型的承担者作家在1949年前后所经历的变化恐怕是中国文学史上罕见的，他们的实践最深刻地体现了战后中国文学转型的历史存在。本章对作家个案的论析，选择了三位作家，他们都从1940年代的上海出发，后来分别"流散"到了香港、台湾、海外，其创作都产生了重要影响。关注他们，不仅可以理解战后中国文学转型的历史存在于作家的"离散"中，而且也可以开启中国现代文学的流动性叙述，呈现不同时空文学间的内在联系所揭示的中国现当代文学的历史整体性和丰富差异性。三位作家论析的顺序则按照他们离开上海的先后展开。

第一节　跨越"1949"：刘以鬯和香港文学

一、文学坚守中的跨越

有一件事也许对香港文学和刘以鬯都有象征意味。刘以鬯小说的第一个单行本是中篇小说《失去的爱情》（1948，上海桐叶书店），讲述战争中的"失忆"和战后的"失亲"；随后改编成电影，刘以鬯没来得及看到电影就离开上海去了香港。这部电影成了"上海解放后""上海最大的戏院——大光明戏院""放映的第一部电影"①。刘以鬯的这部作品跨越了"1949",而他到香港也似乎命定地要和香港文学一起跨越"1949"。

在中国内地的文学史教学中，"1949"始终截然划开了中国现代文学和中国当代文学的界限。但正是刘以鬯这样的内地—香港作家的存在，使得跨越"1949"成为可能。

以往着眼于中国内地而以1949年作为中国现当代文学的分界线，是因为战后中国内地的政治局势使中国新文学的多种传统不断萎缩，乃至消失，恰如五四文学革命造成传统的某种"断裂"而开辟了一个新的文学时期一样。然而，如同辨析五四新文学就会发现其发生、发展的多源多流一样，1949年后的整个中国文学仍然是在传统中展开的，此时期的香港文学首先让人触摸到这种历史脉搏。战后香港恢复了港英当局统治的传统，为中国现代文学的生存发展提供了一种较具包容性的空间。中国共产党领导、影响下的左翼文化势力在香港迅速重新崛起，"预演"了1950年代新中国文学的种种内容。而随着国民党战事的失利，自由主义文学传统的作家也逐渐撤至香港，力图利用港英当局对于本国自由主义思想传统的尊重，延续在中国内地已难以存身的种种文学传统。这两种文学力量并存中的"前溯后探"，实际上已使香港扮演了沟通1949年前后历史相关的角色，但也不免陷于左、右翼政治激烈对峙的复杂纠结中，其去留也受制于南来作家的"北上""南下"。此时，刘以鬯等的出现更具有了跨越"1949"的意义。

香港社会虽具有很大的包容性，但战后香港社会环境对纯文学的生存发展却有着重重压力。"在香港，社会对作家是不负责任的"，文学"受经济上的干扰较大"。②这一状况在战后复苏的背景下显得更为严重。而东西方冷战意识形态的对峙也使香港文坛明显"分裂"成左、右翼。落入政治陷阱，或陷入商品化泥淖，未必不是此时期很多香港文化人的命运，而对于刘以鬯这样的外

----

① 刘以鬯：《我在四十年代上海的文艺工作》，（香港）《城市文艺》第1期（2006年2月）。

② 《八方》编辑部：《知不可而为——刘以鬯先生谈严肃文学》，（香港）《八方文艺丛刊》第6辑（1987年8月）。

来者还有着与香港"磨合"的种种难题。但"香港的文学工作者似乎都有一份可爱的固执,在缺乏有利条件的环境中,'此伏'仍有'彼起','前仆'仍有'后继'",以"勇气"和"傻劲"坚守着文学,[①]刘以鬯更是由此跨越了从上海到香港的文学转移。

刘以鬯从1940年代的重庆时期开始,就"一直梦想办一本像三十年代施蛰存主编的《现代》那样的纯文学刊物"[②],而他1948年带着内地出版的《风萧萧》到香港,也是抱着"可以在香港以海外华人为对象,发展出版事业"[③]的强烈心愿。1930年代上海的《现代》是中国第一份真正意义上突破了五四后新文学同人刊物的传统,以"纯文学"的立场兼容并蓄各种"现代文学"的刊物。而刘以鬯旅港的动机则是相当纯然的"我喜欢文学",要在香港延续他的"上海梦想"。这一梦想由于香港的开放性有了扩展,那就是"以海外华人为对象"来拓展文学空间。五四以后的海外,与中国文学就有了极为密切的联系,人们甚至很难摆脱"海外背景"来谈中国现代文学。而战后,一是原先因战争中断的留学传统已得以恢复,五四传统的海外接续得以重新展开(这一时期出国留学的鹿桥、程抱一、熊秉明等后来都成为卓然大家);二是国共战事的激化使五四新文学的一些传统在中国内地难以存身,其中相当部分离散到了海外;三是战后华人正从传统的侨民心态向现代国民的身份转变,而中国政局的变化使海外华人与中国文化、文学的联系可能面临"断裂",香港也由此要扮演"接棒"的角色。刘以鬯此时如此明确的"以海外华人为对象"延续中国现代文学传统的旅港动机,完全有可能接通五四新文学传统和包括台湾、香港、海外在内的境外汉语文学之间的联系,跨越"1949"的文学传统的传承有了更切实有效也更开阔的空间。后来刘以鬯来往香港、南洋办报纸副刊,他创办以"推动世界华文文学"为办刊宗旨的《香港文学》,发起成立世界华文作家联会,始终努力于使香港"成为中国文学的窗口,同时也成为世界华文文学

---

① 刘以鬯:《香港的文学活动》,(香港)《素叶文学》第2期(1981年6月)。

② 杨素:《"本地意识"和"本土文学"——访刘以鬯谈"五十年代香港文学"》,(香港)《星岛日报·文艺气象》1992年7月8日。

③ 何杏枫等:《访问刘以鬯先生》,(香港)《文学世纪》2004年1月。

的大桥"①。刘以鬯确实称得上中国作家中自觉而持久地以香港为基地来沟通中国文学、世界华文文学联系的第一人。他这种开阔的视野真正使自己和香港城得以融合，这是刘以鬯跨越"1949"最重要的基石。

刘以鬯在上海创办怀正出版社时，出版过姚雪垠、徐訏、熊佛西、施蛰存、戴望舒、秦瘦鸥、田涛、李辉英、刘盛亚等人的作品集，"不问政治倾向，只问作品质量"是他出版宗旨，"约稿不分左、中、右"。②他把这一传统带到了香港（他主编的《大会堂》副刊就明确有在香港文学中让"老中青""左中右"聚会一堂的追求③），从而实现了他的战后香港文学梦。刘以鬯从1950年代初进《香港时报》编副刊开始，就抱着"我喜欢文学，因此希望编的副刊也有较强的文学性"的信念，甚至不怕失业，"不喜欢这篇文章我就不刊登"。④正是在刘以鬯那样的文学人的努力下，尽管香港地处东西方冷战意识形态对峙的前沿，香港文学却得以拥有一批诸如刘以鬯主编的《香港时报·浅水湾》那样超越冷战意识形态对峙的刊物。多少年后，崑南还深情回忆起五六十年代文学副刊、杂志："不干预我们所写的内容，实在太好，求之不得"，"我也是典型的'写稿佬'……对方要甚么稿，我就写甚么稿"，而《香港时报·浅水湾》的"甚么"就是"文学"，因此，"为《浅水湾》写稿的这段日子"，"感觉非常好。到现在为止，没有一个副刊跟它一样"。⑤看重文学，"不论是左派，或是右派"，只要写的是文学，就都"接受"，⑥事实上成为五六十年代香港一些文学副刊、杂志的常态。有时一家报纸会有左、右翼政治意识形态的背景，其时论性文章也有政治倾向性，但其副刊却可以"不问政治"。这种文学传统正是在刘以鬯那辈人的努力下形成，它使得香港

---

① 刘以鬯：《用笔见证历史》，（香港）《香港作家报》第104期（1997年6月）。

② 《八方》编辑部：《知不可而为——刘以鬯先生谈严肃文学》，（香港）《八方文艺丛刊》第6辑（1987年8月）。

③ 刘以鬯：《我编香港报章文艺副刊的经验》，（香港）《城市文艺》第1卷第8期（2006年第9期）。

④ 何杏枫等：《访问刘以鬯先生》，（香港）《文学世纪》2004年1月。

⑤ 卢玮銮等：《访问崑南先生》，（香港）《文学世纪》2004年1月。

⑥ 卢玮銮等：《访问崑南先生》，（香港）《文学世纪》2004年1月。

在中国大陆、台湾之外真正成为五四新文学各种传统的容身之地。

二、三四十年代中国文学传统的自觉接续

刘以鬯在香港接续三四十年代中国文学的传统是非常自觉的。他在谈到"香港不但有文学，而且有相当好的文学"时认为，1949年后的"大陆与台湾都出现过新文学上的'断层'……而香港读者却从未受到限制，即使绝版的作品，也有出版商翻印出版"。这种接纳中的开放性有着在传统中展开的创新和转型，使得"香港不但有文学，而且有站在时代尖端的文学"。[①]刘以鬯身处香港，却一直对中国新文学传统有深入思考，他甚至认为写《中国新文学史》的司马长风"对中国新文学的认识相当肤浅"[②]。这种自觉认识促使刘以鬯在自己小说中建构中国新文学的传统，于是有了五六十年代之交《酒徒》的问世。

刘以鬯的《酒徒》在深层次上呼应着三四十年代中国文学的传统。刘以鬯曾直言，他写《酒徒》的一个动机就是，"我对'五四'以来的新文学有一些看法"，"有些优秀作家如端木蕻良、台静农、穆时英等的作品，竟有一个很长的时间没有得到应有的重视"。[③]对沈从文、张爱玲、师陀、端木蕻良的推崇，经常出现在"酒徒"的醉话梦境中，显示出刘以鬯通过"酒徒"这样卖文为生的作家在五六十年代的香港接通与三四十年代中国文学传统的联系的深意。刘以鬯正是在《酒徒》出版后，觉得《酒徒》的"正意"未必被人理解，才撰写了包括《端木蕻良论》那样的三四十年代中国作家专论，在"娱乐自己"中进一步表达了他要接通香港文学与三四十年代中国文学传统联系的意向。

《酒徒》在提及中国文学传统时有很多值得回味的地方。例如，"酒徒"认为鲁迅的《阿Q正传》是"可以与海明威的《老人与海》相提并论"的"杰

---

① 刘以鬯：《有人说香港没有文学》，（香港）《文汇报·文艺》第786期（1993年6月20日）。

② 刘以鬯：《我所认识的司马长风》，（香港）《香江文坛》第26期（2004年2月）。

③ 刘以鬯：《我为什么写〈酒徒〉》，（香港）《文汇报·文艺》第842期（1994年7月24日）。

作"。《老人与海》1952年在美国出版，而它的中译本最早就是在香港完成、出版的。把中国新文学的开山之作和1950年代的诺贝尔文学奖作品相提并论，刘以鬯塑造"酒徒"之意正在于揭示中国新文学传统是走向世界的最有效途径。又如，"酒徒"的"文学史叙述"有很强的香港"在地性"，"酒徒"提的最多的中国作家是端木蕻良，这大概不仅因为端木蕻良的创作成绩，还因为他旅居香港时"为香港文学的发展做了不少事情"，包括创办"内容丰富，形式优雅"的《时代文学》①（刘以鬯甚至认为"三十年代最值得注意的作家"是穆时英②，也是着眼于其都市写作对于香港文学的启发性）。再如，"酒徒"极为关注的是40年代中国作家的传统，刘以鬯极其敏锐地觉察到张爱玲的小说"以章回小说文体与现代精神糅合在一起"，认为师陀的"最佳作品"应该是他创作于上海沦陷时期的《果园城记》，其中的《期待》"应该归入新文学短篇创作的十大之一"。刘以鬯自己就一直十分看重1940年代中国文学，他很早就跟司马长风说过，写新文学史"值得重视而未被重视的作家"是刘盛亚、丰村、路翎，③而这几位都是40年代成名的青年作家。这种看重正是出于1950年代香港文学继承性的思考。还有，"酒徒"在述及鲁迅、曹禺、沈从文、李劼人等"应该受到重视"的传统时，提及了"像痖弦那样的新锐诗人"。1949年，痖弦还是河南豫衡联中的流亡学生，漂泊到了台湾。1959年9月，香港出版了痖弦的第一本诗集《苦苓林的一夜》（同年台湾创世纪诗社版名为《痖弦诗选》），收录他的成名作《深渊》。其现代感觉犀利，生命内在的开掘深入，一时从者甚众。《酒徒》的反应如此快捷、敏锐，几乎同时就将痖弦置于五四文学传统的脉络中予以推荐。这种接通50年代香港文学与二三十年代中国文学传统联系的用意是极为明显的。如果对照于诸如《文艺新潮》第三期（1956年5月）刊出的"三十年来中国最佳短篇小说选"那样的《酒徒》"前版"，我们会强烈感受到，当三四十年代文学延续五四而形成的多种传统

632

跨越1949

战后中国大陆、台湾、香港文学转型研究

---

① 刘以鬯：《端木蕻良与〈时代文学〉》，（香港）《文学世纪》第4卷第9期（2004年9月）。

② 刘以鬯：《我所认识的司马长风》，（香港）《香江文坛》第26期（2004年2月）。

③ 刘以鬯：《随笔三则》，（香港）《香江文坛》创刊号（2002年1月）。

在中国内地第一次文代会报告中消失时，香港文坛对三四十年代文学作出了全面接纳，避免了其在单一意识形态中被遮蔽的命运。而将此时期的香港文学置于中国文学整体格局中，无疑沟通了被1949年划分开的"现代、当代"两个时期中国文学的内在联系，其一体相关性也会引起许多重新思考。

三、上海、香港现代城市文化资源的沟通

刘以鬯是一个以其作品显示其存在的作家，而其战后创作的重要价值就在于沟通了上海、香港这两座现代城市的文化资源。

三四十年代的上海和五六十年代的香港构成的"现代主义双城记"，正是在刘以鬯等的"梦想"中得以完成的。刘以鬯与徐訏、叶灵凤、曹聚仁等浙江同乡、上海同事流寓到香港后，"对办报纸、办杂志的兴趣依旧浓厚"[①]，他们一起在五六十年代的创作、评论、编辑、文学社会活动等方面全面介入香港文学，其"在地性"甚于其他南来作家，这使得"上海影响"更深表现为"香港因素"。而刘以鬯本身的创作对香港本土青年的深刻影响，则表明了香港城以其城市文化的营养滋养了刘以鬯小说的现代主义。这样，从三四十年代的上海到五六十年代的香港，就相当完整、丰富地呈现了中国现代主义文学的历史流变、美学特色。其中的经验起码可以说明，现代主义的产生和发展并非西方文学提供的单一路向。

刘以鬯的现代主义具有极强的"在地"性。1940年代刘以鬯在上海开始其小说创作时（他曾说他17岁写小说《流亡的安娜·莫罗斯基》时就"倾向'现代'"[②]），就非常注意表现"一种1940年代人眼中的'物境'"[③]，即只有1940年代的"在场者"才能看到的"上海租界与越界筑路的生活场景"。此后，刘以鬯小说一直注重"将眼存的地方色彩涂在历史性的社会现实上"[④]，

① 刘以鬯：《忆徐訏》，（香港）《香江文坛》第17期（2003年5月）。

② 刘以鬯：《我为什么写〈酒徒〉》，（香港）《文汇报·文艺》第842期（1994年7月24日）。

③ 刘以鬯：《〈过去的日子〉序》，（香港）《文汇报·文学》2001年10月6日。

④ 刘以鬯：《〈岛与半岛〉自序》，（香港）《大公报·文学》第52期（1993年6月23日）。

即让"小说的历史"反映出小说年代的"生活情况和精神面貌"。①刘以鬯抵香港后不久写作的《天堂与地狱》就是一篇地道的香港寓言小说,那只"宁愿回到垃圾桶里去过'地狱'里的日子"的苍蝇所看到的完全是一幅战后香港"你骗我,我骗你"的现实情境。之后刘以鬯种种实验性小说,无论是意识流、故事新编,还是"反小说"、诗体小说,其实都是在探索用各种现代小说形式留摄香港社会现实,开掘香港文化资源。例如,穆时英著有未完成的长篇小说《中国行进》(创作于1932年至1936年,包含《上海季节梦》《中国一九三一》《田舍风景》《我们这一代》四部分),描绘1931年大水灾和淞沪抗战期间中国城乡的社会矛盾冲突,写法上则采用了美国作家帕索斯《美国三部曲》的"文献式现实主义",以新闻文献式的拼贴,产生蒙太奇式的效果,反映那个时代的真实。穆时英的《中国行进》少为人知,所以刘以鬯未必读过。但刘以鬯在香港展开创作后,"帕索斯《美国三部曲》的写法"引起他"很大的兴趣",②他在自己的小说中也大量采用这种手法。其缘由就在于帕索斯的"文献式现实主义"孕成于现代都市文化环境中,自然契合于香港社会的表现。细细数来,刘以鬯称得上战后中国作家中探索小说新形式最多的作家,而所有的形式实验性几乎都孕成于香港社会现实的触动、启发中(只要读一读刘以鬯关于他那些小说新形式诞生的回忆文字,就更清楚这一点了)。刘以鬯对香港社会的敏感成就了他小说的现代实验性,这位南来作家成为地道的香港作家,并由此提供了一种成熟的东方现代主义。

刘以鬯小说的现代主义实际上延续了1940年代中国现代小说的"综合性",在逼视现实中提倡现代成为其小说内核。刘以鬯一直追求"将现实主义和现代主义结合起来"③。而战后中国内地国统区文学中强调"包容性""实验性"的"新写作"思潮,刘以鬯实际上是与之同流的。刘以鬯文学的包容

---

① 刘以鬯:《用笔见证历史》,(香港)《香港作家报》第104期(1997年6月)。

② 《八方》编辑部:《知不可而为——刘以鬯先生谈严肃文学》,(香港)《八方文艺丛刊》第6辑(1987年8月)。

③ 刘以鬯:《我怎样学习写小说》,(香港)《香江文坛》第4期(2002年4月)。

性主要得益于他文学的创新性。他高中写作时就要"跳出窠臼"①，91岁高龄时还能构思出非常"与众不同"的小说，长达七十多年的写作生涯始终实践着"新不一定好，可是好的小说一定要新！"②的追求。这种创新意识产生于刘以鬯"文学能够找回本初的位置"，"能够回到对生命本源和人生困境的思索，重新关怀人的问题"，"找到共同的人性立足点与文化立足点"的观念。③这种文学观念自然呈现了文学的包容性本质。而他视"形式是文学的本质"，就是要"在小说创作上探讨一种现代中国作品中还没有人尝试过的形式"。④刘以鬯一直强调，创作要"扎根于自己的土地上"，"使作品流着自己的血"。⑤刘以鬯的实验性小说，始终扎根于香港这块土地，涌动着他创新的心血，从而使其现代主义艺术表现在东方民族性和香港本土性上都达到了相当的高度。

刘以鬯认为他一直"是用两只手写作，一手写娱人的流行文章，另一手写娱己的严肃作品，充满矛盾"⑥。"娱人"与"娱己"是刘以鬯的香港写作生存状态，但这两者在刘以鬯身上并非总是势不两立。刘以鬯在香港出版的第一本小说集《天堂与地狱》"选的是'娱乐自己'的短篇"⑦，但这些短篇小说都在报刊发表过，未必不"娱乐别人"；他后来的名著《岛与半岛》在《星岛日报》连载，长达65万字，出书时删了50多万字；《镜子里的镜子》也是报纸连载时18万字，出书时砍掉了2/3："娱人"的"浓缩"就成了"娱

---

①　刘以鬯：《我怎样学习写小说》，（香港）《香江文坛》第4期（2002年4月）。

②　刘以鬯：《好的小说，一定要有新意》，（香港）《城市文艺》第47期（2009年12月）。

③　刘以鬯等：《致世界华文文学界的公开信》，（香港）《香港作家》第1期（2007年1月）。

④　《八方》编辑部：《知不可而为——刘以鬯先生谈严肃文学》，（香港）《八方文艺丛刊》第6辑（1987年8月）。

⑤　刘以鬯：《现实与幻想》，（香港）《素叶文学》第14、15期合刊（1982年11月）。

⑥　可严：《香港文坛前景喜忧参半——访文坛前辈刘以鬯》，（香港）《香港作家》第55期（1993年5月15日）。

⑦　刘以鬯：《娱乐自己与娱乐别人》，（香港）《文汇报·文艺》第817期（1994年1月30日）。

己"。1960年代刘以鬯在报纸发表的900多篇微型小说《香港故事》固然是"娱人",但"其中也有娱乐自己的",①"娱己"可以包含在"娱人"中。这"娱人"与"娱己"的互渗共存,关键在于刘以鬯"喜欢用明晰的文字写一些与传统小说不同的小说",他"喜欢现代主义文学,但不愿用艰涩的文字表示精深广博"②。刘以鬯说他"很多小说都走这条路",即"把通俗小说的好处"(如"每个人都看得懂的东西")"放在严肃文学中",以完成"从平凡的事物中写出不平凡的内容"这一"最好的作品"③。这是都市大众文化环境孕育而成的纯文学立场。它首先出现在五六十年代的香港,是非常有意义的。刘以鬯的"喜欢"也许养成于他的经历、个性(他毕业于哲学系,却长期从事大众报业),但极为契合都市大众文化环境,在流行中加深人对自身的认识。都市的谋生会撕裂一个作家的"娱人"与"娱己",但都市的发展也需要沟通刘以鬯与"娱己"。 刘以鬯"娱己"的核心是"在忘掉自己的时候寻回自己"④,他的创新、"与众不同"都由此衍生。而他又不孤芳自赏,与大众的对话甚至是他始终童心般活泼的创作心灵得以保存的重要原因。刘以鬯的"娱人"当然有生存的无奈,但他到香港后一直坚持"只写通俗小说,不写庸俗小说;只写轻松小说,不写轻薄小说;只写趣味小说,不写低级小说",以"争取不同层次的读者群"⑤。这种"娱人"与"娱己"的"沟通",也使刘以鬯对都市文化资源的吸收达到了充分而深入的境地。刘以鬯"娱人"的写作中往往已包含了"娱己"的"内核"或"框架",正如他自己说的,"我写'娱人'小说时,一直强迫自己追求新异",同时"不拒绝小说传统"。正是这种努力沟通了"娱人"和"娱己","娱人"作品的"锤炼"往往成就了精品。

---

① 刘以鬯:《娱乐自己与娱乐别人》,(香港)《文汇报·文艺》第817期(1994年1月30日)。

② 刘以鬯:《娱乐自己与娱乐别人》,(香港)《文汇报·文艺》第817期(1994年1月30日)。

③ 冯笑芳、罗光萍:《刘以鬯专访》,(香港)《文学村》第6期(1999年6月)。

④ 刘以鬯:《我为什么写〈酒徒〉》,(香港)《文汇报·文艺》第842期(1994年7月24日)。

⑤ 刘以鬯:《我怎样学习写小说》,(香港)《香江文坛》第4期(2002年4月)。

例如他的《有趣的故事》在《新生晚报》刊载有23万字，十年后，删改成4万字中篇；又过了十余年，删成2万字的短篇小说《蟑螂》，很快被译成外文得到流传。因此，不妨把刘以鬯的"娱人"与"娱己"看作香港社会中的一种"兼容并蓄"。这种"兼容并蓄"使得前卫性、实验性的现代主义文学得以生存于大众性、消费性的香港文化环境中。

刘以鬯此时期"跨越"之举的重要内容是办报纸副刊，香港环境使得刘以鬯"自由办刊人"的心愿得以延续。刘以鬯自述战后除办怀正出版社外，其余时间都在编副刊。到香港后的最初一二十年中，他办过近10个报纸副刊。"副刊是可以冲锋陷阵的"①，而起用"稿龄短"的新人，让他们"没有一点负担"地放开手去写（当年刘以鬯在《快报》开设《我之试写室》专栏，就相继推出了西西、亦舒、也斯等后来颇有影响的文学新人），是他编副刊最重要的目的。他1949年就进《香港时报》，1957年从南洋回香港后又进《香港时报》，就是出于"我喜欢文学，不喜欢政治"②的意愿。他以"与众不同""高水准"的标准"既登现代主义，也登'复古'"③，让文学新人在各种文学的交汇冲击中得以成长，而刘以鬯办的副刊也成为"香港文学"的"一份丰厚的财产"④。卢玮銮在谈及崑南"退隐江湖"后，人们有过"忽然接不上轨"的"所谓的断层"感，⑤这说明刘以鬯等人五六十年代的文学活动已构成了香港文学传统的一个重要环节和层面。刘以鬯以"梦想办《现代》"的执着和开放，在自己编辑的众多刊物中，始终让青年作者"感觉非常好"地成长起来，其中很多经验直接构成了跨越"1949"的基石。

有意思的是编辑的实践甚至影响了刘以鬯小说的实验性。刘以鬯1940年代在上海办报纸副刊就自己画版样，他把这种习惯带到香港，把"天天变，天天

① 张燠聘：《访问刘以鬯先生》，（香港）《博益月刊》第9期（1988年5月）。

② 何杏枫等：《访问刘以鬯先生》，（香港）《文学世纪》2004年1月。

③ 何杏枫等：《访问刘以鬯先生》，（香港）《文学世纪》2004年1月。

④ 陈德锦：《关于〈大会堂〉》，（香港）《快报》副刊1991年4月13日。

⑤ 卢玮銮等：《访问崑南先生》，（香港）《文学世纪》2004年1月。

画版样"看作"副刊应该走自己的路，最好能够与众不同"①的重要内容。而考虑到报纸的吸引力，刘以鬯很看重文字版面的图像化，这慢慢影响了他小说的实验性，甚至由"划版样""建立新形式"②。他后来的小说《黑色里的白色，白色里的黑色》《盘古与黑》等，利用白纸黑字、黑纸白字或不同字体排列对文字空间的切割，丰富甚至重新阐发语言叙述的内容。一直到《岛与半岛》的形式，用异体字和正文来区分新闻性叙事和故事性叙事。这其中其实有着刘以鬯对都市文化的敏感，即对都市空间分割的体悟和思考，而这才是五六十年代香港才有的。

刘以鬯在《畅谈香港文学·序》中用3个"他"、56个"你"和16个"我"来畅（鬯）谈八十多年香港新文学，其中23个"你"与战后五六十年代香港文学有关，包含了鸥外鸥、侣伦、戴望舒、黄谷柳、秦牧、马国亮、张爱玲、姚克、赵滋蕃、曹聚仁、徐讦、李辉英、熊式一、力匡、何达、李维陵、舒巷城、司马长风等的文学活动，他们的创作几乎都跨越了"1949"。如此丰实的文学史属于香港，也属于中国和整个世界华文文学。

第二节　上海—台北：中国新诗现代化路径的探索者纪弦

诗人纪弦出生于1913年，2013年离世，百年生涯，他的诗和我们相伴已有八十年。1933年他从苏州美专毕业，跟施蛰存、杜衡等过从密切，在《现代》发表诗作。他独资创办《火山》诗刊2期（1934），也曾与戴望舒、徐迟合资创办《新诗》月刊（1936年10月—1937年7月，共出10期），还参与创办《今代文艺》、《菜花诗刊》（《诗志》，1936）、《星火》（1936）等文学刊物。1933年，他以本名"路逾"取笔名"路易士"出版第一本书《易士诗集》，其中一首《八行小唱》开启了他的诗歌生涯："从前我真傻／没得玩

---

① 刘以鬯：《我编香港报章文艺副刊的经验》，（香港）《城市文艺》第1卷第8期（2006年第9期）。

② 刘以鬯：《从〈浅水湾〉到〈大会堂〉》，（香港）《香港文学》第79期（1991年7月）。

要，／在暗夜里，／期待着火把。／如今我明白，／不再期待，／说一声干，／划几根火柴。"干净利落的诗句，凸显出作者年轻饱满的生命，表达出在暗夜中点亮火把的生活（创作）态度，预示出作者积极进取的创作姿态。1935年，南京、武汉报纸副刊就先后刊出"路易士专号"，之后的《行过之生命》（1935）、《火灾的城》（1937）等诗集更使他享有1930年代现代派诗名。《剑桥中国文学史》甚至将他作为"相对于七月派"而"围绕着施蛰存、戴望舒、杜衡主编的《现代杂志》"的"一批现代主义诗人"中唯一的代表写入文学史，认为他"在抗战期间写了不少好诗"。①那个新诗勃发年代的诗人，他本是硕果仅存的一位了，而在1950年代后，还能延续现代诗脉半个世纪，更是中国新诗难以想象的事实。他的创作构成了中国新诗现代化的一种路径，切切实实回答了新诗"何为现代""如何现代"的问题，也回答着新诗如何跨越"1949"的问题。

一、上海：殖民政治高压下现代诗的延续

纪弦晚年曾说："人们说，中国新诗复兴运动的火种，是由纪弦从上海带到台湾来的。这句话，我从不否认。"②上海—台湾，新诗的再革命，新诗传统的建立，正是纪弦诗歌生涯中最具有文学史意义的线索。

《易士诗集》是纪弦自费出版的，《行过之生命》才是他第一本正式出版的个人诗集（"未名文苑丛书"第二种），杜衡和施蛰存分别为其作序和跋。杜衡《序》称"他虽然写的那么多，但却是每一首，即使是比较薄弱的一首，也都有他独特的魅力"。这种魅力来自纪弦"不是一个天生的'撒谎者'"，而以其"率直"歌咏着"20世纪的烦忧"，有着"出世和虚无的情绪"；他"不是光明的歌颂者"，而是"丑恶的20世纪"的"诅咒者"，但他的诗调在"低徊之中却有时也显出雄伟之姿"。③施蛰存《跋》也认为纪弦将一种"对

---

① ［美］孙康宜、宇文所安主编：《剑桥中国文学史》下卷（1375—1949），刘倩等译，生活·读书·新知三联书店2013年版，第642页。

② 纪弦：《三个关于》，（台湾）《联合报副刊》1999年第8期。

③ 杜衡：《序》，路易士：《行过之生命》，未名书屋1935年版，第2—6页。

人类、宇宙的幻灭感"强烈地表达出来，但又有其"温厚"，由此形成了自己的独特风格。施蛰存还借纪弦的诗表达对诗与政治的看法，诗人的诗可当革命标语用，然而是诗；革命家要做诗人，其诗既非诗，也不能当标语用，而路易士的诗，是"诗人的标语"①。1930年代上海现代派的历史与杜衡、施蛰存两位现代派大员密切相连。他们如此认真而见解深透的评价，将纪弦现代诗的起步和可能的未来都分析得清清楚楚：纪弦对20世纪"丑恶"的时代症有其诗人的敏感，这使他自然投身于现代主义诗潮，他将会以他独特的个人风格和对文学自身的坚守展开自己的现代诗生涯。

　　杜衡、施蛰存对初涉诗坛的纪弦提携有加，但抗战前的纪弦还不为文学史所关注。1980年代中期，学术界开始关注抗战时期沦陷区文学研究时，纪弦的诗才为人所知。抗战期间，他流徙于内地和香港，但较多时间居于上海，因为那里是他现代派诗歌创作的发轫之地，即使在战时，上海也是最有可能提供现代派诗歌土壤的地方。上海沦陷后，他和上海的董纯瑜、田尾（纪弦之弟），时居北京的南星、时居南京的叶帆等7人发起、成立"诗领土社"，出版《诗领土》杂志（5期），刊发了80多位诗作者致力于"纯文艺的新诗坛之建设"的诗作；又出版"诗领土丛书"10余种。"诗领土"一词，足见其坚守诗本位的心愿。其"同人信条"强调"个性尊重风格尊重"，追求和创造"全新的旋律与节奏"，提倡"草叶之微宇宙之大经验表现之多样性题材选择之无限制"，而"同人的道义精神"则"决不媚俗谀众妥协时流"。②但在日本人统治下，坚守诗本位谈何容易，其"纯诗"艺术的追求同时代环境间也自然发生尖锐冲突。关于台湾、大陆都有人指责纪弦为"文化汉奸"一事，台湾学者刘正忠《艺术自主与民族大义——"纪弦为文化汉奸说"新探》一文有翔实的考辨。③而我们的研究是，纪弦三四十年代的政治立场是中间偏右的，也曾与汪伪政府文化部门人士交往较为密切，但他的言论更多来自其文学本位的立场。1943年，他在《三十自述》中还写下了这样的文字："在日本，我很孤独。那

---

① 施蛰存：《跋》，路易士：《行过之生命》，未名书屋1935年版，第354—360页。

② 《同人信条》，《诗领土》第3期（1944年6月）。

③ 收入刘正忠：《现代汉诗的魔怪书写》，（台湾）学生书局2010年版。

些思想左倾的留学生中，找不出一个可以做做朋友的。我憎恶他们，甚至仇恨他们。他们正在很起劲地讨论着所谓'国防文学'的大问题。可是在我看来，那些全是一派胡言。什么叫做'国防文学'？文学就是文学罢了。他们热心，这是好的。但是他们路走错了，而且执迷不悟。""五四以来，举凡一切视文学为政治的奴仆，不问形式，不问风格，也不注意技巧，只是斤斤于内容意识之'正确'与否的时流文学，例如'普罗文学'、'大众文学'等种种名目悉皆引起我的反感。因为那些根本都不是当文学之称而无愧的真正的文学，它们是'伪文学'，或称之为'非文学'亦无不可。而他们的'正确'一语，实际上等于'歪曲'加'诡辩'，一点也不正确，全是自欺欺人之谈。他们全不理解什么是文学的本质，压根儿他们也不想下点功夫去理解它，只是人云亦云，随声附和，凑凑一时的热闹，帮帮一时的场子而已。……他们所吵着闹着的文学其物，连说它是属于某一特定的时空间的文学都远不够资格，更谈不上什么超越了时空限制的具恒久性与广域性的纯粹文学了。"[1]在民族存亡的战争环境中，如此激烈地批评"国防文学""共产作家"，难免有人产生误会。不过，纪弦的批评更多是出于文学立场，也是显而易见的。可以印证这一点的是当时汪伪"和平救国文艺"阵营对他的批评。他1938年、1940年两度赴港时，在港的"和平救国文艺"人士拼命拉拢他，想以其创作解救"和平文艺界作品的恐慌"。[2]但"和平救国文艺"阵营很快对路易士失望了。因为他"死命回到个人主义的积忧里去"，根本"不明白和平革命运动的本质意义，更不明白在和平建国中反共的工作是应该如何开展"，而"一味从形式上面来用功夫，力求形式上的美"。[3]1940年7月20日和29日的《南华日报》，刊出了署名"槟兵"的两首诗《赠路易士》和《再赠路易士》，仿效路易士的诗风，表白自己过去对路易士诗作的"厚爱"，也表白今日对路易士诗风的失望："月黑／星乌／鹗啼／鬼哭／谁困步于泥泞中／七弦琴断／脸尽泪纹／身尽血污／心尽刀痕／他的口啊，还歌唱着美丽的谎词。"在"和平救国文艺"看来，路易士

① 纪弦：《三十自述》，纪弦：《三十前集》，上海诗领土社1945年版，第2页。
② 萧明：《评路易士之〈不朽的的肖像〉》，《南华日报》1940年7月20日。
③ 萧明：《评路易士之〈不朽的的肖像〉》，《南华日报》1940年7月20日。

"黑色灵魂"的诗作，已失却了"和平文艺"的"战斗精神"。而这，恰恰说明了纪弦在诗坛的政治对峙中，他关注的重点始终在于诗歌的文学内容和形式本身。他也确实越来越重视诗的形式："不谈它的内容意识，也不问其形式风格，我的自己批评的原则是这样的：诗本身的构成如何？换言之，诗情诗意诗境的组成，究竟严密与否，完善与否？"①而他在沦陷区这样一个环境中追求"诗情诗意诗境"的"严密""完善"，很自然致力于诗作视觉感的强化、诗境的暗示性和不确定性、意象的繁复和叠加、比喻的新奇怪异、语句的"超凡脱俗"、诗行的变化组合等。这些努力，都使中国现代派诗歌在战争年代有了某种承续延展。

纪弦抗战前的诗作，"有时是象征的，有时是写实的，有时是超现实的，采取什么样的表现手法，要看所处理的题材如何而定"②。上海沦陷后，他诗作适于写实的题材越来越少（这也许是他有意为之），越来越多的是写心灵困惑中种种情景。例如，这一时期他的诗中，反复出现了"重车辗压"的意象。"夏天了。／许多的苍蝇散步和休息在我的窗的构图上。／我怀着莫大的忧愁与恐惧，／小心翼翼地打发每一个日子——／有似载重卡车那么了的／匆忙／焦燥／不安定／而又沉重／而又危险的日子。／而在静寂了的夜晚，当孤独的时候，／听哪！呼着口号哗然通过我的致命地疲惫了的屠弱的胸部之／平原／盆地／与夫丘陵地带的／是一列不可思议的预感。"（《夏天》）全诗诗行长短的搭配恰到好处，季节的闷热、心力的疲乏、日子的沉重，思想的屠弱，由此被交织在一起，而凸现全诗诗境的是两个"重车辗压"意象的叠合：日子，有如载重卡车那样沉重、颠簸、危险，小心翼翼打发又显得如此匆忙、焦躁；夜晚，静寂、孤独中，"不可思议的预感"又会如长列重车，"呼着口号"哗然碾过"我"屠弱的胸部，心灵的"平原""盆地""丘陵"都在日常生活和政治意识形态的双重碾压下而"致命"……

在随后的一首《五月为诸亡友而作》中，纪弦几近写实地呈现了这种"辗

---

① 路易士：《诗集〈出发〉——我的书》，《天地》第14期（1944年）。

② 蓝棣之主编：《纪弦诗选》，中国友谊出版社1993年版，第239页。

压"首先是来自"大时代的轮子辚辚地辗过去"的社会现实。他这样吟道："我的记忆是一个广场，其上立着有许多尊我的朋友们的铜像。那些写诗的手，刻木刻的手，拿画笔的手是我握过的。那些作曲，弹piano，演奏小提琴的手是我握过的。他们也握痛了我的"，"那些心胸都很宽厚，那些灵魂都很美良"。然而"他们死了"，"有的死于坠马，死于轰炸；有的死于咯血，死于肺病；有的死于贫穷，死于饥饿；有的死于忧郁，死于疯狂或自暴自弃。他们死了。剩下我的岩石般的孤独和遣不去的哀愁"。最终，"铜像沉默，而我心碎"。这首诗不分行，使诗中弥漫的孤绝更加急切、紧迫，文化人死于各种非文化的方式中，这巨大的阴影便是现实的战争。纪弦充分意识到了战争环境，尤其是侵略战争的重压，于是，他对"诗领土"的守护既显得执着，也呈现无力。

在《吠月的犬》一诗中，纪弦再次集中呈现了"重车碾压"的意象，意味深长。"载着吠月的犬的列车滑过去消失了。／铁道叹一口气。""重车碾压"消失，"铁道"如释重负，"于是骑在多刺的巨型仙人掌上的全裸的少女们的有个性的歌声／四起了"，读者能从这诗句中读懂的自然是离经叛道、不合时宜之声，然而作者还是作了这样的强调：发出的是"非协和之音"，"仙人掌的阴影舒适地躺在原野上"。"跌下去的列车不再从弧形地平线爬上来了"，然而，"辗压"的意象再次出现："击打了镀镍的月亮的凄厉的犬吠却又被弹回来，／吞噬了少女们的歌。"吠月之犬，本来是指火车头的汽笛、浓烟，终不是个吉兆的意象。而当它充斥空间，驱之不去时，诗人的心境自然是窒息的。上述种种"重车辗压"的意象，还会让人浮现出战争的场景。路易士的现代诗，正是战车碾压下仍不甘于死亡的一种心曲，正如他自己大声呼喊着："然则，什么是对于我的真正的毁灭者？我的生命太燃烧了。我常感到我的生命的大火山不可遏抑的肉爆，可怖的肉爆！"[①]可以说，正是殖民政治高压的现实强化了纪弦现代主义诗歌的探索。

纪弦此时的忧郁如此深重，愤懑如此强烈，然而他的诗作却是冷凝的。1944

---

① 路易士：《〈出发〉自序》，上海太平书局1944年版。

年，他曾写下《太阳与诗人》一诗："太阳普施光热，／惠及众生大地，／是以距离92，900，000／为免得烧焦了其爱子之保证的。／故此诗人亦须学着／置其情操之溶金属于一冷藏室中，／候其冷凝，／然后歌唱。""冷凝"而后"歌唱"，纪弦由此展开对诗主知的追求，这是他此时对现代诗的最重要的探索。现代诗"主知"而非"主情"，既是对浪漫主义诗风的反叛，也是现代都市进程中诗的选择。纪弦正是以诗的"主知"来探寻城市人生中的种种生存困境。《火灾的城》（1936）写都市生涯中人们欲望的膨胀："从你的灵魂的窗户望进去，／在那最深邃最黑暗的地方，／我看见了无消防队的火灾的城／和赤裸着的疯人们的潮。"眼睛是心灵的窗户，那里所燃烧的熊熊大火，是都市生活引发的欲望之火，"无消防队的火灾的城"和"赤裸着的疯人"有如火、油相加，呈现出消费享乐至上的都市生活中人性的沉沦。这样的都市诗，在超现实主义的诗境中，抵达人性的深处，当是中国现代都市诗走向成熟的一种标志，对于1930年代的中国新诗有其不可忽视的意义。

就在纪弦写下《太阳与诗人》一诗的当年，张爱玲写了她第一篇谈诗的散文《诗与胡说》，谈的恰恰是路易士的诗。她觉得五四以后，"中国的新诗，经过胡适，经过刘半农、徐志摩，就连后来的朱湘，走的都像是绝路，用唐朝人的方式来说我们的心事"；而路易士的一些诗，是"用自己的话"，说"现代人所特有的"，而且"没有时间性，地方性，所以是世界的，永久的"。[①]小说家用散文形式论诗人及其诗作，有着文学的共鸣。张爱玲的慧眼卓见，正是从当时文坛影响的角度道出了纪弦现代诗追求的文学史意义。

"诗领土社"活动的另外一种意义在于它所展开的南北诗坛的合作，表明1930年代"京""海"对峙的鸿沟开始被突破。抗战后期，平津地区和上海地区文学的呼应、联系，以两地的现代诗潮呼应最为自觉、明显，华北诗坛有影响的诗人南星在1940年代初就与上海诗坛的路易士、杨华等合办《文艺世纪》杂志，共同倡导现代诗运动，南星的诗集《石像辞》《离失集》等也都在上海出版。之后的"诗领土社"是当时唯一跨越南北沦陷区的文学社团，

---

① 张爱玲：《诗与胡说》，《杂志》（月刊）第13卷第5期（1944年8月）。

《诗领土》创刊时主编为路易士，但第3号起取消主编，由"社务处理5人委员会"负责编辑，南京、上海方面的稿件负责人为路易士、萧雯等，华北方面稿件负责人为南星、沈宝基（此二人在华北诗坛都颇有影响）。该刊宣称是"纯诗与诗论"的"同人杂志"，"什么背景也没有，什么津贴也不拿，每号的购纸印刷等费，悉由同人集资而得之，同人义务多于权利，而且没有稿费"，其"使命""便是在于诗精神的昂扬，诗运动的兴起，以及纯文艺的新诗坛之建设"。该刊规定，凡投稿该刊"经发表一次以上者"，即被视为"自动备函声请参加"。这样，《诗领土》公布的"同人录"由最初的27人增加至70余人，[1]实际获准列名"同人录"的累计80余人，包括了当时沦陷区诗坛上较有影响的应寸照、俞允泳、夏穆天、伊林等，几乎囊括了沦陷区南北诗坛。"诗领土社"在纪弦、南星等主持下，跟朱英诞、吴兴华、刘荣恩等沦陷区诗人的诗作相呼应，使现代主义诗风成为沦陷区诗坛的主导。战后的"九叶诗派"能聚合起南北最有成就的青年诗人，实行"南北青年诗人们的破例合作"，开展"新诗现代化"运动，也是延续了这种态势，即中国大陆南北诗坛走出1930年代"京""海"对峙，合力开展"新诗现代化"以"重建中国文学"，这表明了现代诗运动在跨地域中的成熟。1930年代"京""海"之争的焦点还是文学的外部问题，如文学和政治、文学和商业等，远未进入文学本体问题。而此时期，平津和上海强烈呼应，南北诗人共同探讨新诗现代化的问题，正表明诗坛要以诗本体上的建设性探索，迎来中国新诗的成熟。而这一局面得以形成，正是由于新诗本身积累已足以超越"京""海"对峙。

二、台北：中国新诗史上成就最大的现代诗运动

抗战胜利后，纪弦放弃了原先的笔名"路易士"，改用笔名纪弦。1948年10月，他独资创办诗刊《异端》，出两期后即离开上海赴台，在台北成功中学任语文教师直至1974年退休。《异端》的刊名，暗示出虽然纪弦结束了其大陆时期的诗歌活动，时代大动荡也使前景不可预测，但他坚守自己诗本位的立场

---

① 《诗领土同人名单》分别见于《诗领土》创刊号和第5号（1944年12月）。

不会改变。果然，1951年11月，整个台湾还处于难以安定的紧张气氛中，纪弦就与钟鼎文等借《自立晚报》副刊版面合办《新诗周刊》。这份台湾战后的第一份诗歌刊物，延续了纪弦上海时期的新诗追求，其创刊词强调"文学虽为人生而表现，但只有在为文学而文学的前提下才能完成"的创作本位立场，同时也表示"不贩卖西洋旧货，也不用白话写旧诗词的诗"，预示出将追求世界诗歌潮流，继续推进中国新诗现代化的努力。翌年8月，纪弦主编台湾第一份以杂志形式出现的诗刊《诗志》，在仅出的一期上发表《诗论三题》，开篇就强调："诗，连同一切文学，一切艺术，首先必须是'个人的'。唯其是个人的，所以是民族的；唯其是民族的，所以是世界的。唯其是个人的，所以是时代的；唯其是时代的，所以是永恒。……所以否定了'我'，否定了'个人'，便没有诗，没有文学，没有艺术。诗人啊，忠实地表现你自己：这才是比一切重要的！"[1]尽管受时代的影响，也承认作为作家的"我"，有其"所从属的民族之民族性格"和"所从属的时代之时代精神"，但在当时台湾国民党当局以"反共抗俄"的统一性严格控制整个社会的大背景下，强调文学的根本在于作家忠实地表现作为"个人"的"我"，显然具有突围出官方政治意识形态，让文学在回归文学中保全、发展自身的积极意义。正是在这种面对政治与文学的紧张关系依然坚守文学本位的状态中，纪弦开始了他将1940年代上海的现代主义诗歌流脉延续到台湾的努力。

也正是在文学本体的层面上，纪弦有着极强的文学传统延续感。如果讲，上海沦陷时期的殖民政治高压使得纪弦只能以现代诗的探索来延续五四新诗的传统，那么，1950年代台湾国民党的政治高压再次为纪弦以现代诗赓续五四文学传统提供了机缘。1953年2月，纪弦在台北成功中学狭窄的宿舍里创办《现代诗》（季刊，十二年中出版了45期），创刊号《宣言》强调："一切文学是时代的。唯其是一时代的作品，才会有永久的价值"，对于诗"首先要求的，是它的时代精神的表现与昂扬，务必使其成为其特色的现代的诗，而非远离今日之社会的古代的诗，更不应该是外国的旧诗"。纪弦心目中的时代精神，是

---

① 青空律（纪弦）：《诗论三题》，（台湾）《诗志》第1号（1952年8月）。

诗的现代性，这与官方此时大张旗鼓宣扬的"反共抗俄"的时代性构成抗衡。1956年2月1日出版的《现代诗》，刊登了以纪弦为首的现代派成立于台北的消息，并公布了现代派的六大信条："一、我们是有所扬弃并发扬光大地包含了自波特莱尔以降一切新诗派之精神与要素的现代派之一群。二、我们认为新诗乃横的移植，而非纵的继承。这是一个总的看法，一个基本的出发点，无论是理论的建立与创作的实践。三、诗的新大陆之探险，诗的处女地之开拓，新的内容之表现，新的形式之创造，新的工具之发见，新的手法之发明。四、知性的强调。五、追求诗的纯粹性。六、爱国、反共、拥护自由与民主。"①现代派是个松散的柔性团体，这六大信条并"不具什么约束力"，但信条的第三、四、五条，强调诗之"新"的探索，看重诗的知性，放逐情绪，追求纯诗，"强而有力地影响现代诗坛至少15年"②，也是纪弦此时强调的诗的时代性的核心。至于"信条中写上反共，是一种保护色……可以挡掉一些事情，倒不是要通过诗来提倡反共文学"③。"当时《现代诗》季刊所给人的第一印象是，该刊面貌已能将'战斗文艺'的色彩压至最低限度了。"④正是这种新诗时代性的立场，使得纪弦发起的台湾现代诗运动，几乎是登高一呼，应者云集，聚集起百余诗作者，成为台湾声势最大的一个诗歌团体。

纪弦起草的现代派"六大信条"中，"新诗乃横的移植，而非纵的继承"的主张曾引起广泛争议。在现代诗立场上显得极其决绝的纪弦思想其实是钟情于儒家的，他曾作《孔子颂》一诗，表现出对中华文化的深情至诚："他是中华文化的梁木，／他是中华文化的泰山。／我们伟大的至圣先师，／永远不死的是他的精神。"所以，纪弦不会是以"新诗乃横的移植，而非纵的继承"来摒弃传统，而是以此来探求中国新诗发展的方向。面对当时众多责难，纪弦

---

① 上官予：《五十年代的新诗》，（台湾）《文讯》第9期（1984年3月）。

② 萧萧：《纪弦与现代诗运动》，须文蔚编选：《台湾现当代作家研究资料汇编 纪弦》，（台南）台湾文学馆2011年版，第105页。

③ 痖弦：《现代主义：国际与本土》，（台湾）《现代诗》复刊第22期（1994年8月）。

④ 林亨泰：《〈现代诗〉季刊与现代主义》，（台湾）《现代诗》复刊第22期（1994年8月）。

在《现代诗》作《移植之花》一文，强调新诗"无论是理论的建立或创作的实践"都绝非唐诗、宋词之类的"国粹"，而是"移植之花"，但新诗的"土壤是东方的：移植到中国的，它就中国化了；移植到日本，它就日本化了。//新诗成为民族文化之一部分，乃是移植后一种必然的结果，它之包含着有民族精神的一点，不得拿来当作继承说之论据"①。也就是说，纪弦实际上是从"中国古典文学的诗词歌赋"的"成就好比一座既成的金字塔"，现代诗"要在另外一个基础上，建立一座千层现代高楼巨厦"的信念出发，努力倡导现代主义诗艺，认为新诗作为"西洋的移植之花"，在中国文化的土壤中，"愈更精湛、纯粹、坚实、完美，呈其枝繁叶茂之姿"，融入了"本国的民族性格、文化传统"。这样才能既赶上世界现代诗歌的水准，又取得在本国存在的理由。②而在当时国民党当局以中国文化的正统代表自居，以政治性"战歌""颂歌"来主导诗坛的环境中，纪弦的这种现代诗主张成为突围出政治高压的有效途径，他同时强调的"当我的与众不同／成为一种时髦／而众人都和我差不多了时，／我便不再唱这支歌了"（《不再唱的歌》）的独立姿态更使得他的现代诗主张有效对抗官方主流意识形态。事实上，正是纪弦、郑愁予、杨牧等的现代诗社，覃子豪、余光中、罗门等的蓝星诗社与洛夫、痖弦、张默等的创世纪诗社，一起开启了百年中国新诗史上成就最大的一次现代诗运动。诗人们在"中国传统"和"善性西化"的文学空间中进行了各有个性的探索，在追求思想自由中对现代和传统的沟通，突破了官方政治意识形态的宰制，延续、丰富了五四后中国新诗的传统。

如果说"诗领土"时期纪弦的现代诗运动的重要意义在于在"大陆南北诗坛的大集合"③中维系了战争年代的现代主义诗脉，那么，《现代诗》的一个重要意义在于它会合了中国大陆和台湾本土的现代主义诗歌传统。1956年，纪弦发起成立现代派时的九人筹备委员会中，有大陆赴台诗人叶泥、郑愁予等，也有台湾本土诗人林亨泰等；而在"现代派诗人群第一批名单"中，则有白萩

---

① 纪弦：《移植之花》，（台湾）《现代诗》第45期（1964年2月）。

② 纪弦：《纪弦诗论》，（台湾）现代诗社1954年版，第9—10页。

③ 白萩：《在旧金山与纪弦话诗潮》，（台湾）《笠》诗刊第171期（1992年10月）。

等台湾本土诗人。台湾日据时期曾有杨炽昌及其"风车诗社"的现代诗运动。这一运动是杨炽昌等在日本殖民统治下为了"防止文学沦为政治的工具"，而借助于法国超现实主义等现代诗资源发动的，其对纯粹诗和主知美学的自觉倡导，以及杨炽昌本人诗作细腻精美中知性的圆熟，使得风车诗社的现代诗潮"较诸中国诗坛更为'前卫'"①。而林亨泰是台湾光复初期唯一的现代主义诗歌团体"银铃会"的重要成员，也是1960年代台湾最重要的本土诗歌团体"笠"诗社的发起人，其活动延续了日本殖民统治时期台湾的现代主义诗歌运动传统。在关于现代诗的论争中，他是纪弦主张最坚定的支持者，其提出的"主知的优位性""现代主义即中国主义"等主张，既有现代艺术性的自觉追求，又认为现代性必须落实于自己的乡土才更具意义。这种兼有本土精神和现代艺术特质的追求，更延续了从台湾日据时期到光复后台湾现代主义诗歌的传统。白萩在台湾现代诗史中更具有举足轻重的地位，他和林亨泰共同发起成立"笠"诗社，他的《现代诗散论》（1972）是台湾最早的现代诗歌专论之一，而他兼具现代性和现实性的诗歌是台湾本土诗人中被译介为外国文字最多的作品。在台湾现代派诗歌形成的1950年代，台湾本土诗人还处于边缘位置。所以，当林亨泰、白萩等加盟纪弦的现代派，一起推动台湾现代诗运动时，大陆现代诗传统和台湾现代诗土壤有了一种融合的最佳空间。

纪弦1950年代在台湾发起现代主义诗歌运动，是出于他对中国大陆五四以后新诗传统的自觉认识。1954年的《纪弦论诗》梳理了中国新诗的历史源流，其中认为1930年代的左翼诗潮误将"革命的诗"当作"诗的革命"，同时肯定此时现代派诗歌的崛起才体现了"诗的革命"的新进展：它在诗的内容上对抗意识形态化的左翼诗潮，在诗的形式上对抗"新月派"权威化了的诗形；既在内容层面掌握了诗素，又在形式层面发挥了自由诗的特点。但同时，纪弦又强调台湾此时的现代诗运动"虽则大体上是从'现代派'的影响发展了下来的，但是和那时的又有了很多不同之点"②，而与"从前大陆上的'现代派'"最

① 刘正忠：《主知·超现实·现代派运动——台湾，1956—1969》，须文蔚编选：《台湾现当代作家研究资料汇编　纪弦》，（台南）台湾文学馆2011年版，第139页。

② 纪弦：《纪弦论诗》，（台湾）现代诗社1954年版，第11—12页。

重要的不同在于"我们是如此的自觉"，就是"以新诗的再革命为己任"，以此"与作为20世纪世界文学之主潮的整个现代主义文学运动相呼应，相一致，并且是它的一环"。①将三四十年代中国大陆"不自觉""认识上也不够深刻"的现代诗运动推进到"为了诗本身的革命"②这样一种自觉而深刻的阶段，这一追求使得纪弦在《现代诗》上展开的现代诗运动成为中国新诗史上历时最长而又最系统的现代诗运动，对中国新诗的现代化有其深思熟虑。

现代诗社的十二年中，45期《现代诗》清晰地展示了纪弦"新诗再革命的三阶段"③。《现代诗》创刊号（1953）至12期（1955）是第一阶段"自由诗运动"，纪弦延续了其上海时期现代派的"自由诗"探索，强调采取"比之于新月派的商籁体和豆腐干"要"新得多"的自由体。这种自由体与五四新诗开启的自由诗一样，"无固定的诗形"，但比自由诗更为"音乐的""表现手法亦远比自由诗为深刻、含蓄、鲜活而有力"，"不仅是每一个诗人有他独自的形式，而且是每一部作品有他特殊的形式"。④现代诗只有从以往旧形式中彻底解放出来，在诗人手中获得各种新的表达，才能产生不断变革的动力。《现代诗》第13期刊发新成立的台湾诗坛现代派的"六大信条"，提出"领导新诗的再革命，推行新诗的现代化"，当是纪弦发动的现代诗运动第二阶段"自由诗的现代化"的开始；而其内容是要从"传统诗的本质""诗情"中解脱出来，确立"现代诗的本质是一个'诗想'"，"相对于传统诗天真烂漫的抒情"，"本质上是一种'构想'的诗，一种'主知'的诗"的现代诗，"显得有一种成熟的大人气"。⑤现代诗是新诗自身的成熟，是新诗积极回应现代

---

① 纪弦：《诗情与诗想》（1957），《纪弦论现代诗》，（台中）蓝灯出版社1970年版，第17页。

② 纪弦：《诗情与诗想》（1957），《纪弦论现代诗》，（台中）蓝灯出版社1970年版，第17页。

③ 陈玉玲：《台湾文学的国度：女性·本土·反殖民论述》，（台湾）博扬文化事业有限公司2000年版，第324页。

④ 青空律（纪弦）：《五四以来的新诗》，（台湾）《现代诗》第7期（1964年秋）。

⑤ 纪弦：《从自由诗的现代化到现代诗的古典化》，（台湾）《现代诗》第35期（1961年8月）。

社会变化，开掘现代的诗素、诗精神的结果。他明确地区分了"诗情"与"诗想"："凡以诗情为诗的本质的，都是广义上的抒情主义，属于浪漫主义的血统；凡以诗想为诗的要素的，都是广义上的理智主义，以彻底反浪漫主义为其革命的出发点。"①从第13期（1956）至34期（1961）的五年多中，《现代诗》刊发大量诗作、诗论，从现代诗如何表现散文不能表现的、如何创造现代诗的主知传统等方面作了广泛、积极的讨论和探索。纪弦积极倡导现代诗的同时，也看到了新诗现代化进程中的弊病，包括伪形式主义、回避现实、纵欲倾向等等。同时，他原本的"美学现代性"的主张也不断遭到"西化""冒进"等批评，使他在压力下有所反省。仔细考察纪弦此时期的创作及其主张，他是有着"移植"应该是"今日中国的现代派"的清醒。这种清醒使得他在1961年提出了"现代诗古典化"的任务，这当是纪弦现代诗运动的第三阶段。其"古典"是相对于"流行"而言，含有"典范"之意，"现代诗古典化"就是新诗要像两千多年古典诗歌一样，建立自己的传统，产生现代诗的经典，②而非"一时的流行"。建立现代诗的传统，在形式、工具、诗法、诗观等方面要"反传统"，"至于前人之真精神，应当继承下来并发扬而光大之"。③"自由化"—"现代化"—"古典化"，新诗的三级跳，反映出纪弦推进现代诗运动的博大雄心。

更有意义的是，纪弦主张引起的现代诗论争，其结果，确实如纪弦所言，"整个诗坛都现代化了"；而对于纪弦而言，更有意义的是他由此"反省了我自己，除坚决主张中国新诗的必须'现代化'，已不再那么过分地重'主知'而轻'抒情'了"④。如果一个文学派别内部有着分歧乃至不同的流脉，恰恰是这一文学派别的成熟。事实上，正是纪弦、郑愁予、杨牧等的现代诗社和覃

---

① 纪弦：《纪弦论现代诗》，（台中）蓝灯出版社1970年版，第23页。

② 纪弦：《从自由诗的现代化到现代诗的古典化》，（台湾）《现代诗》第35期（1961年8月）。

③ 纪弦：《关于古典化运动之开展》，（台湾）《现代诗》第36期（1961年12月）。

④ 纪弦：《第二个回合与论战的结果》，《纪弦回忆录·第二部：在顶点与高潮》，（台湾）联合文学出版社2001年版，第112页。

子豪、余光中、罗门等的蓝星诗社与洛夫、痖弦、张默等的创世纪诗社之间的争论及其创作实践，一起开启了百年中国新诗史上成就最大的一次现代诗运动，诗人们在"中国传统"和"善性西化"的文学空间中进行了各有个性的探索，在追求思想自由中对现代和传统的沟通，突破了官方政治意识形态的宰制，延续、丰富了五四后中国新诗的传统。

三、纪弦诗作：现代诗生命的全面展现

现代诗运动聚合起百余诗人，但纪弦始终是孤傲的。在《现代诗》最兴盛的时期，纪弦就描绘了这样的自画像："拿着手杖7，咬着烟斗6。……手杖7+烟斗6＝13我。"谁都熟悉日常生活中的纪弦口叼烟斗，持手杖散步的形象，"而烟斗和手杖可说是纪弦生命中最重要的象征：烟斗代表了他诗的灵感，是追求理想的；手杖表现了他嫉恶如仇的作风，是面对现实的"[①]。在纪弦的"现代诗"主张遭受众多批评，其受到压力最大时，他写下了这样的诗句："你们说我喝醉了，／于是把我关起来。／其实从我的窗子看出去，／真正清醒的还是我自己。"[②]在海峡两岸政治意识形态都强调"集团"意识的年代，纪弦打开的始终是"我的窗子"，这样一种立场和作为已具有极强的现实批判性。写于1964年的《狼之独步》最具纪弦诗的风格："我乃旷野里独来独往的一匹狼。／不是先知，没有半个字的叹息。／而恒以数声凄厉已极之长嗥／摇撼彼空无一物之天地，／使天地战栗如同发了疟疾，／并刮起凉风飒飒的，飒飒飒飒的：／这就是一种过瘾。"对"自我"的专注和对现实的批判，在一种狂傲自负的表达中转化为独步于旷野而使天地战栗的"狼"这一极富象征意味的诗性形象。同年，纪弦还写下《恒星》一诗："我是一孤独的恒星／亦无伴星，亦无行星与卫星／而不属于任何一星团"，"我有我自己的轨道／我开我自己的光／我的光是如此之奇异的／奇异的，跟谁都不同"。纪弦的"孤独"，是一种只与诗为伴的生命自信，相信自己的创造力、想象力，

---

① 罗青：《俳谐论纪弦——纪弦论》，张汉良：《现代诗导读》，（台湾）故乡出版社1979年版，第23页。

② 纪弦：《饮者不朽》，（台湾）《现代诗》第35期（1961年8月）。

才会"恒"以野性之吼摇撼天地，才会如恒星永远有奇异之光。1966年，纪弦又创作了他自己认为最满意的诗作之一——《狼之独步》的姊妹篇《过程》，塑造了"狼一般细的腿，投瘦瘦、长长的阴影，在龟裂的大地"的"唯一的过客"形象。那"垂死的仙人掌们和野草们"见证了"他扬着手杖，缓缓地走向血红的落日，／而消失于有暮霭冉冉升起的弧形地平线，／那不再回顾的独步之姿／是多么的矜持"。其孤独中的决绝、独断，有着无可比拟的自信。这种自信，正是其诗本位的立场。这成就了他五六十年代的诗名，也使他后来"隐居"美国后，仍有《晚景》《第十诗集》那样的好诗集问世。

1950年代中期是纪弦现代诗运动的高潮时期，他的诗歌创作也在"现代诗"层面上得以全面展开，而"主知"自然是其诗作的核心。《火葬》（1955）写友人病逝火葬引发的"诗想"，奇特而深刻：人生"如一张写满了的信笺"，如今"躺在一双牛皮纸的信封里"，"复如一封信的投入邮筒，／人们把他塞进火葬场的炉门"，"像一封信，／贴了邮票，／盖了邮戳，／寄到很远很远的国度去了"。面对"生离死别"时的冷静沉思，转化为独特的意象，传达出诗人的独异感悟：死亡将生命送达遥远的国度。"诗想"自然不同于思想，纪弦诗作的"诗想"即便在形而上层面展开，也根植于丰富的意象、意境和想象。被纪弦视为自己"代表作之代表作"[1]的《存在主义》（1956）将"夜夜，预约了一般地／出现"的蜥蜴与"为了明天的面包以及／昨日的债务而又在辛劳"的"我"置于"同宗"之上，逼真细微地描绘"平贴在我的窗的毛玻璃的"蜥蜴的"胴体""尾巴""头部"和"四肢"，欣赏它那"觅食之拿手的／表演"，既写实，又写意。汉语本身的感性和现代诗的沉思往往在纪弦的诗中结合成完美的诗意。在这首诗中，"芸芸众生的大杂院里"，两个"最后熄灯就寝者"，互相陪伴、旁观，各自证实对方觅食饱肚的存在。这一丰满地呈现出生活感的深夜场景，将生命的真实与写作的隐喻融合，是诗意的沉思。所以

---

[1] 纪弦：《组织"现代派"》，《纪弦回忆录·第二部：在顶点与高潮》，（台湾）联合文学出版社2001年版，第76页。

最后二句，"而这就是我们的'存在主义'——／不！'我们的'存在主义"，其过渡、转化极其自然，从对世界普遍的存在状态的揭示，到对人与蜥蜴共同"认知"产生于共同"奉行"的强调，都是诗意在说话，确实"一点斧凿的痕迹都没有"①。这些创作于1950年代中期的诗，可以代表纪弦诗作抵达的高度，也支撑起纪弦推进现代诗运动的理论主张。

纪弦坚持诗本位的立场，也承认"诗是有其社会性的"；而这"社会性"，在纪弦的五六十年代，"是一个工业社会的新时代"。②他无情地嘲笑"大多数的'新'诗人，仍然未摆脱农业社会士大夫阶段的坏习惯，自命清高无视于现实"，号召诗人们，"首先必须把你的意识形态加以工业化，做一个标准的工业社会的人，然后你才能写出工业社会的'新诗'，成为工业社会的'新'诗人"。③他延续了上海时期的思考，成为台湾诗坛最早倡导都市诗的诗人之一。1950年代中后期起，纪弦的诗就切入城市精神，表现人的异化，"李白死了，月亮死了，所以我们来了"（《诗的复活》），"要是李白生在今日，／他也一定很同意于我所主张的／'让煤烟把月亮熏黑／这才是美'的美学"（《我来自桥那边》）。纪弦的时代感让他自觉意识到，时代变化了，审美也在变，当下的时代要求，"做一个真正有资格的工业社会的诗人"，光荣的"勋章"是枚"并不漂亮，／并不美丽，／而且一点也不香艳／一点也不堂皇的／小小的螺丝钉"（《勋章》）。《存在主义》《春之舞》《跟你们一样》《阿富罗底之死》等诗，都在冷峻的意象呈现中表现出对工业社会的讥刺，表达着对人性善、美的追求，以至作者说："我的诗，敢说无一字不生根于现实而升华于理想。"④纪弦五六十年代看重的现实，避免了国民党政治现实的局限，关注了现代诗所植根的社会工业化、现代化的进程，这也是其现代诗运动会在同时期的香港诗坛得到呼

① 纪弦：《组织"现代派"》，《纪弦回忆录·第二部：在顶点与高潮》，（台湾）联合文学出版社2001年版，第76页。

② 纪弦：《组织"现代派"》，《纪弦回忆录·第二部：在顶点与高潮》，（台湾）联合文学出版社2001年版，第76页。

③ 纪弦：《编者谈话》，（台湾）《现代诗》第45期（1964年2月）。

④ 纪弦：《槟榔树·自序》（丙集），（台湾）现代诗社1967年版，第3页。

应，并在百年中国新诗史上留下足迹的原因。

纪弦1976年12月离台赴美，从争论纷繁的台湾诗坛抽身，他似乎一身轻松："与世无争，自得其乐，儿女都很孝顺。其晚景可谓异常的华美。"①然而，纪弦其实还是保持着对现代诗的热忱。那首著名的《不再唱的歌》便是赴美第三年完成的："我的路是千山万水／我的花是万紫千红。／一花一世界，／一步一莲花，／我有的是明天的明天的明天。／／啊啊明天，我将吻你，／就在地平线的那边，／那边的那边的边……"65岁的纪弦还有一颗年轻的心，还有很多可期待的诗。他虽未如在上海、台北那样开展现代诗运动，但仍积极倡导现代诗，如在美国"华侨文教服务中心"主讲"何谓现代诗"（1989），在旧金山中文学校教师夏令营主讲"新诗之所以新"（1996），等等。而他的三卷本《纪弦回忆录》对上海时期、台北时期现代诗运动的梳理更是他现代诗主张的一种总结和发展，"主知与抒情并重""民族精神、文化精神继承中的反传统"等思想的回顾，表明其在海外环境中更清晰、更开放的现代诗主张的成熟。他还写有许多记述自己以往经历的诗，如《铜像篇》《七十自寿》《乡愁五节》《关于树的三重奏》等，其中颇有"以诗论诗"的内容，延续着他对现代诗的思考；而个性在诗中的展现，也是现代诗生命的展现吧。

"变奏复变奏，复变奏，／从徐州高粱到金门大曲到旧金山的红葡萄酒"（《读旧日友人书》），纪弦一生生活起伏变化，但他对现代诗的追求始终如一，现代诗的传统也在他上海—台北—海外的迁徙生涯中得以丰富。中国新诗正是在纪弦那样出入于不同社会、文化空间中得以成熟。中国大陆—台湾、香港—海外，正是中国新诗现代化的一种路径，由此开启的流动性的文学史叙述有其重要价值和意义。

---

① 纪弦：《晚景》，（台湾）尔雅出版社1986年版，第220页。

第三节　"三级跳"：战后至1950年代初期张爱玲的创作变化

一、"三级跳"：战后张爱玲文学的再出发

张爱玲因《传奇》《流言》而享盛名，但她的创作并非仅这一巅峰。此后的半个多世纪里，张爱玲一直坚持写作，且有不止一次的创作"喷发期"。1970年代中期是一次"喷发"（1974年至1978年中，张爱玲完成了长篇小说《小团圆》、中篇小说《同学少年都不贱》和英译《海上花列传》，完成且出版了《红楼梦魇》，出版了小说散文集《张看》，发表了《色·戒》《浮花浪蕊》《相见欢》等小说），那是在旅居美国二十年后"隐居"生活中"沉积"的结果。更早的一次"喷发"则是1940年代后期至1950年代初期。此期间，张爱玲经历了从日占区到国统区，又迎来上海解放，后出走至香港的大变化。其创作也呈现间歇性的"喷发"，1947年、1950年至1951年、1954年成为其作品集中问世的年份，分别反映出张爱玲面对不同世界时的"变"和"不变"，构成了张爱玲战后创作的"三级跳"。

此期间的创作引起的争议最大，过往的研究也往往是宣判式的结论。1940年代后期至1950年代前期跨越了"1949"而构成了中国文学重要转型的时期，而考察作家在此跨越时期的创作转变，显然能更清晰地把握中国文学转型的内容和意义。张爱玲此时期创作的意义在于她在不到十年的时间中经历了沦陷区、国统区、新中国、殖民统治下的香港乃至异域美国的不同人生。在变化如此巨大而频繁的人生颠簸中，张爱玲应对了难以想象的困难，一直未离开创作。1947年，张爱玲发表了小说《华丽缘》（实为散文）和《多少恨》，编剧的电影《不了情》《太太万岁》上演。1950年至1951年，张爱玲发表了长篇小说《十八春》和中篇小说《小艾》，并完成了《相见欢》《浮花浪蕊》等短篇小说。1954年，张爱玲发表了长篇小说《秧歌》和《赤地之恋》，出版了《张爱玲短篇小说集》，翻译、出版了美国的《爱默森选集》和海明威的《老人与海》。跟任何留在中国大陆和出走至台湾的作家相比，张爱玲此时期的创作是丰硕的，她一生创作300万字左右，此时期占1/5多且不乏佳作。无论如何，

1940年代后期至1950年代前期的张爱玲跨越了"1949"，而延续着她的创作生命。

但恰恰也是此时期张爱玲的创作引起了多年争议。至今仍有学者认为，"《小艾》、《十八春》等可以说是平庸，《赤地之恋》和《秧歌》则是对《金锁记》、《倾城之恋》等的背叛"，是"'反共反华'坏小说"。[①]以往的张爱玲研究，也极少涉及她此时期创作的变化及其缘由。因此，从作品本身出发探讨张爱玲此时期的创作，不无必要。

1946年11月《传奇》（增订本）的出版，是张爱玲在抗日战争胜利后第一次再现于文坛（1949年后中国大陆第一次重版张爱玲作品集正是此版本，由上海书店1985年影印重版，大陆读者由此开始熟悉张爱玲）。"增订本"卷首的《有几句话同读者说》为自己"似乎被列为文化汉奸之一"作了辩白，也言明"私生活"的事"本来用不着向大众剖白"。这些大致能反映张爱玲在抗战胜利后的心态。更值得关注的是跋——《中国的日夜》，张爱玲称之为《传奇》的"背景"和"余韵"。文章记述了1945年秋冬之交，张爱玲破天荒地作了两首"自己很喜欢"的诗的情景。她描述自己去菜场买菜途中所闻所见。琐细而纷杂的日常场景，她仍写得那样有色彩、有节奏、有韵味。不同的是，她写出了自己心灵受到的震撼：那些普通的、贫贱的，乃至平庸的生活趣味，"仿佛我也都有份；即使忧愁沉淀下去也是中国的泥沙。总之，到底是中国"。在这种"我真快乐我是走在中国的太阳底下。我也喜欢觉得手与脚都是年青有气力的"的心境中，张爱玲"从来没有这么快"地写出了《中国的日夜》一诗。在抗战胜利后的年月，张爱玲跟所有中国人一样，对"连天都是女娲补过的"中国有着喜欢和希望，只是她关注的仍是更实在的日常中国，这构成了张爱玲战后创作的出发点。

第十章 转移和转型："离散"中的作家创作

---

① 袁良骏：《一场跨世纪的学术论争——我观刘再复VS夏志清》，《鲁迅研究月刊》2009年第5期。

二、女性电影：地道的中国故事

张爱玲战后的创作首先是在电影剧本创作中有所斩获的。1945年至1949年是中国电影文学作为又一种叙事文类崛起的黄金时期，"它在艺术上的成就一直到今天大都仍然是无可拟的"[①]。张爱玲顺"潮流"再次成功，她编剧的《太太万岁》"堪称为最上乘的中国喜剧片"[②]，稍早些的《不了情》也叫好又叫座。张爱玲可惜于电影时过身没，还将《不了情》改编成了小说《多少恨》。由此视张爱玲为中国女性电影的先驱也不为过。

人们总习惯以张爱玲与胡兰成的旧事来猜测张爱玲的小说。当初《多少恨》发表，就"有人以为这篇小说是描写她和胡兰成的故事"[③]（1947年6月张爱玲与胡兰成正式分手，同年4月，她完成了《不了情》，随即写成小说《多少恨》，当年发表于11月《大家》），这种猜测延续至今。其实《不了情》的天长地久，《多少恨》的绵绵无尽，都非张、胡之情事所囿。《多少恨》是这样开始讲述的："我对于通俗小说一直有一种难言的爱好；那些不用多加解释的人物，他们的悲欢离合。如果说是太浅薄，不够深入，那么浮雕也一样是艺术呀。但我觉得实在很难写，这一篇恐怕是我能力所及的最接近通俗小说的了，因此我是这样的恋恋于这故事——"

《不了情》和《多少恨》，《十八春》和《半生缘》，《金锁记》和《怨女》……张爱玲之所以用不同的形式重复表达同一个故事，是因为讲述的是中国普通男女"不用多加解释"的"悲欢离合"。如果说《金锁记》《十八春》还有着普通男女异于寻常，乃至畸形、病态的情结（《怨女》《半生缘》的改写正是力图返回人物自然乃至平淡的心理），那么《不了情》讲述的却是中国普通男女的日常情感。家庭女教师虞家茵和男主人夏宗豫终因家茵父亲、宗豫

---

① 李欧梵：《现代中国电影初探》，李欧梵：《文化批评与华语电影》，（台湾）麦田出版社1995年版，第81页。

② 陈辉扬：《闲话石挥电影》，陈辉扬：《梦影集——中国电影印象》，（台湾）允晨文化出版社1990年版，第31页。

③ 周芬伶：《张爱玲与电影》，子通、亦清编：《张爱玲文集补遗》，中国华侨出版社2002年版，第314页。

妻子等的压力而分离，家茵远行厦门，自力谋生，再没有回来。小说开头男女主人公邂逅的场所——电影院被视为"最大众化的王宫"，暗示出小说讲述的正是极寻常而又极纯然的恋情。其实，家茵父亲、宗豫妻子也都是寻常家人，他们代表的社会世俗的压力并不足以压倒男女主人公，家茵的情感是"败"于自己内心的挣扎。小说中家茵出场时是这样的描写："迎面高高竖起了下期预告的五彩广告牌……上面涌现出一个剪出的巨大的女像，女人含着泪。另有一个较小的悲剧人物，渺小得多的，在那广告底下徘徊着。是虞家茵……"家茵最后决定离开宗豫，是听见了自己心里另有个声音："你为他想，你就不能够让你的孩子恨他，像你恨你的爸爸一样。"这种内心挣扎在电影中更表现为"虞"和"虞幻象"之间的对话，家茵终于决定牺牲自己，独自远行。家茵的形象近于"圣女"，但她并非男性注视下的"圣女"，而是张爱玲对自己的女性"传奇"世界的某种偏离。家茵的情感、心理无传奇色彩，却活生生有着中国普通女子的一切，张爱玲在其身上写出的压抑和自主，也颠覆了男作家对于中国女子的男性想象。

同年完成的电影《太太万岁》是一出张爱玲更在乎的剧本。当年她就在上海《大公报·戏剧与电影》发表了《〈太太万岁〉题记》一文，用极其温馨的笔触描述了陈思珍这个"上海的弄堂里，一幢房子里就可以有好几个她"的"普通人的太太"，表示《太太万岁》所写"更是中国的"，"我喜欢它像我喜欢街头卖的鞋样，白纸剪出的镂空花样，托在玫瑰红的纸上，那些浅显的图案"。[①]影片中的少奶奶陈思珍在家"枯候"丈夫唐志远，她的贤惠"成全"了丈夫的"婚外情"，她最终在帮助丈夫"解套"后离开了丈夫。在1940年代后期电影界"左转"的整体倾向日趋明显的形势中，《太太万岁》塑造了陈思珍这样一位心地和善、处世圆滑、在悄无声息中流逝生命的上海弄堂太太，似乎不合潮流，在当时引起了争议，招致了批评。但《太太万岁》上映后，观众好评如潮，称之为"本年度银坛压卷之作"[②]，因为观众从陈思珍身上嗅到了

---

① 张爱玲：《〈太太万岁〉题记》，原载上海《大公报·戏剧与电影》第59期（1947年12月3日），张爱玲：《沉香》，天津人民出版社2005年版，第23、26页。

② 陈子善：《编后记》，张爱玲：《沉香》，天津人民出版社2005年版，第282页。

"最熟悉的气息";而张爱玲在这个人物身上写出的"浮世的悲哀""一种苍茫变幻的感觉",①更让观众喜欢。陈思珍为人精明,不乏心机、手腕,却在委屈自己中求得家庭的安稳;她的作为、心境是对"哀乐中年"的最好诠释。这个人物的塑造,是张爱玲对中国的城市人生的深入开掘。陈思珍延续了中国传统女性的角色,尽贤妻良母之责更自觉,也更琐细、平凡;她在弄堂人生中会变得庸俗、狭隘,但她也更有可能走出"太太"的角色……她"所经历的都是些注定了要被遗忘的泪与笑,连自己都要忘怀的",但她身上"悠悠的生之负荷"却是所有人要"分担"的。张爱玲在这样的人物身上开掘出了使一切人都感到"平等""亲切"的人生。②在战乱的时代交替之际,张爱玲完成的始终是作家的思考,所尽也是作家的职责。

《不了情》被誉为"胜利以后国产影片最最适合观众理想之巨片",《太太万岁》被视为"张爱玲编剧的电影中……最出类拔萃的一部",③自然在于张爱玲电影叙事艺术的成熟。张爱玲对电影观众甚至有一种"敬畏"之情,"文艺可以有少数人的文艺,电影这样东西可是不可能给二三知己互相传观的"④;同时,张爱玲也明白电影贴近观众并非迁就,她"冀图用技巧来代替传奇,逐渐冲淡观众对于传奇戏的无魇的欲望"⑤。这样,电影创作也成为张爱玲走出自身的"传奇"时代的努力。1940年代后期的电影,是继五四时期的短篇小说、1930年代的长篇小说、抗战时期的戏剧之后又一种趋于成熟的叙事文体。张爱玲的电影才华就在于她在不同于小说、戏剧叙事的电影叙事上有着成功探索。初次尝试电影剧本时,张爱玲就关注影像画面捕捉人物心理的效果。她曾这样谈及电影《不了情》和小说《多少恨》表现形式上的区别:"例如小女孩的父亲哓哓不休说新老师好,父亲不耐烦;电影观众从画面上看到他就是起先与女老师邂逅,彼此都印象很深,而无从结识的男子;小说读者并不

跨越 1949
战后中国大陆、台湾、香港文学转型研究

---

① 张爱玲:《〈太太万岁〉题记》,张爱玲:《沉香》,天津人民出版社2005年版,第23页。
② 张爱玲:《〈太太万岁〉题记》,张爱玲:《沉香》,天津人民出版社2005年版,第26页。
③ 陈子善:《编后记》,张爱玲:《沉香》,天津人民出版社2005年版,第281、282页。
④ 张爱玲:《〈太太万岁〉题记》,张爱玲:《沉香》,天津人民出版社2005年版,第25页。
⑤ 张爱玲:《〈太太万岁〉题记》,张爱玲:《沉香》,天津人民出版社2005年版,第25页。

知道，不构成（戏剧性的反讽）——即观众暗笑，而剧中人物懵然——效果全失。"①张爱玲这里对"反讽"的本义把握准确，阐释精彩，同样的内容，反讽效果因观众的存在而产生。《太太万岁》中，张爱玲对电影叙事技巧的运用更自觉、娴熟。整部电影以一连串喜剧性的骗局组成，但陈思珍的哄骗不乏好心，力图维系家庭的稳定，而陈父、唐志远、交际花施咪咪等的骗局却是损人害己，违背了家庭伦理。思珍最终从骗局中醒悟："从此以后，我也不说谎了，从此以后，我也不做你的太太了。"而施咪咪等又在重弹她的骗子老调。这样一种严谨的结构既能产生很强的电影叙事的吸引力，又使观众很容易领会影片的意味。影片中人物性格鲜明，各自的弱点尤其被刻画得生动真实。别针、扇子等小道具的穿插既勾连起情节，又有女性视角的隐喻意义。反讽的设置也更有意味，骗局的设置者自己又往往落入骗局，人物互相间的指责也往往成为对自身的嘲讽，这些在观众的眼中形成了更强烈的反讽效果。张爱玲曾说过："对受过四分之一世纪外国电影和小说薰陶的中国年轻知识分子来说，片中没有多少是中国东西，这种情形是令人着恼的。"②《不了情》和《太太万岁》不仅以地道的中国故事，展示了传统和现代交织中家庭伦理、男女情感的巨大变化，其讲述的包括城市中产阶级生活的故事，在1940年代后期的电影潮流中显得"另类"，而且以张爱玲独异而纯然的中国本土的女性视角拆解了传统父权观念的遮蔽。这些却都是中国电影叙事艺术成熟的重要标志。

三、从《十八春》到《小艾》：彷徨中的文学探索

创办于1949年7月（上海解放后两个月）的《亦报》成就了张爱玲在上海解放后初期的创作。她的长篇小说《十八春》和中篇小说《小艾》都以"梁京"的署名连载于《亦报》，她也以"梁京"之名出席了1950年7月的上海第一次文代会。张爱玲身处新中国的短暂的创作时期也可以称作"《亦报》·梁

---

① 张爱玲：《多少恨·前言》，张爱玲：《惘然记》，（台湾）皇冠出版社1995年版，第84页。

② 张爱玲：《〈万紫千红〉和〈燕迎春〉》，子通、亦清编：《张爱玲文集·补遗》，中国华侨出版社2002年版，第250页。

京"时期。而从《十八春》到《小艾》，内骨子里高傲的张爱玲写小说却发生了大的变化。

张爱玲在《亦报》发表《十八春》，未必不是与《亦报》的一种互动。《十八春》从1950年3月起，在《亦报》连载一年。此期间，张爱玲曾言，她从《亦报》创办起就阅读《亦报》，"报纸是有时间性的，注定了只有一天的生命，所以它并不要求什么不朽之作，然而《亦报》在过去一年间却有许多文章是我看过一遍就永远不能忘怀的"，尤其是那些讲述现实生活中乡村女子、底层百姓"无告"之苦的文章，"真有一种入骨的悲哀"。①女主人公顾曼桢14岁时父亡，靠姐姐曼璐的舞女生涯养家活口。曼桢成年后与沈世钧相爱。此时，曼璐已与股票掮客祝鸿才结婚。为了留住寻花问柳的丈夫，她不惜设下圈套，让祝鸿才强暴了妹妹曼桢，以"生米煮成熟饭"逼迫曼桢甘心做妾，同时又设法离间了世钧和曼桢的感情和联系……小说给人印象深刻的是曼桢被姐姐曼璐囚禁中的种种感受。而很显然，这其中明显包含了张爱玲17岁时被父亲幽禁、殴打留下的刻骨铭心的感受。张爱玲在《私语》中曾详细描述了自己被监禁的感受："我生在里面的这座房屋忽然变成生疏的了，像月光底下的，黑影中现出青白的粉墙，片面的，癫狂的"，"那时候的天是有声音的，因为满天的飞机。我希望有个炸弹掉在我们家，就同他们死在一起我也愿意"，"唯一的树木是高大的白玉兰，开着极大的花，像污秽的白手帕，又像废纸，抛在那里，被遗忘了，大白花一年开到头。从来没有那样邋遢丧气的花。……朦胧地生在这所房子里，也朦胧地死在这里么？死了就在园子里埋了"②……对血缘的家庭、亲人充满了死亡的绝望，这种情感足以压倒朦胧的生命，这种感情在十余年后被释放到了《十八春》中。小说这样描写曼桢被囚禁中噩梦般的感受："花园里一棵紫荆花，枯藤似的枝干在寒风中摇摆着。她忽然想到小时候听见人家说，紫荆花底下有鬼的。……她要是死在这里，这紫荆花下一定有它

跨越1949
战后中国大陆、台湾、香港文学转型研究

① 张爱玲：《〈亦报〉的好文章》，子通、亦清编：《张爱玲文集·补遗》，中国华侨出版社2002年版，第236页。

② 张爱玲：《私语》，来凤仪编：《张爱玲散文全编》，浙江文艺出版社1992年版，第131、132页。

的鬼魂罢？""房间里只要有一个火柴，她真会放火。""无论活到多么大，她也难以忘记那魔宫似的房屋与花园，在恐怖的梦里她会一次又一次的回到那里去。"①《私语》和《十八春》有着如此明显的对应，旧时伤痕记忆的强烈长久由此可见。曼桢在意识到亲姐姐是强暴自己的同谋时，全身火烧，疯狂中打了曼璐一耳光。而在这一瞬间，曼桢"也不知怎么的，倒又想起她从前的好处来，过去这许多年来受着她的帮助，从来也没跟她说过感激地话，固然自己家里人是谈不上什么施恩和报恩……"。这种仇恨中的知恩，道尽了亲缘之情反目为仇而又藕断丝连的悲凉，这正是人生"无告"的"入骨的悲哀"。

然而，《十八春》在刻画亲情私情的"入骨悲哀"中也开始浮现出国家、革命叙事，这在张爱玲小说中是前所未有的。小说的第十二章是曼桢中姐姐曼璐之计，遭姐夫祝鸿才强暴又被囚禁的无告之苦难，随后的第十三章却出现了世钧和叔惠在郊外散步的描述。叔惠告诉世钧自己要离开上海了，世钧马上"明白了几分"，"那时候红军北上抗日，已经到了陕北了"；叔惠"不是个共产党"，但他"想过，象我们这样一个工程师，在这儿待着，无论你怎么样努力，也是为统治阶级服务。还是上那边去，或者可以真正为人民做一点事情"。"这儿"和"那边"开始构成一种对峙鲜明的国家叙事。

以往人们认为《十八春》加入的国家、革命叙事是宣称远离革命的张爱玲陷入的创作困境。但《十八春》未必不是张爱玲"琐碎历史"叙事策略的某种体现。第十五章"八一三抗战开始"，"上海沦陷"，这时代的大事只是曼桢"她自己掘的活埋的坑"痛苦的背景。曼桢为了孩子，逃离祝家又重返祝家与祝鸿才结了婚。自此，"她自己总有一种不洁之感"，正是这种生活的黯淡感使她对政治、革命也是如此的看法："正因为共产党是好的，她不相信他们会战胜。正义不会征服世界的，过去是如此，将来也是如此。"一个政治命题在曼桢的日常感受中"变形"，反而显露出更深刻的含义。第十六章到了"这已经是解放后了"，叔惠、世钧、曼桢重逢，翠芝、曼桢、世钧的旧情"复活"仍是这一章描述最生动的。例如翠芝每每想起叔惠在她与世钧的喜筵上喝得酩

① 张爱玲：《十八春》，江苏文艺出版社1986年版，第208、239页。

酊大醉，拉住她的手的情景，就"觉得他那时候到解放区也是因为受了刺激，为了她的缘故"，所以重见叔惠旧情复燃；而世钧恍如梦寐重新听见曼桢的声音，才明白曼桢当年说的"这世界上有一个人是永远等着你……总有这样一个人"，虽然有如隔世，但一切"回去不了"。"半生缘"既有"十八年之久"的旧缘，但又最终"无缘"，这也是张爱玲所写人生"无告"的悲哀。到此，张爱玲虽写了"政治"，但并不"很政治"，《十八春》的叙事也由此完美结束了。第十七章，国家政治才全面登场，从主人公的背景走到了前台，男男女女都在学习、游行，浩浩荡荡要去东北参加国家大历史的创造了。但仔细读来，这些"宏伟"的场景不时显露出游离、浅薄，你可以责怪张爱玲还把握不了如何进行历史"时代性"的叙事，但张爱玲的艺术本性使她走进国家历史的同时也消解了国家历史，"浅薄""游离"正是反讽中的消解。

《十八春》后来能被改写成《半生缘》，《半生缘》又无疑是张爱玲最好的小说之一，说明"梁京"还是"张爱玲"。《十八春》最早的大陆版本是1986年1月江苏文艺出版社所出"中国现代中长篇小说选读丛书"，这套丛书由陈瘦竹、叶子铭、邹恬、许志英审定，"撷取中国现代文学史上历经沉淀，至今仍富有生命力而不为既往现代文学史所注意"，"具有上好的艺术魅力"[1]的作品重版。编者认为，正是这些"长期的积淀"而成的作品，"造成了我国新文学的传统，也锻炼了本民族的深层审美意识"。[2]《十八春》名列其中，也许证实了创作《十八春》时的张爱玲尚有力量抗衡政治意识形态的压力。那么，随后的《小艾》呢？

《小艾》被视为"张爱玲政治立场和思想倾向彷徨时期的作品，也是她守不住早期文学方向的彷徨无地的产物"[3]。小说讲述了新旧政权交替时代的中国劳动女性的命运。小艾9岁到小官僚席景藩家中当丫鬟，14岁被主人奸污怀孕，又遭姨太太殴伤堕胎致病。她后来与印刷厂工人金槐相爱结婚，并在艰难

① 张爱玲：《十八春·出版说明》，江苏文艺出版社1986年版。

② 张爱玲：《十八春·出版说明》，江苏文艺出版社1986年版。

③ 刘再复：《张爱玲的文学特点与她的悲剧——张爱玲研讨会的发言稿》，刘绍铭、梁秉钧、许子东编：《再读张爱玲》，山东画报出版社2004年版，第41页。

度日中终于迎来了新社会。1960年代初，张爱玲曾对人言："对于中国女子而言，没有再比1949年前的中国坏。"①因此，《小艾》对小艾在席家所受苦难的描绘，未必是对"时势"的"迎合"，更何况《小艾》对中国底层妇女悲苦命运的描绘还相当生动感人，更让人感受到张爱玲的女性关怀。但《小艾》的确采取了张爱玲原先"不喜欢"的"善与恶，灵与肉的斩钉截铁的冲突"的写法，展示了"吃人"的旧社会和光明的新社会截然的恶善对立。《小艾》的创作，一方面说明张爱玲自身产生的与新中国的某种契合得到了表现，另一方面也令人感到新中国的环境越来越难以允许张爱玲原先追求"素朴"而"放恣"的人性的创作的存在，时代性的命运比个人性的追求更强有力地逼迫张爱玲作出改变。当张爱玲穿着白绒线衫旗袍出席上海第一次文代会时②，我们明显感受到张爱玲对新中国政治欲迎还拒的姿态。国共战争胜负的分晓、东西方冷战意识形态的尖锐对立，都使得此时的上海、台北和香港，都很难容纳超越时代性的个人文学追求，这种压力在中国大陆显得更为严重。张爱玲的创作面临更严峻的考验。

四、出走香港："离散"写作的艰难开始

中篇《小艾》几乎是和《十八春》同时在《亦报》连载完的。但《十八春》引起读者"强烈反应"的同时，对于"具有相当强的阶级意识"的《小艾》，"读者没有任何反应"，③这不会不引起张爱玲对自己"适应"新中国的创作的思考。就在《十八春》连载完的1952年2月，"五反"运动开始，3月，《亦报》上连载的周作人回忆鲁迅的散文《鲁迅衍文》被中止。《亦报》是上海解放后张爱玲发表作品的唯一空间，这显然使她明显感受到自己文学生存的威胁，因此设法离开上海赴香港。果然在她离沪后不久，《亦报》停刊。

---

① 高全之：《张爱玲学：批评·考证·钩沉》，（台湾）一方出版有限公司2003年版，第248页。

② 柯灵：《遥寄张爱玲》，（香港）《香港文学》第2期（1985年2月）。

③ 邵迎建：《传奇文学与流言人生：张爱玲的文学》，生活·读书·新知三联书店1998年版，第208页。

张爱玲主要是出于文学创作和生计的原因离开了上海，然而，正如她说过的，作家"天生在那里的，根深蒂固，越往上长，眼界越宽。看得更远，要往别处发展，也未尝不可以，风吹了种子，播送到远方，另生出一棵树，可是那到底是艰难的事"[①]。张爱玲离开上海后面临的就是这样一件"艰难的事"，她不仅要应对国际冷战背景下意识形态对峙造成的压力，也面临不能再复制"传奇"世界的艺术困境。但带着"种子"的播传，"另生出一棵树"，也开始了张爱玲的"离散"写作。

张爱玲第二次来到香港，更有漂泊无定、寂寞无依的感觉。惊魂未定中需要自立谋生，张爱玲在香港找到的第一份工作是在美国新闻处（United States Information Agency）从事翻译。她翻译了海明威的《老人与海》、华盛顿·欧文的《睡谷故事》以及《爱默森选集》，除海明威以外，均不对她口味。这些译著也无明显的政治意识形态性。所以，张爱玲从事翻译恐怕只是为了谋生。张爱玲的翻译颇有成效，海明威的小说经她翻译在香港"立时成了经典"，她英文之好也大受赞赏。通过翻译，张爱玲与后来成为《红楼梦》研究名家的宋淇相识，成为挚友。1953年，张爱玲根据自己1952年初在上海郊区农村参加土改的一段经历，开始创作长篇小说《秧歌》，宋淇是她创作这部小说过程中讨论的主要参与者。《秧歌》先写成了英文，之后又写成了中文。

1954年秋，张爱玲将刚出版不久的《秧歌》寄给美国的胡适，胡适仔细阅后回信说："这本小说，从头到尾，写的是'饥饿'，——也许你曾想到用《饿》做书名，写的真好，真有'平淡而近自然'的细致工夫。"[②]对张爱玲此时期创作有所批评的刘再复也称赞"张爱玲把饥饿写得真好"[③]。"饥饿"是《秧歌》的题旨，这是一个十足的文学题旨。批评《秧歌》的人是因为它讲述的"饥饿"不仅发生在国民党时代，也延续到了中华人民共和国成立后；不

---

① 张爱玲：《流言·写什么》，五洲书报社1944年版（上海书店1987年影印），第132页。

② 张爱玲：《忆胡适之》，来凤仪编：《张爱玲散文全编》，浙江文艺出版社1992年版，第304页。

③ 刘再复：《张爱玲的文学特点与她的悲剧——张爱玲研讨会的发言稿》，刘绍铭、梁秉钧、许子东编：《再读张爱玲》，山东画报出版社2004年版，第47页。

同意见者则认为它和《赤地之恋》"对建国初期那些政策失误，以及平民和知识分子备受伤害的描写，和后来大陆作家的'伤痕文学'相比较，显然还是要温和得多。只是在当时，在新中国刚建立，中国人民正欢呼胜利，文学创作也正是一派歌舞升平之时，这两部小说就未免显得过分地刺眼了"①。1953年9月11日至16日中央政府扩大会议上时年61岁的梁漱溟先生和毛泽东发生争论，事由就是梁漱溟下乡调查发现，因为国家"发展重工业，打美帝"，"农民生活太苦"，这一史实已为人们所知。就此而言，《秧歌》所写农民在分到土地后仍难免陷于饥饿乃新中国建立后的实情。但《秧歌》写"饥饿"并非为了批评当时实行"发展重工业，打美帝"的"大仁政"，而是不顾及"照顾农民"的"小仁政"。《秧歌》多次描述到了农民土改中分到田地的喜悦，小说描述金根、月香在"蜡烛小小的光圈里"，头凑在一起"非常快乐"地看着自家分到的地契，"那幸福的未来，一代一代，像无穷尽的稻田，在阳光中伸展开去"，他们由此有了"无限的耐心"；也讲述了过去兵匪一家，"地下埋着四两小米，他都有本事知道"的饥饿岁月，讲述了抗战时期，"汪精卫的和平军"野蛮抢掠农家的暴行。所以"饥饿"并非"反共反华"之言，而是对农民命运的一种关注。小说写到金根一家年前磨米粉做年糕，"古老的石磨'咕呀，咕呀'响着，缓慢重拙地……那是地球在它的轴心上转动的声音……悠长的岁月的推移"。金根滚揉米粉团时，"唇上带着一种奇异的微笑，全神贯注地在那上面，仿佛他所做的是一种最艰辛的石工，带着神秘意味的——女娲炼石，或是原始民族祀神的雕刻"。金根一家磨的年糕并非自家食用。即便他们不能享用，但在金根一家心目中，那吃食的诞生就如开天辟地、岁月永恒一样神奇至圣。由此中国农民对饥饿的承受，也成为中国历史最深远的苦难所在。所以，确实无必要将《秧歌》对饥饿的描绘看作对某一个政权制度的攻击，它写饥饿包含了人性之关怀。至于由此涉及的政治时局，张爱玲至多是就事论事的批评。例如关于抗美援朝，其历史真相现在已开始为人们所知。而在当时，张爱玲在《秧歌》中也只是就事论事地述及了这一新中国初期最重大的历史事

---

① 刘登翰主编：《香港文学史》，人民文学出版社1999年版，第230页。

件，既讲到了"要不是亏了我们的志愿军在朝鲜挡住了他们，美帝早就打到了我们这里来了"，也述及了"缴鞋""捐款支前"在村民心里引起的矛盾。张爱玲在《秧歌》初版后不久就抱怨香港的批评界对《秧歌》的批评只"由反共方面着眼，对于故事本身并不怎样注意"[①]。时至今日，我们对《秧歌》的关注实在应该是那个"饥饿"的故事。

跟其他作家关注农民命运不同，张爱玲在农民与"土地"中写"饥饿"更是凸现夫妇之爱、兄妹之情的人之根性。饥饿不仅引发了人类"最低卑最野蛮的本能"，也加深了人类最素朴最原始的情感。《秧歌》给人印象深刻的正是金根、金花的兄妹之情，金根、月香的夫妇之爱。小说开始于金根送金花出嫁周庄，在他的记忆中，最温馨的是小时清明时分，城里人下乡上坟，他躲在树木后守候，收集到的米粉团子足够兄妹俩吃的，还有母亲把留做种子的一点豆子煮了给他们兄妹俩吃……所以金花回来，他要求月香把饭"煮得硬一点，我要那米一颗颗的数得出来"。当月香仍煮了一锅薄得发青的稀粥时，他会愤怒得什么都咽不下。而当金花迫于压力无法解救负伤的哥哥时，"她突然记起了他一向待她那么好。她又回想到这些年来他们相依为命的情形，不由得一阵心酸，两行眼泪不断涌了出来。她觉得这茫茫世界上只剩下他们两个人，就像最初他们做了孤儿那时候"。手足之情，正是《秧歌》竭力描绘的"饥饿"状态。金根、月香间的夫妇之爱，在小说中更处处有动人的表现："想着她，就像心里有一个飘忽的小小的火焰，仿佛在大风里两只手护着一个小火焰，怕它吹灭了，而那火舌乱溜乱窜，却把手掌心烫得很痛。""她哭得天昏地暗，仿佛她被泥土堵住了嘴，活埋在一座山底下了，因为金根不了解她。"所有喜和悲，都包含含蓄而深切、素朴而放恣的夫妇之爱，都在白描的细节点染中得到真切的描写，而贫贱夫妻、饥饿岁月使这种描写更有了感人之处。读完《秧歌》，你不得不承认，月香在上海帮佣人家昏暗的厨房里，给进城谋生的金根炒点冷饭吃；月香从上海带回了杏仁酥，在丈夫、女儿心中引起的复杂情感，

如蜡烛点完剩下的烛泪，"像一朵小红梅花，花心里出来一个细长的火苗，升得很高，在空中荡漾着"；月香和金根做完慰问军属的年糕，用剩余的棉花胭脂给母女俩抹上红艳异常的一脸胭脂，像是新年的景象……所有这一切在饥饿中更真切的夫妇之爱，是《秧歌》中写得最感人的内容，张爱玲的想象力再次迸发得令人心动。金根在借粮风波中负重伤，月香背着他在严寒中出逃，用自己的棉衣为他御寒，金根在不愿拖累妻子而自杀前留下了棉衣……这对贫贱夫妻显示了天地人世的纯真之情。《秧歌》在20世纪中叶中国农民夫妇的命运中融进了包括《红楼梦》在内的中国古典小说经典描绘过的清纯之情，这是张爱玲的创作个性的延续。

1956年，张爱玲与赖雅相识并熟悉后，曾将《秧歌》给赖雅看，"赖雅读后觉得文笔优美"，"彼此已觉得很投趣"。[①]大家知道，赖雅是个"忠信的马克思主义者"[②]。我们是否也可以如赖雅那样，从《秧歌》中去读出张爱玲艺术上新的追求。

张爱玲对自己"传奇"时期繁丽炫目的文风早有不满，她曾说，"她自己最喜欢的倒是《年青的时候》"[③]。这篇描写青年潘汝良对一位侨居上海的白俄姑娘相思相恋的小说，是张爱玲1940年代小说中写得最朴素的一篇，一切文学技巧都退到了幕后。张爱玲1950年代创作，延续了这种繁复浓烈向平淡自然转变的趋势。《秧歌》与《传奇》相比，由意象繁密等技巧形成的华美消失了，确有胡适所称赞的"'平淡而近自然'的境界"[④]。在平淡自然中，《秧歌》对人性的理解也显得简洁有力，农民世界在激烈的历史变动中仍保持着其简朴，金根夫妇、金根兄妹单纯关系中呈现的生活苍凉感比张爱玲上海时期小说繁复人性纠结中的苍凉感觉更浓郁。值得指出的是，在《秧歌》的中文版本

---

① 司马新：《张爱玲在美国——婚姻与晚年》，徐斯、司马新译，上海文艺出版社1996年版，第77页。

② 司马新：《张爱玲在美国——婚姻与晚年》，徐斯、司马新译，上海文艺出版社1996年版，第71—72页。

③ 《〈传奇〉集评茶会记》，《杂志》（月刊）1949年第9期。

④ 胡适：《题〈秧歌〉》（1955年1月25日），张爱玲：《秧歌》，（台湾）皇冠出版社1968年版。

中，张爱玲还竭力删去了原先英文版中一些情绪略为激烈的场景的描写，甚至对一些可能会引起政治性理解的日常生活场景也尽量淡化；而这种淡化并非出自政治上的考虑，而是出于艺术上的追求。张爱玲研究《红楼梦》版本演进有"由夸张趋平淡"的批语，她在《中国人的宗教》（1944）一文称赞"不论在艺术里还是人生里，最难得的就是知道什么时候应当歇手，中国人最引以自傲的就是这种约束的美"[①]。她写《秧歌》时，更特别称赞《海上花列传》"写得淡"，是"最好的写实的作品"。[②]《秧歌》正是这种在"写得淡"的"写实"中把人性写好写真的体现。对于金根一家三口最终丧生的悲剧，《秧歌》的笔触始终是素淡朴实的，小说关注的也始终是人物感觉的真确、实在。而这种素朴的叙事，给读者的阅读又留有多种解读的空间。《秧歌》在张爱玲艺术追求的变化中是具有重要意义的。

《秧歌》中引入的作家顾刚的视角也是值得关注的。这一人物反映出了张爱玲在香港政治环境中徘徊的选择。张爱玲写《秧歌》《赤地之恋》绝非以往流传的系美国驻港新闻处指使所为，而是"她自己要写"[③]，但也不可能不受到外在环境的政治压力。1940年代后期，张爱玲也显露出对现实社会的不满，这种不满甚至已包含有与新社会的某种共鸣、契合。但在张爱玲出走香港前，张爱玲的作家立场与新中国建立后的现实已发生了不合，抵达香港后又感到了香港政治环境的压力。《秧歌》引入下乡体验生活的作家顾刚，与其说是张爱玲的政治立场转变成了"反共反华"，不如说是她厌恶政治的情感的流露。顾刚的视野始终牵制于月香的身影。月香在金根的眼中，常"使他想起一个破败的小庙里供着一个不知名的娘娘"；而顾刚初见月香，也"觉得她像是在梦中出现，像那些故事里说的，一个荒山野庙里的美丽的神像"。这种感觉的相通，意味深长地暗示出顾刚原先的审美感受并不隔绝于乡村民间。顾刚是很懂

---

① 张家玲：《中国人的宗教》，来凤仪编：《张爱玲散文全编》，浙江文艺出版社1992年版，第144页。

② 张爱玲：《忆胡适之》，来凤仪编：《张爱玲散文全编》，浙江文艺出版社1992年版，第307页。

③ 高全之：《张爱玲与香港美新处——访问麦卡锡先生》，《张爱玲学：批评·考证·钩沉》，（台湾）一方出版有限公司2003年版，第243页。

得"局部"与"整体"、"个别"与"典型"等社会理论的，他很自负的幽默感也常在他心里抵御某些政治教条的入侵。但最后月香在顾刚完成的剧本中却成了炸水坝的地主之妾，她的存在，似乎只是给地主的秘密活动"造成一种魅艳的气氛"。革命写实最终堕落成意识形态的工具，政治意识形态也最终扭曲了顾刚的审美感受。而张爱玲是深知《秧歌》题材的政治性的，当她涉足于政治小说时，她是否也用顾刚的"沉沦"自嘲自警？

《秧歌》是张爱玲作品中版本最多的创作之一（包括剧本《秧歌》）。作为一部艺术佳作，它至今留有相当大的解读空间。随着时间的推移，人们越来越有可能更多地从张爱玲小说艺术流变的层面上去思考《秧歌》提供了什么。

同年出版的《赤地之恋》在政治上会引起更大的争议。《赤地之恋》是先完成中文，后再由张爱玲自己译成英文；而《秧歌》是先写成英文，再完成中文，所以《赤地之恋》的创作时间明显晚于《秧歌》。《赤地之恋》以知识分子刘荃的眼光讲述了"土改""三反""抗美援朝"等新中国成立之后最重大的事件，表明张爱玲在世界冷战局势加剧的背景下介入政治的程度在加深，而这本来是张爱玲创作的薄弱之处：在描写"人性的弱点"和"意识形态的狂纵"上，张爱玲深精于前者而短拙于后者。《秧歌》在描写政治意识形态上明显存在败笔，这种败笔不在于其政治观点、政治评判的"对错"，而是它有可能沉沦为政治宣传。《赤地之恋》描述的"土改""三反""抗美援朝"也许已经或将会被证实具有"历史的真实"，当今中国大陆作家相似题材的创作都已远甚于《秧歌》。但其描述有时显得粗疏，又拘囿于具体事件，因而有着"沉沦"的危险。而只有回到人性的刻画上，《赤地之恋》才没有丧失其文学价值。

跟《倾城之恋》相比，《赤地之恋》的"恋"情世界显得复杂而又浮泛。男女主人公刘荃、黄绢的恋情给人印象并不很深刻，反而是二姐、戈珊两个性格迥异的女性在刘荃的情感世界中留下的烙印难以磨灭。二姐是刘荃下乡土改的房东家女儿，其素朴的乡野之气清新可人。刘荃初见她时，"她整个的像一个古艳的黄杨木雕像"，而她扳树枝满溢出来的劲儿让刘荃完全"看呆了"。二姐在自家大水缸影沉沉的水里映脸的意象有着张爱玲小说特有的苍凉渺茫的意味，她和刘荃之间的情感更有凄清的无望。二姐一家在土改的扩大化中受冤家破人亡，二姐以生之本能承受的重压让刘荃感受到了一切理论的空洞。这一女性形象比《小艾》中的小艾简洁传神。至此，张爱玲成功塑造了月香、二姐等乡村女性形象，显示出张爱玲想象力之丰富。戈珊是另类的革命女性形象，其"北地胭脂"的情味、自我毁灭性的欢愉、放荡中见异思迁的个性，似乎都反而激起了刘荃对"可望而不可即"的存在的冲动。而其在政治变动中的富有心机也对应着她日常生活中的狡猾。张爱玲在戈珊、玉宝等革命职业女性身上着力开掘的往往是她们的日常生活状态，而日常描写反而产生了丰富的隐喻意味。张爱玲在介入政治性题材时，女性视角仍是她创作自救的唯一力量。

《赤地之恋》的叙事虽然卷入了政治题材的尖锐性之中，但其出版后并未引起多大反响。张爱玲也由此感到自己的创作在香港并无前途。1950年代的香港，一方面以自由主义的文化环境容纳着尖锐对立的政治意识形态，但张爱玲实际上并无这方面深刻的亲身体验；另一方面又利用战后相对稳定的社会环境雄心勃勃地展开了都市建设，超越了三四十年代的上海，商业经济、消费文化的程度日益加深，而张爱玲一时也很难适应这种变化。在这种境遇中，张爱玲决定出走美国，她在战后创作的"三级跳"至此画上了一个句号。

沦陷区、国统区、新中国、殖民统治下的香港、异域美国……张爱玲在20世纪四五十年代之交经历的境遇变化之大，恐怕是中国作家中绝无仅有的。如果对照于与张爱玲同时期或稍早些成名的作家，如赵树理、孙犁、徐訏、无名氏、穆旦、钱锺书等，他们或是"顺理成章"地走进了新生活，或是在一次性的新旧交替中"蛰伏"，那么，张爱玲身上蕴藏的艺术能量是可观的。她不谙政治，而此时期的政治意识形态以前所未有的急迫和沉重催使她作出创作调整；她与某种政治倾向发生过契合，但她最终还是用艺术感觉走入了一个又一个新的环境；她此时期的创作引起人们争论，恰恰在于她的作品有着文学解读的较大空间；而《太太万岁》《十八春》等，无疑属于上世纪四五十年代之交中国文学最好的创作之列。我们考察张爱玲的创作变化，并非是对她政治立场的追究，而是对她艺术生命的尊重。

后 记

对于我来说，《跨越1949：战后中国大陆、台湾、香港文学转型研究》的出版有点不同以往。2016年初，我收到百花洲文艺出版社的一封信函，信中说他们注意到这些年我就"战后中国大陆、台湾、香港文学转型"的课题一直在发表研究成果，出版社对此课题颇有兴趣，愿意从支持学术研究的角度出版这一研究成果，无需作者承担出版经费。出版社的主动关注多少让我感到意外。

2005年，抗战胜利六十周年，我出版了《史述和史论：战时中国文学研究》一书后，开始着手战后中国文学的研究。从1981年开始，我一直做抗战时期文学研究，抗战时期的文学让我对它的历史延续产生了兴趣。十余年下来，我关于战后中国文学转型的相关研究已经积累了五六十万字。现在出版学术著作，经费问题依然是个令人困扰的问题，何况"战后文学研究"的规模大。所以，在陆续发表了不少论文后，我没有去考虑要不要成书出版。百花洲文艺出版社我并不熟悉，然而，以往我常使用过的几部理论著作，却是与这个出版社联系在一起的。这种印象让我对百花洲文艺出版社产生一种信任。于是，我把书稿寄给了他们。

几年过去，《跨越1949：战后中国大陆、台湾、香港文学转型研究》顺利出版，还入选了"十三五"国家重点图书出版规划项目和国家出版基金项目，出版社为此付出的辛勤劳动，也许我并不知晓。但从本书责编童子乐与我反反复复的联系，尤其是从他校对本书极其细致、认真的功夫中，我确实感受到一种实实在在的责任感和精益求精的工作态度。对此，我心怀感激。

本书研究内容曾列入国家社科基金课题，课题完成过程中，张炯、郑杰文、丁帆、张福贵、汪文顶、乔以钢、陈国恩、李今等教授都给予了切实的指导和热情的帮助，真诚地感谢他们。研究成果作为论文曾发表于《文学评论》《文史哲》《中国现代文学研究丛刊》《学术月刊》《广东社会科学》《中山大学学报》《福建论坛》《台湾研究集刊》《社会科学研究》《暨南学报》《山东社会科学》《东岳论丛》《理论学刊》《陕西师范大学学报》《山西大学学报》《安徽师范大学学报》《中国文学研究》《湖南社会科学》《山东师范大学学报》《扬州大学学报》《吉首大学学报》《澳门理工学院学报》等刊物，也曾被《新华文摘》《中国现当代文学研究》等转载，谢谢这些刊物编辑的辛勤工作，更感谢他们的帮助。课题进行中，我的一些学生参与了研究，提供了本书中的一些成果。具体情况是：《瑞恰慈和战后平津地区文论：战后中国文学重建的多种流脉》《文学立场的坚守和艺术实验的艰难——从台湾鲁籍作家创作看战后台湾作家的文学选择》由黄一撰写，《"集体旅行"中投向域外的目光——从共和国域外出访写作看1949年后散文的变化》由张成成撰写，《文学的生存限度：文艺政策和文学创作》由陈淑环撰写，《大陆赴台作家和光复初期台湾文学重建的两种方向》由吉霓撰写，《非"二度漂流"：1950年代的台湾文学及其媒介》《上海—台北：中国新诗现代化路径的探索者纪弦》《文图：战后文学史叙述的新途径》由黄一和我合写，《写什么和怎样写：战后中国大陆小说的生存和发展》由陈淑环和我合写，《青年文学刊物：战后香港文学转型的重要基石》由王艳丽和赵婧合写。

本书作者照片，选用了我开始做"战后中国文学研究"那年的一张旧照，借此怀念那个年代。

黄万华

二〇一九年春于山东威海

跨越1949

战后中国大陆、台湾、香港文学转型研究